**A E
& I**

El pedestal de las estatuas

Autores Españoles e Iberoamericanos

Antonio Gala

El pedestal de las estatuas

© Antonio Gala, 2007
© Editorial Planeta, S. A., 2007
   Diagonal, 662-664, 08034 Barcelona (España)

Primera edición: marzo de 2007
Segunda impresión: marzo de 2007
Tercera impresión: marzo de 2007
Cuarta impresión: marzo de 2007

Depósito Legal: M. 12.905-2007

ISBN 978-84-08-07145-7

Composición: Fotocomp/4, S. A.

Impresión y encuadernación: Mateu Cromo Artes Gráficas, S. A.

Printed in Spain - Impreso en España

LA CASA DE LOS HABSBURGO EN EL SIGLO XVI

Los Habsburgo tendían a tener muchísimos hijos o ninguno en absoluto. De los quince hijos de María y Maximiliano II (aquí sólo se incluyen siete por razones de espacio), solamente Ana tuvo descendientes. Y de los demás nietos de Carlos V, sólo dos, además de Ana, tuvieron herederos: Catalina y Felipe III. Los demás se casaron demasiado tarde para tener hijos o no se casaron.

En el árbol, un guión debajo de un nombre indica que no tuvo hijos. Una flecha descendente indica lo contrario. Una línea quebrada denota ilegitimidad.

I. LA FAMILIA DE CARLOS V

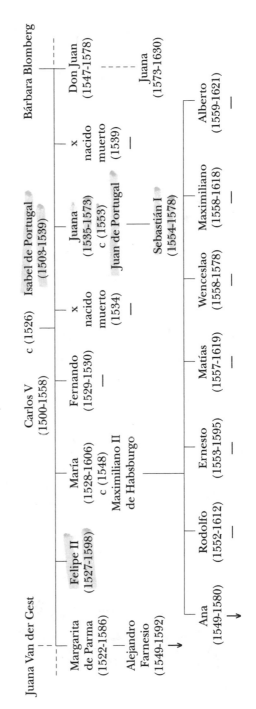

II. La familia de Felipe II

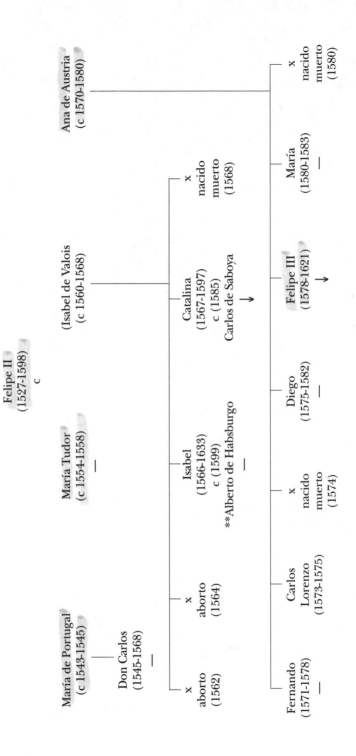

Felipe II
(1527-1598)
c

María de Portugal
(c 1543-1545)

María Tudor
(c 1554-1558)

(Isabel de Valois
(c 1560-1568)

Ana de Austria
(c 1570-1580)

Don Carlos
(1545-1568)
—

x
aborto
(1562)

x
aborto
(1564)

Isabel
(1566-1633)
c (1599)
**Alberto de Habsburgo
—

Catalina
(1567-1597)
c (1585)
Carlos de Saboya
→

x
nacido
muerto
(1568)

x
nacido
muerto
(1580)

Fernando
(1571-1578)
—

Carlos
Lorenzo
(1573-1575)

x
nacido
muerto
(1574)

Diego
(1575-1582)
—

Felipe III
(1578-1621)
→

María
(1580-1583)
—

A MANERA DE PRÓLOGO
—

Todo manuscrito encontrado tiene siempre un aire de recurso literario. Aunque no siempre lo sea. ¿Quién le iba a decir, por ejemplo, a Poggio, que iba a hacerse famoso porque, en una visita como Legado del Imperio, encontrara, de paso por un convento suizo, un manuscrito de Quintiliano?

En la presente ocasión no sé si es un recurso o no: que el lector lo decida. En todo caso, mi oficio no es encontrar, sino contar. Escribió Schopenhauer —menos pesimista unas veces que otras— que el trabajo del novelista no es relatar grandes acontecimientos, sino procurar que los pequeños sean interesantes. De la mezcla de unos con otros surge la originalidad deslumbrante de Ib-al Jatib como historiador. Lo que ocurre es que los pequeños sucesos son los que forman la trama de los grandes, entretejiéndose unos con otros; son los que sufren o se benefician de las consecuencias de los mayores; los que dibujan sus a menudo irrisorias caricaturas; los que recogen sus espectaculares panoramas en una minúscula pantalla; los que están más de acuerdo con sus humanas dimensiones... Porque quizá sea más fácil reducir que ampliar, dada la dimensión de nuestros campos visuales. Y dadas nuestras propias fuerzas.

En definitiva, al pie o alrededor o en un rincón apenas perceptible de los grandes acontecimientos, o quizá formando parte de ellos igual que las teselas de un mosaico, se encuentran los pequeños sucesos. Y no sabemos con certeza si

9

son éstos los que influyen en aquéllos, o viceversa, o las dos cosas a la vez. Lo cierto es que los grandes se dan por sabidos, y los menudos hay quizá que vivirlos, o imaginarlos ya vividos, o tropezárselos en un manuscrito. Siendo así que los grandes sucesos son los que quedan más lejos, al fondo, colectivos e inasequibles, y acaso sean los que más necesitan ser contados.

De cualquier forma, el manuscrito que recoge este libro, lo encontré, por decirlo de una manera rápida, en Pau.

En su Universidad se dio, creo que durante el año académico 1993-94, un pequeño curso sobre mi obra, entonces aún bastante incompleta. El hecho principal de esos días es que apareció, para mí por primera vez, el queso de cabra con las ensaladas. Lo recuerdo porque me caía como un tiro: he ahí un pequeño suceso. (No para mí, por supuesto.) Yendo un día en automóvil, por una ligera curiosidad, al santuario de Lourdes, el catedrático de Literatura que conducía mencionó, por casualidad, sin darle la menor importancia, la existencia de un manuscrito, en castellano del XVI o del XVII, en alguna parte de la biblioteca de Letras. Más bien en el Departamento de Historia, dijo. Había llegado allí algunos años antes que el profesor que lo citaba. Y apenas conocía las circunstancias de tal llegada. Se acordaba con vaguedad de que lo había encontrado una familia, al hacer obra, o derribar una casa antigua, metido en una extraña carpeta de madera dentro de un cajón de un mueble con aspecto de escritorio, desde hacía mucho tiempo ya inservible. El rector que había entonces lo aceptó con amabilidad y, como se trataba de un científico, lo ojeó por encima y lo remitió sin más a la Facultad de Letras. Aquel catedrático que sin la menor ilusión me acompañaba a Lourdes, también sin ilusión ninguna me habló de ese hallazgo. Yo, tampoco ilusionado, le pregunté por cortesía si era posible que me mostrase a la vuelta el manuscrito. Y quedamos en que así lo haría siempre que se hallase en la biblioteca y fuera posible dar con él, lo cual le parecía improbable.

Lourdes me resultó decepcionante. O aun peor, bonito. Y contagió de previa decepción la casi imposible sorpresa del manuscrito. Tanto que, olvidado yo ya de él, fue el profesor de Literatura Contemporánea quien, tres días después, al salir yo de una mesa redonda, se acercó con un más que mediano paquete bajo el brazo. Me invitó a su despacho, y lo abrió ante mis ojos, ahora sí interesados, aunque todavía sin motivos plausibles.

—Llegaron aquí estos papeles hace unos quince años. Fueron encontrados en unas obras emprendidas en el desván de un antiguo edificio —sonrió—. Usted sabe la poca importancia que se da a lo que no cuesta dinero... Los papeles se arrinconaron. Todo el día de ayer estuve buscando el dichoso paquete. Lo habían dejado sobre una estantería tan alta que tuve que usar una escalera, a pique de matarme, para tantear entre el polvo sin muchas esperanzas. Supongo que llevaba allí desde que yo mandé guardarlo, sin entenderlo desde luego, después de que el bibliotecario, jubilado ya, me lo mostró hace ocho años.

Mientras hablaba desenvolvió el paquete, y me mostró lo que había llamado «extraña carpeta de madera», que era en el fondo en lo que aquello consistía: dos tablas finas engarzadas por unas cuerdas gruesas que se anudaban a uno de los lados.

—Parece —continuó— que aquella casa había pertenecido, puede que hace 200 o 300 años, a una familia aragonesa apellidada Téllez.

Yo leía el primer folio ya, escrito en una letra redonda y clara: «Es la tercera vez que empiezo estos escritos, tan distintos de mis *Relaciones* y mis *Memoriales*, tan lejos de mis *Cartas*. En ellos apareceré desnudo como mi madre, a quien no conocí, me parió. Tengo más de setenta años: una edad muy desagraciada para desnudarme en público: por eso lo hago en privado. Mis dedos no conducen ya la pluma de forma inteligible. Le dicto lo que quiero decir a mi amigo Gil de Mesa, mi rodamonte, como alguien lo llamaba en Pau: el sinvergüenza doctor Arbizu, al principio de mi segunda vida, o más bien de mi muerte; mi paladín, según se decía: qué más quisiera yo, aunque quizá fue así. Él lo podrá decir mejor...»

Busqué con avidez el último folio. Allí estaba la firma y el dato que no me atrevía a esperar: «Antonio Pérez. En París, en el 10 del mes de marzo del año del Señor de 1610.»

Levanté los ojos hacia el señor Philippe Lelouche.

—¿Qué? —una sonrisa tenue se insinuaba en sus labios.

—A primera vista es un descubrimiento emocionante... Permítame que mande sacar copia.

—Por descontado, amigo mío.

En este libro se recoge el texto que me dieron. Con otra ortografía, pero con un vocabulario semejante, aunque no en todo caso; incluso anacrónico en alguno (por una u otra parte) para hacerlo más inteligible; y quizá —no lo sé— con alguna aclaración a pie de página. Si existen reiteraciones, en fragmentos o en datos, o éstos se contradicen, de aquél provienen. Como el acierto y la dureza con que a los demás el autor juzga, siendo tan benevolente para sí.

Es de suponer que, una vez muerto al año siguiente Antonio Pérez, Gil de Mesa, su más fiel acompañante a lo largo de treinta y ocho años, no sintiera deseo de quedarse en París. Casi sin duda regresó a Pau, donde lo esperaba, cansada de esperar, Águeda Téllez, que había tenido un hijo suyo, en la primera estancia, cuando Pérez y Gil de Mesa, que siempre llevó la guía del protagonista, se fugaron de Zaragoza camino del Bearn, a cuya cabeza se encontraba Enrique de Borbón, hereje entonces. Habría muerto quizá el hijo por el que se casó con ella Gil de Mesa; pero éste necesitaría descansar. ¿Y dónde mejor que junto a aquella Águeda, aragonesa como él, paciente, no como él, y con quien tenía una deuda de afecto y de honra quizá? Y allí llevó con él estos papeles, que su amigo y señor le ordenó conservar. Conservar después de darle todos los demás, acumulados durante tanto tiempo, en tantos cofres y baúles, al enviado de don Rodrigo Calderón, ministro de Felipe III. Poco antes de que, en la Plaza Mayor de Madrid, lo degollasen por no haberlos entregado íntegros a la Corona. (No fue ahorcado, como refiere el dicho de «con más orgullo que don Rodrigo en la horca», porque sería acaso traidor, pero sin duda noble.)

Y estos papeles no se los deja Antonio Pérez a sus hijos, aún sin rehabilitar por el Santo Oficio, que tanto había inventado en torno suyo: se los deja a su amigo más íntimo, al que más creyó en él. Y se los deja probablemente sin saber por qué. A él, que era el que no necesitaba prueba alguna. Quizá por eso mismo. Y Gil de Mesa se los llevó a Pau como si se llevase los huesos de su amigo, a quien admiró y protegió y quiso. Y los mantuvo y los releía a veces, escritos con su letra y por su mano, junto a Águeda, marchita y silenciosa. Y acaso se murió un día de repente, sin haber tomado ninguna decisión... Y allí, en aquella vieja casa de los Téllez, durante un siglo o dos, mientras la propiedad cambiaba de mano algunas veces, quedó aquel cartapacio, escrito en un idioma extraño, enrarecido más aún por el tiempo, y amarillo por él tal y como yo lo vi, con los bordes gastados y redondeadas las esquinas. Un manuscrito que los años arrinconaron, incomprensible e innecesario para todos.

Quizá lo siga siendo. Quizá nunca debió publicarse. Pero yo me he atrevido, puesto que me fue dada la ocasión. Espero que mi osadía no sea del todo inútil. Porque salta a la vista que se trata no de una novela histórica, sino de una Historia novelesca. No me atrevo a decir que fidedigna.

PRIMERA PARTE

Es la tercera vez que empiezo estos escritos, tan distintos de mis *Relaciones* y mis *Memoriales*, tan lejos de mis *Cartas*. En ellos apareceré desnudo como mi madre, a quien no conocí nunca, me parió. Tengo más de setenta años: una edad muy desagradecida para desnudarme en público: por eso lo hago en privado. Mis dedos no conducen ya la pluma de forma inteligible. Le dicto lo que quiero decir a mi amigo Gil de Mesa, mi rodamonte, como alguien lo llamaba en Pau: el sinvergüenza del doctor Arbizu, al principio de mi segunda vida, o más bien de mi muerte; mi paladín, según se decía: qué más quisiera yo. Aunque quizá fue así. Él lo podrá decir mejor. Veo que se interrumpe un instante y sonríe.

Días antes le he dictado mi testamento y mi protesta, más o menos sincera, de catolicismo: creo que me he pasado en ella, qué le vamos a hacer: no quiero que a mis hijos les compliquen la vida. En esa protesta, Gil ha imitado mi letra y la ha firmado. No lo habría hecho yo mejor. En realidad, Gil me ha tenido siempre de su mano, así que no me extraña. Los Mesa y yo somos parientes, si es que yo soy pariente de alguien todavía. Él es de los Mesa de Bubierca: los mejores. Baja ahora la cabeza avergonzado. Tendrá unos cuarenta años, y es muy moreno y bien formado. No muy alto, pero sabe crecerse si hace falta. Es extremoso en todo; pero, más que en cualquier otra cosa, en la fidelidad. Sin él, no sé qué habría sido de mí: de lo que le dicto se deducirá. Es, como ningún otro, un hombre de recursos; extraordinario y casi milagroso. Dios, si es que existe, lo bendiga... Nunca en mi vida me he sentido tan triste —y cuidado que he tenido ocasiones— como un día en que pensé que Gil me traicionaba. Fue porque un espía portugués hijo de puta, Tinoco, inventó que Gil quería, harto de Francia, hacer la paz con el Rey de Castilla, y no la haría sin prestarle el servicio de venderme. Ganas me dieron de entregarme yo; pero pensé que si lo hacía él, la recompensa iba a ser grande y ése sería mi pago por tanta abnegación... Ahora mismo él me mira con sus ojos tan negros; deja un momento de escribir; cruza el índice y el pulgar y se los besa... Lo sé, Gil de Mesa, lo sé hoy, pero el día más triste aquel en que dudaba... Escríbelo, por Dios.

No miremos atrás en esa dirección. Vamos adonde vamos. Sé, como nadie, de qué está hecho el pedestal de las estatuas: de abusos, sangre, llanto y muertes, unos; de soberbia, desprecios y avidez, otros; de negación a la vida, los demás. Cuando la primera obligación de un ser vivo es vivir a toda costa, con todas sus fatales consecuencias, buenas o malas, y también con el hermoso riesgo de la felicidad, tan pasajero y tan intransferible. Todo lo que se oponga a la vida, libre en su tránsito, efímera, iluminada o tenebrosa, todo eso será lo opuesto a lo bueno. A lo que Dios, si es que creó la vida, nos ordena. No conozco otra ética ni otra religión; no más teología que ésa... En estos papeles tengo que ser sincero: sólo para eso los escribo o los dicto. He estado demasiado cerca del poder, de cualquiera, como para creer en él. Lo he tenido; me ha manchado las manos; he hurgado en sus entrañas; me salpicó los vestidos más caros, que son los que debe uno ponerse cuando se va a hacer el daño verdadero... No creo en la generosidad del poderoso; sin embargo, no he deseado en mi vida otra cosa que serlo.

Antes de enumerar las fuentes de las que he bebido cuanto sé, que son muchas y no limpias todas, diré de qué fuente procedo yo. Mi padre fue Gonzalo Pérez. Hidalgo, pero de un linaje de judíos conversos de Monreal de Ariza, en Aragón. Estudió en Salamanca antes de entrar en la Cancillería del Emperador Carlos, en tiempos de Alonso de Valdés, y de seguir allí con don Francisco de los Cobos. El Emperador lo apreciaba hasta el punto de concederle el privilegio de Caballero dorado con escudo de armas; pero mi padre no era hombre de guerras. Se hizo clérigo, supongo —y por qué no decirlo—, en busca de beneficios eclesiásticos siempre más productivos e inmediatos: la milicia no cobra, por eso se sublevan los ejércitos. Y obtuvo esos beneficios en Italia y España. Cuando yo nací, ya había recibido las órdenes mayores. Mi madre entiendo que fue doña Juana Escobar, natural de Torrejón de Velasco. Yo me crié en Val de Concha, aldea de Pastrana, en el señorío de Éboli. A los doce años, mi padre me envió a estudiar a Alcalá, y después a Lovaina, Venecia, Padua y Salamanca. Quien me llevó a la Corte... Ya hablaremos de eso.

Aprendí en aquellas ciudades algún idioma, algunas formas de relacionarme con habilidad y don de gentes, y unas costumbres que me dieron la posibilidad de gozar de la vida de un modo refulgente y alegre. Cuando regresé a España fue como si una mano apagara las luces de las antorchas, o cerrara las ventanas que dan al mediodía. España era un país belicoso y enjuto; Castilla, un granero que daba escalofríos, habitado por gentes que miraban a los demás como si fueran todos conversos de conveniencia y ellos cristianos viejos, lo cual era un buen título para no trabajar y estarse mano sobre mano esperando el maná, que habría de descender del alto cielo.

Desde 1543 mi padre había pasado a ser secretario del Príncipe, el futuro Felipe II, cuando el Emperador, que siempre estaba fuera, le confió la regencia de los reinos de España. Desde entonces no se separó de él, y lo acompañó a la frontera portuguesa en busca de la infanta María Manuela, su primera esposa, y a las Cortes de Monzón y hasta a Bruselas, cuando abdicó el Emperador en días sonoros que presencié yo cerca de él. Porque —mi padre lo dijo— cuando se tiene la oportunidad de ver pasar el rastro de la Historia, hay que estar bien atento lo más cerca posible. Yo ya tenía dieciséis años; quizá algo más, porque muy pronto empecé a rebajarme la edad: consideraba que los días que había vivido en Pastrana no habían sido vividos; que todo comenzó fuera de las fronteras de Castilla, cuando vi amanecer y amanecí yo mismo en las estremecidas y palpitantes ciudades italianas, de más libres costumbres, reidoras y siempre juveniles y llenas de la urgencia y el placer de estar vivo.

Aquí (aún digo *aquí* cuando pienso en Castilla) confundimos la alegría con la irresponsabilidad, y la virilidad, con el desabrimiento y la hirsutez. Aquí el humor —que ayuda a vivir, por lo menos, tanto como la religión— es también negro, igual que la raza castellana de gallinas. Y nuestro demonio familiar no es el de la rijosidad ni el de la soberbia, sino el de la envidia, o sea, la tristeza por el bien ajeno; de ahí que no haya ningún alegre envidioso ni ningún envidioso alegre: en el pecado llevamos la penitencia.

Acaso el origen de tanta tiniebla española esté en la religiosidad con antojeras que nos separó de todos los demás. El catolicismo rígido —con sus penitencias, sus sacrificios y sus valles de lágrimas— consiguió que amargásemos a medio mundo y procurásemos quemar al otro medio; pero, más que a nadie, nos amargó a nosotros. A nuestro concepto de religión como trampa infinita, como desdén de esta vida en función de la otra, unas veces fomentado por la Iglesia, y otras por los gobernantes, le debemos habernos pasado guerreando toda la Historia: la vida como una milicia. Contra los arrianos, contra los moros, contra los judíos, contra los herejes, contra los turcos, contra los indios... Un espanto. Porque vivir es, de momento, decir que sí a este mundo. Tan importante es esta vida, hasta para los ultratumbistas, que sólo ella puede comprar la hipotética otra. Sin libertad aquí, no hay ni cielo ni infierno ni gloria que las valga en otra parte. Si no se cum-

20

ple el primer compromiso —vivir en donde estamos— difícilmente se nos ofrecerá otra oportunidad después. Y los españoles somos propensos a huir de la realidad hostil en lugar de cambiarla. Por abajo, huimos con la picaresca; por arriba, con la mística. La solución es no ser como somos. Porque, más que a vivir, aspiramos a sobrevivir, en el sentido material o en el espiritual. Y eso no es nada bueno.

España, cuando me la volví a encontrar, era igual que una amenaza, oscura y triste. Hasta el idioma, al volver, me sonaba a hierro y a un siseante mandato de callar, y supe que esa sensación la tuvo este país desde muy atrás, en contraste con los árabes que se bañaban con naturalidad y se vestían de colores brillantes. La Historia había cambiado nombres, Reyes y dinastías; pero la gente siguió siendo la misma, con una pobreza altanera, envidiosa, rencorosa y huidiza, con un temor absurdo al gozo de la carne y una permanente preocupación del qué dirán y por lo que sucediera de tejas para arriba, siendo así que tienen los pies sobre la tierra y no disfrutan de otra posesión más segura, y más fugaz también, que su cuerpo, donde han de habitar fruición y esperanza, esa virtud, la única que respeto, que tiene cortas piernas, pero lleva tras sí a todas las demás y con la lengua fuera jadeando.

Todo cuanto voy a relatar en estos desordenados recuerdos, cuyo contenido dicto según me viene el aire a la cabeza, es verdadero. Lo sé no sólo porque lo he visto y comprobado, sino porque, lo que no he visto, me ha llegado de fuentes fehacientes. Mi padre conservó copia de los documentos y de las decisiones en que intervino, bajo el Emperador y bajo el Príncipe que fue Rey; había escuchado y anotado con meticulosidad de hormiga que esperaba que llegase su hora, la hora en que las cigarras dejaran de chirriar sin motivo, las confidencias de Alonso de Valdés y de Cobos, los acompañantes más continuos del Emperador, ante los que se mani-

21

festaba como un hombre satisfecho o inquieto, sin necesidad de fingir. Y había vivido el desamor del Príncipe Felipe por su mujer, la gorda portuguesa: a tal punto que el Emperador tuvo que intervenir para que frecuentara el dormitorio del que debía salir el heredero. Y su desamor también por María Tudor, la inglesa con la que debió casarse su padre: vieja, desvencijada, católica hasta el tuétano, tía segunda suya como hija de Catalina, la menor de los descendientes de los Reyes Católicos, y que tenía embarazos sicológicos o sólo inventados, porque era estéril lo mismo que una mula, a pesar de estar enamorada como una loca de un príncipe del Sur, rubio, joven, de gruesos labios y piernas bien formadas, maldito sea por siempre.

Y me ha ayudado a saber cuanto sé mi propia información, mi meticulosa copia de las notas del Rey, su confianza en mí más que en persona alguna, el eco de sus preocupaciones y sus destemplanzas durante tantos años... Y no sólo eso, sino mi afición a leer la Historia en los documentos que comenzaron a depositarse en el Castillo de Simancas, transformado por el Rey en Archivo de todo aquel país. Durante su reinado no se hizo sólo El Escorial; se efectuaron las obras más importantes de acomodación y distribución del Archivo real, con los informes favorables de Juan de Herrera y de Gaspar de Vega, que yo leía y resumía y trasladaba a Su Majestad. Y me ocupaba de que los documentos, con el pretexto de su selección y orden, pasaran por mis manos, donde permanecían las copias de los más importantes. Y todo está en la actualidad conmigo. Sigo siendo el poseedor único de los testimonios más trascendentales de la Historia de España. Nadie crea que exagero. Siempre he gozado de un olfato perfecto para saber por dónde va a dejar sus huellas antes de que las deje, y por dónde ha pasado con posterioridad.

Porque, en efecto, todo viene de atrás, de muy atrás. Pero sólo me referiré a lo que tiene algo que ver con lo que en sustancia deseo contar aquí.

Cambió en Castilla la dinastía un par de veces; pero no las avaricias de los nobles, ni los embrollos por conseguir la presa más valiosa, ni los largos inviernos en los que se aburrían aguardando que llegara el verano para asaltar aljamas de judíos o meterse en los terrenos ricos del Sur, donde los árabes trabajaban constantes, cosechaban sus frutos, tañían sus instrumentos y cantaban... Cambió por vez primera; pero los Trastámara entraron como resultado de un adulterio continuado —el de Alfonso XI con Leonor de Guzmán, la hermosa viuda que le dio ocho hijos varones y una hembra— y de un fratricidio —el de Enrique—. Él mató, con la ayuda de los franceses (pagada, por supuesto, menudos son), a su hermano, el Rey legítimo, Pedro I, a quien enseguida unos llamaron *el Justiciero* y otros *el Cruel*. No; los Trastámara ni entraron ni salieron con buen pie. Era una familia desequilibrada cuando llegó, o quizá antes: brutal, violenta y voluptuosa, con alguna excepción, quizá una sola: Fernando *el de Antequera*. Por si eso fuera poco, el fratricida tuvo que tapar bocas, llenar manos, hacer muchos favores para calmar las interesadas rebeldías. Los Reyes de aquel tiempo eran como los de éste, pero algo menos fuertes y un poco peor organizados: imagináoslos, pobres de ellos. Enrique II *el de las Mercedes* llevaba escrito su destino y el de sus sucesores en mitad de la frente, como un cuerno. Las dádivas alborotaron el gallinero de los Grandes del Reino; les dieron alas a quienes no las tuvieron hasta entonces. Hubo de contar con los recién crecidos: los más listos impacientes, los que no habían tenido hasta entonces nada o muy poco y los advenedizos. Como él mismo. Porque había demostrado que hay muy distintas formas de llegar a ser Rey: no basta sólo haber nacido de otro Rey y una Reina; la ambición también ciñe coronas.

Los primeros Trastámara se pasaron luchando los reinados enteros. Solían morir con herederos demasiado jóvenes, y las minoridades son tan peligrosas... La de Enrique III, por ejemplo: un pobre niño enfermo. Su padre murió cuando él tenía once años. *El Doliente* lo llamaron. Fue el primero en llevar el título de Príncipe de Asturias, por destacarlo de algún modo. A los ocho años lo casaron con Catalina de Lancaster, hija de Juan de Gante, y nieta, por parte de su madre Constanza, de aquel Pedro I de Castilla y de María de Padilla, la embrujadora sevillana, por la que había dejado a doña Blanca de Borbón dos días después de la boda, y a doña Juana de Castro en su casa de Cuéllar la misma noche, y acaso a doña María Coronel.

Se juntaron en aquel niño las dos dinastías enemigas: a ver si así podía ponerse punto final a ese hiato de la historia castellana. Aquel matrimonio tuvo que ratificarse por la escasa edad de los contrayentes. Se llevó el gato al agua un arzobispo de Toledo, como siempre. El de entonces se llamaba Pedro Tenorio. Y ocultó la muerte de Juan I hasta que Enrique fue reconocido; y el testamento real, hasta formar a su antojo un Consejo de Regencia según las leyes de Partidas, que ya no se llevaban. El invento no salió bien, y la regencia fue como una representación de las Cortes: ningún noble quiso dejar su sitio libre.

Entonces el arzobispo sacó el testamento del Rey y se lió Roma con Santiago. Todos ellos tuvieron que enfrentarse, aparte de unos contra otros, juntos, con el problema de un arcediano de Écija, que provocó, con sus predicaciones, motines contra los judíos. Es decir, lo de siempre: Castilla odia a quien tiene dinero o bienes porque se lo trabaja. O a los que, conforme a la ley, heredan tronos o noblezas o tierras. Castilla es una palestra en la que todos guerrean con todos. Y hay quien, como Enrique III, posee un ideal cristiano y quiere realizarlo luchando contra los moros. Un ideal provechoso: la guerra era lo único que unía a los castellanos. Sólo relativamente, claro: lo que los unía de verdad era la codicia, pero sólo hasta que llegaba la hora del reparto. El ideal cristiano del joven Rey tuvo que esperar a que se terminaran las matanzas judías y a que se concluyera el cisma de los Papas y a que agotasen de momento las guerras con Portugal. O sea, a que cesaran los habituales entretenimientos que no cesaron de verdad nunca del todo.

No obstante, Castilla asomó las narices hasta el mar. Una escuadra destruyó Tetuán en 1400. Y dos franceses, Bethancour y Lasalle, tomaron posesión en nombre castellano de las Islas Canarias principales. Y, lo que es más curioso, preocupado aquel Rey por los avances de los turcos también, mandó al Gran Tamerlán dos embajadas: una a Angora, que volvió cargada de regalos, y otra después, la de González de Clavijo, que asistió a la muerte del Tamerlán, en el otro extremo del mundo, al que llegó a uña de caballo una vez apeado de un barco en Constantinopla. Y luego, de otro en Trebisonda. Hasta Samarkanda, que dijo por escrito que era bella y azul. Y tuvo el valor de regresar a que el Rey lo recibiera en Alcalá de Henares para nombrarlo conde de Clavijo... Qué inverosímil entusiasmo.

El amador de las mujeres,

Cuando murió Enrique III, dejó un niño de un año, que reinó largo tiempo. Heredó Castilla, las guerras nobiliarias, el cisma de la Iglesia en que intentó influir puesto que uno de los Papas cismáticos era Benedicto XIII, de España; y sobre todo recibió un soplo renacentista y bienoliente. Se le llamó *el amador de toda gentileza.* Su minoridad fue tranquila. En el testamento del padre se encomendó la regencia a su madre y a su tío, el infante don Fernando. Éste sí que luchó contra los moros, y puso una bisagra en la difícil puerta de la Reconquista. Se apoderó, contra los españoles y los de Fez y los de Tremecén, de la gran Antequera. Tan importante hazaña le dio el nombre. No se entendía con su cuñada inglesa, que era más bien cargante. Se dividieron las tareas: a él le tocó la guerra contra el Sur; a ella, contra la nobleza.

La nobleza, que esta vez admiraba, le ofreció al infante Fernando la corona de Castilla, pero no la aceptó. Y, como si la Providencia estuviese de él pendiente, en el Compromiso de Caspe, le ofrecieron, o le vendieron, la Corona de Aragón. El infante era hijo de Leonor de Aragón; pero estaba también casado, por fortuna, con la fortuna de Leonor de Alburquerque, útil en aquel compromiso, en el que el dinero no estuvo descansando ni un momento, por mucho que san Vicente Ferrer, el milagrero, alardease de limpieza.

La Reina Catalina estaba asesorada por una favorita, Isabel Torres. Y, por descontado, por otro arzobispo de Toledo, esta vez Sancho de Rojas, que inició una política no portuguesa sino aragonesa: los Trastámara ocupaban ambos tronos. Casó a Alfonso, el mayor de los hijos del de Antequera, con María, la hermana de Juan II el reyecito, y a éste, de trece años, con su prima María de Aragón, hermana de ese Alfonso y tarada perdida. Se murió, inoportuna como siempre, la Reina madre. Y se armó otra gresca con la regencia. Hasta que el arzobispo, de Toledo naturalmente, decidió declarar mayor de edad al Rey con catorce años. Pero a su lado había aparecido tiempo ha, por designio divino, un doncel real: don Álvaro de Luna, hijo bastardo del señor de Cañete y de una mujer de conducta más que ligera, María Fernández de Jaraba, alias *la Cañeta*. Tenía quince años más que el Rey. Fue su valido y mucho más. Era protegido y sobrino, cómo no, de otro arzobispo de Toledo, don Pedro de Luna, y más lejanamente del antipapa Benedicto XIII, Luna también, recién instalado en Peñíscola y, a la vez, en sus trece.

A este doncel lo acercan al Rey cuando éste cumplía tres añitos; y lo acercaron tanto que dormía cada noche en una cama a los pies de la regia. Se convirtió en su ídolo; ganó, con toda razón, su voluntad; decía y hacía con gracia cuanto hacía y decía. Eran la uña y la carne; sobre todo la carne, cuando el niño llegó a la pubertad. Distraía al Rey cantando y tañendo y haciendo poesías. Eran tan inseparables que don Álvaro sólo se ausentó de la Corte un par de veces: para visitar, por supuesto, al arzobispo de Toledo, su tío, una; para acompañar a la hermana del Rey a su boda aragonesa, otra. Y en las dos el Rey inmediatamente lo mandó regresar. La Reina Catalina de Lancaster y su asesora Isabel Torres decidieron casar a don Álvaro, al observar las tendencias del joven don Juan, con una dama llamada Constanza Barba: supongo que el apellido no contenía mala intención. Álvaro no puso inconvenientes; el Rey, sí. Cuando tuvo trece años, en unas justas con motivo de sus bodas reales, don Álvaro fue herido en la cabeza. El Rey perdió la suya: hizo mucho más caso del herido que de su prima y esposa... Pero por esa época, en contra de la total influencia de don Álvaro, aparecen en Castilla los tres infantes de Aragón, hermanos de Alfonso, ya heredado, cuñados y primos reales, don Juan, don Enrique y don Pedro, que se entrometen en la Corte, marcan las modas y desean quitarse de encima al valido para gobernar ellos. Porque el valido prefería que el poder estuviese en manos de la baja nobleza para que la monarquía se ejerciera con más fuerza y más autoridad.

Pero, aparte de buscar el mando, los tres infantes se asientan en Castilla porque la encuentran más divertida —cómo sería Aragón—, más poblada, con mejor caza y más fácil para abusar y sorprender. Pronto el infante Enrique secuestra a la real persona en Tordesillas, mientras su hermano Juan reúne en Ávila un simulacro de Cortes, antes de que Enrique se case, casi por la fuerza con doña Catalina, la hermana del Rey, en Talavera. Unos días antes, para no levantar sospechas de ningún tipo, don Álvaro ha contraído su primer matrimonio con doña Elvira de Portocarrero, hija del Señor de Moguer. Con pretexto de una cacería, con que está celebrándose el matrimonio de Enrique y Catalina, huyen el Rey y don Álvaro y se refugian en el castillo de Montalbán.

Desde entonces el favorito es el protagonista del gobierno. Vivo como era, atrae a la Corte al infante don Enrique, lo acusa de connivencia con los musulmanes y lo apresa. Su querido y amigo el Rey lo nombra, por ese hecho, Condestable. La Corte entera es como un relato de buenos y malos, en el que todos son regulares. La peripecia anterior crea un conflicto con Aragón, donde se forma un partido en torno a unos exiliados castellanos, uno de los cuales es el Adelantado Pedro Manrique. El Rey de Aragón, don Alfonso, obtiene la libertad de su hermano, y Enrique recupera sus bienes no sin crear una liga contra el favorito, auxiliado por tropas aragonesas. Qué barullo.

A esas horas el otro infante, don Juan, asciende al trono

de Navarra por muerte de su esposa. La familia copa los reinos; pero Castilla, sin fuerza alguna y ya casi sin Rey, tiene que aceptar la Concordia de Valladolid. Y se destierra a don Álvaro de Luna. La torpeza de los infantes, incapaces de gobernarse y de gobernar, hace que el desterrado, con una Corte en Ayllón más influyente que la del monarca, vuelva a ella y a los brazos del Rey, que ya ha cumplido los veintidós años. No había más solución que la violencia: Navarra y Aragón declaran la guerra a Castilla. No una guerra entre reinos, sino una disputa familiar sobre quién va a reinar en todos. De momento reina la confusión: las posesiones, los dominios y los títulos de los infantes aragoneses van y vienen. Una comisión de jueces dirige los pleitos y el vaivén; pero nadie le hace caso. Don Álvaro, hábil, invoca la memoria del padre de los infantes, don Fernando *el de Antequera*, y comienza una campaña contra Granada para distraer fuegos. Su victoria en La Higueruela es deslumbrante; ineficaz y evitable, pero deslumbrante. Para el Rey sobre todo. Y para entretener a la nobleza, que estaba hasta la coronilla, mete preso a don Pedro, el tercer infante de Aragón, y arrebata a Enrique su Fuero de Alburquerque, herencia de su madre.

Don Álvaro está en su apogeo y el Rey se mira en él. Le concede el Maestrazgo de Santiago. Y el Maestre reciente casa al hijo de su Rey, don Enrique, un muchacho raro, con Blanca de Navarra, hija del infante don Juan, que reina allí. Y, por si fuera poco, destierra a los otros dos infantes. La Corte, entre Valladolid, Segovia y Medina del Campo, reluce de justas y torneos. Todo es lujo y esplendor. Sin embargo, el querido Condestable, autorizado por su Rey, comete tres errores: le da a un hermano suyo, Juan de Cerezuela, una mitra, la de arzobispo de Toledo como es natural; se hace nombrar ayo del Príncipe don Enrique, hijo del Rey, que ya tiene un valido ambicioso, Juan de Villena, hasta la muerte y más allá; y recibe el castillo de Montalbán, que era de la Reina doña María, no celosa quizá pero tampoco idiota. El Rey goza como un rey italiano, entre caballeros, músicos y poetas. Castilla es respetada, aunque no por las armas. Don Alonso de Cartagena, en el concilio de Basilea, que insiste sobre el cisma de los Papas, entona un *laus Hispaniae*, aboga por sus derechos sobre las Canarias e identifica Castilla, por primera vez, con la totalidad de España. Todo, esplendor y lujo.

Sólo faltaba una cosa: la autoridad real. Juan II, blanco y rubio y algo abesugado, como todos los Trastámara, es artista, pero débil y tímido; habla sólo por boca de don Álvaro. Pero sus enemigos son fuertes. Por segunda vez, Pedro Manrique, el Adelantado, ésta por haber sido preso, desencadena una tormenta. Los rebeldes se juntan y alzan lanzas. El Rey pacta asustado y firma el acuerdo de Castronuño. El acuerdo lleva consigo el segundo destierro de don Álvaro. Pero ése es el principio, no el final de una guerra. Ahora, a los infantes se une el príncipe Enrique, el heredero castellano, conducido por su don Álvaro personal, aquel Pacheco a quien dará luego el condado de Villena, que ahora es del infante don Enrique. Todos juntos cercan al Rey en Medina. A socorrerlo vuela el Condestable. Pero de nada sirve: él ha de refugiarse en Escalona por seis años, y el Rey queda en manos de los rebeldes.

En una ocasión va a ver a su amado, porque lo dejan, para bautizar una hija de su segundo matrimonio, con Juana Pimentel, hija del conde de Benavente. En vista de la situación, el obispo de Cuenca funda una liga a favor del Condestable. En ella colaboran el futuro duque —entonces conde— de Alba, el futuro marqués de Santillana, entonces sólo Íñigo de Mendoza, y sobre todo el Príncipe de Asturias don Enrique y su gran e intrigante favorito. El Rey se escapa de Portillo, donde está en manos del conde de Castro, y va a Burgos en busca de los suyos. Don Álvaro le da la batalla que merece a la nobleza enemiga: sangrienta, dura y larga: la batalla de Olmedo de 1445. Hasta el príncipe Enrique, que luego será llamado *el Impotente*, queda como un señor, rebelde e imponiendo su criterio en el reparto de prebendas.

Dos años después, don Álvaro decide casar al Rey, ya viudo, con la guapa Isabel de Portugal, creyendo tener en ella la aliada que necesita. Y algo más. Se equivocó de nuevo. La princesa era dominante y celosa. Cae en la cuenta de cuanto sucede nada más llegar a Castilla. Se propone conquistar a su marido, un senil prematuro, en todos los sentidos: en los cinco y alguno más. Por medio esta vez de un obispo, el de Ávila, Fonseca (ese nombre abunda más que ningún otro en los episcopados españoles de todos los tiempos, yendo en general de padres a hijos), hizo un concierto con el marqués de Villena, aún el infante don Enrique. En él se sacrifican al Condestable y a su suegro, conde de Benavente. Al primero, el Rey le da permiso, sin que se lo pida, para descansar. Don Álvaro duda, pero cree que todo se resolverá como siempre. No cuenta con la tarda y lasciva pasión del Rey, con su prematura pero avanzada vejez, con el atractivo arrollador y perturbado de la Reina. Salva de la prisión a su suegro: ésa será su última victoria. Contra él crece un mal ambiente general; se subleva Toledo por el exceso de impuestos; se le comienzan a tender celadas; se sublevan las ratas; él pierde la ecuanimidad; tanto que al traidor Alonso Pérez de Vivero lo arroja por una ventana... En Valladolid está a punto de ser sorprendido y apresado. El Rey no estaba allí; se hallaba en Burgos. Hasta Burgos, desalado, en su busca, va don Álvaro, ya en desencanto desde el primer destierro. Y fue ese viaje lo que lo perdió. En Burgos dicta el Rey auto de prisión contra él. Se lo juzga con prisa y con desgarro. Se lo condena a muerte. El 2 de junio de 1453 se le ajustició en Valladolid. El Rey, que ha tenido una niña y un niño con la portuguesa, apenas le sobrevive. Acaso muere de arrepentimiento.

Un poeta, algo más tarde, reinando ya esa niña, pierde a su padre, Adelantado en la Sierra de Segura y Cazorla. El poeta se llamó Jorge Manrique. Escribió unas coplas que no podrán morir. Algunas de sus estrofas cuentan, casi de puntillas, lo que he contado aquí. Y el misterio de esa sombría muerte

innecesaria del Condestable, que nadie había entendido, de
la que nadie hablaba.

> *¿Qué se hizo el Rey don Juan?*
> *Los infantes de Aragón,*
> *¿qué se hicieron?*
> *¿Qué fue de tanto galán?*
> *¿Qué fue de tanta invención*
> *como trajeron?*
>
> *Las justas y los torneos,*
> *paramentos, bordaduras*
> *y cimeras,*
> *¿fueron sino devaneos?*
> *¿Qué fueron sino verduras*
> *de las eras?*
>
> *¿Qué se hizo aquel trovar,*
> *las músicas acordadas*
> *que tañían?*
> *¿Qué se hizo aquel danzar,*
> *aquellas ropas chapadas*
> *que traían?*
>
> *¿Qué se hicieron las damas,*
> *sus tocados y vestidos,*
> *sus olores?*
> *¿Qué se hicieron las llamas*
> *de los fuegos encendidos*
> *de amadores?*
>
> . . . .
>
> *Pues aquel gran Condestable,*
> *Maestre que conocimos*
> *tan privado,*

no cumple que de él se hable,
sino sólo que lo vimos
degollado.

¿Qué había sucedido? ¿Por qué la Reina se volvió enemiga mortal del valido que la condujo hasta el trono frente a otras pretendientes a él? ¿Tan necesario era que no hablase? ¿Hubo un amor a tres? ¿Fue la infanta Isabel, llamada luego *la Católica*, hija de don Álvaro acaso? ¿Quién tuvo fieros celos de quién? ¿Fue todo la reacción violenta y sin marcha atrás de un temeroso? ¿Hubo alguna amenaza de publicar una relación nefanda? ¿Se basó todo en el deseo de la portuguesa de gobernar sin ningún contrincante? ¿Por qué no se cubrieron las apariencias con un juicio largo y minucioso, sino que se produjo la ejecución por expreso mandato del monarca para callar a todos? ¿Qué se consiguió?

Durante unos meses se impuso la privanza de la Reina. A la muerte del Rey, el príncipe Enrique, ya Rey puesto, la depuso. La envió a la villa de Arévalo con sus hijos. Toda Castilla quedó anonadada por la dignidad con que llevó su final el Condestable. Como si se diera cuenta de que en él escarmentaban todas las grandezas. Así lo veo yo. Pero ¿por qué la viuda no rompió nunca los lazos con el recuerdo de don Álvaro? ¿Por qué a la persona de más confianza de él, Gonzalo Chacón, hechura y criado y venerador suyo, es a quien se le encomienda la custodia de los dos hijos, huérfanos del Rey, doña Isabel y don Alfonso? ¿Por qué Isabel, para reparar la memoria de don Álvaro, hace que se reconstruya con la mayor esplendidez, en las postrimerías de la década de los ochenta de aquel siglo, la capilla del Condestable de la catedral de Toledo, destruida en unos alborotos de 1449? ¿Por qué, una vez perdida del todo la cabeza, la Reina viuda, encerrada en Arévalo o en Madrigal de las Altas Torres, loca perdida, gritaba por las noches a la luz fría de la luna, cerca de las murallas, invocando insomne y desdichada el nombre de don Álvaro? ¿Por qué, para qué lo llamaba? ¿Era remordimiento solamente, o producto de su locura, o su locura era producto de su remordimiento? ¿O todo era consecuencia de un amor, o quizá más de uno, inconfesable?

Como en todas las épocas, si bien en aquella de manera no ostentosa pero frecuente, las relaciones de sexo entre hombres o entre mujeres no eran extrañas. Menos aún entre un hombre con la natural hermosura, el valor y la gracia de don Álvaro y de alguien que pasó la pubertad, la adolescencia y la juventud al lado suyo. Y, por si fuera poco, hasta durmiendo juntos, pues el Rey no consentía que fuese de otra forma. Acaso las influencias de las costumbres musulmanas o moriscas daban mayor naturalidad a estas relaciones. No hay más que recordar los escritos andalusíes, una de cuyas obras cimeras es *El collar de la paloma*, para comprobar la limpia aceptación de lo que luego la hipocresía rechazara. ¿Pecado contra natura? Es difícil pecar contra la naturaleza en general, porque sus leyes se encarga de cumplirlas ella misma. Y en cuanto a la naturaleza personal, cada uno sabe cuál es y cómo respetarla y disfrutarla.

Entre Juan II y don Álvaro se repite la historia de Al-Mutamid de Sevilla y su amigo Ibn Ammar. Se habían conocido en Silves, siendo el futuro sultán muy joven, y habían unido sus vidas y satisfecho sus deseos, seducido el menor por la sabiduría erótica del mayor. Cuando llegan a Sevilla, el padre de Al-Mutamid, Al-Mutadid, destierra a Ibn Ammar a Zaragoza, y casa a su hijo con la Rumayqyya, hermosa y llena de gracia, que le da hijos también hermosos. Pero, una vez Rey, llama a su amigo y lo nombra primer ministro. Pasado el tiempo, Ibn Ammar conquista Murcia, y, quizá celoso, insulta desde allí a la sultana y a sus hijos. Huye ante las amenazas de su señor, pero lo apresan en Segura y lo conducen a la Corte sevillana. Después de acostarse con él por última vez en la celda donde estaba reducido, Al-Mutamid le corta la cabeza con un hacha regalo de Alfonso VI. El sultán tenía cuarenta y un años. Aún le faltaban diez para el destierro.

Lo único en lo que no estoy de acuerdo en todas estas historias es en su atribución exclusiva a lo islámico. En todas las ciudades de Europa, y yo he conocido bastantes, había una actitud de respetuosa tolerancia, cada vez más grande, que consintió las relaciones sodomitas como práctica aceptada en todos los niveles. Así fue desde el Batallón Sagrado de los tebanos hasta la Orden del Temple. Yo he conocido las costumbres italianas de las que tendré que volver a hablar si la vida me lo permite. Que la forma de ser y la cultura de los andalusíes fuese más favorable a tal comprensión es sólo algo que los enaltece.

No se puede olvidar que la primera Inquisición en España, desde el primer momento, cuando Gregorio IX, a través de varias bulas creo que de 1233, encarga a los dominicos, en sustitución de los prelados, la misión de inquirir, juzgar y sentenciar a los herejes de las respectivas diócesis —digo bien, sólo a los herejes—, quedaba encargado el poder civil de la ejecución de las penas: una habilidad de endoso reiterada en el comportamiento eclesiástico, que sabe bien cómo lavarse las manos. El tribunal se crea para Francia, pero se difunde enseguida; aquí, en el reino de Aragón antes que en otros. Pero la Inquisición nueva, la más conocida y terrible, es cosa ya de los Reyes Católicos. Con una forma nueva, única y concentrada en ellos. Fue sólo entonces cuando la sodomía se entendió costumbre de herejes y cayó bajo la jurisdicción inquisitorial. Pero no antes. Yo lo aprendí muy bien.

Fuera como fuera, el Condestable Luna iluminó, como un sol, los mejores años de la vida de su Rey, lo condujo y lo manejó a su manera, llenó la Corte de arte y regocijo. Pero suscitó la envidia, los ardides y las confabulaciones de los nobles, igual que había sucedido y sucedería en todos los reinados, hasta en los absolutos: yo mismo soy la viva prueba. Por activa y por pasiva.

Fuese quien fuese el padre de Enrique IV (puesto que si su hija Juana fue engendrada por Beltrán de la Cueva, su propio amante, bien pudo ser él engendrado por el amante de su padre), tacharlo de *Impotente* no deja de ser una exageración equivocada. Hay, dice el derecho canónico, en el que estoy instruido, tres clases de impotencia: *generandi*, la que impide engendrar; *coeundi*, la que impide copular; y *erectendi*, la que impide la erección del miembro viril. Ni Enrique IV fue impotente ni tímido sexual: sencillamente no le gustaban las mujeres. Si las putas de Segovia consultadas dijeron que se portó siempre con ellas como un varón brioso, mentían: a buena parte fueron a pedir opinión.

El Rey, que no lo fue hasta los veintinueve años, estuvo desde los quince casado con Blanca de Navarra, prima segunda suya, durante trece años. Y no consumó nunca el matrimonio. Se deshizo éste conforme a las normas de nulidad eclesiástica, y la novia, tan entera como nació, volvió a Navarra, donde acabó reinando. Y no tendría tan mala opinión de Enrique su esposo, que había hecho durante tantos años los mayores esfuerzos por penetrarla para que le diera sucesión, cuando lo nombró heredero de su reino, heredado de su madre, Blanca como ella, pero más abúlica y casada con el dominante Juan II, el infante más insufrible de Aragón. Si no pudo cumplirse la aceptación, fue por lo mismo que no pudo cumplirse la anexión a Castilla de Cataluña, solicitada por los catalanes, hartos de las insensateces de ese Juan II, padre, por si fuera poco, de Fernando *el Católico*, y asesino de su primer hijo, Carlos, el príncipe de Viana. O quizá sólo esposo de su envenenadora, Juana Enríquez, hermana del Almirante de Castilla y madre de Fernando, para quien quería el trono. En una época en la que sucedían tales historias como las que hoy mismo suceden, y lo que dicto es una prueba, ¿a quién iba a extrañar o asombrar o escandalizar que se amaran dos hombres o dos mujeres (como doña Catalina de Lancaster e Isabel Torres) o que un hombre no pudiera penetrar a su esposa?

Juan Pacheco, después conde de Villena, inició a Enrique IV en la sexualidad. Quizá también Pedro Girón, su hermano, que, después de hacer voto de castidad, fue prior de la Orden de Calatrava y pretendió la mano de la infanta Isabel, medio hermana de Enrique. La bisexualidad era la regla, como en todas las épocas. Y el hecho de que en la noche de bodas tuviera que desvirgarse a la mujer ante testigos, y enseñar luego las sábanas manchadas de sangre, no era, por mucho que quisiesen la ley y la costumbre, plato de gusto ni sencillo. El príncipe primero y Rey después era aficionado a hombres fuertes y aguerridos, compañeros de cacerías y de juegos: Gome de Cáceres, acaso el más hermoso; Miguel Lucas de Iranzo, nombrado primero Condestable de Castilla, y luego, cuando el amor plegó sus alas y la separación ya no dolía, Adelantado del Santo Reino de Jaén; Francisco Valdés, que se negó a las pretensiones de Enrique, encarcelado cuando trataba de huir, y visitado por el Rey en secreto, para reprocharle la dureza de su corazón: acaso el más amado por no haber correspondido. O quizá lo fuese un muchacho de Úbeda, guapo y ambicioso, cuyo padre se lo encomendó al Rey con buena mano, y él lo trajo a la Corte como paje de lanzas. Beltrán de la Cueva fue su nombre.

El Rey se había casado por segunda vez con su prima Jua-

37

na de Portugal. El temor a la impotencia real, que dejaría a la princesa compuesta y sin marido, hace que la corona portuguesa pida una dote especialmente hinchada, de cien mil florines de oro como depósito previo, que se pagan —así lo he leído— «en tres talegones muy grandes de lienzo», llenos de doblas castellanas.

La boda se hace en mayo de 1455 y hasta agosto no hay novedad alguna, lo cual alarma a tirios y a troyanos. Alonso de Palencia, cronista nada amigo de Enrique, alude a una especie de inseminación *per vias non rectas*. Fue en Aranda de Duero. Parece que la hizo, con un tubo acodado de oro, un médico judío, en presencia de la Reina, tendida en un lecho paralelo, y de don Beltrán de la Cueva, que estimulaba al Rey. Quizá sean tan sólo habladurías: yo nunca me he fiado de las crónicas, normalmente pagadas: malpagadas. Lo cierto es que don Beltrán pisaba fuerte en la Corte, entre envidias ajenas, y con unos zapatos tachonados de pedrería. Y, si se le vio entrar alguna vez a deshora en palacio, no fue por ir en busca de la Reina, que luego demostró no ser muy amiga de castidades, sino del mismo Rey. Por amor de él, que era discreto en su comportamiento, le arrebató la ciudad de Cuéllar a su medio hermana Isabel, a quien en testamento se la había dejado su padre común. Y, ante el escándalo y la palidez envidiosa de toda la Corte, muy en especial de Juan Pacheco, le concedió el Maestrazgo de Santiago. Al que luego hubo de renunciar en favor de aquel de quien ya era por designio de su padre Juan II: el infante don Alfonso.

Aquellos primeros años del reinado fueron los más tranquilos para Enrique IV, aunque a su hija Juana la llamasen *la Beltraneja*. Él la hizo jurar como heredera el día de su bautizo, en el que la apadrinó su tía Isabel, de diez años entonces. Los infantes Alfonso e Isabel vivían con su madre, mística y trastornada, entre Madrigal y Arévalo. Dadas sus obsesiones, tomadas como piedad profunda, el Papa Nicolás V le concedió el privilegio de usar un altar portátil, y la autorización para hacerse decir misa y comulgar a cualquier hora, como y donde quisiera, incluso antes de amanecer. La vida de los niños no debió de ser muy alegre, pero bien vigilada. Gonzalo Chacón y su mujer cuidaban de los tres.

La ceremonia del bautizo de la niña Juana en Madrid descubrió la falsía habitual de muchos asistentes; sobre todo, la del marido de la segunda madrina, la marquesa de Villena, esposa de Juan Pacheco, el mayor intrigante, el mayor resentido, un sufridor insomne de la envidia. Antes de jurar a la heredera de aquel de quien había sido ayo, levantó un acta de notario diciendo en ella que no serviría el juramento. Y el arzobispo de Toledo —cuándo no— Alfonso Carrillo, que estuvo yendo de la ceca a la Meca cuando le convino, lo mismo. Es después de este bautizo cuando se convocan las Cortes del Reino, para que la princesa doña Juana sea jurada heredera. El alto clero, la alta nobleza, los procuradores de las Cortes como representantes de las ciudades... Pero para nada sirvió. Aquí está la simiente de la rebelión y el alzamiento feroz contra un Rey que amó la paz; que era sensible y bondadoso; que no se vengó de sus enemigos cuando pudo y quizá debió hacerlo. Todo habría sido distinto en la Historia de España si hubiera reinado en Castilla doña Juana, casada en serio con Alfonso V de Portugal, ya viudo, en lugar de Isabel y Fernando.

Isabel captaba ya, de chiquita, que algo no iba bien en el reino. Sólo tenía diez años: no le hacían falta más. Ahí empieza una minuciosa y arriesgada carrera, que conducirá al trono. Lo primero que hace es darse cuenta y tomar nota, que le serviría años después para una carta-manifiesto de 1471, de que es la Reina la que, preñada ya, pide que los hermanos de su marido, sucesores de él si no existiera sucesión propia, dejen Arévalo y vayan a la Corte, para que, si fuese necesario, sean secuestrados y usados por la nobleza cimarrona. La ya princesa dirá nueve años después que «fue para nosotros peligrosa custodia». Yo he visto una carta de un tal Quisquella escrita a Enrique IV aquel verano del 63 en que le habla de la Corte de Aranda, de la Reina y de los infantes y de un bienestar apacible y gentil. Y luego añade: «Los caballeros moriscos y moros de vuestra alteza están bien. Hoy han tomado sueldo.» Es cierto que los infantes se sienten vigilados, pero no son cautivos. Para su bien y su tranquilidad se les custodia, no como dirá ella años después.

Fue Beltrán de la Cueva y los mimos del Rey quienes pusieron en el disparadero a Juan Pacheco, el innoble, el vengativo, el ruin. No necesitaba otra cosa. La verdad es que ya le salían los títulos por las orejas al joven advenedizo. En 1561 fue nombrado, por si fuera poco, Consejero real, y a finales de ese año, Señor de Colmenar de Arenas, cuyo topónimo pasó a ser Mombeltrán: cuánta natural delicadeza. Y se le agasaja con la cesión de una serie de lugares que pertenecieron a don Álvaro de Luna, su equivalente, pero en mejor, del anterior reinado. Durante el invierno aumentaron los obsequios. Por fin consiguió el título de duque de Alburquerque, que fue de aquel infante de Aragón don Enrique y al que aspiró hasta su muerte Juan Pacheco, el primer favorito del Rey, siempre muriendo de asco por el bien ajeno. Aunque es necesario reconocer que, muerto el Rey, se retiró a Cuéllar, tomando partido por Isabel en la lucha contra Portugal y doña Juana, su presunta hija. También acompañó a la usurpadora en la guerra de Granada. Murió en 1492. Pronto para don Beltrán.

Al final del verano siguiente, Pacheco reunió a la nobleza más alta con, por descontadísimo, Carrillo, el arzobispo de Toledo, y otro Fonseca, arzobispo de Sevilla en esta ocasión, todos en Burgos, bajo la mitra del obispo Acuña. Y firman un manifiesto en el que dicen que los dos infantes están presos y que Juana no es hija verdadera del Rey, cuyo poder está en manos de Beltrán. Había que libertarlo de él, no sin antes tacharlo de impotente y cornudo.

El Rey se reunió con sus consejeros en Valladolid. Le recomendaron mano dura contra quien le faltaba al respeto. El obispo López de Barrientos le animó a tomar con fuerza las armas. Me consta lo que le contestó:

—Los que no habéis de pelear, padre obispo, ni poner las manos en las armas, sois muy pródigos de las vidas ajenas. Bien parece que no son vuestros hijos los que han de entrar en la pelea, ni os costó mucho criarlos.

Esa respuesta define el carácter del Rey. Quizá porque no sabía tampoco mucho de hijos. Por eso prefirió pactar con los rebeldes. Así, el infante Alfonso se incorporó a la comitiva regia como ellos le exigieron. Isabel, con trece años, se enteraba de todo: de que querían jurar por Rey a Alfonso; de que el Rey ponía por condición que se casara con su hija, con lo cual admitía la ilegitimidad de la princesa... Pero la entrega del infante a la Liga de nobles no supuso la paz. La corte de la Reina se trasladó al alcázar de Segovia. La guerra se preparaba: los realistas en torno a Salamanca; los nobles rebeldes, a Ávila. Y aquí tuvo lugar la farsa del destronamiento, ante el infante Alfonso, que vio cómo eran sus súbditos, que, precisamente por débil y niño, lo ensalzaban. Sobre un tablado, un muñeco con atributos regios: corona, cetro, espada. Lo fueron despojando entre insultos y burlas. El arzobispo de Toledo, qué voy a decir ya, fue el primero en jugar: él le arrebató la corona; Villena, el traidor humillado, el cetro; Zúñiga, el conde de Plasencia, la espada... Luego, un tumulto y un grito, que abatían al muñeco: «¡Puto!» Y otro grito: «¡Castilla por don Alfonso!»... E Isabel, desde lejos, observándolo todo, escuchándolo todo. La Liga de los nobles lo devolvió a Arévalo, y los dos hermanos varones le hicieron a ella dones como a una princesa: Enrique le donó Casarrubios del Monte; Alfonso, Medina del Campo, uno de los más importantes burgos de Castilla. Ella podría vivir, a partir de ese instante, libremente junto a la Reina viuda o en el alcázar segoviano con la Reina vigente. En todo caso, como una infanta de Castilla. Sobre su boda, ahora que tenía un papel decisivo y lo iba a tener más, había desde tiempo atrás distintos pareceres. Pero ella, silenciosa, tenía el suyo.

Un año después Segovia y el alcázar caen en manos de la Liga nobiliaria; pero Isabel se resiste a ir con la Reina Juana, y queda libre. Se va a Arévalo, con su madre loca y Gonzalo Chacón y Beatriz de Bobadilla, la hija del Alcaide, su eterna amiga, que será luego la marquesa de Moya. Va a Arévalo en una galopada, porque allí está segura. Ahora el heredero es Alfonso, que tiene trece años, pero la siguiente en la sucesión es ella, que tiene dieciséis. Es el otoño y ambos se quieren y están juntos. Aunque oigan a su madre por las noches gritar el nombre de Álvaro de Luna. En el catorce cumpleaños del muchacho, Isabel le da una sorpresa: una gran fiesta, con versos de Gómez Manrique, en medio del frío de Castilla. Era el 17 de diciembre de 1467... Pero había que enfrentarse con la realidad: salir de Arévalo y afincarse en Ávila, entre los nobles, esperando los acontecimientos. A mediados de junio salen con algún aliado, Pacheco por ejemplo. Hacen un alto en Cardeñosa. Allí, tras una cena, al infante le acomete una fiebre: quizá aguas contaminadas, o una trucha quizá... Y el 5 de julio muere en brazos de su hermana. Pues su hermano el inocente, que en su vida sucesor se llamó, qué corte tan excelente tuvo y cuánto gran señor le siguió... Mas, como fuese mortal, metióle la muerte luego en su fragua. Oh, juicio divinal: cuanto más ardía el fuego, echaste agua... Otra muerte oportuna. Demasiado oportuna. Una muerte paralela a la de Carlos, príncipe de Viana, que da paso a su medio hermano Fernando, el futuro marido de Isabel. Cuánto cuesta, en ocasiones, a la Divina Providencia, si es que es ella la que trama la vida de los hombres, cumplir con sus designios. O con los de alguien. Ahora la sucesora propuesta por los nobles, por encima de la hija del Rey, es Isabel. Sea o no hija del Condestable Luna.

Enrique escribe a todas las ciudades del reino dando noticia, serena, compasiva, fraternal y dolorosa a la vez, de la muerte de su hermano «en tan tierna e inocente edad»: yo he leído esa carta y guardo copia de ella. La paz se cierne sobre el reino. Pero de ahora en adelante se ha de contar con una muchachita que se llama Isabel.

Entonces, y ahora, en el matrimonio la mujer era utilizada como precio de una paz o de una alianza o de un buen dinero en moneda de cambio en todo caso. Ninguna se hacía ilusiones ni pensaba siquiera en el amor. Cuando Isabel tenía siete años, se pensó en Fernando, el hijo del Rey aragonés, antes el revoltoso infante don Juan, para confirmar una paz. La segunda propuesta fue el príncipe de Viana, también su hijo, hermanastro mayor del anterior, para que interviniera en las luchas nobiliarias a favor de Enrique; era hermano de su primera esposa, doña Blanca; pero el pretendiente murió, o mejor, le dieron muerte. La tercera propuesta, ya con catorce años, es la del Rey de Portugal, siempre buena aliada. Sin embargo, Isabel pensó, a pesar de su edad, que, si moría él antes que ella, cosa bastante lógica, nunca sería Reina de Portugal; lo sería *la Beltraneja*, que se prometía a la vez al príncipe Juan, heredero del Rey, y que de esa manera fortalecía sus derechos al trono de Castilla. A Isabel no le gustaba, más bien le asqueaba tal idea... Luego la Corte estaba tan revuelta, que convenía frenarla con la boda con don Pedro Girón, un Grande del reino, maestre de Calatrava, hermano de Villena. Él tenía cuarenta y cinco años; Isabel, quince todavía. Y además le inspiraba repugnancia. Fue el primer paso personal que dio Isabel. Entró en contacto con alguien de la Liga, y ese alguien le dio a Girón bocado, es decir, veneno. Girón había salido ya de Almagro, con dispensas de sus votos de castidad, hacia Segovia. La infanta rezaba y lloraba para que no llegase. Y no llegó: murió en Villanueva de los Ojos. La muerte y los deseos de Isabel cumplieron bien su oficio. No fue la última vez. Había otros pretendientes. Un duque Gloucester inglés, un duque de Berry y de Guyena, hermano de Luis XI de Francia... Y otra vez el hijo del segundo matrimonio del Rey Juan de Aragón. Ése era el pretendiente que prefería ella: porque tenía «su edad, su lengua, su nivel palaciego». Y no era un Rey caduco que la arrastrara fuera de Castilla. De aquellos ayos, cómplices y hermanos, Girón y Pacheco, también escribió aquel poeta Manrique:

> *Pues los otros dos hermanos,*
> *Maestres tan prosperados*
> *como Reyes,*
> *que a los grandes y medianos*
> *trajeron tan sojuzgados*
> *a sus leyes.*
> *Aquella prosperidad*
> *que en tan alto fue subida*
> *y ensalzada,*
> *¿qué fue sino claridad*
> *que, cuando más encendida,*
> *fue matada?*

Es decir, muerto el Maestre como hemos visto, después de haber adherido a la causa real a su hermano Villena, y a Córdoba y a Sevilla, Dios escuchó el llanto de la infanta. Y el Rey pensó en Carlos de Guyena, durante la primavera y el verano de 1468. Isabel dejó creer que aceptaba ese matrimonio. ¿Cómo se quedarían en París, donde ese otoño iban a celebrar los desposorios, cuando supieran que en noviembre se había celebrado el enlace de la infanta Isabel de Castilla y Fernando de Aragón, aquel niño prometido al principio, hoy ya Rey de Sicilia? Tenía un año menos que ella, pero era ya padre de dos hijos: no dejaba de ser un aliciente y una garantía.

Enrique e Isabel tenían que hablar antes. La convocatoria para ese encuentro fue fijada el día 19 de septiembre de aquel año de 1468. Isabel no tuvo tiempo de acompañar el cuerpo de su hermano hasta la cartuja de Miraflores, donde ya estaba enterrado su padre. Cosas más urgentes lo impidieron y aplazaron su luto. La reunión fue en la Venta de los Toros, los verracos ibéricos próximos al monasterio jerónimo de Guisando. El Rey quedó cerca de Cadalso de los Vidrios; la infanta, junto a Cebreros. Entre ambos, iban y venían los altos personajes de la Corte y el legado del Papa Paulo II, que había dado poderes de ratificación a Antonio Giacomo Venier, que ya, una vez aquí, se quedaría de obispo de León. Isabel llegaba autonombrada princesa heredera; Enrique necesitaba la paz a cualquier precio. Y la facción contraria lo sabía y se empeñaba a fondo. Hasta el punto de arrebatarle a su hija los derechos jurados al nacer. Del documento firmado no quedaron copias; si no, yo tendría una. La reunión transcurrió en tres actos: primero, la lectura de lo acordado; después, la tácita ruptura del juramento de doña Juana que ratificó el enviado de Roma; por fin, la jura de Isabel como heredera y, a cambio, la de Enrique como Rey. Yo pienso que un acuerdo tan complicado, en que se habían mezclado tantos intereses y tan solapadas intenciones, no se alcanza en dos meses. Todo me ha hecho pensar siempre que estaba ya previsto. Previsto por parte de muchos implicados. Previsto incluso antes de la muerte de Alfonso y contando con ella. Alfonso que, por supuesto, también fue envenenado: era más manejable una mujer que un muchacho que llegaría a ser hombre.

Dos impedimentos veía Isabel, que lo veía todo. Primero, que Villena quería recluirla en Ocaña para tenerla a su disposición. Segundo, el matrimonio con el viejo y viudo Rey portugués, el elegido por su hermano: ella aspiraba al otro. Por tanto, tenía que escaparse de Villena. Que —ella lo sabía— con sus juegos eróticos había gobernado la infancia de Enrique, y llevaba treinta años manejando los hilos de la política en Castilla. Pero Villena se lleva a la heredera a su feudo de Ocaña. Un año largo, hasta el invierno del 69, mientras el Rey va a tranquilizar la revuelta andaluza. Isabel, para huir, usa un pretexto plausible: el aniversario de la muerte repentina de su hermano.

45

—Es preciso organizar —dice llorando— sus honras fúnebres, en Ávila, donde yacen sus restos. En una tumba que ni siquiera he visto... Las damas que quieran acompañarme, que lo hagan. Pero mi obligación está allí.

Habla de modo convincente. Y sale de la Corte-prisión de Ocaña. Y ya no vuelve más. De Ávila pasa a Madrigal de las Altas Torres. No puede ir a Arévalo, donde su madre está, porque se halla en poder de Zúñiga, aliado de Villena. Pide socorro al arzobispo de Toledo, naturalmente, y Carrillo la escolta hasta Valladolid. Ése es el lugar que ella ha elegido para su matrimonio con Fernando de Aragón. Y hasta para esto tuvo suerte: el padre de Fernando, Juan II también como el suyo, no la solicitó a ella. Estaba embargado de problemas y necesitaba afirmar su posición internacional: esa princesa niña castellana, hija del Rey, no le vendría mal. Envió a Pierres de Peralta, su mejor diplomático. Éste, en lugar de llegar a un acuerdo con Villena, miró a su alrededor y vio algo más efectivo: no la princesa Juana, la princesa Isabel. Y ella lo que tuvo que hacer fue muy sencillo. Escribir una carta no de amor sino de consentimiento. Su primera carta a Fernando, que dice:

«Al señor mi primo, Rey de Sicilia: Señor primo, pues el Condestable va allá, no es menester que yo más escriba, sino pediros perdón porque la respuesta sea tan tarde. Y por qué se retardó él lo dirá a vuesa merced. Suplícoos que le deis fe, y a mí me mandéis lo que quisieseis que haga ahora, pues lo tengo de hacer. Y la razón, que más que suele para ello hay, de él la sabréis, porque no es para escribirla. De la mano que hará lo que mandéis, la Princesa Isabel.»

La muchacha sabía lo que quería. Desde el principio. Y puso los medios necesarios para cumplirlo. Todos, cualquiera que fuese su calidad moral. Por ejemplo, hablemos de la catadura de Pierres de Peralta. También se saltó todas las convenciones. Todas las doctrinas cristianas. Estaba excomulgado porque fue quien tramó la muerte del obispo de Pamplona por serle conveniente a su señor. A pesar de lo cual, casó a su hija con un hijo natural del arzobispo de Toledo —pardiez, siempre— llamado Troilo Carrillo. ¿Qué importaba que, en Lérida, donde se gestionaron los actos matrimoniales de la parejita en cuestión, Fernando tuviera dos hijos, de distinto sexo, con dos damas de la localidad, y que el varón, bastante útil, llegase a ser arzobispo de Zaragoza? ¿No sorprende un poco que estemos hablando de los Reyes Católicos? Las mayores infracciones de las reglas morales, las más profundas y las más perniciosas por más visibles han sido siempre cometidas por quienes ocupan el pedestal de las estatuas: papas, obispos, emperadores, reyes. La Historia se mueve así desnuda entre velos espesos.

Oír hablar de amor a esta pareja destroza el concepto que del amor cualquiera tenga, yo incluido. Las largas dudas de la princesa Isabel, entre cinco o seis propuestas de matrimonio, ya nos son conocidas. Su fiel Gutierre de Cárdenas le dirigió un *Razonamiento* para que hiciese el favor de decidirse. Le advierte que no ponga más su decisión en las manos de Dios, porque su voluntad es la que, después de tantas oraciones, diga ella que le place o le conviene. Y ella entonces mandó a Alfonso de Coca a investigar a Francia las ventajas del matrimonio con el hermano de Luis XI, y se enteró de que padecía una enfermedad que lo dejaría ciego. Y rehusó su proposición. Y en la carta a su Rey, casi año y medio después de decidirse y de casarse, le expone los motivos de haber elegido a quien a él menos le gustaba:

«Por sus virtudes.» (Qué ingenuidad más encantadora.) «Porque su abuelo *el de Antequera* y Enrique III, el de ella, habían insistido en que se mantuvieran vivas y cercanas las dos ramas de los Trastámara.» (El Rey Enrique III se casó por casualidad, o por la ambición de Juan de Gante, con la tontucia Catalina Lancaster, y hasta su muerte no había otra rama de Trastámara que la suya.) «Porque el reino que heredaría era vecino de Castilla.» (Castilla, donde se decía: «De Aragón, ni viento ni casamiento», sin mencionar que, con otra elección, a su hermano el Rey, por muchos toros de Guisando que hubiera, le sería más fácil volver a poner de heredera a su hija, y no así, teniéndoselas que ver con Juan II de Aragón, al que ya conocía desde que fue un infante atravesado.)

Así que de amor, nada. Porque, por si fuera poco, además no se habían visto nunca. Y los retratos de los príncipes engañan. Más quizá que los de todo el mundo.

Intervino mucha gente en los dimes y diretes de la preparación secreta. Por supuesto, no hay que decirlo, el arzobispo de Toledo de modo decisivo. Entre otras cosas, porque el Papa Paulo II no daba ni a tres tirones la bula sin la que la boda no podría llevarse a cabo. Primero, porque ya le habían pedido una dispensa para casar a Isabel con Alfonso V de Portugal, que era su primo. Segundo, porque no quería indisponerse con el Rey de Castilla por ponerse de parte de una niña indecisa y pitonga. Claro, que la dispensa por parentesco no era difícil de obtener: estos dos contrayentes sólo eran biznietos de Juan I, el segundo Trastámara. La de veces que se habían casado, y se seguirían casando, por izquierdas y por derechas, es decir, por Portugal y por Aragón, primos con primos, tuvieran las consecuencias que tuvieran. Tanto que, con una frecuencia estremecedora, los hijos nacían locos o medio locos de diversas locuras (como la madre de Isabel sin ir más lejos, como ella misma, y después su hija Juana), o se morían temprano sin remedio. Porque aquello no era ya parentesco, sino incesto. Isabel se casaba con Fernando porque era la solución a su problema: acreditado como buen luchador, disuadiría a los enemigos de su causa (su causa era el trono de Castilla) y fortalecería su postura ante la nobleza levantisca y odiosa para ella. De ahí que se callara, mordiéndose los labios y la soberbia, cuando conoció las promesas que el ladino y aprovechado Fernando, tomando unas abusivas y adelantadas prerrogativas, había hecho para premiar por su cuenta, y a costa de bienes castellanos, a los hombres de confianza de Isabel, que fueron a tratar las capitulaciones. Por supuesto, la princesa se resarció de esto más tarde. Pero, por el momento, tragó que a Gutierre de Cárdenas, Fernando le prometiera Maqueda y las rentas del peaje de ganados del puerto de Villarta y una ceca de acuñar monedas a elegir entre las que hubiese una vez concluido el matrimonio. Y a Gonzalo Chacón, mantequilla más dulce, «en puro don no revocable, sin más condición para vos y vuestros herederos, para siempre jamás, con todas las cláusulas, vínculos y firmeza que de derecho hacer podemos», la donación de Casarrubios (que se lo había donado a Isabel el Rey su hermano), la villa de Escalona (la de don Álvaro), el señorío de Valdeiglesias, el peaje del puerto de la Venta del Cojo, y la posesión de una contaduría mayor de Castilla... Empezaba el aragonés muy bien mandando.

Y lo peor es que, existiendo en Aragón la Ley Sálica, que impedía reinar a las mujeres, tuvo Isabel que conformarse allí con el papel de Reina consorte; y Juan II y su hijo creyeron que harían y desharían en Castilla, una vez encajada la corona en las sienes juveniles de Fernando, todo lo que les restringieran papeles y capitulaciones. Pero cuánto se equivocaron.

Además, al margen de todo esto, los vaivenes de representantes se producían a espaldas del Rey Enrique. Así, el cronista Alfonso de Palencia iba a Aragón a reclamar las arras por Aragón prometidas para reconocer el inmediato matrimonio, que darían un respiro de dinero de bolsillo a la futura desposada, instalada ya en Ávila. Lo primero que hizo al llegar allí, por cierto, fue purificar la ciudad de prostitutas que negociaban por las calles: ellas y sus proxenetas fueron expulsados para que la ciudad recuperase, hasta hoy, su carácter devoto y recoleto. Antes de gobernar, ya Isabel gobernaba y signaba su camino marcado por la luz de la Divinidad. Hasta Ávila le llevó las arras Palencia, con un espléndido collar. Con él puesto, Isabel se fue a Valladolid para esperar al novio. Fernando, a su vez, viajó a Valencia, «tierra suya», y preparó su marcha hacia Castilla, donde decidió entrar disfrazado de mercader por si las moscas. No era alto, pero sí fuerte y sim-

49

pático de expresión. Y, desde luego, más auténtico y sincero y menos hipócrita que su novia. Sólo traía a su alrededor seis personas. El 7 de octubre pasó por Burgo de Osma, y el 9 llegó a Dueñas, donde estaba seguro porque la custodiaba el conde de Buendía, Pedro de Acuña, hermano —cómo no— del arzobispo de Toledo, que andaba por Valladolid rezando responsos por el joven infante muerto el año anterior, junto a su esperanzada hermana.

El 12 de octubre llega a esa ciudad Fernando. Isabel tarda dos días en verle: tan enamorada estaba. Y, mientras tanto, comunica al Rey Enrique que se casan y que nada puede evitarlo. Ni la falta de dispensa papal, que era el recurso único de Enrique IV: el arzobispo de Toledo inventó una falsificada por un experto en documentos papales, el obispo de Segovia, don Juan Arias Dávila. La auténtica licencia tuvo que esperar dos años y dos Papas. Se la da Sixto IV, un bendito vendido. Pero ¿qué importaba? Se acercó el caballero redentor de la doncella cautiva, que era rubia por añadidura y abesugada también, y su lazo de amor la convertiría en Reina. En Reina Católica, un poco después, por si fuera poco. Todo muy Amadís de Gaula: un príncipe juvenil que, a sus diecisiete años, se ve ya personaje de una aventura no exenta de peligros... Para hacer una boda de conveniencia, sin la bendición del Papa pero sí con la de su padre, uno de los bichos más grandes que ha dado nuestra Historia. Los contrayentes estaban perfectamente al tanto de la falta de bula pontificia, pero ya pedirían perdón llegado el momento, para eso eran tan católicos; en aquel punto lo que les urgía era la boda ante el pueblo. Y dos años después, cuando ya tenían una hija, cosa que también era urgente pero menos válido que un hijo, porque en Aragón no reinaría, frente a las acusaciones de Enrique, que rebatía con largos argumentos la falta de permiso papal, separadora de tantos matrimonios precedentes cuando se le antojaba a la Santa Sede o la pagaba quien le convenía, Isabel sólo contesta:

—En cuanto a lo que su merced dice que yo me casé sin dispensación, a esto conviene larga respuesta, pues su señoría no es juez en esta causa y yo tengo bien saneada mi conciencia, según podrá parecer por bulas y escrituras auténticas donde y cuando necesario fuese.

Católica no sé si sería, pero embustera mucho más.

Ya todo se acelera. El día 17 de octubre Isabel, uno antes de que los casara, hace donación de la ciudad de Atienza, como una atencioncilla, a Troilo Carrillo, el hijo ilegítimo del —naturalmente— arzobispo de Toledo: una pequeña paga por haber quebrantado todas las normas posibles de la Santa Sede. Luego, el desposorio por el mismo arzobispo. La madrina es María, la esposa del casero de los contrayentes, don Juan de Vivero, y el padrino, el tío de los dos, don Fadrique Enríquez, Almirante de Castilla, de sangre no muy clara. La ceremonia la oficia Pedro Méndez de Ayala, capellán de San Yuste. Y, después de la ceremonia, los primos se miraron y fueron a lo suyo. Aquí sí hubo sábanas manchadas: uno de los dos al menos era virgen.

No precisamente el primero que deja ver su verdadero carácter: el esposo no autorizado papalmente. Aún en Valladolid, ante un gesto de imposición al que se creía autorizado, por supuesto y por su puesto, el arzobispo de Toledo, el buen mozo de diecisiete años le dijo, más claro y más alto de lo que quizá debiese y a él le correspondía, «que no entendía ser gobernado por ninguno y que ni el arzobispo ni ninguna otra persona lo imaginasen, porque muchos reyes de Castilla se habían perdido por esto». ¿Estaba o no patente a quién se refería?

Pues el aludido Enrique mira de nuevo a su hija Juana. Y a Isabel, antes que la paciencia, se le acaba el dinero de sus rentas de Castilla y, apremiada por la necesidad, manda a su secretario Cárdenas para actuar en su nombre en la Corte aragonesa, y que la remediase con las rentas que allí le asignara su suegro el Rey Juan. Tal cosa no agradó a tal Rey, que designó a uno de su confianza, Juan Sabastida, para oponerse. Su nuera replica como su hijo al arzobispo: son tal para cual, muy católicos pero absolutamente decididos a hacer lo que les dé la gana:

—Dejadme hacer, en aquello que vuestra señoría me dio, lo que a mí me parezca debo hacer, porque no haré sino lo que fuese justo.

A Enrique le llegan ofertas de Luis XI para casar a la princesa Juana con su hermano. El obispo de Arras lo representa en una entrevista en Valdelatosa, a la intemperie, y se celebra el desposorio del duque de Guyena con la niña de ocho años. El Rey, exonerando bienes del patrimonio real, ha conquistado adhesiones a un nuevo Guisando: incumple porque incumplió su hermana. Su indecisión y su dignidad han sido ofendidas. La inestabilidad política lo vuelve más confuso. Y jura de nuevo que doña Juana es hija de su mujer y suya. El embajador francés le pregunta a la niña, en público, y la niña asiente, qué va a hacer. Acto seguido, los nobles y prelados presentes la juran como Reina. Al concluir la ceremonia se desencadena una tormenta que empavorece a todos. Nadie, cuando huyen, se acuerda de la niña: sólo un mozo de espuelas, que la guarece bajo un roble... Quizá Enrique ha odiado por primera vez en su vida. Para echar a su cuñado y a su hermana de Castilla hará lo que sea preciso. Pero Guyena no tarda en morir. Eso es lo que anula Valdelatosa y no la protesta de Isabel. Pero Enrique preparó la boda de su hija, la segunda boda, con su tío, el Rey Alfonso V de Portugal, ya viudo. O con el infante de Barcelona, don Enrique Fortuna. O con quien sea... A pesar del larguísimo e indecente y mal escrito manifiesto que su hermana hace público desde Medina de Rioseco. Villena, que había ido a Trujillo reclamando su donación por el Rey, muere. Su espacio quiere ocuparlo, claro está, el arzobispo de Toledo, que abandona, decepcionado en su ambición de mando, a Isabel. La situación es más caótica que nunca: ya el Rey no es un *primus inter pares*, sino uno más de los Grandes. Los Mendoza han perdido la custodia de la niña Juana y están libres de compromisos. Don Beltrán de la Cueva ha casado con una de las hijas del marqués de Santillana. Los isabelistas firman protocolos con Borgoña e Inglaterra. A principios de 1472, Roma nombra un nuevo nuncio, y Fernando va a recibirlo a Valencia. Se trata nada menos que de Rodrigo Borja, un cardenal lascivo e incestuoso. Roma se decanta por el joven matrimonio, previo pago de la décima parte de los inmensos gastos que la Curia exigía a los reinos para una Cruzada contra los turcos. Los Mendoza, para uno de los cuales se ha traído un capelo cardenalicio, lo cual lo distancia definitivamente del arzobispo Carrillo, vacilan, con su cardenal a la cabeza.

Y llega el día de los Inocentes —¿quién lo es aquí?—. Isabel y Fernando son recibidos en Segovia, en el Alcázar, por el Rey Enrique. Salvo dos linajes, el de Pacheco y el de Zúñiga, la nobleza ha aceptado tal orden sucesorio. La princesa había ido allí para controlar una campaña antijudía y anticonversa, quizá contagiada o procedente de Andalucía. Eso en apariencia. En realidad, fue con su esposo, para coincidir con el Rey, que pasaba allí las Navidades. Y todo acaba con esta reunión en Segovia, tan sorprendente, de los dos hermanos, bajo los aplausos de Fernando de Aragón.

Y, alrededor, la paz. Isabel y Enrique están en un lugar que aman, aquel Alcázar cuyo custodio es el converso Andrés Cabrera, preferido del Rey y casado con una antigua dama del séquito de la viuda loca de Madrigal. Isabel y ella habían jugado juntas. Es Beatriz de Bobadilla. En el Alcázar, entre amigos, durante un fin de año helado de Segovia. Felicidad familiar... ¿Quién iba a imaginar lo que sucedería? ¿O alguien lo imaginó perfectamente?

En la fiesta de Reyes —para que todo transcurra sin discusión— de 1474, después de una suculenta cena preparada por la Bobadilla, Enrique cae enfermo delante de su hermana y su cuñado, que se miran apenas de soslayo... Pasarán semanas, recorrerá Castilla, irá a Madrid, vomitará sangre... Escribe:

«Amado mayordomo: ayer me vine porque cargaban de mí muchos negocios y no estaba para ello... Veo que todos desean vivir.»

Y el mayordomo le replica:

«No supe que erais ido; adonde estéis os suplico que os queráis guardar, así del trabajo mucho como de los fríos y el comer...»

Pasan meses. Caza en El Pardo; sale del Alcázar; no llega al bosque... Hay que confesar. Hay que hacer testamento... No hay gente que lo quiera: sólo calculadores y temerosos que miran lo que pueda caerles encima con la lucha de la sucesión. Le preguntan a quién deja heredera. Enrique no contesta. El confesor le insta a decir la verdad en el nombre de Dios:

—De este pecado nunca seréis perdonado, porque callando dejaréis encendido todo este reino en grandes males.

Ya es inútil la canción: «Abre, abre las orejas; / escucha, escucha, pastor, / que no oyes el clamor / que te hacen tus ovejas.»

—Juana —dice.

Y ya no dirá más. Muerto el pastor, se desparraman sus ovejas: las únicas que le quedaban: el cardenal Mendoza, el marqués de Villena hijo, el conde de Benavente. El cadáver está deshecho y consumido. No fue menester embalsamarlo. Mendoza se lo lleva a Guadalupe, donde yace su madre, la única mujer que lo ha querido. Fue la noche del 11 al 12 de diciembre. Murió envenenado con arsénico que le suministró algún impaciente. O alguna.

Rodrigo de Ulloa corre a Segovia a informar a Isabel, por si no lo sabía, y a advertirle lo que opinan los nobles: que espere. Además, Fernando estaba en Aragón por esas fechas. Isabel escucha a Ulloa y le vuelve la espalda. Segovia le es fiel. El mismo día 12 hace las honras fúnebres por el Rey. El 13, en la Plaza Mayor, se alzan pendones «por Isabel, Reina y propietaria de estos reinos, y don Fernando, su legítimo marido». Ha cambiado la ropa de luto por los oros reales. Y se abraza al pendón de Castilla con lágrimas de reconocimiento y de entrega del reino a la gloria de Dios. «*Non nobis, Domine, non nobis...* Para ti sea siempre el honor y la gloria.»

Al enterarse Fernando de que su mujer iba precedida en el desfile por su cortesano Gutierre de Cárdenas, portador de una espada, preguntó:

—¿Hay en la antigüedad alguna Reina que haya llevado por delante ese símbolo, amenaza de castigo para sus vasallos? Se concedió a los Reyes, pero nunca supe de Reina que hubiese usurpado ese varonil atributo.

Es decir, que pintaban espadas y bastos.

El 16, manda una carta a todas las ciudades del reino. Cuenta cómo los caballeros y prelados que se hallan en Segovia han reconocido sus derechos. Pero en Segovia no había, en esas fechas, ni un solo Grande del reino. Fueron llegando en días posteriores. El cardenal Mendoza no llega hasta el día 27 de diciembre, desde Guadalupe. Isabel le agradeció el gesto y la vuelta decidida a su lado. La proclamación cogió de sorpresa a todo el mundo, y suscitó una triple oposición: la del propio marido, que quedaba en una situación muy poco airosa; los bandos señoriales, opuestos a esa consolidación del poder real; y Portugal, que veía formarse el bloque de Castilla y Aragón, que siempre había temido: un bloque que prologaba una guerra inmediata.

Fernando, en Aragón, cae de repente en la cuenta, ante la catarata de acontecimientos, de que él tiene más derecho que Isabel al trono de Castilla si se elimina a la niña Juana. Él es el único heredero varón directo de la casa de Trastámara, como bisnieto de Juan I y nieto de Fernando *el de Antequera*. Se encamina a Castilla el día 19. Pero se le recomendó esperar unas fechas en Turégano para disponer decentemente su llegada. Llegada que verifica el día 2 de enero, en el que se reúne, no con muy buena disposición, con su distinguida esposa.

Durante esos quince días los juristas laboran a destajo, hasta el punto de que Alfonso de la Caballería pide la intervención del Rey aragonés para evitar que la ambición de Isabel eche por tierra lo que está en el aire. Toda la Junta se somete al arbitraje del cardenal Mendoza y, claro está, del arzobispo de Toledo. Son ellos quienes convencen a Fernando de que en Castilla pueden reinar las mujeres, e Isabel es mujer, aunque de pelo en pecho: eso ya se había reconocido en las Capitulaciones de Cervera. La fórmula sería la supremacía de ella sin arrinconarlo a él en un segundo plano. Así se llega al Acuerdo para la Gobernación del Reino, que redactan los dos príncipes de la Iglesia: se firma el 15 de enero con el nombre de *Concordia de Segovia*:

— Todos los documentos oficiales serían dados en nombre del Rey y de la Reina, precediendo el nombre del Rey al de la Reina y las armas de la Reina (el águila de san Juan y el haz de flechas) a las del Rey (el yugo con el nudo gordiano).

— Las tenencias de las fortalezas se darían a nombre de la Reina sola.

— Las rentas de Castilla se emplearían de común acuerdo entre los Reyes.

— Las mismas normas se seguirían en Aragón y Sicilia.

— Las mercedes y oficios serían concesión de la Reina sola.

— Los beneficios eclesiásticos serían suplicados por los dos soberanos, pero a voluntad de la Reina.

— La administración de justicia recaería en los dos soberanos si se hallasen juntos, o en cualquiera de ellos si se hallasen separados.

En el tema jurídico, Isabel no cede nada: sigue siendo la única Reina de Castilla; Fernando recibe poderes amplios, que le confieren plena autoridad. Esta concordia se amplía, por conveniencia de Isabel, al inicio de la guerra con Portugal.

Pulgar dice que se trata de una voluntad que moraba en dos cuerpos. Hasta llegó a escribirse que, después de un parto, se dijo: «En tal día de tal mes parieron los Reyes nuestros señores.» Respecto al *Tanto monta* nunca fue el lema de los Reyes, sólo de Fernando. Quizá se lo sugirió Antonio de Lebrija, el gramático: tales palabras no son más que el comentario al yugo y al nudo de sus armas. Es Quinto Curcio quien lo cuenta: Alejandro lo dijo al contemplar en Gordia un yugo muy atado con una leyenda de que quien lo desatare sería el Rey de Asia. «Tanto monta», dijo el macedonio, y cortó el nudo con la espada.

¿Qué interesaba al pueblo todo esto? Nada. ¿Qué interesaba a los nobles?: ¿un poder fuerte, por encima de clases y partidos, o uno sometido al poder de la aristocracia? Ésa era la clave. La nobleza se inclinaría a quien más favoreciera su conveniencia. Por eso fue a Segovia al galope Rodrigo de Ulloa: para que Isabel aguardara la decisión de los Grandes. Y por eso Isabel se apresuró a no hacerle caso y a actuar con los hechos consumados. En realidad, esto es lo que marca las posturas de los dos prelados. El cardenal Mendoza no vio con buenos ojos el pacto de Guisando ni las ambiciones de Isabel; años después pensó, sin embargo, que daba garantías suficientes para restaurar el prestigio de la corona. La nobleza no podía seguir interviniendo en los negocios públicos y urgía consolidar las posiciones ocupadas sin miedo a la intervención de los Grandes. Esto no podría conseguirse con doña Juana, sometida a la voluntad del marqués de Villena. Por primera vez en un siglo, llegaría al trono un Rey sin tener que ir precedido de dones, mercedes, cargos y oficios, en definitiva, de vergonzosos compromisos. Mendoza representaba la parte más inteligente de la nobleza. No en vano acabó siendo llamado *Tercer Rey de Castilla.*

En cuanto a Carrillo, ocurre todo lo contrario. Se volcó en la princesa Isabel desde el principio, antes de que fuese conocida por sus futuros súbditos. Trabajó en organizar su matrimonio. Pero todo era con la esperanza de recibir su agradecimiento y su debida sumisión. En el fondo, tal postura era idéntica, salvo que iba en otra dirección, a la de su medio sobrino Juan Pacheco, marqués de Villena. Pero pronto sospechó que las cosas no eran como él las soñara; y, ante la actitud del joven matrimonio, más difícil de lo que imaginaba, dijo con toda claridad que «si mucho le hacían, él daría a la princesa una vuelta igual a la que dio el Rey don Enrique a su hermano». (Se refería al Rey don Enrique II, el primer Trastámara, y a la ayuda de los Cruzados Blancos franceses, personificados en Duguesclin, que viendo a Pedro I sobre su hermano Enrique, colocó a los belicosos príncipes en la posición contraria: «Ni quito ni pongo Rey, pero ayudo a mi señor.») Carrillo se pronunció al principio a favor de doña Isabel; pero percibió pronto que allí no cabía la privanza, ni ellos, ninguno de los dos, eran títeres, como habían sido todos los Trastámara anteriores. Y, a pesar de que los Reyes lo consideraron por ser muy influyente en gran parte del reino, no les gustó su actuación. Él tenía mentalidad feudal; ellos son autócratas. Carrillo se retira a sus tierras de Alcalá; no tienen contacto con los Reyes; y, en abril de 1475, se pasa al bando de doña Juana con una frase, a las que era tan aficionado, muy suya:

—Yo saqué a doña Isabel de hilar y la volveré a la rueca.

Con él se va una parte de la nobleza, y la guerra se abre en la diócesis de Toledo. Hasta un último episodio, cinco años después, en que se ejecuta al principal consejero de Carrillo, Fernando de Alarcón. Ya se lo había advertido el joven Fernando de Aragón. Y también Isabel, que era mucha Isabel.

Así se demostró en la guerra con Portugal. Muchos consejeros e interesados castellanos flaquearon en ella, llevada por un triunfante Alfonso V *el Africano*, desposado con la niña destronada. Muchos propusieron la negociación, quizá con la entrega de Galicia, y de Zamora y Toro, que tenían ocupadas. Hasta Fernando lo dudó. Pero no Isabel: a pesar de la penuria económica, de la enemiga de muchos Grandes, del cambiazo del tornadizo Carrillo, de la invasión de Extremadura y de ciudades decisivas, de la amenaza francesa de invadir a los vascos... Isabel, que había cometido ya bastantes crímenes para llegar hasta ahí, no lo dudó. ¡La guerra! Con León en tratos con el portugués, con Burgos en rebeldía, con Toro y Zamora conquistadas... La Reina está en Valladolid, y Fernando, no. Al recibir tantas malas noticias, se subió al caballo Isabel y anduvo catorce leguas sin descabalgar. A la siguiente mañana, estaba en León... Pero de esta guerra sólo voy a contar el principio y el resultado.

En el verano de 1475 reúnen Fernando e Isabel un razonable ejército (si hay alguno razonable), o menos que un ejército, porque eran tropas sin experiencia y mal conjuntadas, con un equilibrio difícil entre las mesnadas señoriales y las peonadas de los Concejos. Con esta tropa se dirige Fernando contra el Rey portugués, asentado en Toro. Isabel espera la victoria en Tordesillas. Cuando cunde la alarma, porque Alfonso se ha hecho con Zamora, de caer entre dos fuegos y tener que combatir en campo abierto contra un enemigo también situado a sus espaldas, todos instan a Fernando a la retirada. Y así, en desorden, medio rotos, abatidos y polvorientos, llegan a Tordesillas. Isabel aguardaba la victoria, y se encontró con unos desharrapados sin orden ni concierto. Allí apareció la verdadera Isabel, ambiciosa, descomedida e histérica. Tuvo un ciego arrebato de cólera; insultó a su marido ante la tropa; lo tachó a gritos de cobarde, y ordenó que se alancearan los primeros caballos que llegaban, gritando «palabras de varón muy esforzado», con muy malos gestos y modales, y en el colmo de la irritación y la venganza. Al día siguiente, en público, trató con aspereza a su marido delante del Consejo. El Rey no pudo reprimirse y le gritó:

—Llegamos al menos sanos y salvos, ¿y así somos maltratados? ¿Acaso una batalla perdida es perder la guerra? Habrá ocasión de mejorar la suerte. Dad, señora, reposo a las ansias del corazón. Ya vendrán las victorias.

Y vinieron. Con mucho esfuerzo y sangre, pero vinieron.

Ahora lo que quiero contar es el final de esa guerra costosa, insufrible, casi civil o civil del todo, y en todo caso fraterna. Vamos a ver cómo se hace la paz. La negociaron las mujeres: Beatriz, duquesa de Braganza, y su sobrina, la propia Isabel. Había sido una guerra muy atendida; una guerra de nobles contra Reyes; de nobles contra nobles; entre fronteras; y contemplada por las dinastías europeas, porque el vencedor uniría dos coronas: Castilla y Portugal, o Aragón y Castilla. No estaban impasibles las chancillerías de la Cristiandad ni la nobleza, ante las que se plantea un problema: cómo vencer a los que no se unieron a los vencedores, porque son hermanos al ser aristócratas. Ofrecido el perdón, si alguien no lo acepta, se le procesa. A algunos los llevan al cadalso —se les dice— sus crímenes, no su revuelta. La represión fue implacable en Castilla: la Reina no perdona más que a los que se humillaron. Menos mal que los musulmanes, allá en Granada, como enemigos comunes, cicatrizaron las heridas y unieron a los nobles otra vez. La rapiña es el lazo de siempre.

Don Alfonso se retira a Portugal y entra con Juana en Abrantes. Se ha de firmar, dado lo costoso y lo inútil de la campaña, una paz complicada. Mientras se prepara, muere el

Rey de Aragón, y Fernando ha de ir a tomar posesión del trono. Quedan, pues, tía y sobrina, en Alcántara, frente a frente. Las negociaciones no fueron sencillas. Muy al contrario. Porque se trataba de pisotear a una enemiga, y en eso Isabel se recreaba.

Las discusiones, arduas, duraron más de tres meses hasta los Tratados firmados en Alcazobas a principios de septiembre de 1479. Los acuerdos fundamentales fueron: amnistía para los nobles castellanos que combatieron con los portugueses, lo cual se reveló de difícil aplicación; reconocimiento de las fronteras tal y como existían a la muerte de Enrique IV; acuerdo sobre el comercio y la navegación en el Atlántico: las Canarias quedan para Castilla, y las costas de África y las demás islas de ese océano bajo la influencia portuguesa.

La suerte de doña Juana fue decidida en un tratado particular, el de las Tercerías o Tercerías de Moura. La Reina Isabel examinó en persona todo este aspecto de la negociación. Ya empieza exigiendo que doña Juana fuese encerrada en un convento o residiera en Castilla; los portugueses querían casarla con el príncipe don Juan, heredero de los Reyes de Castilla, que tenía a la sazón un año, y que se le reconociera el título de princesa. Isabel se negó a hablar de lo segundo. El acuerdo final estipulaba que doña Juana, cuyo casamiento con Alfonso V no se había consumado y se había retirado la dispensa, viviría sometida a la tutela o *tercería* de la infanta Beatriz hasta que el príncipe don Juan, el heredero de Castilla, llegase a los catorce años. El príncipe conservaba la posibilidad de no casarse con ella, dándole una compensación económica. La opción era su entrada en un convento de clausura. Entró en las clarisas de Santarém para acabar muriendo en el convento de Coimbra. Profesó en noviembre de 1480 rodeada de diplomáticos que darían fe, incluso de fray Hernando de Talavera, confesor de la Reina. Más tarde Isabel exigió del Papa Sixto IV una bula que obligaba a doña Juana a permanecer encerrada en el convento, sin poner un pie en la calle. Para aislar más a doña Juana, la Reina Isabel hizo que su hija primogénita se casara, primero, con el heredero de Portugal, y luego, muerto éste, con el nuevo Rey, quien enviudó poco tiempo después y volvió a casarse con otra infanta castellana, María. Eso manifiesta la obsesión de Isabel de separar de la causa de Juana a la familia real portuguesa. En estas disposiciones reside la mejor prueba de que, al menos para Isabel, doña Juana era efectivamente hija legítima de su hermano don Enrique IV. Y como tal, heredera del trono de Castilla. Mucho más que cualquier otro argumento. Eso se pensaba en Portugal de la *Excelente Señora,* como se la llamaba, que conservó un rango de honor dentro y fuera del convento. Mientras vivió, se consideró a sí misma Reina de Castilla, y en su firma lo hacía constar. Murió en 1530, a los 68 años, enclaustrada. En 1505, recién viudo el Rey Fernando, pretendió casarse con ella: otra prueba infalible de su realeza. Quiero creer que ella no lo recibió y respondió a su propuesta con una carcajada.

La Reina Isabel se salta, con estas paces, todas las normas históricas. Ella ha sido elegida por Dios, y ya no hay más que hablar. Está por encima de las débiles y quebradizas legalidades humanas, que se encargó de romper cada vez que le convino. Como señalada por un arcángel Gabriel de la Anunciación, se convierte en Madre de la Patria, en paradigma y modelo emblemático e indiscutible de la esencia de Castilla y de España. Fue la poseedora de las virtudes cardinales y las teologales en el más alto de los grados. Lo que ya había hecho Pedro I *el Justiciero*, al que los Trastámara llamaron *el Cruel*, cuando lo hace ella se convierte en confidencia con la Divinidad. El Catolicismo, que luego va a ser su apelativo, cuando se descubra América y se lo otorgue el indecente Alejandro VI, Rodrigo Borja, indeseable Papa y padre, descansa sobre ella, que se las tiene tiesas con cada Papa que sea: para elegir a la jerarquía lo mismo que para marcar en Tordesillas las fronteras de los descubrimientos entre España y Portugal. Ella hace lo que otros Reyes, pero en ella todo adquiere una teleología y un divino prestigio. Los viernes administra, junto a su marido, justicia, estuvieran donde estuvieran. Porque de lo que se trataba era de subrayar que estaban por encima de las leyes, y de que, aplicadas por ellos, fueran las que fueran, se cargaban de legitimidad. Los Reyes eran la imagen de la Justicia misma, la encarnación de lo sobrenatural. Igual que personificaban la prudencia en la administración de sus reinos y

63

en el sacrificio por sus súbditos. Y la fortaleza y la templanza.

A nadie se le ocurriría plantear, frente a tanto enaltecimiento, las escalofriantes injusticias cometidas contra los musulmanes granadinos, firmada una paz falsa y unas capitulaciones estafadoras que nunca pensaron ser cumplidas. A nadie se le ocurre, ni se le ocurrió, mirar las desastrosas malevolencias cometidas contra la real heredera de Castilla, a la que Isabel siempre nombró como *la hija de la Reina*, y a la que arrebató todos sus derechos y toda su vida.

¿Y la templanza? Se prohibió la práctica del juego y la fabricación e importación de dados y de naipes. Hasta después de fallecida su esposa, cuando al fin pudo respirar descargado de la misión divina, no jugó su marido con los cubiletes. Los convites se hicieron austeros, y se restringieron los gastos suntuarios. La aristocracia se vio obligada a esconder sus alhajas. Se trataba de imponer una voluntad de dominio: ya desmochando las fortalezas y las torres de los nobles insumisos, ya prohibiendo los tejidos opulentos «no siendo para ornamentos de iglesias». Hay una pragmática de Madrid de 19 de enero de 1502 que he tenido en mis manos: trata de lutos, funerales y duelos; y prohíbe los vestidos de jerga, sustituidos por los de lana negra, así como el empleo de velas en exceso, que pasaron de mil quinientos en ocasiones, a veinticuatro cirios para señores de vasallos, y doce para el resto de los súbditos. La Iglesia prefería que ese dinero se le diera o se cobrara en misas: veinte mil, por ejemplo, o muchas más en el testamento de Isabel.

Pero esta rigidez frente a los súbditos contrasta con sus bienes personales. Antes de un mes de su muerte, se empiezan a ejecutar las mandas económicas de su testamento. Para ello hay que dar libranzas e inventariar los bienes. La ristra de misas es inagotable. En cuanto a los bienes, se decide concentrarlos en Toro, adonde llegan recuas con arcas llenas hasta los topes de las más variadas joyas, objetos, libros, piedras preciosas, bienes imposibles de enumerar... En agosto seguía haciéndose inventario y tasación de estas riquezas, y seguían concurriendo a las subastas desde las damas de palacio hasta, cómo no una vez más, el arzobispo de Toledo. Y a ello hay que añadir sus vestidos de brocados de seda o paño, la ropa de vestir blanca, que ocupan dieciséis folios del inventario, o los paños de devoción, que ocupan cuarenta y siete folios... Treinta años después aún se están recibiendo, en la Contaduría Mayor de Carlos el Emperador, reclamaciones de dinero que hay que satisfacer con cargo a las arcas reales. Se trata de un verdadero símbolo esta confusión existente entre situaciones públicas y privadas, porque el servicio a la Reina lo mismo podría consistir en haber guerreado en Granada que en haber aderezado un tapiz de su cámara. Desorden, en todo caso, muy significativo. Porque el Estado era sencillamente ella. Y las anécdotas se transformaban en categorías.

La enviada de Dios inaugura en su reinado, con las expulsiones y persecuciones, la unidad religiosa dentro de la Península. Luego, sus sucesores la procurarán fuera, y hundirán económicamente el país. Al fin y al cabo, son los portadores de un encargo sobrenatural que, de una manera esotérica, los sitúa por encima de todo y por encima de todos. No extraña la buena acogida que los Reyes dieron al invento de la imprenta; pero sólo porque les permitió llegar a todos los rincones del reino con sus órdenes y pragmáticas.

Aunque también llegaban a esos rincones las coplas de Mingo Revulgo, las del *Provincial* y las de *Ay, panadera*, en que los ciudadanos simples repelían, con humor, que era lo único que les quedaba, las lacras que los poderes, religiosos o laicos, trataban entre inciensos de ocultarles. Existían dos decálogos, si no más: uno para los nobles a los que los Reyes respetaban un poco, y otro, para los que nada valían a sus ojos. Pero el primero, el de ellos, estaba por encima del resto.

No sólo se había dado aquella guerra civil para que ella

fuese Reina; se dio otra guerra interior, de reorganización política y administrativa, para poner las bases de un estado nuevo. Y también en ésta fue conseguida la victoria en el nombre de Dios, que estaba sin la menor duda de su parte. Allí se hallaban los corregidores como representantes del poder, proporcionando lo que para la guerra de Isabel se necesitase, desde los recursos de las zonas *reales* a la plata de las iglesias, que fray Hernando de Talavera o Cisneros o el que fuese autorizaban. Y estaba, sobre todo, la Santa Hermandad, que iba a ser esencial para el nuevo régimen divinizado antes de convertirse en policía rural. La causa de Isabel se identificó con una tendencia antiseñorial y una repulsa del feudalismo. La suya fue —eso se dice— una monarquía popular, atenta a las preocupaciones del común: a su alrededor se creó un halo de esperanza. Qué decepción mirar bien y despacio. Ellos querían restablecer las prerrogativas de la Corona, que los magnates a veces contradecían; pero jamás pensaron en reformar, y menos en destruir, el orden social vigente, cuya base era el señorío. Los viajes que suceden a la guerra y los que la acompañan son claves para entender este sentido de la doblez que caracteriza todo el reinado de Isabel. Es un poder teocrático que se transforma en la exaltación de un poder autocrático.

Se pensaba —había que pensarlo— que con los Reyes Católicos se terminaba la Reconquista. Durante siglos, ella había absorbido todas las energías. Había que expulsar a los infieles invasores, ocupar el suelo y poblarlo, defenderlo contra eventuales contraataques; a los que se instalaban en las nuevas tierras adquiridas en combate se les daban privilegios personales y colectivos: el estatuto de hombres libres para los campesinos, fuero de grandes ciudades para las conquistadas. Así se fue haciendo Castilla, una isla peculiar de hombres libres frente a la Europa feudal. Ofrecía a sus hijos más valerosos la perspectiva de lograr al mismo tiempo honra y provecho, o sea, prestigio y dinero. Bastaba armarse caballero y encaminarse al Sur. Bastaba ir contra el moro. Al Cid le había sucedido. Él era el modelo: un pequeño hidalgo de Burgos, expulsado de allí, y «hoy los Reyes de España sus parientes son». Después de las batallas se reparten el botín: «Los que fueron de a pie caballeros se hacen.» Ésa era la fuente de la verdadera riqueza: los valores militares. El campo, la artesanía, el comercio, las profesiones libres, en una palabra, la vida, eran despreciables y despreciadas. Cosas de vencidos o de minorías humillantes: los judíos, los moros, los moriscos. El enriquecimiento rápido lo arrebataba el guerrero, no los otros.

El fin de la Reconquista tenía que haber acabado con esta situación. Pero después de la toma de Granada, ya en abril de 1492, Isabel, en contra de la opinión de los entendidos, en nombre de sus personales relaciones con Dios, vuelve a llamar a Colón: está deseando ser convencida por él, menos iluminado sin embargo que ella pero igual de ególatra; firma con él otras Capitulaciones cuando ya se habían empezado a incumplir las firmadas con Boabdil, y dispone de fondos del Estado y garantías de la Corona. Sin que su marido participe, comienza la nueva empresa. La conquista de América continúa la ruina nacional de la Reconquista. Siempre he creído que jamás debió descubrirse América. Continuó con los falsos ideales de los hombres de España. Aumentó lo que tenían de sabandijas codiciosas y de explotadores. Multiplicó su hambre pretenciosa y su falso y estúpido orgullo de gente sin trabajo. Dio la oportunidad a que una personas como fray Bartolomé de las Casas, ese sabihondo dominico venido a más, escribiera su *Destrucción de Indias,* que pintaba cómo se le sacaban los entresijos a los nativos de allá. Y, teniendo que «cargar indios» (que era de lo que acusaba a los conquistadores) por tantos y tantos cajones de testimonios acusatorios como había acumulado, se negó a cargarlos para que los llevaran hasta el mar, porque para eso eran sus defendidos, y decidió cargar, en su lugar, a negros. Porque los negros sí que podían ser esclavos, pues para eso se llevaban de África. Qué dolor, porque nada de eso era verdad. Simplemente los indios no se consideraban esclavos porque no servían, porque eran flojos para partir piedras y ahondar la tierra para hacer minas de oro o plata. En lugar de obtener metales ricos, se morían, y entonces, por eso entre otras cosas, no se decidió hasta 1537, por una bula de Paulo III, que los indios tuviesen alma. Y que sólo los negros podían ser esclavos. Y los indios también si no se les bautizaba, cosa que era corriente: no bautizarlos digo.

Me acuerdo de un Pedro Mendizábal de Avilés, marinero, que escribía al Rey Felipe:

—En la isla Española de Santo Domingo hay más de cincuenta mil negros y ni siquiera cuatro mil españoles. Posible porque ellos se multiplican mucho en esa tierra cálida como la suya, y aumentan los esclavos con mucho peligro para los nuestros, y sólo hay un remedio para defenderse: tenerlos atemorizados con la crueldad.

Y hablaba el de Avilés de la crueldad como si fuese un látigo, un utensilio, algo material y visible. Y hablaba así en cada carta que escribía, en cada memorial, y empezaba y acababa sus escritos siempre con esa cantilena de «usar con ellos toda la crueldad que a Vuesa Majestad le parezca».

América volvió a complicar todo otra vez. Lo volvió a confundir todo otra vez. Yo he vivido la verdadera vida en Italia y en otras partes de Europa. Pero nunca he comprendido las razones para prolongar la Reconquista con las conquistas de Ultramar. La búsqueda del oro, de las riquezas que da el comercio, vale; pero ¿quién pensaba en la curiosidad por el mundo nuevo, la sed de conocimientos aún sin inaugurar, el gusto dudoso e incomprensible por la aventura? ¿Y eso de la exaltación religiosa, que bastante había con lo que pasaba en Europa; el espíritu de cruzada, que fomentó la inmediatamente anterior conquista de Granada: hacerse con nuevas e infinitas tierras para predicar, o mejor, para imponer a la fuerza, *a sangre y fuego*, el Evangelio? No en vano el sinvergüenza de Alejandro VI les dio el título de Reyes Católicos. Hereditario además. Como los Reyes Cristianísimos de Francia. Por lo menos el título de Defensor de la Fe se lo dieron a Enrique VIII a título personal. (Y aun así, al Papa le salió el tiro por la culata, porque el inglés se dedicó a lo contrario.) Como a Alejandro la bula *Inter Coeterea*, que ayudaba y beneficiaba tanto a Castilla, que Portugal puso el grito en el cielo y tuvo que modificarse al año siguiente por el Tratado de Tordesillas. Una línea de polo a polo que divide las tierras descubiertas o por descubrir a trescientas leguas al Oeste de Cabo Verde: España se reserva lo que se encuentre al Oeste de esta línea, y Portugal tiene las manos libres al Este.

También con esto el reinado de los Reyes Católicos marca todo el destino futuro de España: los tesoros del Nuevo Mundo debían haberla hecho la potencia más rica de todas. Pero enriquecieron a todos más que a España; a genoveses y alemanes y a ingleses y a franceses... Y contribuyeron a nuestra ruina total. Y además dejaron un país encogido, pendiente sólo de defender la religión. Muchísimo más que Roma, como si Dios nos hubiese dado personalmente el encargo. Ni se adaptó España a las nuevas maneras del comercio; siguió en la Edad Media, como cuando los hambrientos bajaban a llenarse la panza al Sur, a las tierras cultivadas por los moros. El buen castellano estaba acostumbrado secularmente a desenfundar la espada antes que a agarrar el arado. Y todo seguirá siendo el siglo de los conquistadores, el siglo de los hidalgos pedigüeños que se baten sin ton ni son y sin saber por qué.

Eso provino de una Reina, por lo visto bastante más que santa. Pero ¿en qué consiste la santidad? ¿No empezará quizá por el amor al prójimo? Y el amor, ¿no empezará por respetar su libertad, por no imponerle la libertad nuestra, por no quererlo hacer santo a su pesar o por órdenes regias? Ser santa es tener virtudes verdaderas. No consiste, para mí, en forzar a la naturaleza, sino en engrandecerla e iluminarla. Ser santa no es evitar gritar de dolor y de sorpresa en los partos, ni en taparse los pies para que nadie los vea, deformes y encallecidos, cuando te están dando la extremaunción. Ser santa no es creer con firmeza que eres Dios en la tierra, y que los representantes oficiales de Dios tengan que obedecerte. Ser santa no es sancionar con la ruina o la muerte a todo el que se oponga a un esquema de gobierno que a ti se te ha metido en la cabeza. Y si, además de santa, eres una santa católica y quieres ser modelo de bondades, no puedes inventarte una especie de Iglesia nacional conservadora y preservadora de las esencias verdaderas del cristianismo, mucho más que la Iglesia romana. No es posible que la hipocresía conviva con la santidad. Ni con el genocidio que expulsa a los judíos; ni con la codicia que desvalija a los moros; ni con la práctica independencia de la Santa Sede, hasta el punto de que el Papa Sixto IV tenga que advertir que la Inquisición, la segunda, la peor, está actuando con rigor excesivo, rodeada, sin que aparentemente lo perciba, de simonías, nepotismos, crápulas, afán desmesurado por acumulación de bienes y una política de lujo insaciable bajo la apariencia de una falsa humildad. Ser santa no es ser Dios: es justamente lo contrario.

La santidad de la Reina contagió a las antiguas hermandades, provistas de mozos de escuadra y de cuadrilleros, colaboradores de los poderes públicos en momentos especialmente conflictivos, incluso protectores de los judíos contra los odios populares. La Reina las llama, reuniéndolas, la Santa Hermandad. Y lo que había sido útil en despoblado, en los campos, contra malhechores y asesinos, contra bandidos y forajidos, se convierte, se va convirtiendo, bajo el sambenito de la santidad a cuestas, en una entidad odiosa. Las hermandades antiguas, sólo odiadas por la nobleza, cuyos privilegios y excesos frenaban, al fundirse en una santa y única, cambian tanto que muchos nobles se alían a ella para protegerse, lo mismo que el poder público, que se vuelve en el fondo su mejor beneficiario. Ya no se trata de una fuerza represiva con amplios poderes judiciales, pero con los mismos procedimientos sumarísimos de antes; la diferencia es que ahora tenía poderes para lanzar a sus cuadrilleros contra los que al principio confiaban en ella porque protegía su seguridad.

Así que, cuando la Santa Hermandad se traslada a Aragón, la aversión popular es tan grande que, en cuanto muere la Reina santísima, es abolida por la fuerza popular. Entretanto, en Castilla adquirió una mala fama tan grande y tan aviesa como la del Santo Oficio. Porque todo lo que la Reina calificaba de *santo* quedaba teñido de protección de intereses propios, ajenos a los del pueblo que los padecía y los pagaba a la vez. Cuanto ostentaba el nombre de *santo* se hacía lejano, incomprensible, revestido de una potestad que perseguía ideales universalistas muy distantes de la realidad cotidiana. El adjetivo de *santo* creaba, al tiempo que a los sancionadores, a las víctimas de sus sanciones. Sólo, lo cual no es poco, porque los autócratas lo que quieren ante todo es proteger sus propios intereses. La palabra *santo* acaba aquí por cargarse todo aquello a lo que se adjudica: el adjetivo asesina al sustantivo. Sobre todo —y eso lo digo por experiencia propia— en lo que se llamó y se sigue llamando Santo Oficio.

Por descontado, tampoco los Papas eran santos. Pero no alardeaban de serlo de ninguna manera. Ellos, con su afán de dinero para sus grandes construcciones, desarrollaron la política de indulgencias en venta que trajo, con toda lógica, a Lutero. Debieron de figurarse lo que sucedería antes o después; pero ni eran santos ni tenían el don de la profecía. Eran débiles; caían en la tentación; y se portaban como unos inconscientes. Sin embargo, no presumían, como la Reina Isabel, de santidad. Y ser más papista que el Papa suele traer consecuencias muy malas, como no tardó en comprobarse. Lo mismo que considerar, por ejemplo, que se es la reserva espiritual de Europa. Se empieza reivindicando como propias funciones que corresponden a Roma, así el nombramiento de prelados, y se acaba en los mismos despeñaderos que los Papas. Todo el mundo sabía que Sixto IV nombró cardenales a seis sobrinos suyos; uno llegó a Papa, Julio II; a otro, Pedro Riario, lo hizo titular simultáneo de varias abadías y obispados sin residir en ninguno, pero las rentas sí que llegaban a sus manos; a otro, el cardenal de San Jorge, lo hizo obispo de Cuenca. ¿Es que estaban Reyes y Papas conchabados? En este caso, no. La Reina se hizo la fuerte; el Papa, también. Ganó la primera, que nombró obispo de Cuenca a Alonso de Burgos, que ya lo era de Córdoba. Contra este Papa, Isabel se las mantuvo tiesas, pero no por creyente y ecuánime y espiritual y auténtica, sino por quedar por encima de él, es decir, por sentirse papisa. Porque, en definitiva, si nos referimos a cada uno de los puntos en litigio, ella obraba lo mismo que el Pontífice.

Los Papas Borja, por ejemplo, Calixto III y Alejandro VI, fueron pontífices sin abandonar la condición de arzobispos de Valencia ni sus rentas anexas. Y, claro, en consecuencia, Fernando *el Católico* se creyó con derecho de hacer arzobispo de Zaragoza a su hijo natural, nada tonto por otra parte, pero que no dijo en su vida más que una sola misa. La promoción de este bastardo, Alfonso de Aragón, se hizo cuando apenas tenía siete años. Y no hubo reticencia alguna por parte de su santísima esposa Isabel. Eran cosas de su marido y de Aragón, probablemente se dijo. En cambio, ella disponía de las máximas libertades a cualquier nivel, sin necesidad de consultar con Roma, nombrando o destituyendo a los miembros de la Inquisición, y dándoles el destino que le salía de la regia corona a los bienes confiscados a los reos. Reos, por cierto, que, mientras estaban encarcelados, se pagaban la habitación, la celda quiero decir, y el alimento de sus propios bolsillos.

Y a todo esto, con la ayuda de ese aguilucho de Cisneros, de esa galga friolenta, como lo llamó el bufón Francesillo, la Reina se metió en la vida de los monasterios, abadías, conventos y sedes de todas las instituciones eclesiásticas con la *santa* pretensión de reformarlos. Naturalmente que hacía falta la reforma; pero acaso no era la Reina la persona más indicada para emprenderla. La prueba es que, en otro sitio, la emprendió Lutero. La reforma que quizá le competía a ella era la de la unidad de los Reinos. Para eso se eligió el yugo y las flechas: el yugo de Fernando, que empezaba con la Y de Isabel; las flechas de Isabel, que comenzaban con la F de Fernando. Ambos simbolizaban el apretado haz de los Reinos que se previó, pero que tardó mucho tiempo en conseguirse, o mejor, que no se ha conseguido todavía. Porque sobre algo como la religión, que afecta al ámbito interior, es improbable conseguir la verdadera unidad. Ni siquiera con la fuerza, sino con la voluntaria adhesión de las personas. Y el lema de *Tanto monta* alejandrino, se convirtió en *Tanto monta, monta tanto Isabel como Fernando*: lo cual nunca dejó de ser una patochada, impropia de una ni siquiera medio aficionada a la santidad.

De ahí que lo único verdadero fue lo agregado después: una granada en el vértice del escudo y el Plus Ultra, que sustituyó a la leyenda de que aquí se terminaba el orbe.

Lo que sucedía aquí es que aquí era donde, en lugar de nuestra Grandeza, se abría nuestra decadencia. Los verdaderos responsables de ella no son quienes se constituyeron como sus herederos, sino aquellos que crearon una falsa dimensión. La Historia de España, si puede llamarse España a algo concreto (cosa que, por lo que yo he vivido, es imposible), necesita ser mirada con una visión totalizadora para poder explicarse. Por eso advertí al principio, me parece, que todo comienza con los Trastámara, blancos y rubios y abesugados. Sin Enrique IV y su almoneda y su probable cobardía, no se entiende Isabel. Y sin ésta, con su madre loca y su hija más loca todavía, no se entiende al Emperador Carlos que abdica sin ser viejo, y a Felipe II que fracasa en engendrar a alguien medio válido, y que a mí me ha perseguido para matarme sin éxito ninguno. No se entienden los caudillajes engendrados por ideas mesiánicas ni las pretensiones imperialistas a deshora. Ni siquiera el fracaso de la conquista y la colonización americana, que trató de organizar el pelmazo de Juan de Ovando. Y es que la reforma religiosa, si es que era necesaria, hubo de hacerse de modo muy distinto, mejor dicho, al contrario: de dentro afuera. Y aquí se inauguró por la tremenda y al revés: con la expulsión de los judíos y los moros y la manipulación de los moriscos; con la unidad rabiosa y violenta, o sea, con lo opuesto a la unión, que entre nosotros jamás hubo; con la Inquisición nueva, no romana sino española, o más aún, castellana, o más todavía, isabelina. Ésa es la mejor prueba de que Isabel estaba loca, aparte de sus histerismos, de sus ataques de cuernos muy bien puestos y de sus levitaciones metafóricas. Todo lo que se alaba de los Reyes Católicos es una broma histórica. La unidad nacional no es algo que se proponga ni se imponga: es algo que se deduce y se consigue con un Estado inteligente y fuerte, que acierta a convertir un ideal político en la aspiración de los ciudadanos de todos los niveles. En España, hasta el presente, no ha habido nada de eso.

La mejor prueba de todo es que su marido no la acompaña, porque él tiene los pies en la tierra —no levita—, y la mano en el bolsillo. Es mucho más astuto que fuerte: cuando Gondomar le trae de Francia el duro mensaje de que Luis XI anda diciendo que le engañó tres veces, ¿qué responde? Sencillamente:

—Miente el hideputa, que le engañé más de diez.

Él no aspira a hacer de España un imperio espiritual ni material, no se agrega a la empresa del descubrimiento: quiere hacer un Estado con lo que tiene más a mano, el Mediterráneo. Y otra prueba es que, en cuanto desaparece ella, aparecen las *Comunidades* y las *Germanías*. Las primeras, conducidas por los aristócratas que simulan sus quejas echando a pelear a los medianos y a los mediocres; las segundas, más claramente populares, hartas de que todo continúe siempre igual y pagando los mismos. En resumen, una reacción frente a un Emperador y un Imperio. Los primeros buscan conservar sus privilegios y dejarse de traspasar fronteras y de defender purezas religiosas; los segundos, que se pague como es debido su trabajo. Y las escasas ideas imperialistas que hubo desaparecen en América, donde la gente va a ganarse la vida, no a perderla: nadie quiere ser héroe allí, sino rico. Van en busca del oro, que les sirvió a todos menos a nosotros: a los autorizados piratas ingleses, a los banqueros de allá y de acá, a los pacientes o impacientes prestamistas. Ni siquiera les sirvió a los soldados, a los tercios, a los lansquenetes alquilados, que a fuerza de no cobrar, para resarcirse, entraban a saco en las ciudades y robaban más de lo que había, desde Amberes a Roma.

¿No es estar loco luchar contra una conciencia propia, contra una libertad de opinar esto o aquello, contra el libre albedrío, tan de aquí, sin el que no hay mérito ni demérito, gloria ni infierno? ¿No es estar loco querer salvar a la fuerza a los súbditos, quizá para poder seguir gobernándolos en la eternidad, como si la eternidad fuese una tranquila geografía, en el mejor de los casos, y la visión beatífica un suave sol que no se pone nunca y que transmite con su luz un egregio espíritu monárquico? ¿No es estar loco cerrarse a lo que se olfateaba en el aire ya antes, el Renacimiento, considerando que había en él una bocanada de pecado, salvo que estuviese salvado por el lienzo o la piedra, y aun así? ¿No es estar loca engañarse creando una Inquisición, después de expulsar a los judíos, para vigilar a los conversos, fomentando así los odios raciales, puesto que éstos eran quienes hacían las mejores carreras, los que rodeaban más de cerca a los Reyes, los que administraban puestos y bienes, los tesoreros y administradores más codiciados, y, hartos de que se siguiese con envidia recelando de ellos, los que insistieron en que la Inquisición se instalase de una vez para verse por fin libres de culpa? ¿No es estar loca creer que un cambio en la fe, un sí o un no, llevaría consigo cambios raciales, memorias genéticas, mudanzas de costumbres milenarias, esenciales características radicadas en la sangre de las generaciones? ¿No es estar loca ignorar que los judíos a lo más que llegaban —y ya bastaba— era a llamar, en su ya larga diáspora, Sefarad a España, y a considerarla una réplica de su Tierra prometida?

Los judíos habían sido devotos de don Álvaro de Luna. Cuando su inexplicable caída, ellos callaron. Con la discutida Reina ellos toman partido y tienden a ejercer de nuevo una influencia social, representada por los innumerables conversos, bien situados porque eran los únicos que tenían capacidad para trazar, desde la base, las coordenadas de su reino. En el cual los judíos tenían reservados los mejores asientos. Y desde el principio habían tratado —y conseguido— introducir sus estructuras tradicionales, sus sabidurías consanguíneas y sus habilidades. Sí fueron los conversos los que tramaron, en la sombra, el matrimonio de los dos jóvenes ambiciosos e inexpertos, y no los arzobispos de Toledo; conversos quienes dibujaron las líneas básicas de su reinado; conversos quienes organizaron la tesorería; conversos los ideólogos de un imperio que recordaba tanto al que ellos habían perdido; conversos los que transforman la piel de toro en una variedad de la Jerusalén Celeste, y los que pasan por encima de Roma, que siempre les había disgustado, desde mucho antes del cristianismo; y conversos los que, hasta la coronilla de que se ponga en duda su firmeza, su raigambre, su mudanza definitiva y su disponibilidad, piden que la Inquisición acabe y ponga punto final a los dudosos y a los doblemente traidores. Como si ellos no lo hubiesen sido antes.

La multitud de los conversos no fue anónima: forma la espuma de la sociedad de entonces. Desde autores como Fernando de Rojas, a economistas sabios, secretarios imprescindibles como yo, médicos y científicos, traductores, abogados, notarios o cronistas prestigiosos... Se mezclan con la nobleza tiñendo de sangre judía toda la sangre castellana y aragonesa, como la de la madre de Fernando *el Católico*. Por mucho que los cristianos viejos se empeñasen en tirar de la manta (en ella estaban escritos los nombres de los conversos y se conservaba enrollada en la sacristía, para enseñarlos cuando convenía a

77

la Iglesia). Y son los principales consejeros de los Reyes, y los más activos defensores de la fe que han adquirido al convertirse, y sus más altos teólogos, y los más furibundos detractores de su antigua creencia... En realidad son ellos quienes se la dan con queso a Isabel y quienes la judaízan sin que se entere. Porque hay algo dentro de lo que uno no puede arrepentirse, algo que forma la masa de la sangre y la manera de ser, algo innato y nunca desechable ni elegible. Por eso la Iglesia y la Sinagoga sabían distinguir entre los conversos forzados (forzados por la legislación y la Corona y el odio de los pueblos que se llama racismo) y los conversos convencidos. Sin embargo, hay algo común a todos ellos: la materia primera. De ahí que los conversos convencidos llegaran a ser llamados conversos voluntarios. Y fue esa materia la que los llevó a convertirse en los más hondos conocedores de las esencias bíblicas y en los expositores más brillantes de ellas y en los más sutiles directores de almas y en los más altos y aclamados misioneros. La Orden de Predicadores, que santo Domingo funda contra los judíos, no cesa de abastecerse de conversos.

La conquista de Granada fue uno de los hechos que tiñeron el reinado de los Reyes Católicos. La ciudad se entregó inaugurando el año 1492, lleno de glorias y de horrores. Pero se entregó con unas Capitulaciones muy detalladas: unas para la ciudad, generales y públicas; otras, para Boabdil y su familia. Entre las primeras, un seguro de vida y hacienda para los musulmanes granadinos, y un respeto a sus instituciones y sus leyes, bajo un gobernador cristiano. Se les exoneraba además de todo tributo durante tres años, y la instrucción estaría en manos de sus alfaquíes. El gobierno se entregó a un hombre bueno, de la familia de los Mendoza, el conde de Tendilla, que atendió como supo y pudo a los problemas que, de un lado y otro, lo cercaron. El primer arzobispo fue el confesor real Hernando de Talavera, converso, fraile jerónimo respetuoso y respetable, aunque fuese sólo porque tenía buena voluntad y no se creía santo. Junto a ellos estuvo un hombre con experiencia administrativa que había trabajado en el texto de las Capitulaciones, Fernando de Zafra. Al reino de Granada se le aplicó la triste ley de los vencidos; a la ciudad y sus aledaños, la Capitulación, el pacto, con algunas imposiciones fiscales. A causa de ellas y de otros derechos humanos, muchos musulmanes de la ciudad y del reino decidieron, desde 1495, exiliarse a tierras africanas, con problemas sobre los bienes que podían sacar, las aduanas por donde debían salir y hasta la organización de los viajes. Seguían la experiencia de los judíos y su éxodo, que ya contaré. Los Reyes cobraron de los musulmanes, sin contar el repartimiento anual, de 1495 a 1503, sesenta y dos millones y medio de maravedís, y, sobre los mudéjares que continuaron entre los vencedores, poco más de doce.

Todavía no se daba por concluida la conquista, y ya los Reyes tramitaban en Roma su futura organización eclesiástica. Inocencio VIII, en una bula de 1485, ya concedía a la Corona el derecho de patronato sobre todos los lugares de culto que se construyeran en Granada. Y un año después delegaba en el cardenal de España, se deduce que el arzobispo de Toledo, y el arzobispo de Sevilla, la institución de los beneficios, con una dotación de las décimas que esos lugares destinarían para el culto. Tendilla obtuvo la bula más deseada, la *Ortodoxae fidei*, del año 1486, que concedía a los Reyes el derecho de presentación para todas las iglesias y monasterios nuevos, y todos los otros beneficios, menores y mayores, del nuevo reino. Con tales gracias, la Corona se aprovechaba mucho, no sólo en cuanto a Granada, sino en cuanto a todo lo que siguió, como América, y les hizo concebir la gozosa esperanza de sacar semejantes privilegios de todas las iglesias de sus reinos, que eran casi infinitas. De ahí que enseguida mandasen hacer inventario de los bienes de las mezquitas para concederlos a las iglesias y mangonearlos mejor en ellas.

Fue sonada, en muchos sentidos, la fiesta del Corpus Christi de 1492, organizada por el primer arzobispo y consolidada por las atenciones que le dedicó la santa Reina; ornamentos de damasco blanco, un palio y una custodia con viriles de piezas de plata dorada y esmaltada, a la que le faltaban dos cadenillas y tenía dos sierpes rotas: lo he leído con todo detalle. Había sido sacada de un espejo de la Reina. Y Talavera tuvo la bondad de alegrar la procesión con un cortejo de zambras moriscas. La santa Reina tenía mucha devoción al Corpus, y escribió el 17 de agosto de 1501 una carta que yo conozco y que comienza:

—Reverendo en Cristo padre obispo: se me ha relatado

que, en muchas iglesias de vuestro obispado, no se trata el Santísimo Sacramento con la solemnidad y reverencia convenientes, y que no está en caja de plata, ni los aderezos ni cosas de servicios de altar están limpios, ni las lámparas ardiendo como es razón... Os ruego que deis orden de que todo lo susodicho se provea y se haga como conviene al servicio de Dios nuestro Señor. Porque, además de hacer vuestro oficio, y a lo que estáis obligado, en ello me haréis mucho placer y servicio.

¿Estaba claro o no?

En las Capitulaciones había una cláusula sobre el derecho a practicar en libertad su religión; a pesar de que la recogida de los bienes habices de las mezquitas las dejaban en inferioridad de condiciones. El arzobispo, con generosa habilidad, ya que él mismo descendía de judíos y comprendía la situación, dirigió con tiento a los musulmanes hacia su conversión. Así fue hasta 1499. Él sabía el riesgo de forzar hacia una religión nueva a una minoría: a los conversos había que exigirles el olvido del Islam en oraciones, ayunos, fiestas, ramadanes, ritos de nacimientos, funerales o bodas, incluso respecto a los baños. Y a los varones se les exigían unos rudimentarios conocimientos de la señal de la cruz, compostura en las iglesias, las elementales oraciones... El propio Talavera, a pesar de su parsimonia y comprensión, ordenaba —y yo he tenido en mi mano ese documento:

«Para que vuestra conversión sea sin escándalo de los cristianos de nación, es menester que os conforméis en todo y por todo a la buena y honesta conversación de los buenos y honestos cristianos, en vestir y calzar y afeitar y en comer y en las mesas y viandas guisadas, como comúnmente las guisan, y en vuestro andar y en vuestro colar y tomar, y mucho y más que mucho en vuestro hablar, olvidando cuanto pudierais la lengua arábiga y haciéndola olvidar y que nunca se hable en vuestras casas.»

Y quien escribía eso era el mejor de todos. Sin embargo, en la práctica, se mantuvieron la tolerancia y convivencia, atemperadas y respetuosas hasta el fin de ese siglo.

Pero entonces llegó la Corte castellana con la santa Reina a la cabeza. Fue en el verano de 1499. Y los Reyes no se sintieron satisfechos de cómo iban las cosas. Llamaron a Cisneros para que se ocupara de la conversión de los musulmanes. Él era el confesor de turno de la Reina. Y, mientras los Reyes iban a Sevilla, se quedó cumpliendo un capítulo de su Regla franciscana sobre «la evangelización de los sarracenos y otros infieles». Con ello cumplía un encargo de los inquisidores: el tratamiento de los *elches* o apóstatas cristianos que vivían con los musulmanes. Hasta entonces, Talavera y Cisneros se habían llevado bien, a pesar de sus muy diferentes caracteres y formas de actuar. Pero el asunto de los *elches* lo tiró a rodar todo. Cisneros, en nombre de la Inquisición, coaccionó a los renegados para que se reconciliasen, y bautizó a sus hijos sin el consentimiento de los padres. Eso organizó el motín del Albayzín. Según Cisneros, era lo normal en derecho; según los musulmanes, un abuso, y los inquisidores, unos opresores que incumplían las Capitulaciones firmadas. Mataron al alguacil y se levantaron y barrearon las calles y sacaron las armas escondidas e hicieron otras y organizaron la resistencia. El conde de Tendilla tuvo que reimplantar el orden. Pero del motín se desprendieron dos consecuencias muy distintas: una, que puso en pie de guerra a las Alpujarras; otra, que provocó una serie de conversiones masivas. Cisneros, que era de visión corta, se fijó sólo en la segunda. Los Reyes tuvieron que intervenir, y Fernando llegó a Granada con refresco de tropas. El hecho fue que Cisneros y Talavera se distanciaron, y hubo que nombrar una comisión para acercar a los arzobispos y conformarlos. Cisneros apareció como perdedor, y la responsabilidad recayó en manos de los Reyes. De ellos emanaron tres leyes contra los musulmanes. La primera, de infausto recuerdo, quemar en la Plaza Mayor, la de Bibarrambla, los libros coránicos con la excusa de que «los conversos, no todos los musulmanes, poseen muchos libros falsos propios de su religión». Todos habían de ser entregados a los justicias reales, y achicharrados públicamente en treinta días y de manera que no quedara ni un Corán ni ningún libro de la secta mahometana. Para los musulmanes fue una sangrante ruptura de las Capitulaciones. Como para cualquiera: una aberración imperdonable.

La segunda ley fue aún peor: la expulsión de musulmanes y mudéjares. La pragmática se dio, a imitación de la de los judíos que veremos, en Sevilla el 12 de febrero de 1502. En Granada había muchos conversos y se tenía intención de que allí permaneciesen. Pero en otros reinos había una minoría musulmana, los mudéjares, que suponía para la santa Reina un escándalo, pues iba contra la unidad religiosa, un concepto que brota de la conquista de Granada como una gran explosión de lo católico. Si la Reina había conquistado Granada para su conversión, era un insulto que, en otros lugares de su reino, hubiese musulmanes: muchos conversos judíos se habían corrompido por una sinrazón como ésta. El mal había que atacarlo en la raíz: se expulsaron de Castilla y León a todos los musulmanes mayores de catorce años y los mudéjares mayores de doce. Debían salir en el mes de abril, todos por los puertos de Vizcaya para alejarlos de África, y viajarían donde quisieran —menos donde querían, que era África o tierras del turco— y tampoco a Aragón ni a Navarra. La expulsión se podía sustituir por la conversión. Y es esto lo que distinguió a mahometanos y a judíos: los judíos fueron al éxodo; los otros se convirtieron de palabra y permanecieron en sus casas hasta suscitar las luchas posteriores.

La tercera ley fue la de la inmovilización de los musulmanes convertidos. La nueva pragmática se dio en Toledo el 17 de septiembre de 1502. Los convertidos no podían moverse de sus reinos en dos años, porque algunos podrían ser convencidos para que no vivieran como buenos cristianos. Eso sí, podrían comerciar con Aragón y Portugal, pero previo certificado de las autoridades.

Granada se conquistó, pero no a los granadinos, a pesar de los apremios y de las coacciones. O por ellos acaso.

Pero lo más sonoro contra la supuesta bondad —no hablo siquiera ya de santidad— de la Reina fue la expulsión de los judíos. A los tres meses de haber conquistado el reino y la ciudad de Granada. Para no pecar de parcial contra Isabel, me gustaría decir, como poseedor de sangre judía que soy, los precedentes de esa decisión, y por qué se toma en ese preciso momento. Porque, en efecto, hubo al parecer razones religiosas, sociales y económicas que llevaron a dar ese durísimo golpe de Estado. Un golpe dirigido a algo imposible y hereje, porque «*de interiore ecclesia non judicat*»: en sus reinos no iban a ser tolerados los infieles.

En los reinos góticos y en los hispánicos posteriores a la conquista musulmana contó la raza judía con siglos de existencia y enraizamiento, alguna vez agitados. Pero fue en torno a 1391 cuando se desbocó la ofensiva de los reinos peninsulares contra la grey judía, concluyendo en atroces matanzas que se suceden en todos los susodichos reinos. Ese año comienza una nueva fase de la historia judía en España.

Estamos hablando de unas doscientas mil personas, que pagaban, a través de las aljamas, sus muy especiales tributos a la Corona. Ellos ya tenían en contra, a pesar del éxito de los conversos al que me he referido ya, una vida social diferente en todos los sentidos: sus prácticas de religión mosaica, su resistencia a la conversión por fidelidad a su fe y a su historia, y sus actividades mercantiles ejercidas ante un pueblo poco dado a ellas pero sí muy necesitado. La vida religiosa judía era seria y sincera; la moralidad de sus costumbres mucho más seria y sincera que la cristiana, en plena era de los bastardos: tanto, que los judíos evitaban las relaciones sexuales con los cristianos, consideradas como un verdadero crimen. La infancia y la juventud hebreas tenían sus enseñanzas sinagogales con un programa religioso, y acudían a los estudios generales para adquirir una cultura superior y obtener grados académicos. Los judíos, además, obedecían una legislación propia sobre la administración temporal: registros de bienes y propiedades, préstamos, intereses, relación con las instituciones monetarias... Y de aquí procedía su principal enemiga cristiana: las prestaciones usurarias, aunque no fueron éstas las causas de su expulsión, porque a Isabel eso no le importaba un rábano. Por si fuera poco, los judíos tenían su propia jurisdicción en lo judicial, no sólo en lo contencioso sino también en lo criminal. Todo esto producía a los cristianos la sensación de que los hebreos formaban un grupo imposible de asimilar. Pero es mejor que trate de explicar yo por qué, siendo así esto, se espera a la toma de Granada para tomar también la decisión de expulsarlos.

Su estatuto era parecido al feudal cuando llega Isabel al trono de Castilla. Alguien decía que semejaban a una esfera que habitase dentro de otra esfera mayor. Bajo una misma Corona y una misma espada, pero sin confundirse con los cristianos. El 7 de julio de 1477 (de los que escribo son documentos comprobados por mí, especialmente estos que tanto me afectaban), Isabel escribe y toma bajo su protección a la importante aljama de Trujillo:

«Todos los judíos de mi reino son míos y están bajo mi protección y amparo. Por lo cual mando a cada uno de vosotros que no consintáis ni deis lugar a que caballero ni escudero ni persona ninguna apremien a los judíos para que limpien sus establos ni laven sus tinajas ni hagan otras cosas de las que dicen, hasta ahora, les obligaban a hacer, ni a que aposenten en sus casas a rufianes ni a mujeres del partido ni otras personas algunas contra su voluntad, ni que por ello les hieran ni maltraten ni les hagan daño alguno contra derecho.»

La carta va dirigida a nobles y oficiales de la ciudad, y era una declaración de principios y de legalidad. En las Cortes de Burgos de 1379 se había dicho algo semejante: la Reina respetaba las leyes de sus reinos. Es decir, a los judíos no se les concedían las mejores condiciones de vida, pero tampoco se les imposibilitaba la vida. Por descontado, esto tenía unas causas. Un judío que tuviera más de treinta mil maravedís de renta estaba obligado a mantener criado y armas, para ayudar a su señor. Y pagaban (eso ya lo decidió Isabel desde el principio) alcabalas de frontera y portazgo y, «además de las rentas y pechos y derechos que contribuyan con los cristianos», pagaban «cabeza de pecho y servicio y medio, como los musulmanes». Y esto continuó así hasta que fueron echados de los reinos. Esa cabeza de pecho no era muy alta, hasta que los gastos de la guerra de Granada la elevó notablemente: llegaron a pagar hasta cincuenta millones de maravedís. Pero, estando las cosas como estaban, ¿por qué se llegó a la expulsión que a nadie convenía? Por dos causas. Primera, porque la relación entre los pueblos se fue deteriorando; segunda, porque la Reina se volvió santa, y no toleraba más religión ni más Dios ni más espíritu ni más oraciones ni más música que los suyos.

En 1465 recibe Isabel una primera lección para salvar al reino de la ruina y ponerlo en camino de orden. A los judíos se les prohibían una serie de actos y se les mermaban y revocaban una serie de privilegios: salir de sus lugares, obtener cargos públicos, dejar sus casas el Viernes Santo, ejercer de boticarios, construir sinagogas nuevas, trabajar en compañía de cristianos y muchas cosas más. Es decir, vivían bajo el amparo de la Corona, pero discriminados por razones religiosas y sociales, aunque sobre todo económicas. En Madrid, en 1476, se dio algún paso más: se volvieron a exigir señales externas que los manifestasen como judíos; se les prohibió el uso de vestidos lujosos; se reglamentaron los préstamos para regir la usura, y se limitó la jurisdicción propia en los temas criminales. No hay que olvidar que, cuando Isabel se pone a luchar contra Portugal por el trono, se exigen servicios extraordinarios a los ciudadanos, para cuyo pago, puesto que no tienen con qué hacerlo, recurren al préstamo de los judíos, y hay que facilitarles a los obligados el cumplimiento de su obligación. La Reina Isabel fue, en esto, muy considerada.

En 1480, en las Cortes de Toledo, se promulga la Ley de separación de las aljamas. En dos años, las juderías castellanas tenían que agruparse en un barrio determinado y encerrarse en él. Se pretexta que la continua conversación y vivienda entre judíos y musulmanes causa grandes daños e inconvenientes. ¿Una motivación religiosa o una motivación política? El reino que quería Isabel era ya soberano y absorbente. Y para que no falte la voluntad de Dios, le pide al famoso Sixto IV que emita una bula para respaldar la segregación. Segregación que planteó muchos problemas: en parte, a las edificaciones ciudadanas, pero también a las propias existencias. Porque los judíos tenían que salir de su barrio para sus oficios y trabajos y visitas y ferias.

Sin embargo, esta discriminación no precedió sino que siguió al odio popular. Un odio, como a todo lo forastero, muy español. Rezaban en hebreo, tenían cultos propios, celebraban el sábado y trabajaban en el día del Señor (de Nuestro Señor), utilizaban ritos propios para sus nacimientos —como la circuncisión—, sus matrimonios y sus defunciones; los más devotos se burlaban de los cultos cristianos hacia unos compatriotas suyos, de su raza, como Jesús y la Virgen y san José... Y se decía que los Viernes Santos crucificaban niños, como la vez que produjo varias condenas y una canonización, la del Santo Niño de La Guardia, que jamás existió. No obstante, lo que más dolía a la gente, o sea, en su bolsillo, era su actividad mercantil, la propensión a préstamos usurarios y la resistencia a pagar las contribuciones ciudadanas. La impopularidad crecía con el tiempo; se transformaba en una opinión adversa y cruelísima...

Hasta dar lugar al destierro. El primero fue el andaluz. En el decreto definitivo de 1492 se cita esa experiencia en particular. Para que los conversos no retrocedieran y se hiciesen judaizantes, los inquisidores sugerían a los Reyes —de seguro por orden de Isabel— que los apartaran de sus hermanos de raza, o al contrario. El decreto de expulsión de los judíos andaluces partió de la Corona, y lo cumplieron los inquisidores. Es decir, al revés que las sinagogas de éstos que eran cumplidas por la autoridad civil o brazo secular. La mayor parte de los exiliados pasó a tierras portuguesas y fueron muy bien recibidos esta vez, salvo las intromisiones de los inquisidores que se presentaban airados para arreglar las cuentas de los pobres echados a patadas. Los Reyes suspendieron por seis meses el destierro. Era como un ensayo, ya lo hemos dicho: comienza el 1 de enero de 1483 y dura todo ese mes. Fernando hace también ese ensayo (luego algo tenía ya en la cabeza) con Zaragoza y Albarracín, a raíz del asesinato del inquisidor Pedro de Arbués. Toda la comunidad judía tenía el conocimiento y el temor de que iba a suceder. Y, en efecto, sucedió el 31 de marzo de 1492.

Sólo habían pasado tres meses desde la entrega de las llaves de Granada. En un tiempo en que la paz era esencial, se provoca una convulsión entre los que habían sido generosos para pagar la guerra. Pero ya no eran necesarios. La frialdad calculadora de Isabel estremece. Qué bien calculan los santos. La expulsión iba a costar pérdidas en vasallos, en profesionales, en mercaderes; pero serían compensadas por los granadinos: en territorio, en población y en rentas. La exposición y la motivación de la ley son un sarcasmo, un largo sarcasmo, porque lo que tenían que justificar era demasiado atroz. No voy a entrar en eso, porque hasta a mí me duele. ¿Cómo no me va a doler, por ejemplo, la afirmación de que existían motivos? Si alguien de una colectividad comete un crimen, ¿es razón aniquilar al colectivo entero? Si eran dañosos, debían ser expelidos. Si esto se realiza con causas leves, cuánto más tratándose del mayor de los crímenes, el de la fe.

Después de un Consejo de prelados, caballeros y doctores, ordena la expulsión. Que no puedan volver, ni de paso, so pena de muerte y de confiscación de bienes. Y se refiere a todos los judíos, cualquiera sea su edad y sus orígenes. Podían sacar todo, menos (qué ironía) oro, plata, moneda o cosa vedada. El plazo de salida cumplía ese 1 de julio. El generoso Torquemada añadió nueve días por el tiempo de la promulgación. La ley se fundamentó en razones teológicas y religiosas; claro que ignorando cualquier derecho humano y oponiéndose a la libertad más exigible, la religiosa justamente. Se utiliza el pecado personal para ampliarlo a la colectividad. No se hace alusión a la razón de Estado ni a la soberanía de la Corona. Como los Reyes protegían a los judíos, les sugiere que la operación monetaria, ya que no pueden sacar dinero, se realice con equidad, a través de entidades cambistas para cobrar su fortuna en el lugar de su nueva morada. Como si los judíos fuesen, además de judíos, tontos del culo. Para los expulsados todo era un puro riesgo.

El dilema que se planteaba se hacía con rotundidad: recibir el bautismo y la fe cristiana, o quitarse de en medio para siempre. Dejando siglos de habitación y de nacimiento y de fusión con la tierra y de costumbres y de amistades y de trabajos influidos por lo que ellos llamaron Sefarad. O sea: mártires o renegados. Y con la Inquisición mirando desde cerca. La Reina quería provocar la conversión; pero verdaderamente se lució. Salvo alguna sonada, la mayor parte pasó la frontera. Se convirtieron, contra toda sospecha, rabí Abraham, cuyo bautizo apadrinaron, qué duda iba a caber, el arzobispo de Toledo y el nuncio, y Abraham Seneor, el más rico de todos, y su yerno rabí Mayr. A los que apadrinaron, porque eran generosos y santos, Isabel y Fernando. Los tres conversos, como sus predecesores, pasaron a ocupar altos cargos del reino. El resto de la comunidad judía dio un ejemplo escalofriante y emotivo de fidelidad a sí mismos y de solidaridad. Con lo cual se demostró en silencio que no se había integrado ni se integraría nunca en tal sociedad que practicaba tal forma de cristianismo.

Hay una prueba de la hipocresía de Isabel. La primera entrevista de los representantes judíos, en un momento dado, fue con ella. La respuesta produce sencillamente pavor:

—¿Creéis que esto proviene de mí? El Señor ha puesto este pensamiento en el corazón del Rey. Su corazón está en las manos del Señor, como los ríos de agua: él los dirige donde quiere.

Judah Abravanel había adelantado, en un momento dado, para evitar la medida, trescientos mil ducados de oro. El confesor de la Reina, Talavera, converso por descontado, le dijo:

—Por treinta monedas vendió Judas a Cristo. Vos queréis venderlo ahora por un poco más.

El problema que se planteaba no lo vieron los Reyes. Tardó en verse. Los Reyes querían, supongamos, la unidad religiosa: la Reina por lo menos. Es difícil —una locura— pensar que la conseguiría. Pero además los súbditos querían su provecho y ganar a río revuelto. Lo que tenían que hacer antes de irse era vender los bienes comunes de cada aljama, las sinagogas y los cementerios (el de Vitoria se dejó —Judizmendi— para pastos y dehesas que respetaran los huesos de los antepasados) con que pagar el viaje de los más pobres; y vender los bienes personales que no pudieran o no quisieran llevarse. Éste fue el momento de los ladrones. Fue el momento de los que bajaron el precio de los inmuebles y dieron cuatro reales por las haciendas. Pero lo peor fueron los créditos: el cobro de las rentas fiscales todavía pendientes, que se pagaban por adelantado a la Corona, y el cobro de las deudas privadas y sus intereses. Los deudores demoraron el pago, hasta que venciese el plazo de salida.

¿Y la necesidad de las letras de cambio? Reunieron a banqueros italianos, que se beneficiaron como buitres de los judíos. Algunos, antes que caer en tal latrocinio, prefirieron sacar ilegalmente el oro y la plata. Cualquiera, por corto que sea, puede figurarse, aunque sólo la milésima parte, del horror, de los abusos y de la tristeza infinitos que el destierro por sí solo, como todos los éxodos, produjo. Y para el país, ¿qué supuso? Se afirmó que treinta millones de ducados de oro. Está bien, eso en lo numerario; en lo humano, en lo intelectual, en la sabiduría, en la memoria congénita de los seres humanos significó algo que jamás podrá ser expresado. La Reina se pisó en eso las narices.

Debía ella haber presenciado, para su castigo, paso a paso, el exilio. Hay alguien, el cura de Los Palacios, Andrés Bernáldez, un *lindo*, o sea, un cristiano viejísimo donde los hubiera, que cuenta las cosas hasta poner los vellos de punta, a pesar de odiar a los judíos. Pero la Reina creyó que así los conversos, odiados por los cristianos viejos, a los que apestaba esa novedad de la sangre (ellos, los apodados *lindos*), y odiados también, como traidores a su raza, por los judíos, quedarían ya completamente suyos, y los Reyes tendrían por fin las manos libres (pero llenas) para otras cuestiones. De otra forma, el problema judío tenía que resolverse. Y la unidad religiosa era un problema previo a la unidad política. Pero ni las duras condenas ni las juderías ni el destierro de los judíos andaluces habían cortado de raíz el daño: había que echar a patadas a todos definitivamente. Para eso serían llamados los Reyes Católicos, precisamente para eso. Y precisamente para eso fueron los expulsados una prueba de dignidad humana que subraya más la pérdida que sufrió esta nación nuestra, que no comparte nunca, que no perdona nunca la diferencia, que detesta a quienes tienen más cultura que ellos, que quiere igualarnos a todos aunque sea por abajo. Siempre: entonces y ahora.

El cura de Los Palacios cuenta las cosas como fueron:

—Unos cayendo y otros levantando. Unos muriendo, otros naciendo, otros enfermando, iban camino del destierro. Se metieron al trabajo del camino y salieron de las tierras de su nacimiento, chicos y grandes, y viejos y niños, a pie o caballeros en asnos o en otras bestias o en carretas. No había cristiano que no se doliese de ellos. Trataban de hacerles cambiar de idea, y los convidaban al bautismo, y los rabíes los esforzaban y hacían cantar a las mujeres y a los muchachos y tañer panderos y adufes para alegrar a la gente. Y así salieron de Castilla...

Había llegado la hora de los oportunistas.

La mayoría iba hacia Portugal, tan vecino. Ya dije que Juan II los recibió con los brazos abiertos. Pero Manuel *el Afortunado* se había casado con la primogénita de Isabel con la condición de que se expulsasen de su territorio a los judíos, y así se hizo. Los de Aragón pasaron a Italia o hacia África. En África fueron expoliados, desventrados por si se habían tragado el oro, abandonados a su maldita suerte, robados por maleantes o salteadores... En Italia, en Roma, fueron bien recibidos: el Papa es más prudente que los papistas, como Dios es menos prudente que los hombres. Los que pasaron a Turquía, conservaron la llave de su casa y se llamaron sefardíes y hablan aún español en los asentamientos más famosos: el de Salónica pongo por caso.

Como no podía ser de otra manera, todo el dinero mal adquirido por particulares fue declarado propiedad de la Corona, así como ciertos bienes comunes de las aljamas que no lograron ser vendidos, o los que no fueron negociados, o los aprehendidos en las fronteras como saca ilegal. A río revuelto ganaron los pescadores regios. Como el negocio tentador de los que habían sacado sus bienes, y, a última hora, sintiendo superior a sus fuerzas el sacrificio de dejar su propia vida aquí, decidieron quedarse. Y los Reyes, encima, les impusieron un fuerte tributo, proporcional a lo que habían sacado y perdido. ¿Qué no ganaría la Corona, que tuvo a bien compensar a algún Grande, como —ya se supone— el arzobispo de

Toledo, los Enríquez, algún obispo Fonseca, por las pérdidas de vasallos y de renta que habían sufrido?

El Rey Fernando —el de los corazones y los ríos y Dios— enfocó el asunto de otro modo: recibió de sus antecesores el legado del pueblo judío (su propia madre no era cristiana vieja), rechazó el genocidio y frenó con medidas políticas la ola antisemita. Y vio la Inquisición como un gesto necesario para tranquilizar el reino, para que la gente se distrajera y mirara hacia otro lado, quizá como la menos mala de todas las soluciones posibles. Porque existe gente que opina tan mal de los españoles que entiende que la expulsión fue una medida caritativamente tomada para liberar al pueblo judío de su muerte en España.

De todas formas, hubo judíos que no pudieron resistir el exilio, y volvieron a Castilla, aun a costa de pasar por la conversión y la renuncia y el bautismo. Parece que no faltaron oficiales reales que dieran facilidades para ese regreso y esa reinstalación, sin exigirles certificados de bautismo y sin someterlos a vigilancia alguna. Pero cuando Carlos I aún no se había asentado en tierras castellanas, un Tristán de León señaló con el dedo a esa nueva generación de repatriados como uno de los grandes problemas de Castilla.

—Porque entre todos —decía— han formado un grupo, que llaman *Anuhsim,* bien distinto de los ricos conversos del anterior reinado y que tan sólo podría enderezarse a lo largo de varias generaciones. Si no, habrá de ser implacable.

Que el acusador se llamase León no causa la menor extrañeza.

He dejado para el último lugar la Inquisición, porque hemos aludido mucho a ella, pero creo que es necesario dedicarle su espacio, porque es acaso lo que mejor demuestra el auténtico trastorno de una cabeza, inverosímilmente femenina.

En muchas ocasiones y con muchos motivos, he escuchado decir que Isabel *la Católica* fue una mujer que se anticipó a su tiempo. Sin embargo, cuando se habla de la Inquisición, se dice que hoy estamos demasiado lejos de ella y que no podríamos entenderla. En cualquier caso, creo que yo debo intentarlo. Porque siempre la diversidad se ha considerado como un don, salvo quienes lo entiendan, torpe o egoístamente, como una amenaza.

Es cierto que no fue Isabel la primera persona a la que se le ocurrió resucitar la Inquisición modosa, que existía ya en Castilla desde el siglo XIII, dándole un empujón letal. Se le ocurrió a su hermano Enrique IV; pero bastante tenía él con sus propios pecados y con defenderse de una Corte, aprovechada y tumultuosa, como para meterse, entre judíos y conversos, en camisas de once varas. Isabel era más osada, usaba las camisas más largas —incluso, al parecer, más sucias—, confiaba en su destino, al que había ayudado a cumplirse con todas sus artes, y estaba convencida de que era una Reina laureada por Dios. Hasta tal punto se engañaba, porque sólo por sus fuerzas había eliminado todos los obstáculos que se interponían entre ella y el trono. Al parecer, lo de Dios fue después.

94

Siempre se dijo que los conversos se encontraban entre dos fuegos: el de los cristianos viejos y el de sus propios correligionarios, los judíos. Lo que no se supo hasta que llegó Isabel es que existía un tercer fuego: el de la Inquisición renovada y aniquiladora. En el siglo XV ya he dicho que los conversos se habían situado *divinamente*: en puestos administrativos relevantes y entre familias nobles o bien dotadas, que no mostraron, ante su inteligencia o su dinero, ninguna discriminación racial. Los nombres que parecían más altos —Alonso de Espina, el letrado Díaz de Toledo, el teólogo Alonso de Cartagena...— eran conversos a los que no importaba actuar de inquisidores para defenderse ellos mismos de los fundamentalistas cristianos viejos, que a todos los metían, con desdén, en el mismo saco. Fue el Rey Enrique IV el que pidió al Papa el nombramiento de dos eclesiásticos para Castilla la Nueva y Andalucía, y otros dos para Castilla la Vieja, con el cargo de inquisidores. Pero no pensaba en la Inquisición pontificia medieval, que ya no le parece útil para el tiempo nuevo, sino en otra distinta, en la que el nombramiento se hiciese dentro del propio reino, si no por el Rey, al menos por sus prelados. Yo estoy seguro de que fueron los franciscanos y los jerónimos quienes le sugirieron la novedad. O quizá los dominicos. Pero la situación en Castilla logró que la petición se diluyese. Quedó, sin embargo, no lejos, adormecida, siempre que cualquier movimiento violento no consiguiese despertarla.

Qué fue lo que sucedió precisamente quince años después. Sobre la infinita, o casi, bondad y entrega espiritual de Isabel me gustaría ofrecer una prueba. Parece que, en la guerra de sucesión con Portugal, los numerosos conversos cacereños ayudaron al Rey Alfonso V y a la princesa Juana, *la Preterida* más que *la Beltraneja*. Los judíos preveían, con razón, que Isabel y Fernando iban a complicar su vida en Castilla. Cuando la guerra se resolvió a su favor, Isabel reflexiona con rapidez sobre las minorías étnicas y la posible represión de los conversos. No olvidemos sus viajes por Extremadura ni su estancia en Sevilla, desde la primavera de 1477 a octubre del 78. Allí comprobó que su lucha iba a tener muchos frentes, y que había uno que afectaba a los otros: los brotes heréticos que impedían la absoluta unidad religiosa, y los conversos judaizantes que los cristianos viejos se negaban a asimilar, entre otras razones por la envidia que sentían hacia los recién llegados con futuro. No hay que decir que, en el resto de Europa, todo había cambiado: los aires eran nuevos y se respiraba una libertad de espíritu. Pero España había estado ocupada en el largo quehacer de su Reconquista, que aún no podía decirse del todo rematada. Exactamente porque había sido en lo esencial una cuestión religiosa más que política, por conveniencia de los interesados: conveniencia que era prudente seguir manteniendo. Se da por sabido que eran la riqueza y el poder, y no la religión, lo que de veras gobernaba los movimientos de los Grandes. Se afirma que no fue el brillo del oro el que instaló con rotundidad la Inquisición aquí, sino evitar la menor fisura religiosa en la comunidad cristiana. Evitarla, sí, salvo que por esa fisura entrase el oro. Claro, que de tal cosa nadie hablaba. Sobre todo quienes no estaban en condiciones de tocarlo.

La Inquisición se crea, a instancias reales, por Sixto IV, a través de la bula *Exigit sincerae devotionis*, dada en Roma, el 1 de noviembre de 1478. Es curioso que, por entonces, se reuniera con Isabel en Sevilla la Congregación del Clero Castellano para tratar problemas importantes del reino, y que ni una palabra se dijera sobre tal bula o tal proyecto. Porque Isabel gestionó todo con el mayor sigilo para que nada ni nadie pudiera entorpecer sus deseos. Ni el Clero Castellano, desde luego. La razón de ese secretismo acaso sea la gente a la que iba a afectar. Pero entonces, ¿por qué y cuándo se decidió su expulsión? ¿No era mejor que lo supiesen, para obrar todos con mayor libertad de conciencia, tanto los perseguidos como los perseguidores?

Tan mal y tan deprisa se actúa que el Papa escribe, en una carta de 24 de enero de 1482, que la bula del 78 «fue expedida contra las normas y costumbres de los Santos Padres y de nuestros Predecesores». Porque todo se hizo de palabra, «sin exponer el tenor de las primeras cartas de forma plena y específica, sino en general y atropelladamente». Es cierto que de 1479 a 1482 existe una tirantez de relaciones entre los Reyes de España y el Papado por nombramientos, obispados y otras sinvergonzonerías, a las que ya he aludido y que los tres tenían en común. Sin embargo, los de aquí ya habían nombrado a los primeros inquisidores en Sevilla, dos dominicos: fray Miguel Morillo y fray Juan de San Martín. Y no es cierto que, en la carta petitoria, el asunto estuviese confusamente expuesto: se hablaba de los judíos conversos que, después de bautizados sin coacción de nadie, volvían a sus ritos judaicos, lo que según las decretales de Bonifacio VIII, constituye un pecado de herejía. Y educaron en esa herejía a sus hijos e incluso atraían a ella a los cristianos de su alrededor. Esto quiere decir que todos actuaban aquí de pillo a pillo. Lo que invita a plantearse la cuestión de si el órgano que de este cambalache salía era religioso, era civil, o era sólo real (lo que equivale a decir cómplice). Si los inquisidores iban a ser nombrados por los Reyes y los tribunales tenían jurisdicción laica para condenar a los reos a la pena capital, lo religioso se reduce a la materia juzgada, que no es lo que sirve para clasificar a una institución.

Aquí lo que hay es un Pontífice que hace, por la conveniencia que sea, dejación de un derecho suyo de nombramiento de inquisidores, y unos Reyes que emprenden un sinuoso camino para hacerse con bulas, breves y facultades con las que intervenir taxativamente en el hecho religioso desde un poder real absoluto. La nueva Inquisición se reducía a juzgar la herejía de los judaizantes, aunque se pensaba en todo brote herético. Más tarde fue extendiéndose, como una mancha de sangre más que de aceite, a los alumbrados, a los protestantes, los quietistas, los que cometían el pecado nefando (lo que a mí tanto me afectó), y los desafectos a la Corona: en resumen, a todos los que no se sometían a la fe tradicional, a los mismos inquisidores y a los Reyes. En una palabra, la Inquisición se transformó, con el nombre de Santo Oficio, en un arma real de ámbito universal.

En Sevilla, la situación religiosa, así en general, no era muy boyante. El cardenal Mendoza, que tenía dos hijos de Mencía de Lemos, una dueña de la princesa Juana de Avís, la madre de *la Beltraneja* (dos hijos de los que Isabel decía: «qué pecados más hermosos cometéis, señor Cardenal»), se puso al frente de esta campaña pastoral. Con unas palabras le dio a la Inquisición un campo sin fronteras:

—Ha de referirse a la forma que debe tener el cristiano desde el día que nace, así en el sacramento del bautismo como en todos los que debe recibir, y del uso que debe usar y creer como fiel cristiano en todos los días y tiempo de su vida, y al tiempo de su muerte...

Se dieron unas verdaderas misiones; pero los conversos no supieron, hasta que les cayó encima, lo que se les avecinaba. Los dos dominicos nombrados comenzaron a actuar en Sevilla a mediados de 1480. A los pocos días empezó la desbandada de los judaizantes a las tierras de señorío fuera de la ciudad. Y el 1 de enero de 1481, los inquisidores escribían a los nobles de Andalucía pidiéndoles ayuda para cumplir su *santo oficio*. Los afectados sabemos que se propusieron resistir con armas y apoyados por correligionarios, introducidos ya en beneficios de la Catedral y en el Ayuntamiento. La noticia corrió por toda Andalucía y por Castilla como un relámpago.

Basta aludir a dos inmediatas reacciones. Primera, la de Hernando del Pulgar, converso y cronista de la Reina. Dirige una carta al cardenal, y en ella lamenta el proceder de los inquisidores con sus hermanos. Por supuesto que él sabe que es la Reina quien lo ordena, pero hasta ella no puede levantarse: ataca a los oficiantes y a la mala conducta de los cristianos viejos:

—Algunos que pecan de malos, y otros y los más porque se van tras aquellos malos, y se irían tras los otros buenos si los hubiese. Pero como los viejos sean allí tan malos cristianos, los nuevos son tan malos judíos.

Propone enviar a Andalucía buenos conversos que sean ejemplo y capten a los no tan buenos, es decir, propone medios pastorales. A esta carta se contestó de forma anónima desacreditando a Pulgar y defendiendo el castigo a los conversos, «porque es mejor entrar en el paraíso tuerto que ir al infierno con dos ojos». De otro modo, adhiriéndose a la estupidez de que las sanciones y el miedo al castigo y a la sanción es lo que de veras convierte.

Otro interviniente en la polémica fue Ramírez de Lucena, conocido converso y muy buen diplomático. Dirige una carta a los Reyes contra la violencia de los inquisidores:

—No se debe castigar a los conversos porque son muchos, y los adultos bautizados por miedo no reciben ni sacramento ni carácter, como los niños bautizados bajo condición o sin consentimiento de sus padres. Se debe tratar a los conversos como a infieles, no como a herejes...

Y le responde un letrado de la Reina, Alonso Ortiz, que contestaba mal a esta objeción. Se basaba en que siempre se había tenido por herejes a quienes recaían en los ritos mosaicos. Pero siempre no quiere decir con razón. Su conclusión era que a los conversos no se les puede ir con halagos y razones, sino con castigos.

En realidad hubo una queja global contra los inquisidores: no guardaban el orden ni el derecho, encarcelaban injustamente a muchos, los sometían a bárbaros tormentos, los declaraban injustamente herejes, despojaban de sus bienes a quienes condenaban al último suplicio... Sixto IV, por eso, decidió revocar la facultad concedida a los Reyes, encomendándola a los obispos; pero los Reyes insistieron. Y el Papa consintió en que los dominicos continuasen en Sevilla, pero sometidos al arzobispo. Todo era consecuencia de las malas relaciones entre la Santa Sede y el trono a causa de la provisión de ciertas sillas episcopales, de ciertas exigencias fiscales de la Cámara Apostólica sobre beneficios de Castilla, de que el Papa se había enfrentado al Rey de Nápoles, y los Reyes habían tomado el partido del segundo... En definitiva, motivaciones muy celestiales, todas ellas ligadas —cuándo no es Pascua en diciembre— a la economía. Los Reyes transigieron en parte, mas sin conseguir nada. El Papa nombra a siete dominicos dependientes de la autoridad episcopal, entre ellos —¡horror!— a Tomás de Torquemada. Más: concedió un perdón general a los conversos sevillanos; exigió que se publicasen los nombres de los testigos de acusación, que hasta entonces se había considerado innecesario; y que se admitiesen las apelaciones a los tribunales romanos. Yo he tenido ante mí las cartas intercambiadas. (Perdónesemé que insista, pero es un asunto que me toca demasiado de cerca.) El Rey Fernando escribió una en que no perdía todavía la compostura. La Reina escribió otra carta parecida. Ambas llegaron a manos del cardenal vicecanciller. Se llamaba, por casualidad, Rodrigo de Borja. Él organizó las cosas de manera que ganaran sus Reyes. Sixto IV, qué iba a hacer, escribió un breve *Venerabilis frater*, animándolos a seguir la obra comenzada. De qué representantes de Dios dependemos los hombres.

El tribunal, así implantado, se asentaba y crecía. Pero siempre sospechoso y confuso. Dice Hernando del Pulgar:

—Hallóse en algunas casas que el marido guardaba algunas ceremonias judaicas, y la mujer era buena cristiana; y un hijo era buen cristiano y otro tenía opiniones judaicas; y dentro de la misma casa había diversidad de creencias y unos de otros se encubrían...

Y sucedió que Fernando quiso contagiar el Tribunal a la

Corona de Aragón. Pero era en los malos tiempos con Roma. Así que empleó otro camino: consiguió que el general de los dominicos, Silvio Casetta, nombrase inquisidor general a Gaspar Jutglar, y lo facultase para nombrar inquisidores delegados a los que el Rey presentara, y les renovaba el nombramiento apoyado en la bula desacreditada por el propio Pontífice el 1 de diciembre del 78. Esto era del todo irregular, pero los Reyes se arriesgaron a cometer tal usurpación de poderes. Si hablo de ello es para que se vea cómo, desde el principio, todo en la Inquisición fue impresentable y, por descontado, Isabel una santa Católica, Apostólica y desde luego Romana. Por las bravas. Enterado de lo anterior Sixto IV, todavía en un mal momento, corrigió estos abusos el 18 de abril de 1482, con una bula a la que obedeció el General de los temibles dominicos. En esta ocasión, en vez de arrebatarse, el Rey contestó:

—Si los inquisidores no fuesen nombrados por los monarcas, ningún bien ha de esperarse en la materia... En tiempos cercanos, cuando ni nosotros ni nuestros predecesores no nos entremetíamos, tanto creció la herética pravedad y el contagio de semejante morbo en la fe cristiana, que muchos que eran tenidos por cristianos, fueron hallados que no sólo no vivían como cristianos, pero aun sin ninguna ley.

Y existe un texto del mismo Fernando, dirigido a su bastardo el arzobispo, advirtiéndole cómo debían ser los sermones que se predicaran desde los púlpitos:

—Que entiendan más en amonestar y persuadir cosas de Dios y virtuosas que en concitar escándalos.

No tengo que decir que, cuando se acabaron las peleas económicas con el Papa, toda oposición curial romana se extinguió. A esto sí que puede llamarse ejercer el poder absoluto en cuerpos y almas.

Tal es así que, aún en 1488, surgen dificultades con Inocencio VIII, por la ofensiva que le elevaron los conversos. El 15 de diciembre los Reyes le escriben a través de sus diplomáticos:

«Todo sale de la misma fuente a fin de revolvernos contra Su Santidad, e indignarnos con ella y a ella con nosotros. Y que parezcamos tan injustos, que de aquí se infiera ser, por consiguiente, también injusta la Inquisición.»

Y siguen los desencuentros. Si lo cuento es para que se vea el interés personal de la Reina Católica. Tanto, que le escribe al Pontífice:

«Su Santidad no muestra fervor ante la Inquisición, porque, si lo tuviere, no daría lugar a tales turbaciones. No puedo creer que el Pastor Universal y cabeza de la Cristiandad se deje influir por los émulos, acepte sus razones y no escuche las mías, motivadas por la exaltación de la fe... El Papa está más obligado a remediar los peligros de herejía y me resisto a que envíe cartas favoreciendo a los herejes. El caso es que debemos osar morir, y no es mucho osarlo y escribirlo.»

Quería la Inquisición con todas sus fuerzas, a pesar de todos los Papas de este mundo y del otro. Y la consiguió. Y consiguió, por medios nada santos, que las causas todas terminaran en Castilla, sin posible apelación a Roma. *Quod erat demostrandum.* Y no cualquier Inquisición, sino una con elementos nuevos y sustanciales: aceptar las delaciones infundadas, interesadas o calumniosas sin la menor resistencia; negación total a dar los nombres de los testigos contra el reo, produciendo una absoluta indefensión. Esto es lo que quieren los Reyes a costa de todo, incluido el favor a los acusadores gratuitos o injustificados y el perjuicio desalmado hacia el reo.

¿Cómo dejar de pensar en la codicia de estos Monarcas, que buscaban la solución de sus problemas económicos con el dinero de los conversos judaizantes y de los judíos no conversos? Y no hablo de que la institución nefasta se costease a sí misma, sino de los ingresos que revertían a la Corona engrosando sus arcas:

— La confiscación de bienes, muebles e inmuebles nada más incoado un proceso. Y si el reo resultaba condenado a muerte, pasaban a propiedad real.

— Penitencias pecuniarias, como castigo por delitos que no eran de muerte.

— Conmutaciones o cantidades pecuniarias con las que los penitenciados podían redimir ciertos castigos.

— El indulto del reo mediante el pago de una suma, llamado reconciliación.

— La habilitación general: indulto para todos los conversos entre los años 1495-1497, llamada así porque, tras pagar una cantidad proporcionada y señalada por los inquisidores, se consideraba hábil al converso y sin infamia legal.

Estos aspectos mercantiles de la Inquisición no incluían los impuestos que pagaban, ya antes y después, los judíos al erario. La prueba de cómo se llevaban las cuentas, de las filtraciones y apropiaciones indebidas se amontonan por millares. Y hubo ya algo tan llamativo que se incoaron procesos por comisiones y desfalcos importantes. A Juan de Uría, por ejemplo, se le acusó de haber defraudado a la Inquisición un millón y medio de maravedís. Todo a su alrededor era corrupto.

Por confiscación, pasaron a la Corona los bienes enteros de varios centenares de condenados, superando un número de varios millones de maravedís. Las penitencias o multas excedieron los dieciséis millones y medio. Por las conmutaciones es difícil saber cuánto ingresó el fisco real. Isabel recibió en reconciliación a conversos desde los primeros momentos. Incluso se empeñó en tener facultad apostólica para poder hacerlo en secreto, y así no tratar con el mismo rasero a todos los judaizantes, lo cual es la mejor prueba de la mayor injusticia. Hasta el punto de que Roma se dio cuenta de tales aprovechamientos, e Inocencio VIII le dio facultad para reconciliar a cincuenta conversos en 1486, y se la renovó en 1488. Pero no a más. Y advirtiendo que se trataba de un rito eclesiástico que debía realizarse por los inquisidores aunque fuese a personas señaladas por la Reina o los Reyes. Y por si fuera poco, la Reina concedió reconciliaciones generales cuando le hizo falta más dinero. De ellas, cinco probadas antes de 1490, previo pago de la cantidad estipulada por los inquisidores. Una de estas reconciliaciones, de 1497, muy importante. Se quiere amortiguar el ruido del Santo Oficio, crear bases de convivencia y, sobre todo, conseguir medios para amortizar la guerra de Granada. El nuncio se lo advertía a Alejandro VI, el Rodrigo de Borja ya Papa, previniéndole que pensaba sacar muchos millones y que no debían concederles ese privilegio sin que se prestase a Roma «algún servicio». Sea como quiera, el fisco se benefició en más de catorce millones y medio de maravedís.

Quizá se entienda que insisto demasiado en este tema; pero es que me llega al fondo del alma. Con él están relacionadas otras derivaciones: los estatutos de limpieza de sangre, pongo por caso, que servían para cerrar la puerta de los oficios civiles y de los beneficios eclesiásticos y hasta a la profesión en ciertas instituciones religiosas. Todo el pavoroso tinglado de la Inquisición se sostenía sobre el imaginario prestigio de la Reina. Al morir ella, corrió un gran peligro. El proceso de fray Hernando de Talavera, la sospecha sobre Diego de Deza, la maldición del inquisidor cordobés Lucero, que se enfrentó hasta con su madre, y el nombramiento a la cabeza de todo de Cisneros podían considerarse como un intento de que no hubiese conversos, «lo cual es manifiestamente contra la santa fe católica».

Con toda intención no quiero hablar de los autos de fe, de los braseros, de las quemas en verdad o en efigie. Eso aún sucede en nuestros días, y yo mismo he sido víctima de los terribles abusos de la Inquisición y de la utilización que de ella hace la injusticia real cuando le es conveniente usar ese fuero, más general, en lugar de otro cualquiera. Por más estricto, o por más abarcador de límites y fronteras, de fueros y contrafueros. Cuando al que manda le conviene, usa el Santo Oficio, tan elevado sobre los reinos, en lugar de los tribunales civiles. También mi efigie ha sido incinerada.

La Reina tuvo hijos fundamentalmente para colocarlos en tronos elevados y poderosos que pudieran beneficiar al suyo propio. Hay un momento en que el duque de York, por medio de su embajador, le pide una hija para su reino. Los Reyes contestaron a través del embajador suyo:

—Diréis al Rey de Inglaterra que nosotros ya no tenemos hija para dar al Rey de Escocia.

Si no, lo hubiesen hecho encantados. Los hijos, y las hijas sobre todo, estaban al servicio del Estado, no importando nada su libertad y su consentimiento. Doblaban la cerviz, y recibían la garantía del sacramento que convertía a dos en una misma carne y fundía los reinos. Lo que sucede es que los Reyes Católicos intentaron inundar de hijos suyos toda Europa; pero algo sucedió por lo que se estrellaron. La muerte empezó en ellos su recolección, como si se cumpliese en su caso la amenaza hebrea, que tanto odio les suscitó, de que los hijos pagan la culpa de sus padres. Hasta tal punto que Isabel estrenó el color negro como luto, que antes correspondía simplemente a la sarga, esa tela de mala calidad que lo significaba.

Isabel no había escarmentado en su propia vida. En torno a los matrimonios de sus hijos, acompasada con Fernando, el práctico inventor de los embajadores, ve la solución de los mayores problemas: las paces con Portugal, las relaciones con el reino de Navarra, la encerrona que se pretende hacer frente a los alardes de Francia con Carlos VIII y sus pretensiones sobre Italia, el trono inglés, la influencia en el Norte de Europa... Los Reyes aspiraron a los mejores partidos para sus hijas y les fijaron altas dotes codiciables. Hasta el extremo de que aparece un concepto peculiar en el presupuesto del reino: los empréstitos para el casamiento de las infantas (equipamientos especiales, vestidos, riquísimas vajillas y dotes, en torno a los doscientos mil o trescientos mil escudos de oro, para entregar en tres plazos desde el día de la consumación del matrimonio). Para actuar con mayor libertad, Isabel, recién conquistada Granada, obtuvo del Papa un breve que la autorizaba a concertar cualquier matrimonio, dispensado en todo caso el impedimento del segundo grado de consanguinidad. Eso sí que lo aprendió de su propia y fraudulenta boda.

La primogénita Isabel es casada con el heredero de Portugal, hijo de Juan II. Esa boda suavizaba las consecuencias de la guerra de sucesión, y no perdía de vista a la *Excelente Señora* ni a la clausura de su convento. Isabel tuvo de su parte a la Corte portuguesa, lo que satisfacía a su madre loca, que la adoraba. Pero la satisfacción se vino abajo como se vino abajo de un caballo, matándose, el príncipe Alfonso. Isabel, la primogénita, hubo de volver a Castilla. La sucesión portuguesa se aquietó, por encima de las vacilaciones del Rey, y le sucedió su primo Manuel I, al que apoyó la Reina católica. La viuda de Castilla fue la elegida, entre ella y su hermana menor María, por el nuevo Monarca. La condición que impuso ella para casarse fue la expulsión de los judíos portugueses, sin duda por indicación materna. Las ceremonias del primer matrimonio se hicieron en Sevilla en 1490; ahora, en noviembre de 1496, en Burgos, si bien a través de procuradores. La pareja tuvo que hacerse cargo de la sucesión de Castilla y Aragón, a la muerte del príncipe don Juan, único hijo de Isabel y Fernando. Éste había contraído matrimonio en una doble boda que entusiasmó a Europa: el heredero de Castilla y Aragón, el joven don Juan, casaba con Margarita de Borgoña y de

Austria, hija del archiduque Maximiliano. Con este joven hijo, bastante poca cosa, sus padres habían apostado fuerte desde su nacimiento: casi recién nacido, para asentar paces con Portugal; con cuatro años, con la heredera de Navarra; luego, con la primogénita de Nápoles; en 1490 se trató su boda con la princesa de Bretaña; y, por fin, en 1491, se habló de la definitiva consorte. Ya había sido declarado Príncipe de Asturias. Y sus documentos van emparejados con la otra boda acordada: la de la infanta doña Juana, con Felipe, al que ya llamaban *el Hermoso*, hijo mayor de Maximiliano y hermano de Margarita. La infanta no había cumplido aún los diecisiete años y era lozana y atractiva; su futuro marido tenía diecinueve, y también lo era. El gasto que supuso el traslado marítimo de la infanta alcanzó la exorbitante cifra de más de cincuenta y un millones y medio de maravedís. El amor que los unió fue a primera vista: tanto, que la ceremonia tuvo que celebrarse a la mañana siguiente para que ellos pasasen esa noche uno en brazos del otro.

Margarita de Austria llegó a Castilla a bordo de la flota de Flandes. La salió a recibir Isabel *la Católica*, gélida y protocolaria. El matrimonio de don Juan, endeblito, sin mucha gracia y tendente a la tartamudez, y la archiduquesa, culta e inteligente, seductora y fuerte, se celebró en Burgos el 14 de abril de 1498. Consistió en una larga luna de miel que duró hasta el 4 de octubre del mismo año, fecha en que murió el jovencísimo príncipe heredero. Pedro Mártir de Anglería, una de las cabezas pensantes mejor del reino, al percibir el desmejoramiento del muchacho a fuerza de no cesar en sus relaciones sexuales, dio cuenta a la Reina para pedirle una cierta separación de cuerpos. Isabel sólo dijo:

—*Quos Deus coniunxit homo non separet.*

Lo que Dios ha unido no lo separe el hombre: el mismo lema que tenían las monedas de un cuarto de real. Y así sucedió. Los Reyes estaban en Extremadura para hacer entrega de la princesa Isabel a su segundo marido. Acudió Fernando a

Salamanca, que formaba parte del señorío del príncipe, y lo asistió en su muerte. Luego partió para acompañar a la Reina en la jura, como nuevos herederos de Castilla, de los Reyes de Portugal. En esta ocasión Isabel, la hija, estando en Alcalá de Henares, dio a luz al príncipe Miguel, pero murió ella de sobreparto. Por tanto, la sucesión ahora pendía de un recién nacido. Y, a pesar de todo, los Reyes se negaban a no tener en Portugal una infanta castellana que evitase la tentación o las aspiraciones, si aún las tenía, de la *Excelente Señora*. Casaron al viudo don Manuel I con María de Castilla, y sus capitulaciones fueron firmadas en Sevilla. La descendencia de esta pareja fue numerosa. Una hija suya, Isabel, fue luego Emperatriz y Reina de España como esposa del Emperador Carlos, primogénito varón de Juana y Felipe, nacido el día de San Matías del año 1500. Entre otras ponderaciones hechas al nacer, destacaba una profética: *In te speramus*. El hijo del Rey de Portugal murió con dos años estando en Granada con su abuela Isabel, la más *Católica* de todas las Isabeles. Ella, acaso por primera vez en su vida, no supo hacia dónde mirar.

La hija menor de Fernando y su señora fue prometida, desde niña, a la Corte de Enrique VII de Inglaterra. Para ello adiestran a la infanta, en Castilla, el deán de Glasgow, y en Londres, los embajadores Puebla y Fuensalida. Para embarcar en La Coruña, pasó por Santiago, y en la ceremonia de honor al Apóstol, cayó desde el gran incensario un ascua sobre el regazo de Catalina, que vestía de blanco. No sé si alguien pensó que eso era un mal augurio, como tampoco lo pensó a su hora, en el mismo lugar, Felipe II y su Armada Invencible. La infanta redondeaba con su matrimonio la incorporación de Inglaterra a la Santa Alianza, como los Reyes habían prometido, contra Francia. También habían prometido la adhesión de Escocia, pero ya no les quedaban más hijas por casar. La vida de esta infanta Catalina fue de una indecible dureza en Inglaterra. Primero casó con el heredero, Arturo, sin consumar al parecer el matrimonio. Luego vivió aislada, porque don Fernando, su padre, queriendo utilizarla, no le permitió casarse con el Rey ya mayor, Enrique VII, puesto que quería una hija Reina y no viuda de Rey. Pasó años de terrible penuria; llegó a sufrir hambre; de España no mandaban dinero porque la dote había sido pagada. Después de mucha soledad y sufrimiento, que le agriaron al carácter, casó con su cuñado, si así puede llamarse, Enrique VIII. Tuvo una hija, la futura Reina María Tudor, que nació agriada y más fea que picio, que casó no con su primo Carlos el Emperador, a quien estaba prometida, sino con su sobrino segundo, Felipe II también.

Leyendo estas notas, cuyo cumplimiento duró varios años, se ve que Isabel fue afortunada en la ascensión al trono: ahí ella misma eliminó a quien le estorbaba. Pero fue muy desgraciada en la sucesión al mismo, en la inmediata al menos. Y a la larga quedó en manos de su nieto Carlos, que inauguró otra dinastía, la de los Habsburgo, puesto que los Trastámara se eliminaron unos a otros solos. Y quienes nacieron para dar más gloria a España naufragaron en el hostil mar de la muerte. Y quien pareció que daría más gloria al Dios de sus mayores, la casada con el *Defensor Fidei*, fue la ocasión de que ese defensor de la fe, Enrique VIII, desoyese las voces de la Iglesia y se erigiera él mismo en cabeza de la de Inglaterra, provocando el tremendo cisma anglicano, con tal de cumplir su deseo por Ana Bolena y su aversión a la arisca y seca Catalina de Aragón, a la que entre todos habían convertido en una triste estantigua.

Isabel, después de tanto azacaneo y tanta amargura, murió extinguiéndose lentamente, entre las once y las doce del día 24 de noviembre de 1504. Después de nombrar a su marido Gobernador general de todos sus reinos, en ausencia de su hija Juana. Y, si ésta no podía ni quería gobernar, la autoridad debía recaer en su hijo Carlos, siempre que hubiese cumplido veinte años. Ni siquiera eso pudo ser. En esa agonía estaban presentes su marido y aquel que le otorgara los últimos sacramentos, que no fue su confesor Jiménez de Cisneros. En Medina del Campo había varios prelados, los letrados de su Consejo y los doctores que la atendieron en su enfermedad. Todas sus hijas o la esperaban en la muerte o estaban lejos, ninguna feliz y muy distintas unas de otras en sus vidas y en sus anhelos y en su corazón. En Bruselas, en Lisboa, en Londres...

Fernando empuñó con rotundidad el timón de una nave que atravesaba rápidos peligrosos. A ellos aludió Marini, un cortesano:

—No sin causa hubo temor, especialmente el de la gente que deseaba vivir en paz y sosiego. La cual en gran medida temía aquellos alborotos y las guerras de nuevo y que fuesen peores que antes habían sido.

No se podía consentir un vacío de poder. Sin embargo, Fernando era Rey de Aragón, que nunca fue muy bien visto en Castilla, y los castellanos, soberbios y engreídos. Y la heredera Juana, ya tachada de loca. Y su marido, extranjero y esquinado, que miraba con altivez el reino de Castilla, donde ni siquiera había podido cazar elefantes ni jirafas ni tigres, que tanta ilusión le hubiese hecho encontrar en Granada. Y su heredero no había cumplido ni los cuatro años. Y el abuelo español y los nobles de Castilla sentían preferencia por su hermano Fernando, que tenía dos años, y había nacido en Alcalá y no había puesto un pie fuera de España nunca... Tanta lucha para dejar después un porvenir tan incierto.

No extraña que, dadas su astucia y su prudencia tan de *El Príncipe* de Maquiavelo, se presentara Fernando en el convento donde estaba encerrada la clarisa Juana de Castilla, la *Excelente Señora*, para solicitar su boda con ella. Era otra forma de reconocer que esa monja había sido siempre la verdadera Reina. Supongo que la larga carcajada que soltó se sigue oyendo en los claustros del edificio. Ahora, cuando ella tenía cuarenta y tres años y había sido perseguida y acorralada, venía el marido de quien la persiguió y la acorraló a pedirle su mano. No quiso recibirlo. Aún le quedaban veinticinco años de vida. Si es que podía llamarse así a aquello que le habían obligado a sobrevivir.

La noticia de la muerte de su madre la recibió Juana con Felipe en Bruselas. Felipe *el Hermoso* sin ninguna complacencia. Cuando habían estado aquí para ser jurados como herederos, el país le había parecido caluroso, ácido, antipático y aburrido. El idioma, ininteligible y duro; las costumbres, insoportables; las modas, feas y rígidas. El ceremonial borgoñón era muy complicado, pero a la vez teatral y gracioso, como un baile que se observa con cierta displicencia por ver si quien baila se equivoca. Las fiestas de toros, las danzas, las bebidas de Castilla, todo era para él duro e inaguantable. De ahí que aprovechara una ocasión medio inventada para regresar a Gante, dejando aquí, por descontado embarazada, a su mujer, esta vez de ese hijo Fernando. Ella empezaba ya a dar muestras de unos celos infernales y enloquecedores. Y ahora, después de esa noticia, tenían que volver para reinar en un reino desconocido, sobre gente desconocida y junto a un viudo que seguía siendo Rey de Aragón y además un enemigo irrenunciable suyo, que lo miraba desde arriba con una displicencia que el archiduque no quería ni se autorizaba a tolerar. Pero, por otra parte, él no estaba dispuesto a que su suegro administrase las posesiones, pensaba que muy ricas, de Juana. Y aún menos cuando ya sabía que su madre, en el testamento, dejó dicho que los extranjeros no acapararan los cargos del gobierno de Castilla. ¿En qué clase de títere iba él a transformarse?

Fernando y Felipe, por separado, presionaron a la pobre mujer en que Juana se había convertido, para que delegara en ellos, por separado, el gobierno de Castilla. A través de un secretario, el padre consiguió una cesión escrita, que interceptó Felipe y la rompió tirándole los pedazos a la cara a su esposa, y a continuación, hizo que no quedase duda de su voluntad de enamorada. Y le dictó:

—Puesto que en Castilla pretenden deshacerse de mí, con

el pretexto de que tengo falta de seso, he de decir que no me admiro de los falsos testimonios que han lanzado en contra mía. Lo mismo hicieron los judíos con Nuestro Señor. —¿No era zorro?—. Yo os ruego y mando que habléis a todos para que sepan que, aunque yo me sintiese como ellos querrían, no habría yo de quitar al Rey, mi Señor, mi marido, la gobernación de estos reinos y de todos los del mundo si fuesen míos, ni le dejaría de dar todos los poderes que yo pudiese, así por el amor que le tengo como por lo que conozco de Su Alteza. Espero en Dios que muy presto seremos allá, donde me verán mis buenos súbditos y servidores. Yo, la Reina.

Fernando, pensase como pensase, con honradez había hecho proclamar como Reyes a Juana y a Felipe, primero en Medina y luego en las Cortes de Toro. Pero de nada sirvió para aplacar las inquietudes. Fernando tenía demasiadas enemistades en Castilla. Felipe, a quien apoyaban todos los descontentos, encabezados por don Juan Manuel, embajador de Castilla con Maximiliano, procuró su viaje a España y trató de buscar apoyos exteriores que desconfiadamente consideraba imprescindibles. Empezó con Luis XII de Francia, cuyas relaciones con España no eran buenas. Sin embargo, no eran tan malas como los sentimientos que Felipe albergaba por su suegro, sobre todo después de haber sorprendido la carta de su esposa en la que le confiaba su voluntad de que siguiera siendo Regente del reino de Castilla. A raíz de esto, estableció un círculo de vigilancia alrededor de Juana, lo que la perturbó aún más de lo que estaba.

Pero Fernando era zorro viejo y movió bien las fichas de su ajedrez. El 12 de octubre de 1505 confirmó con Francia un acuerdo del que era prenda su matrimonio con Germana de Foix, sobrina del Rey francés. Se trataba de una decisión estremecedora que, sin duda, hizo temblar en su tumba los huesos de Isabel. Porque amenazaba con romper la frágil unidad a costa de tantos males conseguida. Pero, de momento, le salvó la cara al Rey. Felipe quedaba desarmado y, por iniciativa de don Juan Manuel, inició otra ronda de negociaciones. Éstas cristalizaron en la Concordia de Salamanca, que introducía en realidad un gobierno de tres personas: Fernando, Juana y Felipe *el Hermoso*. El Rey Católico creyó que con ello eliminaba la fuerza del partido borgoñón.

Pese a todo, Fernando se atiborraba de cantáridas, turmas de toro y todo afrodisíaco que encontraba al alcance de su mano para engendrar un heredero en su gruesa esposa, a la que llevaba treinta y cinco años. Engendrarlo era romper toda la larga labor de su reinado junto a Isabel, y dar en el palo del gusto al señor de Belmonte, don Juan Manuel, y al duque de Medina Sidonia y al de Alba y al conde de Benavente. Pero que su intención era tener un hijo estaba claro. Y la gruesa y algo coja Germana de Foix, que aún no tenía diecinueve años, era bastante aficionada, como demostró en sus dos matrimonios siguientes, a los juegos de cama. Ante la dificultad de Fernando, tropezó con la colaboración de un paje joven como ella, llamado Íñigo de Loyola que, a fuerza de roces y entradas, la dejó en estado de no se sabe si buena o mala esperanza. Por fin iba a tener Fernando un hijo, que heredaría los reinos de Aragón, Nápoles y Sicilia. Que no fuera suyo era lo de menos. El hijo nació el 5 de mayo de 1509, ya muerto Felipe *el Hermoso*, y recibió el nombre de don Juan de Aragón. Por fortuna, murió muy poco después, y todas las gentes atribuyeron su muerte a la consecuente debilidad de un hijo de un padre viejo.

Pero las cosas no fueron como imaginó toda Castilla y buena parte de Aragón. Hubo alguien que ordenó la muerte de ese niño, que iba a partir por medio todas las ilusiones, los esfuerzos, las renuncias, los peligros hasta de perder la gloria eterna, que la unión de Castilla y Aragón había costado. Fue un personaje que había trabajado en la sombra; que había hecho y suscitado guerras, corrido peligros, renunciado a la paz interior y exterior. Ese personaje se llamaba Francisco Jiménez de Cisneros, y era, como no podía ser de otra forma, arzobispo de Toledo, y se había mantenido en su puesto, también por la Regencia de Castilla, con el Rey don Fernando. En cuanto a Íñigo de Loyola, fue despedido en silencio del lado de la Reina Germana, y vivió después otro incidente, decisivo para él. En el sitio de Pamplona cayó herido, con una pierna rota; pero no fue una herida de guerra, sino porque estando en brazos de otra casada, entró en la casa su marido, y él se vio forzado a saltar por una ventana. Su pierna no resistió el salto. Y la recuperación sí es cierto que le dio ocasión de ilustrarse leyendo vidas de santos y reconociendo que la suya, hasta entonces, había sido una triste porquería. Después llegó a ser Ignacio de Loyola, fundador de la Compañía de Jesús. Pero continuó equivocándose. Porque el día que conoció a un Felipe II joven sintió la impresión de que el aura, el aire y el olor que emanaba de esa persona eran pruebas de una evidente santidad. El buen señor tenía mal olfato.

Pero sigo con Felipe *el Hermoso*. Fernando se equivocó al calcular que había desbancado a su yerno. Éste salió de Flandes con una gran escuadra camino de Castilla. Pero una tempestad lo arrojó contra la costa inglesa, y allí, durante tres meses, fue huésped de honor de su cuñado Enrique VIII. Y allí también demostró su inexperiencia, tanto política como humana, con unos acuerdos comerciales desfavorables y otros acuerdos matrimoniales —tenía varias hijas— concertados con el monarca inglés. El 28 de abril de ese año de 1506 llegó a La Coruña, donde Fernando no lo esperaba, ya que su yerno quiso engañarlo en el lugar de su desembarco para poder hablar, sin que él fuera testigo, con los nobles quejosos del Regente, que le aguardaban, cada vez más numerosos desde su boda con Germana. Las tropas alemanas que lo acompañaban aumentaron con las de Nájera, Villena y el propio condestable Juan Manuel. Todo olía a las algaradas de los reinos anteriores, que habían parecido olvidadas para siempre.

Más tarde, las conversaciones entre Felipe y Fernando fueron largas, tirantes e interrumpidas, hasta que cristalizaron en

114

una entrevista realizada en Sanabria, en la Alquería del Remesal, entre La Puebla y la aldea de Asturianos. En ella fue, una vez más, Cisneros quien actuó de mediador, pues sus relaciones no estaban en su mejor momento. El Católico renuncio allí a su cargo de Regente, contentándose con la administración de los Maestrazgos y con las rentas asignadas a él en el testamento de su mujer. No era poca cosa. Una vez más, en último término, todo tenía una traducción en dinero. Al mismo tiempo se puso fin a unas tensiones que abarcaban un espacio mucho mayor que aquel que entre los dos, Fernando y Felipe, cabía: se declaró la incapacidad de doña Juana. Aún celebraron otra entrevista ambos personajes, cuya antipatía creciente era manifiesta, en Renedo, cerca de Valladolid. Desde allí, Fernando salió hacia Nápoles y Felipe hacia su propio reinado. Fue demasiado breve.

La mayor aspiración, para verse liberado, era la declaración de locura de su esposa para la cual existía el precedente de la Concordia de Salamanca. Pero las Cortes convocadas en Valladolid se negaron. A pesar de todo, Felipe gobernó con libertad por sí mismo, y se ocupó de dar cargos, prebendas y mercedes a sus favoritos: lo que había temido Isabel, y lo que volvió luego a suceder con su hijo Carlos. Sólo en un punto mostró una loable firmeza: en el castigo de Diego Rodríguez Lucero, aquel mortal inquisidor de Córdoba, que tantos trastornos, consentidos por quien no debió hacerlo, había ocasionado, actuando no sólo contra judíos y judaizantes, sino hasta contra fray Hernando de Talavera, quizá la persona más íntegra del reino entero. Pero ni los esfuerzos realizados, en otra dirección, por Cisneros bastaron para detener la alegre y sin sentido generosidad del Rey. No duró mucho: la detuvo la muerte. En Burgos, acalorado después de una partida de pelota, bebió un vaso de agua helada. El vaso, que contenía algo más que agua y frío, le produjo una enfermedad que le llenó el cuerpo de manchas oscuras y lo empujó en unos días al sepulcro. Fue el 23 de septiembre de 1506. Tenía veintiocho años.

El cadáver, llevado primero a Miraflores, fue paseado más tarde por Castilla en compañía de su enloquecida esposa, para la que su vida y su cabeza habían perdido todo sentido. Si le quedaba alguno. Por fin fue instalado en Santa Clara de Tordesillas donde la amante doña Juana pasó el resto de sus largos días, acompañada mucho tiempo por su hija más pequeña, Catalina, que salió para ser princesa en Portugal. Todavía hoy es un misterio quién puso veneno en aquella agua helada. ¿Fernando? ¿Cisneros? ¿O quizá los dos de común acuerdo? Esto es lo más probable. Hay quien apostaría por una pócima suministrada por el mismo médico judío que le proporcionaba a Fernando sus comidas y bebidas afrodisíacas, si bien con mayor éxito. Y quizá nos dé una señal el que, cuando Fernando regresó de Nápoles, para cortar y llenar este hiato que se produjo en el gobierno de Castilla, se encontró con una Junta de Regencia, integrada por cuatro castellanos y dos extranjeros, que presidía Cisneros. A éste, Fernando le entregó el capelo cardenalicio que le traía como prueba de agradecimiento o de complicidad desde Roma. Y el cardenal, a cambio, le entregó a Fernando la Regencia.

Pero hasta llegar ahí habían sucedido muchas desgracias. Parecía que las antiguas banderías volvían a enfrentarse. Todo el ambiente olía a discordia y a guerra civil. El vacío de un poder fuerte, al que los castellanos estaban acostumbrados, llenaba las ciudades. Los nobles no sentían el freno que estaban hechos a tascar y, para colmo, el periodo se llenó de calamidades públicas como no se recordaba otro desde la peste negra de 1348. Dos cosechas pésimas, las de 1506 y 1507, seguidas de plagas de langosta en los años siguientes dejaron al país hambriento y sobrecogido como si el cielo estuviera castigando un mal comportamiento. La geografía y las gentes recordaban la expulsión durísima de los judíos y se estremecían. «Despoblábanse muchos lugares; andaban los padres y las madres con los hijos a cuestas, muertos de hambre por los caminos, y de lugar en lugar, demandando por Dios, y muchas personas murieron de hambre, y eran tantos los que pedían a Dios que hacía llegar cada día a una puerta veinte o treinta personas, de donde quedaron infinitos hombres en pobreza, perdido todo cuanto tenían para comer.» El país habitaba, según se ve, en la desesperación. Ante este caos, el cardenal convocó Cortes en Burgos y pidió que se aceptase el testamento de Isabel, entregando la Regencia a Fernando. No fue sencillo, porque quienes habían apoyado al partido flamenco y quienes habían malbaratado sus relaciones con el aragonés temían sus duras represalias. Pero en Italia a Fernando le esperaba mucho trabajo, a pesar de que su Gran Capitán, lleno de amargura por su mal comportamiento y su ingratitud, ya no estaba al frente de su ejército. Cuando volvió Fernando, se hizo cargo del reino. Y castigó, entre otros, al marqués de Priego, un joven sobrino de Gonzalo Fernández de Córdoba, duque de Sessa y Gran Capitán, tratándolo con singular aspereza. La causa fue haber encerrado a un emisario real en un castillo. Fernando rememoró la fuerza que había hecho necesaria el estado de la nobleza al principio de su reinado con Isabel, y no estaba dispuesto a repetir el esfuerzo. Descendió a Andalucía con un ejército, prendió y ejecutó a los colaboradores de Priego, les arrasó los castillos, los desterró y arruinó el palacio que él habitaba en Montilla. No hizo ni el menor caso a la intercesión de su tío, que le había conquistado Nápoles. Por si no bastaba, entregó al saqueo de su tropa el pueblo de Niebla, cuyo alcalde resistió a las tropas reales. Los dos desalmados escarmientos domesticaron la soberbia de los nobles.

La vida de Fernando había sido un ajetreo duro y permanente. Dentro y fuera de España. Recién llegado, le esperaba la campaña africana. E Italia otra vez, que era el centro de todas las discordias de Europa, donde hasta los triunfos desunían a los que se habían unido para conseguirlos. Maximiliano,

Luis XII, el Papa Julio II, el Rey Enrique VIII, su yerno, todo era disfavor y contrariedades. A punto estuvo de volver a llamar a Gonzalo de Córdoba, porque no le dolían prendas para reclamar la atención de quien él tanto desatendió. Fernando había aprendido mucho de su esposa. Entre Ligas Santas y Ligas Santísimas, condujo los acontecimientos, con astucias y falsedades, para poder quedarse con Navarra. Francisco I de Francia, al que su nieto Carlos se enfrentaría a todas horas, le amargó sus últimos días. Muerto Alfonso de Aragón, su hijo arzobispo, volvió a pensar en su nieto Fernando, al que adoraba, a pesar de que su presencia en Flandes ya había sido requerida por el primogénito Carlos de Gante. Y a pesar de que Cisneros se oponía a cuanto contradijera el testamento de Isabel en todo caso, la muerte, como suele, cumplió bien su tarea. Camino de Guadalupe iba Fernando, y se detuvo en el pueblo de Madrigalejo, en una casa desguarnecida e indecorosa. Años atrás una adivina judía le había profetizado que moriría en Madrigal. De ahí que él no pisara nunca ese pueblo, por muchas que fueran las ocasiones en que su esposa arribaba por allí para rendir visita de amor a su madre enajenada. Quizá la adivina no distinguiera bien un nombre de su diminutivo despectivo. El caso es que allí falleció el Rey Católico el 25 de enero de 1516, en una casa en la que el frío no parecía entrar sino salir de ella.

Fernando había dejado al cardenal, por el que nunca había sentido simpatía ninguna, la Regencia del reino durante la menor edad de su nieto. Cisneros se mantuvo en el gobierno a pesar de la oposición de los nobles e incluso del infante don Fernando, no muy bien aconsejado. Y consiguió que el propio heredero, desde Flandes, confirmase, sin mucha gana, su nombramiento de Regente. La nobleza, como de todo el que mandaba, era su enemiga. Organizó contra ella una milicia ciudadana de treinta mil hombres en defensa de la autoridad de la Corona. Los nobles se rebelaron aquí y allá; pero Cisneros dominó los motines e impuso el reconocimiento de

Carlos como Rey y no sólo como Regente en nombre de su madre doña Juana, ya recluida. Carlos tenía prisa en reinar. Sus consejeros, no: porque desde Flandes hacían y deshacían favores y negocios. Para entorpecer la labor rígida del cardenal enviaron, entre otros, a Adriano de Utrecht, futuro Papa. Pero no lograron influir en España. Por fin el heredero desembarcó en Tazones de Asturias el 19 de septiembre de 1517. No había cumplido, pues, los veinte años que el testamento de su abuela exigía. Cisneros quiso encontrarse con él en Mojados, cerca de Valladolid. Pero no llegó a conocer al Monarca, cuya corona había salvado y conservado celosamente. Murió en Roa, camino de ese encuentro. En él, Carlos, tenía que comunicarle su destitución.

Por fin España salió de los Trastámara. Y viva, que no es poco. Los Austrias no se inauguraron mal. No sé por qué siempre he tenido una, supongo que equivocada, simpatía por Carlos I. Quizá porque era feo, apocado y boquiabierto. El prognatismo no estaba en su mano evitarlo. Un campesino castellano que no lo reconoció en una tarde de caza, le dijo algún tiempo después:

—Cierre vuesa merced la boca que aquí las moscas son muy traviesas.

A pesar de eso, la vida fue haciéndolo curiosamente humano y bastante español. Le ocurrió lo contrario que a su hermano Fernando, nacido aquí, con su perfecto idioma castellano, con sus amigos y sus costumbres de este suelo, que acabó siendo un alemán perfecto. Y comenzó cuando Carlos, haciéndole caso a Cisneros, que lo conocía bien, lo puso en la costa y lo animó a irse de aquí, donde no pintaba ya nada y era perturbador.

Cuando Carlos llegó, era casi un adolescente, aunque un par de años antes, en Flandes, su abuelo lo había declarado ya mayor de edad. Su educación, al principio, había sido muy buena. Se encargó de ella su tía Margarita, una mujer preparada e ingeniosa. Había escrito ya su propio epitafio: «*Ci gist Margote, noble damoiselle. / Deux fois marieé; morte pucelle.*» Una mujer que cumplió con la vida más que la vida con ella. Era tía de Carlos, por hermana de su difunto y no tan *Hermoso* padre. Pero la educación de Carlos, así como la de sus hermanas se debía reducir a ser buenas Reinas, flaqueaba. Por exceso de lo francés. La culpa la tuvo Guillermo de Croy, señor de Xèvres o de Chièvres, que bastantes disgustos le trajo. Le escondía los libros, salvo las tristes historias francesas y españolas de sus antepasados: era, por ejemplo, bisnieto de Carlos *el Temerario*. Y lo rodeaba de armas y caballos, mucho más tentadores para los muchachos; pero nada de una buena educación clásica. No hay más que recordar que *Le chevalier deliberé*, de Olivier de la Marche, era quizá su libro preferido, y lo tuvo consigo hasta en su último retiro de Yuste. El príncipe estaba rodeado de todo el arte flamenco de esos años. Cuando, recién partido para España Carlos, Durero visitó a Margarita, se quedó asombrado de aquella acumulación de arte. Entre otras cosas, el tesoro de Moctezuma, traído desde México por Hernán Cortés, y regalado a su tía por un sobrino agradecido.

Es posible que la simpatía que yo siento por él se deba a su carácter fronterizo. Hizo cosas bien y cosas mal, pero es cierto que fue el primer gobernante moderno y el último caballero medieval: algo confuso en cualquier caso. Lo mismo se ponía a la cabeza de grandes ejércitos, si la gota le daba permiso, que retaba a un combate personal al Rey de Francia. Esto último lo hizo en tres ocasiones. La primera vez que lo retó a la cara fue antes de la coronación imperial en Bolonia. Todavía estaban presos, como rehenes, en Madrid, los hijos del francés, que ni cumplía sus compromisos ni pagaba el rescate. Enrique VIII se divorció de Catalina y Francisco I se alió con él contra Carlos, con el que acababa de firmar una paz contra turcos y herejes. Por si fuera poco, él mismo lo desafió en singular combate. Carlos lo aceptó sin dudar un instante. El otro, ante el peligro, se echó atrás, aplazando y dudando ante la insistencia de Carlos de Gante.

La segunda vez hizo perder al Emperador las esperanzas de tener paz con los príncipes cristianos, y de luchar sólo con herejes e infieles, lo que era su ideal del sosiego. En esta ocasión, el gabacho le exigió el Milanesado aduciendo una falsa promesa firme. El Emperador no pudo más. Celebraba una fiesta de paz entre una concurrencia, la más alta que podía darse: el Papa y el colegio cardenalicio y todos los Embajadores de Roma. Y Carlos habla contra la pretensión de esa chinche peligrosa de Francisco I, que le había enviado al obispo Maçon, y proclama su deseo de paz con la Cristiandad entera, que el francés pretende apedrear, para así marchar todos juntos contra Argel y Barbarroja. El Emperador se sube por las paredes literalmente. Asegura que, aún preso en Madrid, ante un Cristo, Francisco juró mantener con él la paz, y después hizo tratos a sus espaldas y a las de Dios con herejes y turcos. Y a continuación le negó Milán y lo desafió. Pero todo quedó en nada, por la cobardía del francés. Sólo sobrevivieron unas frases:

—¿Tengo yo, por ventura, que hacer pobres a mis hijos por enriquecer a los ajenos? Haga el Rey conmigo de su persona a la mía, que desde ahora digo que lo desafío y lo provoco y prometo comportarme con él, cómo y de la manera que a él le pareciese. Que yo confío en mi Dios, que, hasta hoy, me ha sido favorable y me ha dado victorias contra él y contra los enemigos suyos y míos, y me las dará ahora y me ayudará en mi causa tan justa.

Cierto que todas eran imaginaciones excelsas de Carlos. De ahí que, cuando el obispo Maçon alegara que no había entendido nada del improvisado discurso en castellano de Carlos, éste replique:

—Pues espero que me entienda y no aguarde que yo hable en otro idioma, porque la lengua castellana merece ser conocida y reconocida por toda la Cristiandad...

Palabras, palabras, palabras, sí, pero hermosas palabras. El francés dio la callada por respuesta. Y quizá el largo e ininteligible discurso aturdió a una concurrencia desinteresada. Y Paulo III, creyendo concluida la oratoria, le instó a que su natural clemencia remitiese con cordura algo de su justa indignación. Sin embargo, con voz más alta aún, Carlos continuó:

—Si el Pontífice me niega la razón, que apoye al Rey de Francia. Si no, clamaré ante Dios para que el Papa y el mundo entero se levanten contra mi enemigo.

Hay que reconocer que en esta escena sólo hay un personaje desplazado: el del Emperador. Estaba dispuesto a defenderse, por todos los medios, contra cualquier ataque; pero lo que más deseaba era la paz. En el fondo, todos los que lo rodeaban se expresaron de la misma manera, pero pensaban de otra manera muy distinta.

La tercera ocasión en que provoca el Emperador al Rey francés y es desoído fue con el marqués del Vasto, enviado hacia el sitio de Niza y Carlos decidido a atacar a Francisco. Así se lo comunica a Enrique VIII, en aquel momento aliado del Emperador, y pone sitio a Landrecy. Supo que el francés, con cincuenta mil infantes y diez mil jinetes, llegaba a defender la plaza, resuelto —y así lo decía a gritos— a terminar con Carlos de una vez persiguiéndolo hasta el fin del mundo si fuese necesario. Acto seguido, montó su campamento. A las puertas de él se presentó el Emperador resplandeciente, lo mismo que un san Jorge feo, con su mejor armadura, para desafiarlo a singular combate. El francés, una vez más, calló: para guerrear, a su entender, ya estaban los ejércitos.

Este arrojo y esta responsabilidad asumida es lo único que me atrae del Emperador. Esta falta de empleo de la astucia, esta sinceridad y este dar la cara sin ocultarla nunca. Este *hacerse cargo*, una expresión castellana que él amaba. Y este irritarse hasta el cielo cuando alguien traicionaba o faltaba a su palabra.

No es necesario decir que no fue siempre así. Guillermo de Croy, el señor de Chièvres, había sido su ayo. Era amigo de todo lo francés como buen borgoñón; inteligente y ambicioso, capaz de grandes combinaciones políticas, que teorizaba en su cabeza antes de practicarlas; propenso a las intrigas y al soborno; pero, sobre todo, propenso a las rapacidades más exageradas. Y con ese plan fue como vino a España junto a su discípulo, que habían acabado de reconocer aquí mayor de edad y jurado como Rey con su madre doña Juana *la Loca*, sin saber palabra de castellano, y de cuyo lado habían apartado, con malas maneras, a los españoles que le fueron enviando: Juan de Lanuza, Juan Manuel, el señor de Benavente, el doctor Mata, Alonso Martínez, obispo de Badajoz... Ninguno sobrepasaba a Chièvres, y todos acababan por ser eliminados. Alguno incluso, previa reunión de lo más granado de la Orden del Toisón de Oro. Con los quince años de Carlos, concluyó la regencia de su tía Margarita, y él fue proclamado duque de Borgoña. El triunfo del presuntuoso Chièvres fue total. Y con él y su séquito llegó Carlos a España. No sin antes enviar un inmediato representante, Adriano de Utrecht, un deán de Lovaina, pausado y razonable, que llegó a Papa con su nombre y que, como es natural, duró muy poco. Había sonado la hora de hacerse con el trono más poderoso del mundo: el español. Bajo la influencia de su ratero afrancesado y de su compañía de ladrones. En la tosca y árida España no le esperaban fiestas admirables, complicadas etiquetas, tejidos de oro, frivolidades y sueños de gloria. No les esperaban ciudades ricas, paisajes luminosos, tierras fértiles como sacadas de una tabla flamenca o un códice dorado. Carlos ponía los pies en una realidad hirsuta y poco limpia, de donde ya había desaparecido —acababa de hacerlo— el cardenal Cisneros, que quizá podía haberle orientado si la vida y él mismo lo hubiesen permitido.

En el pueblo de Tazones, en Villaviciosa, recibieron sus naves, que creyeron piratas, con armas en las manos. Sólo cuando cayeron en la cuenta de que era el Rey, lo agasajaron lo mejor posible. Que era, sin duda, con comilonas fuertes, vino de mucho cuerpo y corridas de toros. Y algunos animales de menor tamaño, para decir toda la verdad. El joven rey llegaba hecho una braga, por la mar picada de la larga travesía. A pesar de tener diecisiete años tuvo que descansar, seguidos, diecisiete días. La siguiente etapa fue Treceño. Y luego, un giro en Cabezón para seguir el río Saja. Hay que añadir que no fue en Bárcena como se dijo, sino en los Tojos, donde el futuro Emperador trató de pernoctar inútilmente. En plena noche la comitiva real reanudó la marcha porque al muchacho, delicado monarca, se lo comían vivo los piojos. He tenido en mis manos esa crónica. Hasta su triunfal entrada en Valladolid, en tres al menos de los pueblos visitados —Llanes, San Vicente de la Barquera y Aguilar de Campoo— se lidiaron toros en honor suyo. En el tercer lugar, más de ochenta flamencos cayeron borrachos vomitando debajo de las mesas. Carlos pudo, si lo hubiese sabido a tiempo, darse cuenta de que había llegado a España: a la España más tradicional, entre toros y vino y piojos.

Y en medio de esta algazara, dos cartas se cruzaron: una, la última que escribió el puntilloso Cisneros: en ella le decía a Carlos que, para evitar susceptibilidades castellanas, mejor haría en enviar a su hermano Fernando a Flandes; la otra, de Carlos, no llegó a su destino, pues Cisneros murió oportunamente antes: en ella se le comunicaba su cese como Regente. El señor de Chièvres comenzaba a hacer de las suyas. Quizá, de sobrevivir, el cardenal habría sido asesinado por él, salvo que se hubiese muerto del disgusto por sí mismo. Su muerte dejó vacante el todo tiempo codiciado arzobispado de Toledo. Para ocupar su solio, a Carlos, o mejor, a Chièvres, no se le ocurrió otra cosa que sustituirlo por otro Guillermo de Croy, sobrino del primero, que contaba la avanzada edad de veinte años aún no cumplidos. Era una buena forma de demostrar en qué actitud venían los flamencos y quién mandaba aquí.

Pero antes, Carlos, con su hermana Leonor, que viajaba con él, visitaron en Tordesillas a su madre. Con Leonor había tenido un roce previo a su salida de los Países Bajos. Pese a ser su hermana mayor. Este hecho es la viva prueba de lo que podía esperar de los azares del corazón una mujer dinástica de esa época, que no ha cambiado tanto en la nuestra. Un conde palatino, Federico, vivía en estrecha colaboración con la Corte borgoñona. Era el mismo que, en un ambiente tan próximo a los libros de caballería, se acababa de enfrentar con Carlos de Lannoy por un asunto que hoy parece un tanto baladí: el conde palatino sostenía que la música palaciega no afemina a los hombres, en tanto que el otro sostuvo lo contrario. Y los dos lo mantienen lanza en mano. Federico concluye con varias heridas y muerto su caballo, pero vencedor; cómo concluiría el vencido. La princesa Leonor se deja impresionar por ese caballero guapo, esbelto, buen cazador y mejor bailarín, alegre y galanteador, y, envolviéndolo todo, caballero del Toisón de Oro. Puso sus ojos en la princesa, y parece que ella en él. El caso es que llegó a oídos de Carlos de Gante, su hermano, que descubrió miradas, oyó susurros, vio manos que tropezaban con otras manos... Todo eso y un mensaje escrito que comienza con las palabras *Ma mignon*. El heredero de varias coronas lo lee, y exige al conde palatino una declaración formal, en la que invoca a Dios y a la Virgen, y en la que manifiesta expresamente al heredero «pertenecer sólo a Vos y a mí». Luego ambos, él y la princesa, juraron ante testigos que no habían contraído matrimonio secreto y renunciaban a toda futura relación. El conde, a pesar de altas sugerencias, fue expulsado de la Corte. Y Leonor acompañará a Carlos a España para cumplir su largo destino, que comenzaba ahora con el trono de Portugal, y, una vez viuda, concluirá en el trono de Francia. Para eso no se le pidió ni la más ligera opinión.

Una vez en Tordesillas se comprobó el trato que se daba a una mujer Reina e inútil. Allí estaba Juana de Castilla y de Aragón ante sus dos hijos mayores que la visitaban, y con la más pequeña, que se mantenía junto a ella e igualmente presa. La madre, con su mano sobre la cabeza rubia de Catalina, se dirige a los recién llegados. La escena es de una estremecedora simplicidad.

—¿Sois de veras mis hijos? Cuánto habéis crecido... Debéis de estar cansados después de tanto viaje. Bueno será que descanséis.

Eso fue todo. La hermana menor tenía once años no cumplidos. Y ya era redondita. Vestía de aldeana. Carlos se impresionó. Antes incluso de que fuese a Portugal para ser Reina, sólo después de tres meses de conocerla, mandó retirarla de allí y tratarla como a princesa. El empeoramiento de la locura materna le forzó a devolvérsela, mejorando en algo las condiciones de su vida. Su marido fue el príncipe que más tarde sería el Rey Juan III de Portugal.

Es en Valladolid donde Carlos conoce a su hermano Fernando, de quince años. El mayor llega rodeado de alhajadas damas y de elegantes caballeros nunca vistos allí. Durante unas semanas Valladolid se anima, como lo hará más tarde, cuando nazca Felipe, el heredero de Carlos, diez años después. Los torneos son el plato fuerte de estas entrevistas. El primero sobrecogió a los vallisoletanos: los flamencos deseaban deslumbrar a los palurdos castellanos. A cada lado de la palestra, treinta caballeros resplandecientes. Primero se acometen con lanzas; luego, con espadas. Muertos la mayoría de los caballos, siguen a pie la lucha los caballeros. Cuando la sangre llega al río, el Rey manda parar la refriega; pero los contendientes tienen que ser separados por la fuerza: las cañas se han vuelto lanzas.

Por muchos que fueran los nobles españoles que besan las manos de su Rey, y por aprovechadas que fuesen sus intenciones, el señor de Chièvres vela y acecha. Y el adolescente rubiasco de boca entreabierta parece aguardar lo que reza el lema de su escudo: *Nondum*, Aún no. Y, sin embargo, ha llegado la hora de reinar.

Las Cortes de Castilla se reunieron el 2 de febrero de 1518. La presidencia la tiene un extranjero, lo cual levanta las primeras quejas. El representante de Burgos, el profesor Zumel, expresa el descontento general con palabras muy bravas. Algunos procuradores de Sevilla y de Valladolid, deseosos de bienquistarse con el Rey, le advierten de que se abrirá del doctor Zumel una información porque andaba pidiendo que no jurasen a Su Alteza hasta que él jurase al reino guardar sus libertades y privilegios, usos y buenas costumbres, y las leyes y pragmáticas, y especialmente que no daría oficios y dignidades a ningún extranjero ni les concedería carta de naturaleza... Así estaba ya el conflicto planteado: el Rey no debía permitir que el señor de Chièvres y otros extranjeros llevaran, como lo hacían, la moneda del reino. Ochenta y ocho peticiones presentaron las Cortes al Rey, meticulosas y lógicas: desde que a la Reina Juana se le diera el trato correspondiente hasta que Carlos casara lo antes posible, y que se respetasen los Fueros, usos y libertades de Castilla; que no se permitiera sacar oro ni plata ni moneda; que se sirviese el Rey hablar en castellano... El Rey juró tales libertades en el idioma que pudo; pero como esquivase la petición de no conceder cargos a extranjeros, Zumel le pidió que explícitamente lo jurara. El rostro del joven Rey se alteró al decir:

—Esto juro también...

No en todo caso cumpliría tales juramentos. Pero, tranquilizados los procuradores, los representantes reales pidieron un servicio extraordinario de seiscientos mil ducados aplazados en tres años. Se le concedió, y cuarenta mil se gastaron acto seguido en unos juegos. Los flamencos tenían mano larga y abierta.

Antes de salir para Aragón, donde se habían convocado ya sus Cortes, en Valladolid se hizo otro torneo. Veinticinco caballeros castellanos frente a veinticinco flamencos se enfrentaron el primer día. Los cronistas escriben que cayeron muchos, fueron heridos otros y murieron siete. Y alguno hizo el siguiente comentario: «Tales regocijos para veras son poco, y para burlas, pesados.» Tenía toda la razón. Los borgoñones no habían entrado con buen pie. El joven Rey justó contra su caballero Lannoy, y rompió tres lanzas en cuatro carreras. Luego presenció corridas de toros, invitó a inagotables banquetes a su gente, y cargó a su cuenta los gastos fastuosos... Pero la avidez de sus acompañantes era más inagotable que las arcas reales. Ya se decía por el pueblo entero: «Sálveos Dios, / ducado de a dos, / que el señor de Chièvres / no topó con vos.» Parece que el ducado de a dos era su moneda preferida. Sin desdeñar, por supuesto, el oro o la plata o las piedras preciosas con los que atiborraba los coches y los carros. Cualquier objeto de valor que caía en sus manos no volvía a aparecer jamás. Era un latrocinio incontrolable e incansable. Y, al tiempo que él, aumentaba la ira de los castellanos que se sentían robados y provocados. De Guillermo de Croy se comentaba que había limpiado toda Castilla de doblones de oro. Sólo de una vez salió de Barcelona una caravana compuesta por 300 cabalgaduras y 80 acémilas cargadas de riquezas que Chièvres y su esposa mandaban hacia Flandes.

Ésos fueron los más lamentables, responsables e irresponsables años del reinado de Carlos. Ahí no tuvo él más excusa que su edad, su mala educación y su ignorancia del carácter y la historia de sus súbditos. Ahí está la simiente de las Comunidades y las Germanías. Ahí, el principio de antipatía por el Imperio que sintieron siempre los castellanos: bastante tenían con América, que ya los privaba de los más arriesgados y valientes. Pedro Mártir de Anglería escribió:

«Hasta el cielo se levantan voces diciendo que el Capro (así llamaban a Xèvres) trajo al Rey acá para poder destruir esta viña después de vendimiarla... Lo que ha sucedido, lo del arzobispado de Toledo, con las demás vacantes, todos lo saben, y nadie ignora que apenas se ha mencionado a un español, y con cuánto descaro se le ha quitado el pan de la boca a los españoles para llenar a los franceses y flamencos perdidos, que dañaban al mismo Rey... Ellos se han llevado más onzas de oro que maravedís contaron en su día.»

En las Cortes de Aragón me alegra, por aragonés, poder decir que se las tuvieron bien levantadas. Habían pedido que, mientras viviera Juana, ella era la Reina con su hijo, y que éste debería jurar como heredero a su hermano Fernando. Hubo enfrentamientos en las calles (a lo que los aragoneses son muy aficionados como ya se verá) y, aquietados los ánimos, concedieron un servicio extraordinario de doscientos mil ducados, con la condición de que por ningún concepto llegaran a manos extranjeras. En Zaragoza, Carlos acuerda la boda de Leonor con el Rey Manuel de Portugal. En febrero de 1519 entra Carlos en Barcelona, donde reside un tiempo. Allí recibe la noticia de la conquista de Gelves por Hugo de Moncada, antes virrey de Sicilia y luego de Nápoles, a la sazón Almirante de la Escuadra Mediterránea. Pero su entrada la hizo desprovisto de los atributos de soberano de Castilla: los síndicos le habían comunicado que antes tenía que haber sido jurado allí. Y dejaron claro que no querían jurar a Carlos por Rey mientras viviera Juana ni le consentirían tener Cortes, porque en aquella tierra no sería jurado. Por más hombres se tenían los catalanes que los aragoneses y castellanos, que sí lo habían hecho. Y en tanto aprieto pusieron a Chièvres que ya estaba deseando verse libre de España. A pesar de que allí se celebró el Capítulo general de la Orden del Toisón, y se otorgó la Caballería a Alba, al Condestable y al Almirante de Castilla y a otros.

Pero todo palidece ante la noticia llegada el 11 de mayo de 1519: la muerte del abuelo Maximiliano, Rey de Romanos. O sea, el trono del Sacro Imperio Romano Germánico quedaba vacante. Y Carlos, como legítimo sucesor de Maximiliano, se consideraba con el mayor derecho a él. Por supuesto que Francisco I tenía las mismas aspiraciones, y había ya enviado bolsas bien repletas, y Enrique VIII también, pero no tenía dinero. Y hubo otro que se sacó de la manga León X, Médicis, para que los Habsburgo no tuviesen tanto poder: Federico de Sajonia, un hombre recto. El Papa no quería a Carlos como Emperador: sus dominios estaban a sólo cuarenta leguas de Roma, demasiado poca distancia.

El de Sajonia no aceptó su candidatura personal y, al ser uno de los electores, recomendó a todos el nombre de Carlos, aunque es necesario advertir que luego fue protector de Lutero. En definitiva, Carlos pasó a ser Rey de Romanos hasta que se verificara la Coronación Papal e Imperial. Toda la ciudad de Barcelona, con un cambio agilísimo, ardió en fiestas. Hasta el 20 de enero de 1520, en que Carlos abandona el lugar, no para ser jurado en Valencia, sino camino de Valladolid. Los castellanos estaban ofendidos de que, habiendo sido los que más dinero dieron, no fuesen correspondidos debidamente: la estancia del Rey había sido de cuatro meses en Valladolid, ocho en Zaragoza y un año en Barcelona. Los castellanos habían dado tres veces más que Aragón y seis más que Barcelona. No nos llamemos a engaño, aquí en España las cosas siempre han andado así.

Éste es el primer momento trascendental en el gobierno de Carlos: posponer España al Imperio. Y el más equivocado. La Península tenía problemas gravísimos: en Valencia ya habían estallado las Germanías. Toledo había enviado cartas a las principales ciudades para que Carlos no abandonara el reino, no diera cargos a extranjeros y detuviera la sangría de dinero. Pero Carlos iba a Valladolid justamente por dinero para conseguir el Imperio: un servicio especial de trescientos cuencos de maravedís para pagar su viaje a Alemania. Lo que se le dio en la primera petición era para tres años; no habían transcurrido ni dos aún. El pueblo de todo el país estaba revuelto, inquieto y descontento. Por doquier había gente con armas. Pedro Portocarrero le dijo en su cara a Chièvres, que no se enteraba de nada:

—No es tiempo de consultas, señor, sino de que pongáis a salvo vuestra persona. La gente grita: ¡Viva el Rey y mueran los malos consejeros! Y viva el Rey aquí: lleváoslo, y os quitarán la vida.

Carlos salió de Valladolid de manera humillante: a oscuras y lloviendo. Se despidió de su madre (lo único que habría faltado es que el jovenzuelo pretencioso no se despidiese, doblando la rodilla ante su Reina) y cerró un poco más su boca, dilatándolo todo para las Cortes de Santiago de Compostela. Chièvres ya estaba reuniendo procuradores en Galicia. Las

Cortes se trasladaron a La Coruña para estar más cerca de la mar y de la flota. A regañadientes, les concedieron dinero; algunos procuradores incluso fueron ajusticiados al volver a sus ciudades rebeladas. En muchas ocasiones he pensado que me gustaría saber qué idea tenía entonces Carlos del Imperio y de lo que España iba a representar en él. Yo creo que ninguna. El obispo de Badajoz inventó alguna. Y quizá Gattinara, que había servido como jurista a Maximiliano y a su hija Margarita. Pero no hay nada seguro. A Chièvres lo conducía su presunción y su coleccionismo de dinero y títulos. Sin embargo, ¿cómo lo expuso Carlos a las Cortes coruñesas? ¿O cómo lo expusieron los demás? Al fin y al cabo ellos fueron allí el pedestal de una posible estatua.

El obispo de Badajoz, limosnero de Carlos en Flandes, comenzó aclarando la unicidad del Imperio: uno solo para un solo Emperador. Como en Roma, como con Carlomagno. Hasta concluir en el Sacro Imperio Romano Germánico, que cogerá Carlos y desaparecerá con él. Pero los gallegos no sólo deben proveer los gastos de ese viaje, sino que han de hacerlo con entusiasmo, porque conducirá al engrandecimiento de España. Como si América no fuese ya bastante peso y bastante grandeza. Cuando otras naciones mandaban a Roma tributos, España mandaba Emperadores: Adriano, Trajano, Teodosio, aunque hablaran en latín *pingue atque peregrinum*, como dice Cicerón. Y ahora el Imperio viene aquí en busca de su Emperador enviado por Dios, en busca de su Rey de Reyes. Para cumplir con su alta voluntad: desviar grandes males de la religión, la lucha contra los infieles y la grandeza del catolicismo. España será el corazón de ese Imperio: este reino será el fundamento, el amparo y la fuerza de todos los demás. Carlos ha decidido vivir y morir aquí, y en esta determinación estará mientras aliente. El huerto de sus placeres, la fortaleza para la defensa, la fuerza para defender su tesoro y su espada ha de ser España. Esto dice el obispo, menudo pedestal. Y es cierto que sobre él se subió más tarde el joven Carlos de hoy.

Y lo cumplió lo mejor que supo y pudo. Por eso es una de las pocas figuras que a mí me cae simpática: desde la Emperatriz Isabel al retiro de Yuste, a caballo siempre entre Dietas, concilios y campos de batalla contra el infiel: unos desde siempre y otros casi recién nacidos. Fuera de España estuvieron sus lugares de acción; pero aquí estuvo la sede del Imperio y su hogar y su lecho de muerte. No en Flandes, no en Austria, no en Alemania —no, por descontado, en Francia ni Inglaterra— sino aquí sólo. Quizá entonces no lo tenía en la conciencia aún claro, como en su boda con Isabel, en la que sólo buscaba su buena dote y se encontró con el amor de bruces. Pero, en realidad, un sueño nació allí, con la mano tendida implorando tributos: su sueño de gobernar la Cristiandad y defenderla. No buscó hacer más grande su herencia; a él le basta para sí mismo y para sus hijos; pero tampoco va a dejar que se la arrebaten ni Reyes ambiciosos ni Papas manos largas. Francisco I y Enrique VIII estaban atrasados, en la época de las nacionalidades; España había salido prácticamente de ella, y su Rey pedía mirar, como Emperador, la *Universitas Christiana*. No se trata de la Monarquía universal, la de Gattinara, en que se alude al gobierno mundial efectivo, incluso a la conquista por la fuerza de los territorios imprescindibles para ejercer con holgura ese gobierno. Carlos, según esto, es el Emperador porque es cabeza de todos los reinos: a eso aspira, no a su conquista. Si guerrea con ellos es porque no le permiten ejercer su primogenitura; porque no le consienten acaudillar la lucha de los Príncipes Cristianos contra los infieles, turcos o protestantes. Es el representante de una cultura europea que viaja a América; de una cultura occidental que viaja al Extremo Oriente; y desde luego de una cultura cristiana, o más aún, católica, porque lucha contra las reformas protestante, hugonote o calvinista, y hasta con los Papas que se alzan con bienes temporales. Carlos no era aún español, cuando levó anclas en La Coruña, como lo sería luego. Pero Emperador de todos sí lo era.

133

Con más o menos notoriedad, con más o menos resentimiento, Europa lo recibe. Francia, Inglaterra, Flandes. Festejos y banquetes que dan idea de qué pronto padecerán de gota esos tragones... Hay un dato curioso: su entrada en Amberes la presencia Durero. Desfilan, muy ligeras de ropa, bellísimas doncellas, a las que se les dará un diploma terminando el paseo. Y Durero se indigna porque Carlos baja los ojos con recato. Sin embargo, no debió de hacerlo en todo caso, porque por esos meses mantiene un idilio con Juana van der Gest, guapa y elegante, de la que tiene una hija en 1532, el 18 de enero, cerca de su cumpleaños. Se llamará Margarita y hará dos buenas bodas: la primera, con Alejandro de Médicis; la segunda, con Octavio Farnesio. Ser hija, la primogénita, del Emperador es una buena dote. Pero ella, a cambio, le otorga un fruto espléndido: el mejor general de su época, Alejandro Farnesio. (Ah, si Alejandro y Juan de Austria hubieran sido descendientes por vías legítimas.) Su madre será elegida, por su medio hermano menor Felipe II, gobernadora de los Países Bajos; pero no con el nombre de Austria sino con el de Margarita de Parma, cuyo ducado le perteneció. En cualquier caso, y pese a Durero, a cierta fealdad medio rubia, las armaduras y los blancos caballos y la egregia posición imperial son elementos que mueven al amor.

La entrada en Aquisgrán donde, a pesar de haber peste, fue coronado por respeto personal a la tradición, no puede describirse sino diciendo que fue indescriptible: los Grandes a caballo, los ministriles, trompetas y atabales de los príncipes electores y del Emperador, la caballería imperial, los reyes de armas arrojando monedas, la guardia de a pie, el mismo Emperador de punta en blanco... Hasta la Capilla de la Coronación, donde inclinó la cabeza Carlomagno. El Emperador tenía veinte años y unos meses. El arzobispo de Colonia le tomó juramento sobre las cuestiones graves del Imperio. El muchacho contestó a todas *volo* —quiero— con voz alta. Después los arzobispos de Maguncia, Tréveris y Colonia le ungieron frente, pecho y manos con el óleo sagrado. Y luego, en la sacristía, lo revistieron con la túnica blanca de Carlomagno, le pusieron su anillo de oro, y le entregaron su espada, su cetro y el globo, símbolos todos del imperial poder. Ante todos de nuevo, le colocaron la antigua corona. Y Carlos, las manos sobre el altar, juró:

—Yo prometo, ante Dios y sus ángeles que, de aquí en adelante, conservaré la Santa Iglesia de Dios en justicia y en paz.

La verdad es que hizo casi cuanto pudo sin rendirse. Después, en el trono de mármol blanco, con su espada, armó caballeros a varios gentileshombres.

Regresó a palacio rodeado de una multitud, pese a la peste. Y en palacio comió absolutamente solo, atendido por el conde Palatino. Engulló un gran trozo de buey relleno de aves, asado en la plaza no lejos de la fuente de cuyos caños manaban vinos tintos y blancos... Carlos, ahora lo recordaba, durante la ceremonia, giró varias veces los ojos hacia su educadora y tía Margarita de Austria, que gozaba aún más que él. Quizá porque la responsabilidad ya era de él solo... Pero comió con hambre.

Tres días después se leyó el breve papal de León X, Médicis, en el que, a su pesar, le nombraba Emperador electo como Rey de Romanos. Pero hay una coincidencia que no puede pasar inadvertida: esta coronación coincidió en la fecha con la de Solimán, el Gran Turco, en Constantinopla, por muerte de su padre Selim. Los dioses repartían, en el mismo día, las espadas que habrían de enfrentarse en nombre de ellos, esgrimidos por hombres y por pueblos diferentes. Pero quizá no tanto como para tratar de aniquilarse. O al menos ése fue el resultado.

Es posible que, en medio de esta balumba, Carlos rechazase pensar en Germanías y en Comunidades; pero muchos guerreaban en España en su nombre. Y además quizá él consideraba mucho más importante la rebeldía de Lutero, frente a la que convocó la Dieta de Worms. Es cuestión de criterio. O de enfrentar un reino y un Imperio, cuya fidelidad cristiana acababa de jurar defender. En definitiva, los problemas y levantamientos españoles se arreglaron y, en cambio, los de Lutero y sus secuaces, no. Todos los que protestaban, en un sitio y en otro, tenían razón: siempre sucede así. Pero las componendas de quienes intentaban quitársela fueron más fuertes en un sitio que en otro: siempre sucede así también. Por otra parte, lo que en España sucedía era un problema interno, limitado y concreto. Lo que sucedía en Alemania tenía varios frentes: el Papado, el Emperador y los electores: política, política y política. Dios ahí no intervino.

Me gusta rematar esta fase de Carlos con el discurso que yo creo que le abre las puertas de la mayoría de edad. Fue el que cerró la Dieta en que se condenó a Lutero y con que comenzaron las divisiones religiosas. Carlos lo había meditado la noche del 19 de abril de 1521. Y dijo así, como una grave declaración de principios:

—Sabéis que yo desciendo de los más cristianos emperadores de la noble nación alemana, de los Reyes Católicos de España, de los archiduques de Austria y de los duques de Borgoña, todos los cuales fueron, hasta su muerte, hijos fieles de la Iglesia de Roma, defensores de la fe católica, de las prácticas y costumbres del culto santificadas en los decretos; que todo esto me lo han legado después de su muerte, y cuyo ejemplo ha sido norma de mi vida. Por tanto, estoy resuelto a perseverar en todo aquello que se ha dictado desde el Concilio de Constanza. (Esto lo escribo yo: un Concilio que empezó como Asamblea, ya que no lo pudo convocar el Papa porque había tres: Gregorio XII, Juan XXIII y Benedicto XIII. Pronto se eligió a Martín V, y ya la reunión fue Concilio.) Pues es evidente que un solo hermano está en error al enfrentarse a la opinión de toda la Cristiandad, ya que, en caso contrario, sería la Cristiandad la que mil y más años hubiese vivido en el error. Por tanto estoy decidido a empeñar en su defensa mis reinos y dominios, amigos, cuerpo y sangre, alma y vida. Pues sería una vergüenza para Nos y para vosotros, miembros de la noble nación alemana, si en nuestro tiempo y por nuestra negligencia entrara en el corazón de los hombres, aunque fuera sólo una apariencia de herejía y menoscabo de la religión cristiana... Después de haber escuchado ayer aquí el discurso de Lutero, os digo que lamento haber titubeado tanto tiempo en proceder contra él. No volveré a escucharlo jamás; que se respete su salvoconducto, pero, de aquí en adelante, lo consideraré como hereje notorio, y espero que vosotros, como buenos cristianos, obraréis en consecuencia.

En efecto, no obraron en consecuencia. Y Lutero fundó el protestantismo, al que siguieron todas sus sectas.

El 20 de octubre de 1520, cuando el electo Emperador se planta en Aquisgrán, la Santa Junta Comunera le escribió una carta memorial en que reitera las ya tradicionales peticiones: que vuelva cuanto antes a España, que permanezca en ella, que no dé cargos a extranjeros... Y esta vez añaden dos peticiones memorables: «Que a ninguna persona, de cualquier clase y condición que fuese, se dieran en merced indios para los trabajos en las minas y para tratarlos como esclavos, y que se revocaran las que se hubiesen hecho.» Y también que el Rey «procurase casarse cuanto antes para que no faltase sucesión al Estado». La Junta mandó tres mensajeros al Emperador; ninguno de los tres fue recibido por él. Pero sí recibió los mensajes de su preceptor Adriano, al que la camisa no le llegaba al cuerpo: «Nosotros por ninguna manera somos poderosos. Porque, si queremos atajar la rebelión por justicia, no somos obedecidos; si queremos por maña y ruego, no somos creídos; si queremos por fuerza de armas, no tenemos armas ni dinero.»

La peste de Aquisgrán pasó después a Worms, y se llevó por delante a los Guillermos de Croy, el señor de Chièvres y el arzobispo de Toledo con veintitrés añitos, al obispo de Tuy y a algunos caballeros españoles. Pero, aparte de funerales, hubo bodas también. El príncipe Fernando, el hermano de Carlos nacido en Alcalá, se casó con Ana, hermana de Luis II de Hungría y Bohemia, y este Rey se casó con María, otra hermana de Carlos. No sin que éste acordase con su hermano la cesión de los territorios de su herencia habsburguesa sobre Austria y Alemania, a cambio de la renuncia de Fernando a España y a Borgoña. Supongo que la vida me dará tiempo para insistir sobre este confuso punto.

Carlos tuvo que ejercer de Emperador enseguida: en cuanto Robert de Lamarck, que estaba a su servicio, se sintió agraviado por él en sus aspiraciones a Luxemburgo, cuyo derecho se le negaba, y el pesadísimo y fatigante Francisco I decidió incordiar más metiéndose por medio. Carlos le reprochó quebrantar la paz que había firmado en Noyon en 1516, porque la paz era un asunto imperial. Francisco, más tozudo que hipócrita, finge buena disposición hacia Carlos, pero apoya a los Albret en sus aspiraciones a Navarra, para molestar a quien lo ha vencido en su apetencia imperial. Y otra vez es la guerra. El ejército llega a Pamplona y, ensoberbecido, pone sitio a Logroño. A esas alturas la rebelión de los Comuneros y las Germanías estaba vencida, y ejecutados quienes las encabezaron: un pedestal desagradable para muchas estatuas.

León X murió a finales de 1521. Sus sucesores indiscutibles eran el cardenal Wolsey, muy ratificado *in pectore* por ciertas promesas de Carlos en su visita a Inglaterra, y el cardenal Julio de Médicis, sobrino del Papa muerto y miembro brillante del colegio cardenalicio. Con sorpresa para todos fue elegido el preceptor de Carlos, Adriano de Utrecht, que se convirtió en Adriano VI. Se supone que por inconfesados, y acaso inconfesables, deseos del Emperador. En realidad, su pontificado fue efímero. (Roma nunca lo pudo ver: lo encontraba vulgar, sin prestigio y sin boato. En casa del médico que lo asistió, apareció un pasquín diciendo: «Gracias al salvador de Roma.») Nombrado Papa, derrotado de momento el inquieto Francisco de Francia, y elegida Margarita, la educadora de Carlos, como gobernadora de los Países Bajos una vez más, Carlos decide hacer un segundo viaje a Inglaterra, olvidando de nuevo que su reino es España. Le parece más urgente contentar al cardenal Wolsey, quien le da precisamente la bienvenida, acompañado como va por la flor y nata española, alemana y borgoñona, componiendo un séquito de más de mil personas. Los más significados capitostes que lleva acabarán siendo enemigos a muerte entre sí más tarde o más temprano. En Londres lo recibe Tomás Moro, que terminará siendo ajusticiado por su Rey: la vida da muchas vueltas; de campana la mayor parte de las veces. Pero ahora su Rey se alía con el Emperador, su sobrino, y firman el acuerdo de no firmar ningún acuerdo por separado con Francia. Cada día y cada noche banquetes heliobabálicos van aumentando y ratificando la propensión a la gota del Emperador. En Windsor se le inviste con la Orden de la Jarretera y se confirma la boda de Carlos con la hija de Enrique, María Tudor, que acabará por casarse con Felipe II. (¿Da o no vueltas la vida?) Ahora, con siete años, es pequeña para Carlos; luego, con treinta y seis, será mayor para el príncipe. En cualquier caso, Carlos llevó una tarde, por el parque del palacio, la brida del caballito en que la niña montaba: una niña que era prima carnal de él (del Emperador, no del caballo). A partir de esa visita recibirá una educación a la española, dirigida por Luis Vives, a la sazón profesor en Oxford, donde estaba en estricto sentido, huyendo de la quema de los Reyes Católicos, bajo la supervisión de la Reina Catalina, encantada con su sobrino, a pesar de su adusto y sequísimo, aunque explicable, mal carácter, que acabará conduciendo al reino al Infierno del anglicanismo. No sin que antes, cuando María estuvo en edad núbil, Enrique la destinara a esposa de Francisco I, boda inconveniente que Carlos se encargó de deshacer como un perro de hortelano.

Y, por fin, el Rey de España pone proa hacia España, donde ya han concluido las luchas intestinas. Dos meses antes, el 16 de julio de 1522, de que Juan Sebastián Elcano diera la primera vuelta al mundo, al que estaban asombrando Pizarro y Cortés en las Américas, llega a Santander Carlos. Cuando se han resuelto, por otros, los confusos problemas de las Comunidades, entre las que hay un buen número de opresores y pocos oprimidos, y de las Germanías, donde todos eran trabajadores y cristianos viejos, a diferencia de los comuneros. Pero, distintos y aun opuestos, todos tenían razón. Porque habían sido plantados por un Rey que se presentó inundando de flamencos que llamaban «nuestros indios» a los españoles, y los trataban como a esclavos, obteniendo de ellos muchos más beneficios que ellos de los aborígenes americanos. En una palabra, faltaba justicia y sobraba avaricia. Fue un tiempo en que los españoles quedaron muy desfavorecidos y no tratados como sus servicios y los de sus antepasados merecían. No extraña que los comuneros viajaran para encontrarse con Juana, la Reina propietaria de Castilla. Ella, con muy buena cabeza a pesar de tenerla perdida, se negó a firmar cuantos documentos ponían ante sus ojos. Y, en llegando a España, el Emperador del mundo le dio a Elcano un escudo de armas burlesco, al que yo jamás le he visto gracia alguna: un yelmo cerrado y, en lugar de cimera, un globo con esta inscripción por lema: *Primus circumdedisti mihi*, el primero que me diste la vuelta, y en el escudo propiamente dicho, nada de armas: en la mitad superior, un castillo dorado en campo rojo; en la inferior, sobre campo dorado, dos palos de canela cruzados, tres nueces moscadas y doce clavos de especia. Demasiado dolor, demasiada heroicidad, demasiadas muertes, demasiados trabajos y fatigas para esto. Mi simpatía por el Emperador Carlos hay momentos en que desaparece de raíz.

La derrota de los comuneros fue total. Se enfrentaron con el conde de Haro en Villalar. Padilla, Bravo y Maldonado fueron ajusticiados. Los tres habrían podido salvarse abandonando el campo. Padilla hizo un buen resumen de la cuestión:

—No permita Dios que digan las mujeres, en Toledo y en Valladolid, que traje a sus hijos y esposos a la matanza, y que después yo me salvé huyendo.

Su esposa, María Pacheco, siguió haciendo la guerra por su cuenta hasta que se fue a Portugal: era muy pesada y cabezona como los Mendoza. En octubre del 22 se dio a conocer el indulto a quienes hubiesen luchado en filas comuneras. Se exceptuaban trescientas personas, cabecillas de la rebelión; pero la rebelión fue dignificada y consagrada con más luces y valores y abnegación que merecía y que tuvo.

En cuanto a las Germanías estallaron por el hambre, la peste en Valencia, las armas y la organización militar de los gremios y el odio del pueblo a los desafueros de los nobles. Éstos, asustados, recurrieron a Carlos, aún en Barcelona, para que ordenara a la gente la entrega de las armas. Una comisión de menestrales se presentó ante él, reclamando la aplicación de las disposiciones de Fernando *el Católico*; Carlos no tuvo otro remedio, resentido con la nobleza como estaba, que consentir la organización armada de los gremios. La Junta de los Trece se apoderó del gobierno de Valencia. Y a la contienda contra los nobles sumaron la de los moriscos que, en gran número, trabajaban los campos: aquí eran no plebeyos contra aristócratas, sino cristianos viejos contra conversos.

El Emperador tuvo que volver a confiar en la nobleza y delegó en ella: el virrey Hurtado de Mendoza, el duque de Segorbe, el marqués de los Vélez... Los mallorquines lucharon de forma más sangrienta. Sólo la llegada de una escuadra y un ejército al mando del virrey de Gurrea, en octubre de 1522, rindió Palma después de cinco meses.

Mientras otros le resolvían estos problemas de su reino, el Emperador Carlos cenaba no se sabe cuántas veces diarias... Y eran cuestiones que habían surgido ya cuando aún estaba en Barcelona, ya cuando todavía se hallaba en Galicia poniendo pies en polvorosa a bordo de sus naves.

Y a Santander lo traen otras, que son lo más español que le quedaba. Sus nombres bien lo cantan: *El pollino, La pollina, Espérame que allá voy, La tetuda* y otros por el estilo. Al lado de tantos argumentos en contra, esa lista de nombres nacionales es muy de agradecer. Cuando el Emperador desembarca, Adriano de Utrecht se va a ocupar el solio pontificio: no llegan a encontrarse nunca más. Siempre fue fiel a Carlos y nunca pudo ver a Francisco I. Quizá fuera un disgusto terrible contra éste y un tratado de alianza —con el Emperador, Inglaterra, el archiduque Fernando y el cardenal Médicis, señor de varias ciudades italianas— contra Francia lo que le llevó a la muerte, un año y ocho meses después de ser entronizado. Roma no lo quiso: era extranjero, de cuna humilde y de costumbres austeras. Esas cosas no estaban de moda, ni antes ni después. Le sucedió otro Médicis, que gobernó —ya lo creo que gobernó— con el nombre de Clemente VII.

Siempre dispuesto a entrejoder, Francisco I ardía en deseos de recuperar el Milanesado, su mayor piedra de toque. Y de repente, odiado por Luisa de Saboya, la madre viuda del Rey —entre otras cosas por haber rechazado su mano—, Carlos de Montpensier, Condestable y duque de Borbón, desertó de las filas francesas y se pasó a las imperiales. Antes de desnaturarse pasando a servir a otro señor, rito muy medieval, el duque había sido objeto de confiscación de bienes, insultado, escarnecido y repudiado. Tenía toda clase de justificaciones para hacer lo que hizo. Pero el concepto de patria ya en Francia florecía, y la actitud de Borbón se tomó como traición a ella. El Rey francés manda el ejército de Bonnivet al Milanesado. Y entonces, los aliados del pobre Adriano invaden Francia por tres partes: el duque de Suffolk, con los ingleses, hacia la Picardía, por Flandes; los españoles, por los Pirineos; los flamencos y alemanes, con Borbón, que tenían que ocupar Borgoña si hubiesen tenido un ejército. Bonnivet sitia Milán, pero no puede vencer la resistencia del viejo Próspero Colonna y, a su muerte, de Carlos de Lannoy, hasta que éste derrota al francés con ayuda del Condestable y el marqués de Pescara. Así que ni una sola ciudad le queda a Francia en Lombardía, y su propio territorio lo invaden a la vez tres ejércitos. Siempre me alegra pensarlo. Todo, pues, está perdido para el belicoso Francisco.

Y, de repente, unidos los franceses se ponen en pie de guerra y se apiñan y se acoplan, y gritan por primera vez la palabra patria y juntos derrotan a los tres invasores. El duque de Guisa, el catolicón, rechaza a flamencos y alemanes; De la Tremouille echa de París, casi al alcance de su mano, a Enrique VIII; y Pescara y Borbón, que van rápidos a apoderarse de Marsella, se encuentran con una ciudad inexpugnable y la noticia de que en Avignon se ha formado un ejército, bravo y numeroso, con el puñetero Rey Francisco al frente. Deciden levantar el sitio y volver hacia Italia. Y el Rey francés se engalla y resuelve aprovechar el desánimo y la indecisión de los aliados: lleva sus tropas de nuevo hacia la Lombardía para reconquistar lo perdido. Desde Avignon surge una fuerza pavorosa, al frente de la cual van todos los grandes generales. Cruzan los Alpes, y once días después caen sobre Milán, donde muy poco antes habían llegado las tropas imperiales: fatigadas, exhaustas, al mando de Lannoy y de Pescara, con sólo un día de descanso desde Marsella, en Veintimiglia, abandonan Milán. Sólo se quedan con la ciudadela. Se retiran a Lodi.

Y, mientras, el valiente Antonio de Leiva, con no más de seis mil hombres, se amuralla en Pavía. Todo parece volverse contra el Emperador, que ahora sí, por fin, a deshora, está en España. Pero sumido en una noche oscura. De la que, por fortuna, deja escrito su estado. Su hijo guardaba esos papeles con esmero. Tanto, que suscitaron mi curiosidad y conseguí la ocasión de copiarlos. Transcribo unos fragmentos:

«Al disponerme a pensar en mi situación, me parece que lo primero que debo manifestar es que el mejor remedio sería la paz si a Dios le pluguiera concedérmela. Es algo hermoso para dicho, pero difícil de conseguir, pues todos saben que no se puede alcanzar sin el consentimiento del enemigo. Hay, pues, que hacer un esfuerzo, fácil en palabra, pero penoso de ejecutar. Es muy difícil encontrar los medios, aunque me consumo hasta los huesos.

»El remedio podría ser una guerra franca. Pero no tengo nada para sostener mi ejército, y menos aún para aumentarlo si fuera preciso. Me faltan los ingresos procedentes de Nápoles; y bastante hace este reino con defenderse si se le ataca. Las posibilidades de encontrar dinero en esta nación están agotadas y sin provecho alguno, y al parecer no se encuentra nada por ahora. El Rey de Inglaterra no me ayuda como amigo, ni siquiera cumple con lo que está obligado. Mis amigos me han engañado en los momentos de peligro; los unos y los otros hacen cuanto pueden para verme menos potente y mantenerme en la situación apurada en que me hallo...

»Y viviendo y sintiendo cómo pasa el tiempo y que nos pasamos con él, no quisiera morirme sin dejar un recuerdo glorioso de mi vida; y como lo que hoy se pierde no se recupera mañana; y como hasta ahora no he hecho nada que pudiera servirme de honra, cosa bastante censurable por haberlo aplazado tanto tiempo, teniendo en cuenta, pues, estas razones, y otras muchas, no veo motivo alguno que me impida hacer algo grande, ni tampoco lo encuentro para seguir aplazando lo que con la gracia de Dios y su ayuda podré conseguir: levantarme a mí mismo, aumentar mi poderío y poseer en paz y tranquilidad aquello que le plugo otorgarme. Considerando y meditando todo esto, no creo mejor medio para mejorar, en general, mi situación, que por mi campaña contra Italia.

»Se podrá argumentar frente a ella la falta de dinero, la cuestión de la regencia de la nación y otros motivos. Para solucionarlos no veo otro recurso que la rápida tramitación de mi casamiento con la infanta de Portugal y su inmediata venida a España. Que la dote que ella aporte y se ponga a mi disposición sea, en lo posible, en dinero efectivo (debiendo pensarse también si convendría o no tratar al mismo tiempo de las especies); dar satisfacción al Rey de Inglaterra, dejando en vigor los tratados y que no se case su hija en Francia. Con motivo de mi boda obtener de esta nación una buena cantidad y reunir para éste y otros asuntos las Cortes y disolverlas luego, dejando a la infanta de Portugal, que para entonces será mi esposa, la regencia de estos reinos para bien gobernarlos, según sabias indicaciones de aquellos que dejo a su lado.

»Así podría yo emprender aun en este otoño mi honrosa y magna marcha. Dirigirme a Nápoles, tomando como base este reino, coronarme y equipar en el invierno próximo un ejército para emprender en la primavera siguiente una gran ofensiva; proponer al Rey de Inglaterra la puesta en práctica del *gran plan*. Aceptar la paz, si honrosamente se consigue, y siempre buscarla.»

La simpatía, incluso la piedad, que me produce la personalidad de Carlos no me pueden cegar ante lo que parece una anormalidad clara. Alguien que escribe así con veinticuatro años es poseedor de un ánimo corto y de una malísima administración. Era un hombre (porque era un hombre, no un dios) que tenía ciertos desórdenes mentales. Creo que lo he dicho aquí un poco antes. Su madre estaba loca; sus dos abuelas no estuvieron muy cuerdas; su bisabuela materna murió encerrada por loca... La sucesión de bodas entre primos había transformado los matrimonios hispano-portugueses en prácticos incestos reales. Por descontado, no era este Carlos Emperador aún tan decadente como Carlos el Príncipe, hijo de Felipe II, al que precedieron otras dos bodas familiares. Pero esta obsesión por el dinero, dinero, dinero, que lo llevaba acaso a malbaratarlo era una cruz demasiado pesada. ¿Cómo puede resultar verosímil que la constante llegada de oro y plata y piedras preciosas de América, y los constantes servicios ordinarios y extraordinarios de las Cortes de toda España, más los llegados de otras partes del Imperio, más los continuos y arruinadores préstamos de los banqueros genoveses o alemanes, no fuesen bastante para pagar las campañas militares que, en casi todo ese reinado, tuvieron sin pagas ni soldadas a los tercios y hasta sin ropas ni comida?

Y, desde otro punto de vista, ¿no se nota el contraste en el comportamiento frente a sus tropas? De un lado, una firmeza, un valor, una claridad de planteamientos y situaciones; de otro, una indecisión sobrevenida, un acobardamiento a la hora de resolver... Por descontado, no llega el Emperador a los extremos de su hijo, de sus indecisiones, sus vueltas atrás, su aplazamiento de cualquier resolución por pequeña que fuera... Pero es preciso además considerar la juventud de Carlos en este momento. Todo está por hacer, pero él ve pasar el tiempo; va a casarse, pero por conveniencia. No tiene el optimismo ni la osadía de la juventud, ni la esperanza de que todo se resolverá a tiempo. Y la conveniencia se transforma en el único amor de su vida. Y esa clara lección de optimismo que le dan, por un lado, Pavía y, por otro, la princesa Isabel, su prima e hija de Manuel *el Afortunado*, no sabe agradecerla ni tomarla en consideración ya para siempre como una lección importante.

Claro que hay que contar con la costumbre de las casas reales. En un matrimonio, se da o se toma una esposa por conveniencia. Ya dijimos que él dio a su hermana Leonor, después de su viudedad portuguesa, a Francisco I, tan enemigo suyo que el *gran plan* a que se refiere su meditación no es otro que la conquista de toda Francia, para salir por fin de ese avispero en que se había convertido. Y si no piensa en María Tudor, la siempre prometida, es porque sabe que ahora Enrique VIII la ha ofrecido al francés y que además no le resolvería los problemas económicos. Y aquí esas cuestiones son las que cuentan; los sentimientos no existen y, sin ellas, no se consiguen ni la paz ni la gloria, que es a lo que todo Rey debe aspirar. Si bien invirtiendo el orden naturalmente.

Y a pesar de su desconfianza, le estaba reservado al alcance de la mano un triunfo decisivo: la victoria de Pavía. Si Francisco I hubiese lanzado su espléndido ejército sobre los miles de desharrapados de Lannoy, el virrey de Nápoles, y los seis mil de Leiva, no puede pensarse otra cosa sino que habría ganado, de momento, Italia. Pero la sucesión de éxitos lo habían reblandecido. Perdió el tiempo sitiando Milán; luego dejó la empresa a la Tremouille; dividió sus tropas: una parte, a Nápoles, otra, a Pavía. Entretanto el condestable Borbón empeñó sus joyas en Alemania y se trajo lansquenetes a cambio. Pescara convenció con palabras, ya que no con maravedís, a sus soldados para que continuaran; Leiva, asediado por el propio Rey francés en Pavía, construía molinos, que ponía en marcha con lo que quiera que fuese, para distraer el hambre de su tropa, y fundía los candelabros de las iglesias para acuñar moneda con que entretenerla. Francisco hacía una guerra de aficionado: amenazaba, se retiraba, trataba de jugar como el gato con el ratón, en escaramuzas que perdía sembrando de cadáveres la nieve... Tenía demasiada seguridad en ser invencible, y gastaba el tiempo que tardaban en llegar las ayudas en estúpidas y chulescas bravatas.

Considerando cómo se aproximaban los auxilios, los generales franceses le aconsejaron levantar el campo y procurarse una posición más favorable.

—Un Rey de Francia no retrocede nunca ni abandona las plazas que ha resuelto tomar.

Fue el día 24 de febrero de 1525, el mismo en que el Emperador cumplía veinticinco años. El marqués de Pescara, Francisco de Ávalos, arengó así a su tropa:

—Hijos míos, no tenemos más tierra amiga que la que pisamos con nuestros pies; todo lo demás está contra nosotros. Todo el poder del Emperador no bastaría para darnos mañana un solo pan... ¿Sabéis dónde lo hallaremos únicamente? En el campo de los franceses que allí veis. La otra noche, en la entrada que hicimos, pudisteis ver la abundancia de pan, de vino y de carne que había, y de truchas y de carpiones del lago de Pescara, y de los otros pescados para mañana viernes, día de abstinencia... Por tanto, hermanos míos, si mañana queremos tener qué comer, vamos a buscarlo allí.

Esos hombres harapientos entendieron sin duda lo que se les pedía y lo que se les ofrecía, y se lanzaron como arcángeles de la venganza contra los enemigos desde el primer momento. Aprovecharon la alianza del factor sorpresa frente a un ejército a cuya cabeza iba el Rey francés y detrás Bonnivet, Enrique de Albret, el príncipe de Escocia, la Tremouille y un enjambre de príncipes y Grandes. Éstos lograron deshacer un escuadrón y mataron a todos sus soldados; eso los fortaleció y los animó. Se lanzaron ciegos sobre la pobretería de los imperiales, ellos, los vestidos de hierro, los casi inmovilizados sobre caballos de coraza. Y la infantería española, la de siempre, aprovechó esa salida con sus arcabuces y sus picas, sembrando la muerte a todo alrededor. Del Vasto bate a los mercenarios suizos. Pescara calienta a sus hombres que no tienen más que su vida. Borbón irrumpe con sus locos lansquenetes. Y Leiva sale, con su guarnición, de Pavía matando y rajando con tal ímpetu que reúne su gente con la del marqués del Vasto. Pescara atisba que los alemanes se vuelven de espaldas para recargar sus armas recién disparadas y grita a sus pordioseros:

—¡Santiago y España! ¡A ellos, que escapan!

Los arcabuceros hacen una descarga cerrada; la infantería se descuelga sobre los alemanes; el campo queda cubierto de cuerpos ensangrentados. El caballo del marqués cae muerto, y él, herido. Pero, del otro lado, La Palisse también ha muerto; el mariscal Montmorency está prisionero; Diesbach, el general suizo, se deja matar al ver huir a sus hombres; Francisco I ha decidido morir también luchando... Los intrépidos vascos se deslizan bajo las patas de los caballos y atraviesan las carnes enemigas. Esto es una batalla. Éste es un fin empapado en sangre, seguro y luminoso. Su caballo ha tirado al Rey francés. Uno de Hernani, Juan de Urbieta, le pone el estoque en el pecho sin saber ni quién es.

—No, no me rindo a ti, sino al Emperador. Yo soy el Rey.

El Rey tiene montado encima de él a su caballo. Entre el vizcaíno y un granadino, Diego Dávila, y un gallego, Alonso Pita, cada uno de un reino de los varios que configuran el de España, lo liberan y lo protegen de quienes quieren terminar con él. Por fin, el Rey rinde sus armas al virrey de Nápoles. Con él cayó presa la flor y nata de la nobleza gala. «No permita Dios que volvamos a Francia quedando preso el Rey», y se entregaban.

Carlos, que tan bajo de ánimo parecía encontrarse, recibió la noticia con una implacable tranquilidad. Dio gracias en la capilla; prohibió que se hicieran festejos públicos para no humillar al monarca cautivo: «Los festejos están para festejar los triunfos sobre los infieles.» En una carta a su madre, el Rey francés le escribió: «Todo se ha perdido, menos el honor y la vida.» Y cuando a Carlos le hablaron del *gran plan*: conquistar Francia entera, que está sin Rey, sin ejército, sin nobles, Carlos V se negó:

—La paz y la victoria no han de usarse para ventajas e intereses particulares, sino para la paz y el bien de la Cristiandad entera.

Es decir, un idiota.

Sin embargo, las condiciones que impuso a Francisco para su libertad fueron muy graves. El Emperador tenía Cortes en Toledo: en ellas se decidió su boda con Isabel de Portugal, entre otras razones, porque hablaba nuestra lengua. No pudo visitar hasta mucho más tarde al prisionero en la Torre de los Lujanes, en el centro de Madrid. Le había pedido el ducado de Borgoña, lo que era completamente lógico, la renuncia a sus pretensiones italianas, la cesión al Condestable de Borbón de la Provenza y el Delfinado, y la cesión al Rey inglés de territorios reclamados por él. Pedía más bien para los demás.

—Decid a vuestro amo que prefiero morir a comprar mi libertad a un precio tal.

Francisco naturalmente no murió, pero enfermó de importancia: tenía motivos para ello. El Emperador suspendió una cacería para encontrase por primera vez con él. Se abrazaron.

—Señor, ante vos está vuestro esclavo y prisionero.

—No, sino libre, y mi hermano y amigo.

La fiebre hizo desvariar al francés, no sin que antes pudiese balbucir:

—Que entre vos y yo no haya más extraños.

En el encuentro siguiente el Rey francés estaba asistido por su hermana Margarita, llegada para cuidarle. Carlos volvió a Toledo, y un mes después recibió y hospedó allí a Francisco, ya recuperado. Las circunstancias eran muy otras: la hábil y retorcida Luisa de Saboya, madre de Francisco, había formado una Liga a su favor, con Clemente VII, Venecia y la neutralidad inglesa. Liga naturalmente contra el Emperador. En la Concordia de Madrid, firmada en enero de 1526, se han suavizado las peticiones: Carlos renuncia a los derechos que pudiera tener sobre los estados de Borgoña; se restituyen sus bienes al Borbón; se pide al Papa un concilio, que tantísimo iba a costar conseguir; y se otorga la mano de Leonor de Austria, viuda de Manuel de Portugal, al francés. Éste podría salir de España si dejaba en prenda por lo pactado a sus dos hijos mayores.

Por supuesto, al llegar al Bidasoa, Francisco I empezó a

incumplir lo que acababa de firmar. Con sus intrigas y sus ambiciones, impidió que el Emperador acabara de una vez con la amenaza turca. Ciego de humillación, antepuso —lo que no era nuevo— sus resentimientos personales a la pervivencia de la *Universitas Christiana*, actitud que volvería a repetir con una frecuencia inevitable. La influencia del francés en la época de su tiempo fue absolutamente nefasta, aunque tampoco fueron beneficiosos los comportamientos del inglés y de los Papas. Los turcos atacaron Hungría, destrozaron su ejército y murió, entre otros muchos, el Rey Luis, marido de María, la hermana de Carlos. Sin oposición, los turcos de Solimán se lanzaron contra Austria.

La princesa Isabel había nacido en Lisboa tres años después que Carlos en Gante. Era la segunda de los siete hijos que tuvo Manuel I de Portugal con María, hija de los Reyes Católicos, después de la muerte de su primera mujer, Isabel, la primogénita de los mismos Reyes, y de su hijo Miguel. La Reina María murió cuando Isabel tenía catorce años e hizo de madre para sus seis hermanos, lo que la acabó de formar, dulce y madura, para el matrimonio. Su padre volvió a casarse, esta vez con una sobrina de sus dos esposas anteriores. Hablamos de Leonor, la hermana de Carlos. Dos años después moría el Rey, y la Reina viuda se ocupó de los asuntos de Estado y de aconsejar y de dirigir al nuevo Rey Juan III, que casó con la hermana más pequeña de ella y de Carlos, Catalina, la dulce presa de Tordesillas, de quien era, como corresponde, primo. Igual que, por otra parte, una o dos veces como mínimo, todos los personajes de estas familias, que eran en realidad una sola. Siempre he sentido yo el dolor de que una geografía tan concreta e idéntica, gobernada por sangres idénticas y llamadas históricamente a gestas idénticas, esté separada por fronteras imaginarias. Eso comentábamos con cierta frecuencia el Rey Felipe y yo. Y él sacó consecuencias eficaces aunque efímeras. Yo debo reconocer que también lo intenté, pero no para mí.

Interesado por la boda con el soberano más poderoso, si no el más rico del orbe, el Rey portugués dio toda clase de facilidades, movido también por su madrastra, para que la boda se acelerase. La dote de Isabel, aparte de su propia belleza, que retrató Tiziano en un cuadro póstumo, compañero de Carlos hasta el fin, fue de novecientos mil ducados de oro, de trescientos sesenta y cinco maravedís cada uno. El día de Reyes de 1526 —los desposorios fueron el 26 de octubre del año anterior—, dos infantes de Portugal y una nutrida comitiva llevaron a Elvas a la princesa, y allí se hizo cargo de ella la comitiva española, encabezada por Fernando de Aragón, duque de Calabria, y el inevitable, qué le vamos a hacer, arzobispo de Toledo. Desde Badajoz a Sevilla, la princesa viajó entre oraciones y gritos de entusiasmo. Por fin, el 3 de marzo entró, como una primavera adelantada, en la capital andaluza, que, igual que siempre tienen por costumbre, se embelleció para recibir a la bella y poder mirarla así cara a cara. El Emperador, sin imaginar lo que le esperaba, llegó una semana después, y dispuso que la boda se celebrara en ese día. Fray Prudencio de Sandoval, sorprendido quizá por la urgencia, cuenta que pasada la media noche, se aderezó un altar en una cámara del Alcázar, que había sido antes de Pedro I *el Justiciero*, y el arzobispo de Toledo dio allí misa, los veló y los casó. Los padrinos fueron el duque de Calabria, que unos días más tarde contrajo a su vez matrimonio con una vieja y coja y gorda amiga nuestra, Germana de Foix, y la condesa de Haro, viuda del vencedor de Villalar, y portuguesa como la Emperatriz. (La condesa viuda apadrinó después, junto al Emperador, la boda de la gorda, que había estado a punto de chafarle la herencia.) Acabada la misa, el arzobispo y el duque se fueron a dormir, y el Emperador y la Emperatriz se recogieron en su aposento. Y así se celebró este casamiento muy en gracia y con la alegría de todo el reino. Incluyendo, cosa bastante insólita, a los dos contrayentes, que descubrieron juntos esa noche el amor.

Dos meses después de estos festejos, el Emperador, con la boca más abierta que nunca por una gran sonrisa, anunció que la luna de miel se prolongaría en Granada. El entusiasmo amoroso había postergado la lucha con los turcos y el peligro de la Liga Clementina que combatía en Italia. Por primera vez el Emperador anteponía su felicidad a los deberes del Estado. O sea, que lo hizo en cuanto tuvo algo que mereciera la pena. La dote que recibió de la princesa había superado todo lo que esperaba. Los otros hijos que tuvo de otros amores fueron pruebas de un físico que descansaba, como el guerrero, de sus hazañas. Los que tuvo con Isabel de Portugal fueron el fruto de un amor incomparable como lo son todos los amores auténticos; pero quién sabe cuáles son. Con razón los que le habían informado de la calidad de la princesa habían insistido en que era «mujer propia para casada». Durante nueve meses el Emperador se aisló de los problemas de gobierno y quiso saborear la soledad en compañía.

En Granada, tan exhibida, sólo un grupo íntimo de amigos acompañó a la pareja bienaventurada. Allí estuvieron con ellos Garcilaso de la Vega, Juan Boscán, Navagero, Castiglione, Pedro Mártir de Anglería, fray Antonio de Guevara y, con ellos, pintores, músicos, artistas y hasta Francesillo de Zúñiga el bufón, que llamó galga friolenta a Cisneros. Y en funciones de secretario, el lingüista Juan de Valdés, que había escrito los *Diálogos de la lengua*. Mezcladas con ellos, una bellas y nobles portuguesas que acompañaron a Isabel: la condesa de Faro, su camarera mayor; Mencía de Mendoza, marquesa del Cenete; Beatriz de Silveyra, íntima que la acompañó hasta la muerte; Leonor de Mascareñas, después aya de Felipe II y de su desgraciado hijo don Carlos; Leonor de Castro, esposa luego de Francisco de Borja; e Isabel Freire, la musa del enorme Garcilaso, que estaba ya casado, que no tardó en morir, y que le dedicó palabras como éstas:

> *Cuanto tengo confieso yo deberos;*
> *por vos nací, por vos tengo la vida,*
> *por vos he de morir, y por vos muero.*

En efecto, no tardó en morir.

Uno de los meninos que, en compañía del abuelo de él, la Emperatriz llevó a Granada, fue Ruy Gómez de Silva, alguien que fue protagonista de mi vida desde su principio.

En esa ciudad, tan embriagada por su propia hermosura, llegaron a España dos hermosuras desconocidas hasta entonces: el endecasílabo y el clavel. Juan Boscán nos cuenta la llegada del primero, en una carta a la duquesa de Soma, que hallé por casualidad.

«Estando un día en Granada con el Navagero, al cual, por haber sido tan celebrado en nuestros días, he querido nombrarle aquí a vuestra señoría, tratando él cosas de ingenio y de letras, y especialmente en las variedades de muchas lenguas, me dijo por qué no probaba en lengua castellana sonetos y otras artes de trovas usadas por los buenos autores de Italia. Y así comencé a tentar este género de verso, y fui paso a paso con calor metiéndome en ello.»

El segundo fue una flor persa, hasta entonces desconocida en España, y que el Emperador hizo plantar en la Alhambra, para que, entre sus ruidos de agua y sus alicatados, que juegan con los colores, se alzase el olor y la esbelta figura del clavel, como símbolo y breve personificación de los días más felices de su vida. El amor, que todo lo puede, no consiguió, sin embargo, que se concluyese el Palacio renacentista que, como recuerdo de tan cordiales dádivas, quiso regalar Carlos V a la Alhambra para añadir a ella una belleza más. En cambio, la Emperatriz, pensando con ternura en los hijos que su amor le otorgaría, mandó construir un hospital para niños expósitos que sí se concluyó.

Con la noticia del embarazo de su esposa, el Emperador da por terminadas sus lunas de miel. El 10 de diciembre se ponen en marcha hacia Valladolid. Allí, como aún la Corte trashumante no tiene casa propia, vivirá la pareja en la de Bernardino Pimentel. Y es allí mismo donde convoca Cortes, e inevitablemente pide un servicio extraordinario para costear la guerra con Italia. No debía de quedarle gran cosa de la dote. Los procuradores contestan que, si fuese el Emperador en persona, ellos le servirían con personas y hacienda; pero darle dineros por vías de Cortes, que parecerían ser tributos y pechos, su nobleza y estado no le permitían. En fin, era una manera de negarle el servicio, porque Carlos esperaba para asistir al parto de su hijo.

Sin embargo, la situación italiana era peligrosa. Un pequeño ejército imperial con Hugo de Moncada a la cabeza, a finales del verano de 1526, entró en Roma obligando al díscolo Papa Clemente a pactar una tregua, que luego debía ser prorrogada por Lannoy, virrey de Nápoles. Pero el Condestable de Borbón, sin dinero para pagar su gente y licenciarla, aseguró que la tregua había sido pactada sin su consentimiento, y marchó sobre Roma. El Papa se había implicado en la Liga de Cognac, con el jocundo apoyo vengativo de Francisco I, de Venecia y del duque de Milán. Fernando, hermano de Carlos, aún con los turcos casi a la vista de Viena, acudió en ayuda de las tropas imperiales, en situación apurada al Norte de Italia, muriendo de hambre y de epidemia. Mandó doce mil lansquenetes —tampoco él andaba sobrado— reclutados en los más bajos estratos sociales y acostumbrados a matar por cualquier cosa, tanto que ellos mismos pedían que, a su muerte, se les rociara con pólvora en lugar de con agua bendita. En Nápoles, Lannoy contaba con siete mil españoles. Contradiciendo la propia tregua, Clemente VII destruyó catorce villas de los Colonna, que recurrieron a Lannoy apoyándose en sus amistades y ayudas a Carlos. Lannoy, pues, con los hombres de Moncada y los de Colonna, se dirigió a Roma. El ejercito del Milanesado, en la ruina, con hambre y peste, iba a unirse a los lansquenetes alemanes, y eran en conjunto capaces de todo exceso con tal de sobrevivir y de cobrarse. Era para ellos para quien había pedido en Valladolid el servicio Carlos a las Cortes. A su cabeza estaba el Condestable de Borbón, que procuraba retener las iras de su tropa con ardides y prórrogas. La situación era insostenible. Con los doce mil hombres de Fernando, las bocas para alimentar y los bolsillos que satisfacer presionaban demasiado. Y es entonces cuando, miedoso, Clemente quiere pactar la tregua con Moncada y Lannoy, tregua que no puede aceptar Borbón ya que —dice— él sólo recibe órdenes del Emperador (y, para su desgracia, de las necesidades de sus hombres). La marcha sobre Roma habría continuado pasando incluso por encima del cadáver del Condestable.

El Papa, confiado en su tregua, licenció sus tropas. Y se encontraba sin gente, abandonado en Roma y, cerca de ella, con los forajidos llenos de hambre y sed de venganza y de furia. El Papa, ingenuo a su pesar, arma a su servicio, a sus criados, a los cardenales, a los licenciados y artesanos de toda la ciudad. El 6 de marzo se divide el ejército imperial en tres columnas: la española, la alemana y la italiana. Arengados por Borbón, trepan por las murallas con el arma en la boca. El Condestable, entre ellos, cansado y abrumado, busca casi la muerte. En efecto, le llega por una bala que Cellini, siempre presuntuoso, dice que salió de su arcabuz, cosa improbable en la acepción estricta de la palabra. Enloquecidos por la muerte de su jefe, desmandados bajo el mando de Orange, saltan las murallas, se desparraman por las calles, las tiendas, las casas, los negocios, los palacios de Roma, y ocurre el desastroso saco, del que se defiende, ocultándose en Sant'Angelo, el Papa que lo había provocado. Al grito de «¡Venganza y sangre!» sucede lo que en todas las guerras sin cuartel. El Papa se rindió al virrey de Nápoles aceptando todas las condiciones: paga de cuatrocientos mil ducados al ejército imperial, entrega de Parma, Piacenza, Ostia y otras plazas fuertes, y permanencia en prisión hasta que se cumplan las estipulaciones de la rendición. Su custodia se fía al que había sido carcelero de Francisco I, Hernando de Alarcón, ducho en estas lides de prisioneros díscolos e importantes. Carlos está prácticamente siendo padre de Felipe II en Valladolid.

Al conocer lo que las tropas habían hecho, no por su orden, en Roma, declara luto oficial, porque «ningún cristiano puede estar alegre mientras su Pastor está preso». Pero no ordena su puesta en libertad. Esta actitud no puede ser más razonable a mi entender, y es por lo que Carlos suscita en mí una nueva simpatía. Es católico sincero; suspende los festejos por el nacimiento de su primogénito; escribe al Papa expresando su sentimiento por lo sucedido y ofreciéndole su amistad; escribe a todos los príncipes cristianos epístolas de duelo y de responsabilidad personal salvada; ordena que en todas las iglesias de sus Estados se eleven preces por la libertad del Santo Padre. Pero, como Emperador, calla ante Lannoy y ante Alarcón, porque han de cumplirse las condiciones pactadas con el Papa enemigo. La conducta de Carlos no es doble; es doble la conducta de un Pontífice que emplea malas artes humanas para salirse con su voluntad y su poder humanos. Como todos los Papas han hecho siempre y hacen, salvo alguna excepción que no conozco. Había llegado la hora de dar una lección a los Pontífices que empleaban sus tiaras y sus báculos como armas de guerra, más mortales que otras y menos ejemplares.

En todo caso, el Papa Clemente, por desgracia, quedó libre a los seis meses sin haber cumplido todo lo pactado. Pero en el futuro se cuidó algo más: ya sabía dónde estaba la fuerza. Al representante oficioso del Emperador ante la Santa Sede, Francisco Quiñones, general de los franciscanos, como prueba de buena voluntad, le ofreció el capelo cardenalicio. Y se le ablandó el corazón ante la petición reiterada del Concilio, que Carlos pedía a todas horas. Un Concilio que fijara el dogma con toda precisión y, menudo órdago, que redujera al Papado a sus poderes espirituales. Por si era poco, el gran almirante Andrea Doria, reconociendo las razones imperiales, cambia de bando y se pasa, con toda su flota, al servicio de Carlos. Y recupera para el Imperio la ciudad de Génova. Por el contrario, para mayor inri de Clemente VII, al fin y al cabo defensor de la unidad de la fe, le toca recibir el divorcio oficial de Enrique VIII, *Defensor fidei*, con la tía de Carlos, Catalina de Aragón, que ocasiona la pérdida de Inglaterra para la Iglesia. Otro motivo, semiegoísta y semiespiritual, para inclinarme ante el Emperador.

Ya dijimos que la Emperatriz, bajo el saco de Roma, había dado a luz el 27 de mayo. En una habitación en penumbra para ocultar el dolor de su rostro y contraídos los músculos para no quejarse. Cuando la matrona le pide que grite con libertad de una vez, exclama:

—*Nao me faleis tal, miña comadre, que eu morrerei mas non gritarei.*

Parece que nuestras Reinas no han solido gritar en los partos: será quizá por su lado portugués. El nombre del recién nacido será Felipe, como el de su abuelo *el Hermoso* que yo creo que nunca lo fue tanto. Su bautizo se hace el día 5 de junio, y se producen en su honor grandes festejos. Hay cañas, justas y corridas de toros. En la del día 6 participa el Emperador, vestido con una marlota de terciopelo blanco y raso blanco en ella, y tocado amarillo. El 12 de junio la Reina acude a una justa, y ve orgullosa lidiar a su marido. Los torneos y los bailes se suceden. Durante la segunda corrida en que participaba el Emperador, llega la noticia del saco de Roma y la merecida prisión del Papa. El Emperador Carlos, inexpresivo, abre un poco más la boca, se apea del caballo y manda declarar luto en el reino. Al mirar a la Emperatriz no puede evitar una sonrisa y un gesto de impotencia. De impotencia moral, por descontado. La Corte pasa a Burgos porque los aires de Valladolid parece que se han contaminado. Isabel y Carlos se aman en torno a la mejor prenda de su amor y su prueba latente. La Emperatriz le descubre el mundo femenino verdadero: íntimo, sacrificado, respetable, respetuoso y exigente. Él le descubre a ella el mundo del gobierno y la política que tendrá con tanta frecuencia que presidir desde ahora: ella será la mejor regente de su esposo. El intercambio es tan enriquecedor para los dos que con nada puede ser comparado. Carlos ve, por vez primera, una mujer madre y una mujer amante. Isabel ve, junto a ella, al hombre más poderoso del mundo, en realidad, de dos mundos, porque el de América está bien presente en el suyo. La intersección que se produce entre ellos es perfecta: uno nacido para gobernar; otra nacida para procurar compañía y descendencia. De ahora en adelante todo va a ser echarse de menos uno al otro, o tocar juntos el cielo con las manos. En pocas ocasiones se ha dado en la historia una pareja más ejemplar y envidiable. Al menos, es lo que se cree. El Emperador había comprendido ya Castilla; ahora comprende la vida, la paternidad y el sexo enamorado. Para él, desde estos meses, el lugar donde querrá estar siempre tendrá un nombre tan sólo: España. Y en él querrá morir. Y morirá.

Pero llega la hora de las paces. Enrique VIII está con su vaivén de Anas apenas enamoradas o sin tiempo para enamorarse, separado en su isla... El Papa, cabizbajo, firma un tratado de perdón y de permiso de paso por sus tierras al ejército imperial, de alianza con Carlos y Fernando para recuperar a los luteranos, y de coronación solemne de Carlos como Emperador del Sacro Imperio Romano Germánico. Por su parte, Carlos devuelve al Papa las ciudades ocupadas por Venecia y Ferrara, restablece a los Médicis, su familia, en Florencia, y casa a su hija Margarita —todavía una niña— con el jefe de la casa, Alejandro.

Y era tiempo de la gran paz con Francia. Como es imposible que, a las pocas horas de estar juntos, no se armara una gresca de recuerdos y amenazas entre Carlos y Francisco I, serán dos damas las que se encarguen de ella: Margarita de Austria, la vieja y querida tía de Carlos, y Luisa de Saboya, la híspida madre de Francisco. Se deja por fin en libertad a los olvidados hijos del Rey, aún rehenes en España, por dos millones de escudos de oro. El francés renuncia a sus pretensiones, en Italia, Flandes y Artois; Carlos no insistiría en la reclamación de Borgoña, pero sin renunciar a sus derechos. Ésa fue la paz de Cambrai, que siempre hemos llamado de las Damas. Cuando se firma, Carlos ha embarcado en Barcelona, donde pidió ser recibido como Conde de ella no como Emperador. Y sale triste por lo que deja y alegre por lo que posee. Entre todo lo demás, una hija nueva, María, que llegará a ser Emperatriz de Alemania como esposa de su primo Maximiliano II, hijo de Fernando. (Además de Portugal, ya se ha encontrado otra familia con la que casarse y recasarse: la alemana.) La noticia de su niña le llegó mientras presidía las Cortes de Aragón. Delegó la presidencia en el duque de Calabria; fue a galope tendido hasta Madrid; besó a su mujer y a su retoño; y regresó a Aragón y luego a Barcelona. Pero no sin dejar a la madre de sus hijos como gobernadora de España. Una de las cosas que la Emperatriz hizo, aparte de enfermar de paludismo y de sanar casi de repente por las aguas de la fuente de San Isidro según el pueblo de Madrid, fue pedir al poco partidario duque de Gandía que permitiera la boda de su hijo Francisco de Borja con Leonor de Castro, la más querida de las damas que la acompañaban. No imaginaba nadie que el futuro santo jesuita iba a encontrar en el viejo alcázar de Madrid el verdadero y definitivo amor de su vida. Quizá el primero y el último. Que no fue, por descontado, la dama portuguesa.

Recuerdo con cuánta emoción y entusiasmo mi padre Gonzalo, que era no muy emotivo y nada entusiasta, me contaba con relativa frecuencia, y recordando en ocasiones datos nuevos, la Coronación imperial de Bolonia, tan deseada por Carlos, a pesar de que el Papa que lo coronaba no fuese de su agrado. Desde fines de noviembre del 29 a fines de febrero del 30, el monarca y el Pontífice compartieron el mismo palacio en habitaciones comunicadas por pasadizos secretos, de los que los palacios italianos eran tan amigos, que facilitan los encuentros sigilosos —no siempre políticos ni castos ni heterosexuales—, aparte de los cortesanos lenguaraces y vanidosos. Gattinara, al que mi padre llamaba Mercurino, y mi mismo padre conocieron desde muy cerca los prolegómenos y la conclusión de la decisiva ceremonia. Para ellos, la pacificación de la hirviente Italia y la Coronación, remate brillante y lógico de diez años de espera y de tensiones, eran trascendentales.

Como también lo eran el turco a las puertas de Viena, la restauración de los parientes de Clemente en el trono de Florencia, la convocatoria del Concilio, que suponía la esperanza de unificación de Carlos y que iba a poner al Papado en su sitio, o los movimientos siempre inquietantes, continuos e insospechables de Francisco I.

La ceremonia solemne se decidió que se celebrara en Bolonia. Lo cierto es que Roma aún no estaba para coronaciones, y que Carlos ardía por aproximarse a Austria, donde Fernando padecía la amenaza de Solimán. Fue el 22 de febrero cuando los magistrados de Monza, llegados para eso, ciñeron las sienes de Carlos con la Corona de hierro de los Reyes lombardos. Dos días después, entre un esplendor inaudito, el Papa lo coronó Emperador del Sacro Imperio. Yo, que tuve el privilegio de presenciar a escondidas su abdicación, oí, aún sin saber cuál iba a ser mi suerte, el principio oficial de su grandeza.

Existía un pasadizo cubierto por hiedras y laureles que comunicaba la residencia con el templo de San Petronio. Nada más atravesarlo Carlos, se desprendió un fragmento de su cubierta. Es curioso que, en el relato que mi padre me dio a leer de ello, el fraile que lo escribe añade que el pasadizo estaba en alto y que sufrieron heridas algunos de los transeúntes, sobre los que cayeron los cascotes, pero que no peligró persona alguna de cuenta, sino sólo un caballero flamenco que murió allí enseguida. O sea, Dios fue servido de que la ceremonia continuase sin pesar, aunque no continuase el anónimo caballero flamenco. Fue poca cosa comparada con lo que esperaban los espectadores entre los que, cuando corrió entre ellos el hecho, se comentó que significaba con claridad que Carlos sería el último Emperador. A pesar de las reiteraciones, así fue. Quienes, por su fortuna, vieron al hombre más poderoso de la Tierra arrodillado ante un Pontífice tan poco afín a él como Clemente VII comprendieron que era por la institución y no por la persona por lo que Carlos se postraba. En efecto, no tardó ese Papa en obligar al Emperador a reducir Florencia a sangre y fuego para cumplir los compromisos contraídos en Bolonia. Cristo ha tenido en la tierra representantes muy especiales. Alguno, hasta hijo de puta. En cualquiera de los sentidos.

La salida de la iglesia fue espectacular. Entre la música de los instrumentos marciales y la de los cañones, el entusiasmo de la multitud gritando «¡Imperio, Imperio!» ensordeció la mañana. El Emperador sostuvo el estribo del Papa para que montara, y luego montó él, ambos bajo un enorme y suntuoso palio, sustentado por los más ricos hombres boloñeses con pompa y con trabajo. Así se abrió el desfile —a mi padre le brillaban los ojos al contarlo mirando hacia su interior y hacia su memoria— más fastuoso que ha visto entera la Historia de Occidente. Abrían la marcha familiares y servidores de las dos casas, papal e imperial, todos de seda y recamados; luego, caballeros que ondeaban sus banderas; trompetas y todo tipo de instrumentos junto a notables de la ciudad y la Corte romana. Sobre una hacanea blanca, en una custodia, el Santísimo Sacramento entre hachones encendidos. Después, príncipes, duques, marqueses, varones, gobernadores y capitanes de todas las naciones con sus subordinados cubiertos de pedrería. Y los reyes de armas del Emperador tirando a la multitud monedas de oro acuñadas para la ocasión. Y el Papa con sus palafreneros. Y Carlos, con treinta jóvenes caballeros españoles. Y los prelados que no eran cardenales, y las tropas del Emperador y los burgueses... El cielo en la Tierra. Tanto es así que Gattinara, el colega de mi padre Gonzalo, solía repetir:

—Italia es el mejor fruto que podéis coger de este Imperio.

Y, tras decirlo por última vez, cumplida la labor de su vida, murió en Innsbruck, el 5 de junio de 1530. Ése era el momento en que los ojos de Gonzalo Pérez brillaban, más que por el recuerdo de la grandeza, por un principio de lágrimas. Porque mi padre consideró siempre que, después de Chièvres, y aun antes que él, Gattinara había moldeado en el alma de Carlos la idea del Universo Cristiano. Aunque quizá fueran lágrimas de satisfacción porque, por fin, quedaba solo en la secretaría: mi padre no era demasiado sensible.

Pero Loaysa, el antiguo confesor de Carlos, a la sazón cardenal en Roma, le recomendó que sustituyera a tan gran consejero por otros dos: Cobos y Granvela, uno español y otro borgoñón. El primero, un secretario excelso; el segundo, un diplomático inigualable. Del primero decía el cardenal, en carta que conservo copiada:

«Será el cofre sellado en que se encerrarán vuestro honor y vuestros secretos, que confesará vuestras faltas y sabrá defender a su señor. No empleará, como otros muchos, exceso de ingenio para decir finezas y agudezas; pero, en cambio, jamás murmurará contra su amo y seguirá siendo querido por todos.»

Yo, de cuanto Loaysa escribió, estoy poco seguro: un secretario sabe más de lo que cualquiera otro pueda saber de otro secretario; pero, líbreme Dios de exponer aquí mi juicio sobre Cobos. A Granvela lo ponderaba con más tiento:

—Su trato no es tan agradable como el del secretario de estado, pero en cuanto tenga un cargo aprenderá a tener paciencia —dice. Y añade algo que se acostumbra decir a los grandes, aunque no sea verdad—: Que Vuestra Majestad sea su propio canciller, aunque vuestros asuntos los lleve con estos dos.

Yo me quedo con lo del cargo y la paciencia, porque son las dos alas de las que puede valerse el cuerpo de alguien que sirve a un Rey: eso lo sé yo bien. Aunque puede volar más alto a solas que ese Rey, que no sabe en ningún caso ser su propio canciller. Y me quedo también con lo que le escribió el cardenal al Emperador cuando recibió la noticia de su marcha a Alemania:

«Que Dios os conceda allí la gracia de vencer a vuestros más naturales enemigos: la buena vida y la indolencia.»

¿Qué habría dicho este buen hombre del hijo del Emperador, don Felipe II? Aunque éste tenía otros enemigos, muchos más y más fuertes.

En Innsbruck hubo reunión familiar en torno a Carlos. Estaba su hermano Fernando, futuro Rey de Romanos, su hermana María, viuda ya del Rey de Hungría, y Cristian de Dinamarca, viudo de su hermana Isabel. Y allí se decidió —tengo los testimonios de mi padre— que urgía más la unión de la Cristiandad que la ofensiva contra el Turco, todavía a las puertas de Viena sin decidirse a batirlas. Por eso se convocó la Dieta de Augsburgo. Los seguidores de Lutero no tenían ya carácter religioso sino político. Eran su separación y su independencia lo que perseguían. El concepto de Iglesia nacional iba a estremecer, como una gran bombarda, los cimientos del Imperio. Sólo quedaba la esperanza de que no lo hiciera saltar en pedazos. Pero lo hizo.

Mi padre, pese a todo, siempre me dijo, y aun me dejó escrito, que, al Emperador, Francia e Italia, es decir, para no engañarnos, el Papa, Francisco I y el Milanesado le preocuparon más que Lutero y aún más que el Turco. Todo venía de un poco más atrás. Carlos era más germánico que latino, quizá por eso se mostró siempre más preocupado por el Sur, que no acababa de entender, que por el Norte de Europa, salvo por su Borgoña. Él, que yo sepa, siempre estuvo obsesionado por la falta de dinero: al Imperio, el oro americano y Alemania no le proporcionaban, como dijo alguna vez Granvela, «ni el valor de una nuececilla». De ahí el desapego por esa tierra, con la que, por si fuera poco, tenía el compromiso con los príncipes de no emplear en ella tropas españolas. Había de confiar en las que ellos le proporcionaran, cosa que nunca hicieron. De ahí ese desapego alemán y también ese título imperial no sostenido por una autoridad efectiva. Mi padre, su verdadero secretario, conoció siempre bien los entresijos de su corazón. Precisamente por esa ausencia de ejércitos allí no influyó ni participó en la revuelta de los caballeros ni en la sangrienta guerra de los campesinos. Unos años antes, todavía en España, convocó la Segunda Dieta de Spira, de la que tampoco surgió ninguna solución, pero sí el nombre de los disidentes. Como en ella cinco príncipes y catorce ciudades decidieron mantener lo acordado en Worms y se quejaron vivamente de lo resuelto allí, se les llamó protestantes. Y ya para siempre les sirvió ese nombre.

Ahora, la convocada fue la Dieta de Augsburgo. Iba a comenzar cuatro días antes del Corpus Christi, y se decidió que el Emperador presidiera la procesión que rodeaba la Hostia consagrada en su rico ostensorio. Sin embargo, bajo el argumento de que no se presentaba el Cuerpo de Cristo bajo las dos especies, los protestantes, con Juan de Sajonia —hermano del que había llegado a ser el terrible Federico— a la cabeza, se negaron a asistir. La ansiada unión era imposible. Con todo, al principio creció cierta esperanza. Lutero, aunque la orden de persecución fue suspendida, no compareció para llamar más la atención, y envió a Melanchthon, respetado y conciliador. Él fue quien presentó la confesión que buscaba como fuese los puntos de acuerdo entre las dos partes. Carlos creyó en el éxito y también la mayoría de los seguidores de Roma. No sucedió así. Enterado Lutero, retirado en el castillo de Coburgo para seguir el proceso a escasa distancia, se opuso. Y ordenó a sus delegados que endurecieran su actitud. Y a Melanchthon, al que sabía insomne, le dirigió una frase: «Ruego a Dios que te conceda el sueño.» Schwarzerde, que era su apellido verdadero, que en alemán y en griego significa *tierra negra*, tuvo que transigir, presionado y débil, estudioso y obediente. Desde ese punto se confirmó la separación entre cristianos y protestantes. Fue el propio Carlos quien, dándoles por añadidura cinco meses para reflexionar, ordenó la estricta aplicación de lo dispuesto en Worms: la restitución a la Iglesia de los bienes secularizados por los príncipes luteranos y el restablecimiento de la jurisdicción episcopal. Y se propone, una vez más, lograr del Papa la convocatoria de un Concilio que concluya con los desórdenes eclesiásticos y se inicie antes de un año.

Los príncipes salieron de Augsburgo para reunirse en Smalcalda, y formar una Liga en defensa de la religión reformada, es decir, contra Carlos V, contando con la ayuda siempre ofrecida de Francisco I y del ya cismático Enrique VIII. El Emperador, en Colonia, donde le aguardaban los príncipes electores, acordó elegir a Fernando Rey de Romanos. O sea, que la división del Imperio se iniciaba. Y el *cuius regio eius religio* comenzaba a aplicarse. La amargura de Carlos se multiplicó al conocer la noticia de la muerte de su querida tía Margarita, la archiduquesa, su educadora, su única madre de hecho. Murió de una infección causada por un cristal que se clavó en un pie...

«Mi solo dolor es no ver a Vuestra Majestad antes de mi muerte. Ésta será mi última carta. Os dejo mi único heredero. Los territorios que me confiasteis los devuelvo acrecentados a vuestro poder, por lo cual espero el premio de Dios, vuestra satisfacción y el agradecimiento de la posteridad. Os recomiendo, ante todo, la paz: con los Reyes de Francia e Inglaterra especialmente; os ruego que atendáis a mis servidores; y os expreso mi último adiós.»

Carlos marchó hacia Flandes y nombró gobernadora a María, su hermana, la viuda del Rey húngaro. Fue un nombramiento justamente acertado, en comparación con alguno de los que le siguieron.

Es significativo lo que sucedió allí en el capítulo de la Orden del Toisón de Oro, que no se reunía desde 1518, en Barcelona. Ahora lo hacía en Tournai. Era preceptivo analizar el comportamiento de cada caballero, y así se hizo. El Gran Canciller de la Orden, al llegar a Carlos, le reprochó su lentitud en el cumplimento de sus funciones, la mala organización de la justicia, su preocupación por despreciables pequeñeces, la escasa retribución de los funcionarios públicos y algunas otras impertinencias semejantes. Olvidando el carácter castellano, Carlos se revistió de indiferencia flamenca y respondió:

—Hasta este instante, esa criticada lentitud es lo que me ha reportado mayores beneficios.

Calló, ante el capítulo, lo que en este momento se traía entre manos. Comenzaba el año 1536, y Carlos, como un jugador de ajedrez que se empeña en partidas simultáneas, recién pacificada Italia y el Papado, había corrido a Augsburgo, y de allí a los Países Bajos, sin olvidar las amenazas de la liga de Smalcalda con el apoyo de Inglaterra y Francia. Y las solicitudes de España, de la que era el Rey, y de su hermano Fernando, a quien lo que más le preocupaba era Solimán, el gran enemigo, aquel que, cuando grita, aterra a todos los demás enemigos caseros del Imperio, que corren a protegerse bajo la grandeza del Emperador. Los primeros, los príncipes protestantes alemanes que, para eso, sí que firman la paz de Núremberg y la de Ratisbona.

Y así sale Carlos encabezando un ejército de noventa mil infantes y treinta mil jinetes. Los mejores de Europa: la infantería española, los lansquenetes alemanes, los soldados italianos, húngaros, bohemios y la crema de la caballería de Borgoña...

El Emperador, aunque parezca mentira, va por primera vez al frente de un ejército. Sí; pero de un ejército de doscientos mil guerreros con fama de invencibles. Al mismo tiempo, Andrea Doria desembarcó soldados en la costa griega para producir un efecto envolvente. Mientras, una pequeña guarnición cristiana, la de Güns, en la frontera austriaca, realiza la hazaña de contener durante casi un mes el empujón turco. Y, en ese tiempo, Carlos alcanza con sus tropas el escenario de la que va a ser la grandísima batalla decisiva... Pero no se produce. Solimán se retira. Lo que tendría que ser para la Historia un recuerdo glorioso no llega a realizarse. La primera batalla dirigida personalmente por Carlos se diluye en un sueño. La ocasión más gloriosa que habían de ver los siglos se aplaza hasta que un hijo bastardo suyo, no nacido aún, tenga veintiséis años.

Pero en España los turcos sí que actúan. Las incursiones de los piratas berberiscos de Barbarroja; el peligro de que faciliten y apoyen invasiones musulmanas en la para ellos inolvidable Andalucía... E Isabel, que, como sabia gobernadora y como mujer enamorada, requiere la asistencia del Rey y de su rey. De ahí que se inicie la marcha hacia la Península, el retorno «a estos vuestros reinos»... Pero aún el Emperador tiene que mirar hacia atrás y demorarse. No faltan temores ni preocupaciones. El irritante Clemente VII, con gran pompa, visita al no menos irritante Francisco I, y casa a su sobrina Catalina de Médicis con el duque de Orleans, ya liberado con su hermano el Delfín por el pago de su rescate. Y para que no respire a gusto Carlos, el Rey francés da a su hijo, como regalo de boda, todos los derechos que no tiene sobre los estados italianos del Emperador. Éste crea una Liga defensiva de príncipes italianos, y se embarca hacia Barcelona a la que sale a recibirlo la Emperatriz gozosa.

—Otro lugar más lejos me habría parecido cerca para recibiros.

Un mes después, Enrique VIII, su tío, coronó a Ana Bolena como verdadera Reina de Inglaterra. Pero Carlos ya estaba abrazado a Isabel.

En estricto sentido. Porque hay un tal Pedro Girón, cronista algo imaginativo, que cuenta cómo sucedió la llegada y la urgencia de Carlos:

«Llegado a un puerto de España que se llama Rosas, que es antes de Barcelona catorce leguas, desembarcó allí un día lunes a veinte y uno del mes de abril de este año 1523, y de allí vino por la costa a Barcelona, donde llegó otro día martes, a las nueve o diez de la mañana. Vino con Su Majestad el marqués del Vasto. Halló a la Emperatriz en la cama, que aún no era levantada, donde el Emperador también se echó, y estuvo hasta las dos, que se levantaron y comieron.»

No sé si será cierto, porque muchos pintores han reflejado el desembarco del Emperador y la espera de la Emperatriz y de sus hijos entre velas y mástiles.

Después el Emperador hace el recorrido de las Cortes: Monzón, donde se reúnen las de Cataluña, Aragón y Valencia, Zaragoza, Toledo y, por fin, Madrid. Allí la felicidad del matrimonio se aderoza con juegos, cazas, fiestas cortesanas y también apacible y sonriente vida familiar. Y, por supuesto, comidas y cenas impresionantes, que hacen crecer la gota en algo más. En una de ellas Carlos dice:

—Qué bien dormiría yo sin la gota y sin Lutero.

Isabel tiene la virtud de desarrugar su ceño y hacerlo sonreír con la boca torcida. Su mayordomo, el varón de Montfalconnet le dice un día, ante la gula insaciable del Emperador en descanso, y ante su afición inevitable a armar y desarmar relojes:

—El día menos pensado, para complacer a Su Majestad, tendré que hacerle servir un potaje de relojes.

El potaje que le acompañó hasta su última hora, nunca mejor expresado, en Yuste. Hasta allí se llevó a su maestro relojero Giovanni Torriano.

Tienen que celebrarse las fiestas por el parto y el nacimiento de su hija María, las victorias de Túnez y los traspiés de Francia para que vuelva Carlos a España, pasando, como en cada ocasión, por Tordesillas, a saludar allí a la Reina doña Juana *la Loca*. El primogénito Felipe había cumplido ya diez años, y desde los seis tenía casa propia. Se discutió por sus padres quién debía ser su preceptor y, por primera vez, no se pusieron de acuerdo: Carlos quería un flamenco; su esposa, un español. Ganó ella, como era de prever, y se eligió a Francisco Martínez Silíceo, erudito y asceta y cardenal después, quien, por lo que sé, introdujo en el joven príncipe el hermetismo, la introspección y una ceñuda religiosidad, ensanchada luego por él para enriquecerla con ciertas otras doctrinas no completamente ortodoxas. A veces me he preguntado qué habría sido del reino y de mí mismo si, en lugar del cortante Silíceo, su preceptor hubiera sido el sabio y liberal Van Aytta, que sólo tenía veintiséis años por entonces, quien educara al príncipe. Acaso la historia del mundo habría cambiado. No cabe duda de que para bien.

Hay que decir, con todo, que la Emperatriz era una mujer activa y alegre. A pesar de que alguien escribió que la educación que les daba a sus hijos fue humanística en sentido renacentista, no se inspiró en los preceptos de su abuela Isabel *la Católica*. La educación que les dio no fue «sólo para ocupar tronos, para tocarse con un capelo cardenalicio él o recluirse ella en recintos monacales...» La madre supo rodearlos de un entorno cultural y de delicadeza, música y alegría. Si más tarde María y Juana —y Felipe— fueron sombríos, apartadizos y escasamente expresivos, fue porque lo llevaban así en la masa de la sangre. De una sangre, por cierto, muy gorda.

SEGUNDA PARTE
—

No sé si lo que ahora voy a dictar cambiará la dirección de mi relato sobre el Emperador. Han pasado dos semanas desde que dicté lo anterior: en ellas no me encontré bien de salud ni de ánimo. O mejor será decir que me encontré muy mal.

Ignoro si me habría gustado formar parte del grupo de electores cuando vieron, por primera vez, al hombre que habían elegido, entre sobornos y regateos, Emperador. Su apariencia era desastrosa: bajo, de piernas estevadas, con un prognatismo que le mantenía la boca abierta permanentemente, y hablando un alemán mínimo y titubeante. Por supuesto, Tiziano, al que Carlos respetaba y admiraba hasta darle el título de conde, dignificó por lo menos, y aun embelleció cuanto pudo, a aquel hombre. En el caso de Mühlberg no sólo hizo eso, sino que lo trasladó de la litera donde reposaba lleno de gota y almorranas a un piafante caballo. En cierta ocasión, cuando sus cortesanos le reprocharon que recogiera del suelo un pincel que Tiziano había dejado caer, él los recriminó como lo hubiera hecho Olivier de La Marche, su autor predilecto y casi único:

—Tiziano merece ser servido por mí, porque existen muchos príncipes, pero sólo un Tiziano.

Y quizá si aquellos electores hubiesen conocido su caprichosa vida privada, se habrían sorprendido más aún. ¿Se trataba de un príncipe en el que tener confianza? Su glotonería, pese a la gran enfermedad que le produjo, sus aflicciones y altibajos mentales, su actitud ante las perspectivas de una batalla: temblores, escupitajos, palabras mayores, etcétera, dificultarían la confianza aquella. Quizá era un buen hombre, cargado de buenos deseos y de buena voluntad, pero no un gran hombre. Y a los vicios privados, ellos tampoco grandes, se unían sus limitaciones políticas, éstas sí mayores. Carecía de toda imaginación que excediese el mecanismo de armar y desarmar relojes, y su capacidad de comprensión —no siempre debida a la variedad de los idiomas— era bastante escasa. Adquirió tierras que carecía de capacidad para mantener; contrajo obligaciones que estaba por encima de sus posibilidades satisfacer; y se resistió con demasiada frecuencia a aceptar la invencible secuencia de los hechos. A pesar de haberme dejado llevar por cierta simpatía, deseo ser más veraz. Pienso, por lo que he leído y he tenido en mis manos, que su mérito único, desde un punto de vista político, fue la sinceridad con que utilizó sus mediocres talentos. En cualquier caso, se nos aparece como un enorme anacronismo: alguien que no se ha enterado de lo que significa la América recién descubierta; que no comprende el significado inamovible de la Reforma protestante, y que permanece lleno de obsesiones medievales, cuando el mundo ya va por otros caminos y hacia destinos diferentes. En esto, la claridad no es meridiana, porque su hijo siguió sus mismos pasos. Ni uno ni otro miraron hacia el Atlántico a no ser como una fuente de ingresos; miraron más bien a África, donde, al *Non Plus Ultra*, había sustituido ya el *Plus Ultra*, porque era ella la que les competía; era ella la que les evocaba su último fin reconocido, la lucha contra los turcos y su quehacer virtuoso de cruzados.

Y, en cuanto a sus procedimientos, también supuso una anticipación al método papelero y mecanizante de su hijo, rodeado de secretarios mejores o peores, que apenas utilizaba. ¿De veras quiso Carlos instituir una estructura de Estado moderna cuando dirigió sus esfuerzos a unificar los Países Bajos? ¿No se vio, desde España, su trabajo como una continuación del trabajo de unidad iniciado por sus abuelos, tan costoso como equivocado? Y en cuanto a su necesidad permanente de dinero, dinero, dinero, a pesar de América, de los banqueros y de los saqueos, ¿no denota una ignorancia grave e imperdonable de las prácticas financieras de su época? De alguien que se casó, con una princesa a quien desconocía, no por amor sino por las dimensiones de su dote, ¿se puede esperar mucho? ¿O, por lo menos, se puede esperar más de lo que sucedió: que se enamorara realmente de ella? Quizá no, aunque no fuese del todo correspondido, y su idilio no fuese tan largo ni indiscutible como se cree. Quizá a mí se me califica de malpensado porque miro con ojos limpios, quiero decir no dirigidos ni influenciados, hacia donde deseo mirar, que es lo que me ha sucedido con el Emperador hasta ahora en esta historia de pedestales. Y a la Emperatriz no le fue del todo indiferente Francisco de Borja, que la amó por encima del Emperador, tanto que le debió a su muerte su conversión y su santidad. Y tanto que la propia Emperatriz tuvo que rogarle a su padre que permitiera a su hijo casarse con su dama más devota, en aquella corte de amor castellana, bastante pudibunda y algo cateta, para tenerlo públicamente colocado, pero al alcance de su mano.

De todas maneras hay que reconocer que el siglo pasado, el XVI, no asistió a la muerte repentina de una idea imperial y al nacimiento de una ideal nacional. Carlos explica, en sí mismo, la continuada asociación de España y el Imperio (ya diremos a costa de qué), aunque sólo fuese en términos de tropas y de rentas, o acaso de ideas más escondidas que a una mente fuera de ese paisaje le sería difícil admitir. A mí no me extraña que un hombre tan escaso de casi todo como Carlos se rompiese, en cierta forma, como lo hizo, asumiendo la contradicción de la Monarquía Universal que le insuflaban Alba o Gattinara o el obispo de Badajoz, con la modernidad que ya estaba en el resto de Europa en marcha. La suya fue una época de transición, que asumió también a Isabel de Inglaterra, o a los Valois franceses. Acaso algo menos que a él. No tardaremos en comprobar sus fracasos, en lo imperial tanto como en lo religioso. Una buena prueba de su desfase cronológico la da el soneto de Hernando de Acuña, que dirige *Al Rey Nuestro Señor*. En él se dice:

Ya se acerca, Señor, o ya es llegada
la edad gloriosa en que promete el cielo
una grey y un pastor solo en el suelo
por suerte a vuestros tiempos reservadas.

Ya tan alto principio en tal jornada
os muestra el fin de vuestro santo celo
y anuncia al mundo, para más consuelo,
un monarca, un imperio y una espada.

Ya el orbe de la tierra siente en parte
y espera en todo vuestra monarquía,
conquistado por vos en justa guerra.

Que a quien ha dado Cristo su estandarte
dará el segundo más dichoso día
en que, vencido el mar, venza la tierra.

Hay dos conceptos que Carlos cree, o alguien le hace creer, que son o pueden ser universales: la paz y la monarquía. La paz la busca desde el primer momento sin el menor éxito: su vida es la mejor prueba de una vida guerrera. En cuanto a la monarquía, en julio de 1529, después de una estancia de bastantes años en España, Carlos parte para Italia con el fin de ser coronado, aparatosamente en Bolonia, Sacro Romano Emperador. Fue el último. Allí se erigió todo en símbolo, todo en recuerdo de las obligaciones y de la mitología de la monarquía medieval que ostentaron Constantino, Carlomagno y Segismundo: precisamente los tres ejemplos erigidos en efigie para indicar su camino al nuevo monarca, mientras la sociedad formada por el poder temporal y el espiritual atiborraba el resto del templo y de las calles con otros lemas y pinturas. Pero en todo esto primaba la mano papal. ¿Qué es lo que pensaba Carlos, él, de lo que literalmente se le venía encima? Era un Rey de muchos Estados, pero se limitó a actuar como Rey de cada uno de ellos, asumiendo por tanto las características de una monarquía nacional que se multiplicaba, pendiente de las necesidades particulares de cada uno de sus dominios. (Recordamos que entra en Barcelona como conde de ella y no como Rey de España.) Por lo cual, desde luego, viajaba por lo menos; no como su hijo, que se enclaustró, como una oscura araña, en El Escorial, mientras en su tela bien apretadamente tejida retenía al mundo casi entero.

¿Alguien habría sido entonces capaz de discernir cuál era el concepto de Carlos sobre su oficio imperial? ¿Y el de sus obligaciones? Yo creo que nadie, ni él mismo por supuesto. En gran parte de sus cartas, que yo he leído con detenimiento, habla y habla de la paz universal y de la paz entre cristianos. Precisamente porque, por entonces, todo se volvía guerra. Los humanistas que llenaban la Corte española, no sé si conscientemente o por ignorancia, copiaban las tesis de Erasmo, a la vez que los antiguos temas gibelinos del Dante: un imperio mundial con un solo rector que mantuviera la paz y el orden. Pero eso se dice demasiado fácilmente. El que lo tuvo más claro fue Mercurino Gattinara, desde los primeros años junto al Emperador, mucho antes de serlo. Le escribe, en 1519, nada más serlo, lo siguiente:

«Dios ha decidido por su Gracia elevaros sobre todos los Reyes y príncipes, haciéndoos el más grande Emperador desde Carlomagno, y poniéndoos sobre la senda de la monarquía universal.» Y agrega que, sin esto, no podrá conseguirse la paz también universal. El principal fundamento de su imperio.

Y, tras el saco de Roma, momento en que, preso el Papa

en Sant'Angelo, se están celebrando en España las fiestas por el primogénito, Gattinara le escribe:

«Vuestra Majestad debe considerar bien que, encontrándoos victorioso en Italia y con tan poderoso ejército, Dios os ha puesto en el camino de la monarquía universal.»

El Papa, preso; Roma, saqueada; los soldados, llenándose los bolsillos y los estómagos en cobranza por lo que les era debido... El Emperador, en Valladolid, declara luto en la Corte y pide por la libertad del Sumo Pontífice. Pero no la ordena. Ése es el momento en que me parece Carlos más hábil y más grande.

Alfonso de Valdés le escribe tras la batalla de Pavía:

«Parece como que Dios ha dado milagrosamente su victoria al Emperador no sólo porque está presto a defender la Cristiandad y resistir a los turcos si atacaran, sino también, ahora que las guerras civiles han terminado (las guerras entre cristianos sólo pueden llamarse así), porque puede atacar a turcos y moros en sus propias tierras y, ensalzando nuestra santa fe católica, recuperar el imperio de Constantinopla y los Santos Lugares de Jerusalén, que se encuentran en manos infieles por castigo a nuestros pecados.»

Lo importante es que el concepto de Carlos no fue estático ni giró en torno a una sola idea: se amoldó a las circunstancias, si bien sus consejeros siempre hablaron de *monarquía universal*, que es un término y una idea muy esquivos. No se trataba de invadir y vencer y unificar los Estados existentes; más todavía, dentro de los que ya eran suyos, el Emperador preservó las costumbres y las instituciones de cada uno. No trató de unificar las estructuras. La monarquía universal se basaba en el monarca único y no en la unicidad de organizaciones y gobiernos: ya había un precedente en España: primero, los reinos separados de los Reyes Católicos; luego, las Comunidades y las Germanías fueron vencidas, pero no se instaló aquí un absolutismo que hubiera sido tan explicable como temible: se respetaron los Fueros y las Cortes más que nunca (cosa que a mí me vino muy bien luego). Lo que se construye es una especie de dinastía gobernante: un entresijo de matrimonios que convierta, o tienda a convertir, Europa en una gran familia, y la familia en un mecanismo de poder. Carlos recomendó a Felipe, su hijo, sin suerte alguna, que tuviera muchos hijos: ellos eran la mejor vía para unir los reinos. En eso tuvo muchísima más suerte su hermano Fernando. Lo que a mí no me sorprende, aunque pudiera hacerlo, es que todo sucede, en ese momento y luego, como si, con Europa y un poco más, se terminara el mundo. Quizá por pensar, como yo, que América destruye los ideales y nunca debió descubrirse, así como quizá nunca debió conquistarse Granada. Nadie habla ni piensa aquí en América, ni siquiera los más abundantes pensadores.

Pero he hablado de la familia Habsburgo como tentáculo de poder, de los hijos y de Fernando, el único hermano varón de Carlos. Cuando se encontraron por primera vez al llegar Carlos a España con diecisiete años, éste no hablaba castellano. Mientras Fernando, mimado por todos, no hablaba otro idioma. Bien aconsejado, Carlos no tardó en mandarlo a Bruselas: en Castilla habría sido un peligro. En todo caso, el destino de Fernando no concluyó aquí. El abuelo común, Maximiliano, pactó con el Rey Ladislao de Bohemia y Hungría que uno de sus nietos contraería matrimonio con la princesa de esa dinastía, Ana Jagellón. Pero Ladislao no quería un Habsburgo pobre: el pretendiente de una Jagellón necesitaba un patrimonio familiar. Y quiso la casualidad que Carlos, ya Emperador pero sin coronar, tuviese prisa relativa en llegar de retorno a una España alterada. (En estas semanas de ausencia he tenido ocasión de reflexionar sobre este momento.) Carlos había de dejar, durante su ausencia, un miembro de su familia en el Imperio. Fue Fernando; pero tendría poder propio si se le nombraba regente. En el reencuentro de los dos hermanos, en 1519, en los Países Bajos, comienzan las discusiones sobre la concesión de territorios al hermano menor, al que hay que casar con dote. Las discusiones terminan en Bruselas en 1527: los dos hermanos no se llevaban tan bien como pudiese parecer. Se eleva a Fernando al rango de archiduque con autoridad sobre las propiedades de los Habsburgo. Y, por una cláusula secreta, se acuerda que será nombrado Rey de Romanos cuando Carlos sea ya Emperador coronado por el Papa. Entonces recibiría, de hecho, los derechos hereditarios completos... Este acuerdo de Bruselas trajo muchas, y no todas buenas, consecuencias. Pero, por el momento, las consecuencias políticas fueron enormes. La primera, la renuncia de Carlos, en un representante, a tener una base de poder territorial en el Imperio; la segunda, el acuerdo matrimonial de Fernando y la adquisición de las coronas de Hungría y Bohemia; y la tercera, la que más nos importa, la división del imperio Habsburgo en la rama española y la austriaca. Es por esto por lo que advertí que Carlos se arrepentiría: tales cláusulas no podían anularse sin el consentimiento de su hermano, que no estuvo nunca dispuesto a concederlo.

El intento de solucionar este atasco fue uno de los momentos más graves del reinado: para mí, sin duda, el más grave, porque nadie lo vio ni previó lo que sucedería. Y, en efecto, no se solucionó. La autoridad de los Habsburgo disminuyó de manera notable a través de la regencia de Fernando, con Carlos en Castilla o galopando. El Consejo de Regencia, según se estableció en la Dieta de Worms, y luego en Bruselas, era ambiguo: ¿representaba al Emperador o a los Estados? Los príncipes debían asistir a sus sesiones; pero, por comodidad o economía, mandaban a unos representantes que ratificaban las órdenes de Carlos o Fernando. Es decir, el carácter oponente del Consejo desapareció. Hasta tal punto, que muy pronto se trasladaba de Núremberg a Esslingen, en el corazón del Württemberg de los Habsburgo. Y ni siquiera podía obligar el Consejo al cumplimiento de sus órdenes, salvo la de mandar correos. (Lo grave de este tema es que ni siquiera es inteligible para una mente española, ni nadie se ha tomado el trabajo de que lo sea...) Poco después las Ligas del sur de Alemania prestaron al regente su apoyo militar. Primero, contra los caballeros sublevados; después, contra los campesinos; triunfó el centralismo de los príncipes y se preparó el camino del Estado territorial absolutista posterior...

Pero lo que de verdad transformó las relaciones de poder en Alemania fue el avance del luteranismo entre los príncipes, usado únicamente como arma política y no religiosa, cosa que no distinguió nunca bien del todo Carlos. Su consecuencia inmediata fue la consolidación de los Estados territoriales de Alemania, que yo creo que a Carlos nunca le importaron gran cosa. Y, cuando se extendió al Sur, se desmoronó la estructura de alianzas familiares que usaban los Habsburgo. A la vez que otros canales de su influencia fueron obstruidos también: las Dietas, las Ligas, los edictos, las treguas, todo se alteró hasta conseguir que el Consejo de Regencia cayese en el desprecio y en el olvido. Y toda la fuerza que pudo utilizarse contra los herejes hubo de utilizarse contra los turcos, que tocaban la frontera oriental. Hasta que Hungría fue invadida, su ejército derrotado y muerto su Rey, Luis Jagellón. Bohemia y Hungría, entonces, aspiraban a ser monarquías electivas. Los bohemios estaban dispuestos a aceptar a Fernando, pero los húngaros eligieron al señor de Transilvania, Juan Zápolya. Así el hermano del Emperador se encontró, entre las manos, un reino lleno de guerras civiles y amenazado de otra invasión. Zápolya se alió con los turcos; Fernando miró a los príncipes alemanes. Pero éstos decidieron resolver las diferencias religiosas, incluso dieron algunos pasos hacia Zápolya. ¿Se ha preguntado alguien en España qué actitud tomaría Fernando? ¿Y Carlos?

Al segundo no se le puede exculpar del todo. Las fuerzas políticas alemanas habían alcanzado una cota política muy alta dentro del Imperio. Un hombre solo, así fuese el Emperador, poco podía hacer; pero algo sí. Y, en lugar de responder a las llamadas de su hermano, Carlos permaneció en Castilla, ajeno y distante, mientras anunciaba en sus cartas que regresaría en breve para visitar el Imperio, con lo cual le daba a entender que no tomara ninguna decisión personal, mientras que tampoco la tomaba él. ¿Era Carlos un Emperador de broma? ¿Por qué no se conformó con España y sus posesiones? Éste es un momento oscuro, desleal e incomprensible en la vida política no inteligente, pero tampoco traidora, de Carlos. Por eso me refiero a él ahora. Porque ni siquiera cabe la interpretación de que Fernando disimulara en sus correos la gravedad de la situación: habla —yo lo he visto— de las crisis entre señores y campesinos, de la escasez de apoyos a la dinastía, de la expansión de la herejía y del incremento de la amenaza turca. Y Carlos parece ignorar, o no comprender, o no valorar, estos datos. Y permanece en Castilla, dedicado a su matrimonio y a sus cacerías, hablando de la *Universitas Christiana* y de la *paz universal* y confiando en que Fernando le sacaría las castañas del fuego mientras él se preocupaba sólo por un obsesivo Concilio general de la Iglesia, que no podía ser convocado en esos momentos ni ser sustituido por un sínodo nacional, y al que además se había recurrido demasiado tarde.

Ni siquiera bastaba que a Fernando se le otorgase el título de Rey de Romanos. Un Rey que veía cómo Italia se anteponía, en la mente de Carlos, a Alemania, a la que se le insinuaba además que debía o tendría que proveer pronto de tropas al Emperador. Esta incomprensible actitud de Carlos hizo que Fernando se ocupase cada vez menos de Alemania, repartiendo su tiempo entre Viena, Buda y Praga. Hasta el punto de que, ante tanto desorden, el regente resume su postura en un ruego: que el Emperador regrese, convoque una Dieta y resuelva la crisis del Imperio por sí mismo.

Éste es el más extraño comportamiento, el más injustificable, el menos comprensible y el más erróneo de Carlos en toda su vida: no responder, por desentendimiento, a las angustiadas peticiones de ayuda de su hermano Fernando. Todos los demás comportamientos son más excusables: primero, por su tendencia a dejarse llevar por los hechos en lugar de anticiparse a ellos; segundo, porque en él se solapaban dos épocas: una, la de las Cruzadas, la caballería, el universalismo cristiano y el Imperio universal; otra, la de la Cristiandad dividida y la de los Estados nacionales. Carlos quiso trazar sobre ese abismo el puente de la dinastía; pero acabamos de ver que era un puente muy débil y no bastó ni muchísimo menos. La hendidura entre dos épocas que tendría que cubrir era demasiado para Carlos, y además nunca tuvo conciencia de esa transición. Más: en cuanto la olfateó se retiró —inútil ya en lo espiritual y en lo físico, y sobrepasado— de la vida pública a la privada en Yuste. Sencillamente porque, a pesar de que él ni siquiera se dio cuenta, la vida pública se había retirado, con bastante anticipación y sin vuelta atrás, de él. Antes de eso, se empapó, sin percibirlo, de los pretextos de ambas épocas, y se plantó, despatarrado, incómodo en las dos, creyendo ser la Espada y el Cruzado y el Imperio y el Monarca universales. Es decir, la cagó. De ahí —y eso explica sin explicárselo él mismo su defección frente a su hermano— que fuese inevitable que sus energías se dispersasen y se malograse su empeño, y que su reinado, en definitiva, pareciera, si se analiza, un despropósito. Al abdicar, procuró aclararlo como supo, aunque no supo demasiado bien.

—Hice lo que pude, y siento que no pudiera hacerlo mejor.

Fue un buen hombre que, desplazado y equivocado, no supo gobernar. En realidad, sólo habría sido un bastante buen marido y un mediano buen padre.

185

No con la intención de malherirlo sino de investigar sus razones, conviene insistir, y así lo creo yo, en que muy raras veces fue el Emperador dueño de los acontecimientos, o los promovió. Se conformó con seguirlos, una vez producidos, y con sacar la mejor tajada de ellos. Aunque en muy pocas ocasiones le fue posible. Y es que hasta su propia historia le vino grande. Y así lega a su sucesor no una asociación de Estados independientes, que formaban su herencia personal, sino un Imperio que, tanto en lo territorial como en su organización, estaba dominado y dirigido por España: por una España insuficiente. Y no lo hace a través de una decisión personal y premeditada sino por el modo en que los hechos fueron acaeciendo, forzados más por las circunstancias que por un plan previsto. El Emperador siempre fue, con su boca abierta y la lengua fuera, detrás de los acontecimientos. Al final de su reinado explicó que todas las expediciones y empresas en las que tomó parte en su vida habían sido realizadas «más por necesidad que por inclinación». No se percibe un proyecto que va realizándose (tampoco sucede en el reinado de su hijo, salvo cuando se equivoca de un modo palmario y sangriento, con la Armada Invencible) sino como una serie de improvisaciones a las que se ve empujado. (Esto mismo le sucede a su hijo, por ejemplo, en el caso de Portugal.) Es lo que se comprueba tanto en su correspondencia diaria como en

186

su autobiografía, por lacónica que sea ésta, y por lo poco de convicciones que dejan traslucir sus cartas.

Yo me he planteado, leyendo sus escritos, un ejemplo. El año 1529, cuando abandona España, es crucial en su vida. ¿Por qué lo hace? ¿Por qué deja sus tierras de Granada o Toledo, su mujer y sus hijos a los que reconoce amar sobre todas las cosas? Pudo haber renunciado a la Coronación imperial: bastaría que el Papa le hubiese enviado un documento reconociéndolo como Emperador —con la antipatía que le caracterizaba le hubiese encantado no verlo— o que se hubiese coronado por poderes. A partir de entonces su movimiento fue incesante, y su esfuerzo, creciente. Y, sin embargo, las causas con las que justifica esa salida de España son distintas según a quién quiere explicárselas. Ante el Consejo de Castilla, expone un motivo religioso: la reforma de la Iglesia y la eliminación de la herejía: algo que, con tan escasa fortuna, dejó de conseguir. En otras cartas habla de la defensa de Italia y de las obligaciones de un buen gobernante; pero se saca la conclusión de que ni él mismo se lo cree. A ello alude en una carta escrita a su hermana María, la más lista de la casa, donde vuelve a mencionar, casi sin pensarlo, la *paz universal entre cristianos*. (Todos estos papeles los tengo yo copiados.) En el documento dirigido a su representante en Roma, añade otra razón: la lucha contra los turcos; pero como una lección que se repite mecánicamente. Cuando les escribe a Gerard de Rya y a Filiberto de Orange, menciona, porque se trata de caballeros del Toisón de Oro, la búsqueda de honor y reputación, objetos que se consiguen en Italia sobre todo. Y, cuando va a hacerse ya a la mar, en el verano de ese 29, publica un manifiesto, a una especie de audiencia internacional de príncipes, en el que se refiere a proseguir sus esfuerzos en *defensa de la fe* y el establecimiento de *la paz cristiana*; pero ya transformados en lugares comunes y en tópicos de su pluma dirigidos a la diplomacia cortesana: los escribe de memoria. Todo es, pues, el recitado de una lección aprendida desde su adolescencia, y expresada como un discípulo relativamente aprovechado, pero poco razonador y de memoria cansina y repetitiva.

Hay otro ejemplo de persona que se deja superar por las circunstancias cuando éstas le son favorables. Un monarca le estuvo dando la vara durante toda su vida, Francisco de Francia. A él, me parece ya haberlo dicho, Carlos en tres ocasiones lo desafió personalmente a duelo, como hubiese hecho un simple caballero medieval. Pero el francés siempre acaba por escapársele y casi siempre le gana la contienda. Se trata de una prueba meridiana y extremada. A finales de 1524, el Rey francés se encuentra listo y con poderes para emprender la acción personalmente después de un vaivén de traiciones, escabullidas, ataques y retiradas. Entonces baja al Sur, atraviesa Lombardía, recupera su viejo sueño de Milán y sitia Pavía. Y allí, en sus arrabales, el día del veinticinco cumpleaños de Carlos lo derrotan, lo cogen preso y organizan la matanza de la nobleza francesa mayor desde Agincourt y Enrique V de Inglaterra. Así se las ponían a Carlos V. Pues bien, él desaprovecha la que pudo haber sido su mayor victoria. (Por otra parte, es curioso que reproche, ya en Yuste, a su hijo Felipe, no haber estado en persona en la victoria de San Quintín, cuando él no estuvo, en persona, ni en Pavía ni en Mühlberg, los dos más cantados triunfos suyos.)

En Madrid, con el Rey Francisco en la Torre de los Lujanes, la Corte se divide en dos grupos: el de Loaysa, que pide la inmediata libertad del francés opinando que, a tal generosidad, responderá la colaboración posterior de Francia (menuda imbecilidad de miope) y, del otro lado, el duque de Alba y Gattinara, que defienden la exigencia al francés de abandonar sus reclamaciones sobre Italia y los Países Bajos, y la cesión de Borgoña, siempre querida, como origen suyo, por los Habsburgo.

Se firma en 1526 el Tratado de Madrid. Recoge ambas propuestas de los grupos, pero no se firma ningún acuerdo para obligar al francés a cumplir tales condiciones de su libertad. Se lo libera con su palabra como única garantía: una cortesía altiva de caballeros medievales, que naturalmente no tiene el menor efecto. Sólo se toma la precaución de quedarse como rehenes con los dos hijos del francés. Éste, astuto y liante, se larga convencido de que, antes o después, recuperará a sus hijos, pero que las tierras han de seguir siendo cosa suya inaplazable. (Bueno, tan disconforme estuvo Gattinara con el acuerdo que se negó a firmar en el documento.)

Por descontado, el triunfo español hace tambalearse la política italiana, que se ve abrumada por los Habsburgo y busca un aliado para su libertad. ¿Cuál? Francisco I. Es decir, lo contrario de lo que se pretendía. En mayo de 1526, se forma la Liga de Cognac, de la que he hablado. La Liga persigue, aunque no se diga, en contra de Carlos, la libertad de Milán y de Italia. Pero Francisco prefiere separarse de ella y seguir sus propias iniciativas, movilidades y traiciones. Después del saco de Roma y la derrota del Papa, Carlos no aprovecha tales ventajas. Tanto, que se vuelve a la Liga de Cognac, el mismo año, en el mes de julio. En agosto, cruza los Alpes el ejército francés contando con el apoyo de Génova. Milán y Lombardía caen en su poder, y Francisco entra hasta Nápoles y sitia la capital. Pero, en uno de los bamboleos tan frecuentes entonces, el almirante Doria se pasa al Emperador, con Génova, y los franceses, sin su apoyo y diezmados por el cólera, se repliegan hacia el Norte. Y, entre pares y nones, la paz (otra paz) entre Carlos y Francisco se firma en Cambrai. Pero se reitera, más o menos, el Tratado de Madrid: no escarmentó Carlos de su empecinamiento y su galantería caballerescos. A favor de la paz, renuncia a Borgoña, la más importante reclamación de su familia, que venía de su bisabuelo Carlos *el Temerario*. Y libera, ya lo he dicho, por un par de millones, a los hijos del Rey francés. Lo mejor, lo único bueno, es que consigue endilgarle como esposa a su hermana Leonor, que era una pesada. Pero la pelea entre los Habsburgo y los Valois seguirá hasta el final de esta segunda dinastía. Gracias a Dios, fuera de Italia. Se había cumplido la profecía que Ariosto hizo en su *Orlando Furioso*:

«Saldrán de Italia arrastrando desesperanza y miseria, poco bien y mucho daño. Las lises de Francia no arraigarán en este suelo.»

A partir de 1529 se cumple su previsión. Pero casi contra la voluntad de Carlos: como un destino que se impone.

Los últimos años de Carlos están bajo el convencimiento depresivo de que pertenecía a una época desaparecida. Muertos Francisco I y Enrique VIII se quedó sin enemigos y sin aliados. Se retiraba, por tanto, en pos de la Edad Media. Quien haya querido encontrar grandeza moral o fervor religioso en sus abdicaciones se equivoca. A mí no me puede extrañar: yo mismo lo hice porque dejé en libertad a mi corazón. Quien crea que Carlos se retira a Yuste pobre, humilde, solo, enfermo y olvidado, porque así él lo quiso, para conquistar el cielo, yerra. Quien cante su grandeza universal, sus deseos de triunfos celestiales y su excelencia espiritual se pasa muchos pueblos. Mostrar a Carlos como modelo de fe y virtud para admiración y ejemplo de príncipes y huérfanos es un exceso en todos los sentidos. Los incensarios funcionan hasta con los peores monarcas. Y Carlos fue un hombre corriente y un monarca malo, que achacó sus errores a sus deseos de paz; que se olvidó de América; que fue perezoso y lleno de defectos personales que lo condujeron a enfermedades e impotencias; que si no tuvo más hijos bastardos y más amores fue por pura pereza... Durante sus últimos veinte años sufrió de gota; a los cincuenta, la enfermedad progresó tanto que le llenó el cuerpo de forúnculos. Las indigestiones como consecuencia de sus atracones de comida eran casi diarias y peligrosas. El asma y las almorranas, tan frecuentes, se añadían a sus sufrimientos. Su prognatismo le dificultaba la respiración... Pero tales congojas se veían aminoradas por otra mayor que todas: su falta de vocación profesional, su sensación de fracaso, una especie de indiferencia, de desmayo mental, que ocupó sus últimos años.

Venía de una bisabuela que, en Arévalo, como una cabra, clamaba de noche, durante años, por don Álvaro de Luna. Venía de una abuela invadida por un afán teológico confundido con otro afán, el de utilizar a Dios como vía de su propia ambición. Venía de una madre loca, declarada como tal y encerrada en el castillo en el que moriría muy poco antes de que él abdicase, el 13 de abril de 1555, después de casi medio siglo de absoluta reclusión. Venía de la alegre irresponsabilidad de su abuelo Maximiliano y de la torpe ceguera ambiciosa y frágil de su padre *el Hermoso*. Los informes que llegaban a su hijo Felipe, de ellos tengo testimonios fehacientes, hablaban de una total falta de interés por los sucesos políticos, un planto constante y ausencia pertinaces, acompañado todo ello por diversiones insólitas. Hay un relato de la época que cuenta cómo el Emperador no desea discutir más asuntos ni firmar más documentos ni escuchar a nadie. Está sólo interesado en su colección de relojes que él pone en hora para que hagan tic tac al unísono. Tal es su única preocupación. Y por eso acabó por llevarse a Yuste sus relojes y a su relojero. Y como no podía dormir por la noche, despertaba a los criados y les hacía desmontar los relojes a la menor impuntualidad y montarlos de nuevo hasta que coincidían. Hacía mucho, nada menos que en 1530, que Carlos había sugerido su abdicación y su reclusión en un monasterio: aún no había muerto la Emperatriz. La buena disposición de su único hijo legítimo le proporcionaba una excusa para hacerlo. Pero la esterilidad de María Tudor, llena de partos inventados como las perras o fingidos, que hizo fracasar sus planes de unión de las coronas española e inglesa, aceleraron, como la Paz de Augsburgo, su decisión. Y en Bruselas, entre octubre de 1555 y enero del 56, se despojó de sus títulos imperiales, reales y principescos. Estaba sencillamente harto de vivir una vida que no le gustaba un pelo.

No quiero dejar al Emperador sin hablar de que, durante sus años de ilusión y malandanza en Alemania, tuvo que reñir una batalla dentro de su propia familia, en parte por su desidia y falta de concreción. La guerra entre él y su hermano Fernando, que no eran como se ha creído uña y carne, fue productora de heridas como cualquiera de las reñidas fuera. Su causa fue la sucesión del imperio. En 1519, Carlos designó a Fernando como sucesor. Lo ratificó en Bruselas en el 22; en el 31 culminó el compromiso con la Coronación de su hermano como Rey de Romanos, paso previo a la Corona imperial y al trono. Fue su regente —acabé de contar los descuidos de ambos, de Carlos sobre todo— en sus ausencias tan continuas. Y, sin embargo, a finales de 1540, la sucesión comienza a intranquilizar a Carlos, al que asedian razones contra el anterior y decidido acuerdo. Primero, porque excluía a su hijo Felipe de toda herencia en Alemania, pasando íntegra a los descendientes de Fernando, alguno de cuyos hijos frecuentaban y se educaban en la Corte española: Maximiliano, Rodolfo, Alberto... Segundo, porque comenzó a valorar y a poner en tela de juicio la idea de partir el Imperio en dos: la parte española y la alemana; entre otras cosas, porque su sucesor en Alemania, presionado por los príncipes, los turcos y los franceses, dependería de armas y tropas españolas. Tercero, su idea de la dinastía como verdadera y única fuerza para la unidad presuponía una casa reinante no dividida. Por mucho que Fernando hablase de las casas de Borgoña y de Austria, Carlos se refería siempre a una sola construcción: la de la casa de Austria. Sin eso, se vendrían abajo los conceptos de Monarquía Universal y Universalismo Cristiano, que eran los dos raíles por los que él, como un burro de noria, había conseguido avanzar sin equivocarse. Aunque, por otra parte, fuesen inventados y anticuadísimos.

En el momento en que, por razones de traición, el Emperador transfirió la dignidad de elector de Sajonia del príncipe Juan Federico al príncipe Mauricio (que lo traicionó luego mucho más aún), Fernando empezó a temer por la seguridad de sus títulos. Se rumoreaba que Carlos, deseando irse ya entonces, planeó anular la elección de 1531 y hacer que los electores votasen a su hijo Felipe como Rey de Romanos. Carlos negó semejante intención; pero sí sacó a colación la cuestión del sucesor de su hermano. Concretamente le advirtió que no diera por hecho que su primogénito Maximiliano le sucedería como Emperador. Tal dignidad podría perfectamente recaer en su hijo Felipe. Incluso era deseable que el Imperio europeo, tras estar dividido por el reinado de Fernando, se reunificase otra vez bajo el cetro de Felipe. Cuando los hermanos se encontraron en Augsburgo, en 1550, se produjo un claro enfrentamiento que, al agriarse, reclamó la intervención de los hijos y de la hermana de ambos, María de Hungría, viuda ya del Rey Luis.

Por fin, y no sin muchas discusiones, se llegó a una solución en marzo del 51. Fernando sucedería en el trono imperial a Carlos, y solicitaría la elección de su hijo Felipe como Rey de Romanos; y Felipe, en tanto fuese coronado Emperador, procuraría la elección de su primo Maximiliano. Por otra parte, Felipe se casaría con la hermana de este último, y se apoyarían mutuamente lo más posible y con toda fidelidad. Así se preservaba la unidad imperial de la dinastía y la promesa de las ayudas del dinero y de las armas españoles. Al mismo tiempo, y con un cierto regateo inesperado en él, Carlos obtuvo de Fernando el consentimiento para que Felipe conservase, a título de vicario imperial, Milán, del que ya había sido nombrado duque, y la Lombardía (lo cual era importante, porque garantizaba la práctica del *Camino de los españoles*, que conducía desde allí, a través de los Alpes, al Franco Condado y a los Países Bajos; más al Norte, se mantenía abierta la ruta por el favor del duque de Lorena, los cantones suizos católicos y la casa católica de Guisa, cuyo poder era supremo en las zonas de Francia que jalonaban el camino). Este acuerdo dependía en su cumplimiento de la sinceridad de propósito y de la recta voluntad de ambas partes. De ahí que los consejeros de Carlos presionaran para obtener, como garantía, la inmediata elección de Felipe como coadjutor del Rey de Romanos. El rechazo de Fernando fue inmediato, y proclamó su verdadero deseo de elegir a su hijo como sucesor. Su hijo, que, entretanto, negociaba con los electores su nombramiento como Rey de Romanos a la muerte de Carlos.

Por fin, en 1552, Felipe, harto de la familia y olvidando el compromiso nupcial con su prima austriaca, que luego se casó con Alberto de Baviera, fraguaba su boda con alguna otra prima portuguesa, puesto que ya se había casado con María Manuela, la princesa más tragona, que murió al dar a luz al príncipe Carlos, medio idiota a su vez. En 1553, a la muerte de Eduardo VI, su atención derivó hacia María Tudor, a la que ya había estado prometido su padre. El matrimonio se contrajo por poderes con el conde de Egmont, que, cumpliendo con el protocolo, compartió el lecho con la novia esa noche en presencia de la Corte: por supuesto, ella vestida, y él, cubierto con armadura hasta los dientes. (Nada de lo cual lo libró de morir, no mucho después, a manos del duque de Alba.) Al año siguiente Felipe renuncia al derecho al trono imperial: los Habsburgo se partían en dos a partir de ahí. Y Carlos volvía los ojos a otro proyecto: una unión geográfica y valiosa entre Inglaterra, Holanda y España, paliando su ambición de territorio con el pretexto habitual de convertir protestantes al catolicismo, propósito que sustituía a la unión dinástica.

Mientras esto sucedía, se estaba produciendo una hispanización del imperio europeo de Carlos. En la paz de Crépy, en 1544, Carlos había pactado con Francisco I el matrimonio del segundo hijo de este heredero, el duque de Orleans, título del segundo francés, ya que el primero llevaba el nombre de Delfín, con su hermana o con su sobrina, para contrarrestar en cierta forma el casamiento de quien se había convertido en heredero francés con Catalina de Médicis, sobrina del Papa. Y prometió dar en dote a la novia los Países Bajos o el Milanesado. Carlos, entontecido una vez más con Francia, se había pasado. Buscó consejo entre sus asesores, y la mayoría se inclinaba por conservar Milán: sin él, Nápoles se vería amenazado, y el acceso a Flandes, truncado. Así opinaba Alba. Granvela y el arzobispo de Toledo se inclinaban por la renuncia a Milán, a cambio del valor económico de los Países Bajos y del arraigo del Emperador, nacido en Gante, en ellos. Misericordiosamente, la muerte del duque de Orleans resolvió la cuestión.

El partido español resurgió en Italia. En 1546 se nombró duque de Milán a Felipe y los oficiales castellanos tuvieron preeminencia en el gobierno. En el 55 se organizó, dentro de la gobernación de España, el Consejo de Italia, que tanto apetecí, y en el Norte de Italia se entrenaban los tercios. Por lo que hace a los Países Bajos, su gobernadora María de Hungría consiguió liberarlos del oprobio de sostener allí un ejército extranjero, aunque su economía se regía por el Consejo de Hacienda castellano. Cuando Felipe recibió el poder, todo el personal fue español. Y el ejército que se enfrentó con el francés en la última batalla entre Habsburgo y Valois, es decir, San Quintín, en el 58, era casi totalmente nuestro.

Creo que nadie ha observado, al final del gobierno de Carlos, cómo la Historia comete a veces burlas crueles. Carlos no asistió a la Dieta que se reunía en Augsburgo, en febrero del 55. Las instrucciones que dio a sus representantes y a su hermano explicaban su ausencia. La primera causa fue que su salud empeoraba y no se encontraba en condiciones físicas ni mentales de presidir la reunión. La segunda, que comprendía que en ella habían de hacerse concesiones serias y definitivas a los luteranos, lo cual había de dividir el Imperio en dos religiones reconocidas. La tregua de la paz de Nassau con los príncipes iba a hacerse firme y duradera; el Status de 1552 sería ya inalterable. No se podía evitar. Pero Carlos no quiso que su nombre se asociase con la situación nueva. Dejaba ese encargo a su hermano: que él realizase, en cuestiones de fe, lo que Carlos no se atrevía a hacer; que llegase hasta el punto, en sus concesiones, que le permitiera su conciencia... Pero, en contra de sus deseos, sin que nadie lo previese, la proclamación final de paz y la división confesional inalterable, Fernando la promulgó por orden del Emperador. Es decir, la paz de Augsburgo fue sellada en nombre de Carlos como último acto de su reinado. De una forma oficial nada había servido para nada. La responsabilidad recayó entera sobre él y formó el amargo pedestal de su última estatua.

Quisiera retornar unos años, no demasiados, en el tiempo, para narrar, apoyado en los documentos que tengo o he visto, los días más brillantes y los días más tristes del Emperador. Porque releo lo escrito, y me parece que he sido con él más duro de lo que me había propuesto. Creo, y siempre lo he creído, que fue un hombre noble, y que tuvo razón al decir, en aquella ocasión que lo contemplé por vez primera y única, con el privilegio que obtuve de mi padre, que había hecho en su vida cuanto pudo. Vuelvo, pues, a los días en que se preparaba la expedición a Argel. ¿Qué era lo que sucedió para que se iniciase?

Desde 1515, dos hermanos de Lesbos, Horna y Haradín, éste conocido como Barbarroja, traían a mal traer al Mediterráneo, ya hechos con flotas y ejércitos. Los llamó el Rey de Argel para que expulsaran a los españoles de un fuerte próximo. Pero engañaron a todos, mataron al Rey, y Horna lo sustituyó, y conquistó después Tremecén. El gobernador español de Orán, unido con su Rey, invadió el reino de Tremecén, y mató a Horna. Barbarroja se atrincheró en Argel hasta que vio la falta de reacción española. Entonces volvió al mar y llegó hasta Constantinopla, poniéndose al servicio de Solimán, que lo nombró gran almirante de su escuadra. Con tal refuerzo, Barbarrroja conquistó Túnez, cuyo Rey era vasallo de España. Recuperar Túnez, para la ingenua mentalidad de Carlos, era una empresa gloriosa contra el infiel: desde allí a

Argel, y luego a la misma Constantinopla. Estaba decidido: una cruzada y un sueño medieval despertado: la idea de la unidad europea.

Entretanto, muerto Clemente VII, fue nombrado Papa Paulo III Farnesio, que acogió la idea con gozo. Junto a Carlos se aliaron los príncipes italianos, que eran vasallos o del Papa o de Carlos, y su cuñado el Rey de Portugal, Juan III, casado con Catalina, su hermana menor. Francisco I, claro, no sólo no se adhiere, sino que denuncia a Barbarroja las intenciones y los planes del Emperador: él tenía un concepto moderno, y por tanto sucio, de la política. Así le dio tiempo a fortificarse y a hacer de La Goleta una isla cortando el istmo que la unía a tierra.

En Barcelona se reúnen los aliados, y se prohíbe embarcar a los jóvenes inexpertos en lides de guerra y a las mujeres expertas en lides de amor: aun así, se hallaron más de cuatro mil embarcadas. La expedición partió con exaltación y alborozo. Era verano de 1535, y el Emperador subió a la galera *Bastarda*, de Andrea Doria, después de visitar Montserrat y escuchar misa en Santa María del Mar. La Armada de África desembarcó parte de las tropas en Puerto Farina, que antes se llamó Útica y fue donde murió Catón, para mi gusto demasiado serio. El grueso del ejército se instaló en las ruinas de Cartago, a legua y media de La Goleta. Durante semanas sólo se dieron escaramuzas, mientras estudiaba el terreno y se desanimaban los mandos, porque les parecía aquella posición inexpugnable.

Fue entonces cuando apareció el panadero de Barbarroja. El valor del marqués de Mondéjar había rechazado un ataque feroz. Carlos descansaba en su tienda. En ella entraron a un mozo, que debía de ser quien amasaba y cocía el pan del turco. Tenía un buen plan para que los atacantes se apoderaran de Argel sin demasiada lucha. Plan que, claro está, consistía en envenenar el pan de su amo. El Emperador, incorporándose, exclamó:

—Qué deshonor para un príncipe valerse de la traición y la ponzoña para vencer al enemigo, aunque sea tan aborrecido como lo es tu dueño. Yo quiero vencerlo y castigarlo, pero sólo con la ayuda de Dios y el favor de mis soldados.

Luego, entre santo guerrero e idealista lírico y caballero del medievo, lo despidió con cajas destempladas. Siempre que rememoro esta anécdota pienso qué hubiera decidido mi señor Felipe II de haberse visto en lugar de su padre. Pero por eso sucedió a éste lo que le sucedió. A mediados de julio, un día abrumador, durante seis horas, la artillería imperial cañoneó la fortaleza. Cuando se desplomó la torre principal, eso marcó el asalto.

—Aquí mis leones de España —gritó Carlos.

Eran los mismos de tantas campañas: en Italia, en Francia, en toda Europa. La resistencia de los defensores de la ciudadela fue desesperada en todos los sentidos: nada pudieron hacer frente a la ciega decisión de los asaltantes. A media tarde todo había concluido. Se hallaron dentro más de cuatrocientas piezas de artillería, casi todas marcadas con las lises de Francia: Francisco no le hacía ascos a medio alguno de ir contra el Emperador. Nunca se supo más del panadero de Barbarroja; de éste, sí: abandonó La Goleta y se hizo fuerte en Túnez. Frente a los treinta mil hombres de Carlos, él tenía cien mil. Y la ventaja de defender una posición bien instalada. Y, sobre todo, la costumbre del calor cegador del desierto africano, que producía más bajas que las balas.

El Emperador quería continuar el asalto a Túnez; y sus generales oponían la extenuación y la sed de sus soldados frente a los de Barbarroja. Se llegó a una solución de compromiso. Túnez se atacaría el día 6 de julio, es decir, seis más tarde. Legua y media caminando bajo el infinito sol demoledor, en pleno verano. Con armaduras para defenderse y también para morir sin respiración. Y cien mil hombres esperándolos. Muchos murieron y muchos no llegaron. A las puertas de Túnez, Barbarroja y su ejército:

—¡A más moros, más ganancias! —arengó Carlos a su ejército.

El primer ataque fue contenido por los cristianos. A duras penas, a pesar de su número inferior y su cansancio, pero fue contenido. Barbarroja hubo de refugiarse tras los muros de la ciudad. Y allí fue Troya. Lo recibieron sus propios cañones, manejados por doce mil cristianos cautivos, que habían conseguido, contra una oposición reducida, escapar y convertirse de repente en aliados de su Emperador.

Barbarroja logró huir, a pesar de la persecución, tardía, de Doria en la *Bastarda*. Carlos quiso continuar la lucha contra Argel; sus generales se cerraron en banda, temerosos del desierto, de las enfermedades y de la fragilidad de sus soldados, nunca ni bien alimentados ni pagados. Era una tontería más que el Emperador soportaba: no tenían por qué ir a pie; para eso estaban los barcos. Quizá el éxito habría coronado el sacrificio; el desconcierto habría acaso otorgado la victoria. Pero el Emperador era considerado con sus tropas y con el parecer de sus jefes. Y no se hizo así. Carlos repuso en el trono de Túnez a Muley Hassan, y con parte de la tropa desembarcó en Sicilia. Acaso es por todo esto por lo que mi simpatía se inclina hacia él. O quizá por lo poquísimo que se le parece su hijo Felipe. En Mesina se le proclamó caudillo de Europa. Era un itinerario que años más tarde seguiría su bastardo don Juan. Fue aclamado, arrodillados los súbditos a su paso como si hubiese vencido para siempre a los turcos. Exactamente como le sucedió a su hijo. Los indescriptibles recibimientos se sucedían. Y, también como a su hijo, en vano. Ni siquiera consiguió de un Papa, que lo abrazaba y lo volvía a abrazar, la convocatoria del Concilio, que, según Carlos, concluiría con la rebelión de Lutero.

Aunque era muy difícil, porque Lutero no era razonable. Solía decir, acaso con razón, que la razón era la ramera del Diablo. Por eso quizá él no usaba la suya, y a Katalina Bora la usaba de ramera.

Pero, al fin y al cabo, en Nápoles, para celebrar la llegada del Emperador, se organizaron corridas de toros. A la hora de agasajar a Carlos, una vez en su sitio, lo español se ponía por delante de todo.

En cualquier caso, el Concilio quedó más o menos citado, en Mantua, para un año después. Europa tenía un caudillo; pero el caudillo, por el momento, no tuvo su ansiado Concilio. Lo que sí tuvo fue la soberbia del vencedor y el deseo de acabar de una vez con el Rey de Francia a través de un buen escarmiento. El marqués de Saluzzo, jefe del ejército francés del Piamonte, se pasó a su bando. Carlos decidió dar un golpe decisivo a su fatigador enemigo. Y Dios estaba naturalmente de su parte. Tenía setenta mil soldados y cien cañones, Antonio de Leiva, el marqués del Vasto, el duque de Alba y un plan: entrar por el Sur, mientras sus hermanos Fernando y María atacaban a la vez por Campaña y por Picardía. Carlos entró, sin resistencia, y llegó hasta las puertas de Marsella; Del Vasto sitió Arlés, y Doria ocupó Tolón; Fernando no sirvió para nada, pero María penetró por Picardía hasta amenazar París. Es preciso aclarar que Niza pertenecía a Génova y era neutral. ¿Cómo fue posible alcanzar dichas circunstancias? Porque Francisco, en un plan desesperado, había convertido en tierra arrasada gran parte del territorio que habrían de atravesar los invasores, mientras se fortificaban hasta la inexpugnabilidad Marsella, Aviñón y Arlés.

De ahí que Mauricio de Nassau, frenado su avance, sin víveres y desgastadas sus tropas, volviera a los Países Bajos. Arlés y Marsella resistieron todos los ataques. Carlos perdió muchos hombres, mucho dinero y mucho prestigio. Entre los primeros, dos amigos íntimos: el espléndido capitán, Antonio de Leiva, y el poeta más grande, Garcilaso de la Vega: le dispararon una piedra desde la torre de Nuy, en las proximidades de Frejus; trasladado a Niza, falleció el 14 de octubre de 1536. Quizá hubiera preferido morir de amor por su amada Isabel Freire. Pero habría sido contra la voluntad de la Emperatriz, decidida a mantener su matrimonio con su dama de honor y amiga Elena de Zúñiga.

En cuanto a Francisco, acusó de faltar al vasallaje que Carlos le debía por los condados de Flandes y de Artois, le ordenó comparecer ante el Parlamento francés y le condenó en rebeldía. Después se apresuró a confiscar las tierras en litigio, en una guerra falsa, costosísima en hombres y dinero, y enteramente estéril. Pero el daño para el Emperador estaba hecho. Menos mal que sus hermanas María y Leonor, la esposa de Francisco, firmaron una segunda y oportuna paz de las Damas, en junio de 1537. Para entonces, desde noviembre del 36, Carlos estaba en España.

Su Corte era aburrida. Se dice que Isabel agregó a ella el movimiento que su abuela imprimió a la suya, un importante entorno cultural y mucha alegría. No era cierto ni en este caso ni en el de su abuela, que era Isabel *la Católica*. No hay más que leer, como yo he hecho estos días, los testimonios de Villalobos, el médico de Isabel, harto de Corte y contradictor de la orden del gasto de la casa de la Emperatriz; o las quejas del obispo Guevara sobre el modo de servirse esas comidas. Era a la portuguesa: la Emperatriz «come lo que come frío y al frío, sola y callada, y la están todos mirando... Hay agregadas a la mesa tres damas puestas de rodillas: una que corta y las dos que sirven... Todas las otras damas están ahí de pie y arrimadas a la pared, no callando sino parlando; no solas sino acompañadas... Autorizado y regocijado es el estilo portugués; aunque a veces ríen tan alto las damas, y hablan tan recio los galanes, que pierde su gravedad y aun se importuna a su Majestad». Tal estilo es sin duda un infierno para la servida.

Y agregar que Carlos era un gran melómano, curioso inquisidor de todo lo relacionado con la ciencia, especialmente la mecánica y la astronomía, salvo si se exceptúan los relojes, es pintar como querer. Aparte de dar cuenta, en lo posible, de sus enemigos, sus aficiones eran comer, beber, justar, cazar y leer con tal de que se tratase de su único libro, *Le chévalier deliberée*, de Olivier de La Marche, que llevó siempre consigo. Ya dije que, para recompensar el afán embellecedor de Tiziano, le nombró conde del Palacio de Letrán y Consejero Áulico y del Consistorio como conde Palatino, y otorgó a sus hijos la categoría de nobles del Imperio. Está claro que veneraba los oficios manuales.

Pero Francisco I no paraba jamás de maquinar. Se alió con Barbarroja para atacar al Imperio, él por el Norte y el otro por el Sur. El primer objetivo fue Italia. El Papa levantó un ejército; el virrey de Nápoles rechazó los ataques; y Andrea Doria los derrotó en el mar. Francisco no movió un solo hombre. Paulo III, cansado, firmó un pacto contra Solimán con Carlos, su hermano Fernando y Venecia. Y se propuso que firmaran la paz Francisco y Carlos. El primero, desacreditado ante los príncipes europeos, aceptó. Y Carlos, con una no sé si admirable ingenuidad, también. La reunión se realizaría en Niza, ciudad neutral. Durante un mes, Leonor llevó y trajo de uno a otro para acercar posiciones. El resultado fue una tregua de diez años que no resolvió los contenciosos existentes. Después, el Emperador acompañó al Papa a Génova, donde tuvo su séptimo gran ataque de gota: la historia de Carlos podría contarse utilizando esos ataques como índice de capítulos. Pero se había acordado una entrevista personal entre el Emperador y el Rey. Tuvo lugar, a su regreso a España, en el puerto de Aigües Mortes. No se veían desde la prisión de Francisco en Madrid. Carlos estaba alegre, porque creía en la bondad política y en la verdad de la mano tendida. Y porque no aprendía nada en absoluto. Francisco fue a verlo a su galera; para corresponderle, Carlos fue a visitarlo a la ciudad. Durmió allí y fue agasajado. Francisco le devolvió la visita a su barco. El Emperador lo ayudó a subir. Se abrazaron. Se besaron. Se reunieron con su hábiles negociadores en Niza: Cobos y Granvela por un lado; el cardenal de Lorena y el Condestable de Montmorency, por otro. Carlos, con un gesto, señaló a Andrea Doria, que se había desnaturado, como el Condestable de Borbón, de Francisco. Éste, murmurando unas ininteligibles palabras, le alargó su mano. El Emperador ardía de gozo. La visita duró dos horas. Francisco pidió al Emperador que lo visitase en tierra para darles una gran alegría a él, a su hermana y a todos los príncipes. ¿Estaría tramando una traición? El tercer duque de Alba, «cotejando el peligro con la honra», le aseguró que no. El Emperador, vestido con jubón y zaragüelles carmesíes, borceguíes blancos, camisa blanca, revueltas las bocamangas a las muñecas, gorra de terciopelo negro con oro batido en las cuchilladas, una saltambarca de carmesí ceñida, y en la cinta una daga bien alhajada, aunque se puso además una turquesa en tierra, desembarcó. Iba cargado de regalos para Margarita, la hija del Rey: unas preciosísimas piedras que valían más de cincuenta mil ducados y unas perlas inestimables. Francisco le regalo a él un anillo con un diamante en forma de ojo: algo de no muy buen gusto. Es decir, una reunión familiar en que se propuso que ambas partes tendrían dos enemigos en común: cómo no, Lutero y los turcos. Fueron dos horas en que Carlos no fue Emperador sino hermano, cuñado y tío, y lo más ingenuo que le fue posible. Ambos países tuvieron noticia de la agradable velada. Y esperaban vivir siglos dorados como prósperos y pacíficos, gobernados por los dos mejores príncipes de la historia. Pero, por desgracia, no fue así. No lo fue de ninguna manera.

Carlos volvió a Toledo, a la Corte de Isabel. Con Francisco de Borja, de la familia que siempre tuvo a su cuidado, con toda severidad, a la Reina loca en Tordesillas. El primer duque de Gandía fue Pedro Luis, hijo del que luego fue Papa Alejandro VI, nacido en España y titulado por Fernando *el Católico* en 1485. A su muerte lo heredó su hermano Juan, el asesinado no se sabe bien por qué ni por quién, aunque casi seguramente por su hermano César, cerca de San Pietro in Vincoli en Roma. Francisco había sido menino de Catalina, la hermana pequeña de Carlos, que vivía con su madre: había recorrido, pues, toda la escala social. Y entonces estaba enamorado, quizá metafísicamente, no quiero calumniarlo, de la Emperatriz... Frente a esa actitud, Carlos podía hablar poco de amor. Se debían demasiadas soldadas a sus tropas de Italia, y ahora tenía que encarar grandes gastos de guerra contra el Turco y la vuelta al redil de los protestantes y pagar algo de las cantidades astronómicas (no en vano se había aficionado a la astronomía) que adeudaba a sus banqueros. Frente a eso, ¿qué significaba el derroche en regalos que acababa de hacer a lo tonto y en vano? Tampoco confiaban en él los banqueros... Los Fugger se habían construido un palacio en Almagro para cobrar a pie de tajo en las minas de Almadén, antes de que se difuminara el beneficio. Y Jacob escribió una carta sobrecogedora al Emperador. Dice entre otras cosas:

«Si me hubiese apartado de la casa de Austria y preferido apoyar a Francia, hubiese logrado grandes propiedades y mucho oro: ambas cosas me fueron ofrecidas. La desventaja que hubiese significado para Vuestra Majestad puede ser fácilmente comprendida a poco que lo reflexione debidamente... En consecuencia, suplico con humildad a Vuestra Majestad que se digne recordar mis leales y humildes servicios, destinados al bienestar de Vuestra Majestad y dé órdenes para que la elevada suma de dinero que se me debe, junto con los intereses de la misma, queden satisfechos sin mayor demora.»

Todo, o casi todo cuanto se adeudaba, tendría que salir, como siempre, de Castilla.

Se convocaron, por tanto, las Cortes en Toledo. El Emperador no hizo sólo su petición, sino que estableció un nuevo impuesto: el de la sisa, que disminuía la medida o el peso de algunos comestibles sin disminuir su precio. El clero aceptó, siempre con moderaciones y limitación de tiempo, como era su costumbre. La nobleza, que no pagaba ningún impuesto, se negó a éste que sí habría de sufrirlo. El arzobispo de Toledo, esta vez llamado Juan Tavera, confesor de la Emperatriz, habló a los nobles de parte de Carlos: tenían que servirle, y la sisa era la mejor manera de hacerlo. El Condestable de Castilla se levantó y dijo:

—Ninguna cosa puede haber más contra el servicio de Dios y de Su Majestad y contra el bien de estos reinos de Castilla, de donde somos naturales, y contra nuestras propias honras, que la sisa.

Y agregó algunas lindezas como éstas: que era un pecado que no se perdonaría sin la restitución, como todos los robos; que se reproduciría el levantamiento comunero, tan malo para todos; que no respetaba los usos y costumbres del reino; que sometía a la nobleza a hacerse pechera, cuando estaba exenta de impuestos... Y aconsejaba al Emperador que hiciese la paz con todo el mundo, incluidos los infieles, a imitación de los Reyes sus predecesores; que moderase sus gastos; y que residiese de una vez en estos reinos.

Carlos se salió tanto de sus casillas que amenazó al Condestable con tirarlo por la ventana.

—Mirarlo ha mejor Su Majestad —le contestó éste— que, si bien soy pequeño, peso mucho.

El Emperador, humillado, dispuso que nunca más fuesen convocados los nobles a las Cortes. Y mientras Cobos y Granvela enviaban en su nombre cartas a las ciudades pidiendo dinero, él se fue a cazar a los Montes del Pardo. Allí, para tranquilizar sus nervios, se alejó de la comitiva persiguiendo un venado. Lo mató, pero no sabía cómo acarrearlo. Pasó al poco un viejo labriego con un burro y Carlos le pidió que le llevase el venado.

—El asno no aguantaría esa carga. Llévelo mejor el cazador, que es joven y recio.

Rió el Emperador, y le preguntó cuál era el mejor Rey y cuál el peor que recordaba en su larga vida.

—El mejor, Fernando *el Católico*. Y el peor, éste de ahora, que se va a Alemania, a Italia o a Flandes, y deja aquí a su mujer y a sus hijos, pero se lleva a la vez todo el dinero de España. Y no se contenta con sus rentas ni con los tesoros de las Indias, sino que deja caer nuevos impuestos sobre los pobres leñadores, que los tienen destruidos.

Cuando llegó la comitiva, que buscaba a Carlos, y se lo llevó, alguien dijo al viejo quién era.

—De haberlo sabido —comento él—, le habría hablado muchísimo más claro, que eso saldría ganando.

La alegría de un nuevo embarazo de la Reina la obligó a largas horas de reposo. A finales de abril, de un parto prematuro, nacía un niño muerto. Una infección arrebató la vida de la Reina. Tenía treinta y seis años, y había estado casada algo menos de trece. Carlos, que no la vio porque estaba en Madrid, se negó a hacerlo. Y se encerró en el monasterio de La Sisla, al lado de Toledo. Francisco de Borja veló el cuerpo sin separarse un minuto de él. Acompañado del príncipe Felipe, fue encargado por el Emperador de transportar el cuerpo hasta Granada, donde yacen los Reyes de Castilla, desde Isabel. La marcha fue lenta por los campos. Al llegar a Granada, Borja, portador de la llave, hubo de abrir con ella el ataúd. Dentro, un amasijo de gusanos. Borja, horrorizado, retrocedió llorando.

—No puedo jurar que esto sea la Emperatriz, pero sí que fue su cuerpo lo que aquí se puso... No serviré a más señor que se me pueda morir.

No tardó en profesar en la reciente Compañía de Jesús, fundada por otro enamoradizo, de la que llegaría a ser Prepósito General. Carlos volvió a sus luchas y al Imperio. No contaba más que treinta y nueve años. No volvió a casarse nunca. Aunque sí tuvo un hijo con una lavandera o servidora de Ratisbona. Se llamó Jeromín, y luego, Juan de Austria.

De su retiro sale Carlos con la decisión de conquistar Constantinopla. Hay una carta escrita por una mujer de treinta y cuatro años, su hermana María, sagaz y precavida como siempre, regente entonces de los Países Bajos, que lo detiene. La carta dice entre otras cosas:

«Vuestra Majestad es el primer soberano de la Cristiandad, pero vuestra obligación es emprender una guerra por ella cuando lo pueda hacer con medios suficientes y con la perspectiva de una victoria... El camino de Levante es largo y lejano, y para él hay que estar doblemente pertrechado; es muy distinto a lo de Túnez, tan cerca de los puertos de Sicilia. El Turco, muy distinto a Barbarroja, puede esquivar el combate dejando tierras devastadas y sin víveres. Los éxitos se alcanzan en años, no en golpes rápidos, y ésos cuestan enormes cantidades. ¿Con cuánto contribuyen los otros: el Papa, Venecia o el Rey de Francia? No debe uno fiarse de esta reciente amistad, aún no puesta a prueba, pues lo que él ansía aún está en nuestras manos... Las fianzas de estos reinos están mal; todos los países, España, Nápoles y Flandes, necesitan tranquilidad y paz durante algunos años. Los Países Bajos, sin el Emperador, están perdidos, especialmente si el duque de Clèves entra mientras tanto en posición de Güeldres. Y no hay nada más cierto que Vuestra Majestad es responsable ante Dios, en primer lugar, de los territorios propios y de sus súbditos.»

La carta hace reflexionar a Carlos, hombre corto y de ímpetus, y le hace volver la cara a lo que pasa en su ciudad de Gante. Absorbida su riqueza por Amberes, se estremece de desórdenes políticos, se niega a pagar contribuciones y admite hasta entregar hombres para ejércitos pero nunca dineros. Llega, en su rebelión, a pedir auxilio a Francisco I. Carlos cayó en la cuenta de que la cosa no estaba para Constantinoplas. Sobre todo, dejando de regente en España a un niño, su hijo, de apenas doce años.

Sale de España hacia Flandes. El camino más corto es Francia; pero ¿quién puede estar tranquilo con Francisco? Su respuesta es entusiasta e inmediata. Carlos se despide de la Reina, su madre, en Tordesillas, y llega a Loches, donde lo recibe Francisco, ya enfermo. Y juntos, uno en litera y otro a caballo, van hacia París. Allí estuvieron una semana de pura fiesta, no sin alguna alarma de conspiraciones. Desfiles, arcos de triunfo, comilonas, bailes, cacerías... Y, entre estas desmesuras, dos propuestas de Francisco: casar a su segundo hijo, el duque de Orleans actual, con una hija del Emperador y dotarlo con el ducado de Milán; y casar a la hija del francés, Margarita, con la que se había negado a casarse Felipe, con el propio Carlos. Sin embargo, el Emperador no estaba para segundas nupcias ni tampoco para entregar Milán. Quizá se satisfacía admirando el retrato póstumo y de memoria que de la Emperatriz había pintado Tiziano.

Por fin, en Valenciennes se encontró con María, que le informó de cuanto pasaba en Flandes.

Acabaron las fiestas y comenzaron de nuevo los problemas. La rebelión de Gante era general: saqueos, persecuciones, ejecuciones... La constitución municipal, rota materialmente en pedazos que se prendían en solapas y sombreros. Carlos entró con un cortejo cuyo desfile duró seis horas, para impresionar a la ciudad. Los miembros del Consejo, poco impresionados sin embargo, se negaron a dar explicaciones. Se atormentó a los cabecillas, se arrasó un barrio entero para construir una fortaleza, el Emperador dio su fallo: Gante perdía sus derechos y sus libertades, su escudo, sus armas, su campana más grande llamada Rolando. La retractación fue una impresionante procesión con representantes de los gremios que portaban dogales al cuello. El nuevo estatuto se hizo público al día siguiente. Sin más apelaciones. Aún en Gante, contestó Carlos a Francisco I respecto a sus propuestas de política matrimonial: nada de Milán; cesión de los Países Bajos; para el Imperio, el ducado de Güeldres y la entrega de Charolais, Saint Paul y Hesdin. Y una nota:

«Todo esto se hace por la paz del mundo. Por ella estoy contento de conceder al Rey más de lo que nunca él pensó pedirme ni yo tampoco pensé darle.»

La contestación de Francisco cerraba cualquier puerta:

«Agradézcole mucho que me quiera tanto que haga por mí más de lo que yo nunca supe desear. No quiera Dios que yo sea tan descomedido que le pudiera quitar sus bienes y lo que de sus padres heredó. Buen provecho le hagan los Estados de Flandes, que son suyos, que yo no quiero ni deseo quitárselos. Y pues no quiere darme Milán, que tan reconocidamente es mía, ni vendérmela cuando más nos sea, no curemos de tratar ya más de paz.»

Se habían ido a paseo Aigües Mortes y París.

El Emperador entró en Alemania. En Worms, un encuentro de teólogos con Granvela dejó las cosas como estaban aunque con mejor temperatura. Para la Dieta de Ratisbona, se habían suspendido los procesos contra los reformados. Carlos se hacía la ilusión de que la unión de los cristianos todos marginaría por fin a Francia, y concentraría todas las fuerzas contra Barbarroja y el Gran Turco. Nombró tres mantenedores por cada parte y apareció un documento base para las discusiones. Parecía haber un espíritu de concordia. Pero todo naufragó por la obcecación de Lutero, ya demasiado engreído. Cuando fue a hacer público el *Libro de Ratisbona*, rechazó toda la redacción conjunta. Carlos comenzó a pensar —ya era hora— que sólo por las armas se reducirían a los príncipes protestantes. El duque de Brunswick y el de Baviera llevaban diciéndoselo muchísimo tiempo y, de repente, Solimán en persona marcha sobre Hungría. Viena está en peligro. Es necesario contar con los hombres y la ayuda de los príncipes protestantes. El punto en que se consigue su consentimiento fue demasiado favorable para ellos: se incluía el permiso de predicar la Reforma en lugares católicos. El Emperador, para contentar a los príncipes, tuvo que firmar documentos secretos invalidando parte de los públicos. Ratisbona concluía con una acidez de fracaso. Carlos fue a entrevistarse con el Papa. Quería su apoyo activo en la lucha que emprendía; la convocatoria del dichoso Concilio en territorio alemán; y ponerlo de su parte ante el posible ataque de Francisco I, encolerizado por el asesinato en Pavía de dos emisarios suyos, que se dirigían a Constantinopla para entrevistarse con el Magnífico... Todo estaba, como siempre, mal. O quizá peor.

El reproche de sus hombres contra Carlos era el largo tiempo que se tomaba para reflexionar sus decisiones. Ay, Felipe: de casta le viene al galgo ser rabilargo... No obstante, en esta ocasión debía haber reflexionado más aún. Pero no para hacer las cosas, sino para no hacerlas. Sus asesores se equivocaban: Carlos iba empujado por los hechos que no lo dejaban resolver. En su abdicación dijo:

—He hecho frecuentes viajes: nueve a Alemania, seis a España, siete a Italia, diez a los Países Bajos, cuatro a Francia, tanto en paz como en guerra, dos a Inglaterra y dos a África. En total, cuarenta.

Ahora tenía tres frentes: los protestantes, Solimán y Francia. Para el segundo no estaba preparado; creyó que sí estaba para dar un golpe en Argel, al que tenía entre ceja y ceja. Pero Paulo III no lo apoyaba ahí. Los Fugger no ampliaban sus créditos, la espada de Francisco I pendía sobre su cabeza, y Flandes y Alemania miraban de reojo. De ahí que el golpe de Argel fuese prematuro para todos menos para él. Para él, que buscaba, dándolo, lo que necesitaba para darlo: afirmar su situación, alianzas más sólidas, un ejército digno contra los otomanos que sirviese asimismo para disuadir a Francisco I... Su estrella, si la tuvo alguna vez, declinaba: enemigos fuertes e invariables, cansancio en todos sus súbditos, falta de ilusión por doquiera, la muerte de Isabel y sus enfermedades que no lo abandonaban...

Y así se lanzó al Mediterráneo. Sabiendo, además, en el momento de arrojarse, que Solimán se había retirado sin dar la batalla temida y renunciando a Viena. Su ejército y su flota eran mediocres. Sus generales, variopintos: uno era Hernán Cortés, del que he sabido que, antes de México, había sido amante del gobernador de Cuba, Diego Velázquez de Cuéllar. Y fue Cortés el que le preguntó quién sería el jefe de las fuerzas. Carlos respondió como un catecismo infantil:

—El Comandante en jefe será Dios. Yo soy sólo su alférez.

Y allá fueron. En cuanto lograron poner pie a tierra, Carlos quiso negociar la rendición con el virrey de Barbarroja, un renegado eunuco. Aun con menos ejército, Hassán Agá le recordó la suerte que muchos valientes capitanes españoles habían corrido allí. Ante esa insolencia, Carlos mandó tomar los cerros, emplazar las baterías y que las tropas todas rodearan la plaza. No era mal plan, dada la superioridad de su ejército. Pero, ay, no se contaba con los elementos. Parece que eso era cosa de familia.

Una tormenta, era el 4 de octubre de 1541, duró toda una tarde y una noche completas. Al amanecer, el eunuco mandó sus tropas frescas y descansadas. Las armas de fuego de Carlos estaban prácticamente inútiles. A lanzazos, los imperiales contuvieron y rechazaron el ataque. Pero otra tormenta, mayor que la anterior, aliada con un furioso levante, arrancó las anclas y destruyó unas contra otras las naves. Enloquecidas, las aguas vomitaban ya hombres, ya cañones, ya víveres. Los marineros morían ahogados o caían en poder de los moros si es que llegaban a alcanzar la costa... Por fin, el 26, en relativa calma, se reagruparon las fuerzas que quedaban. Breves horas después, una nueva borrasca, los hizo reembarcar cómo y los que pudieron.

—*Fiat voluntas Dei* —repetía el Emperador sin cesar.

Hernán Cortés lo animaba a reatacar: quizá habría sido aún todo posible. Pero el Emperador, una vez más llevado por los hechos, mantuvo firme la decisión de retirarse. Se trataba de su sabor a fracaso habitual, de su descorazonamiento cuando se ponían mal las cosas. Se llevó lo poco que quedaba. Y aun escribió a Granvela:

«Hay que dar las gracias a Dios por todo, y esperar de su bondad divina que, después de este desastre, nos otorgue mayor felicidad.»

Una monjita, vamos.

Aquí viene un intermedio español. Novena vez que navegó por el Mediterráneo, sexta que entró en la Península. En Ocaña se reunió con el príncipe y las infantas. A comienzos de 1542 se dirigió a Valladolid para convocar Cortes, y mandó a Alba a Navarra, cuyo mayor problema estribaba en que el Emperador no dirigía allí ningún aspecto de la administración, ni económica ni política ni militar: como otras provincias no castellanas de España, Navarra era un reino autónomo, que formaba parte de la estructura española, pero conservaba una estructura interna y unas leyes propias. El Emperador, mientras, sufre su noveno ataque de gota: por vez primera en casi todos sus miembros. Y después concierta dos matrimonios: el de su hijo con la infanta María Manuela de Portugal, la gorda, y el del príncipe Juan de Portugal con la infanta doña Juana, segunda hija de Carlos.

Cuando concluyen las Cortes de Valladolid convoca las de Aragón, en Monzón, para volver lo antes posible a Alemania. Los hechos confirmarían que nada era lo mismo que antes de Argel: el desastre había sido bien aprovechado por sus enemigos, que ahora eran todos. La prueba es que, con el ataque de gota que lo tunde y lo acalambra, escribe a su hermana María que no hay nada que lo asemeje a un «héroe arrogante»: nada absolutamente. Se ha despedido de su madre. Necesito aclarar que el hecho de que la visitase al volver a España y antes de salir de ella, no quiere decir que no autorizase a golpearla y azotarla hasta la sumisión por el noble que estuviese a su cargo: Gandía, por ejemplo. La de la Reina no fue una vida fácil: eso se ve a la legua. El Emperador embarca en Palamós para Génova, no sin dejar al regente, por segunda vez Felipe, unas instrucciones muy sabrosas. De ellas extraigo lo que considero más útil. El Emperador sabía mejor aconsejar que decidir:

«...Os escribo esta carta, hijo mío, en la confianza de que Dios me dictará la pauta. Sed devoto y continuad con el temor de Dios y amadle sobre todas las cosas... Quiero que seáis amigo de la justicia. Ordenad a sus servidores que no se dejen llevar de la simpatía ni de la pasión y aun mucho menos de las dádivas... Siguiendo el ejemplo de Nuestro Señor, habéis de aparejar la justicia a la caridad. Vuestra actitud personal ha de ser tranquila y comedida. No hagáis nunca nada bajo el impulso de la ira. Sed afable y amable en el trato, escuchad los buenos consejos, pero guardaos de los aduladores como del fuego... Os dejo todos los colegios que comprenden los Consejos reales, provistos de instrucciones especiales, que os envío por manos de Cobos... Como jefe militar, confiad en el duque de Alba. Por lo demás, emplazaos con el Consejo de Estado, el Consejo de Indias, el de Hacienda y el de las Órdenes, así como la Inquisición, según mis instrucciones. Y como los asuntos de Hacienda son para el Estado los más importantes y trascendentales, debéis dedicarles el máximo interés... No os mezcléis nunca en asuntos privados y no hagáis jamás promesas verbales ni escritas... Tratad al Consejo de Aragón como yo he ordenado, pero aún con más prudencia, porque las pasiones de los aragoneses son todavía más indómitas que las de los demás (yo supe aprovechar este consejo)... Y ahora, hijo mío, unas palabras acerca de vuestra conducta personal... Por vuestro prematuro matrimonio y vuestro nombramiento a la regencia, os habéis adelantado mucho al tiempo de vuestra madurez. No supongáis que el estudio es una prolongación de la niñez. Al contrario, os hará aumentar en honor y en aprecio. La prematura virilidad no estriba en que uno se lo imagine, sino en que se posea criterio y conocimientos para ejecutar hechos de hombre... El estudio y buenas compañías... El valor de los idiomas... Hasta ahora vuestra compañía la constituían muchos; ahora seréis para ellos el soberano y tendréis que acompañaros de hombres sesudos... Sería muy conveniente que los graciosos os fueran menos simpáticos.

»Hijo mío, pronto os casaréis si Dios quiere. Que Dios tenga a bien concederos la gracia de que viváis según este estado y que os dé hijos. Estoy seguro de que me habéis dicho la verdad al confiarme vuestra vida pasada, y que seguiréis así hasta vuestro matrimonio. [No le había dicho, de ninguna manera, la verdad, porque había sido y era amante de Isabel Ossorio.] Mas debo aconsejaros para el tiempo después, ya que aún sois joven de edad y delicado, y yo no tengo otro hijo varón ni quiero tenerlo; por lo tanto, mucho depende de que os cuidéis y no os entreguéis enseguida y sin medida. No sólo lesionaríais vuestra salud, sino que os produciría tal debilidad que perjudicaría a la descendencia y os costaría la vida, como sucedió con vuestro tío el príncipe don Juan, por cuya muerte llegué a poseer estos reinos. [Se refiere a su tío abuelo, al que debilitó el abuso del lecho. Poco tiempo después el Emperador tuvo que pedirle a su hijo lo contrario de lo que le pedía ahora: no le interesaba nada la gorda portuguesa. Y los padres de ella insistían en lo mismo que el Emperador.] Pensad en el gran mal que se originaría si debieran heredaros vuestras hermanas y sus maridos. Así que os ruego y suplico que, poco después de haber tenido lugar el matrimonio, os separéis de vuestra esposa bajo cualquier pretexto y no regreséis tan pronto, y entonces sea siempre por poco tiempo. En este punto ha de ser don Juan de Zúñiga vuestro consejero... Y he encargado a los cortesanos de vuestra esposa, el duque y la duquesa de Gandía, que velen estas instrucciones... Y si, como me habéis confiado, aún no habéis tenido contacto con mujer alguna antes de la vuestra, no hagáis tampoco de casado alguna necedad, pues ante Dios sería pecaminoso, y ante vuestra esposa y el mundo, indigno... Tened en todos los casos a don Juan de Zúñiga como vuestro reloj y despertador [qué obsesión la del Emperador por estos artilugios].»

En estas *Instrucciones de Palamós* se incluía un segundo documento, del que exigía a su hijo absoluto secreto, incluyendo a su futura esposa. Es una valiente y paternal y valiosa serie de consejos:

«Me preocupa y alarma mucho dejaros mis reinos en tal estado de penuria e internamente debilitados... El viaje que ahora emprendo es en el que más peligra mi honor y mi prestigio, así como mi vida y mis medios... Lo hago por mi honor y buen nombre, y nadie sabe lo que de ello puede resultar. El tiempo ha avanzado mucho. Y el dinero es escaso y el enemigo al acecho. De ello se derivan peligros para la vida y naturalmente para los recursos con que cuento... En cuanto a la vida, Dios lo dispondrá: cábeme el consuelo de haberla perdido por aquello que de veras creí deber hacer. En cuanto a las finanzas, aún tendréis que pasar apuros, pues veréis que las disposiciones son escasas y lo muy gravadas que están... No quiero volver sobre el asunto de la sisa porque he prometido no removerlo más. Pero indudablemente no habría mejor medio, para vos como para mí, con que sacarnos de nuestros apuros.

»Tengo que repetiros aquí lo que os dije sobre las personas y los antagonismos en mi Corte y en mi gobierno... El cardenal de Toledo es intachable... Pero tened cuidado de no entregaros incondicionalmente en sus manos: que nadie pueda decir que el gobernado sois vos. El duque de Alba se unirá al partido que le aporte beneficios... Es ambicioso, aunque se presenta muy modesto. Creo que no fuera de bando sino del que le conviniera. En el gobierno del reino, donde no es bien que entren Grandes, no lo quise admitir, de lo que no quedó poco agraviado. Él pretende grandes cosas y crecer todo lo que pudiere, aunque entró santiguándose muy humilde y recogido. Mirad, hijo, qué haréis si cabe vos que sois más mozo. De ponerle a él ni a otro más grande muy adentro en la gobernación os habéis de guardar. En lo demás yo lo empleo en lo de Estado y lo de la guerra; servíos de él y honradle y favorecedle pues es el mejor que ahora tenemos en estos reinos.

»Cobos se ha hecho viejo y comodón, pero es fiel. El peligro que con él se corre es la ambición de su mujer... Juan de Zúñiga es de carácter áspero, pero completamente adicto y sólo desea vuestro bien... Tiene celos de Cobos y del duque de Alba; es más bien del partido del cardenal de Toledo y del conde de Osorno. Zúñiga y Cobos proceden de muy distintas clases, y también Zúñiga desearía para sus muchos hijos más ingresos. Cada uno a su manera serán los que mejor os sirvan. Al obispo de Cartagena [el que fue su ayo, Martínez Silíceo] ya lo conocéis: es hombre excelente, quizá no fue el más apropiado para vuestra enseñanza porque era demasiado condescendiente. Ahora es vuestro capellán y con él os confesáis. Espero que en cuestiones de conciencia no sea tan blando con vos como en el estudio... Para asuntos de la gran política internacional no tendréis mejor consejero que Granvela.

»Aún tendría mucho que deciros, hijo mío. Pero lo que tuviera que decir de importancia está tan oscurecido y lleno de dudas que no podría aconsejaros, pues yo mismo estoy indeciso y aún no lo veo claro. Como que uno de los motivos principales de mi viaje es tener certeza de lo que debo hacer. Conservaos en la voluntad de Dios y dejad correr lo demás, lo mismo que yo procuro cumplir mi deber y ponerme en las manos de Aquel que os conceda vuestra bienaventuranza, después de que en su servicio hayáis cumplido vuestros días. Yo, el Rey.»

¿A qué volvía el Emperador a Europa? Buscaba, antes que todo, el apoyo del Papa para ir contra el duque de Clèves que le reclamaba Güeldres, y contra cualquier añagaza de

Francisco I. Pero Paulo III era un Papa renacentista, avaro y deseoso de gloria como buen Farnesio. (La hija natural de Carlos, Margarita, estaba casada, en segundas nupcias, con su nieto Octavio, padre del mejor general de su época, Alejandro. Lo he dictado una vez y lo vuelvo a dictar: ay, si en Juan de Austria y en este Farnesio no hubiera habido sangre ilegítima...) El Papa quería engrandecer a su familia. Y, deseaba, sobre todo, el ducado de Milán. Y, como buen táctico, dio largas a la entrevista con el Emperador, engreído porque lo solicitaban a la vez él y su enemigo francés, con el pretexto de que Carlos había firmado un pacto secreto con su tío, el excomulgado Enrique VIII. Cuando ya la paciencia de Carlos se agotaba, lo citó el Papa en Busetto, con el propósito de comprar el Milanesado con la sangre de Cristo. Carlos pedía por Milán dos millones de ducados, cantidad excesiva para el Papa, ya que el Emperador quería conservar los castillos de Milán y Cremona, y el Papa no quería lo uno sin lo otro. Pero el aprieto era tan grande que Carlos claudicó. Pero quizá, como él creía, Dios se cuidaba de él. Recibe, de pronto, la carta de Diego de Mendoza, embajador en Venecia. En ella le hace reflexionar una vez más. Le escribe:

«¿Qué príncipe ni hombre os ha ofendido más que ese Papa? Hasta los ciegos han visto que todo el daño que os procuró el francés fue por su persuasión y traza, y todo el mal que esperáis del Turco nace y nacerá de esta causa... ¿Qué obra buena jamás os hizo que no fuese por su necesidad e interés? Si el Rey de Francia tiene tres flores de lis en sus armas, éste trae seis en las suyas y seis mil en su ánimo. Con la gran opinión que nuestros enemigos han mantenido de vos, los habéis vencido y sujetado... Tened grande cuidado de conservaros en aquella buena opinión, porque a mi ver ninguna otra cosa os sustenta... Milán sigue siendo la puerta de entrada de Italia. Si llegara a caer en manos de franceses, os abandonarían todos vuestros amigos de esta nación.»

Milán no fue vendida. Y Mendoza fue nombrado representante imperial ante el Concilio de Trento, y defensor de la política del Imperio ante la Santa Sede.

De Italia fue Carlos a Alemania para resolver el problema planteado por el duque de Clèves. Iba bien pertrechado y triunfó sobre el duque como quien pasea su grandeza. Y le arrebató Güeldres, pero fue generoso: le aseguró sus derechos sobre su propio ducado y le dio en matrimonio a Margarita de Austria, hija de su hermano Fernando. A cambio, le quitó un aliado a Francisco de Francia, y ganó un territorio limítrofe con ella. El francés estaba peor que nunca, si es que eso era posible. Había ocupado Luxemburgo y se jactaba de su alianza con Solimán, mientras Barbarroja saqueaba Reggio, amenazaba Roma, atacaba ciudades costeras italianas, cañoneaba Niza, y todo esto de la mano con la escuadra francesa del duque de Enghien. Carlos decidió que era el momento de acabar con Francia. (¿Cuántas veces lo había decidido?) Con la ayuda secreta de Enrique VII sitió a Landrey. Se disponía a asaltarla cuando supo que el Rey venía en socorro de la ciudad dispuesto a darle batalla y a acabar con él «persiguiéndolo hasta el fin del mundo»... Fue cuando Carlos le retó personalmente, por tercera vez, con su mejor armadura: medievo puro. El francés dio la callada por respuesta: la modernidad. Toda Europa contuvo el aliento. Inútilmente. Los franceses extendieron una humareda y detrás de ella desaparecieron. Quedó claro que Mendoza tenía razón: ni Solimán ni Francisco se atrevían contra Carlos. Los más grandes triunfos del Emperador fueron siempre los que seguían a una batalla que no se daba.

Acto seguido compareció en la Dieta de Spira, a la que asistían los principales príncipes electores y los prelados. También Fernando de Austria, y, como delegado papal, Alejandro Farnesio (no el joven, sino su tío). A éste se le escapó, o no, que para esa verdadera paz entre Francia y el Imperio, Carlos debía entregar al Rey francés Milán o, por lo menos, Saboya. Carlos recordó Busetto, y exclamó con una violencia no muy suya:

—Monseñor, vos habéis recibido de nos el arzobispado de Monreal; vuestro padre, Navarra; vuestro hermano Octavio, nuestra hija, con una renta de veinte mil ducados. A Su Santidad, vuestro abuelo, he sacrificado dos amigos: Urbino y Colonna, y ahora tengo que presenciar cómo el representante de Cristo se une al Rey de Francia, mejor dicho, al Turco.

Y siguió el discurso amenazando incluso con emprender él mismo la reforma eclesiástica si el Papa no la emprendía ni comenzaba el dichoso Concilio general para acabar con las diferencias dogmáticas y unir a todos frente al Turco. Y alardeó de que, por estar pendientes de la indignidad del Rey de Francia, no podía liberar Hungría ni acabar para siempre con Barbarroja y Solimán. Cuando los representantes del Valois quisieron justificarlo, nadie los escuchó. Mientras tanto, Del Vasto, Enghien y Ferrante de Gonzaga se coronaban de victorias en Niza y Carignano, en el Norte de Italia y en Luxemburgo respectivamente.

En Metz se detuvo Carlos, recibido entre clamores, para preparar la batalla decisiva contra Francisco: una más. Y añadió un codicilo a su testamento, buena prueba de la importancia que daba a ese momento. Enrique VIII avanzaba, situándose entre Normandía y Picardía, el Emperador tenía a París como destino final. Ante su empuje caían las plazas fortificadas. Mientras Enrique sitiaba Montreuil, el Emperador sitiaba Saint Dizier, bien defendida y abastecida. El señor de Lolande murió defendiéndola, ante el ataque de Orange. Por fin se rindió, y el Emperador vio libre su camino hacia París, donde comenzó a reinar el pánico, a falta de otro rey. El Delfín mandaba un buen ejército, pero el Rey estaba postrado y enfermo. Nadie en Europa dudaba de que Carlos entraría vencedor en la capital del que durante casi treinta años no había cesado de incordiarlo y de agraviarlo... Y de repente, como siempre, el Emperador se sentó a negociar con un tal fray Gabriel de Guzmán, dominico español: uno de tantos enviados para implorar la paz, un cualquiera al que nadie con dos dedos de frente habría escuchado. Y el mismo día que Enrique VIII tomaba Boulogne, Carlos firmaba la paz de Crépy, una paz imbécil en la que Francisco asintió a cuanto se le pedía, como era lógico. Tan extraño fue todo, que la mayoría de los soldados españoles se afiliaron al ejército del Rey inglés para seguir combatiendo. Ni la proximidad del invierno ni la falta de salud ni la dificultad de mantener el ejército explican nada. Estaba a una veintena de leguas de París. La extraña cobardía piadosa, tan suya, se le cayó encima. No quiso entrar ni coronarse ni acabar de una vez con los Valois ni imponerse al Papado. No quiso hacer nada de lo que se pasó la vida diciendo que quería hacer. Una cabeza que nunca acabó de funcionar como era debido.

A finales de 1544, su hermana Leonor, con su hijo el duque de Orleans, visitó a Carlos en Bruselas: un gesto de buena voluntad de su marido Francisco I. Todo el ambiente era pacífico y conveleciente. Asuntos estúpidos protagonizaban todas las noches, como la discusión de dos damas para ver quién entraba antes en la iglesia. El Consejo Supremo se abstuvo de decidir. Lo hizo el propio Emperador:

—Que la más loca entre la primera.

¿Qué es lo que quiso decir si es que quiso decir algo? ¿Que la Iglesia iba por delante del poder civil, o que el más discreto se reservó el puesto último? ¿O quería justificar lo injustificable que acababa de hacer? No; no quiso decir más que lo que dijo. Y como eso hay que tomar todas las excentricidades y las sandeces que cometió el pobre Carlos V. Naturalmente, una vez más, atormentado por la gota. A la cama le llegó la convocatoria, en Trento, del Concilio ecuménico por fin: el 15 de marzo del 45. Pero él tenía mucho que hacer en la cuestión religiosa alemana. Y convocó otra Dieta en Worms, porque parecía darle suerte esa ciudad. Allí comunicó al Farnesio representante y nieto del Papa su deseo de terminar incluso por las armas. El Vaticano, de acuerdo, ofreció jinetes, infantes y dinero. ¿No se daba cuenta nadie de que una guerra religiosa estaba erizada de peligros definitivos, y además arrebataba su razón de ser al Concilio, que podría evitarse, recayendo la autoridad absoluta en el Sumo Pontífice, sin la merma que entonces el Emperador significaba? ¿Era torpeza o indiferencia o ignorancia lo que representaba esa actitud? Porque Carlos estaba decidido: Francia callada por fin, Italia en paz, el Papado de acuerdo, Enrique VIII más o menos aliado y los turcos, tranquilos. El momento ideal para darle la guerra a los protestantes. Mientras, en Trento, unos cuantos delegados esperaban que empezase de una vez el Concilio, Carlos se esforzaba desmayadamente en Worms por encontrar una fórmula de entendimiento... No se encontró nada. Ni en una nueva reunión, el 30 de noviembre, en Ratisbona como siempre. Lo cual significó un nuevo reconocimiento del protestantismo, que la Curia aceptó en silencio. Siempre se ha dicho que la Historia se repite; pero no tantas veces.

En ese mismo año nació en España el desgraciado primogénito de Felipe II, el príncipe Carlos. Murió su madre, la insaciable y tragona adolescente María Manuela. Murió el duque de Orleans que debía casarse no me acuerdo ya con quién ni me importa. Su tío Carlos recibió Milán según la paz de Crépy. Margarita, la hija natural del Emperador, luego llamada de Parma, dio a luz gemelos del nieto del Papa, Octavio. Uno de los cuales sería el famoso general Alejandro. Y en Ratisbona, de una cochambrosa de palacio, Bárbara Blomberg, nació un niño, engendrado por Carlos y su gota, que acabaría luego por ser el galán que a Europa enamoró, llamado don Juan de Austria.

Lo de Trento continuó como había comenzado: solicitado diez años antes, aplazado tres veces, nueve meses después de la fecha señalada... O sea, a trancas y barrancas. Y, por si fuera poco, los protestantes no comparecieron y negaron legitimidad al consistorio. Murió Lutero. Se estancó el Concilio... ¿Hubiera servido para algo que no se estancara? Probablemente no. Aunque representaba la única autoridad competente, ¿quién estaba dispuesto a aceptarla? Carlos escribió una carta a su hermana María muy significativa:

«Mis esfuerzos de Ratisbona han fracasado... Sólo nos queda la fuerza, con los príncipes electores y soberanos, para obligarlos a aceptar condiciones razonables... Después de reflexionarlo mucho, me decido a emprender la guerra contra Hesse y Sajonia, como violadores de la paz de la nación, yendo contra el duque de Brunswick y sus territorios. Y aunque este pretexto no engañará por mucho tiempo, se sabrá que se trata de la religión.»

Pocos textos contienen tanta confusión entre lo personal y lo colectivo, la opinión y la acción, la política y el hecho religioso.

El 4 de julio de 1546 fue decisivo. Mientras se casa a Ana de Austria, la hija de Fernando, con el príncipe Alberto de Baviera, el Papa reiteraba a su nieto Octavio como jefe de sus tropas de ayuda al Emperador, y los príncipes de la Liga de Smalcalda se reunían en Ichtershausen para formar un ejército común. Era la guerra. Todos ellos estaban decididos, poco más o menos, más bien menos, a morir por Cristo. Y, por muchas simpatías que la Reforma tuviese, nadie quería enfrentarse al invencible, aunque raro, Carlos V. Él mismo confiaba más en el miedo que inspiraba a sus enemigos que en sus decaídas fuerzas.

Sitiaron los príncipes el campamento del Emperador en Ingolstadt y le lanzaron una lluvia de fuego. Carlos dejó orden de aguantar sin responder. Desconcertados por el absoluto silencio, los sitiadores levantaron el sitio. Los lansquenetes confiaban en Carlos; todos los demás desconfiaban. A pesar de eso, o por eso, pasó por fin a la ofensiva. Fueron cayendo en sus manos las principales ciudades de la cuenca del Danubio. Mauricio de Sajonia, el futuro traidor, príncipe protestante que luchaba por sus intereses del lado de Carlos, ocupa Sajonia, tierra de su primo Juan Federico, uno de los jefes de la Liga de Smalcalda. Suabia entera estaba en manos de los imperiales. Cuando Carlos tenía en su haber el triunfo definitivo, asustados de su poder, los aliados del Emperador lo abandonaron. El Papa ordenó retirar a su nieto Alejandro

Farnesio; cerró su bolsa y mandó regresar a Italia a sus tropas y trasladar el Concilio de Trento a Bolonia. Los hombres del conde Büren también abandonaron Alemania.

En Inglaterra murió Enrique VIII en enero. Francisco I, no menos alarmado por el poder de Carlos, ofreció a Juan Federico de Sajonia y al landgrave de Hesse la ayuda que antes les negara, y provocó a los turcos para que invadieran Hungría, según su costumbre. En esta ocasión no le sirvió de nada: murió el 30 de marzo. Las muertes de Enrique y de Francisco dieron a Carlos la impresión de que él moría también en cierto modo. Aplazado por seis meses el Concilio, de todas formas, Carlos, con las tropas de Fernando, Rey de Romanos, su hermano, y de Mauricio de Sajonia, marchó contra el elector Juan Federico, que tenía bajo su mando lo que quedaba de la Liga de Smalcalda. A orillas del Elba, considerado como barrera segura, se refugió el príncipe en la fortificada ciudad de Mühlberg. En abril llegaron los del Emperador que dio la orden de ataque. Abrumado por una nueva crisis de gota, iba conducido en una litera. Lo cierto es que a los soldados los arengó el duque de Alba a su manera:

—¿Qué importan los que caigamos? ¿Qué importan las vidas, los huérfanos, el albur de sobrevivir o no? No importa ni siquiera ganar; pero hay que hacerlo para que no ganen los otros.

Siempre fue un soberbio, que se apuntaba los éxitos y se sacudía las equivocaciones: nunca lo pude ver. Él fue quien hizo correr la voz de que, en Mühlberg, como Josué ante Jericó, hizo parar el sol para tener tiempo de vencer. Y aun a Enrique II de Francia, que le preguntó más tarde cómo pudieron cruzar el Elba las tropas imperiales en tan poco tiempo, en lugar de hablarle de quién le señaló el vado, respondió:

—Aquella tarde yo andaba demasiado ocupado con lo que estaba ocurriendo aquí en la tierra como para prestar atención a las evoluciones de los cuerpos celestes.

El caso es que los españoles entraron en el Elba con el

agua a la cintura y la espada en la boca; los jinetes ofrecían un blanco demasiado peligroso. La situación era insostenible hasta que un anciano indicó al duque de Alba un vado fácil de cruzar, como si hubiese sido un emisario de Santiago Apóstol. Por allí se lanzó el ejército en tromba dejando a su general impedido, y no a la cabeza de ellos como se asegura. Y encontraron un ejército deshecho y disperso. En realidad no se trató de una batalla verdadera. El príncipe elector se refugió en un bosque cercano, donde fue descubierto y hecho prisionero. La batalla había concluido. Al elector se le condujo ante el Emperador.

—Benignísimo señor Emperador... —comenzó a decir.

—Más vale que vos nos hubierais considerado como tal hace tiempo —le cortó el Emperador.

La Liga de Smalcalda se había derrumbado. Mühlberg fue una victoria definitiva, pero no una batalla. Con razón Carlos la resumió diciendo un frase célebre, de las que siempre se ponían en su boca, las dijera él o no:

—Vine, vi y Dios venció.

La entrada en Wittenberg, la capital de Sajonia, fue difícil por la resistencia que opuso la condesa de Cléves, que tenía no mala memoria. La amenaza de matar a Juan Federico apagó sus humos. El landgrave de Hesse se entregó a su vez. En la capilla del elector estaba enterrado Lutero. Los soldados quisieron profanar su tumba y esparcir sus cenizas. Cerró Carlos tal propósito con otra inventada frase célebre:

—Ya ha encontrado su juez. Yo hago la guerra a los vivos, no a los muertos.

El testimonio más famoso de esta batalla lo dio Tiziano montando a un caballo brioso al Emperador, que estuvo sólo postrado en su camilla. A pesar de todo, se encontraba de nuevo en el pináculo de la gloria. El Turco no era más que una vaga amenaza; Dragut, que pretendía heredar a Barbarroja, no podía contender con Andrea Doria en la mar; Enrique II, el hijo de Francisco I, no osaba enfrentarse al Emperador.

Sólo quedaba, al menos de palabra, Paulo III. El traslado del Concilio y las renovadas peticiones para su familia lo oponían a Carlos. Y hubo un suceso que acabó de enfrentarlos. La muerte de Pedro Luis Farnesio, asesinado en unas circunstancias misteriosas. ¿Dio la orden el Emperador, contra quien el hijo del Papa conjuraba? Es algo que parece improbable. ¿O fue cosa de Andrea Doria o del gobernador de Milán, fieles ambos a su jefe? El caso es que el corazón de Paulo III se llenó de odio y deseos de venganza. Y se alió con Francia y con Venecia. Tampoco Carlos acertó dejándose llevar por el orgullo del vencedor resentido, y quiso legislar sobre asuntos de la religión. Convocó la Dieta de Augsburgo, único tipo de dietas que el Emperador se permitía, no las alimenticia. En ella consiguió que los representantes de las ciudades se sometieran a los dictámenes del Concilio. Pero, cuando pidió a Paulo que éste retornase a Trento, el Papa se negó. Carlos, enfurecido, asumió el papel de Vicario, y convocó una junta de teólogos, católicos y protestantes, para redactar un reglamento de doctrina. Su consecuencia fue el llamado Interim de Augsburgo. Reflejaba casi íntegra la doctrina católica, excepto en dos puntos: la comunión bajo las dos especies y el matrimonio permitido a los clérigos. En Roma se habló de Emperador cismático, y el Interim no satisfizo ni a amigos ni a enemigos, y tuvo, en consecuencia, corta vida. El 10 de noviembre murió el anciano Papa, gracias a Dios. Lo sustituyó Juan María del Monte, con el nombre de Julio III, que terminó siendo amigo del Emperador.

El Emperador volvió a enfermar. Tenía sólo cuarenta y siete años, pero estaba gastado y desilusionado: a cualquiera le hubiera sucedido lo mismo. Y no lograba firmar un armisticio con la gota. Pensó en su sucesión como siempre que atravesaba un trance semejante, y escribió un testamento político, el 18 de enero 1548, para su hijo y heredero. Después de decidir la boda de su hija mayor María con el hijo mayor de su hermano Fernando, futuro Emperador; después de recomendar a su hijo que procurase siempre el consejo de su tío, dice en este documento principalmente que no puede darle una norma general, «a no ser la confianza en la ayuda del Todopoderoso, que ganaréis defendiendo sus santas creencias». Insiste en el Concilio como medio único de volver a los descarriados de Alemania al seno de la Iglesia, y en que continúe con la consideración debida a la sede apostólica.

«Obrad con prudencia en cuanto a los abusos de la Curia a costa de vuestros Estados, y elegid para la Iglesia y prebendas a hombres dignos y educados... Que residan junto a su sede y cumplan sus deberes... Las dificultades con los Papas serán constantes en Nápoles, Sicilia, y a causa de la pragmática de Castilla: velad por ello y estad en buena inteligencia con los venecianos... Francia no cumplió jamás sus tratados; no dejéis que se os escape lo más mínimo de vuestros derechos... Defended Milán con buena artillería, Nápoles con la superioridad de vuestra flota, y recordad que los franceses fácilmente se descorazonan cuando no logran su deseo en la primera embestida...»

Y, por fin, se refiere, un tanto de pasada, a las Indias. Le recomienda a Felipe que se interese por el mejoramiento de la flota, tanto para defenderse de los piratas del Mediterráneo como para alejar a los franceses de las Nuevas Indias (no habla de los ingleses), mientras que la amistad con Portugal justamente por eso habría de fomentarla.

«No dejéis de informaros sobre estas lejanas tierras para gloria de Dios, para el mantenimiento de la justicia y para combatir los abusos que allí se han introducido. —Y por fin le advierte—: No podéis estar en todas partes. Procuraos buenos virreyes y vigiladlos de forma que no rebasen vuestras instrucciones... Pero lo mejor es unir los reinos por los propios hijos. Por eso debierais tener mayor descendencia, y contraer nuevo matrimonio.» Y, a pesar de todo, le recomienda por esposa a la hija del Rey de Francia como ayuda para la paz y de los tratados y también como reposición de Saboya por vía pacífica.

Además de este testamento, llamaba a Felipe para que visitase con él los Reinos que habría de gobernar. Para ello concertó que el casamiento de su hija María y Maximiliano se realizara en España, con el fin de que la pareja la gobernara en regencia durante la ausencia de Felipe. Y así se hizo. La visita del heredero a Italia y a Borgoña fue triunfal. Los otros súbditos, muy en especial los flamencos, no quedaron demasiado bien impresionados. Quiero decir que les cayó igual que un tiro. Era español; poco adicto al alcohol y al ruido; no hablaba más que castellano y un latín relativo; era introvertido y aquellos súbditos confundían timidez y silencio con soberbia y desdén... El resultado era previsible.

El Concilio por fin se reanudó en Trento. La división ya estaba consumada. No acudieron los protestantes, y el Rey de Francia le negó representatividad. Se vio reducido a la reforma de las estructuras y a las costumbres eclesiásticas. La intervención española fue decisiva: Laynez, Salmerón, Torres, Montano... Y cierto es que abrió el camino a una espiritualidad más honda. Pero, fuese como fuese, ya para Carlos empezaban los años de derrota. Los vencidos de Mühlberg, con el apoyo del traidor Mauricio de Sajonia, que sucedió a Juan Federico, se entrevistaban ya con el representante de Francia y sellaban el acuerdo que llevaría a Carlos a abdicar. En cumplimiento de ese pacto, el Rey Cristianísimo de Francia ocupó Metz, Toul y Verdún, mientras Mauricio ocupaba Augsburgo. Carlos quiso pasar a los Países Bajos, pero el Rin estaba en manos enemigas. Pidió ayuda a su hermano Fernando, que guerreaba con los turcos. Lo único que Fernando pudo hacer fue entrevistarse con delegados de Mauricio en Linz para acordar otra entrevista en Passau. A esta última pensaba acudir Mauricio con el Emperador prisionero. Y casi lo logró. Cuando le preguntaron el porqué de no hacerse con Carlos, respondió:

—Porque no tenía jaula suficientemente grande para albergar a tal pájaro.

La verdad es que hubiera carecido de sentido: no le habría servido ni como chantaje ni como rehén. Carlos tuvo que huir de Innsbruck, con las tropas sajonas a tiro de arcabuz: era el hombre más poderoso de la tierra el que huía a pie casi. En una silla de manos porque no podía montar a caballo. Sin escolta de prelados ni de príncipes; con un puñadito de criados y fieles y unos cuantos soldados, entre antorchas, en su noche más triste, el Emperador del mundo entero. ¿Quién puede imaginarlo? A huir, el corazón no se acostumbra.

De haber querido, es cierto que Mauricio lo hubiese apresado, pero habría sido inútil. Al Sur de Austria, en el refugio de Villach, resurgió Carlos de sus cenizas otra vez. Porque todos comenzaron a percibir qué sería de ellos con su derrota, y cuál era el significado que el mundo le había concedido a aquel hombre tan pobre. De manera interesada se disputaron todos la honra de acudir en su ayuda: Nápoles, el banquero Fugger, el margrave Juan, partidario de Mauricio el traidor, su hermano Fernando, las tropas italianas y españolas, el duque de Alba que corrió desde España... Todos se concentraron en Villach.

Mientras, en Passau, Mauricio era despreciado. Sus aspiraciones políticas fueron rechazadas, y hubo de contentarse con defender las religiosas: Fernando se avino a reconocer el protestantismo, por lo menos hasta la Dieta siguiente. No se pudo actuar de otra manera: los turcos estaban en Hungría y los franceses en Lorena. En Europa, eso es cierto, las fronteras todavía vigentes del catolicismo son aquellas que entonces señaló el Emperador Carlos. A pesar de que, como dijimos, por no se sabe qué amor fraternal, Fernando firmó con el nombre de Carlos los contenidos de la última Dieta de Augsburgo, que recogía, ya en permanencia, estos preceptos de Passau.

En paz Alemania, con Mauricio luchando en Hungría, al lado de Fernando contra los turcos, Carlos, como un tic nervioso, giró sus ojos tan cansados a Francia. Enrique II era menos alborotador que su padre, pero más eficaz: se había convertido en «protector» de Siena, que era ciudad imperial; hostigaba a los Países Bajos; y, aliado con Dragut, ataca Nápoles. De todos los objetivos, el de momento resucitado Emperador eligió primero Metz, por razones geográficas y estratégicas y logísticas. Su hermana María, más rápida que un rayo y muchísimo más que el Emperador, le advirtió de que el duque de Guisa había realizado obras de fortificación que le obligarían a un sitio prolongado que el invierno agravaba. Metz, en una lengua de tierra entre dos anchos brazos del Mosela, con las obras de Guisa, era una ciudad inexpugnable.

El 20 de noviembre del 52 se reunió Carlos con sus tropas ante ella. A la vista de su jefe se recrudeció el asedio. Hicieron un boquete en la muralla; tras el muro derruido, había otro intacto: eran las obras del duque de Guisa. Comenzaron las borrascas de nieve y frío; los soldados de regiones cálidas morían a centenas. Se habla de que llegaron a morir treinta mil: muchos parecen. El Emperador habló con Granvela padre de abandonarlo todo y marchar a España: nada nuevo. El día de Reyes de 1553, el Emperador tomó la imprescindible decisión de levantar el sitio. Un mes después, en Bruselas comentaba, o eso se le atribuye:

—La fortuna es mujer: prodiga sus favores a los jóvenes y los niega a los viejos.

Desde allí contemplaba cómo los príncipes alemanes se disputaban los jirones del Imperio. Alberto de Brandeburgo fue vencido por Mauricio de Sajonia, pero éste murió por las heridas recibidas en la batalla. Murió Julio III. Murió Marcelo II y llegó Paulo IV, que llamaba a los españoles «negros engendros de moros y judíos», mientras a los franceses llegó a ofrecerles Nápoles. Fue el más acérrimo enemigo de España. Carlos tuvo que mandarle al duque de Alba para decirle que o se dejaba de estupideces, o tendría que vérselas con los ejércitos imperiales. Pocos ejércitos quedaban, pero la amenaza surtió efecto.

Una esperanza se abrió entre la tempestad: el matrimonio de Felipe con María Tudor. La esperanza de un Imperio ensanchado por otro sitio renacía con un catolicismo reinstalado en Inglaterra. Pero la realidad era mayor que los propósitos, y María Tudor, la menos indicada mujer para tener descendencia. Tal boda fue, como casi todas, un proyecto ajeno al amor, salvo el de María, que cayó rendida ante un príncipe meridional, alto y rubio, once años menor que ella. Cuatro más tarde, la muerte de la Reina cerró toda esperanza. Entre eso y la aceptación en la Dieta de Augsburgo del *cuius regio eius religio*, o sea, *a cada príncipe su religión*, todo había concluido. Ya estaban dados por Carlos algunos pasos más que el primero para su retirada. La escena estaba bien dispuesta: el Papa conspiraba contra él, los príncipes alemanes lo desacataban, la enfermedad lo mantenía inmóvil, María Tudor era estéril... Con las primeras oscuridades del otoño flamenco, decidió abdicar Carlos.

El 22 de octubre renunció a la soberanía de la Orden del Toisón de Oro. Tres días más tarde entregó el gobierno de los Países Bajos a Felipe, en una solemne ceremonia celebrada dentro de la gran sala del palacio de Bruselas. Ante Felipe, Fernando, María, Leonor, los caballeros del Toisón, nobles, generales, gobernadores y un adolescente escondido, que es quien esto dicta. Mi padre, como un ejercicio de humildad y formación del espíritu, consiguió introducirme allí. Confieso que lloré todo el tiempo detrás de un cortinaje.

Tras el anuncio de la renuncia hecho por Filiberto, consejero de Bruselas, Carlos se puso en pie con esfuerzo y, medio leyendo en un papel, hizo una reseña de su vida. Cuarenta años antes, en esa misma sala, se anunció su mayoría de edad y allí mismo comenzó su vida pública. Encontró, gobernando, una Cristiandad partida por la mitad: para intentar unirla luchó desde el principio hasta ese instante. Había viajado mucho. Ahora preparaba su último viaje, a España. Lamentaba no dejar a sus herederos ni a su súbditos un Imperio en paz, que había sido su mayor ideal. A ella había sacrificado todo: la tranquilidad, la vida y las disponibilidades de su Imperio. Ahora le faltaban la salud y las fuerzas. No había sido cogido prisionero, pero el frío y la nieve habían impedido que recuperase Metz. Elevaba gracias a Dios por cuanto le había dado. Ahora estaba demasiado cansado para seguir luchando, y quería entregar sus naciones a Felipe, y el imperio a Fernando. Miró hacia Felipe, y le dijo:

—Sé fiel a las creencias de tus antepasados y vela siempre por la paz y la justicia. He cometido errores a los que me llevó tal vez mi juventud, mi terquedad o mi debilidad, pero nunca hice mal intencionadamente a nadie. Y si a alguien, presente o ausente, alguna vez falté, le ruego ahora su perdón.

La gente sollozaba. El Emperador, que se desplomó en su sillón, se disculpó por dos lágrimas que mojaron su rostro.

El 16 de enero del 56, en sus habitaciones particulares, abdicó a favor de Felipe de todos sus derechos sobre Castilla, Aragón, Sicilia y las Nuevas Indias. Quería acercarse a Dios en los días que le quedaran de vida. O eso dijo. Después entregó a su hijo una arqueta con su testamento y codicilos, incluido uno secreto —e innecesario— en que le advertía que, en caso de caer él prisionero, Felipe no debía pagar ni un maravedí por su rescate... Ahora Carlos era un hombre de vejez prematura que intentaba conseguir, para él solo, la paz que no había conseguido para el mundo. Le faltaban muy pocos días para cumplir cincuenta y seis años.

Cuando fue anunciada su decisión inamovible de retirarse a Yuste, comenzaron en Bruselas, en la primavera de 1556, febriles gestiones con las que conseguir el dinero necesario para el viaje allí. Dinero, dinero, dinero hasta el final.

Ahora me gustaría dictar unas notas sobres tres o cuatro personas (quizá debería llamarlas mejor personajes) entre las que se desenvolvió mi vida, mi trabajo, y el principio de toda mi felicidad y todas mis fatigas.

Es el primero Gonzalo Pérez, mi padre. Nació en 1506 en Segovia. Estudió en Salamanca, en el colegio de Oviedo. Allí aprendió las lenguas griega y latina. Yo conservo escritos de él anteriores al año 27. Y ya entonces se empeñó en un relato del *Saco de Roma*, desde donde escribía informes para el Emperador Carlos, con un tinte, como es lógico si estaba pagado por él, un tanto antipapal. El Emperador le concedió la patente de caballería, donde se enumeran sus viajes y servicios, donde no ahorró esfuerzos ni personales ni económicos. En el favor del Emperador lo introdujo, según él mismo dice, su tío Jerónimo Pérez, caballero de Santiago muy influyente. Lo cierto es que he oído decir también que no fue él, sino un Pérez de Almazán, secretario, aragonés, favorito del Rey *Católico*, judío, gran hacendista en consecuencia, perspicaz en el trato con los Reyes y con muy buena disposición para los negocios. Quizá sean estos últimos los que tengan razón. A mí me agradaría.

Mi padre Gonzalo era culto, inteligente y ambicioso. No necesitó mucha ayuda, aunque al principio tuvo la de Alfonso Valdés, y luego, la de Francisco de los Cobos, secretario de Carlos V. Cuando en 1543 sale de aquí el Emperador, mi padre fue nombrado secretario de Estado para las cosas de España al lado del príncipe Felipe, encargado de la regencia. Antes de esto, mi padre ya había elegido la carrera eclesiástica, que tanto ayudaba en estos menesteres, aunque no creo yo que tuviera vocación ninguna. Él compartía tales beneficios con algunos negocios participados por otros funcionarios, como el del monopolio para construir grúas y emplearlas en la carga y descarga de naves en los puertos de Nápoles. En 1533 ya le nombró el Emperador canónigo de San Nicolás de Bari; en el 38, arcediano de Villena; en el 42, me parece, de Sepúlveda, con una canonjía anexa; y en el 44, canónigo de Cuenca. Después de la abdicación, le obsequió la abadía de San Isidro en León. Y luego tuvo, ya con Felipe, una pieza eclesiástica en Vallecas y una encomienda en la abadía de Burgohondo, en la diócesis de Ávila. Pero se murió sin haber conseguido su máxima aspiración, el capelo cardenalicio; a pesar de que en ella lo apoyaron la hermana del Rey Margarita de Parma y el cardenal Granvela. En eso —tanto en la aspiración como en la decepción— yo me he parecido en todo a él. El Rey le negó el capelo, aunque no explícitamente, por no haber olvidado —bueno era Felipe para olvidar— su origen judío, o por no creer merecedor de tal dignidad a un clérigo que había tenido amores de los que yo nací. Como si no estuviese Roma llena de hijos de Papas. En cuanto a su paternidad respecto a mí...

Quiero insistir en que los humanistas italianos sentían admiración por mi padre Gonzalo y que con muchos de ellos tenía relaciones epistolares. Yo conservo cartas de Bernardo Tasso, Nicolo Secchi, Francesco Vinta y otros. Tradujo al castellano *La Ulyxea* de Homero, por probar si en nuestra lengua podía hacerse lo que en la italiana y francesa. Ingresó en Salamanca en 1550, y en Amberes poco después. En el 56 dedicó la versión completa de los veinticuatro libros de su traducción a Felipe II, ya Rey. Fue generoso, cosa poco frecuente, con otros hombres de letras, y protegió, por ejemplo, a Blasco de

Garay, a Gutierre de Cetina, a Jerónimo Zurita, a Juan Berzosa y a otros, entre ellos al secretario Gabriel de Zayas, que tanto alardeó luego de protegerme a mí: mientras le convino, claro. Su fama la canta Fernando de Hoces, que lo cita entre los maestros del verso italiano, y otros críticos posteriores. Y fue un gran amigo de los libros, de los que reunió una biblioteca tan numerosa como esmerada y selecta, célebre y rara. Tanto que el Rey me la pidió, muerto mi padre, para San Lorenzo el Real. Yo no quise entrar en compra ni venta con mi Rey, el cual me hizo merced de una Maestredatia de leche, en el reino de Nápoles, que valía más de dos mil escudos de renta, y mandó que se declarase que era en parte de pago; pero allá se quedó la biblioteca y la parte de pago y todo. Luego me han asegurado que se ha dicho que yo regateé con el Rey cada uno de los volúmenes, obteniendo sólo por ciento setenta y nueve, que se apartaron y fueron a El Escorial, veinticinco mil ducados y la Maestredatia de leche, que estaba en la torre de Otranto, y rentaba tres mil ducados y no dos mil escudos. Y se ha añadido que le exigí al monarca el dinero que me debía. Quizá lo hice —no lo recuerdo bien— porque habría de ser empleado para sufragios por el alma de mi padre. O eso creo.

El Rey debía de haberlo comprendido, porque desde 1543, mi padre no lo abandonó. Lo acompañó a la recepción de su primera novia portuguesa y estuvo con él en su larga excursión por Italia, Francia y Alemania como secretario, con una consideración intelectual y política extraordinaria. Debió mi padre de disfrutar mucho en ese viaje, tan ávido como era de conocer costumbres y gentes. Y admiro qué oportunamente pasó del lado declinante del Emperador al ascendente del príncipe, en cuyas cartas a su padre se nota el pulso y la firmeza de un experimentado secretario como mi padre fue. Tal sucedió en el viaje de bodas a Inglaterra, como secretario de Milán y de Nápoles, que eran los títulos del príncipe, y allí le llevaba los memoriales de Isabel, la futura Reina. En recuerdo de él, me recibió a mí con tan buena voluntad mucho más tarde: si es que llegó a buena, que ahora ya de todo dudo.

Una vez Rey Felipe, recibió mi padre el título de secretario para los negocios que se ofreciesen fuera de España, y tuvo como ayudante a Gabriel Zayas. Conservo un documento con instrucciones del Rey:

«... No tomaréis de persona alguna dinero, oro ni plata, ni joyas ni caballos ni otra cosa ni persona alguna... Tendréis secreto de todo lo que se trate en el Consejo... Y mucho recato en vuestra escritura señaladamente en la cifra, mirando que en ninguna manera pase por otras manos que las vuestras.»

Reconozco que en todo esto mi padre fue más cumplidor que yo. En el resto, el Rey y yo tuvimos a mi padre como principal maestro.

Cuando en 1559 regresó el Rey a España, mi padre dejó de ser secretario único: estuve yo a su lado, aunque todavía le ayudaba en privado, con veinte años apenas. Y recuerdo bien la correspondencia con Granvela, primer ministro en Flandes, durante las iniciales revueltas. Tanto la recuerdo, como que mi padre no me utilizó para descifrar los documentos confidenciales. Y tanto también como la lectura de la donación del Rey, que mi padre escribió, a la catedral de Toledo de la momia de san Eugenio. A la intervención del cual se atribuyó el primer embarazo de la Reina Isabel de Valois, de la que luego fue Isabel Clara Eugenia, la persona más querida por Felipe. Hasta entonces la momia se conservaba en Saint Denis, donde luego, en mi decadencia, me ha tocado a mí vivir. Y en ese mismo año 59 recibió mi padre una prueba de confianza, que lo enorgulleció y a mí me sirvió de mucho: ordenar los montones de papeles recogidos en Simancas, para organizar el Archivo. Mi padre, ya muy mayor, delegó en Diego de Ayala y en mí la ordenación de tan valioso material, del que yo obtuve numerosos datos que aparecen en estas páginas. Aunque no todos.

El duque de Alba, celoso del mundo entero y más del ascendiente real, odió a mi padre. Odio al que yo sí que correspondí de la manera más visible que me fue dada. Cuando lo nombraron gobernador de Flandes, trató de que mi padre fuese sustituido por Zayas, pero él supo desviar el golpe que me hubiese inutilizado a mí también. Debo decir que mi padre a mí siempre me llamó sobrino; yo a él, padre y maestro. Aunque supe, yo creo que siempre, en mi interior lo que poco después de su muerte, el 26 de abril de 1566, se me hizo saber con claridad: que yo era hijo verdadero de don Ruy Gómez de Silva, príncipe de Éboli.

Yo me crié en Val de Concha, aldea de la tierra de Pastrana, en el señorío de Éboli, aunque nací en Madrid. A los doce años, mi padre Gonzalo, supongo que impulsado por mi padre natural, incluso algo más que impulsado, me envió a instruirme a las mejores universidades de España, Flandes e Italia: Alcalá, Lovaina, Venecia, Padua y, más tarde, Salamanca. Aún recuerdo cómo, a tan tierna edad, apenas abandonada físicamente la infancia, me sorprendió la grandeza de los Alpes, tan desproporcionada para una criatura tan pequeña, que hube de atravesar para llegar al que considero mi mundo verdadero. Tuve por maestros desde Gaspar Carrillo de Villalpando, en Alcalá, a León de Castro en Salamanca, y en Italia aprendí su gran escuela de política y de vida, su luminosidad, su alegría y su apertura de ideas y costumbres, que tanto tardaron, si es que alguna vez lo hicieron, en impregnar a España. Estuve rodeado siempre por lo mejor y más granado de las Cortes y provincias en las que anduve. Mi carácter y mi natural simpatía, tan diferentes de la rectitud exigente y rigurosa de mi padre Gonzalo, me granjearon toda clase de amigos, más o menos cercanos a mi corazón, ya que estaba en una edad en que éste es como una gran esponja que gusta de empaparse del gozo y hasta del amor de los amigos en un dulce contagio.

No puedo olvidar a maestros, como Antonio Mureto y Carlo Signio de Italia, o a Pedro Nenio en Lovaina. Pero mi principal maestro fue mi padre Gonzalo, experimentado en tratar con los poderosos y en no darles nunca más de lo que merecían o de lo que era de esperar que nos dieran... Sin embargo, Ruy Gómez, al que en la Corte española se le llamaba ya *Rey Gómez* —tanta importancia tenía y tan alto estaba colocado—, me hizo volver para introducirme en esa misma Corte, campo adecuado en el que un muchacho brillante luciera su capacidad diplomática y las virtudes, por qué no decirlo, para la intriga, que había ido no adquiriendo porque nací con ellas, pero sí perfeccionando en tan distintos escenarios y escuelas. Mi talle, mi figura y mi humor me pregonaban como hijo natural de Ruy Gómez de Silva, que secretamente se sentía orgulloso de mí, más quizá que de sus hijos —muchos— reconocidos. Ese gran señor era nieto de Ruy Gómez de Meneses, mayordomo mayor de la Emperatriz doña Isabel de Portugal. Cuando la acompañó a España, lo trajo su abuelo aquí. Tenía nueve años, y desde entonces fue menino de la gran señora, que lo adoraba, y luego paje del primogénito Felipe, del que llegó a ser servidor y consejero hasta su final. Pero, más que nada, se convirtió en su amigo íntimo, ya que sólo se diferenciaban en diez años. En una ocasión me contó que, a los diecinueve, tuvo una pendencia con otro paje, Juan de Avellaneda, en presencia del príncipe Felipe que, por entrometerse a separarlos, resultó con un rasguño en la cara, cerca de un ojo, que probablemente le hizo algún cabo de oro de los vestidos de uno de los contrincantes. En palacio el hecho produjo una gran conmoción, por su inoportunidad y por la importancia de los implicados. El Consejo quiso castigar con la expulsión el desacato. Pero la Emperatriz evitó que intervinieran alcaldes y consejeros, echó tierra sobre al asunto y se comprometió a castigarlos a su modo, que fue suave y casi maternal.

En 1545, Felipe, con dieciocho años, casó en Salamanca con la infanta María Manuela de Portugal. En su acompañamiento iban, con mi padre Gonzalo, el tercer duque de Alba y Ruy Gómez, que ya eran enemigos políticos y velados opuestos en la Corte: ambos, cabezas bien visibles de las dos facciones que se disputaban los favores del príncipe. La amistad de Ruy Gómez con el Rey duró hasta la muerte del súbdito, y el Rey la premió con oficios cada vez más elevados: sumiller de Cortes, Consejero de estado y de guerra, mayordomo y contador mayor del príncipe don Carlos, la mayor desgracia del Rey... Y lo hizo príncipe y duque y Grande de España y Clavero de Calatrava y le concedió el muy especial honor de apadrinarlo en su boda. (Incluso parece que también el de ejercer, en su matrimonio preparado por el príncipe, el antiguo derecho de pernada.) E, igual que tal amistad, la enemistad con el duque de Alba no terminó sino con la muerte de Éboli, en 1573. Y aun entonces, quiso continuarla su viuda, Ana Mendoza de la Cerda. Era ésta hija única de Mendoza, príncipe de Melito y duque de Francavilla, y de Catalina de Silva, hermana del conde de Cifuentes, donde ella se crió. Su bisabuelo fue el gran cardenal Mendoza, naturalmente arzobispo de Toledo y *Tercer Rey de España* con los Reyes Católicos, de quien heredó Ana su soberbia y algo de sus malos modales. Había nacido el mismo año que yo, y cuando tenía doce, el Rey concertó su matrimonio con Ruy Gómez, ya de treinta y seis, al que Felipe había nombrado príncipe de Éboli y, a raíz de su bodas, duque de Pastrana. La boda, por cierto, no pudo consumarse hasta siete años más tarde, ya siendo Rey Felipe, que la había proyectado. Si antes hice suponer que intervino de una manera más íntima es porque siempre se dijo que el segundo duque de Pastrana, primogénito de los Éboli, Rodrigo, era hijo del Rey, aunque por su carácter a quien se parecía era a su padre legal. Exactamente lo contrario que yo. Los Éboli tuvieron, en doce años, diez hijos, entre hembras y varones: unos, turbulentos como los Medinaceli, y otros, discretos y sensatos como Ruy Gómez.

En esa pugna entre Éboli y Alba que produjo dos facciones, los albistas y los ebolistas, venció el príncipe al duque. Su secreto fue siempre saber mantenerse en la penumbra: el mejor procedimiento para tratar a un Rey que siempre quiso utilizarla. Yo, que ya dije que me parecía mucho a Éboli, conseguí mantenerme en ese papel principal quizá con otros procedimientos. No alcancé acaso el grado de intimidad del príncipe, pero pude lo bastante para, llegado el momento, certificar el relevo del antipático duque de Alba que, a su vez, contaba con un partidario, también secretario del Rey, el blando y repugnante Mateo Vázquez: un sacerdote beato e hipócrita del que tendré por desgracia abundante ocasión de hablar. Mal, en todo caso.

Esta confrontación entre los dos grandes de la Corte empezó cuando yo era un recién nacido. Al principio, el triunfador era Alba, al que se reconocía una capacidad de caudillaje y un infalible instinto militar, mientras que Éboli aún no era más que un amigo del príncipe heredero, aunque con una influencia muy grande sobre él. Es en los años 42 y 43 cuando se descubren las cartas, porque el Emperador deja como regente a Felipe y le escribe cartas en Palamós, de las que he hablado, antes de embarcarse para salir de España mucho tiempo: una, confidencial, y la otra, secreta. Yo, que he tenido ocasión de leer las dos y de tomar notas de ellas, y he aludido en estos escritos a sus textos, no creo necesario repetir las referencias de Carlos V al duque. Pero es curioso que, antes de que el Emperador partiera, como un recordatorio, Alba tomó la precaución de entregarle una solicitud de pago por sus servicios. Porque la alta nobleza se comportaba de forma que sufragaba los gastos de sus deberes, diplomáticos o militares, y luego la Corona se los compensaba. Y lo hacía en forma de títulos, propiedades o dinero, o de las tres cosas juntas. Alba, en ese momento, quería dinero en efectivo y así se lo decía al Emperador:

«La necesidad es de manera que debo doscientos mil ducados. En doce años que sirvo a Su Majestad me ha hecho merced de muchas mercedes, pero éstas no han sido para entretener nada los gastos que yo en este tiempo he hecho.»

No tardó en recibir noticias del Emperador, que le daba instrucciones de dirigirse a Valladolid y hacerse cargo de nuevos asuntos de gobierno. Era el principio de la que iba a ser la segunda gran etapa como servidor de la Corona. Se convertiría en el principal consejero de Felipe, tanto en la guerra como en la paz. Es decir, que el príncipe fue quien lo introdujo en los asuntos de gobierno. Todo se consultaba con el duque y con el Comendador Mayor de León, que era Francisco de los Cobos. El duque iba a sostener su posición dominante durante los veinticinco años siguientes, mantenido, en buena parte, por las guerras de Flandes. Pero era muy difícil hacer compatibles los intereses de los muchos y orgullosos gestores del país con la altivez y el carácter del duque. Su mayor flaqueza era la incapacidad para comprender y confraternizar con nadie. Todos la atribuían con razón a un exceso de arrogancia que le movía a mirar al mundo por encima del hombro. En su primera etapa chocó, por ejemplo, con el duque de Gandía, Francisco de Borja, virrey de Cataluña. Sencillamente no lo podía ver, en el más estricto sentido de la palabra. Ni acertaba tampoco a disimularlo. Hasta con Ruy Gómez mantenía relaciones, si no cordiales, soportables. Pero no con el duque de Gandía, del que llegó a decir que mejor hubiese hecho quedándose en su pueblo a cocer su azúcar. Y no cambió su actitud ni cuando Borja renunció a todo y se hizo jesuita. La forma de opinar de Alba era siempre la misma:

—Si se hace tal cosa, mi honor quedará a salvo; si no se hace, presentaré la dimisión de todos mis cargos y me retiraré a mis propiedades.

Ése era su dilema y su permanente amenaza. Se trataba de una persona demasiado dominante como para ser consejero. Por ejemplo, el príncipe, como en todas las siguientes ocasiones matrimoniales, quiso conocer, de vista por lo menos, a la portuguesa que iba a ser su mujer al día siguiente. Pues hubo de hacerlo en una de las localidades del duque, en La Abadía, entre Cáceres y Salamanca, en donde *tuvo* que ser la boda, porque el duque lo decidió. Y con igual altanería se condujo al firmarse la paz de Crépy, en que se fraguaba una unión matrimonial, como quien canjea una cosa por otra, entre el duque de Orleans y la infanta María, hija de Carlos, o su sobrina Ana de Hungría. En el primer caso, heredaría la esposa los Países Bajos para aportarlos al matrimonio; y en el segundo, un año después del matrimonio, el Emperador le otorgaría Milán. El Emperador consultó con sus consejeros: unos se inclinaban por una cosa y otros por la otra. El duque nunca cambió de opinión respecto a los contactos de España con el Mediterráneo y los que tenía con el resto de Europa. Su permanente lema era «Paz con Inglaterra y guerra con el resto de la Tierra», que él pronunciaba con las erres más rotundas. Hubo otro debate en relación con las Américas, por poner otro ejemplo: una rebelión en Perú, protagonizada por Gonzalo Pizarro, que el virrey no pudo sofocar. Alba defendió el uso inmediato de la fuerza que aplastase a los rebeldes. Sin pensar en un ejército ni en una flota que atravesase el océano ni en el costo ni en la imposibilidad de la propuesta. El resto de consejeros, claro, consideraron su solución irrealizable. Él amenazó con retirarse a sus propiedades, y los otros resolvieron el caso mandando a un hombre solo, Pedro de la Gasca.

Alba siempre elegía las soluciones militares, taxativas, definitivas; un exceso de diálogo, según él, alargaba la resolución y los resultados; por el contrario, la acción resolvía cualquier asunto de inmediato. Y, a pesar de su poder y su influencia, en el fondo, siempre se vio obligado a realizar estrategias políticas decididas por otros, con las que él naturalmente se hallaba en desacuerdo. Yo estoy seguro de que era —y quizá por eso lo odiaba— el perfecto ejemplo de un soldado perdido en el mundo de la política. Y así le fue. Y por desgracia, por culpa de él, así nos fue a todos. A Felipe, por poner el modelo más alto, nunca le agradaron sus falsas maneras condescendientes, su falta de tacto en las relaciones personales, su actitud amenazadora de soldado eminente, ni su estatura, ni su edad, veinte años superior a la de él. Menos mal que la situación se resolvió, o se aplazó, cuando en 1545 lo llamó el Emperador para hacer la campaña contra los príncipes protestantes de la Liga de Smalcalda. La verdad, si bien se mira, es que tenía derecho a creerse indispensable.

Frente a toda esta actitud continuada, el grupo de Éboli se formó en 1552. Ya entonces Eraso, el secretario de Carlos, se inclinó hacia la órbita de Ruy Gómez, y en recompensa recibió cargos en el Tesoro y los Consejos de Indias y de Estado. En 1563, Eraso era el hombre más importante de la Administración: un nuevo Francisco de los Cobos. En realidad, el grupo se formó en torno a Felipe durante los tres años de estancia y viajes en Países Bajos, Italia y Alemania. Sus partidarios se encontraban entre los cortesanos de esos tres territorios, y aparecían unidos tanto por intereses como por una perspectiva compartida de la situación. Mientras que el grupo de Alba era dinástico y lo componían miembros principales de la familia Toledo, situados en puestos diversos, ya en el interior, ya en el extranjero. Cuando el grupo de Éboli volvió, emprendió un cambio radical en la Administración.

—Los negocios —decía Ruy Gómez— van a la española: despacio y mal entendidos.

Alba tuvo la impresión de que se le relevaba, y, como consecuencia, cumplió la amenaza de retirarse a sus tierras, como si fuera víctima de un agresor. Porque, si no lo tenía todo, no estaba satisfecho.

Hay que reconocer, sin embargo, y aunque me pese, que la rigidez y el hieratismo con que se comportaba hacia fuera también lo ejercía consigo y con su familia. En 1548, se decidió que, como salía Felipe en busca de Carlos, se quedasen de regentes en España, tras casarse, el archiduque Maximiliano y María, la primogénita del Emperador. Después de la boda partieron, con el duque a la cabeza, los acompañantes de Felipe hacia Europa. Salían de Valladolid a Barcelona el día 2 de octubre. En la comitiva iban tanto mi padre Gonzalo como Ruy Gómez. Al salir de Valladolid, el duque recibió la noticia de la muerte de su heredero don García en Alba de Tormes. Era imposible que abandonara a su familia en un momento así. Pero antepuso el deber y continuó el viaje.

Así estaban las cosas cuando murió, muy achacoso, mi padre Gonzalo. De él heredé, aparte de un dinero que no era para celebrar fiestas de cañas, la habilidad en el manejo de los papeles, un buen repertorio de secretos de Estado, y la posibilidad de urdir y dar brillo a mis conocimientos universitarios y humanos. De Éboli aprendí, o mejor, heredé, los pulidos modales, la amabilidad y buena cortesía, la tolerancia y la sonrisa que abren tantos caminos. Bien es verdad que lo que más me atraía en ese momento, de juventud algo madura, era el licor embriagante de la vida, llena de dulces tentaciones, caer en los brazos de las cuales es siempre lo más atractivo. En casa de Éboli se me reprochaba tal desmedido gusto por vivir, que siempre me ha acompañado; tal certeza de que la felicidad escrita con letras mayúsculas no existe ni hay que aspirar a ella, pero su camino está lleno de menudas y espléndidas felicidades que nos ayudarán a soportar, y hasta a olvidar, la ausencia de la grande. Los amoríos y el juego, en todos los sentidos, me entusiasmaban y ocupaban lo mayor y mejor de mi tiempo. En abril de 1556, al morir mi padre Gonzalo, Éboli y el marqués de los Vélez, con cuya amistad conté siempre de una manera continua y generosa, me empujaron para ocupar su secretaría vacante. Pero se opuso el Rey, que siempre deseaba recogimiento y virtud en quienes lo rodeaban, y más cuanto más inmediatos. No creo que hubiese llegado a oídos reales, acaso a ningunos otros que me importasen, mi afición a los jóvenes esbeltos y dadivosos de su propia hermosura, pero sí quizá que había embarazado y tenido un hijo con doña Juana de Coello, en una aventura alocada de la que yo no hubiese esperado ninguna consecuencia, y que se había producido más por insistencia de ella, que no era una beldad, que por la mía. Ni era una mujer rica, ni muy rica era su familia, pero sí de sangre noble y nobles apellidos. El Rey, ya que no el puesto de mi padre, con cierto encogimiento, nos dio a Gabriel de Zayas y a mí el oficio de secretarios de Estado, quedando la negociación de Flandes y Alemania para Zayas, y la de Italia, como era natural, para mí. Me halagó saber que en ese mismo Consejo caducó en realidad la buena estrella de Alba, porque su gestión en Flandes, como diré más adelante, había sido opaca, y la futura de Portugal, exitosa pero casi inexistente. Empezó, pues, entonces, el triunfo de Éboli y los nuestros.

De ahí que el príncipe insistiera en mi inmediata boda con Juana, a fin de hacer méritos a los ojos del Rey. Yo insistía en que la demora en ascenderme se debía sólo a las circunstancias regias: la cautividad y la muerte del príncipe don Carlos y la muerte de la Reina Isabel. Sin embargo, ante el serio enfado que me manifestó Éboli, y ante la mediación del marqués de los Vélez, me resigné a contraer matrimonio. La realidad era otra: el marqués fue el que me dijo, entonces precisamente, cuando Éboli, enfadado, dejó de hablarme, que el príncipe era mi verdadero padre, cosa que yo ya suponía y me halagaba. Gracias al cielo, no se me ocurrió decirle —sí, pero no lo hice— por qué no se había casado él con mi madre si tan partidario era de los matrimonios por obligación moral. Y si no lo hice, fue porque me hubiese respondido que mi madre no tenía las condiciones que, a pesar de no ser rica, me ofrecía una boda de conveniencia. Juana de Coello contaba casi diez años menos que yo, su padre era el mayorazgo Alonso de Coello y su madre, María Vozmediano, también de alto linaje. En estos tejemanejes, recuerdo que intervino también otro hombre de la casa de Éboli, llamado Juan de Escobedo, entonces muy próximo mío, y que luego fue causa de todas mis desdichas. O de casi todas. Y yo, de la más grande de las suyas. En fin, el caso es que me casé con mi hijo Gonzalo entre los brazos.

Entré así en un porvenir abierto y claro. Mi esposa era fea, delgada, y me amaba sobre todas las cosas. Así fue hasta el final. El mío, quiero decir. Tuve ocho hijos con ella, y durante mi matrimonio, que aún dura, he amado a muchas otras personas, de todo sexo y condición. Tenía dotes naturales para vivir en la sociedad que me había tocado. Y tenía importantes impulsadores que me enaltecían, ¿qué más podía pedir? Quizá no demasiados escrúpulos, que nos amargan la vida si nos invaden, y la aclaración total de mis orígenes, que debería guardar secreta, aunque acaso no totalmente. En una palabra, el 17 de noviembre de 1578, tomé posesión de la secretaría de Castilla. Hechizar al Rey era ya cosa mía. Pero contaba con un factor a mi favor: que mi padre igual que Zayas, igual que Alba e igual que muchos otros, había servido a su padre, a quien el Rey adoraba con la veneración con que un inferior débil procura poner sus pies en las huellas del predecesor a quien admira y a quien querría parecerse.

Lo cierto es que pronto pensé que lo había hechizado. A mí me llamaban, tanto en palacio como en sus alrededores, *el Pimpollo*. Era proporcionado y atractivo, lo digo sin presunción. Poseía, y estaba seguro de ello, una sonrisa cautivadora y contagiosa: me daba cuenta porque, cuando sonreía yo, sin que mis interlocutores lo percibieran, solían sonreír ellos también. Es decir, se producía en torno mío un halo de simpatía, entendida en su sentido etimológico. No voy a ocultar que me cuidaba de mi atuendo, de mis maneras, de ponerme en valor como dicen los franceses, y de mostrar siempre mi mejor lado, mi atención a lo que se me decía, una atención devota e interesada como si lo que se me estuviese diciendo fuese para mí lo más importante de este mundo, y más cuanta menos confianza tenía con la persona que me hablaba o a quien hablaba yo, o mejor impresión quería proporcionarle de mí mismo.

La amabilidad del Rey conmigo —un Rey lejano e incomprensible para todos en general— era tan patente que llegué a pensar si no lo habría enamorado. La Grandeza de España estaba invadida por las maneras y las libertades italianas. Se practicaban, *sotto voce*, pero se practicaban. Y los nobles, podría enumerar aquí sus títulos, numerosos nobles, tenían relaciones carnales con sus pajes y con los de los otros, formando camarillas sigilosas entre las que se intercambiaban sabrosos donativos carnales. El Rey me atendía cuando, con agitación al principio, respondía a sus preguntas u opinaba si era procedente. Aprobaba con la cabeza y, no digo yo que sonriera, pero se percibía un franco asentimiento. Me pedía que despachase con él a deshora (luego comprendí que para él no había deshoras), permanecíamos a solas, y no depositaba los papeles sobre la mesa para que yo los tomara, sino que me los tendía y, en ocasiones, yo creo que él buscaba que nuestros dedos se rozaran con intención.

Sucedía, entre el Rey y yo, algo curioso. Para mí no había nada más imposible de resistir que el pequeño sudor que un joven ostenta a veces, por diferentes causas, en su labio superior, ocupando el lugar de un futuro bigote. Yo caía rendido a sus pies, porque casi lo huelo, o lo huelo sin darme cuenta, y no hay nada más atractivo para mí. Pues bien, levantaba de tarde en tarde sus ojos fríos, y miraba mi labio superior, que yo sabía sudado por la tensión y, por qué no decirlo, también por el temor a equivocarme. Durante algún tiempo entendí que le gustaba por algo más que por mi exacta palabrería, mi desenvoltura, mi atención y mi precisión en entender lo que quería y acertar a resolverlo. Me equivocaba absolutamente. Si el Rey me atendía era por ser hijo de mi padre, se tratase de Gonzalo o Ruy Gómez, a quien debía consejos trascendentales y opiniones liberadoras. En mí atendía a mi progenie, y por mi progenie me consideraba. Y, si me miraba el bigote, era por su incapacidad de mirar a los ojos a nadie.

Felipe era severo y receloso. Desconfiaba de cualquiera porque desconfiaba de sí mismo. Exigía a los demás lo que él se exigía. Era un trabajador infatigable. En apariencia al menos. Pero tenía una inseguridad grande en él mismo y en su trabajo. Inseguridad saludable porque, cuando no daba su brazo a torcer, como en el caso de la Armada Invencible, siempre le salía lo contrario de lo que buscaba. Era lento, poco imaginativo y sin ninguna gracia. Vivía en un esfuerzo continuo, a pesar de no gozar de excelente salud, porque la suya era quebradiza de forma repentina y casi continua, con dolores de ojos o de cabeza o de miembros o de gota, que parecía haber heredado como si eso fuese posible. Salvo con sus dos hijas primeras, de la Reina Isabel de Valois, era poco expresivo. Y aun con ellas, más expresivo por carta que en persona. Cuando vivía en Lisboa, las hijas le mandaban fruta del huerto de Madrid, y él les contestaba comentando qué buena y qué sabrosa y qué sana la había recibido, siendo así que llegaba a sus manos hecha una plasta putrefacta. Y les exigía que les mandaran la cuerdecilla marcada en la que dejaban constancia verdadera de los centímetros que aumentaba su estatura. En persona, era incapaz de demostrar amor o alegría o ternura. Cuando despidió a su hija Catalina Micaela, que se iba de su lado para casarse con el duque de Saboya, subió a una torre para verla alejarse en su galera durante más tiempo, y lloró porque desaparecía de su vida (incluso sin saber que era para siempre), y sintió agitarse su corazón de padre, a pesar de que a Isabel Clara la quería más que a ella... Pero nada de esto apareció en la realidad, sino que, en el instante que dejó de ver el polvo de su carroza, se lo contó con detalle en una carta. Escribir le privaba; hasta la prosa oficinesca y pedestre: que de todo quedase constancia sobre un papel. De ahí que yo posea arcones de papeles y sea, a causa de tal manía, posible que yo haya logrado defenderme de él, porque estaba al corriente de que en mis baúles se guardaba documentación de todo, absolutamente de todo lo que él había declarado, ordenado, sugerido o apenas señalado, siempre por escrito.

Gracias a su exigente costumbre de leerlo todo, anotarlo todo, dejar constancia de todo, llenar los márgenes de los pliegos propios o ajenos con sus observaciones; gracias a que exigía que las opiniones y los consejos, de cualquier calibre que fueran, se le enviaran siempre por escrito; gracias a que, por sus indecisiones, fue capaz de mantener los documentos de dos grupos de políticos opuestos para observar, con detenimiento, sus pareceres por escrito... De ahí que yo tenga pruebas incontestables, en estos papeles, de lo que sucedió en su reinado, y sobre su confianza en mí, y sobre la persecución en que intentó acabar conmigo y mi ralea y mi esposa y mis hijos. Porque así podía terminar con un testigo y tachar a los ojos de todos a este testigo y a lo que sus pruebas podían testificar contra mí o contra él. Nunca he conocido a nadie menos soñador (y mira que su hermano don Juan tampoco lo era mucho): de ahí que todo lo que se le ocurría, o todo lo que se le ocurría que iba a ocurrírsele a sus secretarios, era susceptible de ser transcrito sobre un papel con tinta. No imaginó jamás que lo más hermoso de cualquier proyecto, de cualquier amor, de cualquier sentimiento sea justamente lo imposible de concretar en letras.

No me propongo contar la historia de su reinado. Y menos aún de lo sucedido antes de mi llegada y sin que yo estuviera presente. Pero conservo los documentos de cuanto sucedió en la época en que yo era un muchacho irresponsable todavía, y a algunos episodios he de hacer alusión, para que quede clara la materia de que estaba construido ese contradictorio y poco atractivo personaje.

Lo que iba a ser su reinado quedó claro —aunque no todo el mundo supo advertirlo— en el problema de los Países Bajos. Felipe era mucho más español que flamenco, a diferencia de su padre, que hubo de violentarse para resultar Rey de España además de Emperador. Y que no unificó nada, ni se tomó el trabajo de acercar a sus reinos unos a otros ni siquiera por la cocina o el lenguaje o las costumbres. Salvo la religión, que era lo más difícil. Felipe, desde el primer momento, desde que no fue bien recibido allí cuando visitó los Países Bajos, decidió tomar, y tomó luego, una serie de medidas que conducirían a un solo fin: sometimiento o insurrección. De lo que no tengo la certeza es de si él se daba cuenta. Desde Madrid, desde El Escorial, como alguien sombrío y ajeno que teje la historia con paciencia incesante, quiso introducir en Flandes el régimen político y religioso de España. Introducir allí un lazo más numeroso y apretado que el que existía desde tiempos remotos; establecer la Inquisición; imponer una soberana autoridad sin el concurso de sus acostumbrados Estados Generales; erigir ciudadelas que mantuviesen en el temor a los ciudadanos... O sea, alterar seriamente su constitución y sus maneras políticas y consagrar obispos indiferentes al interés público, elegidos por el Rey, instituidos por el Papa y entregados a la dominación y el servicio de España. No puedo evitar creer que se encontró lo que esperaba, él no era tonto: la resistencia de la nobleza, del clero y de las ciudades.

Allí había mandado a su hermana natural Margarita de Parma, y al borgoñón Granvela, nombrado cardenal y arzobispo de Malinas, como consejero supremo. La alta nobleza no lo soportaba, ni el príncipe de Orange a cuya cabeza acabó poniendo precio Felipe, ni el conde Egmont, al que terminó por decapitar el duque de Alba a pesar de debérsele las victorias de San Quintín y Gravelinas, ni el conde de Horn, también ejecutado por Alba.

Se quejaron de Granvela a Felipe, que les contestó que nunca retiraba a sus ministros sin haberlos oído defenderse. Pero, pasado un año, Granvela, con el pretexto de visitar a su madre, se retiró al Franco-Condado y no volvió más. En cambio, el Rey hizo proclamar los decretos del Concilio de Trento, y encargó a la Inquisición que los aplicara en todo su rigor. Tanto que se le olvidó una tolerancia análoga a la que el Emperador acordó con los luteranos en Alemania, bien a su pesar, y Carlos IX, con los calvinistas en Francia.

Egmont llegó a la Corte para negociar con el soberano. La misión fracasó. Voy a contar cómo, para demostrar la hipocresía, la cobardía y la duplicidad de Felipe. Todavía vivía mi padre, y tengo los documentos de primera mano. Al Rey se le proporcionó su primera prueba de habilidad política, y lo que hizo significó su fracaso para retener el dominio de los Países Bajos, su mayor lacra como estadista: nunca lo fue de veras, porque tomaba las decisiones como un aseado y minucioso amo de casa. Tan minucioso como diminuto, siendo así que era el Rey del reino más extenso que ha habido desde los mogoles.

Hasta la llegada de Egmont, el Rey podía engañarse pensando que el desgaste de su autoridad en Flandes no era tan serio, o que podía encogerse de hombros con cierta indiferencia. Con Egmont, a quien conocía bien, en Madrid, no. Venía a algo que para Felipe era más que imposible: negociar en materia religiosa. Pero también era más que imposible para él decirlo así de claro. Su ánimo oscilaba entre ataques de furia por la insolencia de sus súbditos, y ataques de confusión por no saber qué hacer ni qué decir. Y las situaciones en el Mediterráneo eran cada hora peor: los turcos estaban mirando hacia Malta, la isla que había donado el Emperador a los caballeros del Hospital de San Juan de Jerusalén, cuando fueron expulsados, por los mismos turcos, de Rodas. Por tanto era esencial deshacerse, como fuera, del conde: no se le podía mantener contento en la Corte después de seis semanas. El Rey informó a su secretario, que era mi padre:

—Ya tendréis entendida mi intención: no resolver ahora las cosas que el conde pretende, ni desengañarlo de ellas, porque nos mataría —una expresión que utilizaba para significar el máximo agobio— y nunca acabaríamos con él.

Se trataba de ceder en apariencia a sus deseos, pero sin hacer ninguna concesión clara: respecto a la peticiones políticas, primero tendría que consultar con su regente Margarita de Parma; en cuanto a lo religioso, se podría establecer una Junta de teólogos —no numerosa como la solicitada, sino pequeña «que es más eficaz»— que opinase sobre la tolerancia y el cambio de las leyes para herejes.

—No quiero yo que en ninguna manera se dejen de castigar, sino que se miren las formas... Plegue a Dios que el conde se contente con ello y se vaya... Si en la instrucción se me olvida algo, añadidlo y avisadme de ello. Es la una y me estoy durmiendo todo.

Había que convencer, en una audiencia personal de despedida, a Egmont de que sus propuestas habían sido en realidad aceptadas. Fue el 4 de abril. Hacía una tarde clara. El Rey comenzó con unas concesiones personales: confirmó el derecho del conde al señorío de dos ciudades de Brabante, Ninove y Enghien, y también el de aceptar unos honorarios ofrecidos por la provincia de Flandes, unos cincuenta mil ducados. Suavizada así la situación, el Rey entró en materia sobre las pautas escritas por mi padre: la necesidad de mantener la religión católica, sí, pero prometiendo grandes concesiones por la Junta de teólogos. El 6 de abril se fue el conde. Era el hombre más feliz del mundo; Felipe, el más agotado. Esos encuentros personales era lo que él más detestaba: tenía que dar la cara, no la firma... Y tres días después, confesó que estaba harto, que merecía un descanso, que todos los embajadores permanecieran en Madrid y que él se iba a El Bosque, cerca de Segovia, porque se lo tenía merecido.

Cuando Egmont llegó a Bruselas, orgulloso dio parte al Consejo de Estado: el consentimiento verbal de Rey a una relajación de la ley para los herejes y la supremacía del Consejo. El Rey no iría ese año a verse con ellos: estaba el asedio de Malta. El Consejo creyó que podría obrar con entera libertad, y se convocó la Junta de teólogos, suavizadora de las leyes (exactamente lo que el Rey no deseaba). En eso estaban cuando, a mediados de junio, llegaron cartas del 13 de mayo, que demostraban que Egmont había tergiversado por completo la voluntad real. Una de las cartas desestimaba los recursos de seis herejes arrepentidos: se insistía en que fuesen quemados. Egmont quedó en ridículo, el Consejo dejó de cooperar con la regente, y un grupo de nobles menores se planteó el camino que debería tomarse si el Rey se mantenía en tal tesitura. Las notas del Rey a mi padre parecían demostrar que él no había querido ni provocado semejante caos. Lo sucedido era que las cartas del día 13 de mayo fueron redactadas no por mi padre, cómplice del Rey, sino por otro secretario que lo sabía implacable con los herejes, y que ignoraba la falacia y las simulaciones con Egmont. El Rey, pensando en Malta, había firmado unas quemas habituales de herejes. La situación era muy crítica, por la doblez del Rey. La regente pedía aclaraciones. Esta petición llegó a la Corte a primeros de agosto; la respuesta, que era complicada, tardó en firmarse dos meses. No porque se ignorase su contenido; no porque mi padre no la hubiera preparado, sino porque el Rey trataba de retrasar la decisión final, la moderaba o la radicalizaba según los días y sus dolores de cabeza, es decir, según su cobardía transformada en excusa oportuna. Él odiaba la fatídica hora de cualquier decisión. Siempre que recibía noticias malas, siempre que tenía que expresar su voluntad contraria a algo, se sentía enfermo y le daban diarreas, como a una oveja o a un conejo. Que es lo que, en definitiva, era.

Cuando supo que Malta estaba a salvo, ya no hubo trabas. Ni cambios en las leyes: la Inquisición continuaría su quehacer y se quemaría a los herejes. Las cartas las redactó mi padre el 4 de octubre. Después de otros dolores de cabeza, el Rey las firmó el 20. Constituían un desaire para Egmont y para los ministros que habían sido engañados a través de él. Pero nadie esperaba la reacción que se desencadenó. El grupo de nobles menores reclamaba la abolición del Santo Oficio y la moderación de las leyes contra la herejía. Copias de ese Compromiso de la Nobleza circularon por doquier, uniéndose a él gran parte de la aristocracia de los Países Bajos. Orange dimitió de todos sus cargos; los demás amenazaron con seguirle. En lugar de eso, lanzaron una petición a la regente. En persona, en Bruselas, el 5 de abril de 1566, trescientos confederados armados le expusieron sus demandas. Margarita, sola y sin autoridad suficiente, se vio obligada a aceptar. Los herejes no perdieron tiempo: llegaron exiliados de todas partes: de Francia, Inglaterra, Alemania y Ginebra. Se reunían al aire libre: el clima era excepcionalmente agradable, no había persecuciones, abundaba el desempleo y los dirigentes explotaban tal oportunidad. El control había desaparecido. La masa estaba más exaltada cada día. El 10 de agosto un grupo de protestantes desató la *furia iconoclasta* y destruyó las imágenes de las iglesias de Flandes occidental. Los calvinistas, secundados por los nobles, pidieron una completa tolerancia. ¿Qué iba a hacer Margarita? El 23 de agosto la concedió. No sin antes y después escribirle a su hermano. Pero éste necesitaba reflexión, tenía que ganar tiempo para reclutar un ejército. Le dolió terriblemente la cabeza, pero permitió en una carta la suspensión de las leyes antiherejes.

Inmediatamente después, ante un notario, firmó que la concesión se la habían arrancado a la fuerza, y expidió una orden autorizando a Margarita a levantar un ejército de trece mil soldados alemanes, acompañándola de una carta de crédito por trescientos mil ducados para pagarlo.

Con o sin dolor de cabeza, comprendió que había llegado el momento de imponer a la fuerza su voluntad. El retraso en la ida a los Países Bajos se debió a la duda, como siempre, de a quién enviar. Algunos pensaron en el príncipe don Carlos, pero era demasiado joven y demasiadas otras cosas. El Rey prefería al duque de Medinaceli, Juan de la Cierva, que había sido virrey de Sicilia y de Navarra. O quizá al duque de Parma, marido de la regente, o al de Saboya, marido de la princesa Catalina y una de las personas más testarudas en la faz de la tierra. Pero estos últimos no eran españoles. El Rey se decidió, por fin, por Alba, o sea, el peor. El día 16 de abril, el duque recibió el permiso del Rey, y de don Carlos también, en Aranjuez. Y besó sus manos. Pero el príncipe, enfadado, le retiró la suya e incluso sacó la daga y amenazó al duque, exclamando que era él quien tendría que ir. También estaba allí Juan de Austria. A los dos los convenció el Rey que lo acompañarían a él en su muy próximo viaje.

El duque embarcó en Cartagena, en la flota de Doria y bien acompañado. Iba con él Bernardino de Mendoza, que se dirigía a Roma para pedir la bendición del Papa a la expedición, en la que permanecería los diez años siguientes como soldado y diplomático, a las órdenes de los sucesivos gobernadores, preparando una historia de las revueltas y algaradas que allí se produjeron. También iba un pasajero muy especial: un arzobispo de Toledo, al que la Inquisición había condenado a siete años de arresto, que pasó en Valladolid, y que ahora se dirigía a Roma para ver al Pontífice. Su nombre era fray Bartolomé de Carranza. Como para andarse con tonterías.

Alba tenía sesenta años. Era alto, delgado, erguido, de

semblante amarillento y alargado lo mismo que su barba que le caía sobre el pecho. Estaba enfermo y atormentado, cuándo no, por la gota, que había días en que le imposibilitaba para cualquier movimiento, cada vez con más frecuencia. El príncipe de Éboli era muy contrario al nombramiento de Alba, «nada querido en los Países Bajos, donde le temen buenos y malos». Porque, tras sus campañas italianas, tenía mala reputación de brutalidad. Claro que, en principio, se pensaba que sólo iba a allanar el camino del Rey, cuya decisión de viajar era firme, todo lo firme que podía ser, y a restaurar el orden entre algunos súbditos levantiscos.

El duque solía acompañarse de sus hijos, por alguno al menos. Deseaba esta vez llevarse a Fadrique, su heredero después de muerto don García. Pero el a la sazón marqués de Coria y duque de Huéscar (título del heredero de Alba) se vio implicado en un problema de consecuencias sonadas para todos. Era un empedernido mujeriego. Se había casado ya dos veces: con Guiomar, hija de los duques de Aragón y, ya viudo, con María Josefa Pimentel, hija de los condes de Benavente. Cuando ésta murió también sin dejar descendencia, previendo otra campaña en el extranjero, el joven duque hizo promesa de matrimonio a Magdalena de Guzmán, dama de la Reina Isabel, sólo para tener con ella relaciones sexuales. Ella no era una víctima inocente: había estado casada con un hijo de Hernán Cortés. Es sabido que un gesto de compromiso o un intercambio de promesas, llamado «verba de futuro», bastaba para formalizar un matrimonio. Pero había que añadir una segunda parte, «verba de presenti», en que se repetían los votos en presencia de un sacerdote, lo cual completaba el sacramento a ojos de la Iglesia. Fadrique se negó a confirmar esa segunda parte. Magdalena se quejó a la Reina, y la Reina al Rey, y finalmente la convencieron de que se recluyera en un convento de Toledo. Pero Fadrique fue encarcelado en el castillo de La Mota, en Medina. En 1567 el Rey le levantó la condena de prisión estricta, pero lo condenó a tres años de servicio militar en la plaza norteafricana de Orán. Por tanto, no pudo ir con su padre. Cuando Alba suplicó al Rey su presencia, le permitió cumplir su condena en Flandes, pero yendo desde Orán sin pasar por España. En cualquier caso, debo decir que la esterilidad no era debida a ninguna de las mujeres, casadas o no, que tenían relación con él, sino a él mismo. Murió sin hijos, y el quinto duque de Alba fue su sobrino Antonio, hijo de su hermano menor Diego. El duque no tuvo mucha suerte con sus hijos. Quiero decir tampoco con sus hijos.

La situación económica de España había mejorado respecto a la del año anterior: una flota llegó de América con plata valorada en millón y medio de ducados. La situación política en el Mediterráneo se había distendido porque los otomanos miraban al Adriático en lugar de a Córcega o a Túnez, y porque en septiembre murió Solimán I. Y la oposición en los Países Bajos era ahora abierta y ligada al calvinismo. Ningún Rey podía tolerar las rebeldías declaradas por el compromiso de la nobleza o por el *furor iconoclasta*. Todos los consejeros coincidían esta vez. Lo único discutible era la cantidad de la fuerza requerida y el modo de iniciar y proseguir la represión. La mayoría opinaba que el Rey en persona debía estar a la cabeza del ejército; otros temían un atentado o un exceso de riesgos. Se decidió la movilización de sesenta mil infantes y doce mil jinetes. Era octubre de 1566.

En esa fecha, ya se había hecho, como casi siempre en España, demasiado tarde: la nieve cerraría pronto los pasos alpinos. Se aplazó la expedición hasta la primavera, y el Rey comenzó a hacer sus propios y personales preparativos para el siguiente otoño, y por mar. Los rebeldes no consiguieron reclutar refuerzos ni en Francia ni en Alemania, y en marzo las tropas gubernamentales de Margarita consiguieron derrotar al grueso de los rebeldes. Cayó la ciudad de Oosterweel y el resto de las sublevadas. No sería necesario, pues, movilizar toda la tropa propuesta. Alba sólo llevaría, desde Italia, diez mil veteranos españoles. En abril se despidió del Rey y llegó en agosto a Bruselas. Nada más hacerlo, apresó a Egmont, y a otros adversarios y creó el Tribunal de los Tumultos, que habría de ocuparse de la rebelión y la herejía. Muchos de la oposición, Orange entre ellos, huyeron a Alemania. Alba, temiendo que estuviesen tramando un levantamiento, pidió a Felipe que no viajase hasta que los enemigos fuesen totalmente derrotados. El Rey entretanto se había estado preparando a bombo y platillo: demasiado bombo y demasiado platillo para ser verdaderos. Una gran flota en Santander, estandartes tejidos para la ocasión, provisiones abundantes a bordo, documentos de Simancas que pudieran resultar útiles, nombramiento de la Reina Isabel de Valois como regente... En preparar el viaje se habían gastado doscientos mil ducados. Nada más llegar las cartas de Alba, el viaje se canceló. Nunca se hizo.

Nunca el Rey tuvo intención de hacerlo. Por supuesto, su presencia allí era la solución evidente del problema y en eso consistía su deber; pero quienes lo conocían bien comprendieron que tanta ostentación sólo ocultaba la negativa a moverse. No puede ignorarse que, más tarde, sobrevinieron las tragedias personales. No obstante, ninguna era previsible entonces: ni la muerte del príncipe don Carlos, salvo que ya la previese el Rey, ni la de su tercera esposa; pero el error de no ir, que iba a pagar muy caro, al tiempo que el país, fue cosa previa y personalmente decidida.

Tal era su carácter en contra en absoluto al de su padre, que recorrió su Imperio de continuo hasta que se encarceló en Yuste. ¿Cómo de tal viajero pudo salir semejante inmovilista? A su propio hijo y sucesor, en su última carta de 1598, a la hora de la muerte, le escribió:

«Viajar por los reinos no es útil ni decente.»

El lugar correcto para el Rey de España no era otro que España. Doce años antes, cuando su yerno el cabezón duque de Saboya quiso encabezar un ataque contra Ginebra, Felipe le reprendió muy seriamente, y escribió a su hija Catalina, esposa de él:

«Que el duque no se halle presente ni siquiera cerca. Y, aunque me mueve algo a ello que le deseo la vida y que a vos os concierne que la tenga, creed que me mueve mucho más lo que toca a su reputación. Porque, si se sale con el negocio, dará igual hallarse él ausente que presente, y aún sería mejor hallarse ausente. Y si no saliese, sería mucha más desreputación o descrédito hallarse presente, y estando ausente no sería ninguna.»

Para el que ha decidido algo a ojos ciegas, siempre habrá algún razonamiento que lo justifique.

A fin de cuentas, todo lo que sucedió entonces en los Países Bajos fue responsabilidad del Rey: una responsabilidad delegada íntegramente en las manos, encallecidas en las batallas, del duque de Alba. Éste acabó de decidirlo: era mayor y de mala salud, y lo peor es que se notaba. En agosto de 1568, cuando llevaba un par de años ensangrentando Flandes, decidió que estaba muy decaído y necesitaba descansar. Todos pensaban, unos meses después, que estaba viejo y acabado. Contaba con su hijo natural Hernando y con Fadrique, pero su estado físico empezaba a influir en su juicio, de por sí ya bastante trastornado. Albornoz, su secretario, escribió a mi compañero Zayas:

«Es muy fuerte tener a un hombre tan mayor en Flandes por la fuerza, que no se hace sino con los que han delinquido.»

La llegada de Fadrique lo alivió de momento; pero enseguida recayó en su decaimiento, a pesar de la furia y de la crueldad con que luchaba su hijo, como si se estuviese vengando de algo. El duque quiso dejar la dirección militar en aquellas manos, y fue una decisión fatídica: los choques, los arrestos, las represiones, las ejecuciones se combinaron para anular toda oposición y aturdir a los ciudadanos para someterlos. Hasta con impuestos inventados, que planteaban gravísimos problemas. El Diezmo o Décimo Penique, el Vigésimo y el Centésimo Penique provocaron distintas y airadas reacciones.

Alba se tomó un descanso con motivo de viajar al Sur para conocer a la futura cuarta esposa de Felipe, su sobrina Ana de Austria, veintidós años más joven que él. Poco después escribía una carta en que desahogaba con Espinosa, el insensato Inquisidor General, todo su tedio, su cansancio, su mala salud, su mala leche, sus logros y sus interminables motivos de queja. Quería abandonar, abandonar... Luego cambió un tanto el tono de sus cartas; pero ya había sido designado para sustituirle el duque de Medinaceli. Y entonces fue cuando Alba jugó a ser más imprescindible que nunca. Se había llegado a septiembre de 1571.

Felipe, a lo que de verdad aspiraba, si es que había algo en esencia verdadero dentro de él, era a cristianizar, o mejor, a catolizar todos sus dominios. Logró ya que se convocase la tercera sesión de Trento; los sacerdotes y teólogos españoles, más de cien, destacaron en las deliberaciones, que duraron desde septiembre del 62 a diciembre del 63. Felipe quería evangelizar el mundo entero, empezando por el Mundo Nuevo; quería reformar las disciplinas eclesiásticas en España y difundir la palabra de Dios hasta los rincones más oscuros de la tierra, como solía decir: por España, América, Italia y los Países Bajos, pero sin dejar de mirar también a Francia e Inglaterra.

Sin embargo, la finalidad de Alba, prescindiendo de las fantasías religiosas del Rey, consistía en un sometimiento político. Lo que sucedía es que el camino a emplear era mantener a los Países Bajos, en que consistía su jurisdicción, bajo la tutela de la Iglesia romana. Allí se organizaron catorce nuevas diócesis, creadas por decreto papal, a las que se opusieron los nobles aún bajo la regencia de Margarita de Parma. Como consecuencia del Concilio, en cada diócesis se estableció un seminario, y los obispos emprendieron la ardua tarea de enfrentarse con su propio clero y purgar de herejes sus propias sedes. Además Alba logró, y no era poco, aumentar sustancialmente los impuestos, lo cual redujo los gastos españoles en aquella guerra... Pero para el duque todo aquello eran medios simples, en todos los sentidos: sencillos y bobos, para cumplir su fin de ahogar la rebeldía. A nadie se le puede ocultar, por benevolente y patriota que sea, que el llamado Nuevo Orden de Alba suscitó una oposición endemoniada. En 1568 cuatro ejércitos de exiliados, reforzados por mercenarios franceses, ingleses y alemanes, es decir, de toda Europa, invadieron los Países Bajos con la jefatura de Guillermo de Orange. Antes de terminar el año, habían sido derrotados y expulsados. Los que sobrevivieron, por supuesto. Éstos, como Orange, fueron completamente deshonrados; los que cayeron bajo el poder de Alba recibieron rotundos castigos. Se ejecutó a más de mil personas, entre ellas a Egmont y a Horn, hombres ejemplares en los que aquellos países se miraban; muchísimos fueron definitivamente proscritos; y a más de nueve mil se les confiscaron sus propiedades total o parcialmente.

Felipe, desde España, ayudaba a la corona francesa, apoyada por los católicos contra los protestantes, así como a los que conspiraban contra la Reina inglesa en favor de su prima católica María Estuardo, Reina de Escocia. Estos sucesos eran explotados por Orange y los rebeldes neerlandeses, en exilio desde su derrota en el 68. Aspiraban a convencer a los herejes franceses, ingleses y a otros poderosos antiespañoles de que estarían sus intereses mejor protegidos si se aliaban con ellos para provocar una nueva invasión de los Países Bajos, la cual distraería a España de su atención hacia el Norte de Europa, ocupándola en combatir allí. Con tal motivo se previeron cuatro ataques simultáneos: uno, por mar, con la flota protestante francesa y los barcos de Orange (los más conocidos como los *Mendigos del Mar*); otro, desde Francia, por tierra, a cargo de los hugonotes bajo su jefe Coligny; y por fin dos, desde Alemania, efectuados por los exiliados neerlandeses, bajo el mando de Orange, apoyado por los príncipes alemanes aliados. También se esperó que Inglaterra, si tenían éxito los primeros ataques, colaborara en los siguientes. Y había, no hay que decirlo, otro gran aliado enemigo: la inmensa impopularidad del gobierno de Alba. Las tropas españolas eran feroces; la persecución de los comprometidos, constante; las represalias, terribles; la búsqueda de ingresos para sostener un ejército permanente, empobrecedora y causa de hostilidad continua. Por si fuera poco, el año 1571 fue trágico en desastres naturales: inundaciones, pestes, malas cosechas y el peor invierno en mucho tiempo.

De ahí que 1572 fuese el año ideal para ir contra Alba. Todo comenzó bien: los *Mendigos del Mar* conquistaron parte de Zelanda, en abril; los franceses tomaron Mons, en mayo; Orange atacó en julio; en agosto se rebelaron extensas zonas del Norte y principiaron a llegar ayudas de Francia, Inglaterra y Alemania. La situación se tornó delicada. Sin embargo, cambió el 24 de agosto. El intento de asesinar a Coligny fracasó en Francia; pero se produjo misteriosamente —¿de verdad misteriosamente?— la matanza de la *Noche de San Bartolomé*. La ayuda francesa cesó, e Inglaterra se abstuvo; Orange fue derrotado y se recuperó Mons; todas las ciudades rebeldes se conquistaron... Pero en diciembre fueron las provincias de Holanda y Zelanda las que desertaron hacia el bando de Orange. Quedaban muy pocas brasas del incendio rebelde del verano.

Y aquí fue cuando contradictoriamente el reinado de Felipe alcanzó un punto de inmensa dificultad. Las provincias rebeldes eran tan difíciles de tomar como las Alpujarras con los moriscos sublevados. Sus ciudades eran pequeñas, mal defendidas, pero muy numerosas. En el verano de 1572, unas cincuenta se habían decantado por Orange. Alba no podía dividir sus fuerzas para tomarlas todas. Optó por la brutalidad bien administrada. La primera ciudad que golpeó fue Malinas. Las fuerzas de su hijo Fadrique acamparon frente a ella en las primeras semanas de octubre. Llevaban tiempo sin cobrar, y en Mons, por las condiciones de la rendición, se había prohibido el saqueo. A Malinas se la consideró traidora por no entregar una guarnición orangista: se permitió el saqueo. Los estragos y las muertes que siguieron provocaron el rechazo de magistrados neerlandeses y españoles. Las atrocidades duraron cuatro días, y los soldados se distrajeron sin pedir su paga: cobrándosela. Las poblaciones orangistas se rindieron, y el propio príncipe de Orange se refugió en Holanda. Alba tuvo que publicar un edicto justificando la acción. Es decir, justificando lo injustificable.

Hubo otros éxitos, por llamarlos así, en la costa. Cristóbal de Mondragón cruzó el estuario del Escalda con la marea baja y liberó la ciudad de Goes. Su gente actuó de noche, con el agua más arriba de los hombros y las armas sostenidas sobre la cabeza; pero avanzaron durante cinco horas hasta alcanzar terreno seco. Todo esto, sin embargo, no detuvo a los *Mendigos del Mar*, cuya brutalidad era comparable a la de Alba. Alba, que no había cesado de pedir su sustitución. Se le envió al duque de Medinaceli, amigo de Ruy Gómez, el cual llegó después de varios episodios de mala suerte en el viaje, en ese mismo año, al principio de la campaña contra las poblaciones orangistas. El nuevo gobernador no estaba en absoluto de acuerdo con los procedimientos de Alba. Ya cuando Mons se rindió a Alba, éste dijo:

—Hemos conseguido una gran victoria.

Y Medinaceli contestó:

—Hemos perdido una victoria mayor; el corazón de las gentes.

Las diferencias de los dos duques fueron en aumento. Alba se quejaba a Madrid de las intromisiones de Medinaceli, pero cada día contaba con menos apoyos. Se le acusó de actuar al dictado de sus caprichos, y de querer la guerra cuando la Corte entera deseaba la paz. Él aceptó las críticas y se limitó a afirmar que la severidad era imprescindible:

—El único remedio de los alborotos es el rigor... Si al principio no se apaga el incendio, habiendo cobrado fuerzas son menester para apagarlo remedios más violentos y eficaces.

Medinaceli opinaba lo contrario. Como Carlos V, que apaciguó a los comuneros a fuerza de clemencia.

Don Fadrique encontró una ciudad resistente, Zutphen, y llevó a cabo una acción modelo de crueldad selectiva: no dejar hombre con vida e incluso meter fuego a parte de la villa. El informe que le hizo a su padre fue minucioso. Comentaba:

—Hoy he hecho ajusticiar a ciento cincuenta de estos bellacos; para mañana tengo más de trescientos, entre ellos burgueses de Mons y franceses de los que allí juraron no servir cuando se rindió aquella villa...

Medinaceli, que había acompañado a Alba al sitio de Nimega, después de insistir en vano en que «el perdón daría aliento a los inocentes», y de que Alba contestara que «no sabía cuáles fueran los inocentes, y que su señoría se lo dijese», afirmó que carecía de sentido que prosiguieran sus contactos. Al día siguiente abandonó el campo sin despedirse. Resultaba tan gracioso como contradictorio que el duque de Alba, durante tanto tiempo insistente en regresar a España, se aferrara ahora al mando militar y se negase a que su sustituto tomara ninguna decisión, ni siquiera tuviese acceso a información alguna. Y no sólo no abandonó los Países Bajos, sino que siguió con la campaña. Ahora quedaba, de nuevo y como siempre, en tela de juicio qué objetivo era el perseguido, y en qué forma, por Felipe II. Ruy Gómez se distanció del problema: afirmaba que el Rey había elegido a Medinaceli con la ayuda del Condestable de Castilla; en realidad, fue él quien hizo la elección.

Acto seguido llegó la siguiente victoria, en la ciudad de Naarden, donde Fadrique hizo una matanza sistemática de la población, mujeres y niños incluidos, unos diez mil muertos, y se le prendió fuego por dos o tres partes. La ciudad, camino de Amsterdam, tardó mucho en resucitar. Era ya invierno y había que detenerse. Alba eligió para establecerse Amsterdam, la única ciudad que negó la entrada, por temor, a los *Mendigos del Mar*. Felipe II, a quien nadie conocía de veras porque él mismo se desconocía, felicitó en esta ocasión al duque:

«Fadrique ha demostrado ser un hijo digno de su padre.»

Es verdad que en eso no mentía. A causa de su enfermedad, incapaz de moverse, Alba estuvo en cama desde principios de diciembre. A partir de mediados de enero se levantaba por las tardes, hasta abril; Fadrique siguió, en su lugar, la campaña. En este mes recibió un paquete de limones, que le enviaba desde España la duquesa. Se encontraba mucho mejor: incluso podía caminar para oír misa en una iglesia próxima a su casa. Pero hasta entonces, desde su lecho, estuvo atento a las hazañas de su hijo. Una fue el sitio de Haarlem, desde primeros de diciembre. Contaba con unos treinta mil hombres, y con la desconfianza de los sitiados en la palabra de los españoles: era necesario resistir. Y, para Alba, era necesario dar otra lección especial. La heroica resistencia de la ciudad hizo que los dos bandos la convirtieran en un símbolo. En el sitio murieron dos miembros de la familia Alba, en un ataque repelido un día antes de la Navidad. El 31 de enero, Fadrique ordenó una segunda ofensiva: una segunda muralla se alzaba ante sus soldados. No cabía otro recurso que rendir a la villa por hambre. Los rigores de la campaña y del frío terrible y desacostumbrado hicieron que un capitán español escribiera:

«Ni entiendo esta guerra ni creo que nadie la entienda. Los que la pagan son los pobres soldados que casi ninguno escapa... Acá pasamos un trabajo increíble, porque de más de la terribilidad del tiempo y falta de vituallas, de cuarenta y ocho horas somos de guardia veintiocho, de manera que no nos queda tiempo para sustentarnos. Dios nos ayude... Hace el más fuerte tiempo que de seiscientos años acá se ha visto, que cada credo se sacan soldados de la trinchera medio muertos... Gente, y no poca, matan los enemigos y el tiempo.»

Tanto fue así que Fadrique pensó levantar el campo. Su padre le escribió:

«Si alzáis el campo sin rendir la plaza, no os tendré por hijo; si morís, yo iré en persona a reemplazaros, aunque estoy enfermo y en cama. Y si faltamos los dos, irá de España vuestra madre a hacer en la guerra lo que no ha tenido valor o paciencia para hacer su hijo.»

Granvela era a la sazón virrey de Nápoles, e insistía ante el duque en que mudara de camino y usase la clemencia. Tampoco Luis de Requesens, virrey de Milán, aprobaba aquel comportamiento, y urgía que era muy necesaria la misericordia. Cuando por fin cayó Haarlem, se le amargó la noticia al duque: los tercios victoriosos se habían amotinado. En la rendición se eliminaba el saqueo, por tanto no había nada que celebrar. Durante ocho meses habían muerto miles y pasado todos hambre y frío sin recibir su paga. Alba le escribió al Rey:

«Quedo en el mayor trabajo que tengo desde que nací... No sé qué decirme y qué remedio ponerle, porque sin dinero no veo ninguno. Es la primera vez que españoles han hecho conmigo esta demostración.»

Se ofreció personalmente a los hombres como rehén hasta que recibieran la soldada. Naturalmente lo hacía para obligar al Rey: no lo conocía bien. Gracias al esfuerzo de su lugarteniente Vitelli, consiguió fondos. Acabó el motín en dieciocho días. Pero don Fadrique arrestó a los cabecillas y los ejecutó de veinte en veinte. Acababa de sembrar la semilla de la desconfianza también entre su gente. Y hay que aclarar que la de los españoles civiles, que vivían y se encontraban por la región, ya la había perdido desde el principio, cualquiera que fuesen sus opiniones políticas.

Alba estaba convencido, por necesidad, de que cualquier cosa que dijera o hiciera, siempre era razonable, lo cual le enajenaba cualquier comprensión o simpatía. A mí siempre me sorprendió, y aún me sorprende, pensar que una persona que tuvo relaciones con el duque fuese Arias Montano. Porque hasta Albornoz, su secretario, escribía a Zayas que los habitantes de los Países Bajos escupían al oír el nombre del duque. Y Arias Montano había ido a Amberes para preparar una edición políglota de la Biblia. Era un intelectual inteligente. Sus relaciones con el duque se basaban sobre las directrices que éste había sido encargado de reformar en algún aspecto, que no le interesaba en absoluto, de la educación y la edición en aquellos países. Y, por lo visto, colaboraron en un nuevo método de censura (de eso sí sabía el duque) y auspiciaron un catálogo de libros prohibidos que el editor Plantin, vinculado con Montano, publicó en 1569 a satisfacción del Rey. Pero lo que me extraña es que el duque mandara hacer una estatua que lo representaba, y lo hiciera con la aprobación —no me atrevo a decir con el entusiasmo— de Arias

Montano. Aquella estatua tenía un sólido pedestal. Fue absoluta y unánimemente denostada por Bruselas, por Italia y por Madrid, y un motivo de sátiras, de burlas y de odios. Hasta tal punto que, cuando por fin Requesens sustituyó al duque, lo primero que hizo, por orden del Rey, fue derribar la odiada estatua. De ahí mi extrañeza porque un casi místico y casi heterodoxo muy sutil, uno de los personajes más extraños, atractivos y sorprendentes de una parte tan agria de la historia española, como fue Arias Montano, teólogo de prestigio en Trento, perteneciente a la extraña secta de *Familia Charitatis* (que se ocupaba, en los Países Bajos, de las relaciones del creyente con el Creador, sin reparar en intereses de otro tipo), un defensor del hebraísmo bíblico, influido hondamente por el esoterismo cabalista, que puedo comprender que se relacionase con El Escorial y su biblioteca, Arias Montano, animase a la construcción de semejante estatua sobre semejante pedestal. Eso demuestra que nadie nunca estará exento de cometer terribles equivocaciones. Y me asombra ésta a mí, tan hecho a ellas. Por fortuna, tal error le duró poco a Arias Montano. Pronto comprendió la equivocación grave, que él vio al principio en los impuestos, sobre los que su opinión, como sobre otros puntos, era muy importante para el Rey. Montano se acabó convenciendo de que los métodos del duque sólo podían conducir a la derrota. A una petición del Rey, le mandó unos informes que contribuyeron de una manera importante al cambio de la política real en los Países Bajos. Pero, entonces, ¿por qué ese afán de estatuas erigidas sobre corrompidos pedestales, que sólo suscitan la abominación?

Al mandar a Medinaceli, el Rey había manifestado quedamente, según su estilo, su voluntad. Pero ni Alba ni sus hijos querían dejar su tarea de opresión y de sangre. Cuando resultó claro que Medinaceli, ni con el duque de Alba ni sin él, de ninguna manera progresaba, el Rey, harto (y para que se hartara, bien lo sé yo, y más aún para que lo dijera, se necesitaba mucha cuerda), decidió relevarlo y asegurar la partida de Alba. Fue cuando nombró a Luis de Requesens, su viejo amigo. Pero eso sucedió ya el 30 de enero de 1573. También delicado de salud, el recién nombrado, vio con horror la tarea que se le encomendaba. El Rey insistió en que la aceptase sin poner trabas. Y lo hizo. Que Haarlem no había servido ni de lección se demostró en Alkmaar, pequeña localidad que, el mismo día de su ultimátum, se negó a abrir sus puertas. Ya se había negado a recibir a los hombres de Orange, para mantener una cautelosa neutralidad; pero, cuando los españoles la retaron, decidió una asamblea recibir a los de Orange. Las tropas españolas, como solía suceder, estaban amotinadas; no pudo iniciarse el asedio hasta agosto de 1573. Alba estaba furioso por el desafío. Escribió al Rey:

«Si se toma por fuerza, estoy resuelto a no dejar criatura con vida, sino hacerlas pasar a todas a cuchillo. Quizá con el ejemplo de la crueldad se avendrán las demás villas.»

No escarmentaba. Ni siquiera cuando, sin darse cuenta, porque le flaqueaba la cabeza, escribió la palabra *crueldad*.

Fadrique, que, gotoso también, era llevado por los suyos en una silla, se enteró de que los habitantes de la pequeña ciudad habían decidido como último recurso abrir los diques que impedían al mar inundar sus campos. Lo cual se llevaría por delante también a los españoles.

Así, el 8 de octubre levantó el sitio. Aquel pueblo había triunfado sobre los sitiadores. Sólo en siete semanas.

Los reveses en la tierra y en el mar fueron fatales para Alba. Tengo copia de una carta que escribió, desde Amsterdam, a su cuñado, Antonio de Toledo, gran prior de la Orden de San Juan en León:

«Yo soy el hombre de la tierra más mal contento de ver la manera que me han tratado tres años ha, teniéndome por teniente del duque de Medina y del comendador mayor Requesens, para quitarme la autoridad... Ésa es la principal causa para las alteraciones que en el día de hoy hay en estos estados. —Requesens no había llegado aún. Alba estaba sin ayuda y sin dinero—. Por amor de Dios, me quite este gobierno, y cuando no pudiera de otra manera, envíe a alguno que me dé un arcabuzazo que me saque de él.»

Hasta el 17 de diciembre, en que llegó Requesens a Bruselas para relevarlo oficialmente el día 19, no se libró Alba de sus terribles y enfermizas contradicciones. Tantas que al recién llegado le dijo lo que había aconsejado al Rey que hiciera: quemar todo el país que nuestra gente no pudiera ocupar.

El 18 de diciembre abandonó por fin Bruselas. Había concluido el pedestal de su estatua.

Requesens, el pacificador, comprobó que hasta los católicos estaban airados contra el proceder del duque. Él se proponía una política de atracción, diplomática y conciliadora, sin interrumpir las intervenciones militares contra los elementos rebeldes de las provincias del Norte. En este aspecto, el fracaso del sitio de Leyden y la capitulación de Middlesburgo se vieron compensadas en parte por la victoria de Moock. Pero la reticencia y la indisciplina de los tercios, faltos de pagas, provocó el fracaso de Requesens, que había concedido una amplia amnistía, condonado impuestos y disuelto el aterrador Tribunal de los Tumultos. Tampoco tuvo éxito su negociación secreta con Orange. En definitiva, lo único que hizo bien fue morirse de repente en Bruselas, el 5 de marzo del 76. Tras de sí dejó una situación muy tensa. Él era un hombre colérico, pero con un fondo bondadoso y un físico enclenque. Con él terminó ese país, como terminó luego, pronto, con don Juan de Austria. Pero don Juan merece un capítulo aparte.

Durante algún tiempo he tenido una ferviente curiosidad por saber cómo era, en cuestiones de sexo, el Rey Felipe II. (Ahora no la tengo ni por mí.) Cuando iba a casarse, con diecisiete o dieciocho años, con la infanta portuguesa, su padre le escribió una carta llena de temores, a la que ya hemos hecho referencia. Parece que Silíceo le había asegurado que el príncipe no tuvo antes contacto con ninguna mujer. Silíceo, por muy alto que llegara en su carrera eclesiástica, era un imbécil. Por supuesto que el príncipe, entonces atractivo como buena parte de los muchachos de esa edad —con alguna excepción, como precisamente la portuguesa con quien iba a casarse—, atrajo la atención de una Corte llena de mujeres. Había una en especial, llamada Isabel Ossorio, dama de su madre, madura y atractiva, con la que compartió los primeros ardores de su cuerpo, aunque no fuesen realmente incendiarios. La carta de su padre aludía a la contención de los grandes apasionamientos: los que mataron a su tío abuelo, único hijo varón de los Reyes Católicos, y volvieron loca a su abuela doña Juana. Se conoce que los españoles, metidos en su caparazón, cuando tienen la posibilidad de desmandarse, sean varones o hembras, no quieren dejar de seguirla disfrutando.

No pienso que ése fuese el caso de Felipe de Habsburgo. Si lo hubieran casado con la infanta Isabel, portuguesa hija de su tía Leonor, quizá habría sido distinto. Pero las infantas eran propiedad de los reinos, que las utilizaban a su conveniencia. Y, cuando la Reina doña Leonor fue Reina viuda, hubo de volver a España por razones familiares y a nadie se le ocurrió la posibilidad de que su hija la acompañara, en lugar de quedarse con su hermano de padre Juan III. Esa infanta he sabido que tenía cierto interés; pero María Manuela era gorda, tragona e inservible. Y, por descontado, prima varias veces de su pretendiente, razón por la que su hijo fuese como fue el príncipe don Carlos, o sea, tan inservible como ella. La frontera entre los dos países, España y Portugal, adelgazaba con cada matrimonio entre infantas y príncipes. Pero en este caso fue peor. La princesa murió con diecisiete años, al dar a luz, es posible que por las sangrías en las piernas con las que la martirizaron los físicos unos días antes, o por la falta de higiene de las parteras, o también pudo ser por la razón que se dio oficialmente: un empacho de melón. Porque la jovencita comía sin cesar. Sus padres le escribían que no lo hiciera a todas horas. Y el Emperador le escribió a su hijo, en el sentido contrario que de novio, que se esforzara un poquito como marido en acompañar a la princesa obesa. Todos decepcionados.

Parece que la que le enseñó a hacer el amor fue Isabel Ossorio, y con ella, de mayor, fue con quien quizá se realizó íntimamente. Por lo menos al principio. No con la princesa de Éboli, con la que sólo fue ave de paso. Y quizá tampoco con Eufrasia de Guzmán, dama de doña Juana de Austria, su hermana, con la que parece que, como con la Éboli, tuvo un hijo, nieto teórico de Antonio de Leiva, el de Pavía, y por tanto, tercer príncipe de Ascoli, que no estuvo lejos de la sodomía de la que a mí se me acusó: tan lejos como yo. Por lo demás, en el fondo, sus esposas nunca le interesaron. Ni como compañía ni por sus menores o mayores encantos sexuales. Es cierto que no tuvo suerte con sus matrimonios, como sí la tuvo su padre con el único suyo; pero también lo es que un Rey de su amplio espectro habría tenido las mujeres que hubiese deseado, pero las deseó, si es que las deseó, con muy poco empuje. Quizá permaneció siempre, o mucho tiempo al menos, pendiente de la Ossorio, su primera pasión, con la que se inició en el sexo, pese a la vigilancia de su ayo Juan de Zúñiga que, en esto, era o se hacía el estúpido. La dama llegó a serlo de la corte de la princesa Juana. El príncipe se deslumbró ante el atractivo bien cuajado de una hermosa mujer: le habría sucedido a cualquier adolescente; algo normal tenía que tener éste. Y siguió cultivándola aun después de casado con la portuguesa pavisosa. La fascinación de un primer amor no desaparece nunca del todo y, aunque se vaya, se busca en los amores sucesivos.

Isabel de Ossorio formó luego parte de la pequeña corte que la princesa Juana reunió en Toro, junto con don Carlos, el hijo de Felipe. Tales amores acabaron por ser lo suficientemente públicos que la dama no pudo o no quiso casarse, porque de alguna forma se sentía la esposa verdadera del príncipe, o acaso aspiró a serlo: muy vana aspiración en tiempos en que los matrimonios eran pactos y ocasiones de interés y ventajas, y en un lugar en que la política empleaba para su desenvolvimiento armas dinásticas. La Ossorio era rica, y lo fue más cuando Felipe, con un gesto ambiguo, como para poner fin a esa relación sin duda no bien vista, hizo merced desde Bruselas en febrero del 57, de un juro de heredad de dos cuencos de maravedís situados en las rentas y tercios del pan de la ciudad de Córdoba. Luego, en julio del 62, Isabel compró, al real Consejo de Hacienda, las villas de Saldañuela y Castelbarracín, cerca de Burgos, donde fundó un señorío. El príncipe Guillermo de Orange, en su *Apología*, asegura que el príncipe Felipe se casó secretamente con ella. Es imposible; en plena pubertad, con un padre como Carlos, con una mujer en plenitud, en un lugar como España... Por otra parte, fue el príncipe mismo el que eligió a la portuguesa que iba a ser su esposa, sin conocerla, claro. Y de los tres hijos de que habla Orange, o de los dos que nombra —Pedro y Bernardino— ni los escritos de la época habrían dejado de dar cuenta ni Felipe de hacerse cargo de ellos, aunque con todo sigilo como era la costumbre, y como siempre lo hizo, favoreciéndolos de cualquier manera. A mí desde luego no podrían habérseme ocultado.

De lo que no cabe duda es de su amor por la Ossorio. A verla a ella va, viudo tan joven, cuando se acerca a ver a su hijo de seis años. Como cualquier enamorado, en cuanto le es posible viaja de Madrid a Toro, donde lo esperan sus delicias. En julio de 1551 llega a España, y enseguida acude a Toro, no a dejar todos los asuntos de Estado: la prueba es el despacho al Emperador de 27 de septiembre, porque Francia ha vuelto a romper la paz, y hay que prepararse para la guerra, mientras acecha el Turco. Pero quince días después regresa a Toro. Hay cartas a su primo y cuñado Maximiliano, que demuestran ese amor que tiende a manifestarse con la intensidad de un primer día:

«Ayer vine aquí donde me pienso holgar... —Y, cuando no lo puede hacer, se queja—. Hicimos antier el torneo que te escribí, y yo me encontré tan desalentado que me salí de él... Y otras nuevas, no sé decir, sino que he partido de Toro con grandísima soledad.»

Tales palabras no se escriben, o por lo menos no el príncipe Felipe, por un niño pequeño medio idiota.

Quizá el amor o su fiebre aminoran. En 1554 acepta, sin protesta ni reserva, su matrimonio con María Tudor, quizá de la edad de la Ossorio; pero, Dios mío, qué distintas las dos. Después sus vidas se separan. Isabel habitó en Saldañuela, donde en 1574 fundó un mayorazgo en favor de su sobrino Pedro de Ossorio, hijo de su hermana doña María de Rojas. ¿Sólo eso quedó de aquel amor? ¿Y todo lo que dio que hablar y que escribir en medios cortesanos? No terminó, como se creía, en 1548, cuando el príncipe hace el viaje por Europa acompañando a su padre, que deseaba que conociese sus reinos y fuese conocido por sus futuros súbditos. Y él mismo quizá deseaba que aquella relación tan candente acabase, pero lo quiso en vano. ¿De dónde procedían, si no, aquellas joyas incluidas en la escritura de ratificación del mayorazgo de Pedro Ossorio, cuando éste se casa en 1583? ¿Y el bello palacio de Saldañuela, que siempre fue conocido por un nombre infamante? Doña Isabel Ossorio no muere hasta 1589, y quizá su última palabra fue «Felipe», el nombre que la ensalzó ante sus propios ojos.

Es hermoso contemplar la influencia del sentimiento de amor en el alma de quien ama. Esta década nos enseña un príncipe dócil, generoso, clemente, defensor de su pueblo, cuyas necesidades y tribulaciones le duelen y así se lo señala a veces a su padre. Enamorado al que el amor hace valiente, hasta el punto de que en 1552 quiere ponerse a la cabeza de los tercios y ayudar al Emperador, tan acorralado en esas fechas por los acontecimientos del Imperio, cuando la traición de Mauricio de Sajonia lo cerca y lo deprime. Un Felipe tan distinto del lejano, insensible, frío, incluso temeroso y ensimismado que vendrá después. Si en alguna ocasión sintió deseo, parece haberlo tenido, como todas sus emociones, controlado. Sintió, por supuesto, alguna vez, lo que él denominaría tentaciones, y cayó en ellas. Hay algún incidente, casi cómico, con una dama en Londres, ante la inapetencia por la Tudor; visitas cortas en Flandes u otros lugares a señoras no demasiado difíciles, o bellas con una reputación más o menos dudosa, o mejor, más o menos indudable. Ya vimos lo sucedido los primeros años con Isabel de Valois, y en los previos a la consumación legítima del matrimonio de la Éboli. En las primeras circunstancias, casado y sin poder ejercer todavía sus derechos, tiene su relación con Eufrasia de Guzmán y algo más ligero con Magdalena Girón... Pero nada que pueda compararse a aquella inicial llamada a la que es inútil resistirse o dejar de responder.

Lancemos una mirada fría a su fría vida conyugal. Con María de Portugal, tan niña y tan comilona, no llegó a estar casado ni dos años. Cuando tuvo que cumplir sus deberes conyugales, se destapó con una sarna. Y ya sabemos que, algo después, sus suegros y su padre hubieron de intervenir, cada uno por su lado, para suavizar la frialdad con la que trataba a su esposa, que era una adolescente. Con María Tudor no hubo siquiera lugar a las simulaciones amorosas. Era estéril y sin ningún atractivo, y su matrimonio, sólo político. Alguna apariencia de embarazo lo retuvo. No mucho, porque pasó con ella quince meses de los cuatro años que duró su matrimonio.

Quizá a Isabel de Valois, que vio a escondidas por primera vez en el Palacio del Infantado en Guadalajara, sí la vio con agrado, o al menos con incierta ilusión. Porque la conoció niña, aún no núbil, y tuvo que esperar años para poseerla, y aún así la amó cuanto podía amar, que no era demasiado en tales circunstancias. Se decía que, en los primeros años de sus relaciones, Isabel estaba despierta por las noches esperando en vano la visita real. Y también se decía que, en ocasiones, él acudía a la habitación de ella muy tarde, acongojado como siempre por sus tareas de oficina y secretaría, y comprobaba que la Reina dormía y lograba escaparse contento de sí mismo, porque la falta no había sido culpa suya y porque había cumplido el deber de marido con extrema facilidad. Él le llevaba casi veinte años. Llegada en 1560, hasta agosto de un año después no fue púber, y hasta el año siguiente no hizo vida marital con Felipe. En junio del 62 estaba embarazada. Lo celebraron yéndose de caza los dos a El Bosque. Fue una falsa alarma. No se quedaba encinta. Felipe tuvo que ir seis meses a Aragón en el 63. Y Catalina de Médicis, entonces Reina regente de Francia, se impacientaba por la tardanza de su hija en preñarse o en que la preñaran. Le escribió a su embajador para que comunicase al Rey que ella «quería ver hijos» y recordarle «la fama de buen marido que había dejado en

Francia». El Rey recibió al diplomático, y le aseguró que trataría de mantener tal fama. Se llevó, en mayo del 64, a su Isabel a Aranjuez, y tuvieron allí una especie de segunda luna de miel. La primera había sido siniestra: el Rey quiso homenajear a la Reina recién casada y niña con un auto de fe en Toledo, donde se quemaron más de cincuenta herejes. El Rey disfrutaba con tales ceremonias, pero la pequeña no estaba acostumbrada a esas grandiosidades, y tuvo una enfermedad rara, quizá unas simples viruelas, que el Rey atribuyó a los malos aires de Toledo. Eso lo empujó a trasladar la Corte a Madrid definitivamente. Pero fue en esa segunda luna de miel de Aranjuez donde no tuvo tiempo para otra cosa que para cabalgar sobre la Reina, cabalgadas que por lo visto la llenaban: no tenía ninguna experiencia. En julio estaba por fin embarazada. Lo celebró toda la ciudad de Madrid iluminada, echando a sus gentes camino del palacio. Al siguiente mes tuvo una hemorragia nasal: purgas, lavativas, sangrías y un aborto. Los médicos españoles la dieron por muerta. Sólo un médico italiano la salvó. En septiembre ya estaba bastante recuperada, pero aún con las cicatrices de torniquetes e incisiones. El Rey se portó como un marido preocupado: en las enfermedades él ofrecía una compañía más constante y atenta que en la salud. Como si fuese un sádico. Una vez que sanó, se largó solo a El Escorial. En noviembre habló con el embajador francés de nuevo. Le consultó si Catalina de Médicis había enfermado durante su primer embarazo. El diplomático le aseguró que no. El Rey delegó entonces en su suegra la dirección de la conducta que, en adelante, debería seguir la joven Reina respecto de aquel tema, que a él le agobiaba no poco.

Hasta febrero de 1576 no se quedó preñada la Valois. Las consecuencias fueron regocijos populares y afectos regios. La pareja se recluyó unas semanas en Segovia. El 1 de agosto se produjo un primer dolor de parto, que provocó la inmediata llegada del Rey. Pero parece que tal alarma se transformó en unos estados febriles solamente. El parto comenzó días después, y el Rey presenció todas las circunstancias, dándole de cuando en cuando una pócima para aliviar el dolor, que había mandado desde París su suegra. El Rey esperaba, está claro, un varón. Fue, como es natural, una niña. Preciosa, o así les pareció a sus padres. Fue a la que más quiso el Rey nunca. Tanto que siempre se propuso hacerla Reina. No pudo serlo de España. Lo intentó con Francia cuando fueron muriendo los hermanos de su madre. O con Inglaterra, en sustitución de la malvada Isabel I, una vez asesinada o ejecutada María Estuardo: casi sólo por eso merecía la pena la muerte de Juan de Austria, que aspiraba a sentarse en aquel trono. Tampoco pudo ser para Isabel Clara Eugenia. Y, en último extremo, la nombró entonces gobernadora de los Países Bajos, a manera de Reina, para lo cual tuvo que casarla, dinásticamente, con su primo Alberto, que ya era cardenal. Pero nada importaba con tal de ver a Isabel Clara, la niña de sus ojos, sentada en algún trono. De momento, al nacer, casi mató a su madre de fiebres puerperales. Sin embargo, se recuperó bajo la mirada exigente del Rey.

En octubre del 67 volvió a parir la Reina: otra niña, Catalina Micaela. Durante el embarazo, Felipe no apareció. Llegó para el parto, quizá sólo para desanimarse porque no fue varón el neonato. Se fue solo a Aranjuez y no volvió ni para el bautizo. Con todo y eso, la Valois era joven y fértil: se hacía necesario insistir. Para mayo de 1568 estaba de nuevo en trance de buena esperanza. Le impusieron una vida tranquila: se jugaba a los naipes, a los tejos, a los dados, se escuchaba las gracias de los bufones o las pequeñas obras de teatro en su cámara privada, porque el Rey no era partidario del teatro en corrales, y porque hacía poco de la muerte en prisión del príncipe don Carlos, buen amigo de ella. Así pasó al caluroso verano. Y entonces, la Reina cayó enferma: se desmayaba, lloraba sin ton ni son pero con frecuencia, tenía tembladeras, no comía, no dormía... Los médicos ignoraban a qué carta quedarse, y se miraban mudos los unos a los otros. Aplicaron, como siempre, sus sangrías y sus torniquetes y sus enemas. Precipitaron así un aborto. Fue durante la mañana del 3 de octubre. Era una niña muerta. La madre murió esa misma tarde. A la avanzada edad de veintidós años. El Rey había pasado con ella las últimas horas: le tomaba la mano mientras oían misa, la confortó con palabras edificantes. Y estuvo presente mientras la amortajaron con un hábito franciscano. Porque había muerto el día de San Francisco.

Felipe se fue al convento de San Jerónimo el Real de Madrid, a considerar la caducidad humana durante dos semanas, en las que oyó continuamente misas por la difunta. No volvió en sí hasta el 21 de octubre. Entonces se fue a El Escorial a recluirse otra vez. No quería ni oír hablar de matrimonios. Cuando le escribió su suegra Catalina proponiéndole otra hija suya como novia, Margot de Valois, ni siquiera contestó. Llevó luto un año antero. Consideraba a Isabel, o eso decía, como irreemplazable. En su lecho de muerte, el de él, dio a Isabel Clara el anillo de boda de su madre, y le pidió que jamás se lo quitara de su dedo.

Pero era necesario buscar un heredero. Entre otras cosas porque el infeliz don Carlos también había muerto en 1568. Decidió casarse con una sobrina suya, Ana de Austria. A la que llevaba veintinueve años. Con ella hizo quizá verdadera vida familiar. De siete hijos, dos nacieron muertos y cuatro se malograron pronto. Sólo quedó el que luego ha sido el espantoso Felipe III. A pesar de todo, había entre ellos, marido y mujer, una frialdad extraña: en general, quiero decir, no en Felipe II. Ella le proporcionó más compañía y durante más tiempo que sus otras mujeres. Este matrimonio estrechó aún más los lazos que unían a las dos ramas de la casa de Austria. El matrimonio se celebró primero por poderes representando al Rey Luis Venegas de Figueroa. Días después embarcó la nueva Reina para trasladarse a España, y el 3 de octubre de 1570, a los dos años justos de morir su antecesora en el trono español y en la cama del Rey, desembarcó en Santander acompañada de sus hermanos, los archiduques Alberto, al que más tarde casaría con Isabel Clara, y Wenceslao. Allí la esperaban don Juan de Zúñiga y el duque de Béjar, que la condujeron, por Burgos y Valladolid, hasta Segovia, donde la esperaba el Rey con su hermana doña Juana. En Segovia se ratificó suntuosamente el matrimonio el 12 de noviembre.

Ana imprimió a la Corte un aire sencillo y noble a la vez. Llano y encantador y aburrido: familiar, en una palabra, lejos de la rigidez y el ceremonial borgoñón. El matrimonio duró diez años, y yo diría que fueron los más felices de la vida del Rey Felipe, que tendía, por gusto y por edad, a ocuparse de sus asuntos como un buen burgués negociante y a cuidar sus fincas de recreo, rodeado de una familia lo más numerosa posible. Parece que la muerte de los pequeños sucesores fue uniendo más las ataduras que todo matrimonio supone. Las cartas que, desde Portugal, escribió el Rey a sus hijas Isabel y Catalina, tienen, mezclados con olvidos y confusión de nombres, un tono paternal muy claro, si bien delega con excesiva intensidad en las muchachas, fruto de su anterior matrimonio, mientras se equivoca en los cumpleaños y en los gustos de unos de sus hijos con otros. Sólo el cuarto aseguró la sucesión. Empleo el verbo asegurar en un sentido amplísimo...

Cuando llegó el momento de anexionarse Portugal, la presencia de Felipe se hizo imprescindible en la frontera extremeña. Ana de Austria decidió acompañar al Rey a Badajoz. Fue entonces cuando se instaló la Corte en la ciudad, a principios de 1580, y cuando una epidemia de gripe arriesgó la vida del monarca. Su esposa no se separó un instante de él y, como desdichada consecuencia, contrajo la enfermedad. Fueron inútiles las medidas que se tomaron para salvar su vida. Murió el 16 de octubre, a los treinta y un años. No cumplidos. El Rey tuvo que seguir la carrera de la incorporación portuguesa, supongo que nunca le pesó tanto su destino; tampoco a mí el mío. Por fortuna vino en ayuda del Rey la gelidez que caracterizaba a los hijos de Carlos V. El Emperador, aparte de los primeros roces con su hermana Leonor, siempre había sentido por el resto un claro afecto y un mayor agradecimiento por la utilidad que le proporcionaban. Sobre todo, por María de Hungría, la cabeza más clara de toda esa familia. Quizá por su hermano Fernando sintió un afecto mucho menor; pero, en cualquier caso, nada tenía que ver con la distancia cordial que había entre Felipe y sus hermanas. Lo mismo le sucedía con cualquier persona, no sólo con las de su sangre: cualquier emoción que sintiera, cuanto más fuerte fuese, menos le duraba. Y la verdad es que eso se había convertido en una contraseña de la casa.

Cuando su hermana María, compañera de infancia, regresó de Alemania, en 1582, después de una ausencia de treinta años, Felipe se emocionó hasta las lágrimas. Él mismo contaba que, cuando sus dos carrozas estuvieron frente a frente, se apearon ambos y corrieron uno al encuentro del otro, fundiéndose en un apretado abrazo —por supuesto que ya ni se reconocían— delante de los cortesanos. Por muchas tierras que hubieran poseído, por muchas personas que hubiesen entrado en sus vidas, ahí estaban los dos solos de nuevo, recordando —digo yo— su infancia. María había tenido siete hijos con su primo Maximiliano I, la mayor de los cuales acababa de morir hacía un año, contagiada por Felipe de gripe. Pero aquél fue un encuentro conmovedor. No obstante, la verdad es que la conmoción duró muy poco. Felipe volvió a sus papeleos, y María no tardó en encontrar la vida de la Corte perfectamente vacía y angustiosa. Y se retiró, con el pretexto de una tardía, casi póstuma, vocación, a un convento, el de las Descalzas Reales, fundado por su hermana Juana, casada con Juan de Portugal y madre del Rey don Sebastián, al que había dejado con tres meses, sin mucho dolor, en aquel país, y por la muerte del cual pudo hacerse su hermano Felipe Rey luso. María ya sólo vio a su hermano muy de cuando en cuando. Y Juana, que había abandonado a su hijo único, Sebastián, rarito como todos, y no volvió a verlo jamás, murió en aquel convento en 1573. Pese a todo, se dijo que, hacia el 59, se había liado con su consejero espiritual, el frecuente Francisco de Borja, cosa que yo jamás he creído: en la Corte se tenía la costumbre de liar a ese Borja con casi todas las mujeres, antes y después de hacerse cura: parece que presintieran su canonización. En todo caso, Juana era famosa por su absoluta frialdad. Como su hermana, prefería estar sola incluso a bien acompañada. Hasta cuando vivían bajo el mismo techo, Felipe y sus hermanas comían por lo regular a solas, paseaban a solas por los jardines y, si iban de caza, cazaban también a solas. A un embajador veneciano, que era del todo contrario a él en esto, le confesó Felipe II que estar solo era su placer más grande. Formaban los tres, por tanto, lo que se dice una familia divertida.

Querría referirme ahora a un miembro muy especial de esa familia. Durante mucho tiempo fue el único hijo varón de Felipe II. Su madre, hija de la hermana menor de Carlos V, sólo le sobrevivió cuatro días. Nació en 1545. Su padre estuvo fuera de España de 1548 al 51 y del 54 al 59, es decir, ninguno de sus progenitores desempeñó papel alguno en la educación del príncipe. Tampoco la hubiese mejorado su intervención, porque está claro que a ese príncipe Carlos le aquejaban, en grado sumo, las anormalidades mentales manifestadas por la mayoría de sus parientes. ¿Será necesario que lo recordemos? Su bisabuela Juana pasó la vida recluida en Tordesillas, precisamente acompañada de su abuela Catalina hasta 1555, azotada y golpeada con frecuencia por sus guardianes con autorización de su hijo, el Emperador Carlos. La abuela de esa bisabuela murió encerrada por loca en el castillo de Arévalo. Por dar alguna otra muestra, su primo el Rey don Sebastián, también abandonado por sus padres y lleno de manías extrañísimas y de impotencia durante toda su corta vida, tenía una dosis doble de la herencia de Juana *la Loca*, debida a la endogamia permanente de los Habsburgo y los Trastámara. Creo que debo hacer constar que, en vez de ocho bisabuelos, el príncipe don Carlos sólo tenía cuatro, y en lugar de dieciséis tatarabuelos, sólo tenía seis. Demasiadas escaseces para una familia que no andaba en la abundancia, pero que en los antepasados cifraba a la vez todos sus derechos y sus mayores carencias.

Siempre oí decir, aunque nunca estuve convencido, que la personalidad de don Carlos se deterioró en tres fases. La primera comienza en 1554, a los nueve años, cuando su padre sale para contraer matrimonio, el segundo, en Inglaterra. Yo he leído un relato encantador de padre e hijo, pescando, cazando y comiendo juntos ya en la Corte de Toro con su tía Juana, más bien helada, ya en el camino de la costa donde habría de embarcarse el Rey. Hasta esa altura, según el relato, el príncipe podía considerarse un niño relativamente normal. La ausencia de su padre duró cinco años; pero no creo que lo hubiese mejorado su presencia. Carlos empezó a leer y a escribir muy tarde; más, a los veintiún años su escritura era irregular y casi ilegible. Y, en el 58, su preceptor Honorato Juan, que también había sido maestro de su padre, admite ante éste que no sabe qué hacer para que el príncipe aprendiese algo con pies y cabeza. Yo recuerdo a la perfección haberle oído decir a mi padre Gonzalo (y mucho más aún a Ruy Gómez, al que luego le tocó estar más cerca que nadie del príncipe) que «esos de la casa de Austria hacen tarde, como se vio en el Emperador que en gloria esté». Tal afirmación perdía toda razón de ser cuando, al pasar los años, el príncipe sólo demostró interés por el vino, la comida y las mujeres.

La segunda fase del deterioro comenzó en 1560. A partir de ahí padeció largos ataques de fiebre, ataques que también afectaron antes a su padre y a su abuelo, y que minaron su salud, pero no preocupaban terriblemente a sus médicos, que conocían sus antecedentes familiares. Fue a partir del 62, cuando comienza la tercera fase, mientras estudiaba, por llamarlo de algún modo, en la Universidad de Alcalá. Con don Carlos estaban dos de las personalidades de su edad más sobresalientes de la época: su primo Alejandro Farnesio, hijo del segundo matrimonio de Margarita de Parma, que tenía dos años más que él, y don Juan de Austria, hijo de Carlos el Emperador, que contaba con su misma edad y era tío suyo. Dos familiares que lo querían y que deseban lo mejor para él, compañero en la universidad y en la vida y en la familia y en los proyectos; todos soñaban con la gloria: dos de ellos la alcanzaron.

Don Juan se alojaba en el mismo palacio que don Carlos, y Alejandro en un lugar independiente en la ciudad de Alcalá. Este último era el mejor estudiante de los tres, quizá por ser el único hombre que haya sido, a la vez, nieto de un Papa y de un Emperador. Don Juan sobresalía en equitación y natación y esgrima. Don Carlos era inferior a ellos en todo menos en extravagancia, en que no había nadie que lo superase. Se trataba de un despojo humano, con un físico tarado y un espíritu no menos enfermizo y alarmante. He tenido en mis manos los testimonios más variados. El embajador veneciano Federico Bodoaro escribió de él lo siguiente:

«El príncipe don Carlos tiene doce años de edad. Su cabeza es desproporcionada con el resto del cuerpo. Sus cabellos son negros. Débil de comprensión, anuncia un carácter cruel. Uno de los rasgos que de él cuentan es que, cuando le llevan liebres cogidas en trampas, u otros animales semejantes, su gusto es verlos asar vivos... Un día le había regalado una tortuga de gran tamaño y este animal le mordió en un dedo, al punto le arrancó la cabeza con los dientes. Parece ser muy atrevido y en extremo inclinado a las mujeres... Todo en él denota que será terriblemente orgulloso, porque no puede sufrir el permanecer largo tiempo en presencia de su padre o su abuelo con el gorro en la mano. Llama hermano a su padre y padre a su abuelo. Es irascible y muy testarudo. Le gusta bromear y dice en todo momento tantas cosas que su maestro las ha recogido en un cuaderno para enviarlo al Emperador.»

Y el embajador Dietrichtein, cuando el Emperador Maximiliano le pidió informes sobre una posible boda entre el príncipe y la que luego fue la mujer de su padre, Ana de Austria, le escribe palabras demoledoras. Le habla de su pecho mezquino y de una leve joroba en la parte baja de la espalda que le hacía parecer con un hombro más bajo que el otro; de su voz chillona y tartamudeante que pronuncia mal y confunde las erres y las eles. Pero lo más grave era su carácter, histéricamente empeñado en realizar algo importante que, según él, su padre le impedía. Su obsesión era cumplir siempre su santa voluntad. Era caprichoso y atrabiliario hasta límites inconcebibles. Y, a sus precedentes de consanguinidad, se unieron su soledad, su condición de zurdo reprimido, y hasta aquel accidente de la escalera del que luego hablaré.

A pesar de todo, las Cortes de París y de Viena no abandonaban su propósito de ofrecer una princesa o una archiduquesa como esposa de semejante heredero, y a su mano aspiraban también dos viudas: doña Juana de Austria y María Estuardo. A la mano de ésta aspiró luego don Juan, aludiendo que Escocia sería para España la mejor base para defender los Países Bajos, y que el catolicismo se reinstauraría en Escocia, y luego en Inglaterra, cuando al morir sin hijos la Reina virgen, María Estuardo, heredara la corona inglesa. (Tuvo, naturalmente, que heredarla su hijo, un sodomita, porque a ella la decapitó su amable prima.) Pero volvamos a otros accidentes. El príncipe don Carlos se precipitó por unas escaleras sufriendo gravísimas lesiones en la cabeza. Durante algún tiempo perdió la vista y, según se decía, salvó la vida gracias a la momia de fray Diego de Alcalá, cuya canonización solicitó el Rey del Papa Pío IV, que acostaron en su cama junto a él. Yo creo que, más que nada, la salvó por una trepanación realizada por el gran médico Vesalio, que había sido médico del Emperador y permaneció después en la Corte, de la que desapareció sin que se volviese a saber de él, poco después de esta operación. La herida estaba totalmente cicatrizada el 17 de julio del 62, cuando don Carlos volvió a Madrid, justamente el mismo día que llegaba a la Corte el señor de Montigny, enviado por Margarita de Parma, y cuya suerte vino a entrelazarse, por desgracia, con la del infortunado príncipe.

Todo esto lo sé mejor que casi nadie porque Ruy Gómez estaba ya de mayordomo del príncipe, nombrado por el Rey por dos razones: la amistad íntima que los unía y la certeza de que guardaría el secreto de cuanto allí acaeciera.

A los seis meses pudo andar otra vez el príncipe, pero ya nada sería lo mismo. Había momentos y situaciones en que se comportaba como un niño pequeño. Fueron conocidas y pregonadas por el vulgo sus destemplanzas y rabietas. Los embajadores empezaron a aconsejar a quienes representaban que no se les pasase por la imaginación proyectar matrimonio alguno con aquel heredero, por insuperables que fuesen sus dominios. El de Francia escribió:

«Es un loco furioso, y todos aquí se compadecen del destino de la mujer que tenga que convivir con él.»

A un paje que lo contradijo lo arrojó por una ventana; a un zapatero que le hizo unas botas estrechas, le obligó a comérselas; a sus caballos los trataba, si no le obedecían con presteza, con un salvajismo no visto —y eso en España, en que se ha visto todo—; a los ministros y delegados de su padre llegó a atacarlos, por ira, con cuchillos; de su daga, ya lo mencionamos, no se libró ni el duque de Alba, que, la verdad, era insoportable. A pesar de todos estos tropiezos, el Rey creo que lo sobrellevaba con paciencia y aún no pensaba que todo aquello era el resultado de una demencia. Durante su enfermedad lo acompañó fraternalmente; se sentaba a su cabecera y rezaba por su recuperación; no comenzó aún a sentir la antipatía esencial que sintió luego, y deseaba con toda su alma la recuperación de su hijo único.

Cuando mejoró, el Rey trataba de que formara parte activa en los negocios del Estado. Conociéndolo, quizá lo hacía para probar hasta dónde se podría contar con él. El príncipe reaccionó al principio como su padre deseaba: asistió al Consejo de Estado, y escribía con asiduidad a su tía Margarita de Parma, sobre los asuntos de los Países Bajos, como si ella no tuviese bastante con lo suyo y con interpretar la caligrafía del príncipe. Aquel tema suscitaba toda su atención; sin embargo, nada podía encubrir las carencias radicales. Hay una carta, escrita antes de llegar yo, que, por pertenecer al archivo de mi padre, he podido leer. Es de 1564. En ella, el Rey informa a Alba, entonces en contacto con Catalina de Médicis, que pretendía casar a su hija Margot con Carlos y a su hijo Carlos IX, con Ana, que luego sería su propia esposa. Le informa, digo, hablando del heredero, que, «en juicio y en ser, como en el entendimiento, queda muy atrás de lo que en su edad se requiere». Ya tenía diecinueve años. De ahí que la postura del Rey se fuese endureciendo, respecto a él, día a día. Sin duda insensiblemente. Y sin duda como Rey, no como padre, si es que Felipe era otra cosa que un pobre hombre venido a Rey. En ese mismo año, mi padre fue testigo de un hecho que habla más que mil palabras. El príncipe pide, al encargado de las obras públicas de su padre, que repare el tejado de una casa, donde almacenaba, con mucho secreto, algunas de sus extrañísimas posesiones. Mientras daba su aprobación el encargado, esperaba la del Rey, a quien había elevado información:

—Según tengo entendido, lo ha bien menester. Siendo Vuestra Majestad servido, será bien que se haga para que no le dañe algo.

Pero el Rey da largas y desiste, y escatima esfuerzos y costos:

—Hágase, con que sea de poco gasto, y no más que con otras tejas que quizá querrán comodidades los que allí estarán. Y, si hubiese que ponerse teja de nuevo, sea de la vieja de El Pardo.

Pedro del Hoyo, que así se llamaba aquel ministro, se sorprende como cualquiera. Porque, en material de construcción, no transigía el Rey, y era bien conocido que utilizaba siempre lo mejor. Con lo cual queda claro el sentido de este ahorro: no le interesan los caprichos del príncipe. Y peor, le parece que, en el príncipe, todo son caprichos.

Durante ese mismo año, don Juan, compañero y tío y amigo del príncipe, a pesar de estar vigilado, pudo escabullirse de la Corte con el fin de unirse a las tropas de auxilio a Malta. No se tardó en detenerlo y devolverlo a Alcalá. Pero el hecho abrió los ojos de don Carlos y le sembró una idea que continuamente martilleaba en su cabeza: huir hacia la guerra. Incidentes como éstos, de los que parecería que Carlos no sacaba consecuencias, van envenenando las relaciones familiares entre padre e hijo, así como las —más o menos importantes, según— entre Rey y sucesor. Felipe se avergüenza cada vez más de su hijo, como si su simple presencia le echara en cara una incapacidad suya y le reprochara el más grave error. Y cada día siente hacia él mayor hostilidad: es paralelo a lo que sucede al príncipe con él. Esta carrera de antipatía ascendente pasa casi inadvertida hasta agosto de 1567. En esa fecha, el embajador francés, que sin duda ha recibido alguna confidencia de la Reina Valois, escribe:

«Si no fuese por lo que dijese el mundo, el Rey encerraría a don Carlos en una torre para hacerlo más obediente.»

Aquello tenía que hacer explosión por algún lado.

A lo largo del otoño de 1567, don Carlos estuvo, con especial empeño, acumulando dinero y, en el mayor de los secretos, a su estilo, haciendo preparativos para dejar la Corte. A Ruy Gómez, al que había tomado como confidente —estaba muy equivocado, porque el Rey se lo había puesto como espía de sus descabellados planes— le pidió doscientos mil ducados bajo promesa de secreto, del que el Rey no tardó en enterarse. En esos días, en una conversación con su confesor, reconoció que tenía la intención de matar a un hombre: todo sugería, por el tono y los signos, que ese hombre era su padre. La última ingenuidad del príncipe fue pedirle a don Juan de Austria, a quien el Rey había nombrado General de la Mar Mediterránea en octubre de aquel año, que le llevase consigo a Italia, prometiéndole el reino de Nápoles y el ducado de Milán cuando triunfara. Su última intención, la más querida, era hacerse con los Países Bajos. Don Juan marchó al día siguiente a El Escorial e informó al Rey Felipe de los proyectos subversivos del heredero. Don Felipe procedió con calma. Aunque pasadas cuatro semanas no lo manifiesta con actos, en realidad tenía ya resuelto qué debía hacer. Por entonces comenzaba, de otra parte, en Granada, la rebelión de los moriscos, a la que, un par de años después, se destinó a don Juan. El Rey no tardó en comenzar a perder los nervios con respecto a su hijo. La subversión que apuntaba, y que luego se multiplicó, en Flandes le traía demasiado a las mientes la comunera de Castilla que, en ausencia del Emperador, había tratado de abanderarse con su abuela, la Reina loca, elegida como símbolo. Y lo había sido, a pesar de que ella se negó, y su autoridad fue utilizada contra la de su hijo que, lejos, en Europa, se hacía nombrar Emperador. Felipe no podía consentir que estos hechos se repitieran alzando el nombre de su hijo contra el suyo. No dudo de que la decisión que tomó lo inundase, sobre todo al principio, de un dolor sobrehumano: a él más que a nadie, aunque tenía poca capacidad de sufrimiento y sabía cómo acorazar su corazón. Pero su decisión estaba ya tomada.

El 13 de enero de 1568 el Rey dio orden de que se elevasen sufragios públicos en todos los monasterios e iglesias del reino para pedir el auxilio de Dios. El fin de semejante petición, que mantuvo en vilo a los súbditos más conscientes, no se decía. El día 17, el Rey se trasladó desde El Escorial a Madrid. La Navidad la había pasado en el monasterio, y nada más llegar a la capital convocó una reunión de consejeros, ministros principales y algunos teólogos para que le asesorasen sobre los pasos que había de seguir sobre el asunto que maquinaba. La opinión de los reunidos debió de ser clara, si no unánime. El día 18 por la noche, él en persona, revestido de casco y de coraza, cosa bastante insólita, que imprimió solemnidad al hecho, a la cabeza de una partida de consejeros y de guardias, se presentó en la alcoba del Alcázar de Madrid, donde su hijo dormía. Lo despertó, y el joven al ver al padre armado y rodeado, le preguntó si iba a matarlo. El Rey, sin contestar, ordenó que se recogieran los objetos y papeles del príncipe, y a éste le comunicó que quedaba preso. Siete días después fue trasladado a otra habitación, situada en una de las torres del Alcázar, más fácil de custodiar puesto que sólo tenía una puerta y una ventana.

Durante esta prisión, Felipe volvió a tomar consejo y comunicó lo sucedido al escasamente válido cardenal Espinosa, al príncipe de Éboli y al duque de Feria, haciéndoles partícipes de su propia decisión. Y solicitó dictamen de teólogos considerados, como el doctor Navarro, el doctor Gallo, obispo de Orihuela, y Melchor Cano. Por fin don Carlos fue confinado y encerrado como lo fue su bisabuela Juana. Y, dato muy significativo, se le confinó en la torre del castillo de Arévalo, donde estuvo apartada la abuela loca de su bisabuela loca. La torre del castillo había sido habilitada hacía apenas un año, y como guardián del príncipe se designó al hijo del último carcelero de la Reina Juana, madre del Emperador. Tales coincidencias no pasaron inadvertidas en la Corte española. Ni en la francesa, porque, en ausencia de Carlos, heredaría la corona una hija de Isabel de Valois, que fue quizá la persona que más lloró el destino del príncipe, a quien quiso y de cuyo lado estaba.

«Dios ha querido que se haga pública su condición», escribió el embajador francés a Catalina de Médicis.

En todo caso, nadie tenía duda de la causa del confinamiento. El embajador de España en Roma, don Juan de Zúñiga, la señaló en una carta privada:

«El Rey no dio particular causa al Papa de lo que le había movido —en esto se equivocaba—. Ni creo que hubo otra, sino lo que todos sabemos de la naturaleza de la condición del príncipe. Yo lo temí, de manera que, contra el parecer de todos mis amigos, rehusé servirle.»

En cuanto a los sentimientos del Rey, si es que los tenía,

los más íntimos son difíciles de adivinar. Su única declaración fue precisamente una carta al Papa. En ella afirmaba, y yo lo sé mejor que nadie:

«El fundamento de esta determinación no dependió de ira ni de indignación, ni de culpa del príncipe, ni iba enderezada a castigo, ni tomada como medida de reformación. Si algo de esto fuera, usara yo de diferentes medios, sin llegar a tan estrecho término... Pero fue Dios servido que hubiese tales y tan naturales defectos en su entendimiento y en la naturaleza de su condición que faltara en él la capacidad y el sujeto, representándoseme los notables inconvenientes que resultaran de recaer en él la sucesión y gobierno, y el evidente peligro en que todo caería... Para prevenir con tiempo y con efecto, todo esto fue necesario.»

Yo, que conocía al Rey, puedo y estoy en condiciones de afirmar que el dolor más hondo que sintió fue el de deshonor y el de vergüenza ante la incapacidad de su hijo único para cumplir el fin de reinar, que era el que Dios le había destinado. Ese dolor fue más grande que la compasión de padre que le atribulara. Prohibió llorar a la Reina Isabel, tan joven y tan tierna, en cuya habitación estuvo el príncipe la noche anterior a su arresto: fue a jugar a las cartas con ella; llevaba cien escudos en su monedero; cuando bajó no llevaba ninguno. Toda esa historia que ha corrido del amor por la Reina es una fábula de Esopo. Él pensaba más, como esposa y como mujer, en su prima Ana, que acabó casada con su padre. A la Reina le hacía regalos con frecuencia, y de costumbre llevaba un medallón de ágata grabado con su efigie. Pero jamás habría sido más íntima una relación con ella, que vivía rodeada de damas, a la cabeza de las cuales estaba la imponente —en todos los sentidos— duquesa de Alba, y a su lado la princesa de Éboli, que no paraba de parir hijos de Ruy Gómez de Silva. Nadie habría pasado por alto un asunto así, que les hubiese costado a todos la cabeza. Para la realeza, la intimidad era una palabra difícil de ser incluso pronunciada, y aún más de ser tenida. Si lloraba la Reina, era porque perdía a uno de los escasos amigos de su edad que existían en la Corte. Don Juan y don Alejandro Farnesio eran los otros. Isabel de Valois sufría todas las dificultades para poder hablar con alguien de su rango. Su vida, como cualquiera puede imaginar, debió de ser el mismo aburrimiento: quizá murió de él. Y, fuese como fuese, el príncipe don Carlos no era precisamente aburrido. El Rey le prohibió llorar por el mismo motivo que ordenó a don Juan quitarse el luto que a raíz del arresto se impuso.

En marzo, el Rey escribió a los Grandes de España vetándoles nombrar a don Carlos en su conversación y aun en sus oraciones. Por idénticos motivos. En abril ordenó el despido de los miembros de la casa del príncipe, «porque cada día el pobre joven está más trastornado»... Todo fue por el estilo. El embajador francés escribió que el príncipe «está cayendo rápidamente en el olvido, y se habla de él apenas con más frecuencia que si no hubiera nacido». Don Carlos se convertía en un problema administrativo apenas encarnado. Los archiveros, a través de mí, recibieron órdenes de la Corona para que buscasen un precedente a aquella situación. Sólo encontraron uno: el de otro príncipe Carlos, el de Viana, desheredado por su padre, Juan II de Aragón, padre también de Fernando *el Católico*, en 1461. Este descubrimiento se mantuvo secreto, especialmente para don Carlos, que tenía prohibido salir de sus habitaciones o asomarse a la ventana mientras estuvo en el Alcázar, antes de ser conducido a Arévalo. Pero es lo cierto que el encarcelamiento no mejoró al príncipe. Se negaba a comer, y adelgazó de manera espantosa, tanto que parecía que los ojos se le salían de las órbitas. De cuando en cuando era obligado a tomar una sopa. Luego su comportamiento se hizo más desordenado aún: resolvió tragarse cosas, incluso un anillo de diamantes. En el mes de julio ya no había esperanzas de supervivencia. Fue entonces cuando la realidad, tan negra, envolvió al Rey. Pasaba días enteros mudo, sentado en un sillón. Yo, con inquietud entonces, lo contemplaba. Quizá él se daba cuenta, demasiado tarde, de su responsabilidad. Y es que yo, como juez, no podría decir en conciencia que Felipe II decidió la muerte de su hijo. Pero, gracias a Dios no soy juez, y digo que, lleno el caso de toda suerte de razones y de urgencias, el Rey sentenció al príncipe don Carlos, que murió por envenenamiento lento.

Yo sé que lo que resolvió al Rey a hacer lo que hizo fue la sospecha, bastante confirmada, de una alianza a traición, entre don Carlos y los rebeldes de los Países Bajos, especialmente el varón de Montigny, hermano del conde de Horn, que estuvo en la Corte, visible, en 1566 y 67. Contactos entre ellos hubo, y el varón Floris de Montigny fue arrestado en 1567. Conducido a Simancas, recibió en su momento, allí, garrote, pregonándose que había muerto de muerte natural, incluso a su esposa, a la que se le mandaban noticias hasta después de estar él ya ejecutado. Pero la causa más firme del encarcelamiento quizá no fue ésa, ni —como yo mismo he dicho en algún sitio a mala fe— los amores con la Reina, ni que fuese cómplice de una conjura europea contra el poder católico español, en la que se unieron los rebeldes de Flandes, católicos y protestantes, los hugonotes franceses, los calvinistas centroeuropeos, la corona inglesa, el duque de Sajonia, el Rey de Dinamarca y el Gran Turco. La causa de la orden del Rey fue impedir que aquel príncipe, contrahecho de espíritu y de cuerpo, llegara a ocupar su trono un día.

Cuando murió don Carlos el 24 en julio de 1568, Felipe decretó duelo general durante nueve días, y ordenó que la Corte llevara luto durante un año. Y lo anunció a las Cortes extranjeras, y a los Grandes y a los prelados españoles, a los virreyes y a los gobernadores. Con una sobriedad que dejaba la puerta abierta a todas las interpretaciones. Y no la cierra para afirmar que, si el destino de don Carlos fue trágico, lo fue más el de aquel Rey y padre sobre el que pesó muchos años la pesadumbre de esa muerte. Por la cual no hubo, sin embargo, un pesar visible y general. El agente del duque de Alba en la Corte le comunicó que había en ella «pocas señales de dolor», y tampoco entre la población. Y el guardián del príncipe, el que más cerca estuvo de la historia, incluso se alegró del final:

—Cierto que, si viviera, hubiese sido la destrucción de toda la Cristiandad, porque su condición y sus costumbres estaban fuera de todo orden. Él está muy bien allá, y todos los que lo conocimos alabamos a Dios por ello.

Eso fue lo que me dijo a mí aquel hombre. Yo añadí:

—Descanse en paz, y que nosotros descansemos también.

Lo que sí produjo esa muerte fue la estupefacción de los contemporáneos. Un cronista conocido mío dijo o escribió en torno a ella que cualquier ruido callejero llenaba de alarma al propio Rey, que se asomaba a las ventanas de su Alcázar, tembloroso de que fuera el inicio de un motín popular. Yo he leído los versos de un epitafio dedicado al infeliz, atribuidos a un procesado por la Inquisición, profesor en Salamanca, el agustino fray Luis de León, que dicen:

> *Aquí yacen de Carlos los despojos;*
> *la parte principal volviese al cielo.*
> *Con ella fue el valor; quedóle al suelo*
> *miedo en el corazón, llanto en los ojos.*

Era el eco de una oscura muerte, que el pueblo sintió acaso como un agravio a él mismo o como una amenaza. Primero, por la afición que el pueblo tiene siempre por un príncipe, que personaliza la esperanza; segundo, por el evidente gesto cruel de un monarca autoritario, capaz de cualquier otra cosa si fue capaz de ir contra su propio hijo.

Y así fue, en efecto. El asesinato de Escobedo y de don Juan de Austria en 1578 fueron órdenes de Felipe II; la muerte de Guillermo de Orange, en julio de 1584, a manos de un asesino, fue alentada y póstumamente recompensada por Felipe II; el asesinato judicial de Montigny, ya lo hemos visto; los cien atentados que se hicieron contra mi persona, los veremos... En todos los casos hubo razones apremiantes, o así se lo parecieron al Rey, para dar orden de matar. ¿Había el mismo apremio en el caso de don Carlos? ¿No estuvo su bisabuela doña Juana medio siglo encerrada en Tordesillas? Quizá fue eso lo que el Rey quiso evitar: esa espada de Damocles sobre su cabeza y sobre la de quien lo sucediera: sobre la cabeza de España. Sin embargo, sí supuso esa muerte, con la que coincidieron los más graves problemas de los Países Bajos, y a la que siguió la muerte de la Reina Isabel de Valois; sí consiguió, digo, quebrantar la aparente serenidad del Rey.

Al comenzar el año 69 escribió una carta al cardenal Diego de Espinosa, presidente inmotivado del Consejo, en la que mostraba su patético estado de ánimo. Sentía vehementes deseos de abdicar, como su padre; pero ¿en quién iba a hacerlo y a costa de qué acontecimientos? Todo parecía haber caído sobre sus hombros...

«Son cosas éstas que no pueden dejar de dar mucha pena y cansar mucho, y así creed que lo estoy tanto de ellas y de lo que pasa en este mundo, que si no fuera por lo que sucede en Granada y otras partes a las que no se puede dejar de acudir, no sé qué me haría. Y quizá no me pesa de la dilación de los negocios de Alemania —se refiere a los pasos dados hacia el matrimonio con doña Ana de Austria—, porque siento que yo no estoy bueno para el mundo que ahora corre, que conozco muy bien que habría menester otra condición no tan buena como Dios me la ha dado, que sólo para mí es ruin. Y esto páganmelo muy mal muchos; plegue a Dios que allí se lo paguen mejor.»

Esta carta, que descubre la angustia del Rey cuando Dios parecía haberle abandonado, como si él nunca hubiese dado motivo para tal abandono, habría sorprendido a cualquier lector por su exhibida franqueza, siendo así que el Rey nunca se descubrió, ni a sí mismo, sus honduras y sus opacidades.

Y hasta el final se engañaba y engañaba al que se dirigía, que era además su confesor:

«No os dé pena lo que digo, que como no tengo con quien descansar sino con vos, no puedo dejar de hacerlo.»

Cuando la vida aprieta y duele, todos tenemos momentos en los que somos, o parecemos, buenos. Tanto que, por si había vuelta atrás como la hubo, el secretario del destinatario de esa carta, que diligentemente la archivó, anotó al dorso: «Ojo: que no se ha de ver sino por Su Majestad.» El Rey tenía muchas razones para desahogarse, aunque el profundo pozo de su corazón todavía guardaba lugar para acumular secretos. El año 1568 fue el peor de su reinado, el que lo iba a endurecer definitivamente. Aparte de las muertes de don Carlos y de su tercera esposa sin dejarle heredero varón, hubo cuestiones trascendentales y sangrientas en los Países Bajos, que no excitaron por ello su conmiseración que anduvo en compañía de la crueldad del duque de Alba; y hubo una revuelta importante dentro de España, entre los moriscos del reino de Granada, a los que atribuló y contra los que actuó sin que le temblara la mano, que siempre creyó (o quiso creer) guiada por el Altísimo. Ésos eran los pretextos que daba para no retirarse. En efecto, su serenidad y su valor se vieron afectados; pero sólo un momento. Después, el convencimiento de que no se equivocaba porque representaba a Dios en la Tierra, lo sujetó, lo apoyó y le dio fuerzas para continuar. Haciendo daño, como acostumbraba.

El capítulo de la religión en Felipe II no tiene las dimensiones que en Isabel *la Católica*. Hay entre ellos la misma diferencia que puede existir entre una iluminada y una simple beata. Para el Rey Felipe la religión consistía en una especie de refugio consolador, donde él se encontraba exaltado y todopoderoso por delegación de Dios, que lo había signado con su dedo. Y, en este sentido, él podía utilizar la religión como pretexto para cualquier acción política. No es que se viese obligado, por ejemplo, a aliarse con príncipes no católicos, sino que su presencia santificaba cualquier causa, puesto que seguía los caminos del Señor, no tan inescrutables para él como para el resto de los mortales. Por ejemplo, durante muchos años protegió a Isabel de Inglaterra contra la amenaza de la excomunión papal: él se refugiaba en la paciencia infinita de Dios para el que no existe el tiempo. En los años 66 y 67 contó con tropas luteranas, con sus propios capellanes luteranos, para reprimir a los rebeldes calvinistas en los Países Bajos. Y en 1583 y a primeros del 84 —esto lo supe yo de primera mano— se acercó a Enrique de Bearn, jefe de los hugonotes franceses, y le ofreció una ayuda si declaraba la guerra al Rey católico Enrique III de Francia. Y esta dejadez se vio recompensada cuando Enrique de Bearn se transformó en Enrique IV después de decir, para convertirse y reinar, que París bien valía una misa. O sea, que el Rey antiguo y el nuevo obraban, en materia de religión, de puta a putañero. Yo, también.

De cualquier modo, desde fuera, Felipe era un devoto y fidelísimo hijo de la Iglesia. En su vida privada, no había más que verlo y escucharlo: cada semana recibía un sermón; confesaba y comulgaba cuatro veces al año; iba a un retiro espiritual en cuaresma y cada vez que lo asaltaba un agotamiento nervioso: verbigracia, cuando ordenó más arrestos en Flandes y temió todo lo que se le venía encima, o cuando murieron Isabel de Valois y el príncipe. En cuanto a la asistencia a misa era un placer incomparable, más que cualquier otro oficio divino. Pero insistía en la meticulosa observación de sus gustos personales en el ceremonial. Si los jerónimos en El Escorial no colocaban los ornamentos del altar con matemática exactitud, o sacaban un frontal equivocado o abrían tarde la iglesia, el Rey enviaba una nota desaprobándolo. Sabía más de asuntos de sacristía que los propios sacristanes, cosa que no siempre producía la felicidad de los monjes. En el mismísimo lugar del coro, abstraído en las rúbricas de los oficios, recibió con exacta frialdad dos noticias del mar polarmente contrarias: la victoria de Lepanto y la destrucción de la Armada Invencible. Si bien, en el primer caso, mandó después cantar un *Tedeum.*

Como uno de los mejores coleccionistas de todos los tiempos y de casi todos los objetos, poseía una colección de siete mil cuatrocientas veintidós reliquias; doce cuerpos enteros, ciento cuarenta y cuatro cabezas completas y trescientas seis extremidades íntegras, reunidas por él personalmente entre 1571 y el 98. A partir de 1587, el Rey exhibió estas reliquias con meticulosa regularidad. E insistía en que todas ellas, en diferentes altares de la basílica de El Escorial, que él consideró siempre su casa y su mejor obra, debían ser expuestas al mismo tiempo. He oído contar en París que, durante su última enfermedad —si es que no fue la misma que tuvo toda su vida—, la única forma segura de despertar al moribundo y sacarlo de su estado comatoso era gritar: «¡No toquéis las reliquias!», fingiendo que llegaba a ellas alguien con malas intenciones. Entonces el Rey abría los ojos.

Lo dicho alude a su aspecto exterior; pero éste respondía a un interior, también más o menos sincero y también más o menos apologético. Él sentía la necesidad de obtener y retener el favor de Dios. En ocasiones derramaba lágrimas durante la oración o la imaginaria contemplación. Durante la Navidad del 66 (no confundir con la del 67, en que decidió la muerte de su hijo) cantó los oficios, velando con los jerónimos en el coro medio, ya acabado, de El Escorial, y soportando descubierto la vigilia bajo un frío incomparable. Y el día del Corpus Christi de 1570, permaneció también descubierto bajo el calor no menos incomparable de junio en Córdoba, y cuando le previnieron del peligro de insolación, él con absoluta seguridad, replicó:

—El sol no me hará daño hoy.

Y, además, las personas profundamente religiosas, que también son susceptibles de equivocación, intuían la fe de Felipe II. Por ejemplo, en 1549, el futuro san Ignacio de Loyola, fundador ya de los jesuitas y padre del hijo de Fernando *el Católico*, habla del «olor de bondad y santidad» que exhalaba el joven príncipe de veintidós años. Y casi treinta más tarde, santa Teresa se encontró con el Rey y se hizo lenguas de su profunda espiritualidad. Sin duda, la majestad y la parquedad de palabras producen a la par justamente la impresión que el impresionado va buscando o espera. Claro que los dos santos se vieron correspondidos: la segunda más que el primero, ya que la protegió de las acusaciones de heterodoxia, y se aseguró a su muerte de que sus libros y papeles entraran a formar parte de la Biblioteca de El Escorial. En eso no se equivocaba.

Siempre creyó que su obra como Rey era la misma *opus Dei*, nunca supe si por humildad o por soberbia. Más que para nadie, para él Dios intervenía diaria y visiblemente en los asuntos del mundo, de forma preferente en los de él. Después de la Navidad de 1577, el imbécil y beato Mateo Vázquez, la persona que acaso más he odiado, creo que incluyendo la del Rey, realizó una sedicente peregrinación a pie a Barajas, ni sé ni he sabido nunca por qué. Está a dieciséis kilómetros de Madrid, y le encantó a ese burro, como es natural, la pacífica vida campesina. Yo, en mi *Casilla,* llena de arte y de belleza y mucho más cerca, la conseguí cuando me dio la gana. Teniendo a mano, además, los gozos todos de la carne. Pero Vázquez, que era un mal cura, pensó en retirarse allí «siempre que el Rey pudiera prescindir de él»: lo que quería era hacerse valer, por descontado. La reacción real fue la que él esperaba.

—Muy bien ha sido todo esto, aunque hacer tanto ejercicio de golpe quien está acostumbrado a hacer tan poco, no sé si es bueno. Y para conservar lo hecho, no será malo buscar algunos ratillos en buenos días, para hacer un poco de ejercicio y no dejarle ni hacerle de golpe ahora. Y para el cuerpo muy buena es la vida de aldea, y harto más descansada; mas para la ánima mucho más servicio entiendo que se puede hacer a Dios por acá que en ella.

Menudo era Su Majestad de aprovechado y de zigzagueante.

Cuando sus proyectos fracasaban, Felipe perdía la confianza en que Dios estuviese de su parte, y le parecía que pasaba «los mayores trabajos y cuidados que creo que ha pasado hombre desde que el mundo es mundo». Y se ponía en lo peor y en lo más soberbio, y lo tomaba como algo rigurosamente personal:

—Si no fuese antes el fin del mundo, que creo que anda muy cerca de ser, ¡y ojalá fuese de todo el mundo y no sólo de la Cristiandad!

Ése es el olor de santidad y bondad que percibió Loyola. Y, cuando, catorce años más tarde, ya es indudable el desastre de la Armada, le escribe al lameculos de Mateo Vázquez:

«Yo os prometo que, si no se vencen estas dificultades y se da forma en lo que tanto es menester, que muy presto nos habremos de ver en cosa que no querríamos ser nacidos. Yo a lo menos, por no verla. Y si Dios no hace milagro —que así espero en Él— que antes que esto sea, me ha de llevar para sí como yo se lo pido, por no ver tanta mala ventura y desdicha. Y esto sea para vos solo. Y plegue a Dios que yo me engañe, mas creo que no lo hago, sino que habremos de ver más presto de lo que nadie piensa lo que es tanto de temer si Dios no vuelve por su causa. Y esto bien se ha visto en lo que ha sucedido con la Armada, que no lo hace que debe ser por nuestros pecados.»

Y, por el mismo método, en las grandes victorias siempre adivinaba el favor divino. En el 83, después de la derrota de un ataque francés combinado con Inglaterra a la isla Terceira de las Azores, a favor de Antonio, el prior de Crato, aspirante al trono portugués, que se realizó el día de Santa Ana, el susodicho Vázquez pelotillero le escribió al Rey:

«El cuidado, celo y asistencia con que Vuestra Majestad acude a las cosas del servicio de Nuestro Señor hacen que Él acuda, como vemos, a las de Vuestra Majestad. Mucho se ha ganado y asegurado con esto de la Tercera. Tener lo de la mar para lo que toca a Flandes, sabe Vuestra Majestad lo que importa, y la mayor importancia es lo que promete el cuidado que Vuestra Majestad ha tenido de mirar por la honra de Dios y su religión para esperar felicísimos sucesos de su divina mano.» Y añadía en una posdata: «Por la cabeza me ha pasado que debía de estar la Reina doña Ana, nuestra señora, suplicando a Dios por la victoria.»

Felipe era de la misma opinión, aunque no recordó que la Reina había muerto tres años antes:

«Aunque santa Ana debe tener mucha parte de estos sucesos, siempre he creído que la Reina no deja de tener su parte en ello. Y de lo que más contentamiento tengo es de parecer que es señal de haber algo de lo que aquí decís. El principio es muy bien.»

Dos monjitas, vaya.

Felipe estaba seguro, metafísicamente seguro, de que su causa era la de Dios o viceversa. Por eso, a veces le asaltaba la duda de qué fe tenía y qué conducta moral tendría el pueblo español, por si las moscas. De ahí que en el 78 y, por lo que sé, también en el 96, ordenase una investigación pública del pecado e hiciese un llamamiento al clero para que consiguiera que sus feligreses enderezasen sus caminos y que orasen por el perdón de sus pecados y por las victorias españolas en las guerras. Y también se preocupaba, como un ama de casa fisgona y regañona, de la moral de sus ministros. Llamaba, pongo por caso, a su confesor, y le decía que reprendiera al duque de Feria por jugar a los naipes, o abroncaba él mismo al presidente de un Consejo por escribir cartas de amor a la esposa de un noble, o castigaba al conde de Medellín por vivir en pecado en su casa de campo, sin hacer daño a nadie. Él necesitaba una conducta irreprochable a su alrededor, ante Dios y los hombres. Opino que debería haber mirado todavía más cerca: dentro de él. Pero hasta ahí no llegaban ni su curiosidad ni su presbicia.

Después de lo dicho, no extrañará que él creyera a Dios siempre de su bando. No sólo en el patinazo de la Invencible, sino antes, en 1571, aseguró haber tenido una revelación: que España estaba encargada de recuperar para Dios a Inglaterra. Y no hizo ningún caso de las objeciones e imposibilidades prácticas que le opusieron (hasta el idiota de Medinasidonia en lo de la Invencible, aunque ya demasiado tarde). Primero el duque de Alba y luego el de Parma, Alejandro Farnesio. A éste le escribió:

«Deseo tan de veras el efecto de este negocio, y estoy tan tocado en el alma por él y he entrado en una confianza tal de que Dios Nuestro Señor lo ha de guiar como causa suya, que no me puedo disuadir ni satisfacer ni aquietar por lo contrario.»

Si no se hacía, se traicionaba a Dios y al Rey: a hacer puñetas.

La copa de amargura se la llenó la ingratitud de los Papas, que tenían también poderes temporales que ejercer y reinos que agrandar. Su reinado comenzó con la declaración de guerra de Paulo IV Médicis, y concluyó con el apoyo de Clemente VIII a sus enemigos franceses. Gregorio XIII trató por todos los medios de impedir la anexión de Portugal en el 80. Sixto V se negó a contribuir a la invasión de Inglaterra en el 88. La debilísima ayuda del Papado para recuperar y devolver el catolicismo a los Países Bajos fue una bofetada mal digerida. De ahí que se desahogara con su fiel ministro Granvela, que luego me sustituyó a mí:

—Yo os certifico que me traen muy cansado y cerca de acabárseme la paciencia, por mucha que tengo... Y veo que si los Estados Bajos fueran de otro, hubieran hecho maravillas porque no se perdiera la religión en ellos, y por ser míos creo que pasan porque ella se pierda con tal de que los pierda yo.

No se equivocaba. El Papado tenía que considerar las consecuencias políticas, no sólo de sus actos sino de sus palabras. Felipe era lo bastante poderoso como para, convertido en Espíritu Santo, dictar al colegio de cardenales el nombre del próximo Papa: lo hizo, y con éxito, dos veces, en 1590. No hay que olvidar, para explicarse las actitudes pontificias, que los dominios de Felipe cercaban sus Estados, por el Norte y por el Sur. En 1527, el año que él nació, los ejércitos de su padre arrasaron Roma y apresaron al Papa; en el 56, las fuerzas del propio Felipe invadieron el nuevo territorio papal... Y los Papas no podían olvidarse de dos cosas: primera, había que moderar su respeto ante la piedad real, por grande que fuera, con el temor a su poder no menos real y no menos grande; y segunda, no en balde Arias Montano, tan incomprensible pero tan respetado, había dicho: «Al Papa besarle los pies, pero atarle las manos.»

Yo no sé si alguien, incluido Felipe, en este tiempo de la Historia que nos tocó vivir, percibió que se trataba de una ocasión única y acaso última. Porque las ciencias y los saberes tradicionales se unieron como nunca lo habían hecho antes ni probablemente lo harán. Se acercan tiempos de racionalismo, que partirán en dos el bocado, tan humano, de la sabiduría completa. Yo lo he hablado con Juan de Herrera, que acompañó como segundo a Juan Bautista de Toledo, el primer arquitecto de El Escorial, y continuó su obra al morir. Aunque Herrera no era arquitecto, sino un fino dibujante y autor de un libro raro, el *Libro de las Armellas*, donde aparecen trazadas las figuras astronómicas. Y el Rey no lo nombra arquitecto o Maestro de obras reales, sino Ayuda de la furriera, oficio que tenía a su cargo las llaves, los muebles y los enseres del palacio y de la limpieza; hasta que luego, pero ya en el 79, le da el título de Aposentador Real. Fue Antonio de Villacastín el que se ocupó de seguir las obras de Toledo. El Rey quería a Herrera más cerca en todo momento. Un poco a la manera de Arias Montano. Ambos, o los tres, estaban en el filo de la navaja.

Herrera arañaba la esencia de lo trascendente no sólo mediante los estudios tradicionales. No en vano escribió su *Discurso de la figura cúbica*, en tanto que representación superior de la Naturaleza, de acuerdo con la adjudicación de la esfera a la Divinidad. Se trata, en todo caso, de sublimar el conocimiento de Raimundo Lulio y de su *Arte*. Como también está próximo a él, digo a Herrera y a Lulio, la búsqueda de tesoros escondidos o de lugares de poder, donde se acumulaban energías que propician la aparición de estados superiores de conciencia. Ya Herrera fue empleado para buscar el lugar idóneo de El Escorial. Su labor, como personaje singular, era el apasionamiento por la alquimia y las doctrinas ocultas, los estudios geográficos y náuticos, las matemáticas como camino de entender la esencia divina, la astronomía, el hermetismo, la astrología, los horóscopos, que el Rey consultaba con asiduidad... Un resultado de estas consultas astrales fue el traslado de la Corte a Madrid, y la exaltación de Madrid como capital del reino, con su propia carta astral, expresamente encargada por el Consejo Real de Castilla al licenciado González. En las estrellas se apoyó también la elección del día en que poner la primera piedra del monasterio de San Lorenzo y el instante de zarpar *La Invencible* (por eso el Rey insistía en la fecha y en el lugar de salida, contra todos los consejos y asesorías, y así le fue), el día y la hora del prendimiento de don Carlos, el ataque a la ciudad de San Quintín, y las fechas de las cuatro bodas del Rey, así como otros momentos cruciales de su reinado... Si eso no es creer en la astrología, incluso resignándose a sus aciagos resultados, que baje Dios y lo vea si es que quiere tomarse el trabajo.

Y no sólo creía el Rey, creíamos todos. (Yo mismo tuve una especie de astrólogo de cámara, el clérigo de La Hera, que no me dio muy buen resultado: tan malo que incluso tuve que envenenarlo.) Es la única razón que explica la tozudez del Rey en ciertas decisiones que siempre se consideraron caprichos infundados. Cómo casó su religiosidad monoteísta con tan aparatosas contradicciones no es cosa que yo deba ni pueda explicar. Que lo explique, por ejemplo, Sixto V, cuya bula *Coeli et Terrae* proclama que Dios es el único que sabe el destino de los hombres, y abomina por tanto de toda práctica adivinatoria: prácticas en las que él creía a pies juntillas, por lo menos tanto como en Dios. En el caso del Rey Felipe no hay más que repasar los títulos de las librerías de Herrera o de El Escorial. O asomarse al mundo de los sueños, tan protagonista para el monarca y para sus vasallos.

O al mundo de los visionarios. Un ejemplo hay muy claro, el de Catalina de Cardona, a la que llamaban «la buena mujer», que fue aya de don Juan de Austria y fundadora del convento de Nuestra Señora del Socorro de Navas del Rey.

Durante más de tres años esta auténtica iluminada se ganó la admiración real, cuando se retiró a la vida eremítica vestida de hombre y se dedicó a lanzar agüeros que le venían del cielo. En 1557 denunció la herejía protestante del doctor Cazalla: su sola palabra fue suficiente para que Felipe autorizase la intervención inquisitorial y el auto mortal que la siguió.

Las acusaciones de carácter religioso sólo aparecían —otro milagro— cuando el personaje había perdido su influencia o estaba en contra del gobernante. La religión se convertía sólo en una vía de castigo cuando no era posible o era inconveniente sancionar por otra causa, o más difícil de probar o menos razonable o más escandalosa: yo padecí en mi carne todo lo que aquí digo. En cualquier caso, a Felipe II le encantaban los autos de fe. Ya obsequió con uno a su tercera esposa en la luna de miel. Y en 1586, pensando ir a Toledo unos días, informó al secretario de turno, que no era yo:

—Podríamos oír una misa de pontifical, que allí es cosa de ver... También se me ha acordado que suele haber allí algunas veces por este tiempo auto de la Inquisición, aunque agora no he oído nada de ello, y podría ser que lo hubiese... Y es cosa de ver, para los que no lo han visto. Si lo hubiese al mismo tiempo, sería bueno verlo entonces.

Pero Felipe no asistía a los autos sólo como observador. Hay otra nota escrita un poco antes en que comunica a su Inquisidor General:

«Las cosas del Santo Oficio favoreceré yo y ayudaré siempre, entendiendo como entiendo las causas y obligación que hay para ello, y más en mí que en nadie.»

En el Gran Auto de Valladolid de octubre del 59, donde fue achicharrado precisamente el doctor Cazalla que antes mencioné, toda la familia real juró en público proteger la fe y apoyar la autoridad de la Inquisición. Y cuando una de las víctimas de este disparate, un hidalgo, don Carlos de Seso, corregidor de Toro, que dio la protección que requerían los protestantes para extender su fe, al ir a pasar delante del Rey camino de su muerte, le preguntó con reproche:

—¿Cómo me dejáis quemar así?

—Yo traería leña para quemar a mi hijo —le respondió el Rey— si fuera tan malo como vos.

Así las cosas, ¿era Felipe II un religioso ortodoxo? A mi parecer, todo lo que cabía, que nunca fue mucho, y siempre que no se olvide que, de arriba abajo, rigurosamente todo, desde la primera hasta la última piedra, El Escorial es una construcción mágica o una reconstrucción mágica del templo precristiano de Salomón. No hay más que ver las esculturas de la entrada o los frescos pintados en el techo de la biblioteca, en la parte dedicada a la astrología, que muestran las estrellas en el cielo en la posición que estaban en el momento de nacer el Rey. Y que tuvo siempre al lado de su cama, según tengo entendido hasta en el día de su muerte, el *Prognosticon* o Predicción hecha para él, en 1550, por un mago alemán, Mateo Haco. Y murió en su antro y refugio de El Escorial, donde había una biblioteca expurgada y otra, con los libros prohibidos por la Inquisición, cuya selección y orden corrió a cargo del misterioso e intachable Arias Montano.

Una de las mejores pruebas, en la persona de Felipe II, de la autenticidad de su religión católica (amor, amor, amor) es echar una ojeada sobre el tratamiento que se dio a los indígenas de América, a los luteranos de Europa, a los turcos y a los moriscos de Granada. Voy a echarle yo esa ojeada, y allí nos encontraremos con alguien con el que quiero que los lectores se recreen. Viéndolo más que estudiándolo. Me refiero a don Juan de Austria, un gran amigo mío. A pesar de todo.

Acaso porque no lo veíamos; acaso porque teníamos que fiarnos de las cartas que iban y venían —y venían desde un país lleno de problemas a otro país más lleno aún de problemas, aunque desde siempre fue muy ventanero—, es necesario reconocer que la tarea en la que Felipe II se sintió, sin dudarlo un solo instante, elegido por Dios, más que en ninguna otra, fue en la domesticación de las Indias. En el aspecto religioso, que es el que más le preocupaba, la Cruzada para convertir a los indios, que ya recomendara su bisabuela Isabel en su testamento, había ido agrandándose a partir de la primera tentativa de evangelización a cargo de Martín de Valencia y sus doce apóstoles franciscanos. Pero los indios eran unos seres ignorantes que no nos comprendían y que eran, a su vez, incomprensibles para nosotros. Aquellos frailes se hicieron a la mar, hacia México, en 1524; aunque, hasta 1537, el Papa Paulo III no emite la bula que reconoce portadores de alma a los nativos. En el 60 ya había cerca de cuatrocientos frailes sirviendo en ochenta iglesias; y en el 70 el número de sacerdotes católicos en las Indias pasaba del millar. Pero ¿qué eran esos pobres números comparados con el de un rebaño interminable? Los españoles, cuyo permiso para partir allá se miraba mucho, excedían de cien mil, y los indios de diez millones, casi todos —o mejor, todos— ignorantes de la doctrina cristiana. Por mucho que Felipe elevara los ojos al cielo en reconocimiento por la misión encomendada.

Y, por lo que hace a las autoridades seculares, si alguna había que lo fuera íntegramente, podría afirmarse lo mismo: el desconocimiento, la falta de conexión, la gruesa ventura, el número de indios superior al de estrellas, las inabarcables extensiones, la ignorancia de las normas españolas sobre comportamiento y organización social, tanto por parte de los descubiertos como de los descubridores, tanto por parte de los conquistados como de quienes aspiraban a conquistarlos o a reconquistarlos. De hecho, los españoles nunca pudimos dirigir a los indios, que habían escapado ya, por ejemplo, del dominio azteca o inca. La influencia de Felipe sólo se refería a las zonas que habían sido civilizadas, por decirlo de alguna manera, antes de llegar nuestra gente, en los siglos XIV y XV. Los ministros, enviados o no, se satisfacían con continuar las actitudes precolombinas de lo que llamamos, a nuestro modo, civilización. Yo nunca he sido conocedor ni partidario de América, pero algo sé de ella, algo cayó en mis manos. A pesar de todo, o por todo, en los primeros años del reinado de Felipe, surgieron rebeldías aun en las zonas ya conquistadas por Cortés o por Pizarro. Durante dos años, a partir del 52, tengo entendido que los colonizadores del Perú se sublevaron, y el virrey enviado para reprimirlos, el marqués de Cañete —esto no lo tengo entendido sino confirmado— gastó trescientos mil ducados de la Hacienda pública en mantener su casa. El que fue a reemplazarlo, el conde de Nieva, gastó doscientos mil más. Sus extravagancias y su forma de gobierno hicieron que Felipe, al que sacaban de quicio todos los excesos, y muy en especial los económicos, le asestara una dura reprimenda. Aún a su lado mi padre, le escribió:

«Hay necesidad de que viváis con más recatamiento que hasta aquí; mucho os encargo que así lo tengáis y hagáis consideración al oficio que tenéis y a lo que en él representáis.»

Pero aquello era otro mundo, en el más exacto de los sentidos: con pocas compensaciones y muchas libertades, lejano y solo y peligroso. En 1565 estalló una revuelta en México, a

314

la cabeza de la cual se hallaban los descendientes de Hernán Cortés. Planeaban, como es lógico, independizarse, matando a los funcionarios del gobierno de Madrid y apoderándose de los centros estratégicos. Tan sólo la estupidez de los conspiradores, que alardearon de lo que iban a hacer antes de hacerlo, salvó a la monarquía de un trance tan difícil.

Estas clases de crisis eran contagiosas. Surgían, como hongos, en todos los territorios españoles de América, y obstaculizando las defensas de las fronteras, ya poco manifiestas, con lo cual crecieron los ataques de las tribus salvajes araucanas de Chile, de los incas supervivientes en Vilcabamba en Perú y de los chichimecas en el Norte de México. Repito que no entiendo de América; pero se decía que el dominio de España se había debilitado. Yo creo que nunca fue más fuerte, y que la única razón era que los nativos se reorganizaban, como era natural, contra los asesinos invasores. En 1566, mezclando churras con merinas, la Iglesia, que jamás aprende, metió las narices en el tema. El cardenal Espinosa, que ya he vuelto, y volveré a decir, que era un alcornoque, aconsejó al Rey que estableciese una Junta para ver cómo se administraba América. La dirigiría Juan de Ovando, miembro del consejo de la Inquisición, una de las personas más pesadas, si no la más, que he conocido en este mundo y conoceré en el otro, si es que hay otro y me lo encuentro en él. Su mérito era ser protegido —supongo que por su misma pesadez compartida— de Espinosa. Durante cinco años se descubrieron más de mil asuntos que exigían reformas. En opinión de Ovando había dos defectos cruciales: primero, ni el Consejo de Indias ni la Administración de América estaban familiarizados con las leyes vigentes (ni nadie, por descontado: eran un centón imposible de que se lo saltara gitano alguno); segundo, casi ningún miembro del Consejo sabía una sola palabra ni de las Indias ni de sus problemas (en realidad, sólo seis de los cincuenta habían estado alguna vez allí, a pesar de que el Consejo era de Indias). A Ovando, de momento, lo hicieron presidente del Consejo, que es de lo que se trataba, para que intentase enmendar los fallos descubiertos. Se puso a trabajar en la codificación de las leyes de Indias, aunque la obra quedó paralizada por su muerte en el 75. Y en ese aspecto las cosas siguieron como antes. En cuanto a lo que hace a la ignorancia de los consejeros, creó un cargo de cronista y cosmógrafo de las Indias, para el que nombró a su secretario Juan López de Velasco, bastante simpático e incluso guapo, y envió al sabio doctor Francisco Hernández al Nuevo Mundo con orden de coleccionar flores, plantas, dibujos de animales y otros detalles interesantes, que aparecieron recogidos muy pronto en los márgenes del libro de horas del Rey, y formaron parte de la historia natural de aquellas tierras. También llevaba la orden de preparar un interrogatorio, para cada comunidad, sobre sus orígenes, su situación y sus condiciones. Eso ya no sé si dio buen resultado. Pero me temo lo peor.

Ni que decir tiene que Ovando supervisaba, mientras duró, el nombramiento de los nuevos virreyes: Martín Enríquez para México y Francisco de Toledo para Perú. Ambos recibieron instrucciones del Consejo y del Rey, y duraron mucho más que sus predecesores. El primero organizó una defensa eficaz en el Norte de México y luego se cargó a buena parte de los chichimecas: a sangre y fuego como era debido. Y Toledo visitó su dominio, lanzó una seria campaña contra los idólatras, los supervivientes incas de Vilcabamba, que tampoco eran tantos, matándolos a todos; y luego, paseó por todo el Perú para extirpar cuantos vestigios encontró de religiones precolombinas. Así se sembraba, con delicadeza, la simiente evangélica. Y más al Sur, Toledo prestó auxilio de todo tipo a los pobladores de Chile contra los araucanos, los de Alonso de Ercilla más concretamente...

Por fin, en 1573, Ovando y su gente promulgaron en Madrid unos reglamentos nuevos y trascendentales que regulaban punto por punto toda la futura colonización y conversión de las Indias. En las Ordenanzas del 73, Ovando sembró lo que sería la codificación del total de leyes existentes sobre estas materias. Era una visión nueva del destino de España en el Nuevo Mundo, y enorgullecieron muchísimo a Felipe II, que no se movía de El Escorial. En ellas expresamente se consideraba a los nativos seres racionales con derecho a la vida, a la libertad, a la propiedad privada y a la organización social. Eran los primeros pasos que se daban para preparar a los indios hacia el autogobierno cristiano. La esclavitud y la servidumbre habrían de extinguirse poco a poco: tanto que a mi parecer no se extinguirán nunca. Los indígenas, poco a poco también, se concentrarían en ciudades, especialmente construidas según un obligado plan cruciforme, establecido por las propias Ordenanzas. En Perú se hizo un importante experimento de repoblación, desde el 69 al 71, que yo conocí de refilón. Y en México supe que empezó otro, en el 98, obligando a unas cincuenta y seis mil familias indias. Se tenía la esperanza de que, al asentarlos en ciudades flamantes de estilo europeo, fuesen europeizables y se protegiesen mejor contra la explotación de los colonos españoles. No es que me importen mucho, lo repito, ni ahora ni nunca, estos problemas, pero entiendo que su solución no era sólo difícil sino imposible. Como la creación de un Juzgado de Indios, en los años 70, en que atendían los malgobiernos y abusos, recibiendo ayuda legal con cargo a los fondos del Estado: la cantidad de aprovechamientos que hubo, de compinchamientos y latrocinios en el otro extremo del mundo no son para contados. Por mucho que las órdenes, enviadas a los tribunales regionales de justicia, les urgiera siempre a proteger a los indígenas. Porque había, sobre todas, la primera ley de la caridad: que la mejor entendida empieza por uno mismo.

No hay ni que decir, porque se dice por sí mismo, que todo esto estaba teñido por una intensificación de la actividad religiosa. Oleadas de misioneros, para convertir y para enriquecer a sus respectivas órdenes, salían de España consagrándose la mayoría a predicar a los pobladores de las fronteras: en Chile y en Paraguay, al Sur, y en Nueva Galicia y Nueva Granada, al Norte.

E igual sucedió en las Filipinas. Ya España tenía experiencia en conquistas, en colonización, en conversiones y en genocidios. Visitadas por Magallanes en 1520, y por Loaysa entre el 25 y el 28, el almirante Miguel López de Legazpi las exploró en el 64 y el 65, con órdenes del Rey de anexionar las islas sin derramamiento de sangre. Tal actitud se vio recompensada: con pocos combates los conquistadores se hicieron con casi todo el Archipiélago. Hacia el 90, medio millón de indígenas estaba bajo el dominio español. Unos años antes, ya habían llegado, como era de esperar, los misioneros. El primer libro impreso en las islas, redactado en tagalo, se publicó en Manila en 1593. Y era, como no podía ser menos, un manual sobre el cristianismo. Qué hermoso y qué instructivo.

En resumen, cuando le alcanzó la muerte en 1598, Felipe gobernaba, o cosa así, la mayor parte de América, puesto que, desde el 80, su autoridad se había extendido al imperio portugués, e iba la autoridad real desde el Río Grande, en México, hasta el Biobío, en Chile. Su administración tenía, por principal objeto, cumplir la voluntad y el servicio de Dios. Quizá a Dios no le complació, pero a Felipe, sí: fue el mayor logro de su vida. Y por eso, según él, Dios decidió hacerse español.

Claro que España, la patria madre, no andaba, en sí misma, desprovista de problemas, porque la Inquisición, que a fuerza de fuego y de sangre tenía éxito por doquiera, no lo tuvo contra la minoría mora, que aún quedaba en Granada. Porque esa minoría era más numerosa que los grupúsculos protestantes de esta o aquella población. Cuando Felipe II se coronó, o lo coronaron, había cerca de medio millón de moriscos en España. Y ni siquiera esa minoría racial andaba diseminada igualmente a lo largo y ancho del país. En el reino de Aragón vivían doscientos mil, la quinta parte de la población; en Granada, ciento cincuenta mil, la mitad o más de sus habitantes. Desde la expulsión de los moros que no habían aceptado el cristianismo, en 1493, las autoridades habían emprendido la integración de quienes quedaron, o mejor, su asimilación, o mejor aún, su digestión. Pero se vio que eso no funcionaba. Y se vio algo peor: que estaban en relación con sus vecinos y correligionarios, los piratas de Argel, cuyos ataques a los pueblos costeros crecían en número y audacia. Felipe temía lo que yo luego fomenté y traté de aprovechar sin éxito: la cooperación entre los moriscos aragoneses y los protestantes de la vecina Francia, por natural venganza contra el catolicismo. Y aún más, se temía que los moriscos se comportaran como unos infiltrados favorables cuando hubiese un desembarco otomano en costas hispánicas. Era como tener el enemigo en casa.

Pero no todos pensaban así. Un refrán dice: «Quien tiene moro tiene oro.» Los amos del este y sur de España prosperaron con la habilidad de sus arrendatarios en el riego, los cultivos y el tejido de seda. Los nobles de Granada odiaban a la Inquisición como a la peste, preocupados por sus fuentes de riqueza. Ya hacía tiempo, con el Emperador, en 1528, fueron ellos los que se prestaron a conseguir un acuerdo en virtud del que se permitía a los moriscos conservar sus costumbres, sus trajes y su lengua tradicionales. Pero esta longanimidad se vio amenazada en el 50, poco más o menos. Entonces, de todas las causas de la Inquisición en Granada, sólo la mitad recaía sobre moriscos; en el 66, eran noventa y dos de cada cien. Quizá no crecían las vulneraciones; lo que crecía era la persecución. Y, por tanto, el odio correspondiente. Porque no fue quemada la mayor parte de los moriscos condenados, pero sí sufrió largas cárceles a sus propias expensas y las pérdidas de todas o casi todas sus propiedades. A favor de la Inquisición, por si fuera poco.

Y no se trataba de algo accidental, se trataba de una política regia. En el último documento de Carlos a su hijo, el Emperador ya le instaba a la expulsión de todos los moriscos de España. Y ya en el 59 se adoptaron medidas contra ellos. La Corona se negó a aceptar una oferta que hizo una asamblea de ancianos granadinos: cien mil ducados a cambio de renovar la protección contra la Inquisición. Ésta, animada por la negativa regia —lo único que le faltaba—, se puso más intolerable, encabronada e intransigente que nunca. Respecto a costumbres, fiestas o forma de preparar la carne, pongo por caso. La Audiencia de Granada abrió unas investigaciones, entre propietarios de tierras, impugnando los derechos de muchos moriscos. Las vejaciones crecieron en calidad y en número: las Cortes de Castilla de 1560 se descolgaron prohibiendo a los moriscos poseer esclavos «porque serían educados como musulmanes»; en el 61 se aumentaron las tasas sobre la producción de seda, base de la economía morisca, reduciendo su productividad; y en el 66 una proclama real ordenó el desarme de todos los miembros de esa raza.

Cuando un par de años antes presidió el denostado por mí cardenal Diego de Espinosa la Inquisición, ese odiado personaje redobló la campaña contra ellos, y, como era además presidente del Consejo de Castilla desde el 65, tenía poder en el Santo Oficio y a la vez en la Audiencia de Granada, y así aumentó el hostigamiento de ambos órganos de la injusticia. En el 67 una proclama real, por mandato cardenalicio, fue publicada y pregonada en árabe y en castellano. Ordenaba a todos los moriscos abandonar sus ropas, su lengua, sus costumbres y sus prácticas religiosas en el plazo de un año. Los encargados de cumplir tales órdenes eran, no hay que decirlo, la Inquisición y la Audiencia. Todo ese año lo pasaron los dirigentes de la comunidad morisca tratando de obtener un acuerdo que conservase sus modos de vida, incluso avisaron de que las nuevas leyes podrían provocar una resistencia importante, acicateada porque ese año 67 se había perdido la cosecha y había muchos moriscos bajo la amenaza del hambre, de las deudas o de la necesidad de emigrar. Que era lo que se pretendía. Todos esos representantes venían apoyados por el marqués de Mondéjar, capitán general de Granada, cuya familia siempre fue protectora de los moriscos, y por mi padre Ruy Gómez de Silva. Vana alianza. La política tolerante de estos aristócratas, aquí como en los Países Bajos, fue rechazada. En marzo, ya Mondéjar recibió la orden de llevar sus fuerzas a la costa y dejar todo el poder en el interior a la Audiencia y a las milicias especiales. En noviembre, la lumbrera de Espinosa se dirigió a las autoridades eclesiásticas granadinas para que se dispusieran a cumplir lo ordenado.

Desde abril del 68, desesperando de concesión ninguna, se planeó una rebelión abierta, la primera en España desde las Comunidades. En Navidad estaba organizada: ciento ochenta y dos pueblos de los alrededores empezaron la revuelta en Granada; se intentó tomar la propia capital con la ayuda del

Albayzín, pero los pudientes del barrio moro no se unieron, y la fuerza tuvo que retirarse. En marzo del año siguiente, Mondéjar había recuperado los pueblos sublevados. Y, cuando parecía agotada la revuelta, el cretino de Espinosa se descolgó con una nueva medida más radical: la deportación de todos los moriscos de Granada. Y también ordenó que se retirara a Mondéjar, porque se opondría a esa disposición. ¿Quién lo sustituyó? El hermano ilegítimo del Rey, don Juan de Austria.

No fue una decisión acertada. Claro, que en ese momento ninguna lo era. Don Juan tenía veintidós años. Era guapo como un san Jorge guapo, pero no tenía la formación ni la dureza necesarias. Había nacido en Ratisbona, cuando el Emperador tenía cuarenta y siete años, de una sirvienta lozana y joven del palacio: ya lo he dicho. Se salvó de la consanguinidad, gracias a los dieciocho años de Bárbara Blomberg, que era reidora y sana y que amaba la vida, demasiado probablemente. El niño tuvo una infancia ajetreada, y fue un poco de mano en mano, hasta que con Luis Quijada y Magdalena de Ulloa encontró unos padres verdaderos. Su nombre era entonces Jerónimo, y le llamaban Jeromín. Cuando su padre se retiró a Yuste, Jeromín y sus padres adoptivos se fueron a Cuacos de Yuste. Alguna vez el niño conoció al Emperador, y éste percibió enseguida que no estaba hecho para fraile como él había pensado. Felipe II sólo supo de su existencia tras la muerte de su padre. Sorprendido, se encontró con el niño en el monasterio de la Espina, cerca de Valladolid.

—El Emperador, que es nuestro padre, el mío y el vuestro, nos estará mirando desde el cielo.

Y trató, con cierta desgana, de educarlo. En octubre del 68 lo hizo, con veintiún años, capitán general de la Flota Mediterránea. Pero siguió estudiando, o lo que hiciera, en Alcalá y en la Corte. Al año siguiente lo nombró comandante supremo de las tropas contra los moriscos de Granada. Consideró su inexperiencia como una ventaja: así aceptaría las órdenes expedidas desde El Escorial. Aunque cuidó de rodearlo bien. Puso en su entorno un consejo: Mondéjar, Diego de Deza (dos personajes en continuo enfrentamiento), el marqués de los Vélez, el duque de Sesa, nieto del Gran Capitán, Pedro Herrero, arzobispo de Granada y, para evitar tantos rostros extraños, su preceptor Luis de Quijada. Enseguida don Juan se dio cuenta de la oposición entre el virrey y el presidente de la Audiencia: el primero, partidario de la conciliación, y el segundo, de la represión. Pidió instrucciones a su hermano; se demoraron dos meses y medio. Sólo recibió de él consejos de prudencia o regañinas por haber hecho alguna inspección próxima a Granada.

Pero la dureza de Espinosa fue tan excesiva que fortaleció la resistencia de los rebeldes supervivientes: no les quedaba casi nada que perder. Esta vez hasta los habitantes del Albayzín se sublevaron, aunque no sirvió de mucho. Pero los insurrectos, refugiados en Las Alpujarras, donde se les reunían más y más rebeldes, resistieron. En octubre del 69 el Rey dio órdenes de que sus soldados, con algunos llegados de Nápoles para la ocasión, atacasen a los moriscos sin contemplaciones. La orden fue la habitual: «A sangre y fuego.» No se avanzó nada. La guerra entró en un punto muerto y tan grave que, en marzo del 70, se movió el Rey de su nido de araña y llegó a Córdoba para dirigir —ignoro de qué manera— las operaciones. Iba con sus sobrinos los archiduques Rodolfo y Ernesto, para que conociesen las maravillas andaluzas. Y allí le sucedió la anécdota narrada del Sacramento venerado y del sol venerable. Cuando comprobó con sus propios ojos que las cosas no eran fáciles, decidió, para no hacer el ridículo, suspender la deportación de los moriscos y optar por un plan complicadísimo de dispersión para redistribuirlos por toda Castilla. Mandó a Las Alpujarras un emisario con una oferta de amnistía total a quienes se rindiesen y de negociaciones con los jefes rebeldes. Pero, como era de suponer dado su estilo, el emisario no debía divulgar que eran palabras regias ni que él mismo iba autorizado por el Rey. Es decir, el Rey era falso hasta para hacer el bien. Pero ¿qué pintaba en todo esto don Juan?

¿Y qué pintaba el desdecirse del disparate dicho? El cambio llegó en el mejor momento. La incapacidad española para reprimir a los moriscos, a pesar de grandísimos gastos y grandísimas tropas, era una noticia inmejorable para los abundantes enemigos de Felipe. El príncipe de Orange, sin ir más lejos, dijo:

—Es un ejemplo para nosotros que los moros puedan resistir tanto tiempo, aunque sean gente sin más sustancia que rebaño de ovejas... ¿Qué podría hacer entonces el pueblo de los Países Bajos? Veremos lo que pasa si los moriscos resisten hasta que los turcos puedan ayudarlos.

Se da por supuesto que los turcos percibían su espléndida ocasión. El rey de Argel envió armas y municiones a los rebeldes, y lanzó ataques contra la costa, para distraer fuerzas. Sus tropas tomaron el protectorado español de Túnez, que iba y venía como una peonza de unas manos a otras. El propio sultán escribió a los rebeldes para ofrecerles ayuda «frente a los malditos e infieles tiranos», y ordenó al rey de Argel que siguiese con sus suministros... Se había hecho, sin embargo, demasiado tarde. Al recibir la propuesta real, aunque anónima, el jefe morisco se rindió con condiciones. No obstante, muchos de los suyos continuaron la lucha hasta que el hambre los expulsó de las sierras abajo. Ahora empezaba lo que Felipe II, con un vocabulario muy personal, llamaba la pacificación.

Cuando ordenó que todos los moriscos abandonasen sus tierras, el Albayzín estaba ya casi vacío. Los que se hallaban en rebeldía, es decir, fuera, fueron expropiados; los que se reconciliaron recibieron una compensación, pero fueron echados. Al ver los primeros grupos de los moriscos deportados, don Juan dijo, en una carta a Éboli, que yo leí, algo parecido a lo que escribió el cura de Los Palacios cuando la expulsión de los judíos:

«No sé si se puede retratar la miseria humana más al natural que viendo salir tanto número de gente con tanta confusión y lloros de mujeres y niños, tan cargados de impedimentos y embarazos... A la verdad, si éstos han pecado, lo van pagando.»

Tanto fue así, que muchos de ellos murieron en el viaje.

Don Juan era inmediato, y no sé si dijo eso o no dijo nada. No creo que fuese muy sagaz ni muy inteligente; pero inmediato, sí. La prueba es que desde que se enteró de quién procedía, se hizo ambicioso; desde que fue agasajado y piropeado, se creyó irresistible. Y lo era. Cuando llegó a Granada hizo enfrentarse a todos unos con otros, y se negó a recibir órdenes dc nadie. No hay nada más osado que la ignorancia salvo que venga acompañada de soberbia. Su papel no fue nada lucido. Enfrente estaba toda la tradición de aquella tierra. A su cabeza, primero, Aben Farax, con sangre de los Abencerrajes; luego, don Hernando de Valor, Caballero Veinticuatro de Granada, elegido rey bajo el nombre de Aben Humeya, descendiente de los omeyas cordobeses, descendientes de Mahoma, que durante mucho tiempo habían aceptado la colaboración de las tropas reales. Pero aquella guerra era una guerra sucia. No como la esgrima en la que triunfaba don Juan en Alcalá. A Aben Humeya y a El Jáquer los mataron los suyos. Quedó Aben Aboo como caudillo. Por poco tiempo: también lo asesinaron, después de que él asesinó a El Habaqui. Cuando Felipe autorizó a su hermano a salir en campaña, se propuso la conquista de Güejar-Sierra; pero se le adelantó Sesa y la conquistó antes. Tampoco don Juan lograba imponer la disciplina a un ejército corrupto y desganado. Mucha complicación para alguien que nunca había actuado. Faltaba la unidad de mando porque, en el fondo, los mayores no hacían caso de don Juan. Las tropas cristianas cometían toda clase de tropelías para responder a los saqueos de iglesias y asesinatos de sacerdotes. Los jefes eran todos brutales, pero opuestos unos a otros, sobre todo Mondéjar y Deza. Para don Juan era difícil imponer la disciplina. Conquistó a las primeras de cambio Serón. Pero era una trampa de los moros: una vez dentro, contraatacaron miles de combatientes que cogieron de sorpresa a los soldados; huyeron en desorden. Allí cayó herido, y luego muerto, Luis de Quijada, por si fuera poco... Las tropas desobedientes eran de un escaso valor. Y, como don Juan, sin experiencia militar. Los dos bandos peleaban sin darse cuartel y sin el menor respeto mutuo. Don Juan era un primerizo, y cumplió la orden real: «A sangre y fuego.»

Puede que la expulsión fuera necesaria para la paz, pero aquélla no era una guerra caballeresca como don Juan había soñado. En la toma de Galera, después de la pérdida de cientos de hombres y de un cuerpo a cuerpo feroz, a los dos mil defensores que sobrevivieron mandó matarlos sin piedad y sembró de sal la plaza. No hay nada que se contagie tanto como la ferocidad si es con ella con lo que hay que demostrar que se está a la debida altura. Para ser soldado hay que no ser inteligente; pero hay que serlo mucho para tratar con soldados si no se es uno de ellos. Y, desde luego, hay que no razonar si se consigue... Después, Serón otra vez, Tíjola, Purchena, Padules... Don Juan demostró que tenía carisma en el trato con su gente. Consiguió que El Habaqui se prosternara y abandonara la lucha. Pero Aben Aboo quería continuarla y ajustició al otro por traidor. Don Juan no entendió nunca la habilidad para romper la palabra dada; no entendió nunca el juego de la astucia y la mentira. Don Juan no fue el débil ni el oprimido ni el perseguido nunca. O eso se creyó de él.

El príncipe —lo llamo así sin autorización— quedaba libre y listo para tareas de gloria. El 13 de noviembre dejó Granada y nunca más la vio. El 2 de julio había comenzado las conversaciones de la Santa Liga en Roma. El 13 de diciembre, camino de ella, estaba ya en Madrid. Dejaba atrás el dolor de la expulsión, que trató de olvidar y consiguió. Gran número de moriscos no sobrevivieron: unos se ahogaron al zozobrar las galeras que los llevaban de Málaga a Sevilla; otros perecieron bajo las nieves de ese terrible invierno cuando iban al norte esposados y a marchas forzadas. De cada cien deportados, veinte, o sea, entre ochenta mil y cien mil, acabaron por el camino. Los que resistieron con vida fueron distribuidos en colonias por toda Castilla: a Córdoba, a Toledo, a Ávila... Ciudades que no habían visto moros durante siglos vieron surgir un Albayzín entre sus barrios. Mientras, en Las Alpujarras, se creó una cadena de fuertes para defender los valles contra los moriscos que vivían aún en las montañas y para evitar futuros problemas en un terreno de difícil dominio. Y, en marzo del 71, se creó el Consejo para la Repoblación de Granada. El gobierno adquiría, después de un reconocimiento, las propiedades de los moriscos para redistribuirlas entre pobladores nuevos, que provenían de zonas del Norte, muy pobladas y seguras, como Galicia o Asturias. Más de doce mil quinientas familias cristianas, unas sesenta mil personas, se asentaron en doscientas cincuenta y nueve comunidades granadinas.

Estas operaciones afirmaban la competencia y el poderío de Felipe y de su gobierno. Y afirmaron también su fracaso. Muchas poblaciones del Norte se arruinaron cuando sus mejores pobladores se destinaron al sur. Muchos lugares repoblados se abandonaban poco después. Las tierras altas nunca se repoblaron. Las Alpujarras perdieron más de la mitad de sus habitantes. Granada, la ciudad prestigiosa que atrajo tanto a tantos, declinó sin remedio... Cierto que esta guerra eliminó el peligro de tener aliados posibles de los turcos en casa; pero se había pagado un precio altísimo. Lo que se perdió en intensidad se ganó en extensión. Ahora había moriscos por cualquier parte, y amenazas también. En Valencia procreaban tan deprisa que pronto excedieron a los cristianos; en

Cataluña se dedicaron al bandidaje con ferocidad duplicada. En Andalucía, una conspiración para apoderarse de Córdoba, Sevilla y Écija tuvo que ser abortada. Pero Felipe continuó con su política de integración, a pesar de que le aconsejaban, desde su propio padre, la expulsión. Y no dio su brazo a torcer, en contra de sus consejeros. No le daba la real gana perder vasallos. Hasta el final, trató de dar instrucción religiosa a los moriscos valencianos: cada diócesis tenía que designar doce misioneros que hablasen árabe, dirigidos por otro que hubiese estado convirtiendo indios. Un jaleo infernal. Pero recomendaba «suavidad para atraerlos a lo que se pretende». Dos figuras supervisaban la operación: fray José Acosta, autor de una *Historia de las Indias*, y el marqués de Denia, muy conocido mío, aunque él ahora, que es duque de Lerma, favorito del nuevo Rey, no quiera conocerme. Y fue precisamente a él al que le tocó, muerto Felipe II, expulsar de España a toda la población mora, por orden de Felipe III. El intento de su padre no había servido para nada. La orden de expulsar del Emperador había saltado sobre la cabeza de Felipe II.

Un poco de tiempo transcurrió desde la llegada de don Juan a España y su salida para Italia con una responsabilidad nueva. Sólo ir a Villagarcía de Campos, abrazar a Magdalena de Ulloa, darle sus condolencias por la muerte de su marido y conocer a la futura Ana de Austria, recién nacida ahora de sus amores con María de Mendoza, enamorada de él, que hasta Las Alpujarras había ido a hacerle una visita por amor, y que ahora residía en un convento. Los amores de don Juan y María los había propiciado la parienta de ella, la princesa de Éboli, muy dada a tercerías. Ahora estaría en el convento de carmelitas de Pastrana y más tarde pasaría a las Huelgas Reales, donde sería abadesa, como después su hija, esta niña que besaba ahora Juan de Austria y que empezaría su carrera monjil en Madrigal de las Altas Torres, donde nació Isabel *la Católica*, y donde ella tuvo una aventura tontaina con un falso Rey don Sebastián, que no era más que el pastelero del pueblo.

Las noticias de Flandes no eran muy malas; pero no se podía pensar en retirar al duque las tropas italianas. En el Mediterráneo había una emergencia. El intervalo entre el fin de la guerra de Granada y la constitución de la Santa Liga fue muy breve, aunque costó Dios y ayuda (en el más estricto sentido de las dos palabras) que se formase ésta. Por una parte el

Rey de Argel sabemos que se había apoderado de Túnez, aprovechando la distracción con los moriscos. Por otra, estaban los acontecimientos de Chipre: treinta años de paz entre Venecia y los turcos, fama de pacífico de Selim II, tradición otomana de una conquista ofrecida por cada nuevo sultán, embargo de bienes y naves de mercaderes venecianos... El caso es que se oían rumores de derechos históricos en los que se apoyaba el sultán para exigir la completa cesión de Chipre. El 27 de marzo de 1570, un enviado turco presentaba la exigencia, acompañada de agresiones a los fortines dálmatas de la Serenísima. En mayo, se elegía Dux a Pietro Loredan, partidario de la guerra; pero antes había enviado embajadores a España y a Roma.

El Papa Pío V era cualquier cosa menos un hombre del Renacimiento. De niño había pastoreado rebaños; más tarde fue un pobre fraile dominico, estudiante en Bolonia y Génova, viajero a pie, hambriento, de una actividad incansable. Tenía el fervor, la aspereza y la intransigencia de los pobres. Y también su dureza y su negativa al perdón. Lo hizo cardenal Paulo IV, también violento y férreo. Granvela, virrey de Nápoles, era contrario a cualquier ayuda a Venecia. Pero el Papa soñaba con una alianza de los príncipes cristianos contra los turcos. España acabó por firmar la Santa Liga con Venecia, Génova, el Papado y otros príncipes italianos. El camino fue largo. El objetivo de Felipe era muy distinto de los de los demás: él deseaba recuperar Túnez. Su renuencia contra Venecia la venció el Papa con dinero: le concedió los impuestos sobre la Iglesia española a través de las bulas, cuyo valor excedía del millón de ducados anuales. Esta repentina generosidad, después de tantos y tantos años de tacañería de la curia romana, causó la sorpresa de todos los consejeros. El bobo cardenal Espinosa, al enterarse, exclamó con cierta gracia (la única de su vida):

—Al Papa le ha sucedido lo que decimos aquí como refrán: los estíticos mueren de cámaras.

Quería decir en lenguaje apeado, que los estreñidos se mueren de diarrea. Y aconsejó al Rey unirse a la Liga. En mayo del 71 se firmaron definitivamente las alianzas.

A Felipe el Papa le había enviado a su confidente Luis Torres, que lo alcanzó en Córdoba, en plena guerra morisca, en el 70. Y la lentitud de los acuerdos no se debió tanto a la odiosa parsimonia de Felipe como a las exigencias del Papa. No demandaba una ayudita para reconquistar Chipre, sino una verdadera alianza, en toda regla, con todas las consecuencias y obligaciones. Los turcos habían atacado porque Felipe estaba mirando hacia Granada. Venecia era la frontera de la Cristiandad. No darle ayuda sería el más grave error. Era por eso por lo que concedía las bulas de Cruzadas. Felipe prometió, aunque luego vacilara, cincuenta galeras, y con rapidez y arriesgándose en la mayor aventura desde hacía mucho tiempo: bastante tenía con las propias.

Chipre no pudo esperar socorros de España, ocupada en lo suyo. Cayó Nicosia, pero Famagusta acaso podía resistir hasta la llegada de esos socorros. Sin embargo, casi todo estaba mal organizado, hasta el punto de peligrar la existencia misma de la Liga. Cuando Venecia exhibió sus galeras y las de sus aliados y salieron todos para Rodas, se enteraron los almirantes de que sólo Famagusta no había sido conquistada. Decidieron volver todos a Italia, menos los venecianos de Quirini, el nauta. Con las borrascas invernales, el retorno fue fatal, un desastre completo. Sin batalla, se abandonó a su suerte Famagusta, y se perdieron barcos, dinero, armas, municiones y prestigio. Colonna, que iba al mando, y no Doria, quedó desacreditado. La Serenísima encarceló a sus jefes. Sin la energía humana de Pío V, la intransigencia turca y la buena fe y el interés, económico sobre todo, de Felipe II, a pesar de sus recelos, se habría acabado la Santa Liga.

Pero, con todo y con eso, como siempre, vacilaba. Estaba lleno de suspicacias. Sólo se unió pensando que, al ser el más poderoso, podría dictar la política que siguieran los otros. A él le importaba Túnez, no Chipre; cuando se dio cuenta de que no sería tan fácil salirse con la suya, volvió a considerar volverse atrás. Todavía dudaba al principio del 71. Escribió a su predilecto Espinosa:

«Tal como está la Liga ahora, yo creo que no se ha de hacer cosa buena, y que es imposible cumplir yo lo que ofrezco, no solamente este año, lo cual es imposible, y que no bastarían para ello cuatro veces tantas gracias —habla de los impuestos sobre el clero— como las que se me dan.»

(Todos estos fragmentos de cartas los busco y los dicto directamente de los papeles conservados.) Pero Pío V se había ganado la anexión de España al renovar el subsidio de las guerras, concedido por cinco años por Pío IV, cuyo vencimiento caía en el tiempo de su elección. En vez de gastar miles de ducados en negocios y en regalos a los sobrinos del nuevo Papa, Luis de Requesens se maravillaba de este santo que, con este desdén por sí mismo, contribuía inmediatamente al armamento naval de España. Igual actuó con Venecia: le concedió los diezmos sobre el clero. Y él, por su parte, construyó su armada con las galeras de Toscana y con las construidas en los astilleros de Ancona.

Pero la organización de la Santa Liga continuaba en el aire. Las negociaciones se interrumpieron tres veces, entre otras cosas porque Venecia, la lagarta de siempre, no descartaba concluir un acuerdo con los turcos, y retrasaba con cualquier pretexto las conclusiones. Existían temores y dudas entre los aliados: la diplomacia francesa era hostil, incluso Carlos IX soñaba con invadir los Países Bajos para distraer así a España del Mediterráneo. Teóricamente la confederación iba a ser perpetua, pero el acuerdo militar duraba tres años. Y se situaba en el Levante contra los turcos, extensible a los Dardanelos y a los Santos Lugares. Y, a petición española, también contra Argel, Túnez y Trípoli. En la primera fase se acordó que el generalísimo, después del fracaso de Colonna sería, no Manuel Filiberto de Saboya, sino don Juan de Austria. Felipe II defendía su nombre apoyado en su mayor aportación. Y sucedió entonces el hallazgo de Pío V, al final de una misa, leyendo el último evangelio:

—*Fuit homo missus a Deo qui nomen erat Yoannes.*

No era mal guerrero, lo había acreditado, y la experiencia naval se la darían don Álvaro de Bazán, marqués de Santa Cruz, y Gil de Andrade.

Por fin la noticia de la Liga llegó a Madrid el 6 de junio. El 16 estaba don Juan en Barcelona, listo para embarcar. El 26, el Rey redacta —lo sé muy bien, porque ahí empezó todo, y cuando digo todo sé lo que digo— unas instrucciones para su hermano. En ellas le reprocha inoportunamente aceptar el título de alteza y de príncipe. El 12 de julio don Juan responde con un orgullo algo infantil pero muy firme: reclama que «se le iguale con muchos cuando merecía más y todos esperaban verlo». Esto hace comenzar la ronda de los celos de Felipe, y la hinchazón de la soberbia, cada vez mayor, del joven don Juan, que no hizo bien la digestión de las excesivas alabanzas y del éxito, porque él, en el fondo, lo representaba más que lo tenía. Quizá generalizaba entonces al pensar que su condición de hijo natural era irremediable y que el Rey no confiaba en él: por eso le concedió el título de excelencia y no el de alteza. El salto casi mortal de ser Jeromín a ser hijo del Emperador y hermano del Rey había sido excesivo para sus doce años y lo seguía siendo para sus veinticuatro. Pero él ahora se halla rodeado de fiestas, de halagos desvanecedores, de expectativas. A Nápoles le manda Granvela, en nombre del Papa, el bastón de generalísimo con los tres escudos de armas, pronunciando tres veces, en la entrega, las siguientes palabras:

—Toma, dichoso príncipe —y no excelencia—, la insignia del verdadero Verbo humano. Toma la viva señal de la Santa Fe, de la cual en esta empresa eres defensor. Él te dé la victoria gloriosa sobre el enemigo impío, y por tu mano sea abatida su soberbia.

Eso, por tres veces. Como para que no se levantara la suya, quiero decir su soberbia. El 24 de agosto llega a Mesina la Armada. Hay quien pensó que ya era demasiado tarde para la campaña decisiva, pero no don Juan. A Mesina, loca de fiestas, fueron llegando todos. Y a todos, aunque no por todos embelesado, embelesó don Juan. Para eso sí servía, la verdad. Como para que hirviera, entre todos los que asistieran a su Consejo y servicio, cuanto amor y hermandad fuera posible, «porque donde hay discordia no puede haber bien ninguno».

Con las fuerzas de que disponía, don Juan tomó el partido de la ofensiva. Felipe II había aconsejado la prudencia; su hermano, frente a él y Andrea Doria y el virrey de Sicilia, García de Toledo, y también Requesens, era más arriesgado, más suelto, más confiado y valiente. Repito que tenía veinticuatro años. Y contaba con la oración del Papa, que rezaba también por la ofensiva. Don Juan, con miras más amplias que su hermano, no pensó en Túnez, pensó en la Cristiandad; y en no defraudar a Venecia ni a la Santa Sede; y en no perder el prestigio ni la honra. Estaba frente a la oportunidad soñada y no podía conformarse con menos que la gloria sin límites. Tenía razón: todo el mundo lo miraba, y Catalina de Médicis e Isabel de Inglaterra deseaban su fracaso. ¿Qué más podía pedir?

El equilibrio de fuerzas entre los dos enemigos era muy grande: los dos se sorprendieron al encontrarse y verse, y en medio de esta espera, un incidente entre marinos de la Serenísima y arcabuceros españoles y napolitanos, que estaban allí, en las naves de ella, porque Venecia no tenía bastantes soldados. Pendencia por las bravas y con ensañamiento. Sebastián Venievo, el almirante, juzgó y mandó ahorcar al capitán y a tres soldados. Los jefes de la Liga formaron consejo de guerra: sólo el Generalísimo tenía derecho de vida o muerte. Fue un consejo inoportuno y dramático. Pero don Juan quiere combatir ya y buscar al enemigo y atacarlo. El 3 de octubre zarpa al amanecer la Armada. El 4, fondea en puerto Fescardo, en el canal de Cefalonia. Ese día llega la noticia de la traición turca en Famagusta: habían prometido la vida a los defensores, pero los degollaron a todos. La Armada sigue su rumbo entre Cefalonia e Ítaca, y fondea otra vez al sur del Canal donde hace aguada. Y se queda hasta el 6 por el mal tiempo. El día 7, don Juan, según la señal acordada, manda disparar una pieza para tomar las medidas previstas. En una fragata pasa revista a todas las galeras. Y las arenga así:

—Gentiles hombres, ya no da el tiempo ligar, ni es menester que yo ponga ánimo a vosotros, porque veo que vosotros me lo dais a mí; pero sólo os quiero traer a la memoria el dichoso estado en que Dios y vuestras buenas suertes os han traído, pues en vuestras manos está puesta la religión cristiana y la honra de vuestros Reyes y de vuestras naciones, para que haciendo lo que debéis y lo que espero que será, la fe cristiana sea ensalzada, y vosotros, cuanto a vuestras honras, seáis los más acrecentados soldados que en nuestro tiempo ha habido. Y cuanto a las haciendas, los más gratificados y acrecentados de cuantos han peleado. Y así no os quiero decir más, pues no lo permite el tiempo, sino que cada uno considere que en su brazo derecho tienen puesta la honra de Dios y de su vicario, y de toda la religión cristiana, llevando certidumbre de que el que muriere como varón va a gozar otro reino mayor y mejor que cuantos en la tierra quedan.

Mucha arenga me parece a mí para doscientas siete galeras.

El resumen es que, de la Armada del Turco, sólo se salvó a la escuadra de Uluch Alí. Perdieron unos veinticinco mil hombres; desertaron en grandísimo número, y otros muchos quedaron en poder cristiano. La Armada de la Liga libertó a casi quince mil galeotes cristianos. Lo más importante fue el número de caudillos, arraeces, capitanes y gobernadores turcos que perecieron en la batalla de Lepanto. Los cristianos tuvieron pérdidas muy inferiores. Don Juan fue generoso hasta el final: puso en libertad —es un ejemplo— al tutor de los hijos de Alí Baja, el generalísimo muerto, cuñado del sultán, para que informara a la familia del cautiverio de Said y Mohamed, que confió al cuidado del Papa. Y fue también generoso en el reparto de dádivas y mercedes entre los participantes. La victoria sirvió para quitar esa sensación de inferioridad que atormentaba a los cristianos y para poner barreras a un porvenir sombrío. Lo cierto es que no sirvió para nada más. Lepanto es, y seguirá siendo, un inefable. Nadie intentó completarlo con una ofensiva inmediata hacia Levante o más lejos aún. Don Juan no contó con la aprobación unánime que habría necesitado. La verdad es que los triunfadores tenían demasiada prisa por saborear las mieles de ese primero e insuficiente triunfo.

Don Juan escribió dos cartas: una pública y otra privada. Una, a su Rey y otra, a Magdalena de Ulloa dando cuenta de la batalla. Las entregó, con la relación oficial del secretario Juan de Soto y con la bandera verde del Profeta, conquistada en la toma de *La Sultana*, al herido Lope de Figueroa con la misión de llevarlas al Rey de España. Y entró el 31 de octubre en Mesina, entera en el puerto, enardecida de amor, con un ofrecimiento a don Juan de treinta mil ducados de oro, que él repartió en persona entre los enfermos, los heridos y los pobres. Mesina lo adoró. Y levantó, como homenaje de devoción, una estatua colosal en bronce, frente a la iglesia de la Santa Annunziata dei Catalani. Su tamaño supera más de dos veces las proporciones de la naturaleza. El héroe, que también superó a la naturaleza lleva el Toisón de Oro y el triple bastón de generalísimo de la Liga. ¿De qué estará hecho el pedestal? Durante el invierno recibió la gloria y el homenaje de todas las ciudades, de toda Italia, del Papa en una carta «al hombre enviado por Dios llamado Juan»; desde Viena también y desde Escocia, donde el futuro Jacobo I de Inglaterra compuso un poema a su gloria, en que se trasluce su enamoramiento, y que yo tuve el placer de leer y recordárselo así, cuando lo conocí del todo, porque supe enseguida que era sodomita. Pasivo, por supuesto.

Se ha dicho que el Rey Felipe permaneció impertérrito. No es del todo verdad. Con motivo de esa victoria perdonó a bastantes cazadores furtivos de los parques reales, cosa muy rara en él, y mandó que Tiziano pintara un cuadro, grande como el de su padre en Mühlberg, sobre unos bocetos de Sánchez Coello, que se llamó *España en auxilio de la Religión*: trataba de dejar más claro el contacto entre el Rey de los Cielos y el de España. Porque sabía que, una vez más, había cumplido la obra del Altísimo y se sentía por ello doblemente orgulloso.

El gran visir del sultán le dijo al diplomático Marcantonio Bárbaro después de Lepanto:

—Hay mucha diferencia entre nuestra situación y la vuestra. Conquistando Chipre, os hemos cortado un brazo; destruyendo nuestra Armada, nos habéis afeitado la barba. Un brazo no vuelve a crecer; la barba crece de nuevo y con más fuerza.

Tenía mucha razón. Todas las esperanzas de reavivar la Liga al siguiente año fueron vanas. Pío V había muerto. Los franceses cada día deseaban más desenmascararse contra España: en el Cantábrico, para dar la cara en el Atlántico; en la frontera de Flandes, para estimular a los rebeldes; y en el Mediterráneo, para oponerse a la política marítima. Resucitar la Liga con el fin de ayudar a Venecia y llegar hasta Levante, a Felipe no le hacía ninguna ilusión: él pensaba en Túnez y en Argel. Pero Granvela y don Juan eran partidarios de asestar un golpe definitivo al poder otomano. España hizo un esfuerzo durante el invierno para aumentar sus fuerzas navales en Barcelona, Génova, Nápoles y Mesina: el costo de Lepanto no fue tan grande como se dijo, de ninguna manera. Pero la muerte de Pío V abrió a las reservas mentales de Felipe la puerta de salida.

No obstante, su sucesor Gregorio XIII creía en la Liga como en Dios Padre, por lo menos. Como él pensaban los venecianos, en conveniencia propia, Requesens, en Milán, Juan de Zúñiga, su hermano, en Roma, Granvela en Nápoles y, por descontado, el héroe. Felipe se rindió. Pidió sólo que se dejara en Mesina la flota de Doria para hacer frente a un eventual ataque de los franceses. Don Juan cumplió la orden, y dio a su vez otra a los aliados de esperar su llegada en Corfú. Pero sucedió algo increíble: no esperaron allí al Generalísimo. Temían otro rabotazo de Felipe; la armada de Uluch Alí acostaba las riberas orientales; y, sobre todo, querían vencer sin que don Juan acaparase la victoria. Pero Uluch Alí había aprendido mucho de Lepanto: armamento, agilidad y potencia. Y sabe que no está don Juan ni las galeras españolas con su infantería. Y entonces fuerza dos encuentros que concluyen en dos escaramuzas. Cuando don Juan llegó, estuvo a punto de volver a Mesina. Don Juan tenía bruscos y terribles prontos; pero aún más sentido de la responsabilidad. Esperó ver a toda la Armada junta en Corfú. Ya era 1 de septiembre. Pero el conjunto parecía tan poderoso como el del año anterior, aunque se notaba la carestía de los alimentos por la insuficiencia de reservas. Y se notó algo más luego, pues de nada le habían servido a los apresurados los dos encuentros de agosto con Uluch Alí. Estaba claro que éste no aceptaría más que una postura defensiva; por tanto, se confinaban todos al Mediterráneo oriental. Felipe había tenido razón: hubiera valido más ir contra Argel. Alí llevaba a la Armada de la Liga a su terreno, hasta que pudo escapar y refugiarse en Modon. La oportunidad del 16 se perdió por don Juan, que no intentó forzar el puerto, y allí puso Alí sus galeras, amarradas y con las proas hacia el mar, para defenderse con la artillería gruesa. Y echó la gente a tierra para fortificar la boca del puerto. A don Juan, misteriosamente, alguna vez en *La Casilla*, estuve tentado de preguntarle por qué le faltó la audacia. Santa Cruz, por el contrario, tuvo un duelo singular con su capitana, *La Loba*, contra la capitana de Mohamed, el hijo de Barbarroja... No había nada que hacer. Se regresó a Corfú. Todo había estado en contra de don Juan: la muerte de su amigo el Papa, las vacilaciones habituales de su hermano, la falta de respeto de los aliados y su indisciplina, y también la improvisación...

El fracaso de esa campaña, los esfuerzos de Francia contra la Liga, la desavenencia entre los generales, la traición de España al retrasarse (eso fue lo que dijeron los venecianos), pero sobre todo la paz entre la desleal y egoísta Venecia y el sultán, firmada en marzo del 73. Pero, aun así, aquel año don Juan siguió siendo en la Serenísima el protagonista de las canciones de los gondoleros. El sultán le puso a Venecia pesadas condiciones: un máximo de sesenta galeras y la entrega sin rescate de todos los prisioneros turcos. El Papa insultó a gritos a los venecianos. Los españoles conservaron la sangre fría. Sobre todo, don Juan. Yo creo que él ya pensaba en otras cosas. A su edad, si muere una Liga Santa se inventa otra aventura.

La noticia de esa muerte lo cogió en Nápoles, donde había ido para aprender política de Europa con Granvela. Su relación, en contra de lo que se podría creer, fue amable; el cardenal tenía una afición incontenible a las mujeres, y el héroe estaba descansado; a los veinticinco años lo que gusta es cansarse, sobre todo si se es el bienvenido entre las damas y si lo llaman *el galán de Europa*. Granvela era un viejo cardenal; sin embargo, un novicio tiene más esplendores. Y más aún si alancea toros, triunfa en justas, es un jinete intrépido y caza y viste y danza como un ángel. Aunque no tuvo suerte. Cayó en manos de una bella, la más bella de Nápoles, Diana de Falangola, a la que había cortejado el cardenal en vano. La sedujo; hizo al padre gobernador de Pozzuoli, y a la madre le regaló unas preciosidades. Cuando vio lo que se le venía encima escribió, esta vez a su hermana Margarita de Parma:

«De aquí a un mes creo que, de muchacho que soy, me he de ver padre corrido y avergonzado. Lo digo porque es donaire tener yo hijos. Suplico a vuestra alteza se haga cargo de todo.»

Nunca le habría dado esta hija a doña Margarita de Ulloa, como le dio la otra. Ésta fue una aventura de la carne. A pesar de la insistencia de Margarita, no la reconoció. Fue bautizada con el nombre de Juana. Cuando nació, don Juan no estaba en Nápoles.

Se disponía a conquistar Túnez. Al volver, no quiso saber nada de Diana. La casó con un gentilhombre sin dinero, y la adornó con una pingüe dote. Enseguida pasó a las manos de Zenobia Saratosia, también famosa por su belleza. Otro hijo, que murió pronto. Don Juan era liviano y libertino. Conseguía y abandonaba. Era demasiado famoso y codiciado. Lo hicieron egocéntrico y altivo. Sedujo, entre otras, a la hija del pintor Ribera, *el Españoleto*, a la que el padre había pintado como la Magdalena en un precioso cuadro. Hasta que dio con Ana de Toledo: guapa, sabia en diversas artes amorosas, y casada con el gobernador militar de Nápoles. La dama se enriqueció a costa de don Juan, y luego a costa de la Armada, porque él le regaló cuarenta esclavos de cadena para renovar la chusma de su propia galeota, porque doña Ana era *empresaria en corso*. Esto no gustó nada a Requesens ni a Álvaro de Bazán.

Ante el abandono de Venecia ¿qué haría la Liga? ¿Argel o Túnez? Felipe prefería la primera; don Juan, también. Pero los sicilianos tenían las molestias de Túnez y Bizerta, e insistieron en ellas. Don Juan se dejó convencer con gran facilidad, como casi siempre. Ya en junio había escrito a su hermano:

sus allegados preferían conquistar Túnez, pero sin entregar la villa al Rey Muley Hanida, aliado y servidor de España, depuesto no hacía mucho. ¿Por qué deseaba esto don Juan? Primero, por parecerse a su padre que ya conquistó Túnez en 1535; y lo volvió a perder. Segundo, porque Pío V le había prometido la corona del primer estado que le arrancase a los infieles. Todos los jóvenes príncipes sueñan en ceñirse las sienes con coronas. Sobre todo, si no se les da ni un infantado ni un título de alteza. Gregorio XIII recogió el testigo: de conquistar Túnez, estaba a favor de conservar el reino y no dárselo a un moro más o menos aliado.

Don Juan se desvivió por ordenar la expedición. Los dineros de España se los engullía Flandes, pero él tenía recursos. Y fue un paseo triunfal. Túnez primero y Bizerta después. Casi sin lucha. Consejo de guerra convocando a mucha gente, para que fuese más fácil imponer su voluntad. Se instalaba en el trono a un hermano de Muley Hanida, algo más disponible, Muley Mahamet. Cuando regresó don Juan a Nápoles llevaba un hermoso cachorro de león al que llamaba *Austria*. ¿No estaba todo claro?

Ya andábamos en correspondencias muy frecuentes él y yo. Mientras jugaba con su león, encargó a su secretario Juan de Soto ir a Roma y hablar con el Pontífice. Yo me encargué de que Juan de Soto dejara esa secretaría. Deseaba tener alguien más próximo. Pero ¿se conformaría don Juan con Túnez o aspiraría a más? El nuevo secretario, ya Juan de Escobedo, iba a aplaudir lo que se decidiese, y yo influía en esa decisión. Yo conocía a Escobedo desde muchacho. Yo se lo propuse a don Juan y yo le apunté lo que habría de decir sin que se diese cuenta; con el deber tácito, por descontado, de que él me trasladase a mí todo lo que pasara. Hubo, sin embargo, un pequeño imprevisto. La guapeza de don Juan deslumbró a Escobedo; tanto, que me costó mucho esfuerzo tenerlo a mi servicio. Pero yo era más listo que los dos. Y que el Papa, al que el otro secretario no necesitó convencerlo, dado que ya había sido convencido por mí. Don Juan no sabía, ni supo, que eran mis manos las que estaban trazando su destino.

El nuncio Ormanetti apoyaba los planes de don Juan. Se los escribió en una carta al Rey:

«Guardándose estas costas y fortificándose el puerto, se evitarían grandes daños que los corsarios hacen en los estados de Su Majestad. Y muy gran parte de los gastos y costes se podrán sacar de este mismo reino.»

Y al duque de Alba, por si acaso, le escribió también, agregando la posibilidad de emprender la conquista de Argel, por tierra, desde Túnez. Gregorio XIII, a través de su nuncio ante Felipe, era partidario de aumentar la flota del Mediterráneo, porque seguía allí la Armada turca. Y añadía, hablando de don Juan:

«Sería bien considerar si no ganaría en poder y autoridad si fuese investido del título de Rey de Túnez, de modo que Vuestra Majestad pueda demostrar su gratitud a Dios por la conquista a la manera de vuestros antepasados, fundando un nuevo reino cristiano.»

Estaba claro como la luz del día, ¿o no? Pues, por si acaso, sugerido por mí, el Papa agregaba que era partidario de resucitar la Santa Liga: los venecianos se habían arrepentido de la paz con los turcos, y estaba además la empresa de Inglaterra. Don Juan podría llevarla a cabo, concluyéndola con su casamiento con la Reina de Escocia y erigiéndose así en Rey. He ahí una gran política vaticana, sobre todo por sus contradicciones. Yo lo sabía muy bien, porque eran mías. El Rey no tenía por qué estar enterado.

Felipe II mantuvo su reverencia al Papa, pero rechazó sus propuestas. El reino de Túnez no correspondía a los servicios de don Juan, ni el Rey de España podía concedérselo (cosa evidentemente falsa). Ahora lo que estaba claro como el sol es que el Rey no quería. La frustración de don Juan fue infantil y, por lo tanto, profunda. Porque no era razonable la actitud de su hermano: con Túnez, España dominaría toda la cuenca occidental del Mediterráneo. Pero Felipe necesitaba dinero, dinero, dinero, para los Países Bajos. Le parecía caro sostener una guarnición en Túnez y su autosuficiencia. Una de las inmadureces de don Juan era no considerar en absoluto los problemas de intendencia. Y, naturalmente, no tener la visión de conjunto de su hermano.

De paso por Sicilia, antes de zarpar hacia Nápoles, don Juan se tropezó con una carta de su hermano, ordenándole que fuera inmediatamente a Génova. El príncipe no obedeció y se quedó unos meses en Nápoles. Hasta que en abril recibió otra carta más rotunda: primero tenía que ir a Génova y luego a Milán. Esta vez obedeció. Lo que pretendían esas órdenes no era apartarlo de Túnez, ni siquiera acercarlo a los Países Bajos todavía, aunque esto ya estaba en la mente de Felipe. Los banqueros genoveses mantenían la Hacienda española. Y desde hacía meses había, en aquella ciudad, dos bandos, tras uno de los cuales se escondía una intriga francesa; el otro era fiel, con Juan Andrea Doria, sobrino del gran almirante muerto, y muy servidor de don Felipe. La orden no respondía a una caída en desgracia de don Juan, sino a una misión muy útil. Cuando lo entendió, amenazó con un bloqueo con las naves de Doria, que se apoderaron, como advertencia, de La Spezia y Porto Venere. Don Juan apaciguó luego los ánimos de los contrincantes, y salió para Milán. Su presencia allí, planeaba Felipe, daría que pensar a los franceses. Y allí don Juan asistió a mimos y celebraciones, se exhibió, tomó contacto con las figuras políticas de la Lombardía. Acompañado de los padres de Alejandro Farnesio, su hermana y su cuñado, asistió al torneo de Piacenza en su honor y en elogio de Lepanto. A don Juan se le había pasado —lo cierto es que era algo superficial— la pesadumbre de Túnez, a pesar de que se enteró de que había sido recuperado por Uluch Alí, mientras él estaba en Génova. (Igual, igual que su padre.) Consiguió de su hermano un dinero para armar una flota de socorro, mandada por Bazán y Gil de Anchada. Dos veces dos temporales impidieron su salida. En África, la fortificación de La Goleta se había demorado y no pudo resistir. Cuando don Juan llegó a Palermo ya había capitulado. Para el príncipe, o alteza o excelencia, comenzaba un tiempo de tristezas.

Felipe II tenía dos obsesiones: la Hacienda y los Países Bajos. Cuando don Juan le pidió una audiencia, le contestó con una serie de encargos para la Armada, la recluta de soldados y una posible expedición contra Bizerta. Y añadía que las funciones públicas eran más importantes que el placer de verlo. Don Juan llevaba algún tiempo estando harto. Fingió un retraso de los correos y no dio por recibidas las instrucciones reales. Yo reconozco que no fui ajeno a esos aplazamientos. En los últimos días de diciembre de 1574, se presentó en el puerto de Palamós. Antes me había escrito a mí porque yo contaba con su confianza: me solicitaba una audiencia con su hermano, pero se temía una mala acogida. El Rey lo recibió frío, no irritado. Ya sabía que tendría que estar amable, porque necesitaba pedirle que fuese a Flandes. Sin embargo, no cruzó la barrera que don Juan le pedía que cruzase: su promoción al infantado de España con el título de alteza. Tampoco lo negó, porque no le convenía. Lo aplazó simplemente. Por el contrario, no se opuso a la concentración de poderes en Italia: su falta explicaba el fracaso de Túnez, por la disolución de las distintas autoridades. Pero pidió paciencia: tenía que escribir a los virreyes de Sicilia y de Nápoles dándoles instrucciones. El Rey, con ello, ganaba tiempo —qué monomanía— y preparaba el nombramiento de don Juan para el gobierno, que el joven detestaba, de los Países Bajos.

De momento, don Juan tuvo un largo periodo de descanso: cinco meses, de los cuales estuvo bastante tiempo en mi residencia de *La Casilla*. Fueron las últimas vacaciones de su vida. Visitó El Escorial, que tanto ilusionaba al Rey; estuvo en el monasterio del Abrojo, donde se había refugiado Magdalena de Ulloa; y supo, por Felipe, cosas que no le habría gustado saber. Se referían a su madre, una mujer ya corrompida, avariciosa, lujuriosa y nefasta. Leyó una carta de Alba en que decía:

«Tiene la cabeza tan dura como un pedazo de madera... De modo que no queda más solución que secuestrarla en un barco, y llegada allí, meterla en un convento sin más contemplaciones.»

Don Juan miró aquella carta como quien mira el obstáculo más grave contra sus pretensiones de grandeza. Quizá por eso se la hizo ver Felipe. Y también yo, que jugaba con dos barajas. A partir de ahí, don Juan se dedicó a que lo retrataran los pintores mientras él pensaba en sus proyectos demasiado ambiciosos.

Luego se volvió a Italia. En Nápoles había cambiado el virrey: ahora estaba el marqués de Mondéjar, su compañero contra los moriscos. Era correcto, pero un viejo que no aguantaba las contradicciones. Y además no había toros. Se fue a tomar las aguas a Vigevano, donde estaban los Farnesios, porque tenía dolores de hígado: no me extraña. Allí era todavía él el héroe. En Nápoles gozaba de un prestigio mermado por su tropiezo con Ana de Toledo. Fue en Lombardía donde le llegó carta del Rey: Requesens había muerto; se le ordenaba «volar» hasta Flandes y tomar el gobierno allí. Don Juan fue remiso de nuevo al cumplimiento de una orden: no creía ser el hombre adecuado; sólo aceptaría por una obligación exigida y con las condiciones que exponía en un memorándum. Se lo confió a Escobedo. Su política sería conforme a las tradiciones y usos del país; los agentes y funcionarios serían flamencos en exclusiva; el presupuesto tendría que permitir mantener su rango (ya conocía, o empezaba a conocer, al Rey y sus ruindades); aludía a Inglaterra, que ayudaba a los rebeldes y a la necesidad de eliminar esa ayuda: para lograrlo, nada mejor que otorgar la Corona de ese reino a un príncipe aliado, mediante el casamiento con María Estuardo y el destronamiento de Isabel... Tal proyecto también lo tenía Felipe,

345

pero muy en secreto y pensando en su hija Isabel Clara Eugenia. La forma pensada por don Juan era otra, que contaba con el apoyo papal. Yo lo sabía, y Felipe también: estaba perfectamente al tanto del papel que su hermano podía desempeñar, y no se hallaba seguro totalmente de él. Ni del papel ni de su hermano.

La contestación del Rey al memorándum se retrasa tanto que don Juan solicita una entrevista con el Rey. El Rey, otra vez, se la niega. Pero don Juan no se rinde. Embarca en Génova y llega a Barcelona. Después de visitar Montserrat, fuerza casi a Felipe a recibirlo, pese a lo enemigo que era de las entrevistas personales, en las que se disminuía y casi desaparecía. Y más en esta ocasión. Porque don Juan siempre creyó que, mandarlo al avispero de los Países Bajos, se hacía con el fin de perderlo, como entendía que se hizo con el duque de Alba y con Requesens. Era una tierra de irás y no volverás. Como lo fue, en efecto, para él. Hablaba y pensaba así porque yo le había contado cómo se quiso mandar primero a Flandes al príncipe de Éboli, que tenía un espíritu más amplio. Se interpuso Alba, que era un aristócrata nacionalista tradicional retrógrado, y que quería meter en cintura a aquella gentuza en un dos por tres. Felipe está en El Escorial. Tranquiliza a don Juan. Escucha al pormenor su plan, que conoce a la perfección. Lo retiene allí y lo hace permanecer en aquella tumba varios días. Intercambian ideas. Pero, conociendo a Felipe, puedo afirmar que le daría la razón a su hermano en casi todo, sin el menor propósito de cumplir sus promesas. Por fin se ponen de acuerdo. Primero, la paz en los Países Bajos; después, la aventura inglesa. Felipe está de acuerdo de palabra. Y, notando que esta vez iba en serio don Juan, le escribió una carta el 8 de noviembre que el otro recibe ya en Bruselas. En ella aprueba el matrimonio con la Reina de Escocia, tras ponerla en libertad y en posición del reino inglés. Unas condiciones que el Rey sabía imposibles de cumplir en la práctica. Hasta que salió de Madrid, don Juan estuvo en

La Casilla. Daba gusto y alegría verlo entre pinturas italianas. Él parecía una más, apeada del lienzo. Y era tan confiado, que corrí el riesgo de ponerme del todo, con mi corazón entero, de su lado. También estuvo en Guadalajara, en el palacio del Infantado, y con la princesa de Éboli en Pastrana. A la princesa le parecía tan guapo que le daba vergüenza, porque gustaba más que ella.

Había que preparar su viaje a Flandes. Yo hice correr la voz de que seguiría la ruta habitual, *el Camino español.* Pero se trazó otra, secreta, por Francia. La iba a recorrer disfrazado de siervo de Octavio Gonzaga, su general de caballería, con el que (lo digo ahora, porque ahora lo recuerdo) cuando murió tenía una deuda de juego de cuatrocientos mil ducados. A la muerte de don Juan reclamó al Rey su deuda. Lo hizo en un momento nada delicado, y diciéndole además que don Juan lo había perdido en un garito para altos amigos que yo tenía en mi casa de campo. Fue poco agradecido, porque yo, de acuerdo con el Rey, lo había colocado junto a don Juan para que nos contara sus andanzas, sus entrevistas y sus secretos. Y así lo hizo con la visita al duque de Guisa, que alarmó mucho al Rey y alarmado lo tuvo mucho tiempo. Bueno, hasta el final.

Magdalena de Ulloa le había teñido su barba, su bigote y sus cabellos rubios de un color negro que lo hacía parecer un morisco. Yo dudé, al verlo, si estaba o no más bello que antes; no salí de mi duda. Pasó don Juan por Irún los Pirineos y llegó a Burdeos ya cansado, dolorido por su reuma. Viajaban en compañía de un mercader francés. En París se hospedó en un albergue barato, próximo a la embajada de España. En ella visitó, de incógnito, al embajador Diego de Zúñiga. Luego se detuvo en el castillo de Joinville para ver al duque de Guisa, jefe del partido católico. Era un buen elemento para su futuro quehacer pero, reflexionando, recordé que también era primo de María Estuardo. En menos de quince días llegó a la ciudadela de Luxemburgo. Pero llegó en el peor de los momentos. La víspera de su llegada las tropas españolas, o las agrupadas bajo ese nombre, se habían amotinado, cansadas como siempre de que no se les pagara, y habían saqueado de arriba abajo la ciudad de Amberes. Ya había bastantes precedentes. A algunos soldados se le debía hasta seis años. Sin embargo, esta vez se superaron todos los pesimismos. Se destruyeron más de mil casas; se mataron siete u ocho mil personas; se cometieron atrocidades y violaciones; no se perdonó ni a frailes ni a monjas. Las provincias católicas, espantadas, se aliaron con las protestantes en la llamada Pacificación de Gante. Menos Luxemburgo y Limburgo, todas exigían la salida de las tropas españolas, la abolición de los edictos represivos de Alba y la reunión de los Estados Generales.

Lo peor para don Juan es que él llevaba órdenes de aceptar las reivindicaciones y leer tal aceptación delante de los mencionados Estados: restablecer las libertades, suprimir el Tribunal de los Tumultos, y anunciar una amnistía general salvo para Guillermo de Orange. Pero, de ser ese Príncipe de la Paz, ahora se transformaba en un vencido al que se le imponía un proceder humillante de cesión y pacificación. En efecto, los Estados le enviaron condiciones inspiradas por Orange. Y don Juan, lejano al mundo de la diplomacia, pide al Rey que le conceda de nuevo el mando de la Armada del Mediterráneo. En vano. Todo lo que sucede es consecuencia de la imposibilidad en que se halla la Hacienda para pagar las costas de la rebelión. Dinero, dinero, dinero. Esa rebelión es la responsable de la quiebra económica horrorosa de 1575. Don Juan cae en la cuenta de que se le ha asignado una misión insoluble con un ejército lleno de deserciones. Hay un amigo íntimo suyo, Rodrigo de Mendoza, con quien se confía. Es hermano del duque del Infantado y a la vez su yerno. Fue compañero de correrías de don Juan, que le escribía, con entera confianza, cartas que demuestran la simpatía, la entrega y a veces la bobería de su autor, encantador y a un tiempo simple. No hace tanto que me he dado cuenta de que se asemejaba más a cualquier joven noble inglés de los que he llegado a conocer que a un príncipe español. Ni siquiera a un hidalgo. En esas cartas a Rodrigo de Mendoza hablaba de mí, llamándome «nuestro Antonio»: tanto me había hecho querer por él y por casi todos. Los que no me querían, por el contrario, me deseaban todo el mal de este mundo. Y del otro. Pues a ese fraternal amigo, don Juan le escribe:

«Encontré las peores noticias posibles de esta provincia. Sólo Luxemburgo y Frise no están en rebelión. El resto están coligadas y alzan tropas y buscan ayudas exteriores contra los españoles y derogan leyes a su manera. Y todo lo hacen en nombre del Rey, hasta admitir a Orange en Bruselas, donde se le ha preparado ya casa...»

Y, aunque no estaba la Magdalena para tafetanes, sucedió algo peor: tuvo que soportar la presencia de su madre que se presentó, no para conocerlo ni para llorar y pedir su perdón ni para tocar al héroe del mundo, sino para reivindicar a gritos un aumento de la pensión que le mandaba el Rey, y para exigir la puesta en libertad del último amante suyo, que había encarcelado Requesens. Don Juan reconoció que Alba no había exagerado. A pesar de las medidas tomadas, su casa era un lupanar, y ella una ramera vieja, que negaba a gritos, por pura contradicción, la paternidad del Emperador, cuando era ella la que más se perjudicaba. Don Juan pagó caro el silencio de aquella bruja y logró con dinero su consentimiento para salir hacia España. Pese a sus promesas, hubo que llevársela a la fuerza.

Las negociaciones con los rebeldes no fueron más benignas. Después de todas las concesiones, el príncipe de Orange exigía que la salida de las tropas de España se hiciese por tierra y no por mar. Con ello, el proyecto de don Juan, aprobado por mí, de aprovechar la evacuación para desembarcar en Inglaterra y hacerlo en un momento oportuno porque la autoridad de Isabel estaba en entredicho, se desvanecía. Y se desvanecía que la presencia del ejército español originara una sublevación a favor de la Reina escocesa, aunque estuviese presa en Shrewsbury. Así, los rebeldes de Holanda y Zelanda habrían dejado de percibir ayudas de Inglaterra. Gregorio XIII insistió ante Felipe en otro memorándum: era el momento más oportuno para lograr lo que, años después, la Armada Invencible trató de hacer en peores condiciones y con el mayor de los fracasos. De ahí que don Juan, viendo deshechas sus ilusiones se resistiera a firmar la Pacificación de Gante. Que por fin firmó, humillado, el 13 de febrero de 1577. Los Estados Generales pagarían los atrasos de los soldados y parte de su evacuación que tendría que hacerse dentro de los cuarenta días siguientes. También reconocerían a don Juan como Gobernador General, obligándose a garantizar el libre ejercicio del culto católico y a romper los lazos que tuviesen con aliados extranjeros. Cuánto habían cambiado las tornas es imposible de expresar. Don Juan solicitó a su hermano el Rey que le permitiera salir de allí al mando del ejército. También fue en balde.

Es esta decepción continuada de don Juan lo que lo mueve, con la presión de Escobedo y la mía, a solicitar el permiso de volver a España. Debo confesar que yo me encargué de llenar sus cartas de intenciones solapadas y de ofertas de doble filo. La ilusión recuperada por entrar en el Consejo, donde, junto a mí, podría orientar la política española. Así lo escribe Escobedo:

«Y porque el Príncipe nuestro señor es niño —habla del hijo de Felipe—, convendría que el Rey tuviera en quien descansar el peso de su gobierno; y que habiendo visto la sagacidad, prudencia y cordura con que don Juan gobierna estos negocios, parece que es sujeto en quien cabe este lugar. Y que, como dice la Escritura, fue Dios servido, por su cristiandad, de dárselo para báculo de su vejez.»

La cartita era, por sí misma, imprudente; y en mis manos, con mis comentarios, un peligro afilado para su alteza, como él gustaba ser llamado. Sólo la ciega admiración, muy interesada de Escobedo, a quien yo conocía bien, explica ese texto. Más que la insensatez de don Juan.

De cualquier forma, la entrada del héroe en Bruselas fue como un triunfo romano. Claro que con el amargor de tener que prestar el juramento de las leyes y privilegios de los Países Bajos. Pero aun así dio muestras de su buena voluntad hasta asistiendo a fiestas tradicionales o participando en carreras populares, que eran horrorosas para él. Y todo esto teniendo que abortar, por ejemplo, una conjura de Orange para apoderarse de su persona. En el fondo, nada era serio allí. Se negaron a la aplicación del Edicto Perpetuo o la Pacificación en Holanda y Zelanda en lo referente a la libertad del culto católico. Y los Estados Generales exigían que don Juan, como gobernador, despidiera los dos regimientos alemanes que eran su guardia personal. Convencido de que se trataba de una comedia, envió a Escobedo el 10 de julio a Madrid para que relatara en persona, no por volátiles cartas, entre miles de espías, al Rey lo sucedido. Y con sus regimientos se apoderó de la fortaleza de Namur. Su suerte y su vida estaban decidiéndose.

Y es que mi propia opinión sobre los planes de don Juan había cambiado, por mucho que él y Escobedo confiaran ingenuamente en mí, que era el secretario de Su Majestad, y por mucho afecto que les tuviera a ambos. Ellos me habían autorizado a cambiar párrafos y fragmentos de sus cartas, siempre que yo creyera que mejoraba así su contenido, sus formas o sus pretensiones. Yo aproveché con exceso ese permiso. Pero no tuve que ver con la vuelta que dio el Rey a su política flamenca, que precisamente en una de sus cartas, en la que colaboré, don Juan insinuaba que debía entregarse íntegra a mi secretaría, sustituyendo yo a Zayas. No se hizo así, y así salieron las cosas. Me gustaría explicarlas con cierto orden.

La Hacienda española había mejorado notablemente por la recaudación de las alcabalas recrecidas y por la gran producción de plata de Potosí: la flota llegó a Sevilla en agosto con dos millones de ducados para el Rey. Tuvo también dos efectos: la posibilidad de responder a las provocaciones de Orange, y la insistencia de Escobedo, hasta cansar a Felipe II, en la invasión de Inglaterra. Además, la toma de Namur hizo, ante el crecimiento de plazas que se pasaban al bando de Orange, que don Juan solicitara la vuelta de los tercios. Por su parte, los diputados católicos y algunos otros que no se fiaban del príncipe neerlandés, solicitaron al archiduque Matías, sobrino de Felipe e hijo de Maximiliano II, que era poco inteligente y bastante ingenuo, con veinte años, para proclamarlo gobernador en sustitución de don Juan de Austria, y con Orange de Consejero Mayor. En enero de 1678 retornaron por fin los regimientos españoles con Alejandro Farnesio a la cabeza, y con un triunfo en Gembloux, una victoria decisiva que dejó sin tropas a los Estados. Los dos amigos, tío y sobrino, de la misma edad, se apoderaron de todas las plazas del Sur. Y fueron ayudados por el antagonismo de los calvinistas, que reprodujeron el *furor iconoclasta* de la época de Alba.

De otro lado, las treguas entre Felipe II y el sultán tranquilizaron el Mediterráneo. Y en ese momento, el 4 de agosto, el Rey don Sebastián de Portugal es vencido y muerto en la batalla de Alcazalquivir, abriendo una sucesión para el trono portugués, cuyo último destino queda en manos de Felipe. Para él, desde ese momento, los Países Bajos pasan a un segundo lugar, perturbadores sólo. Las cosas quedan evidentes: todo es favorable a la invasión de Inglaterra. Don Juan insiste, como nunca, y sin prórrogas dilatorias, en su proyecto. Escribe a Felipe II solicitando y exigiendo además el retorno de su secretario Escobedo, en Madrid desde el verano de 1577, y del que no recibe mensaje ninguno. Para presionar más, envía a su consejero Alonso de Sotomayor, que explica minuciosamente al Rey los contactos de don Juan con el duque de Guisa. El Rey, en lugar de resolver sus peticiones, le pide que asegure una paz duradera, lo cual desesperanza y hace desconfiar al príncipe de la sinceridad de su hermano, cosa que lo hiere en el alma. Y a finales de abril, además, se entera de que Escobedo ha sido asesinado. Para don Juan es el fin. Porque no entiende nada de lo que pasa en la Corte, ni de las reacciones del Rey, ni del comportamiento de Antonio Pérez. Sufre, con la muerte definitiva de sus ilusiones, una caída de ánimo total.

Por añadidura, escapa de milagro de un atentado que intenta contra él Radcliff, hermano bastardo del duque de Sussex, pagado a medias por Orange e Isabel de Inglaterra. Pero una enfermedad misteriosa, casi inmediata, pudo más que el asesino. ¿Cuál fue esa enfermedad? ¿Habían desaparecido ya los asesinos todos? Unos ataques de fiebre durante el verano. Abandona Namur por consejo de Farnesio, y se traslada al campamento de Lope de Figueroa, aquel que llevó al Rey las noticias del ahora lejano Lepanto. Los aires del campo, en lugar de favorecerlo, lo empeoran. Lo trasladan a un viejo palomar, someramente aderezado. Su agonía dura dos semanas. Por una decisión de no se sabe de quién, le abren una almorrana y muere a las cuatro horas de una sangría suelta. No es difícil pensar en una muerte asestada y prevista como fue prevista y asestada la de Escobedo, y yo lo sé. Ambos se habían transformado en personajes molestos. ¿Para quién? Para mí desde luego; pero también, y sobre todo, para el Rey. Felipe no estaba ya para murgas si no hacían referencia a Portugal: también yo lo aprendí más de lo que me habría gustado. Las aspiraciones de don Juan habían pasado de la raya: por su ambición y su reiteración constantes. Sus relaciones con Guisa, las exigencias y planes puestos al aire por su secretario: hasta la invasión de España partiendo de un desembarco en Santander, una vez conseguida Inglaterra. Felipe había dejado de necesitar a su hermano, o quizá no lo había necesitado nunca, y aborrecía a Escobedo. Los dos eran irascibles y arrogantes. Y don Juan, desobediente en repetidas ocasiones. Pero, sobre todo, había cumplido ya sus misiones y se había transformado en un estorbo serio. Y demasiado joven.

Como todo esto me afectó tanto de modo personal, hablaré con detenimiento de ello más adelante. Quiero ahora, sin embargo, expresar que no por todos fue sentida la muerte de don Juan, aunque a algunos incluso les causase alegría. Tuve ocasión no directa de leer una carta escrita por Granvela, que no fue nunca santo de mi devoción ni yo de la suya (que, en cualquier caso, no debía de ser mucha porque era un cardenal de la carne), dándole cuenta del fallecimiento de don Juan a la hermana del fallecido Margarita de Parma. Y la carta decía:

«El Rey estaba muy descontento del difunto don Juan y de su conducta, tanto en las galeras como en el gobierno de los Países Bajos, por haber introducido notables cambios y cometido excesos que sobrepasan lo corriente. El príncipe se hacía insoportable; no mostró el menor freno y quería siempre obrar a su antojo. Por lo que advierto, temo que, si aún viviera, hubiese tenido Su Majestad que romper con él: nadie se hubiera quejado de la pérdida.»

Fue enterrado en Namur. Con una comitiva presidida por Alejandro Farnesio, a quien don Juan, en sus últimas voluntades, designaba como su sucesor en el gobierno. El duelo lo representaban las banderas negras del tercio de Lope de Figueroa, las picas arrastrando y los tambores destemplados. Recorrió toda la ciudad antes de llegar a la catedral. Comenzó a las diez de la mañana y se alargó hasta el anochecer. Yo fui informado de todo como si estuviera allí. Y fui también

354

quien sugirió al Rey que convenía esperar un tiempo antes de traer el cadáver a España: cuanto menos se asociase su muerte con la de Escobedo, mejor. Así que el cadáver, embalsamado y revestido con armadura, ornado de gran riqueza y elegancia, bajó a la sepultura. A los cinco meses, sin que yo le comentase nada, cosa que me alarmó, mandó el Rey que el cadáver de su hermano fuese traído a El Escorial.

Entre el día de la apertura de la tumba y el de la salida para España transcurrió un mes de preparativos. El cuerpo se cortó, después de desnudarlo y aromatizarlo, en tres partes —una hasta las ingles y otra hasta las rodillas— para facilitar el transporte por un trayecto que pasaría a través de Francia, gracias a una cédula del Rey Cristianísimo. Las tres partes se pusieron en tres bolsas dentro de un baúl forrado de terciopelo azul. Lo acompañaban setenta personas, encabezadas por el maestro de campo, don Gabriel Niño de Zúñiga, y un séquito formado por los acompañantes y criados de don Juan que así lo habían querido. Pasó por París y llegó a Nantes, donde se embarcó hacia Santander, algo que ya habría emocionado al hidalgo Escobedo, tan montañés en ejercicio, y caminó, por orden real, hasta la abadía de Parracas a cinco leguas de Segovia. A partir de ella se organizó una marcha solemne y brillante, con el patrocinio y la complacencia real; el obispo de Ávila, secretarios, miembros del Consejo de don Juan, alcaldes y alguaciles de corte, capitanes reales, frailes del monasterio de El Escorial y el cerero mayor. El cadáver se había recompuesto y yacía dentro de un ataúd de terciopelo negro, mostrándose todo el cuerpo sin faltar cosa alguna. Encima, una cruz carmesí con clavazón dorado; a la derecha, la espada de don Juan; a la izquierda, el Toisón. Se veló durante la noche antes de partir hacia San Lorenzo el Real. A la mañana siguiente, tras la misa, sobre una litera, emprendieron los restos su último viaje. Lo acompañaban cuatrocientos hombres a caballo. Viajó dos días más la cabalgata: se almorzó el primer día en Villacastín, y pasó la noche en El Espinar. Salían, en los pueblos por donde pasaba, los clérigos locales con la cruz alzada y lo acompañaban hasta la iglesia y lo disponían sobre un túmulo negro; se rezaba un responso; y al salir del pueblo, la clerecía y las cruces acompañaban la litera.

Recuerdo que, cuando llegamos a San Lorenzo, era domingo. El 27 de mayo a las 7 de la tarde. Salieron los frailes a recibir al difunto y se acercó desde Madrid un grupo muy numeroso de ilustres personajes. Después de la misa mayor pontifical del día siguiente, la congregación del convento bajó a la iglesia donde permanecía el túmulo, y entonó medio responso en canto de órgano y otro medio en canto llano. Luego, el secretario Marín de Gaztelu —una de las personas que, al ser testamentario del Emperador, antes había reconocido la verdadera identidad de don Juan— leyó una cédula de Felipe II.

¡Qué pena que no hubiera estado él allí, precisamente aquel día, con lo que disfrutaba en aquel sitio. La cédula concluía así:

«Os encargamos y mandamos que le recibáis y pongáis en la Iglesia de prestado del Monasterio, en la bóveda que está debajo del altar mayor, donde los demás cuerpos reales, para que esté allí en depósito con ellos hasta que se haya de enterrar y poner en la Iglesia principal, en la parte y lugar que Nos mandaremos señalar. Fecha en Aranjuez, en 19 de mayo de 1579. Yo el Rey.»

Es decir, ocho meses después de fallecer, a don Juan se le otorgaban los honores y el tratamiento reservado a los miembros de la familia real. A esto había aspirado desde el día que supo el secreto de su nacimiento. Lo que se le negó vivo, se le concedía muerto. Siempre hay un tiempo y una manera de justicia. Aunque a veces proceda del matador.

En adelante, es mi deseo narrar otros sucesos, que por otros caminos, nos devolverán al lugar que dejamos.

Juan de Escobedo —hay años en la vida de un hombre en que todos los demás que conoce se llaman Juan— era un buen hombre montañés, con toda la ingenuidad y toda la desconfiada malicia de los buenos hombres montañeses. Nació en Colindres, un bonito pueblo, donde acabó por enterrarse Bárbara Blomberg, la maliciosa, también desconfiada y nada ingenua madre de don Juan. Desde allí fue a la Corte sólo a hacer fortuna. Y la hizo. Comenzó al lado de Éboli y acabó siendo de su mayor confianza. Tanto fue así, que él y yo fuimos testigos de su testamento, y él influyó, junto a Éboli, en mi decisión —en realidad fue la suya— de contraer matrimonio con Juana de Coello. Antes de morir Ruy Gómez de Silva, renunció a un recibimiento que le ofreció el Rey en Madrid y pidió a cambio que se lo cediera a Escobedo, tanto era su afecto. El Rey lo nombró alcalde del castillo de San Felipe y Casas Reales en Santander. Ya podía darse con un canto en los dientes. En aquella tierra construyó un baluarte por seis mil ducados, que se le habían entregado para otros fines, y pidió la fortificación de la Peña del Morro, que defiende la entrada de la bahía. Yo exageré la nota al comunicárselo al Rey, y él se alarmó. Luego suavicé la confidencia de los seis mil ducados pidiendo que se anotara para cuando más conviniese y que se fortificase El Morro. Pero dándole su tenencia a otro. Siempre me ha gustado poner a cada cual en su sitio. Porque a mí me ayudó un poco al principio Escobedo; pero yo, más joven, me alcé antes que él, y me di el gusto de protegerlo en algo. Por mí, y para cumplir su gusto, conseguí que Juan de Soto quedase criticado, y lo situé a él en su lugar de secretario de don Juan de Austria. Por mí, digo, también, porque me convenía para seguir los pasos al siempre quejoso don Juan, que sabe Dios dónde podrían llevarlo, aunque luego acabamos por saberlo todos. Pero Escobedo no me fue muy útil, salvo que yo sí lo supe utilizar, porque casi se enamoró del héroe, o así se lo hizo ver para que confiara en él. Cosa que nos convino de rechazo a mí y a mis útiles curiosidades. Que en este caso eran también las regias.

Escobedo era cualquier cosa menos simpático. Entiéndase que era racial: recio, sincero hasta el insulto, fascinado por decir la verdad, mejor cuanto más dura fuese, y con la vanidad del resentido, que nunca se ve gratificado como debiera. O sea, que nos hicimos, por todo lo que llevo dicho, íntimos amigos. Sin embargo, pertenecíamos a distintos rebaños: a mí me satisfacía la vida; a Escobedo, solamente Escobedo: un tedio, pues, de vida. Por eso don Juan se vio rodeado de gente de esa cuerda, él, que era de otra: de una frágil pero bonita y agradable y engreída hasta el súmmum. También Escobedo le gustó a doña Magdalena de Ulloa, que lo vio serio y enjuto y contenido y buena compañía para su hijo adoptivo. Pero he de reconocer que quien dirigía aquel cotarro era yo. En representación del Rey (bendito sea si es que lo merece, que lo dudo), en la mayor parte de las ocasiones. O quizá no en tantas. Conforme a lo antes dicho, el Rey y yo llamábamos a Escobedo *el Verdinegro*, por algo bilioso y luctuoso y malhumorado de que hacía ostentación. Presumía, completamente en serio y con certeza, de que, invadida Inglaterra y coronado su señor, él sería un gran lord de aquel reino. Y, aprovechando la circunstancia de que la Reconquista se comenzó por la Montaña, él y don Juan entrarían a la Península por la bahía de Santander, con su Morro y su fortaleza, y por allí vendrían a ganar España entera y a echar a Su Majestad de ella. Decir esto borracho, a unos amigos, es una tontería, pero escribírselo en una carta al secretario del Rey es más que una provocación: es una idiotez. Y él lo hizo.

Yo recuerdo una época en que le dio no sólo por enriquecerse (eso a mi lado era fácil si me suministraba buenos datos), sino por codiciar peldaños nobiliarios, o sea, la ambición del pasiego. Y quería, casi exigía, que le concediésemos un hábito, es decir, hidalguía y una renta, que había solicitado. El Rey, a instancias mías, alargaba la cosa sin dar respuesta alguna. Hasta que él, apoyado por su señor, escribió una carta como para dar respingos: carta que sabía que yo leería al Rey. Aseguraba en ella no entender cómo se le consideraba indigno de la nobleza y, a un tiempo, necesario para don Juan; y añadía que sus merecimientos eran parejos a los de muchos Grandes de España, citando a continuación el oscuro origen de varios de ellos. Y a continuación recibimos otra carta de don Juan. (Cuando hablo en plural, es que me escribían a mí, a conciencia de que yo le enseñaría su escrito al Rey, cortando o agregando, con su permiso bien explícito, lo que me pareciera conveniente para la cuestión de que se tratase.) Yo juraría que esa otra carta la había escrito previamente Escobedo, que era muy literato. Se refería a una circunstancia anterior: Escobedo había pedido dinero para pagas de soldadesca:

«Del crédito no he podido valerme de un real, ni de Vuestra Majestad se fía alguno de la contratación si no es tenido antes el dinero en su mano. Y Vuestra Majestad, contra el parecer y la opinión de todos los que entienden estos negocios, no ha servido para atajar tanto mal y daño.» La deducción estaba clara: él había dado letras sobre el Rey. «Pero aseguradas con la confianza de mi propio nombre y juramento, de que en su hora serán cumplidas.» Y concluía: «En caso de que no contente a Vuestra Majestad, vengan otros criados a tratar lo que queda.»

¿Era *Verdinegro* o no? Pues bien, la carta aquella de don Juan y su secretario relataba que, para salir las tropas de los Países Bajos, había que pagarlas antes, y que la Hacienda estaba en bancarrota, y que el montañés se las ingenió para arreglarlo todo, cosa que suscitó la admiración de don Juan, que con ello ponía por delante los méritos para el hábito, y suscitó también todas las reticencias del Rey. Éste era el vaivén que todos nos traíamos.

La obsesión de aquellos dos hombres, quizá maltratados, o quizá recíprocamente envanecidos, era la invasión de Inglaterra. Para ello don Juan se entrevistaba de vez en cuando, en fugaces visitas a París, con el propósito de preparar el campo, con los católicos Guisa, primos de la Estuardo. Y mi mérito no era otro que dejar que el Rey abriera los ojos, cosa que haría con gusto al ver la desenvoltura y la frescura con que el montañés manejaba a su señor. Cosa parecida le ocurría al Rey que, considerando a su hermano más ingenuo y menos preparado por la vida, concentraba su hostilidad sobre Escobedo. Y por alguna espita tenía que escapar tanta presión. Cuando supimos en Madrid que, en otoño de 1575, el *Verdinegro* había ido a Roma para tratar con Gregorio XIV su asunto predilecto, y se desenvolvió con tanta habilidad que el Pontífice quedó arrebatado con él, yo sufrí un síncope. Porque Gregorio XIV era buen amigo mío y me mortificaba que nadie, en España, se interpusiese entre él y yo. Fue a esas alturas cuando, en mi interior, hice rancho aparte con *el Verdinegro*.

En 1576 vino a Madrid. Yo lo salí a recibir a Alcalá, y olfateé tal supervaloración de él mismo que me aturdió y me irritó a la vez. Venía a encontrarse con varios personajes de muchos cascabeles y a exponer al Rey, en persona, las pretensiones de su amo, que eran el tratamiento de infante, con silla y cortina, y de armas y hombres para la expedición contra Inglaterra. Sin poderlo evitar, recordé «paz con Inglaterra y guerra con todos los demás» de Alba. No obstante, apoyé ante él como pude, sin que se notase que lo hacía de boquilla, tales apetencias, porque ni el Rey ni yo queríamos oponernos abiertamente a este extraño y forzudo fantoche. Yo, porque, entre otras cosas, estaba atado a él por contubernios, negociejos, parlamentos, espionajes y gestiones que más valía que nadie atisbara, y él era muy de echar, en un momento dado, las patas por lo alto. Gracias a Dios, entonces quedó el Rey convencido de que Escobedo era un peligro para la paz del Estado, y de que su hermano se encontraba a punto de serlo si es que no lo era ya.

Cuando aquel otoño amo y señor se afincaron en Flandes, me opuse ciegamente a la pareja. Le decía yo al Rey que accediese a enviarles dinero, porque don Juan habría de sentir en el alma esa falta, pareciéndole desconfianza y olvido; pero que *el Verdinegro* metería ponzoña y acabarían alanceándonos. De ahí, de esa profecía, salió que Escobedo, al notar las dilaciones regias, comprendiera que algo serio había en Madrid contra ellos, y se presentase de nuevo en la capital en junio de 1577 para cantarnos las cuarenta. A mí me escribía cartas muy amistosas, lo mismo que yo a él. Aunque debo decir que yo y él no éramos los únicos que, en esa Corte, escribíamos lo contrario de lo que pensábamos: tal postura era la más frecuente.

Aquel último viaje de Escobedo fue para forzar —quizá es demasiado gruesa la palabra— al Rey a que pagase las letras que él había garantizado con su juramento y crédito personal. Pero no era eso lo más importante. Don Juan intuía que la paz en Flandes era muy quebradiza y trataba de instar al Rey a que abandonase su postura pacifista. Cuando llegó a Santander *el Verdinegro*, lo recibí yo antes que nadie y percibí sus propósitos bélicos. Vi en su frente escritos la guerra y el ataque a Inglaterra. Y supe por él que el nuevo nuncio, monseñor Sega, estaba de su parte. El Rey, por indicación mía, leyó dos veces sus papeles. La respuesta se hizo esperar desde junio hasta el otoño: el monarca pensaba. Su manera de pensar fue decirle a Escobedo y al nuncio que sí, y a su embajador en Roma que consiguiese disuadir al Papa, con engaños o amenazas, de apoyar a don Juan, y que mandase callar a su nuncio de una vez para siempre. He de reconocer que en eso el Rey fue mi instrumento, pero un instrumento bien experimentado en la doblez. Fue en esos días cuando comencé a pensar que don Juan había descubierto mi juego y que, como consecuencia, en lugar de abandonarse en mí, nos mandaba su perro, más o menos fiel. Pero los acontecimientos son tozudos: al apoderarse de Namur, la paz se hizo imposible y la guerra quedó planteada por don Juan. Un don Juan que también era tozudo.

Otro propósito de Escobedo y su viaje era, por lo tanto, descubrir mis triunfos en los naipes. Porque en la partida que jugábamos, él y yo éramos tal para cual. Para empezar a discutir, porque el que da primero da dos veces, yo lo acusé de que se había embolsado diez mil escudos de los cuarenta mil que la Señoría de Génova nos había dado a los dos por una negociación. No iba a decirle, claro, que yo también había retenido para mi beneficio casi veinte mil de una partida enviada a don Juan. Pero Escobedo levantó el galillo y le echó la culpa al intermediario Andrés de Prada. Me molestó, porque esas cosas no se dicen. Caía de por sí que, en un punto sobre todo, estábamos de acuerdo: los hechos habían llegado a un extremo tan riguroso que lo mejor era hacer un auto de fe de cartas y papeles que uno del otro teníamos y que a los dos nos dejaban con las vergüenzas al viento. Él era más sincero; yo, más hábil; pero los dos teníamos puntos flacos. Por tanto, de acuerdo, hicimos una gran quema de todas las cartas que teníamos del uno para el otro. Por desgracia, se salvó una larga que yo había escrito a Escobedo cuando decidió el Rey mandar a Flandes a su amo. Y es que no aprendemos nunca. O nunca del todo. El hijo del *Verdinegro*, uno tenaz y medio estúpido, Pedro Escobedo, la guardó y la presentó a los jueces más tarde, cuando se hizo lo que había que hacer, y en el más inoportuno de los momentos.

Una vez destruidas aquellas pruebas, intuí yo que mi querido enemigo buscaba pruebas nuevas de mis engaños y mi hipocresía, llamémosle mejor simulación que es más elegante, para denunciarme al monarca y hacer méritos ante él. Yo había, con mi cómplice la Princesa de Éboli, comprado y vendido demasiados secretos de Estado, demasiados avisos y jugadas, demasiados juramentos propios y ajenos... De algún modo había que vivir: todo el mundo que era capaz y tenía con qué jugar, jugaba. Para llamar la atención sobre otro lado, como el pájaro que canta lejos de donde tiene el nido, propuse a la Princesa de Éboli preparar y fingir una escena de amor que Escobedo descubriese y se reservase, igual que un as en la manga, como gran acusación, para que, siendo falsa y sabiéndolo el Rey, tiñese de falsedad todo lo que a continuación dijera. Así, la oficina de fructíferos tratos sobre rigurosos secretos estatales quedaría encubierta con la colcha de la cama de la Éboli, mucho más llamativa. Yo, por otra parte y como complemento de mi ayuda, tenía cartas en blanco o semi en blanco firmadas por don Juan y por Escobedo: no en vano había sido su plenipotenciario. Pero al *Verdinegro* yo lo veía venir con ansiedad de sangre... Y era preciso que esa sangre fuera la suya y no la mía. De morir alguien, que muriera él. Él, por lo menos. Su incontinencia verbal no tenía límite.

La argucia de la cama y la princesa y yo sobre ella no había sido mala; pero Escobedo sí lo era y mucho. Había descubierto nuestro pequeño mercado de papeles monedas y también que no le habíamos dado parte a él. Tenía que tomar mis precauciones: hacerme con las llaves de su casa, enterarme de las señas de su amante y de hasta qué horas estaba con ella. Se trataba de doña Brianda de Guzmán, mujer del castellano de Milán, el desgraciado cornudo don Sancho de Padilla; la visitaba de noche, y regresaba, solo, a las doce o la una de la madrugada. Todo se me volvió peligro. Hacer callar al *Verdinegro*, según mis dos astrólogos, La Hera y Morgado, no sería posible sino con la muerte. Pero era necesario que contase con la orden del Rey. No sería inalcanzable porque estaba airado y ofendido con Escobedo, tan ambicioso y tan libre en pedir y en amenazar mucho más arriba de lo que le correspondía. Después de un par de sesiones de atizar sus escoceduras, propuse al Rey ejecutar simplemente al secretario. Involucrado el Rey, no tendría ganas, cualquier cosa que sucediese, de seguir tirando de la manta. Con lo que la princesa y yo podríamos dormir tranquilos, y no precisamente debajo de la falsa colcha por mí tejida, sino por separado como siempre lo hicimos. Y cuando digo siempre sé muy bien lo que digo.

Yo expuse, con humildad y fe, al Rey, como si no lo supiese él de antemano, que no siempre las exigencias del gobierno son compatibles con la más afinada justicia. Las razones de Estado hay circunstancias en que autorizan la violencia y hasta el crimen. (La segunda palabra no me gusta.) ¿Sería necesario recordarle la ejecución de Montigny?

—Pero el barón murió después de confesado, y la declaración de los médicos fue de enfermedad natural —replicó Felipe, con razón.

—Ese ideal, sin embargo, nunca se puede conseguir. Si tuviéramos ocasión de que muera ahora mismo el príncipe de Orange, por ejemplo...

—Tal hombre no es católico sino hereje.

—Tiene razón sobrada Vuestra Majestad. Pero hay violentos que han de morir por muerte violenta, y que sea de ellos en la eternidad lo que Dios quiera. Cuando se declara una guerra, pongo por caso, ¿qué sucede? ¿No se procura que los soldados maten el mayor número posible de enemigos? —Me había escurrido un poco—. Estoy hablando de cualquier otro soberano, por supuesto.

—¿No sería preferible prenderlo y no matarlo?

—¿Para que hable, quiere decir Vuestra Majestad?

Decidió consultar con su confesor, el padre Chaves, su capellán de cámara. Y éste me escribió como si yo le hubiese dictado las palabras dictadas por el Rey:

«El príncipe seglar tiene poder sobre la vida de sus súbditos y vasallos. Como se la puede quitar por justa causa y por juicio formado, lo puede hacer sin él, teniendo testigos, pues la orden en lo demás y tela de los juicios es nada para sus leyes: en las cuales, él mismo puede dispensar; y cuando él tenga alguna culpa en proceder sin orden, no la tiene el vasallo que, por su mandato, matase a otro, que también fuese vasallo suyo. Porque se ha de pensar que lo manda con justa causa, como el derecho presume que la hay en todas las acciones del príncipe supremo.»

Si así hablaban los teólogos, yo me pregunté qué dirían los juristas laicos y civiles. Tuve ocasión de saberlo mucho después, qué casualidad, y referida la consulta a mí, en el trance de mi huida de mi cárcel primera:

«Porque si a cualquier particular, conforme a derecho, le es permitido matar a cualquier forajido o bandido a quien la justicia ha condenado y no puede haber a las manos, mucho más lícito le será a Vuestra Majestad mandar ejecutar *por cualquier vía* su sentencia contra quien anda huido. Suelen usar los príncipes de remedios fuertes y extraordinarios, por ley de buen gobierno, en caso de que por las vías ordinarias no se pueda conseguir el castigo y conviene que se haga.»

Cuánta tranquilidad para el espíritu saber que el Rey siempre buscó una garantía de salvación del alma. Hablo de la suya naturalmente. Yo por mi cuenta, consulté con el marqués de los Vélez, Pedro, el hijo de aquel que tan mal se había llevado con don Juan en Granada. Y me dijo que si se prendía a Escobedo —y Su Majestad estuvo muy cerca de decidirlo—, el señor don Juan recelaría; y si se le dejaba volver a Flandes, se habría perdido todo. Era menester un medio con el que se excusase uno y otro inconvenientes.

—El mejor —agregó— es darle un bocado y acabarlo. Si

yo viese a Orange y a Escobedo a la vez en semejante situación —concluyó así—, antes me inclinaría por terminar con el secretario, porque me temo que sea más peligroso.

No tardó Felipe en llamarme un día a El Escorial. Me encerró con él en un cuarto retirado del monasterio, que servía de guardarropa, y me dijo:

—Antonio, yo he considerado mucho tiempo, velando y desvelándome, las negociaciones de mi hermano, o, por mejor decir, de Juan de Escobedo y de Juan de Soto, y el punto a que han reducido sus trazas. Es menester tomar una resolución pronto o no llegaremos a tiempo. No le hallo otro remedio mejor que quitarnos de delante a Juan Escobedo, y así yo me resuelvo en ello y a no fiar a otro que a vos este hecho. Por vuestra fidelidad bien probada y por vuestra industria tan conocida como la fidelidad.

Yo le rogué que pidiese consejo a un tercero, y él me repuso:

—Si lo del tercero es pretexto para no asumir toda la responsabilidad, está bien; pero, si se trata de consultar la resolución, no hace falta porque todo está decidido ya.

Yo insistí e induje al Rey a que consultase al marqués de los Vélez, cuya respuesta yo ya conocía. Confieso que yo me escudé en otros, pero que fui el que empujó al Rey a un callejón sin salida. O con una sola salida. Había martilleado a Su Majestad considerando a Escobedo como inspiración de don Juan, y la actuación de don Juan como un peligro para la nación. Naturalmente el Rey estaba propicio a dejarse engañar. Pero ya hablaríamos de su hermano; ahora correspondía ocuparse del provocador. Sin embargo, el Rey se inclinaba, de acuerdo con Pedro Fajardo, marqués de los Vélez, y conmigo, por la solución incruenta del bocado, cuya técnica yo desconocía. Y, en efecto, no menos de tres veces, incluso alguna más, lo intenté. Esto permitió que, sin mentir ninguno de los dos, yo pudiera decir que el monarca ordenó aquella muerte, y el monarca decir que la muerte se hizo sin orde-

366

narla él. Ninguno de los dos mentiríamos del todo. Como no mentimos, o no lo hicimos nosotros, por lo menos yo, en el asunto del bocado que ulceró y mató a don Juan ni en la lancetada de la almorrana que lo desangró en tan escaso tiempo.

Me acuerdo de don Juan porque el 25 de febrero de 1578 escribe él al Rey, a raíz de su victoria de Glembours, exigiendo que se sometiese aquel país, como siempre, a sangre y fuego. Nosotros ya habíamos tenido la conversación sobre Escobedo, y cuando el Rey me dio a leer la carta de don Juan, yo no hice otra cosa que inclinar la cabeza, un gesto que quería decir *quod erat demostrandum.*

—Menos mal que los tercios que le mandé a don Juan los manda ahora Alejandro Farnesio, nuestro mejor general. Cuando aquél falte, continuará éste.

El Rey me miró, por unos segundos, casi casi a los ojos.

—Bien pensado, Majestad. Nunca acabaré de admirarlo lo suficiente. Yo empezaré a preparar mi misión antes de Navidades, con el mayor tiempo posible, sin que el señor don Juan pueda sospechar que el resultado procede de la verdadera causa, sino de alguna venganza u ofensa particular... En cuanto a esas cuestiones de desvergüenzas y amores con la princesa de Éboli que tanto han cundido...

—Es un acertado pretexto para ocultar lo que conviene. Ni a vos ni a mí nos va nada con la princesa, ¿no es claro?

—Como las luces del sol. —Yo sabía que me estaba interrogando y serenamente contesté otra vez—. Como las luces del sol.

No tardé en recibir un billete secreto:

—Conviene abreviar lo del *Verdinegro,* no haga algo para que no lleguemos a tiempo de impedirlo. Haceos y daos prisa antes de que él nos mate.

Era una hermosa y deslumbrante prueba de que el Rey no sólo me apoyaba sino que me impelía. Por el camino del veneno, es verdad. Y así lo inicié yo de todo corazón. Pero el hombre propone y Dios dispone.

Encomendé la trama del asunto a mi mayordomo Diego Martínez. Quería que todo se hiciera por mis fidelísimos aragoneses. No sabía yo hasta cuánto me iban a ser fieles más tarde. Por entonces, el duque de Villahermosa me había mandado a un muchacho rubio, Antonio Enríquez, al que dimos en apodar *el Ángel Custodio*, porque siempre me hacía de escolta y por alguna otra cosilla. Diego le preguntó en secreto si conocía a alguien que pudiera ser cómplice de una muerte en caso necesario. Yo advertí a Diego que era más seguro probar con un bocado o una bebida, ya que aquel a quien estaban destinados comía con frecuencia en nuestra casa. Por otra parte, Enríquez tuvo que ir a Murcia, lugar con huertas y yerbas variadas y abundancia de plantas letales. Diego Martínez y yo vimos el cielo abierto. Le dimos a Enríquez un papel con el nombre de cuatro yerbas eficaces, y entretanto Diego hizo venir de Molina de Aragón a un boticario llamado Muñoz que, con las plantas traídas por Enríquez, una vez destiladas, preparó un brebaje. Muñoz vivía en una casa donde tenían un gallo para experimentar, pero los efectos del brebaje fueron desoladores: cantó más que nunca y más alto. El herbolario era un buen hombre pero un mal asesino. Le pagamos y lo despedimos.

Al enterarse de a quién había que envenenar, se asustaron mis cómplices; sobre todo, cuando les dije que, al día siguiente, Escobedo venía a casa a comer. Hicieron que se lo mandase, más que pedírselo, y así lo hice. El *Ángel Custodio* se entendió con Diego en el asunto de la paga. Ese día cenó en *La Casilla* mucha gente conocida, y yo al despachar por la tarde con el monarca, le hice creer que alguien me amenazaba aquella noche. Se trataba de una broma insinuante, pero él con mucho amor, sin enterarse, me hizo prometerle que me acompañaría algún amigo hasta *La Casilla*. En la comida, cada vez que Escobedo pedía de comer *el Ángel* se detenía en el antecomedor con su copa, y en ella vertía Diego Ramírez como una avellana de agua mortífera. Lo repitieron así dos o tres veces. Pero *el Verdinegro* se fue a su casa tan tranquilo. Pasados cuatros días, un viernes, volvió a la carga. Era ya mediados de febrero y esa noche cenamos en mi casa de la calle del Cordón. A cada comensal se le dio una escudilla de nata. En la de Escobedo se añadieron ciertos polvos como de harina. Y, además de los polvos, Martínez añadió algunas cucharadas del agua venenosa. En esta ocasión, *el Verdinegro* se dolió mucho y vomitó; renunció a seguir cenando y se retiró a su casa. Pero no tardó en mejorar. Por lo cual Diego Martínez entró en contacto con el cocinero de Escobedo y le mandó recomendado *al Pícaro*, llamado Juan Rubio, un hombre poco escrupuloso que, huyendo de la justicia, se había refugiado entre los marmitones del Rey, es decir, en el mejor burladero. Como *el Verdinegro* estaba aún indispuesto, le hacían comida aparte al señor de la casa, y *el Pícaro* le puso polvos de solimán, que le dio mi mayordomo. Escobedo esta vez se agravó. Y notaron el atentado. Y culparon a una esclava morisca, a la que ahorcaron unos días después.

El Rey estaba al tanto de estos intentos, y me decía que era preciso irle dando poco a poco el veneno, que no se podía dar todo de una vez sin que se notase. (A mí me vino a las mientes la muerte del príncipe su hijo.) También comentó, con otra cara, que no era bueno lo sucedido porque quizá la esclava diría lo que se le antojase, y que sería mejor que la ahorcaran cuanto antes. Yo, por disimular, fui a casa de Escobedo para interesarme por la salud del medio envenenado, y me angustié al ver tanta como tenía. Fue cuando me propuse que, de cualquier suerte que fuera, lo imprescindible sería la brevedad y que se acabase aquello de una vez.

—Dejemos lo del veneno porque es fuerza que se haga presto la muerte, ya que conviene al servicio de Su Majestad.

Esas palabras hicieron que se desvaneciesen los escrúpulos de aquellos caballeros. De tal forma que Enríquez fue a Barcelona con una cédula de cien escudos de oro para contratar a alguien capaz y para traer una ballesta de las que suelen usar en Cataluña, pequeña, para matar hombres. Volvió de allí con su hermanastro Miguel Bosque, igual de facineroso que él pero mucho menos angelical. Llegaron el mismo día en que ahorcaban a la morisca y, por las noticias que tuve, no quisieron mirar.

A mí se me ocurrió llamar a un antiguo mayordomo de toda confianza, Juan de Mesa, retirado en Bubierca, en Aragón. Éste ya estaba en Madrid cuando volvieron los dos hermanos acompañados de otro especialista, un duro llamado Insausti, diestro y decidido. Eran, por tanto, seis valientes, que se reunieron y cavilaron en los días siguientes. El último concilio fue en un descampado. Al siguiente día comenzó la ronda del *Verdinegro*, mientras discutían el modo de liquidarlo. Convinieron que los tres más bragados —Juan Rubio, Miguel Bosque e Insausti— recorrieran los alrededores de la casa del amenazado, mientras que el grupo digamos respetable —Diego Martínez, Juan de Mesa y *el Ángel Custodio*— harían la guardia en la cercana y populosa plaza de San Juan por si era precisa su ayuda.

Pero yo tenía que guardarme las espaldas. Puesto que la Semana Santa ya había comenzado, me fui a Alcalá de Henares, como solía, con mi mujer y parte de mi casa. Y me alojé en la de Alonso Beltrán, alguacil mayor de la ciudad, que me proporcionaba muy buena protección y mejor tapadera. Coincidió conmigo, si así puede decirse pues lo había invitado yo, Gaspar de Robles, muy amigo de Escobedo, recién llegado de Flandes, y que sería buen testigo a mi favor. Durante todo el tiempo iban y venían correos de Alcalá a El Escorial para dejar muy claro, a mi favor, que nada se hacía en tal trance sin conocerlo el Rey.

—Si esta noche no se hace, no se hará nunca —dijeron los conjurados a Diego Martínez—. Ya estamos hasta la coronilla de acechar.

Era el Lunes de Pascua, 31 de marzo, y yo había insinuado que sonaba la hora de terminarlo todo. Escobedo ese día, hasta que anocheció, estuvo en casa de su amante, no sin antes pasar por el palacio de Ana de Éboli, la princesa. Y hacia las nueve iba a recogerse con su familia. Era Pascua florida y las calles estaban llenas de gente alegre. *El Verdinegro* iba a caballo, protegido por los suyos y precedido de antorchas. Al atravesar la callejuela del Camarín de Nuestra Señora de la Almudena, cerca ya de su casa, junto a los muros de la iglesia de Santa María, aprovechando un momento en que no había gente, los tres bragados atacaron al grupo. Se formó una confusión y, en ella, Insausti atravesó a Escobedo con su espada. De parte a parte. No hubo más. Ni tuvo tiempo para confesarse. Pero el Rey podía estar tranquilo: acababa de hacerlo el Jueves Santo.

Muy de mañana llegó Juan Rubio a Alcalá. Era el día primero de abril. *El Pícaro* me tranquilizó. Volvió luego a Madrid, con órdenes muy precisas mías, y con dinero. El 2, salieron de la Corte Rubio y Miguel Bosque camino de Aragón. Antes de llegar a Alcalá se encontraron conmigo, que regresaba a la Corte, pasado ya el descanso, a mi trabajo diario. Di orden a uno de mis gentileshombres de que los acompañara a la posada y los ayudase con un par de mulas. Tenían recursos para cualquier imprevisto, además de lo que yo les di. A Insausti era más difícil cubrirlo. Durante un par de días desapareció de la ciudad. Cuando regresó, fue directamente a casa del hermano de Juan de Mesa, Pedro, que murió sin tardar a Dios gracias, y allí cenaron con Diego Martínez y Antonio Enríquez, y un sobrino de Juan, Gil de Mesa, que desde entonces nunca se ha separado de mi lado, que no intervino en los hechos pero sí en este dictado, pues es él el que lo escribe. Al romper el día salieron de la ciudad. Juan de Mesa, con un papel que le había dado la princesa, como administración de su hacienda, para que si se topaba con alguien de la guardia lo mostrase. Cuando llegó a Bubierca, se encontró allí con Antonio Enríquez, que después de dejar a su hermanastro Bosque en Zaragoza, pretendía volver a Madrid; pero lo disuadieron. Enríquez y el Rubio, *el Pícaro*, regresaron a Zaragoza, donde habían de esperar a Diego Martínez. E Insausti, tan peligroso, se quedó en casa de los Mesa. De allí se lo llevó Diego también a Zaragoza, donde los recogió el marqués de Villahermosa y los demás nobles y queridos amigos. Allí pues, se reunieron todos, menos Mesa, el más noble y querido de todos. Diego Martínez les traía su paga: una cédula y una carta firmada por Su Majestad de veinte escudos de entretenimiento y títulos de alférez. La fecha de todos esos documentos era el 19 de abril. Juan de Mesa que ya no estaba en edad de alferecías recibió una cadena de oro, cincuenta doblones de a cuatro y una buena taza de plata.

¿Quién le dio la noticia a Su Majestad de lo sucedido? A las pocas horas del hecho recibía una nota de su secretario particular, ese mastuerzo de Mateo Vázquez. Él tenía eficaces agentes en Madrid, que salieron a uña de caballo hacia El Escorial con la buena nueva del asesinato. La reacción de Felipe II la escribió él mismo como posdata a las observaciones que añade al margen de una consulta de Vázquez:

«Hoy procuraré llamaros para ver lo que me habéis enviado. Y fue muy bien lo de enviarme luego lo de Escobedo, que vi en la cama, porque muy poco después vino Diego de Córdoba con la nueva: ha sido muy extraño, y no entiendo qué dirán los alcaldes.»

Su caballerizo, don Diego de Córdoba, cuando yo le pregunté por la reacción del Rey, me dijo que no le displació.

Por mor de unas llaves y unos recados de amor que se encontraron en una arca del *Verdinegro*, vino en decirse que la muerte era una venganza de cornudo. A mí se llegó a verme a mi casa el alcalde Hernán Velázquez, con mala intención, por si pudiera darle alguna luz sobre el suceso porque no hallaban ninguna.

—Tal vez sea algo de Flandes —le respondí—. O de soldados descontentos. O acaso de mujeres.

Y, en efecto, se hizo mucha inquisición en tal sentido y prendieron a varios extranjeros, flamencos y franceses. La fa-

372

milia del muerto, poniéndose en lo mejor, pensó hasta en el Almirante de Castilla y en el duque de Alba. A eso comentó el Rey ante mí:

—Como no atinan en qué es, no me extraña que den palos de ciego, todos sin fundamento.

Pero lo cierto es que la sabiduría del pueblo, siempre avizor, me señaló sin el menor porqué. Yo, nada más llegar a Madrid, fui a casa del muerto a dar el pésame a su familia, y a decirle que haría con el Rey los mejores oficios que supiera. Así se lo conté a Su Majestad. A los dos días, fui con mi esposa, quien hubo de sufrir la impertinencia de la viuda, que entreveía mi nombre por doquiera. A los tres días del crimen me visitó otra vez el alcalde. Deseaba hablar con mi huésped entonces Gaspar de Robles, con quien había coincidido en Alcalá. Tal acción era una locura, porque acababa de llegar de Flandes y era el que menos podría saber algo de enjundia. Y a la vuelta de mi tercer pésame a la familia, me encontré con García de Arce, yerno de aquel alcalde, que me habló con cierto retintín de las llaves de Escobedo y de sus billetes amorosos. Y de repente, mirando hacia el techo, agregó que, como amigo mío también y no sólo de Escobedo, se creía en la obligación de decirme lo que había escuchado a su viuda: que sospechaba del mejor amigo que su marido había tenido nunca.

—No sé quién sería su mejor amigo. Juan de Escobedo era muy suyo —comenté.

El Rey y yo pudimos respirar cuando los intervinientes en el acto fueron poniéndose a salvo. Pero por poco tiempo. ¿Quién podía taparle la boca a todos esos bravucones? Yo creo que ese tipo de gente, cuando hace un crimen es sobre todo para poder contarlo, y, siendo cosa del Rey, miel sobre hojuelas. Lo cierto es que Insausti era el que más me preocupaba, hasta que murió poco después. Estaría de Dios, qué le vamos a hacer. Aunque no nos dejó malos herederos. Miguel Bosque se ahogó; pero Antonio Enríquez, su hermano, tan ángel de la guarda, dijo que fue de veneno. Yo podría jurar por lo más santo que personalmente no intervine en semejante muerte. Juan Rubio era menos terrible: volvió más tarde a España, y anduvo por Aragón en paz, hasta que los Mesa, unos santos, lo acogieron en Bubierca. El peor era Enríquez, vaya con *el Ángel Custodio* que nos habíamos echado. Se cansó de Italia y vino dispuesto a sacarnos los ojos a la princesa de Éboli y a mí: tres en total, claro. Pero se tropezó con los Escobedo, o quizá era a los que venía buscando, que fueron mejores postores y que, no sé por qué, ya lo seguían. Yo supe que había estado en Aragón y mandé allí al alférez Chinchilla, para que lo acabase: se trataba de una legítima defensa. Mas lo que consiguió fue echarlo a Lérida, donde se hizo con un salvoconducto para Madrid. Lo cierto es que los rubios, en mi opinión, no han sido nunca gente de fiar. Bueno, ni los morenos.

Para cada persona existen años trascendentales. Tratándose de Felipe II, hubo varios en su vida. El 78 fue significativo: como si Dios le siseara. Le nació, por fin, el hijo varón que habría de sucederle, para desgracia universal. Murió en Alcazalquivir su sobrino don Sebastián, uno de los más afectados de la familia por la reiteración de las fusiones de las mismas sangres, planteando la sucesión de Portugal: éramos pocos y parió la abuela; y, sobre todo, murió don Juan de Austria: el Rey sabía que iba a morir, y yo también, pero no tuve arte ni parte en esa defunción, aunque me la temía. Y temía también que me iba a salpicar, pero no creí que tanto. Cuando el Rey comprendió su propia culpa, quiso castigar al culpable, que era, según él, yo. Tardó dieciséis meses, y lo hizo sólo a medias. Con mucho más ruido que nueces, aunque bastantes de ellas me dieron en los ojos. Ayudas tuvo el Rey para ello. Por ejemplo, la del deficiente clérigo y astrólogo Pedro de La Hera, que me denunció en un horóscopo hecho ante la viuda

374

del *Verdinegro*. Y allí estaba el cerdo de Mateo Vázquez, quien, como Dios, andaba por doquiera, y lo contó, como un rumor, al Rey. Doce años después, casi día por día, y pasada una semana desde que me dieran tormento, declararon ante el cabrón jurídico de Rodrigo Vázquez de Arce, Bartolomé de La Hera, hermano del astrólogo, y Andrés Morgado, hermano de Rodrigo, qué nombrecito más intimidador, el otro astrólogo de las narices mías. Llovía sobre mojado. Y declararon que, en octubre de 1583, yo había invitado a cenar a Pedro de La Hera, y para confortarle el corazón del que sufría, le di unos polvos de mi famosa piedra bezoar: una gentileza por mi parte. Fue a su casa y se sintió indispuesto; se acostó; al día siguiente, por bondad, fui a verlo. Tenía calentura y había echado sangre por la boca. Yo le di unas llaves a mi mayordomo, Diego Martínez, que me acompañaba, para que me trajera de la casa una copa de quintaesencia, cuya receta era de frailes franciscanos, junto a unos polvos que estarían al lado. Se lo di a tomar, insistiendo, porque el enfermo estaba desganado. Dijo su hermano, ante el juez, que era tan fuerte la bebida que una gota caída sobre un lienzo lo agujereó. La verdad es que el astrólogo, que además no profetizó su muerte, expiró aquella noche. Por cierto, sin que el cadáver se enfriara: sería un mal cadáver.

En cuanto a Morgado, contó que, cuando se supo que La Hera se moría, Baltasar Álamo de Barrientos, hijo de Juan, amigo y maestro mío, montó en la posta hasta Valladolid, donde estaba Rodrigo Morgado, con el que yo había tenido unas palabras y, para no dejarle sin blanca, lo mandé allí donde se liquidaba un pleito mío. Andaba, por lo visto, enfermo, y murió a los tres días. Por descontado, añadió Andrés, su hermano, testigo falso ante el juez, que murió de un veneno asestado por mi mayordomo. Una atroz mentira. Murió de tabardillo, tratado por un médico con sanguijuelas y vendas sajadas y un caldo con huevos. Salvo que eso se llame también veneno ahora.

El caso es que el astrólogo de La Hera se merecía lo malo que yo hiciese porque me vendió a los Escobedo, paisanos y amigos suyos. Y me vendió a mí, que lo protegía no por sucias razones, sino para que le dieran la mayordomía de la Artillería de Burgos, que la tenía pedida. No pudo disfrutarla, pero a mí me hizo daño como si me hubiese disparado toda esa artillería, porque ahí empezó mi persecución. El joven Escobedo, que no era tan imbécil y que quería al dinero mucho más que a su padre, le escribió al Rey atribuyendo su orfandad a una intriga en relación con Flandes. Y pidiendo dinero para pagar «las muchísimas deudas» de su progenitor. La madre, doña Constanza, fue más expedita: desde el primer momento planteó contra mí su acusación. Aconsejada, faltaría más, por Mateo Vázquez, ese gordo y ruin secretario al que la princesa y yo llamábamos *Perro Moro*, en correspondencia al sobrenombre del *Portugués*, con el que él y su gentuza me conocían a mí, no sé por qué, aunque luego caí en que quizá fuese porque sabían la paternidad de Ruy Gómez de Silva, al que todos llamaban, en vida, Rey Gómez.

Lo de *Perro Moro* tenía razón de ser. Era, muy poco menos, de mi edad. En Argel, su madre, cautiva, dio a luz de un padre ocasional. Aunque años después, para restaurar el honor familiar él mandó hacer una información. Según la cual su madre era doña Isabel de Luciano, y su padre un tal Sanambrosino de Leca, gentecilla de Córcega. Lo cierto es que esa Isabel de Luciano era idéntica a una Isabel Pérez, que había sido criada del canónigo sevillano Diego Vázquez de Alderete, que adoptó a Mateo como paje y lo ayudó —y supongo que algo más— en vida y lo situó en muerte. Lo colocaron con don Diego de Espinosa, de quien ya hemos hablado muchas veces y mal, presidente entonces de la Casa de Contratación de Sevilla, y luego cardenal, y luego presidente de la Suprema de la Inquisición, y luego presidente del Consejo de Castilla, y luego casi nada, y luego nada. Perdió la gracia real y eso allí lo era todo, si lo sabré yo bien. Pero su secretario

Mateo Vázquez fue mencionado al Rey. Por lo que se verá que era el sujeto tenía que gustarle, porque se reducía a ser lo contrario que yo. Y lo llevó a una de las secretarías de Estado durante dieciocho años, que se dice muy pronto.

Él y yo compartimos la confianza de Su Majestad. Yo por mi ingenio, mi rapidez, mi conocimiento de los grandes negocios y mi seducción tan persuasiva: tenemos que ser justos antes que humildes. Él, por su escasa inteligencia, su paciencia, su estudio melindroso, su orden y ser un lameculos. Se comprende que yo tuviese un absoluto ascendente sobre el Rey: fui su privado y abusé quizá un poco. El Mateo Vargas, carente de cualquier imaginación e inalterable, le duró hasta la muerte, hijo de la gran puta. Era un hipócrita servil, un soplón, un acechacortinas; lo sabía todo porque todos le decían lo que sabían fiados en su sigilo: sólo se lo contaba todo al Rey, para el que vivía, comía y se dedicaba en alma y vida. Y porque nada era malo o reprobable si se trataba del servicio regio. *El Perro Moro* se dedicaba sólo a ensalzar al Rey y a hundirme a mí. Por eso en esta ocasión vio el cielo abierto. Y escribió cartas y billetes con su juicio apestoso y su apestosa redacción. Era un mediocre, conocido por todos aquellos a quienes nadie conocía. Fue, durante mucho, la peana por la que se adora al santo; pero no una peana enjoyada, brillante, esbelta y, por lo menos, negociadora, sino mediocre, enana y triste. En su breviario de cura maloliente, dejó escritas unas *Consideraciones*. Yo leí algunas, un día que se olvidó el libro en su mesilla. Recuerdo la mejor:

«Los designios de los Reyes deben abrasar la garganta de los que los rebelan.»

Quizá por estar de acuerdo, aunque no totalmente, me fue tan mal a mí, a pesar de tener como sello propio mío un Minotauro silencioso metido en un espeso laberinto. Lo del laberinto sí es bien cierto: nunca he salido de él. Y *el Perro* era además, como podía esperarse, nepotista: prefería a su hermana y a sus dos maridos y a sus sobrinos mocosos. Y cuando se murió ella, recomendó a Jerónimo Gasol, que yo creo que era su marido más que el de la hermana. Cómo sería que, al morir, sólo dejó cuarenta mil ducados. Guardar tantos secretos y tan bien tiene esas graves consecuencias: no se guarda otra cosa.

Pero *el Perro Moro* no estaba solo. Al llegar a Madrid se hizo ebolista; mas cuando fue ya secretario, como yo manejaba aquel grupo, él se hizo tradicionalista y conservador, como Alba: era más natural. Y fue entonces cuando empezó a perjudicarme con eficacia verdadera. Consiguió ascender a puestos altos a dos enemigos míos hasta la muerte en el sentido más exacto: el conde de Barajas y el conde de Chinchón; a mí nunca me gustaron tales pueblos cercanos a Madrid. El grupito que rodeaba a esa peana perra mora era, entero, de segunda fila; pero muy eficiente para la maldad. Los Toledo eran los principales, descendientes de un tesorero de Enrique IV, Agustín Álvarez de Toledo, letrado y del Consejo del Rey y Pedro Núñez de Toledo, clérigo que me odiaba y que trataba con el nuncio, pero de balde y mucho menos que yo como sabido era. Hablando con el Rey yo los llamaba «los hermanos gobernadores del mundo y de las vidas», y le contaba:

—Todos los aborrecen como al Diablo, salvo las viudas y los criados del comedor. Y el bocón, que es el clérigo, piensa que sabe más que el mundo, y todo lo gobierna: hace obispos, provee plazas, de ninguno dice bien, y el día de mañana proveerá también reinos. Debe Su Majestad andar con ojo.

El Rey se sonreía. Pensando en otra cosa: debí darme cuenta.

Aparte de esos dos marimandones, en el grupito había bastantes más, unos con cargos importantes y otros no. Pero todos con una conducta social bien acreditada, bien decente, bien chapados a la antigua, frente a mis fiestas, mis pajes y mis pajas y mis dulces escándalos. Cómo será la cosa que *el Perro Moro*, en vista de una sequía terrible que tenía los campos sin gota de agua, la atribuyó a los pecados de cierto ministro, sobre cuya inmoralidad corrían muchas hablillas por la Corte. Y añadió que quizá habría que hacer una información secreta para remediarlo. Esos documentos que manaron de su sucia mano fueron inmediatos a lo del *Verdinegro,* y hablaban, no se dudó, de mí. Yo, culpable de seguir: hace falta valor.

Al morir Diego de Vargas, comendador que tenía la secretaría de Italia, se la pidió al Rey el marqués de los Vélez para mí. Parece que se la otorgaba. Y luego, porque le pareció convenir a su servicio —siempre se contradecía así—, se la dio a Gabriel de Zayas, y a mí me compensó con el oficio que él tenía. No se alargaba el Rey, no se alargaba. Bueno, no más quiero contar, para probarlo, que unas horas antes de mandarme a paseo, pero preso, me escribió una notita:

«Dad prisa a lo de la secretaría de Italia, que mucho lo quería tener acabado antes de que venga esta noche Granvela, que ya ha desembarcado, y más por concluir luego lo otro.»

Buenas palabras, timidez, cobardía, no quedar mal, para quedar luego peor, mientras estuviera delante aquel al que había mandado cortarle la cabeza. Un ejemplo, cuando pidieron para mí la secretaría de Italia («Vería si fuera cosa que conviene»), ocurrió enseguida la muerte y las primeras acusaciones contra mí: una ocasión que ni pintada para darme el oficio. Bien, pues cuando volvió a pedírsela para mí el cardenal de Toledo, Gaspar de Quiroga, dijo que «ni al secretario le está bien ni a mí me conviene dárselo». Pronto amanecía, y yo sin enterarme. Y todo por el maldito conde de Chinchón, hechura del *Perro Moro* que se opuso en el Consejo. Lo odié. Pero el Rey no se atrevía nunca a llevar, en persona, la contraria.

Las acusaciones de los Escobedo contra mí no eran cosas de viudas y de huérfanos: venían del circulito del *Perro Moro,* que me tenía un odio mortal, provocado por la envidia incomprensiva. Yo, seguro que estaba, me quejé de esos conciliábulos al Rey, a poco más de una semana de lo del *Verdinegro.* El

Rey lo sabía ya. Y por eso le dije que me hiciera mercedes para acabar con la maledicencia; si él me seguía dando pruebas de gracia, nadie me acusaría. En un largo billete, cuya copia conservo, se lo escribí:

«Por eso he deseado, señor, muestras externas para el mundo y los amigos; que, de las internas, Vuestra Majestad me tiene favorecido más de lo que merezco. Y por eso mismo deseo, más que por otro ningún interés, que la merced de Vuestra Majestad en este negocio fuese muy llena; porque en esto se hará de ver el favor y gracia de Vuestra Majestad, y se reprimirán con ello mis enemigos.»

Exactamente igual que yo, y en todo, pensaba doña Ana de Mendoza, la Princesa de Éboli. Pero el Rey contestó, sin dar ninguna prueba, que en algo se tenía que ocupar a los que yo consideraba conspiradores, y que me tenían envidia por lo mucho que mi Rey me favorecía. Mira tú qué manera de salirse por la tangente, sin tener ni una consideración.

El Perro Moro, aparte de su círculo, actuaba directamente con el Rey. Preparó sus entrevistas con los alcaldes de casa y Corte y otra personal con Hernán Velázquez, alcalde también, a solas, para preguntarle qué era lo que había averiguado de ese terrible asesinato. Y eso que sólo había pasado una semana. El 12 de abril *el Perro Moro* le escribe al Rey una carta que es ya una acusación en regla contra mí y contra la Princesa y una incitación urgente a que el Rey hiciese la justicia «que ya exigía el pueblo». Un pueblo que se reducía a la familia Escobedo con un par de jueces detrás y a un grupo anticuado de la Corte, al que encabezaba un secretario enemigo y celoso. Y ahí estaba Su Majestad, puesto en un brete, sin saber cómo comprometerse menos y cómo quedar bien, relativamente mal, con las dos partes. Hay que pensar que, para los que están cerca de Dios, no existen ni el tiempo ni la prisa y todo se detiene. Hoy sé que, por entonces, el Rey tramaba ya la muerte de su hermano don Juan, para la que yo, un poco ya gastado, no le servía. La prueba de cuanto digo es que tuvo los santos atributos de mandarme la carta del *Perro Moro*. Como para amenazarme, como para enseñarme que era él, en cualquier caso e hiciera lo que hiciese, quien tenía la sartén por el mango. Y motivó el envío: para que lo comunicase al marqués de los Vélez y para que viese y ordenase lo que habría que responder. Yo he publicado la minuta de la respuesta a Mateo Vázquez que, de acuerdo con los Vélez, envié al Rey, y que él corrigió a su modo. Le decía:

«Que Vuestra Majestad sabe lo que ha pasado; que no lo puede decir a su pesar; y que es muy diferente de lo que Vázquez cuenta aunque cree Vuestra Majestad que el que lo hizo tuvo harta causa forzosa para hacerlo, por lo que más vale no hacer caso de lo que dicen por ahí los que no saben.»

Eso cortó en seco el asunto. De momento.

Porque yo he llegado a la conclusión, si bien más tarde, de que lo que el Rey perseguía era enzarzarnos en una pelea, cuanto más fiera y escandalosa mejor, al *Perro Moro* y al *Portugués*, para que atrajera, como un pararrayos, la atención del público que tan dado es a competiciones y riñas de perros y de gallos. La gente está demasiado hecha a guerras y a batallas de ejércitos, y prefiere ver una buena pelea entre dos conocidos. Y si hay muerte por medio, mejor y Dios la ampare. Y si hay una mujer bajo cuerda, muchísimo más gozo. Y si la mujer es princesa, tuerta y famosa, ya es el desiderátum... De nuestra pelea habló muy pronto toda España. Y de que, cuando nos encontrábamos por palacio, él me saludada con el bonete y yo no me desprendía de mi gorra, y el Rey tuvo que amonestarme, y así los embajadores contaban a sus representados esta disputa de gorras y bonetes. Sobre todo porque, al de la gorra, se lo consideraba un títere en manos de una hembra, que lo manejaba y lo movía a su antojo. Bueno era, sobre todo para el Rey, que todos creyesen que la muerte de Escobedo la había hecho Antonio Pérez por orden y a satisfacción de la Éboli. Qué duro es a veces darse cuenta de que, en la mayor estupidez, hay un leve resquicio de razón. La prueba es que, con frecuencia o a diario, yo recibía cartas de doña Ana con una histérica irritación contra *el Perro Moro* y con un ligero presentimiento de que mi estrella se ponía ante el Rey por culpa del repugnante y pestilente secretario. Creo que de esto se dio cuenta ella antes que yo. No me extraña: para los malos olores las mujeres siempre tienen un olfato más fino.

Movidos por el oscuro círculo del *Perro*, los Escobedo seguían mandando memoriales al Rey. Me llamó para consultarme, o quizá sólo para decirme que la solución debía darla Pazos, el obispo presidente del Consejo, después de oír a los de esa familia. Yo le repliqué que no me parecía mal, siempre que se dejase de lado a la Princesa que, «como él sabía», nada tenía que ver con el negocio y es lo que se acostumbra en semejantes casos, aunque la mujer no sea de mucha calidad. Y que ninguno de los ejecutores había sido cazado: me ocupé yo de ello. Y que yo me sacrificaría, si fuese necesario, incluso yéndome de España. Con alguna merced, por descontado. Y fue entonces cuando vi claro algo: que exactamente lo más lejos del deseo del Rey era que yo me fuese. Porque había perdido la confianza en mí. Tan sencillamente como lo estoy diciendo. Y prefería tenerme al alcance de su mano. Y preso a ser posible. De hecho se reunieron, con el presidente Pazos, Pedro Escobedo y Mateo Vázquez. Y yo me descompuse. Mandé una nota al Rey:

«Si esto se sufre, y lo sufre Vuestra Majestad, venga Dios y véalo. Que mis enemigos se junten y me acaben: con eso me contento.»

Reconozco que me anticipé un pelo. Porque Pazos estaba de parte de quien tenía que estar, y les dijo:

—Su Majestad está decidido a hacer justicia; pero mírense mucho de acusar a una señora tan alta y a un secretario del Rey sin tener pruebas seguras. Yo he de afirmar que creo en que los dos son inocentes.

Escobedo el mayor dio palabra de no reiterar la acusación por él y por su madre y hermanos.

—Aunque es natural que los acusadores sigamos buscando pruebas, aunque contradigan la seguridad del presidente —añadió.

Y sucedió tal cual como lo dijo.

Estoy hablando del mes de abril del año siguiente al del asesinato (por llamarlo de una manera vulgar), cuando don Juan ya había muerto también, y yo ya sospechaba de qué y cómo. Estaba a punto de llegar su cadáver y recibir las honras. El hijo de Escobedo había dado palabra; pero su familia cántabra, no. Y ahora reclamaban justicia otros deudos. Pazos les pidió, para dilatar el asunto, las acusaciones por escrito, las mandaron corriendo, y a su vez a mí Pazos, con una nota:

—Vea vuestra merced qué preñadas palabras son éstas y el énfasis que tienen. Créame que fue un letrado quien las escribió, porque el texto no es de hombres de montaña.

Y nombró un juez especial para «los echadizos», con lo cual se terminó el tema. Y desde entonces, de momento, *el Perro Moro* apartó la familia de Escobedo, estoy seguro de que por orden del Rey, no por su gusto. Entre otras razones, porque iba a llegar el segundo muerto, don Juan, y no quería que asociase nadie una cosa con otra. El Rey era absoluto, lento, vacilante, desentendido, taimado, hipócrita, pero no tonto. O no absolutamente.

Y fue entonces cuando la batalla de secretarios llegó a la mayor virulencia. El hijo de Escobedo, inducido por Vázquez, qué negro *Perro* el moro, me esperaba con hombres disfrazados y amenazadores cada noche. Me presionaba la Princesa y me empujaba a retarlo ante el Rey, a quien ella tenía la costumbre de faltar al respeto. Precisamente a Escobedo le había dicho:

—Prefiero el trasero de Antonio Pérez al Rey todo y entero.

Y al Rey:

—Eche su majestad al *Perro Moro* que tiene sentado en su secretaría.

Cosas que el Rey nunca iba a perdonarle. Y menos ahora, que se encontraba oprimido por uno y otro lado: una postura incómoda. Por el lado de Vázquez, se le sugerían las medidas que debería tomar en contra mía. Y, por el otro lado, la Princesa se desataba en impertinencias que el Rey no olvidaría y que lo llevarían, con alguna otra cosa que diré, a provocar su muerte civil, pese al duque de Pastrana, hijo de ambos, y al duque de Medinasidonia, yerno de ella, que jamás supe por qué quería tanto; porque, aparte de los atunes, no tenía ni la menor idea de nada, salvo estar casado con una hija de la Princesa. Yo creo que el Rey, a ambas partes, nos repetía las mismas palabras y nos hacía las mismas promesas. Promesas que jamás pensó cumplir. Aunque luego cumpliera sin pensarlo. Se sobreentiende que sólo las de Vázquez.

Cuántas noches me habré despertado preguntándome por qué obraba el Rey así. Nunca por buena fe, me he respondido, sino por disimulo y cautela. Buscaba llamar la atención de todos sobre mí. Quería quedar bien incluso ante sus ojos, a pesar de haber dado la orden de matar a don Juan, de lo que se arrepentía demasiado tarde. Me odiaba, porque entendió que todo había sido por mi culpa. Deseaba que desapareciera de su vista; pero no quería apartarme de su lado por temor a que hablara. Es decir, se contradecía y meditaba: qué peligro. Y, de momento, se asesoraba con el dominico padre Chaves, y provocaba la caída del marqués de los Vélez, del fiel y anciano y afectuoso y paternal marqués de los Vélez, que se volvió a su tierra roto, vencido, y escribió su pésame desilusionado, dispuesto a bien morir... Cuando yo comuniqué su muerte al Rey, él me escribió su pésame:

—Yo pierdo mucho, y espero que vos no tanto, porque yo no faltaré y de esto estad seguro. Y tened buen ánimo de ese dolor y pena, que bien podéis pues me tenéis a mí.

Nunca he leído unas palabras más falaces y escritas además con la intención de que quien las lea se dé cuenta de que lo son. Aunque le quepa una ligera duda. Lo que es peor aún.

Yo me atrevía a aconsejarle que proveyese pronto el puesto que el marqués dejó vacante, mayordomo de la Reina doña Ana.

—Id pensando en los que podrán ser —me respondía—, que hasta ahora no he pensado en ninguno.

Otra mentira: lo tenía pensado. Se trataba de mi mortal enemigo, el íntimo del *Perro*, el conde de Barajas. Ya no pude dudar del soberano: tuve que estar seguro. Tampoco de mi suerte: mucha, pero toda mala. Y sospeché que los papeles recogidos, a la orden de Felipe, por Andrés de Prada tenían algo que ver con todo esto. Porque de esos papeles emanaba la inocencia de don Juan. Y su frivolidad también, y su ambición, y su tontería. Pero sobre todo, su absoluta inocencia. Yo había creado un enemigo en él que era yo, para que el Rey se sintiese protegido por mí, amparado y defendido por mí, y me sobrevalorase y me necesitase. Y ahora yo era el culpable de su culpa. Y estaba conmigo la carta en que escribe a un amigo, que también era yo, su dolor verdadero, hondo y sencillo, por la muerte de Escobedo, por una muerte que sabe que le han dado tan sólo por servirle a él, a su amo. Y la otra carta, recogida por Prada, en que a su primer secretario, al que yo calumnié para que desapareciera, a Juan de Soto, muy poco antes de morir, le escribe como un niño, pidiéndole que vaya a los Países Bajos y le haga compañía... Supe que el Rey tomaría venganza en mí por la muerte de don Juan, pese a ser él quien la ordenó. Aunque fui yo el que le dio motivos, el que movió su corazón en contra de aquel simple inocente.

Fue al año justo de la muerte de Escobedo, el 30 de marzo de 1579, cuando el Rey escribe al cardenal Granvela, con sesenta y dos años y retirado en Roma, una carta mandándole que embarque en las galeras de Doria y venga:

«Porque yo tengo más necesidad de vuestra persona y de que me ayudéis al trabajo y cuidado de los negocios... Y me

385

he resuelto por la confianza que hago de vos y del amor y celo que siempre me habéis servido, a llamaros y encargaros que toméis y hagáis este trabajo por mi servicio... Cuanto más presto esto fuere, tanto más me holgaré de ello.»

El pretexto era que los médicos lo encontraban mayor y fatigado, y le prohibían leer y escribir, y necesitaba alguien que le ayudara en la totalidad de sus trabajos. La realidad era que quería inaugurar otra política con una persona que no perteneciese a ninguno de los dos partidos, ni al del *Perro* ni al mío, los dos en baja: el de los ebolistas, sin el marqués de los Vélez y yo de capa caída; el de Alba, con su duque desterrado en Uceda. Mi camino a la privanza única y absoluta se había ido a pique. Lo noté en la expresión con que me miraba la Princesa. Granvela era mi amigo, pero eso no importaba. Apenas llegase —y era yo quien había preparado aquella carta— dejaría de serlo. Al día siguiente, 31 de marzo, el presidente Pazos contaba al Rey los llantos de mi casa, mis ilusiones rotas, las de mi esposa y de mis hijos. Y las de *la hembra,* como llamaban siempre a la Princesa por costumbre, que había soñado con que llegase su hora de hacer y deshacer.

Perdida la gracia regia, fue entonces cuando deseé marcharme de España. Por primera vez me sentía triste; me sentía responsable y castigado. Y la gente me veía taciturno y extraño y muy mohíno. Escribí al Rey:

«Yo huiría de la pesadumbre de aquí si pudiese, y no habría menester más para hacerlo que la gracia de Vuestra Majestad.»

Me contestó:

«De lo de salir vos de aquí no hay que tratar: ni me lo digáis más ni convendría.»

Yo sé que, suelto, aunque nada me propusiese, sería para el Rey —y él tenía conciencia— un peligro mortal. Él no me retenía por afecto, sino por temor del uso que pudiese hacer de los secretos comunes. Antes de lo de Granvela, ya me habría ido con unas pequeñas mercedes o ventajas. He mencionado, por ejemplo, la secretaría de Italia o la embajada de Venecia. Pazos intermedió entre él y yo:

—Se quiere ir. De cuantas mercedes podríais hacerle, la mejor sería licencia para irse. Habiéndose de quedar, sería con honrarle y hacerle mercedes. Y me ha dicho que, si de aquí sale, de palacio, sin irse fuera, se irá a tierra de *la hembra*, y que ella le dará allí tres o cuatro mil ducados. Y sé que, si se le diera plaza de consejero en el Consejo de Italia, como la que tiene el de Chinchón con merced de renta, también se aquietaría.

A este ultimátum, Felipe respondió que necesitaba un tiempo para confesar y comulgar, si sería taimado:

—He de pedir a Dios que me alumbre y me encamine, para tomar, pasada la Pascua, la resolución que más convenga a su servicio y al descargo de mi conciencia y al bien de los negocios.

Entonces estaba yo llevando toda la tramitación de la sucesión del trono en Portugal: algo demasiado grave y complejo como para trasladarlo de pronto y con eficacia a otro secretario... Por eso mi decisión de irme al día siguiente de la carta a Granvela era tan firme como dificultosa. Y la respuesta del Rey a Pazos fue, como siempre, un aplazamiento, un dar sin abrir la mano, palabras huecas, ganar tiempo para que llegue quien tiene que llegar. Y que él me eche... Yo fui su más íntimo colaborador. Ahora era su íntima amenaza; y lejos, más aún. Y ni siquiera yo estaba seguro de que quisiera irme de verdad, o fingía para obligarle a que me regalase y me favoreciera... Por eso perdía el sueño. Y, porque tenía razón, comencé a odiarlo.

La Princesa de Éboli abrió al caño de sus intemperancias tras un brevísimo periodo de calma aparente en el que, a una carta mía que pretendía desvirtuar la gestión de los Escobedo, y pedía audiencias, el Rey me contestó que no convenía que lo viera:

—No llevamos buen camino en este negocio ni por él podrá hacerse cosa buena... Y la hubiera habido y estuviese olvidado si vos hubieseis guardado silencio como os lo escribí y dije más de una vez.

El soberano mandó al cardenal Quiroga a hablar con doña Ana. Su respuesta fue una carta muy agria en la que reprochaba al monarca consentir que se nos deshonrase a mí y a ella:

«Mis enemigos van diciendo que basta entrar en esta casa para perder la gracia del Rey, y que Antonio mató por mi respeto, porque tiene tales obligaciones con mi casa que, cuanto yo le pidiera, está obligado a hacerlo... Muchas veces estoy a punto de perder el juicio, sino que la desvergüenza de ese *Perro Moro* me lo hace recobrar... Y si alguien no me venga de él, le haré de dar de puñaladas delante de Su Majestad.»

Las intervenciones del pobre padre Chaves fueron inútiles. Pareció que alguien iba a decir por fin la verdad, fray Hernando del Castillo, un dominico intachable, ilustre y conocedor de muchos secretos. A Mateo Vázquez le escribió una prolongada carta que concluía:

«Los mismos que oyen, y hablan y oyen, suelen hacer a dos manos y servir de espías dobles por ganar gracias de ambas partes.»

Y él mismo osó escribirle al Rey:

«De nadie estoy tan escandalizado como de Vuestra Majestad, cuya autoridad y cristiandad es y ha de ser para estorbar semejantes cosas y proveer que no pasen a más. Y pues las sabe y entiende, no sé ni veo ni entiendo yo con qué conciencia disimula el castigo y el remedio; sino que creo lo que otras veces he dicho: que muchos demonios se han soltado para hacer su oficio, que es poner discordias y sustentarlas.»

Pero la voz del fraile no fue oída por nadie. Ni por el Rey. Y la Princesa escribía cartas amenazadoras e insultantes a diestro y siniestro, firmadas, contra quienes me atacaban. Todo era confusión. Todo era un griterío silencioso.

El Rey, en apariencia, tenía conmigo una relación normal. Viajábamos a Aranjuez o a Toledo. En El Escorial hablamos por última vez, aunque entonces no lo imaginábamos. Yo al menos. Y, como si hubiese resucitado los viejos sentimientos, me prometió la embajada de Venecia. Luego llamó a Pazos para comunicárselo. El cardenal Quiroga, al llegar desde Toledo —era el día 25— se enteró y, alborozado, se lo comunicó a la Éboli. Al día siguiente, cayó sobre Madrid, de 8 a 9 de la noche, una tempestad de granizo, la mayor que yo recuerdo haber visto jamás. Yo me estremecí, porque el pedrisco, según la astrología, anuncia desgracia para los que están en las alturas. Con razón Quiroga y la Princesa no creyeron, a pesar de todo, el ofrecimiento de la embajada: porque el Rey, lo sabían, quería a Antonio presente más que ausente. Pero se equivocaban en la causa: no era el cariño, sino el miedo. El 28 de aquel mes de julio, llegó Granvela a Madrid. Y la noche del mismo día, sin esperar una hora más, fuimos detenidos la Princesa y yo. No sin una última burla del monarca. Porque después de saludar al cardenal Granvela, que llegaba rendido del viaje, fui a despachar con el monarca. A las 10 de la noche, todavía recibía un billete suyo.

«Los paquetes de Italia os los devuelvo, y en ellos lo que se ha de hacer; con los de Portugal me quedo porque no los he visto. Vuestro particular quedará despachado antes de que me parta, a lo menos en lo que es de mi parte.»

Dudé por un segundo: ¿era «mi particular» el nombramiento de embajador? No tuve que dudar mucho tiempo. A las once llamó a mi puerta Álvaro García de Toledo, el Alcalde de Corte. A la misma hora se presentaba, en casa de doña Ana, don Rodrigo Manuel de Villena, capitán de la guardia española del Rey. Lo acompañaba el Almirante de Castilla.

Yo estaba recién acostado. Tuvieron, de turbado, que ayudar a vestirme. Y me llevaron detenido a casa del alcalde. A la Princesa, que no se lo creía, le indicaron las tres mujeres que la podían acompañar, designadas por el propio Rey. Y se las llevaron a las cuatro, a la Torre de Pinto. Toda España creyó que había tenido razón desde el principio: éramos amantes, el Rey rabiaba de celos, triunfaba la moralidad. Nadie nos había sorprendido en la cama. O sí aquella noche; pero a cada uno en la suya. Quizá el Rey, desde el atrio de la iglesia de Santa María, habría sonreído de incógnito bajo el embozo de la capa. O no, porque ya en julio no la lleva nadie. Aunque dicen que la venganza parece que da frío. Si es así, *el Perro Moro* debía de estar temblando.

Es necesario reconocer ahora que doña Ana de Mendoza y de la Cerda, Princesa de Éboli, y yo no sólo teníamos negocios en Flandes y en Italia. Llamo negocios a nuestras intrigas, que daban trabajo de toda clase a mucha gente, mantenían en tensión a otra y nos entretenían a nosotros, surtiéndonos de posibilidades sin las que ni ella ni yo hubiésemos podido mantener la vida que vivíamos. De pronto, se nos vino a las manos, con la muerte del Rey don Sebastián (impotente y misógino, que quiso engrandecerse con una estúpida guerra contra los moros de África, llevando a su ejército al matadero de Alcazalquivir), con su muerte, digo, nos encontramos con una probable buena fuente de ingresos. La sucesión de Portugal se presentaba, un poco para bastantes, a manejos productivos.

De todos los aspirantes, no estaba mal situado el Rey Felipe pero se alzaba en contra suya la antipatía que siempre tuvo Portugal a la unidad con España. Por eso, antes de usar la fuerza, utilizó recursos diplomáticos, es decir, corruptores. Estaba, pues, al nivel y al alcance míos y de la Princesa. El Rey utilizó hasta a Teresa de Jesús, que escribió al arzobispo de Évora una carta de las suyas, santa, interesándose por la candidatura de Felipe II, que por ser el más fuerte era el que peor caía a los portugueses. Y es curioso que sus enjuagues, buenos por ser reales, los llevara su mejor consejero, o sea, yo. Tuve una actividad primordial en ese pleito tan complicado, junto a otros personajes: el Cardenal-Infante, la regente doña Catalina, la gruesa tía del Rey, Antonio el prior de Crato, el inteligente amigo mío don Cristóbal de Moura, el pelmazo duque de Alba ya muy mayor pero igual de preocupado siempre por sus ejércitos, que esta vez utilizó sólo para pasearlos, el duque de Osuna, la presencia póstuma del príncipe de Éboli, López de Almeida, Gabriel de Zayas... Pero yo actué como nunca: atinado, modesto, cauteloso y hábil. Y mis consejos se aceptaban sin ninguna excepción. Aún hoy, si se leen los documentos, nada hará sospechar que yo tuviese, en esa sucesión, espléndidas perspectivas personales. Y mucho menos que acometiera maniobras beneficiosas para la Princesa y para mí.

El desastre de Alcazalquivir fue provocado indirectamente por el Rey en una entrevista que tuvo con el joven Rey Sebastián en el monasterio de Guadalupe. Allí, tratando de disuadirlo, lo alentaba a no hacerle caso y demostrar su hombría. De ahí que pensara, después de oír a su sobrino y a sus locos proyectos lo que le oí decir.

—Vaya enhorabuena ese muchacho. Si venciere, buen yerno tendremos. Si fuera vencido, buen reino nos vendrá.

De ahí que mirara todo el asunto con toda frialdad. Y que no se decidiera a incoar la boda de don Sebastián con su hija Isabel Clara Eugenia, ante el riesgo de una impotencia, o de una muerte prematura, o de una empresa descabellada que fue lo que ocurrió. Recuerdo que la noticia del desastre de Alcazalquivir llegó a El Escorial el 13 de agosto, nueve días después del acontecimiento. El Rey se retiró un día entero a meditar. Conmigo, por supuesto, aunque nadie lo sepa. Luego marchó a Madrid a pasear por sus jardines para ver qué podía y convenía hacerse a favor del joven guerrero, su sobrino. Y decidió que no había nada que hacer, sino ponerse la corona. Todos sus consejeros lo dijeron así. Esa unidad de la Península era aconsejable por tres razones, convencionales y ciertas a la vez: permitiría mayor seguridad y prosperidad en ambos reinos; fortalecería a la Iglesia católica, cosa que había que decir en cualquier caso; y los dos reinos juntos combatirían mejor al enemigo protestante...

El Rey de España comenzó, acto seguido, una ofensiva de paz para ganarse la simpatía de los sectores portugueses más influyentes. Estableció una Junta portuguesa que aunara los esfuerzos, y se decidió a no perder el tiempo con distracciones más lejanas, ya en la geografía ya en la historia. El que heredaba la Corona, el Rey Cardenal Enrique, caquéctico y epiléptico, podría y debería morirse en cualquier instante: los trámites urgían. Los primeros conversos a la idea fueron los jesuitas y las demás órdenes militantes, convencidas de que España ofrecía las mejores condiciones de promover su causa. Luego los comerciantes de Lisboa, de Setúbal y Oporto, mirando a la colaboración de España en sus faenas del Lejano Oriente. Y, una vez comprado el apoyo de varias familias nobles, con el dinero que se les dio para rescatar a sus miembros, unos ochocientos, que quedaron presos de los moros, la oposición estaba ya vencida. O eso creía el Rey.

A la sucesión concurrieron un rebaño de nietos, bisnietos y demás familia de Manuel I *el Afortunado*, cuya afortunada sombra se extendía aún sobre todo el reino. El primero fue el mencionado don Enrique, tío abuelo del muerto, pero sus condiciones de salud y de estado eclesiástico lo transformaban en un corto interino. Detrás de él seguían... Para dejarlo dicho de una vez, don Felipe Rey de España, que tenía un currículum espléndido aunque reiterativo. Era no sólo nieto de don Manuel I, por su madre Isabel, además tía segunda suya por parte de madre, sino viudo de una nieta del mismo Rey, su primera esposa, de la que era a la vez doble primo, y cuñado y primo de don Juan, padre de don Sebastián, y, en fin, dos veces tío del tontamente muerto. Por otro lado estaba doña Catalina, duquesa de Braganza, hija de don Duarte, tío de don Manuel; don Antonio, prior de Crato, compañero en la batalla, listo como una ardilla o eso creí yo entonces, hijo ilegítimo de don Luis, a su vez hijo de don Manuel, y de una judía, Violante Gomes, llamada *la Pelicana* por haber encanecido de joven, por cierto a favor de su belleza; Alberto Ranucio de Parma, hijo de Alejandro Farnesio (el tío, no el sobrino) y nieto de María, hija también de don Duarte, etc.

Algo tenía en contra Felipe II: descender por línea femenina siendo así que la Braganza era heredera por conducto viril. En cuanto a don Antonio de Crato, la ilegitimidad y la mitad de la sangre judía, que parecían ponerlo en mala posición, caían bien al pueblo portugués, fácil de arrebatar por un compañero de armas de su mito, digno de ser compadecido, apresado por los matadores, preferido de los judíos del dinero, y del bajo clero, que contaba con extraordinaria influencia. Felipe, pues, se encontró de frente con Antonio de Crato. Creyó que ése era su único rival, aunque muy fuerte, que le hizo emplear las armas y no lo dejó vivir tranquilo hasta que se murió. Creo yo que dos Antonios le amargamos muchas noches al Habsburgo: aquél le hizo gastar algo de sangre; pero yo, mucho oro. Felipe tenía en contra la desconfianza portuguesa ante su poderío y su política absorbente, que podría transformar a Portugal en un satélite de España, siendo como era tan universal y con un sentido de nacionalidad muy fuerte, motivado y sustantivo. Por eso el Rey se vio obligado, en el fondo, a conquistar Portugal aun sin darlo a entender.

Los demás pretendientes, incluyendo a Alberto Ranucio; a Manuel Filiberto de Saboya, hijo de Carlos de Saboya y de Beatriz, hija de don Manuel; y a Catalina de Médicis, no tenían más que remotísimas posibilidades de éxito, y sólo concurrieron a la partida para amenazar de jaque al Rey de España y obtener por su retirada alguna merced que valiera la pena. La lucha se entabló sólo entre la duquesa de Braganza, el prior y el monarca español. Por lo que hace a Antonio de Crato, escribió a su amigo el duque de Medinasidonia, yerno de la Éboli, comunicándole que estaba vivo pero prisionero y pidiéndole dinero para su rescate. El duque se lo envió al punto: nunca fue ni medio inteligente y, por tanto, pasaba por ser buena persona. En cuanto al Rey Felipe, aparte de sus derechos, llevaba mucho tiempo pendiente de la nación vecina. Sabía que su cuñado Juan había muerto de una diabetes complicada con los excesos de la prolongada luna de miel con la absolutamente gélida, por lo menos después, doña Juana de Habsburgo, que se volvió a Castilla dejando a su hijo de unos meses educado por regentes incapaces, y recogió a su sobrino don Carlos, tan desgraciado y trastornado como su hijo, aunque de diversa manera. O sea, un recogepelotas.

Ahora debo decir mi papel en todo esto. Intuía la gente mi alianza en negocios con la Princesa de Éboli. Ella siempre quiso entroncar con los Braganza. Y, de cualquier enlace así, yo era el tercero, porque me parecía más familiar que ningún otro, dado el origen de mi verdadero padre. En una carta de agosto del 79, justo un mes después de la prisión de la Princesa y mía, Pedro Núñez de Toledo le escribió a Mateo Vázquez, *el Perro Moro*, diciéndole:

«En gran secreto me han dicho que la verdadera causa de la prisión de esa gente es que la Jezabel (así llamaban ellos a la Éboli) trata de casar a un hijo suyo con la hija de Braganza y que, con esta ocasión, *el Portugués* (que era yo) le hacía amistad hasta darle la cifra y otras cositas de por casa, de manera que tiemblan las carnes al oírlo... Ayer me dijeron un discurso tan largo, como de aquí a Roma, sobre aquel casamiento de Éboli y Braganza del que era tercero el *caballero* portugués. Dios les tenga en su mano, que ayer dijo el confesor Chaves a mi hermano que tenía más trabajos que a Dios pidieron.»

Pero en esta circunstancia el círculo infernal se equivocaba: hubo otros más listos que dieron en la diana. Por una relación entre un capellán del Rey, Juan de Bolonia, y el cardenal Farnesio, se descubrió que la verdadera e importante boda no era de un hijo de la Princesa, sino de una hija con un hijo de los Braganza, cosa aún más peligrosa para el Rey.

Y que la Princesa, ilustrada por mi minucioso conocimiento de la situación, avisaba a su futura consuegra de todos los detalles del proceso, que por mi mediación bien conocía. Entonces no deseaba pensar, pero hubo días en que estuve seguro de ello: que la prisión de la Princesa y la mía, aunque muy deseadas, se produjeron en tal momento por estas circunstancias. Hay pruebas que lo cantan. El presidente Pazos, una tarde, me habló así:

—No son las desobediencias ni insolencias con el Rey lo que éste castiga en la Princesa: esas ofensas se resuelven por vía de desdén; son otros atrevimientos que deben castigarse, como delito, por justicia.

Y la fecha de mi detención, que se aplazaba, coincidió por esta razón con la de la Princesa. *El Perro Moro* tuvo en esto otra vez la culpa, hasta por una delación equivocada, porque el Rey estaba distraído por mí y mirando a otras partes.

Hay una prueba más: aparte de las explicaciones que el Rey dio a la Grandeza mas próxima a la Éboli, concretamente a los duques de Medisasidonia e Infantado, cuando la detuvo y la encerró, se lo comunicó, de forma sorprendente para los no enterados, a su representante en Lisboa, don Cristóbal de Moura. Y no por sus relaciones en Portugal, nación de su esposa, sino por haber metido la nariz en el asunto de la sucesión y «para evitar daños mayores». El Rey no era lelo sino tardo, y, en este caso, mal informado en principio, porque tenía que ser yo el informador y no lo informé. Pero, una vez enterado de la posible boda, quiso resolver el asunto con la misma contundencia que el de Flandes: hablo de don Juan y de su secretario *el Verdinegro*.

Yo, antes de que me hablara de ello la Princesa, supe cuánta ilusión le hacía ser reina madre en Portugal. Sonriendo le pregunté una noche si no sería bonito añadir a su escudo algunas quinas, como las del portugués. Ella se echó a reír; pero esa misma noche, un poco más tarde, hablando con Francisco de Mendoza, hermano de Mondéjar, y con Alonso de Mendoza, señor de Cubas y de Griñón, lanzó un gran suspiro, echada hacia atrás la cabeza, mirando casi al techo, y soltó:

—Qué gran cansancio es el de estarse los señores toda la vida en señores.

—¿A qué se refiere vuestra excelencia? —preguntó don Francisco sin entender palabra. Yo afiné mi oído.

—Porque me enfada ver siempre señores y nunca reyes a mi alrededor.

Esto lo dijo muy seria. Después me miró a mí, guiñando su ojo libre, y lanzó una gran carcajada (1). Yo estaba a disposición de mi amiga, y ya miraba con mirada atravesada al Rey. Muerto Escobedo, al quinto mes de la muerte de don Sebastián, y antes de un año más tarde, nos encierra Felipe. En esos meses, yo informé a la Princesa de lo que sabía, que era todo, para que ella lo trasladara a los Braganza. La primera noticia que tuve no fue por ella, sino por el grupito del *Perro Moro*, equivocado ahora. Ella me lo aclaró: era una hija suya la protagonista de la boda con Braganza, aunque yo sospechaba que la Princesa siempre tendría algún hijo de repuesto. Para esta boda, la hija era Ana María, la menor, que luego murió monja. De haber sido un hijo, sería el marqués de la Eliseda, el único soltero, porque a Pastrana, el mayor, lo estábamos casando con la hija Ersilia, de Octavio de Médicis, el príncipe más rico de Italia. Lo sé bien, porque yo gestionaba que Felipe, su padre natural, le diera a Octavio el título de Ilustrísimo, que ambicionaba no sé por qué, y no había conseguido a pesar de sus continuos préstamos a España.

(1) Los sueños más acendrados se heredan y las grandes ambiciones se consuman pasada alguna generación. La intensidad se transforma en genética. En este caso, la codicia del trono portugués que tuvo la Princesa de Éboli, la heredó la duquesa de Braganza, Luisa María Francisca de Guzmán, su nieta, que logró deshacer la obra de Felipe II de que estamos hablando: independizar Portugal, y vengar a su abuela del maltrato que le dio el titular de otra corona. *(Nota del a.)*

Todo estaba pensado y bien pensado. El duque de Bracelos, el Braganza casadero, cayó también preso en Alcazalquivir. Felipe II trató, a cambio de su rescate, que sus padres se retiraran de la competencia. La duquesa madre se negó. Tenía quien le pagase ese dinero: para eso estábamos la Princesa y yo dispuestos. Y Medinasidonia, su yerno, lo acogió con el lujo que sabía, en su casa andaluza. Pero el Rey se resarció más tarde, descubierta la trama. Medinasidonia gozó siempre, de modo inexplicable, del favor regio, siendo como era el más atún de todos sus atunes, y el duque de Pastrana, lo mismo: el primero organizó la campaña militar portuguesa; y el segundo, fue uno de sus más activos y acreditados capitanes. Hasta en eso se vengó el Rey de Ana de Mendoza. En cuanto al sigilo con que se llevó la campaña contra ella, se explica por su misma gravedad y porque deshonraba a una familia intocable. Los hijos y las familias de la Princesa callan y aceptan: era lo necesario para encubrir una deslealtad sin pregonarla.

Pero todo se había sabido y yo tengo la prueba: don Cristóbal de Moura escribe al Rey pidiendo la indulgencia para doña Ana en nombre del Rey Cardenal portugués. ¿Qué contesta Felipe?

«Me ha hecho mucha merced el Rey de Portugal en querer saber lo que hay en todo esto. Y por todo lo dicho me la hará muy más grande en no tratar más del tema.»

En cuanto a lo mío, llovía sobre mojado. La *Visita* que se me incoa en Portugal es, porque bajo el nombre y concepto de *Visita*, se encubrió lo que nadie tenía que saber. La del Rey y yo, no cabía duda, era una guerra secreta. Hasta ese mismo instante.

TERCERA PARTE

Un Rey absoluto no tiene que dar explicaciones. Pero en este caso, participó su decisión por escrito al duque del Infantado y al de Medinasidonia, Grandes los dos y parientes de la Princesa. La causa que daba era las diferencias entre sus dos secretarios, Pérez y Vázquez: no se arreglaban por culpa de la Princesa de Éboli. Y se dijo que el texto de esa carta hubo de volverse a escribir porque quien la redactó había puesto primero a Vázquez, y yo era más antiguo. El Rey estaba en todo. Y también se ocupó de que interrumpieran en Valladolid los trámites de un pleito que tenía la casa de Éboli con el horrible marqués de Almenara, representante del Rey en Aragón, que saldrá más adelante, hasta que el primogénito Pastrana pudiera hacerse cargo de todo. Para algo era su hijo.

Tres explicaciones de ese golpe tan sonoro corrieron por Madrid: la disputa con Vázquez, por lo que tenía de reñidero de gallos; la muerte de Escobedo, por lo que tenía de misterio sombrío; u otras cosas, que no convenía mencionar por el honor de algunos. El Rey estaba por medio en las tres causas. Cosa que él no quería. Resumiendo, al detener a los dos cómplices, ponía fin a una subordinación en su corte más próxima: un escándalo que habría servido para diluir y ensombrecer el tema criminal de Escobedo. Pero lo que se proponía el Rey era algo más hondo: acabar con las dos facciones del reino. Con Granvela, el secretario Idiáquez, don Cristóbal de Moura, el portugués honrado, el infeliz padre Chaves y los condes de Barajas y Chinchón formaban un nuevo grupo de consejeros. Ya le aconsejarían lo que él decidiese hasta su muerte. Así empezó a declinar el poderío de España. Dios, que de cuando en cuando también opina, había comenzado a dejar de ser español.

En cuanto a mí, me sentí profundamente sorprendido, aunque debí haber imaginado antes todo: que me iba a engañar el engañado. Y hasta la fecha, víspera de su partida a Portugal, debía haberla imaginado; no quería dejar atrás la competencia. Pero yo también quería engañarme. Y ahora ya no podía: el Rey se me había ido de las manos para siempre. A fines de agosto, Juan de Idiáquez fue nombrado para la secretaría de Estado, que había sido la mía. Y ahora no podía, en casa del Alcalde, dejar de usar las soletas de mis calzas, forradas con cuero adobado de ámbar, ni mis camisas perfumadas. No podía declararme vencido. Por otra parte, a mi esposa y a mí el confesor del Rey, ese incauto de Chaves, nos decía que todo era una medida leve para evitar mayores inconvenientes: la enfermedad —y sonreía— no había de ser mortal. El afecto del monarca no cesaba; presagiaba un rápido retorno a la libertad. Por si acaso fue entonces cuando yo comencé a hacer acopio de papeles para mi defensa y las ofensas a otros. Baúl tras baúl.

Hasta 1585, seguí despachando asuntos en mi sitio, es decir, en casa del Alcalde o en mi casa. Porque lo que cesó era el despacho personal con el Rey. Hacia noviembre del año siguiente a mi detención, 1580, conseguí que se me trasladara a mi casa de la calle del Cordón, aunque vigilado y sin poder poner un pie en la vía pública. El pretexto para conseguirlo fue un tabardillo inventado que certificaron dos médicos amigos. Durante dos años tuve que inventarme muchas enfermedades y tuve muchos amigos médicos. Durante ellos, también tuve amigos que no lo eran (médicos quiero decir): el nuncio, el cardenal Quiroga, el teólogo Fernando Hernández del Castillo, y otros muchos en la Iglesia, en la nobleza y en la diplomacia: yo había sido generoso, simpático y correspondedor. Y ellos iniciaron una contraofensiva dirigida al *Perro Moro*: si era canónigo de Sevilla y arcediano de Carmona, que se fuera a esos sitios a cobrar sus prebendas. Pero las circunstancias no eran para hacer cambios: ni Flandes ni la cuestión portuguesa admitían mudanzas ni bromas. Esto es lo que tenía sin respiración al grupo de Mateo Vázquez. *El Perro* dio un ladrido más para asegurarse. Pidió al Rey que llevase a la Princesa a una fortaleza de asiento, por largo tiempo, con un caballero anciano de confianza; y a mí, a otra fortaleza bien segura, con la guarda y el orden conveniente (qué hijo de la grandísima ramera), porque los deudos de Escobedo se escandalizaban de la libertad en que yo vivía. El Rey respondió, para manifestar su independencia, dejándome salir a misa y pasearme y ser visitado, aunque yo no pudiese visitar a nadie.

Luego Felipe salía hacia Portugal y le acompañó *el Perro Moro* ladrador y mordedor. Yo con la falta de ejercicio, veía crecerme por dentro la tristeza. Podía ir, e iba, a *La Casilla* y andaba por ella y por el campo, pero sin entrar en Madrid. Y seguí amontonando documentos para mi defensa y para la acusación de los demás. Durante ese tiempo, a Ana de Mendoza la trasladaron al castillo de San Torcaz, y luego a su casa de Pastrana. Pero había tenido que morderse los labios hasta hacerse sangre: firmó un documento reconociendo que se había equivocado al pensar mal de Mateo Vázquez, qué pena, y que le ofrecía su amistad y la de sus hijos. Respecto a mí, mis amigos intercedían; pero el Rey andaba en Portugal, en cuyo tema no éramos, ni muchísimo menos, imparciales ni la Princesa ni yo. El presidente Pazos, aludiendo a la necesidad mía de mirar por mi casa, por mi hacienda y el granjeo de mis bienes, cosa que no podía hacer sin tratar ni hablar con nadie consiguió que se me visitase con toda libertad. Yo sabía que lo sucedido (no me engañaba) era irremediable. Pero me convenía convencer a todos de que contaba aún con cierta gracia real: mi vanidad y mi conveniencia lo exigían; pero

403

a mí no podía convencerme. Estaba enterado de que, en contra mía, se verificaban en Lisboa, por mi enemigo Rodrigo Vázquez de Arce, investigaciones secretas. Intenté mandar allí, para que intercediera, a mi mujer, a mi fiel Juana de Coello, pero el propio Pazos me disuadió. Entonces mandé, con un memorial, al también fiel Diego Ramírez, y más tarde al padre Rengifo, confesor de Juana... Todo fue en vano. Aquel verano de 1581 caía como una pesada losa sobre mi corazón. Por eso necesitaba recibir amigos, que se jugase en mi casa alto, como en los buenos tiempos, que se intrigase como toda la vida. Y también que la gente opinara que, un hombre que vivía como yo, algo tendría contra el Rey que le ataba las manos.

Qué lejos estaba de Lisboa. A la Éboli, porque a ésta le enardecían los ímpetus feudales, se trató de mandarla a un convento: Mateo Vázquez, digo. Su yerno, Medinasidonia, no se opuso, siempre que, ese «convento andaluz» que *el Perro Moro* aconsejaba, estuviese lo mas lejos de Sanlúcar posible, porque su casa estaba allí. Y, respecto a mí, supe lo que opinaba el Rey:

—Negocio es éste que se está haciendo demasiado pesado. Cuando Antonio Pérez estaba más recogido, no había nada de lo que ahora anda, ni su mujer hacía tantas instancias como ahora. Y él estaba más seguro que lo que está saliendo fuera hoy; y así no sé si sería mejor para todos recogerle más; pero veremos cómo irán estas cosas y así resultará lo que convenga.

Y ya lo creo que me recogió. Pazos intervenía, pero a cada hora era menos escuchado. Propuso al Rey darme aquella embajada de Venecia; sin embargo, antes de terminar de pedirla se dio cuenta, hasta él, que era un santo de que el Rey no consentiría jamás que yo saliera de Castilla. Y sabíamos ambos que las investigaciones secretas contra mí continuaban, imperturbables y dañinas, en Lisboa. Al mismo Pazos, a sus instancias de misericordia, le respondió con toda desnudez:

—Si el negocio fuera de calidad que sufriese procederse en él por juicio público, desde el primer día se hubiera hecho; y así pues no se puede hacer más de lo que se hace, podríais vos hablar a su mujer y decirle que se sosiegue porque no se puede hacer otra cosa por ahora.

En el verano de 1582 todo fue alarma: Rodrigo Vázquez de Arce, desde el mes de mayo, superadas sus calladas pesquisas, había empezado a tomar declaraciones en Lisboa. Este otro Vázquez era mucho más peligroso que Mateo. Se trataba de un montañés atípico, que no me tragó nunca y ahora le daba náuseas y quería vomitarme. Tenía una maldad fría e incorruptible y se había propuesto acorralarme hasta el fin. Perseguirme con los ojos entrecerrados y apretados los puños, jactándose de poner la ley por encima de la generosidad. Su conducta con mi mujer y mis hijos fue en todo tiempo miserable. Con razón les llamaban, a él y a sus hermanos, los *ajos confitados*, dando a entender lo nauseabundo oculto bajo una empalagosa apariencia. Tan contento iba a quedar de él el Rey que le nombró Consejero de Castilla: se volvió un instrumento ciego en las manos reales. Pero regresemos a Lisboa. Las declaraciones que allí tomó este demonio fueron nueve en aquel mes de agosto. El Rey no quería ni rozar el negocio Escobedo: sólo se hablaba de mi corrupción administrativa y social, de mi inmoralidad, de la admisión de dádiva por concesión de cargos y de honores, de mi lujo inmoderado y de mis amistades sospechosas: no sé si se referían a la Princesa de Éboli; aún no había salido a relucir lo peor. Vázquez de Arce estaba instruyendo, pues, una *Visita*, no un juicio criminal. En ella, se tramitaba y se juzgaba en secreto y sin escándalo la conducta de secretarios y ministros; era un pretexto de persecución a través de un rodeo, sin llegar al motivo verdadero.

Y, de repente, la *Visita* se suspendió en apariencia, o mejor, se silenció. Yo creo que fue en memoria de la amistad con Ruy Gómez de Silva, por el honor de su nombre y de sus hijos. Felipe, detrás de una de sus interminables reflexiones, decidió separar los dos asuntos. Las culpas de la Princesa se revisarían y examinarían ya, ya, ya. Y se dejarían, por ahora, las de Pérez: «En su caso, con el nombre y efecto de *Visita*, se cubrirá lo que no convenga que se diga y entienda.»

De otra forma: a la Princesa, un castigo decidido sin eco y con toda rapidez; a Pérez, con el nombre de *Visita*, se le sancionará sin necesidad de rozar lo que no debe saber nadie: su violación interesada de los secretos de Estado referentes a Flandes y también a Portugal; sus engaños para hacer ejecutar al secretario de don Juan y quizá a don Juan mismo, tratando de implicar al propio Rey en sus crímenes... Y por supuesto, en primer término, habría que evitar que sus papeles inventados salieran a la luz.

A Ana de Mendoza se la cargaron, antes de morir, con la muerte civil. Sin proceso, sin defensa, sin sentencia. La redujeron a las habitaciones del torreón de su palacio. La privaron de los únicos goces que le quedaban: el derroche generoso y el ejercicio de su poder sobre sus vasallos. Hizo con ella el Rey como hizo con su hijo. Sólo sobrevivió diez años a su encierro. Fue altanera y no se doblegaba. Supongo que, con arreglo a alguna norma, merecía el castigo. Y el Rey se lo aplicó como si fuera Dios. Un castigo desentendido, sin palabras, más soberbio aún que ella, más riguroso e inhumano. Qué poca esperanza podía caberme a mí después de ver cómo sancionó, volviendo sin piedad la cara, a quien, con palabras tan sólo, se enfrentó audaz con él.

En Lisboa se había decidido mi destino. Yo fui teniendo noticia de lo que allí se incubaba a través de algún amigo de los no demasiados que me quedaban aún en la Corte, incluso de aquellos cuyas declaraciones favorables fueron eliminadas del proceso. El padre Renjifo escribió una carta a Vázquez de Arce comentando que yo, en la solemnidad del sacramento de la confesión, había mostrado mi arrepentimiento respecto a él personalmente. Vázquez de Arce respondió que él no sabía nada y en nada intervenía. Entonces Juana, mi esposa, desobedeciendo las órdenes del Rey, se presentó en Portugal. Fue inútil: tuvo que regresar a Castilla, malparida porque se adelantó su parto, sin lograr que la recibiera. Aunque no me lo ha dicho nunca, yo sé que mi mujer no iba a rogar: iba a exigir, basada en los documentos que conocía muy bien. Quizá influyese eso en que el Rey le prometiera que, en llegando a Madrid, arreglaría lo mío. Y tanto que lo arregló, maldita sea su estampa. Poco más o menos como lo de doña Ana de Mendoza.

Y volvió, más Rey que nunca, en febrero de 1583. Asegurada la anexión de Portugal, salió echando chispas de Lisboa para volver a su queridísimo Escorial. Yo, en Madrid, en una casa u otra, llevaba una existencia que se había convertido en normal. Aunque yo la fingiera más normal aún: ni me tenía por enemigo del Rey ni tenía al Rey por enemigo; mostraba ser y estar en la misma comunicación y privanza que siempre, y era visitado por las personas más representativas y los ministros de Su Majestad y de sus Consejos y por los Grandes de España. No se hablaba allí de las investigaciones sobre mi conducta pasada, y todo a mi alrededor se deslizaba como esa pena que está en el corazón y tiene miedo de asomarse a los ojos. Sin embargo, el licenciado Salazar terminó su pliego de cargos el 12 de junio de 1584. Por fin sabía yo de qué se me acusaba. Se me dieron doce días para presentar mis defensas. Contesté con algunas generalidades, vagamente, para no publicar secretos de Estado y haciendo valer al Rey su discreción. Fue la primera vez que exhibí los comprometedores documentos que contra el Rey tenía. Y el padre Chaves, su confesor, era también la primera vez que tenía noticia de la verdad ocurrida. Tanto es así que, después de pensarlo, le aconsejó a Juana mi mujer que no me descargase con papeles del Rey, sino que me dejase correr indefenso. Siguiendo la sugerencia, me negué a declarar en nada sobre la muerte de Escobedo, a pesar de las conminaciones que el Rey me hizo. Más tarde, presiones aún más fuertes consiguieron que las tornas cambiasen. Y en cuanto a la *Visita* en estricto sentido, más que mi propia inocencia, traté de demostrar la culpabilidad de los otros oficinistas y secretarios, porque no había ni un solo ministro, ni uno solo, que no se lucrase de sus actos. Tan cierto era que el visitador Salazar, el del pliego de cargos, abochornado de su propia acusación me decía:

—¿Qué queréis que haga, señor, así me lo han mandado firmar? No es culpa mía. Yo sólo lo he transcrito.

Y a los dos meses, pienso que del disgusto, murió, y se dijo que de una apoplejía. Yo más bien vi el dedo harto de Dios. Claro que, si Dios empleara tales métodos de aplicar la justicia, toda la Corte se hubiera hecho apoplética, y ni a Dios le bastarían sus dedos. Por descontado, del verdadero pleito ni se habló ni se hablaba. Ni mío ni del Rey, cuyas responsabilidades, en mis acciones y en las de los demás, no eran pequeñas. Pero eso podría declararse mientras yo guardase mis papeles y conservase mi índice sellando mis labios. Después de los pliegos y de los doce días, continuaron las negociaciones —y ésas eran ya las verdaderas— para rescatar los documentos. Se extinguía el plazo y yo seguía libre en Madrid. Quiero decir relativamente libre. Porque en junio sucedió lo impensable.

El Ángel Custodio, Antonio Enríquez, desde Cataluña, escribió al Rey prometiendo revelaciones increíbles si le mandaban un salvoconducto. No le movían odios ni enconos, sino los dineros de la familia atroz del *Verdinegro*. Y detrás de ella, el cenáculo rencoroso del *Perro Moro*, que me quería ver muerto. Digo los segundos, porque los primeros se darían por satisfechos viéndome arruinado. Al Rey se le planteaba un dilema muy fuerte: o rechazaba una demanda de justicia y quedaba como *la Perejila*, o se exponía a que lo desnudaran y se quedaba en cueros. Para lo segundo tenían que pasar seis años todavía, seis años para tratar de conseguir, a la desesperada, los papeles que yo guardaba como oro en paño. Entretanto, fingía una benévola indiferencia, y veía la *Visita* suspendida como la espada de Damocles sobre mi coronilla. Pero, en secreto, se iniciaron los tratos con *el Ángel Custodio*. Al presidente Pazos, mi defensor, se le mandó a su diócesis de Córdoba; al cardenal de Toledo, Quiroga, no cabía esconderlo aunque se desease. Todo estaba previsto para descargar, en silencio, el golpe sobre mí. Lo vi tan claro que sólo había una puerta en mi mente: la de una iglesia para acogerme a sagrado y, desde allí, cuando pudiera, irme a Aragón volando.

Hablé con el cardenal Quiroga. Me dio su parecer positivo y también su bendición. Su favor por mi causa era tan claro que sólo siendo Primado de España podía hablarme así. Tomé nuevas habitaciones en la casa de Puñoenrostro, fronteras a la iglesia de San Justo; con un salto muy corto podía entrar en el templo: un callejón estrechísimo separaba, muy poco, mis balcones de su entrada. Y esperé. No tuve tiempo para impacientarme. Observaba al monarca como a una mosca bajo un vaso: se acercaba, miraba, se alejaba, se sonreía o se ponía imperativo... Pero ya no llegó a engañarme más. El papel que representaba lo conocía de sobra. La gente de mi alrededor se sorprendía, no yo. Y yo era el que guardaba más armas, que eran mis papeles. Cuando vinieron los de la *Visita*, se llevaron los que yo había dejado, con toda intención, encima de mi mesa, para que mordieran el cebo. Yo tenía más de treinta cofres grandes con documentos importantísimos de tiempos de mi padre y del mío y los que había cogido del Archivo de Simancas. Cada vez que me pedían papeles, podía dar un arca llena de los más viejos, que nadie conocía porque no estaban ni en inventario ni en índice ninguno. Y muchos eran bastante buenas copias.

A estas alturas, el Rey se fue a Monzón para reunir allí las

Cortes aragonesas. Fue en enero del 85 y no volvió hasta marzo del 86. La cobardía regia era tan grande que quiso aprovechar su ausencia para descargar el palo sobre mí. Fue el 31 de enero, cuando terminábamos de almorzar. Se presentaron los alcaldes, Espinosa y Álvaro García de Toledo, con el Escribano del Crimen y sus oficiales, Castillo y Rodríguez. Esa forma repentina de actuar quería decir algo: que el Rey, al acecho como yo, conocía mis intenciones de huida. No lo dudé. Mientras mi mujer hablaba con un Alcalde, entré a cambiarme de ropa a una habitación que se cerró de golpe. Estaba prevenido. Salté por el balcón y me acogí en la iglesia. Voces, ruidos, carreras, suposiciones... Corrieron a San Justo. Tenía las puertas cerradas. Las forzaron con una palanca. No me encontraban. Subieron a unos desvanes de los tejados. En ellos, lleno de telarañas, me hallaba yo. Me arrestaron unas horas en casa del alcalde. De allí, con grillos en los pies y esposas en las manos, escoltado por alguaciles, fui conducido en un coche de mulas a la fortaleza de Turégano. El que se violara el derecho de asilo y se me empujase a la prisión en mitad de la nieve, puede hablar de la temperatura del odio soberano. Al pasar por Las Rozas, nos alcanzó un correo portador de la censura del Vicario General contra los dos Alcaldes violadores del derecho de asilo. Pero el poder civil, cuando le convenía al Rey, no respetaba al eclesiástico. Y a éste, de herencia le venía.

¿Para qué decir cómo era el castillo de Turégano, la estrechez de la celda, sus incomodidades? A los veinte días de llegar se me comunicó la sentencia del proceso de *Visita*: dos años de reclusión en una fortaleza; destierro de la Corte y treinta leguas alrededor por diez años, contados los días de reclusión; suspensión durante ese tiempo del cargo de secretario de Estado y de cualquier otro oficio. En caso de incumplimiento de la pena, se doblaría su tiempo... Y minuciosas penas monetarias, multas, indemnizaciones, devolución de regalos de la Princesa de Éboli, de don Juan de Austria, del resto de mis amigos y conocidos. En cuanto a la Cámara y al Fisco, debía entregar siete millones y medio de maravedíes.

Nada más encerrarme, Álamos de Barrientos protestó de un rigor que me impedía hablar con mis abogados. Se me permitió hacerlo. Y gracias a la entrega de papeles o promesa de hacerlo, se permitió a mi mujer y a mis hijos venir conmigo. Enseguida se compuso en Turégano una mínima corte: amigos íntimos, algún paje, el administrador Bernardo Tovar, y tres alguaciles, alguno más amable que otros. Negociando con el llamado Arrieta, uno de ellos, sobre papeles por descontado, me llevaron a estancias muy amplias. Eso me aseguró que, sin documentos, no habría libertad. Y decidí fugarme. Porque supe además que Arrieta tenía orden de darme un *bocado* en cuanto se cumpliera la entrega de papeles. Castilla no era ya nada segura para mí. El que organizó todo fue Álamos de Barrientos. Contó con el fiel Juan de Mesa y con Rubio, ya de vuelta de Nápoles.

—En España —decía— hay más aventura que en cualquier otro sitio. Y el más aventurero —agregaba mirándome— sois, señor, vos.

Ya no se llamaba *el Pícaro* sino *el Alférez*. Desde las almenas, Barrientos los aguardaba el día señalado. Y los miró llegar. Con dos yeguas, las dos herradas al revés para engañar a los perseguidores. Un Viernes de la Cruz, a media noche. Llegaron hasta la puerta del castillo. Arrieta y los otros dos alguaciles fueron avisados por el escribano Gaspar López. Subieron al aposento donde yo me encontraba. Vestido de tiros largos, porque quería llegar bien trajeado a Aragón. Mi mujer me hizo meterme así en la cama, para disimular. Arrieta y los otros bromeaban.

—¿Qué es esto, señor secretario? Si irse quiere, el primero que se iría con vuestra merced sería yo.

Y me levantó vestido como estaba casi de ceremonia. Y yo empecé a sobornarlos a todos, que se reían dándose palmadas en los muslos. Juana, mi esposa, la lista de mi casa, me pedía que no los creyera ni me fiara de ellos. Ellos mismos tuvieron que decirme, entre carcajadas, que dejáramos para otro día la aventura. Nunca me había encontrado tan chusco y tan ridículo.

Dieron cuenta a la justicia. Las consecuencias fueron lamentables. El alcalde Álvaro García vino a hacer su informe. De nuevo grillos, de nuevo una celda angosta y con barrotes: un calabozo oscuro con una puerta recia y un agujero en la bóveda para echar los alimentos. Me dejaron solo en el castillo dentro de la mazmorra. A mi mujer y a mis hijos los pusieron en la más estrecha de las prisiones en casa de un esbirro. A Barrientos lo condenaron a seis años de destierro, tras una estancia en la cámara del tormento de la Cárcel de la Corte. Los de fuera consiguieron escapar. Embargaron todos mis bienes e hicieron con ellos una almoneda pública. Se vendían hasta las camisas de los niños de teta y la labor que estaba haciendo mi hija Gregoria, la mayor, a la que se llevaron a Alcalá al convento de San Juan de la Penitencia. Supongo que la gente pasaría por delante del montón de mis bienes, en la plaza de Santa María, para olfatear el olor a derrota que despide toda grandeza naufragada.

Aprovechamos estas adversidades para iniciar el trato de los papeles bajo amenazas reales. Mi mujer se mostraba reacia porque eran nuestra única defensa, pero por orden mía entró en contacto con Chaves, el confesor, de quien ya tenía experiencias desde enero de 1585, apenas llegado Felipe a Zaragoza. Después de mi intento de evasión, se recrudeció la pugna. El 5 de agosto escribió Juana a Chaves, ofreciéndole los documentos. Dos meses después, le contestó aceptándolos, y Diego Martínez salió para Zaragoza con dos baúles de lienzo encerado con mi sello y dos juegos de llaves, para el Rey y para el confesor. Pero, al llegar a la ciudad, se apeó en casa de Antonio Enríquez que, suponiendo lo que contenían los baúles, o preguntándoselo a su compinche, los hurtó y escondió para obtener dinero. Martínez tuvo que resignarse y pagar él, es decir, yo, treinta mil reales, que *el Ángel Custodio* pidió para asearse las plumas de sus alas. Chaves, cuando recibió los papeles, anunció que Juana sería liberada y yo aliviado con un paje y un trato tolerable. Y agregaba que era cosa de él, porque el Rey no se ocupaba ya de los papeles y los había olvidado. Cosa imposible, que a mí me puso aún más sobre aviso.

En marzo volvió a Madrid Felipe II de las Cortes aragonesas, y mandó que me trasladaran a una de mis mejores casas de la capital: la del duque de Villahermosa, cerca de Santo Domingo. Allí estuve hasta el verano de 1587, preso a medias, visitado por gente importante, y con libertad para asistir a los oficios de Semana Santa. La Emperatriz María, amiga de Juana de Coello, daba por hecha mi rehabilitación. Y era significativo que, a pesar del intento de Turégano, se hubiese acortado a la mitad el tiempo de reclusión y anulados los diez años de destierro. A fines de verano me trasladaron a Torrejón de Velasco, donde ya estaba mi esposa preparando la estancia. No fue demasiado ingrata al lado de mi familia. Y me visitaron Antonio Enríquez y Diego Martínez. Luego supe que este encierro estaba relacionado con el proceso que se tramaba en silencio contra mí, el definitivo, al que no convenía que anduviera libre por la Corte. Lo movían los Escobedo, a instancias como siempre de mis enemigos, a pesar de la palabra que le habían dado al presidente Pazos. Pero la conciencia del Rey, que no lo dejaba descansar, lo empujó a revisar los hechos, limpiar la memoria de su hermano y depurar en falso su responsabilidad, vertiendo la culpa sobre mi cabeza. Y supongo que no fue este tema ajeno al desmedido y torpe entusiasmo que puso en organizar la Armada Invencible, con la que acometía, ya a deshora, la invasión deseada por don Juan.

Todo giraba, en el fondo, alrededor de Antonio Enríquez y a su deseo bien pagado de descargar también, como el Rey, su conciencia a mi costa. Yo quise quitarlo de en medio con la ayuda de Villahermosa. Pero escapó en julio del 85, bien instruido por sus instigadores-pagadores. Yo ofrecí en agosto los papeles al confesor. Y desde entonces sólo se trató de agregar, al de Enríquez, los testimonios de los cómplices que aún vivían: Rubio, que se desvanecía siempre, y Juan de Mesa y Diego Martínez, que estaban en Aragón. Este último, por tretas de los Escobedo o por sí mismo, imprudente, vino a Madrid en otoño del 87, y fue detenido por el alcalde Espinosa. Declaró el 24 de noviembre de ese año, y con la declaración coincidió mi reclusión en Torrejón de Velasco. Yo me alarmé más de lo que puedo decir, y escribí al Rey para que el trato a mi mayordomo fuera benévolo, temiendo que la tortura le soltara la lengua. Y, como haciéndole un favor, le daba a entender lo que tenía que hacerse para que los Escobedo no encontraran al Rubio. Añadía que el padre Chaves tendría que intervenir en mi favor, y que el remedio no sería otro que detener la mano del juez. Sé que me equivocaba; pero no se me ocurrió otra cosa que construir un puente entre el Rey y yo, como si se tratase de un camarada lejano. Y es que llevaba demasiado tiempo encarcelado y la realidad se me escapaba de los ojos y de las manos.

Diego Martínez no me acusó, y en su careo con Enríquez sí que lo acusó a él de estar vendido a mis enemigos, de testigo falso y de facineroso.

Entretanto, los jueces averiguaron que los papeles dados por Juana no eran los importantes. Yo imaginaba que los tendría algún amigo de Zaragoza; pero Vázquez de Arce no se resignó y nos apretó, a Juana y a mí, para que soltáramos los papeles verdaderos. Juana escribió al conde de Barajas preguntándole qué sería de nosotros si los entregábamos. Le respondió con una carta inmunda, en que le aconsejaba que me diera un bocado, envenenándome, y acabara conmigo, quedando ella y sus hijos libres. Juana fingió que accedía para disimular.

El marzo del 88 pareció humanizarse el Rey. Mandó que yo volviese a la Corte y me alojó en casa de don Pedro Zapata, en Puerta Cerrada. Recuperé la esperanza... ¿Por qué volvería yo a confiar en él? En verano dio la orden más rigurosa de actuar a los jueces. Yo había escrito en mayo a un amigo que el sol volvía a alumbrarnos. No había sol: la causa criminal quedaba abierta oficialmente. De nuevo otra estratagema del odioso Felipe. Nos tomaron declaración a mi mujer y a mí sobre el crimen y sus causas. No sabíamos nada; no recordábamos nada. Cuando me preguntaron si había dado órdenes o trazos al mayordomo para la muerte de Escobedo, negué: yo no tenía por qué tratar contra un amigo mío, que había sido además criado de mi padre. Pero otros testigos permitieron que el juez reconstruyese el caso.

Después de un año, el 9 de junio del 89, me trasladaron a la fortaleza de Pinto, con escándalo y admiración generales, y encerraron a mi mujer en nuestra casa. Yo veía la misma llanura agostada y pelada hasta Madrid por la que habían resbalado con ansia los ojos —o el ojo— de la Princesa de Éboli. Encontré en el suelo, arrinconado, un arete de oro que tuvo que ser de ella. Recordé tantas conversaciones, tantas risas, tantos proyectos que nos divertían, tanto descifrar cartas... Sólo estuve allí dos meses y medio. Habría estado no más de veinte días si se hubiese hecho caso al Rey; pero los jueces eran siempre más duros. O eso pensaba, una vez más, el tonto que llevé siempre dentro.

Me devolvieron a Madrid. Me encerraron en las casas de Benito Cisneros, el sobrino del cardenal, cuya fachada principal daba a Puerta Cerrada. Mi esposa seguía en casa, vigilada por el alguacil Ribera. De nuevo vinieron las tentativas para que entregase los papeles. El conde de Barajas había interceptado una carta cifrada mía para mi mujer, en la que hablábamos de que quizá tendríamos que hacerlo. Se concretó, a raíz de esa carta, una entrevista secreta entre Juana y el conde.

—¿Qué haremos nosotros sin estas pruebas y sin el resguardo de Su Majestad? —contestó ella a todo.

Terminaron las diligencias y arreciaron los rigores. En agosto del 89 se ordenó una minuciosa averiguación del estado de las casas de Cisneros. Los criados de don Diego Pacheco, que vivía en la casa, confirmaron que yo ocupaba las habitaciones que habían sido del duque de Medinaceli, unas veinte, y muy hermosas. Daban a una puerta principal vigilada por dos alguaciles, Herrera y Zamora. Pero había otras dos puertas que daban al aposento de Pacheco, el inquisidor (no se olvide este nombre), que habían sido clavadas pero que últimamente fueron desclavadas a hurtadillas para que quienes me visitaban pudiesen entrar y salir sin que los dos alguaciles se enterasen. Gaspar de los Reyes dijo un día, en que había venido mi hija Gregoria, que, si yo quisiese, podría salir por la puerta trasera, que estaba desclavada sin el menor impedimento. El comentario llegó a oídos del conde de Barajas, y ordenó que me fueran puestos grillos.

El 25 de agosto nunca lo olvidaré. Vino Rodrigo Vázquez de Arce y me sometió a un interrogatorio impresionante. Había reconstruido con precisión la elaboración del asesinato. Yo negué, uno a uno, los cargos, pero, aparte de mí, la justicia sabía, paso a paso, toda la trama de la perpetración. El mismo día se nos comunicó, a Diego Ramírez y a mí, la culpa que para ambos resultaba del proceso. El 2 de septiembre, Pedro Escobedo hizo la petición de mi juicio y condena «con las penas en que ha incurrido, ejecutándolas con todo rigor como la atrocidad del delito requiere». Estimaba los daños en cien mil ducados, que era de veras cuanto le importaba. Yo había creído siempre que al Rey le interesaría tanto como a mí que el proceso no saliera a la luz. Pensé entre mí que aquello era consecuencia de ministros envidiosos, o acaso que el Rey quería probar mi fuerza para callar. Y decidí adoptar una servidumbre heroica: no hablar. Y no hablaría aunque me lo pidiese el mismo Rey. Negué, pues, todos los cargos. Porque, negando, aparentaba no defenderme yo, sino defender a quien estaba sobre mí. Pero necesitaba, para tan difícil heroica postura, la compañía de Juana. Me comunicaba con ella con cartas cifradas, y de noche, alguna vez, venía encubierta a verme, burlando a los alguaciles que se hacían los distraídos. Pero ya no bastaba. En septiembre, mi procurador, Alonso de Mondragón, el sucesor del preso Álamos de Barrientos, hizo petición al juez para que Juana me acompañase pretendiendo que debía ser sangrado, por unas calenturas, dos veces en un día. Me quitaron los grillos y quedé suelto bajo fianza de Alonso de Curiel, mi abogado. Los testigos de esa fianza de seis mil ducados fueron Céspedes, Gil de Mesa y Diego de Bustamante. Gil no me abandonó nunca: debo recordarlo de cuando en cuando. Bustamante llegó a ser, ay, uno de mis acusadores.

Contra todo pronóstico, el Rey me pidió, a través de Chaves, que dijera toda la verdad. Me lo confió en dos cartas, que debían concluir con mis trabajos. Yo consulté con el cardenal de Toledo, y persistí en mi negativa. Pero había que liquidar aquel aprieto. Concerté con Pedro Escobedo que, mediante la indemnización, retirase la querella. Lo gestionó el duque de Medina de Rioseco, Almirante de Castilla. En el documento que firmé al primogénito Escobedo suplicaba al Rey y a mi juez que no procedieran contra ningún acusado, que se nos librase de la cárcel y se nos devolvieran nuestras tierras. Yo pagué, ante testigos, veinte mil ducados. Escobedo, para tranquilizar su conciencia, se fue de peregrino a Guadalupe. Ojalá lo hubieran enterrado allí, al pie de Nuestra Señora. Igual que a Enrique IV.

Creí que, con esto, todo había terminado. Mis gestiones y peticiones de gracia fueron aire no más. El memorial que Juana envió a la infanta Isabel Clara Eugenia, también, a pesar de mandarlo a través de doña Ana de Mendoza, la hija de Infantado. Entonces el procurador Gaspar Martínez presentó de nuevo un memorial al Rey en nuestro nombre, con mil grandes palabras. Supongo que el Rey ni lo leyó. El peor negocio que he hecho en mi vida ha sido enviar de peregrino pagado a Pedro Escobedo. Sencillamente porque mi proceso no dependía de él, sino de que, más aún que en su cabeza, en su corazón, en caso de tenerlo, y en su alma, el Rey sentía que Dios no era de ninguna manera español, y que había dejado de serlo por su culpa, y que necesitaba limpiarse de ella. La Armada Invencible, que él dispuso como arrepentimiento, le había sido rechazada. Ahora debía plantearse ante sí mismo la causa y las responsabilidades de los hechos mortales. Ahora necesitaba llevar la pesquisición hasta el fin. Y decidió pasar como consentidor de todo, pero yo debía decir en qué lo había engañado. Sólo así quedaría libre su conciencia de hombre, de hermano y de monarca. Éste era, en realidad, el resumen del documento que firmó Rodrigo Vázquez de Arce el 21 diciembre de 1589.

De ahí que el cardenal Quiroga decidiese escribirle al confesor del Rey:

—Señor, o yo estoy loco, o este negocio es loco. Si el Rey le mandó a Antonio Pérez que hiciera matar a Escobedo, y él lo confiesa, ¿qué cuenta le pide y qué causas? Miráralas entonces y él las viera. Que el otro no era juez en aquel acto, sino secretario y relator de los despachos que le venían a las manos y ejecutor de lo que le mandó y encargó como un amigo a otro. Ahora, al cabo de once años, le pide las causas, habiéndole tomado sus papeles, muertas tantas personas que podían ser sabedoras y testigos de muchas cosas. Resucítele quinientos muertos; restitúyansele sus papeles sin haberlos revuelto y releído, y aun entonces no se podrá hacer tal.

Lo que sucedía es que el Rey se creía ya en poder de los papeles míos. Esto se me ocurrió repentinamente. Si yo negaba las causas mandándome el Rey que las declarase, se me podría asegurar que no habían sido verdaderas, y si las contestaba, no tendría con qué probarlas, puesto que ya no estaban en mi poder las pruebas. Antonio Márquez, escribano de Su Majestad, el mismo día 21 de diciembre, habló con los alguaciles para que prestasen mucha atención en mi guardia y custodia, y que no me dejasen hablar ni comunicar con nadie, ni ellos me hablasen so pena de la vida. Y también el mismo día compareció Rodrigo Vázquez de Arce, y me preguntó las causas por las que el Rey dio su consentimiento para la muerte de Escobedo. Yo respondí que no sabía ni tenía nada que decir, sino remitirme a lo que en mi confesión tenía dicho. Ocho días después volvió a la carga Vázquez para decirme que Su Majestad conocía mi declaración del 21, y que me daba licencia, a pesar del secreto de mi oficio y de cualquier otra obligación o juramento, para que declarase la verdad de cómo pasó la muerte de Escobedo, y las causas que hubo para que yo interviniese y diese la orden de ella, y las que hubo para que su Majestad las consintiera. Yo respondí:

—Este que declara ni sabe de la muerte ni intervino en ella.

Ante mi resistencia, el Rey me ordenó que declarase en un billete escrito a mano a Vázquez de Arce:

«Podéis decir a Antonio Pérez de mi parte, y si fuere menester mostrarle este papel, que él sabe muy bien la noticia que yo tengo de haber él hecho matar a Escobedo y las causas que dijo había para ello; y porque a mi satisfacción y a la de mi conciencia convienen saber si estas causas fueron o no bastantes, yo le mando que os las diga y dé particular razón de ellas y os muestre y haga verdad las que a mí me dijo...»

Cuando trajo ese billete Vázquez de Arce, yo tenía preparada la respuesta: lo recusaba a él como mi juez, por reconocida enemistad hacia mí. No había pasado un mes cuando vino Vázquez de Arce con Juan Gómez, del Consejo del Rey. Se me leyó de nuevo el billete, y yo respondí:

—Salvo el respeto, como tengo dicho, y la reverencia debidos al papel de Su Majestad, no tengo que decir sino lo que dicho tengo, y que, como no intervine en aquella muerte, no sé las causas de ella.

Reaccionaron mal. Ordenaron a los alguaciles que me echasen una cadena y un par de grillos a los pies hasta que otra cosa se proveyese. No tardé mucho en pedir que me librasen, porque estaba tullido de brazos y piernas. La respuesta fue el tormento. Aquel mismo día, con Gil de Mesa, había enviado copia de una carta el padre Chaves diciéndome que «llegando a la confesión de la muerte, en ninguna manera dijese las causas de ella». Me horroricé. Porque no me podía esperar que el Rey me dijese una cosa y su confesor, la contraria. Estaba claro que nunca había comprendido los retorcimientos del Rey. Yo quería guardar sus secretos, y él, librarse de una vez de ellos.

El 23 de febrero del 90 fue un día marcado con piedra negra: el día de mi tormento. Después de intimarme una vez más a hablar, ante mi negativa, me mandaron poner a cuestión de tormento: si en él muriese o me lesionase, sería mi culpa y a mi cargo. Protesté como hijodalgo y como lesionado por las previas cadenas y grillos y prisiones ya de once años. Me mandaron quitar los grillos y cadenas y las ropas, salvo los zaragüelles de lienzo. Diego Ruiz, el verdugo, me mostró la escalera y los aparejos de tortura. No hablé. Me cruzaron los brazos y me dieron las primeras vueltas de cordel. Di grandes voces diciendo que me mancaban un brazo, pero me negué a declarar. Otras dos vueltas y la amenaza de continuar me decidieron:

—Señor Juan Gómez, por las llagas de Dios, acábeme de una vez... Déjeme, que cuanto quiera diré.

Me dieron unas ropas, salió el verdugo y declaré. Estaba helado y deshecho. Recuerdo, y ya hace veintiún años, que el verdugo del Consejo del Rey tuvo aquella misma noche piedad de estos brazos.

Lo conté todo. Cómo Escobedo fue a Roma para tratar de la invasión de Inglaterra. Cómo el nuncio lo comunicó al Rey, que se disgustó mucho, aunque respondiera dando gracias al Papa. Cómo don Juan insistió en el tema y el Rey lo consintió para que aceptase lo de Flandes. Cómo don Juan se opuso a que las tropas fuesen a Italia, por tierra, como pedían los rebeldes, sino por mar, y me ofrecía a mí un regalo. Cómo llegaron cartas de Juan de Vargas, embajador en París, diciendo que don Juan se despedía, pero se quedaba para ver a los Guisa secretamente. Cómo el Rey me había puesto en una carta de Escobedo, al margen: «Vos veréis que nos ha de matar este hombre.» Cómo vino a España a decir que la guerra con Francia era inminente y había que tomar las armas, es decir, a defender la política bélica de su señor. Cómo iban y venían mensajes de don Juan a los Guisa. Tanto, que llegamos a tener sospechas de Escobedo y de su influencia, y recibí la orden de escribirme con Escobedo, como si Su Majestad no lo supiese, para sonsacarlo... Y me exigieron entonces decir las causas que había expuesto yo ante Su Majestad para la muerte de Escobedo. Contesté que hubo celos de la inteligencia de don Juan con los Guisa, cosas no convenientes al servicio de Su Majestad, y que Escobedo hablaba con insolencia del Rey, y que era inconveniente dejarlo volver con su señor. Y la opinión del marqués de los Vélez, y el asunto del Morro de Santander para ganar a España y echar a Su Majestad de ella... Éstas fueron las razones principales de que advertí a Su Majestad: si se prendía a Escobedo, don Juan recelaría; si volvía, lo vertería todo. Había que excusar los dos inconvenientes. Sólo había un medio...

Los jueces me recordaron que el Rey mandaba que «probase» las causas que había dicho para justificar la muerte. Contesté que mis papeles fueron tomados, en dos o tres ocasiones, y entre ellos estaban los recados de lo dicho a Su Majestad. Y tenía testigos fidedignos, que testificarían lo principal de estas cosas...

—Pero hace catorce años que murió Escobedo, y han desaparecido bastantes testimonios. Además de que éstas son materias y avisos que da el vasallo a su príncipe aparte y a solas, y no hay testigo a mano.

Después de concluir así, yo mismo, aún torpe, supe que estaba perdido. Dos días después me leyeron la declaración, estando echado en cama, y la ratifiqué. Pero el mismo día del tormento escribí a Juana contándolo todo, punto por punto, para que lo supieran mis amigos: Diego Martínez y Álamos de Barrientos, presos ambos, para que si los interrogaban, no discreparan de lo dicho por mí. Al día siguiente volví a escribir a mi mujer. (Ahora caía en que mis magulladuras y roces del tormento no debieron de ser muy grandes, porque me toleraron escribir tanto. No creo haber sido físicamente muy forzado.) Caía en que no me habían hablado de la Princesa de Éboli, ni me preguntaron detalles de la muerte de Escobedo. Y entonces me di cuenta de que mis acusaciones declaradas eran vagas, no graves. Y tuve que subrayar la opinión del de los Vélez, que estaba muerto ya. Quedaba claro que la orden de la muerte la di yo y no Su Majestad. Lo de él fue aceptar el hecho consumado. Ese error lo había pagado muy caro, y ahora quería arrojarlo sobre mí y que me aplastase. Así se lo dije a mi mujer en otra tercera carta, el día 25 de febrero. Y añadí en ella que tal vez no se contentara el Rey y los jueces con lo hasta ahora sucedido, y fuesen a lo que, alterado, llamo yo *violencia arrebatada*. Es decir, el cadalso.

Gil de Mesa entraba casi todas las noches para verme. Así lo contó donde no debía Bustamante, que estaba allí como criado. El día 27 solicité que entraran criados míos a curarme los brazos, y hablé del paje flamenco que entonces me servía. Se pidió un certificado médico. El doctor Torres dijo que «me hallaba con calentura y, por estar mi mujer preñada, mejor sería, en tanta aflicción, o curar a los dos o dejarla a ella que lo cure». Los jueces accedieron, pero, desconfiando de ese médico, me enviaron a otro, llamado Ramírez. Lo reconocí nada más verlo: fue quien atendió a don Juan en su enfermedad última y el que le dio el lancetazo en la almorrana. Después de mirarnos fijamente en los ojos los dos, él consintió en lo que había dicho el otro médico.

Pero las impresiones eran malas. Tomaron nueva declaración a Diego Martínez. Dijo que había callado por hacer un servicio a Su Majestad y tener encargado por mí el secreto. Coincidió punto por punto con la declaración de Antonio Enríquez. Mi situación era tan negra como boca de lobo. Sólo una cosa estaba clara: la única solución que quedaba era la fuga. Gil de Mesa buscó dos hombres de pecho que le ayudaran en el trance. Por Madrid pululaba entonces un italiano genovés, Francisco Mayorín, un bravucón un poco sodomita que quedó contratado; otro, un joven aragonés que estudiaba en Alcalá, muy obligado a mí, Pedro Gil González.

Estaba en Madrid también por entonces el conde de Aranda, buen aragonés. Le envié a Gil de Mesa para que me viniera a ver. Él, más cauto, se excusó. Fue a ver a Juana que le contó mis planes. Él confirmó que en Aragón nada tenía que temer:

—Veámoslo allí —agregó.

Me preocupó el dinero. Cuanto pude lo había mandado traer de Italia. En doblones y joyas, lo escondí en un colchón en el convento de San Francisco, extramuros de Madrid. El padre guardián era fray Lucas de Allende, amigo también de mi agente Jácome Marengo; él recibió una cama de campo, que luego se llevaron. Así lo dijo llegado su momento. No sabía más.

El día 5 y el 6 de marzo envié cartas a los jueces comunicando que estaba dos veces sangrado, con notable peligro y que, para atender a mis pleitos, me permitieran recibir a los míos. Se permitió entrar al paje y a una mujer que no fuese la mía. Juana de Coello solicitó que ella y mis hijos me pudieran asistir. No contestaron. Cuatro días después, aprovechando que era Semana Santa, insistí en el peligro de mi vida, pidiendo entrar a hacerme compañía y a consolarme y a curarme. No accedieron tampoco. Pero sí a la tercera petición. Desde primero de abril, conmigo estaba Juana y tratamos con calma y pormenores la evasión. Con sus cuarenta y dos años, por octava vez estaba mi mujer encinta: puede pensarse que no estaba tan incomunicada conmigo por lo tanto. Ya dije que mis habitaciones lindaban con los de Pacheco, el inquisidor, y que la puerta se había vuelto a clavar y a cerrojar. Había que recuperar la situación primera. Gil de Mesa trajo unas llaves falsas. Mi mujer me preparó unas ropas suyas con las que me disfracé de embarazada triste. Pasé a las habitaciones contiguas; de ellas bajé a los aposentos a ras de calle, y a la calle salí por la parte trasera de la casa. Los guardias quedaron en la escalera principal. La complicidad de algún alguacil era evidente. Zamora había sido el que, previo pago, nos ayudó mirando para otro lado. Fue, por desgracia, descubierto; estuvo en la cárcel de Ciudad Real, de donde escapó; nuevamente atrapado se le condenó a la vergüenza pública y a galeras perpetuas. Todos corremos riesgos. Yo dejé un bulto de cojines y ropa simulando la figura de un hombre dormido en mi lecho. Todo fue, por tanto, atrevido y vulgar.

Eso sucedió el Miércoles Santo. Está visto que los días sagrados me traen inspiración para las fugas y los pecados. Eran las nueve de la noche, y las calles del barrio eran un hormiguero. Fuera me esperaba Pedro Gil. Salí camino de Alcalá, donde aguardaba Gil de Mesa con caballos de posta. Dos días antes había hecho ese camino el conde de Aranda, y Pedro Gil pidió los caballos en su nombre porque tenía necesidad de alcanzarlo. Yo cubrí las setenta leguas hasta la raya aragonesa con mucha dificultad. Gil de Mesa y el otro Gil tuvieron que ir sosteniéndome. Descansamos en Alcalá y en Guadalajara. Entretanto, Mayorín salía tras nosotros, para cansar por segunda vez los caballos de la posta y evitar la prisa de la jus-

424

ticia. Todos juntos llegamos a Aragón. En la raya había adua-
na donde podía ser reconocido. Convencimos al postillón de
que llevábamos ciertas cosas y de que, por no pagar derechos,
preferíamos salir fuera del camino ordinario por Almaluez.
Hacía once años que ansiaba pisar mi tierra aragonesa. Mi
primer verdadero descanso en tanto tiempo fue en el monasterio de Santa María de Huerta. Por siempre sea bendita.

Los fueros aragoneses me iban a proteger de la persecución regia. Y Aragón podía ser además para mí una buena puerta de salida del reino. Conservaba, por si fuera poco, mis papeles testimoniales por los que era temido. La noticia de mi fuga amargó con seguridad a un Rey que nunca dio la cara. Una cara que yo podía manifestar con facilidad a fuerza de mis pruebas. Al fin y al cabo el Rey no era más que un hombre y sólo tenía una vida: en eso era yo igual que él. No fue en vano su pánico, si bien disimulado, a mi huida, porque yo guardaba el secreto de otras muertes que no debían saberse. Por el contrario, él tenía en sus manos lo que yo más amaba: mi mujer y mis hijos, que se apresuró a tomar como rehenes y que no volvieron a gozar de libertad mientras vivió él. Y no sabía tampoco entonces yo que, por mi causa, no iba a tardar en darse el primer empellón del poder central a las libertades regionales. Es la vida la que nos conduce siempre casi a ciegas. A nosotros desde luego, pero quizá también a ciegas ella misma.

De todas formas yo encontré un Aragón a punto. Era imposible, a esas alturas, que sus Fueros se tocasen sin que la rebeldía brotara desde abajo, fuerte e insobornable. En cierta ocasión yo había oído decir al Príncipe de Éboli, hablando con el aragonés duque de Villahermosa:

—Yo soy lego para meterme en materias de Fueros y, por no hacer pasar a errores grandes, los dejo gozar al que les dará cobro...

426

Y comparaba la facilidad del gobierno de Castilla, a la que llamaba «dehesa donde se apacientan ovejas», con las inquietudes que da Cataluña, donde «se apacientan cabras», y Aragón, donde las cabezas son «particulares y dificultosas». Los temas del Virrey extranjero, los diputados de la Corte de Justicia y todos los organismos defensivos, con todas sus fuerzas, durante siglos y tan diferentes de los castellanos, probaban que la unión de España bajo los Reyes Católicos no había sido más que una broma histórica. Los últimos intentos del conde de Chinchón, que ya me odiaba, habían resultado peligrosos: el nombramiento de los inquisidores Molina Medrano y don Juan de Mendoza, el arzobispado de Zaragoza en manos de su hermano Andrés de Bobadilla, y la equivocación del marqués de Almenara, como gobernador en nombre del Rey, iban a darse de cara conmigo. Y yo con ellos. Sobre todo con el último, que era inepto, petulante y soberbio. Íntimo amigo de Chinchón, que lo impuso, y primo de la Princesa de Éboli, a la que había desposeído, por un mal pleito, del marquesado de Almenara. Enemigo rotundo, pues, mío. Había suscitado una animadversión general. Hasta el punto de que una noche incendiaron su palacio, y él hubo de volverse a Madrid. Fue una lección bastante explícita. Entre otras cosas, porque atizó el fuego del fervor legalista, que sólo hablaba de Fueros y de Contrafueros. Quizá el único que defendió entonces al Rey fue Molina de Medrano, que llegó a ser después un terrible enemigo mío. Sin embargo, Almenara consiguió en Madrid la destitución del Virrey Sástago, y que se nombrase en su lugar al débil obispo de Teruel, que ni pinchaba ni cortaba. Esto último se lo concedió Chinchón para que volviese Almenara a Zaragoza, no sin aceptar su condición de que lo nombraría Virrey en cuanto se pudiera. A pesar de ello, Almenara estaba reticente y vivía en Madrid. Hasta que la noticia de mi huida forzó las cosas, y le ordenaron presentarse en Aragón.

El momento era malo para el Rey, y no sólo allí. Un embajador italiano me había comunicado con sigilo que el estado de las cosas en España no era bueno porque, deseando los pueblos mejoría del gobierno de Felipe II, no les parece que la tuviera ni pudiera tenerla. Hasta en Ávila habían aparecido carteles sediciosos:

—España, España, vuelve en ti y defiende tu libertad. Y tú, Felipe, conténtate con lo que es tuyo, y no pretendas lo ajeno y dudoso, ni des ocasión a que aquellos por quien tú tienes la honra que posees tengan que defender la suya.

Por ello, Rodrigo de Bracamonte fue ejecutado y otros muchos desterrados y perseguidos. Al cura de San Martín, allí en Ávila, que era un gran santo, lo condenaron a galeras, pero murió en Toledo, después de haber quedado manco en el tormento. Tiempos malos, decapitados, en que hasta las dignidades de la Iglesia caían, en lugar de sobre sacerdotes virtuosos y expertos, en segundones, parientes y protegidos de las Casas Grandes, que no tenían de aquello más que el hábito. Y todo por falta de cabezas. Porque, después del Emperador Carlos, que supo rodearse mejor, entre las cabezas que faltaban estaba la del Rey. Y es que, en lo que voy a narrar, quizá obró con razón. Pero también con una contumaz torpeza. De lo que sólo yo podía alegrarme.

La primera noticia que tuve de una reacción suya, apenas conocida mi evasión, fue una nota garabateada, que me llegó más tarde por una extraña vía:

«Hubiese sido muy bueno el prenderle y ha sido muy malo el soltarle... Y bien será que lo secuestren, y pongan a buen recaudo lo que ha ganado y el dinero que tuviere para que no pueda valerse de él.»

Ése y otros lamentos se los dirigía a Mateo Vázquez, *el Perro Moro*, que no le movería la cola mucho más.

Después de Monreal y Bubierca, llenos de amigos, llegamos a Calatayud donde me alojé en casa de unos parientes míos. No quería pasar yo en reinos extraños ni esconderme, sino estarme de manifiesto. En la Corte sabían ya dónde me hallaba. El tinglado judicial entero estaba en marcha. Ocho días después de mi escapada, había una Junta para ocuparse de mi asunto, formada por gente del Consejo de Aragón, presidida por quien presidía también el Consejo de Hacienda, el implacable y pálido juez Rodrigo Vázquez de Arce. Ésta es una prueba de algo que yo ya conocía bien, y de la que me aproveché: la mediocridad de los ministros de Felipe y la ineficaz burocracia que él creara. Se había prendido a todos mis familiares. Se estrechó la prisión de la Éboli con inútil rencor. Se expidieron correos a todas las autoridades de Aragón, y cartas conminativas de Chinchón a Palafox, señor de Ariza; al primo del conde, Manuel Zapata, quien residía en Calatayud; y a Villahermosa, a sabiendas de que tenía muy buenas relaciones conmigo. Aquel Zapata vino a prenderme so pretexto de saludarme. Yo escapé por una puerta trasera, y me refugié en el muy próximo monasterio de dominicos, adjunto a la iglesia de San Pedro Mártir. Por su asedio, tuvo noticia la población de que yo estaba allí, y comenzó el fervor popular, a la vez agobiante y salvador, que me acompañó de continuo los dos años que estuve en esa tierra. Los estudiantes de Filosofía y de Teología, junto con los alpargateros y los menestrales apalearon a Zapata y a su gente. La gestión del torpe de Zapata dio la alarma en Madrid. Yo podía recurrir a la Corte de Justicia, como así sucedió. Por eso mandaron a un tal Cerdán de Alcaraz, que venía de Flandes, porque el viejo gobernador estaba hecho una pena, para hacerme toda clase de reverencias y zalemas, con las que no me conquistó y no consiguió siquiera que me asomase a la puerta, para prenderme allí como quería. Yo me satisfice con escribir al Rey pidiéndole perdón y que me permitiera vivir en paz en un convento aragonés.

«No quiero más satisfacción y defensa que alguna muestra de la gracia de Vuestra Majestad.»

No tuvo a bien contestarme. Yo tenía los privilegios del sagrado, pero no quise aprovecharlos: no había ido para eso a

Aragón. Salí porque me dio la gana. Suponía que la Junta de Madrid había decidido, como en la otra ocasión, sacarme a la pura fuerza del asilo eclesiástico: no habría podido resistir. Pero por fortuna, sucedió de otro modo.

Gil de Mesa, bendito, había ido a Zaragoza a pedirle al lugarteniente de justicia la *manifestación* para mí, es decir, ingresar en la Cárcel de los Manifestados, esa cordura y esa misericordia de Aragón.

—Harto —le dijo— mi señor de grillos en los pies y de esposas de hierro, de celdas tenebrosas y torturas, tan distintas del orden prescrito por las leyes y Fueros de este reino.

Salía yo del convento, cuando en la puerta me detuvo el Veguero del Justicia, que llevaba en la faltriquera mi *manifestación*. Los corchetes de Cerdán se quedaron con las manos vacías, entre los aplausos del gentío congregado que celebraba mi salvación. Allí estaba la ciudad entera: sus sacerdotes, sus estudiantes, los forasteros de mayor calidad y don Juan de Luna, que había sido amigo de mi padre Gonzalo, con sus más de cincuenta arcabuceros. Aquella noche dormí en la casa de un jurado de la ciudad, donde todos los demás vinieron a ofrecerme dinero y gente armada. A la mañana siguiente, en carroza y bien acompañado de simpatías y de fervores, me trasladaron a Zaragoza e ingresé en la Cárcel de los Manifestados, tras un paseo triunfal que me templó el espíritu. Volví a escribir al Rey y a su confesor Chaves, pero con otro tono:

—Por tratarse de la honra de mis padres e hijos y mía, quiero hacer de nuevo advertimiento a Vuestra Majestad de lo que me parece que mucho conviene.

La amenaza se sobreentendía. Otra vez la lucha; pero ésta, cara a cara. Y detrás de Su Majestad y de mí, al fondo, la enemistad entre Castilla y Aragón, con su nobleza y sus vasallos, entre la autoridad y el desorden, entre el absolutismo y la libertad. O, por lo menos, entre lo que representa a una cosa y a otra.

El Rey mandó que su fiscal de aquel reino entablase proceso contra los fugitivos. A mí se me acusaba de lo mismo que en Castilla: Escobedo, engaños al Rey, uso y abuso de los secretos del Estado, falsificación de despachos cifrados y quebranto de cárceles. Ahora el acusador era el Rey mismo, y los delitos, de lesa majestad. Yo traté, escribiendo a todo el mundo capaz, de que ese proceso no continuase. Me contestó el silencio. Entonces comencé, desde la cárcel, mi propia campaña. Recibía a los personajes más cualificados y les mostraba mis papeles. El Justicia los vio y trató de detener el curso del proceso; el Rey le contestó que no creyera en mí, que todo cuanto mostraba y decía era embuste y falsedad. A últimos de junio llegaron a Madrid mis primeras defensas. Pero el día 1 de ese mes se había firmado ya allí mi sentencia de muerte por Vázquez de Arce y otros dos conocidos:

—Muerte de horca, y que primero sea arrastrado por las calles públicas, y después le sea cortada la cabeza y sea puesta en lugar público.

Una bonita perspectiva. Ante esto, preparé la segunda tanda de mis defensas. Pero quería que la leyeran todos y la escribí con abundantes pruebas documentadas y en palabras completas y no con iniciales: el *Memorial del hecho de su Causa*, que llamó todo el mundo *Librillo*. Y, ante la imposibilidad de imprimirlo, traje a la cárcel amanuenses para que hicieran copias que envié a jueces, caballeros, personas de aquel reino y de Castilla, Italia y otras partes. Yo encarecía allí mis sufrimientos, la injusticia sufrida, el encono, mi pobreza, las cicatrices del potro, la separación de mi familia y su reclusión.

—De la sangre que tengo, vive Dios que haría quintaesencia para alivio de esa señora y de esos hijos...

Sé cómo emocionar. Y amenazaba con descubrir secretos más graves que los que allí decía. Sé cómo imponerme.

Uno de los hermanos Argensola, poeta como el otro, cuenta que andaban religiosas y otras personas de mi devoción pidiendo por las casas para mis necesidades, y un cantor popular vino a decirme que, cuando fuera menester, hasta los muertos saldrían de sus sepulturas para ayudarme. Sé cómo atraer.

Los caballeros venían de visita. Todos: los que siguieron queriéndome siempre y los que después se asustaron de estar de mi parte. Diego de Heredia, don Martín de Lanuza, don Juan de Luna...

—En Aragón estará su merced tan seguro como si estuviese metido en la caja del Santísimo Sacramento.

... y el conde de Morata y el de Aranda. Aquélla era la Cárcel de la Libertad. Por eso Almenara me temía y me puso una guardia en una casa frontera. Pero nada era para impedir que yo hablase, no sólo con quienes me visitaban, sino con la gente de la calle, por las ventanas, entre aplausos y vítores. Y escribía cartas a Madrid a quien quería: a mis amigos genoveses o a mi mujer o a Baltasar Álamos, preso aún. Y había cartas de hasta treinta pliegos. Los sobres llevaban la dirección de alguien del Consejo de la Inquisición, y al pie el sello del Santo Oficio de Zaragoza, donde tenía amigos. Al llegar el emisario de confianza, entregaba las cartas a la hermana de doña Juana de Coello, mi mujer, doña Leonor, monja de Santo Domingo el Real, que desde su celda las repartía a los verdaderos destinatarios. Vivía entre una complicidad colectiva. Sé cómo conspirar.

Mayorín, detenido al llegar a Zaragoza, estaba junto a mí. Gil de Mesa se acogió al sagrado del convento de carmelitas, pero desde allí dirigía el cotarro y entraba y salía a su placer. El prior se negó a echarlo y tuvo que venir, con sus achaques de viejo, el Provincial desde Valencia, para destituirlo y expulsar a mi Gil. Pero entonces se ofrecieron para ocultarlo civiles y eclesiásticos. Desde Madrid vino una acusación, de los dos alguaciles que me dejaron escapar, contra Mesa y Mayorín, pero de nada sirvió. Y Pedro Gil González, por menos conocido, jugaba aún con mayor libertad: era el que llevaba mis recados desde la cárcel. Una noche quisieron prenderlo en casa de mi amigo Manuel Donlope, pero gente de la mejor de Zaragoza que allí estaba armó un gran alboroto, y el muchacho escapó hasta el sagrado del monasterio de San Lázaro. Se había perdido todo el respeto a los representantes de la autoridad. Más aún, se acostumbró la gente, noble o baja, a disfrutar riéndose de ellos. Por mi culpa, por mi culpa, por mi gravísima culpa. Sé cómo humillar.

Ante las noticias de Aragón, la Junta de Madrid se vio obligada a escribir al Rey que las nuevas de Zaragoza no eran buenas:

—Los lugartenientes han favorecido poco a la parte de Vuestra Majestad y mucho a la de Antonio Pérez. Sé cómo sacar tajada.

El Rey vio en la calle a su preso y en el extranjero, y perdió el oremus. Decidió retirar la acusación regia, asegurándose primero de que no se me pusiera en libertad. Por eso, antes de separarse de la causa, se introdujo el proceso por el asesinato de los dos astrólogos, Pedro de La Hera y Rodrigo Morgado. Fue una farsa terrible de testigos y familiares comprados que se dejaban ganar por el que lo pretendiese. La gente decía que era el propio Rey quien ponía «la autoridad y la hacienda»: así lo escribió Lupercio Leonardo de Argensola, muy poco sospechoso de enemistad hacia él. Aquellos delitos eran tan inverosímiles que ni siquiera habían figurado en la lista de mis acusaciones hasta entonces. De repente fueron recordados, y se echó mano de ellos. La ratificación en Aragón era, con intencionalidad, de una desesperante lentitud. De Madrid pedían que el preso se trasladara allí. Y, ante la insistencia casi diaria, el conde de Almenara comunicó que ese pleito estaba ya puesto en sentencia, y que no había salido por enfermedad de un abogado: todos enfermaban cuando tenía que sentenciar a gusto de Madrid. Éste concretamente, llamado Bordalba, renunció a su cargo en cuanto lo presionaron. Total, el asunto se demoraba y se desconfiaba tanto de él, que decidieron los del Rey mi traslado a la Inquisición. No otra causa que ésa fue la del motín del 24 de mayo del año 81, cuando se originó un cambio radical en mi proceso. Del caso de los

434

astrólogos no se volvió a hablar. Desde ahora se hablaría con palabras mayores.

El apartamiento del Rey de una causa judicial había sido una sabia medida en contra mía. La justificación, evidente:

—Antonio Pérez se defiende de manera que, para responderle, sería necesario tratar de negocios más graves de los que se sufren en procesos públicos, de secretos que no conviene que anden en ellos y de personas de cuya reputación y decoro se deben estimar más que la condenación de Antonio Pérez. —Y añadía—: Sus delitos son tan graves cuanto nunca vasallo lo hizo contra su Rey y señor, así en las circunstancias de ellos cuanto en la coyuntura, tiempo y forma de cometerlos...

Ésa fue la razón de la retirada de la real persona. Con tal motivo, la incondicional y fervorosa admiración del pueblo hacia mí se multiplicó. Los nobles y principales, frente a esos crímenes de los que se me acusaba antes de apartarse la realeza, dieron un paso atrás: no explícito, pero que yo lo percibí. Así que, separado, mi proceso quedó en suspenso y sin sentencia. Se me mantenía en la cárcel gracias al infeliz Pedro de La Hera, a quien debo repetir, en efecto, envenené con la suficiente habilidad como para que jamás pudiese comprobarse ni con testigos falsos. Pero aquel regio apartamiento tuvo otra consecuencia: dejó al Rey y a su gente con una energía y una variedad de procedimientos incompatibles con la serenidad de un proceso que llevaba el nombre de Felipe II: desde los legales o semilegales a los intentos directos de secuestro y agresión. Ahora tendría que andarme con pies de plomo. La habitual y falsa ecuanimidad del Rey había dejado lugar a la pasión. El cetro se había convertido en espada de ofensa y de venganza.

Primero, se intentó devolverme a Castilla, que según los de Madrid podía hacerse sin herir los Fueros, dado el carácter de los delitos; los abogados de Aragón no se pusieron de acuerdo. Segundo, se intentó restablecer el *Privilegio de los Veinte* para hacer cara a la agitación de los zaragozanos en abril del 91. Pero surgió un escándalo, porque el que lo solicitaba, Almenara, fue quien el año anterior había abolido a la Veintena. Tercero, se eligió el proceso de Enquesta. Se me acusaba de los mismos delitos que en el proceso de Castilla y en el primitivo de Aragón, añadiendo las revelaciones hechas en el *Librillo*, secretos que tenía la obligación de guardar. Mis traiciones podían considerarse como cometidas por un servidor del monarca aragonés, y la vía de Enquesta era, por tanto, legítima. Sólo se pretendía, en el fondo, que fuese condenado a muerte; si no, preso en una fortaleza; en el peor de los casos, que se me desterrara de Aragón, depositándome en la raya de Castilla. Ya se encargarían los realistas de llevarme hasta las manos del Rey.

Me defendí de la Enquesta con altivez: no cabía otra manera:

—Los papeles que podría presentar en este nuevo juicio sobre lo mismo, contarían otras cosas de muchas y más vivas confianzas.

Y le mandé al arzobispo de Zaragoza, hermano del conde de Chinchón, otra carta:

«Que se atajen tantos escándalos; y que si él, bajo secreto de confesión, quiere ver la verdad de lo que se trata, le demostraría la prueba de ello.»

Me dirigí además al Tribunal del Justicia solicitando una firma que me amparase, porque la Enquesta no era vía legal contra mí ya que «no había despachado ninguna cosa ni nunca despaché para ese Reino de Aragón», y porque de los delitos había sido ya juzgado en Castilla.

La Firma o aprobación se me denegó por influencia de Almenara, cosa previsible. Entonces recurrí a otro expediente: denuncié ante el Tribunal de los Diecisiete, al lugarteniente del Justicia, Micer Francisco Torralba, que había negado *la Firma* y entregaba así a un tribunal absoluto e improcedente «a mí, Antonio Pérez, pero también a la libertad de este Reino». De tal forma, identifiqué mi causa con las libertades de los Fueros y los Contrafueros de Aragón: populachero, pero me habían obligado. Torralba se impresionó con mi acusación; se defendía basándose en que dudaba que yo fuese sujeto de juicio en Aragón y, pudiendo utilizar otra vía, la de Enquesta no debía ser usada. Por lo tanto, la Enquesta naufragó. Con ello se dieron cuenta en Madrid de la resistencia que había a aceptar en Zaragoza órdenes reales. A continuación decidieron seguir otro camino, el más nocivo, el que llevó a los aragoneses al mayor disgusto, pero el único en que Felipe II podía confiar allí: la Inquisición, cuya competencia se extendía a todo el Reino de España.

Debo reconocer que di un paso en falso que nunca debí dar. Durante la discusión del proceso de Enquesta, harto de aguantar y convencido de que el Rey no se rendía ni se rendiría, pretendí fugarme. Hay, por tanto, en ese proceso, una Cédula de Adición, por la que se agrega el intento de fuga a las acusaciones iniciales. Fue una inmensa torpeza, que se remedió luego con los entusiasmos populares. El Fiscal tenía varios testigos: mi criado Diego Bustamante, hasta entonces defensor y amigo mío, y tres sujetos que estaban en la misma Cárcel de Manifestación. Fue Bustamante, ese traidorazo, quien contó cuanto sabía. De todos los procedimientos de evasión, nos decidimos por el más vulgar: limar las rejas de mi aposento, que daba al mercado, donde me esperarían los más fieles: Gil de Mesa, Pedro Gil y el alférez Rubio, ya reaparecido. Mayorín lo urdía todo desde dentro, y me relacionaba con él a través de billetes en clave que me traía Pedro Gil. Un par de ellos fueron interceptados y descubrieron el pastel. El propósito reconocido de irme al Bearn, tierra de herejes, fue punto de partida para la nueva acusación que ya se proyectaba, la de la Inquisición. Bustamante, sobornado por Almenara, fue quien suministró todos los pormenores; otros testigos comprados abundaron en ellos. Yo presenté testigos de descargo, pero los compró después Almenara. Reconozco que también los había comprado yo; pero yo lo hice primero. En cuanto a lo de

437

«tierra de herejes» era una evidencia. De no poder ir a Francia ni a Italia, donde, a pesar de ser católicos, o por serlo, eran amigos de Felipe, no me quedaba otro lugar que el Bearn. O quizá los Países Bajos, que no eran seguros y eran también españoles. O, en último término, y algo peor, Turquía. Y también denunció, como agentes míos en el extranjero, a los dos pajes flamencos que me asistían en la cárcel, Guillermo Staes y Hans Bloch, que en efecto, eran útiles y fieles, pero se trataba, más que nada, de pajes de amor. Se comprenderá que era algo que no debía descubrir.

Las represalias fueron grandes: se me pusieron grillos no muy forales, se despidió a mis pajes, no se permitió la entrada en la cárcel de mis íntimos y se tomaron medidas contra los que, desde afuera, me favorecían. Y, lo que era de esperar, se atentó contra mi vida. Fue en otoño de 1590. El impulso era soberano:

«No se debe reparar en la ejecución de la condena, en caso de que no se pueda hacer por vía ordinaria. —Y en otro lugar, si fallaba la Enquesta—: Será bien que se mire todo lo que se debe hacer conforme a lo que se dice y parece.»

No creo que extrañe a nadie que quisiera fugarme de un lugar donde todos tenían mi muerte tan a mano. Primero se trató de eliminarme con veneno. Después se intentó sobornar a Antón Añón, familia del Santo Oficio, pero devoto mío, cuyo hijo era un adolescente que destilaba erotismo y que me llevaba la comida, para que no me la envenenaran. Por fin, el conde de Almenara pagó a uno de Tauste para que entrara en mis aposentos una noche y me dejara definitivamente en el sitio. Tampoco Mayorín escapó a tales tentativas: quisieron pagar al alcaide para que le administrase un hechizo. El hechizo consistía en una barra de hierro que lo dejó vivo, pero descalabrado.

La Inquisición necesitaba por lo menos un leve pretexto para intervenir, por muy desvirtuado y degenerado que estuviese el Santo Tribunal. Santo Tribunal que no tenía inconveniente, si el Rey lo pedía, en prenderme aun no habiendo pecado contra la fe ni contra nada. Lo que le desagradaba era tener que decirlo. Por tanto, prefería inventarse un pretexto. Y, como el pecado no existía, tuvo que imaginárselo con el mayor cinismo. El proyecto de fuga para ir a tierra de herejes serviría. Molina de Medrano, que me odiaba, mandó los papeles al cardenal Quiroga. Qué inmensa tenía que ser la presión real para que el arzobispo de Toledo, Inquisidor mayor, tan afecto a mí, consintiera en que, con tal falsedad, se me acusase y se abriese el proceso. Almenara escribió al Rey, comenzada la información, para que se pudiera intervenir en la Cárcel de los Manifestados, aumentando su seguridad. Todo estaba, pues, dispuesto. Y volvía a ser juzgado por algo que estaba aún más lejos de mí que la inocencia: la acusación de herejía.

El grado de decadencia del Santo Oficio lo llevó a ser utilizado para causas civiles. Y tan distantes de su jurisdicción como la de contrabando de caballos en la frontera con Francia, que se consideraba como una agresión a la fe. El inquisidor Molina, licencioso noctámbulo, con espada y rodela acostumbradas a muchas madrugadas y a muchas cosas de las madrugadas, era un prodigio en hacer obras maestras de la denuncia; y, entusiasmado del encargo que le llegaba de Madrid,

439

le tomó declaración a Bustamante y a otros testigos contrarios a mí, y ellos exageraron tanto como él quiso los términos de mi supuesta herejía. Y así se puso en marcha la máquina devoradora de la Inquisición.

Fernando Arenillas de Reinoso, Fiscal y Secretario de la Suprema, escribió al cardenal Quiroga, en Toledo, para que la información contra mí no la calificase ningún otro teólogo que Diego de Chaves, el confesor real, en presencia del propio Arenillas. Por lo visto, a ambos el examen del informe les pareció «de poca probanza en cosas cuyo conocimiento perteneciera al Santo Oficio»; pero con probanza o sin ella, había que acusar. Cuando se supo la detención de Guillermo Staes, cayeron sobre él, y desde Madrid escribió Vázquez que, con aprobación del Rey, se le apretara. Pero, apretado, es decir, torturado y todo, mi hermoso paje nada dijo contra mi catolicismo. Con todo, el deteriorado Chaves hizo su clasificación formal de herejía. Lo único que me alivió aquellas horas de penas fue la noticia de la muerte del *Perro Moro*, la cual me pareció no mal presagio.

Daría vergüenza leer el dictamen del confesor del Rey. Él era experto en envolver de herejía no sólo a mí, sino a gente por completo santa. Eso no más le ocurrió con el cardenal Carranza, Gran Inquisidor él mismo. De modo que yo me podía dar por quemado si de él solo dependiera. Su oficio más santo era sólo servir al poder temporal. A Mayorín lo calificó de blasfemo herético por proferir, según los soplones de la cárcel, expresiones como «Pota de Dío» o «Pota de Madonna». Y uno de mis cargos más fuertes era que, al parecer, en cierta ocasión dije:

—Si Dios Padre se atravesase en medio, le llevaba las narices a trueque de hacer ver qué ruin caballero ha sido el Rey conmigo.

Fue, según él, una proposición blasfema, *piarum aurium offensiva*, porque cae en la herejía de los badianos, que creen que Dios es corpóreo y con miembros humanos. O sea, que el padre Chaves estaba especializado en convertir grotescas nimiedades en acusaciones terribles. Y como consecuencia, Mayorín y yo debíamos ser trasladados a las cárceles del Santo Oficio. Eso fue el día 24 de mayo al que aludí.

Nos sacaron muy de mañana de la Cárcel de los Manifestados, pidiendo el Veguero del Justicia al Alcalde que le fuéramos entregados. Y así se hizo con quietud y sosiego. El nuncio ordinario del Santo Oficio quedó en nuestros aposentos haciendo su ruin inventario. Pero este trámite no se concluyó, por lo que ahora diré. Todo el ir y venir era pura comedia. El Justicia y su lugarteniente habían sido forzados por Almenara. El momento era malo, porque la gente sabía que todo se basaba en inventos y falsos testimonios. Pero el equivocado Molina de Medrano ordenó nuestra súbita entrega para que, cuando el pueblo la percibiese, estuviéramos ya en la Aljafería, sede del Santo Oficio. Se había pasado, en su fuerza mal usada, ordenando a la Corte del Justicia que mandara revocar y anular nuestra *manifestación*, que nos dio entrada en aquella cárcel: lo cual hirió a los aragoneses, porque tal privilegio suyo podía sólo suspenderse, pero no anularse, y aun así en casos graves y probados. El día 23, para comunicarlo y ordenarlo, fueron algunos caballeros a la Cárcel de los Manifestados, pero los ministros de la Inquisición les dieron con la puerta en las narices diciéndoles que ya no era aquélla Cárcel del Justicia de Aragón, sino del Santo Oficio. Tal fue el disparadero. Yo conocía lo que había de pasar y envié a Antón de Añón, mi criado, a visitar a don Diego de Heredia: él se encargó de comunicar el hecho a los demás amigos y al pueblo entero. Al pueblo, que se fue reuniendo poco a poco, clamando que aquella entrega se hacía sin apoyo en la ley. El Justicia les leyó el mandamiento.

—Todo está en regla —dijo.

La marea no dejó oír su voz. Nuestra entrega era un contrafuero y un atentado a las libertades. La muchedumbre que ya había gritado «¡Traidores!» a Almenara, al Justicia y a sus lugartenientes, gritaba «¡Libertad!» mirando al cielo. Era difícil, o mejor, imposible, hacer algo ni dar explicaciones a un mar embravecido. La gente sabía que mi acusación, por causa de la fe, se basaba en acusadores y testigos malhechores y condenados de la cárcel, que ya habían confesado quién los sobornó y las dádivas y promesas recibidas. De las manos de Almenara que estaba allí precisamente... De pronto tocó a rebato la campana de la Seo, rebelando aún más a los rebeldes, y se alzó, como un chorro de ira, un clamor vindicativo. La multitud, que parecía saber lo que tenía que realizar, se dividió en dos grupos: uno, que atacó la casa de Almenara; otro, casi de tres mil personas, que fue a la Aljafería.

El primero, formado por el indispensable Gil de Mesa y varios caballeros principales que, con Pedro Gil, dirigían la turba, encontró cerradas las puertas de Almenara, y a los criados, que pasaban de treinta, encabezados por Zorrilla, el secretario, dispuestos a no abrirles. Un muchachillo, Gaspar de Burces, a quien llamaban «el Burcesico» se acercó al Justicia, con un invento repentino y oportuno, para pedir la *manifestación* de un hermano suyo, que estaba retenido en casa del marqués de Almenara y expuesto a malos tratos. Micer Torralba le proveyó de la *manifestación*. Pero los de la casa, que sabían lo que les esperaba, la mantuvieron cerrada, y arrojaban piedras desde ventanas y balcones. Eso se tomó como desacato al Justicia. Y la furia de la muchedumbre se multiplicó. El marqués mandó a buscar al Justicia para que lo protegiera, y éste llegó acompañado de sus dos hijos y sus lugartenientes, calmó más o menos a la multitud y entró en la casa con un notario y con el Burcesico. Ni estaba su hermano allí ni podía estar, como era evidente. Así lo dijo el Justicia desde un balcón.

—Tírenle piedras. Tírenle, que tan traidor es él como el marqués.

Al Justicia, viejo y achacoso, le acometió el pánico. Ordenó que el marqués se escapase horadando una pared medianera.

Pero Almenara aseguró que no huiría, porque nadie de su linaje lo había hecho jamás. El Justicia Lanuza preguntó a los amotinados qué querían.

—Que se aprese al marqués —contestaron—. Y a sus criados, que han resistido a nuestra autoridad.

Y el Justicia les entregó a los presos, creyendo que así los salvaba. Se exigió que Almenara y el conde de Belchite fuesen a pie, después de desarmarlos a ellos y a los criados. El orgullo de casta perdió al marqués: nadie se salva, por la cárcel, de un motín. Por mucho peto y espaldar que se ponga. El Burcesico salió al balcón y, entre sonrisas, avisó que ya lo habían cumplido. Los amotinados echaron abajo las puertas de la casa, y entraron, mezclados todos, frailes y estudiantes, tropezando con los que ya salían, el guapo y traidor Bustamante entre ellos. Alguno de los revolucionarios pretendió con la espada abrirles paso. Pero la multitud, animada por Gil de Mesa, comenzó a hostigarlos. El Justicia cayó al suelo. Torralba, el lugarteniente, invocó la condición de preso de Almenara para salvar su vida. Fue una mayúscula confusión. Los caballeros se habían ido. Algunos amotinados trataban de proteger a los detenidos. Llovían las piedras, los empujones, los golpes y, al fin ya, las estocadas. Almenara recibió una en la mano y dos en la cabeza. Alguno de los dos Giles míos intervino. Cuando llegaron a la cárcel Real, Torralba tuvo que pedirle al orgulloso marqués de Almenara que se arrojase al suelo, para parar los golpes y entrar en ella a rastras. Pidió, con el máximo abatimiento supongo, misericordia y confesión. Entró por fin, libre de los revolucionarios, en la cárcel. Pero murió, de humillación supongo, catorce días después. No se perdió gran cosa. Incluso su muerte fue muy celebrada.

Entretanto, el segundo grupo había llegado a la Aljafería. Pero como prueba de buena voluntad, en el sótano había un arcón agujereado dispuesto para trasladarme escondido a Madrid. Contra eso, para impedir el rapto y rescatarnos, llegaron señores a caballo y varias carretas con leña para que-

443

mar el edificio si preciso fuera. Allí se juntaban dos razones por encima de cualquier razón: el amor a los Fueros y el amor por mí, que se habían contagiado los unos a los otros, símbolo yo de lo que ellos defendían. Y había otro motivo: el odio que el pueblo de Aragón, no diferente a otros en eso, tenía al Santísimo Tribunal. No me habría extrañado que hubiera alrededor de aquel palacio una alta asistencia de conversos, con encono muy largamente reprimido. Si bien he de recordar que Gil de Mesa no era converso, sino cristiano viejo y muy representativo del pueblo que le seguía por eso, y, sin embargo, llamaba al Santo Oficio «tribunal de maldades y de tiranías, tribunal de demonios».

Al tiempo, en el palacio arzobispal se habían reunido el Virrey obispo y el Zalmedina de Zaragoza, un Galacián Cerdán. Decidieron que lo único sensato era devolvernos a los dos presos a la Cárcel de los Manifestados. Para gestionarlo entró don Andrés Jiménez, el cohibido obispo de Teruel, chillando:

—Vengo como uno de vosotros, no como obispo ni como Virrey.

Hubo idas y venidas. El arzobispo de Bobadilla, hermano de Chinchón, mandó tres billetes seguidos, pidiendo nuestra devolución. El segundo lo llevaron los condes de Aranda y de Morata. El tercero, don Juan de Paterny, que había asistido a la paliza del representante del Rey, Almenara, en la cárcel real. Nunca había sido discutida la autoridad de la Inquisición. Hasta entonces. Los preparativos de la gente saltaban a la vista; querían tirar las puertas e incendiar el palacio.

—Dejen sus mercedes un momento de ser inquisidores para poderlo ser después toda la vida —les dijo Paterny a los miembros del Santo Oficio.

Pero quizá lo que les convenció fue el estruendo de fuera. Y aceptaron entregarnos con la condición de que quedásemos en la Cárcel de los Manifestados, pero sometidos a la jurisdicción inquisitorial.

Salimos con los condes y el Virrey. Y la gente, enardecida,

impidió que yo montase en carro alguno. Me montó sobre el caballo blanco que Aranda había traído. La muchedumbre se subía a los estribos y me besaba las manos, me besaba los zapatos y me palmeaba los mulsos o las piernas. Fue volar entre nubes. Yo saludaba a todos con la palabra con que ellos me aclamaban: ¡Libertad!

Cuando ingresamos, mucho después, en la cárcel, me obligaron a asomarme a la ventana, a quitarme el sombrero, a agitar un pañuelo en la mano, a dar las gracias a los amotinados que me aclamaban como a un ídolo. Yo pensaba en el Rey, que no había sido nunca, ni un minuto siquiera, tan querido.

Supongo que cuando recibió noticia de lo sucedido, dos semanas después de la muerte de su gobernador Aranda, fue cuando decidió —tarde lo hizo, como siempre— invadir el Reino aragonés con tropas reales y hacer rodar, con la cabeza del Justicia, que ya era el hijo mayor del de entonces, que enseguida murió, el honor de los Fueros. Trabajo y discusiones le costó. Y además no me halló donde esperaba.

Me había transformado en un peligroso agitador de multitudes. Guardado por la Inquisición en una cárcel distinta de las suyas, protegido de un pueblo en plena rebelión. Una rebelión que llevaba consigo, guardada en el corazón, varias generaciones. Yo no tuve más que meter fuego a ese pasto seco, y esperar a que los desaciertos de Madrid hicieran lo demás. Y es que la jornada del 24 de mayo había quebrantado las tres autoridades intangibles: la del Rey, la del Justicia de Aragón y la del Santo Oficio. Mal arreglo tenían después de haber sido tan sacudidas. El día 10 de junio se había designado fecha de la Jura de los nuevos diputados, un mes antes elegidos. Representando a la nobleza iba el conde de Fuentes, hermanastro de mi Diego de Heredia, pero monárquico y circunspecto. La presión popular era tremenda. No fue a jurar. Se eligió en su lugar al conde de Sástago. Tampoco fue. De la tercera elección salió don Juan de Luna, muy amigo mío, con apellido libertario y aplaudido por todos. Era un caballero de autoridad y carnes; muy cuerdo y verdadero y bienintencionado respecto de las leyes. Le debía favores a mi padre Gonzalo, y supongo que a ello debí yo los suyos. A eso y a que era fanático de los Fueros, y confundió su causa con la mía. Felipe II no lo perdonó. Qué difícil perdonar al amigo que se cambia de acera. Le atormentaron en Santorcaz hasta hacerlo papilla; acusó a quien sus verdugos le dijeron; le llevaron al cadalso en Zaragoza; su cabeza rodó, blanca de cara; y estuvo clavada

446

sobre la puerta de la ciudad hasta que mandó descolgarla el nuevo Rey, otro Felipe.

Poco después de la Jura, yo empecé a actuar. Acusé a los testigos contrarios a mí. Varios de ellos eran criados de Almenara, tres afirmaron que habían sido empujados por su señor y la Inquisición. Ésta quedaba señalada como sobornadora y levantadora de falsos testimonios. Los demás acusados presentaron, a su vez, otras acusaciones contra amigos míos, que habían sido a su vez sobornados por mí. Los testigos, por tanto, estaban en compraventa en el mercado, como uvas o manzanas. Pero los comprados contra mí, para ajusticiarme, eran más responsables que los que para salvarme compré yo. De cualquier modo, yo tenía que apuntar más arriba y todo alrededor. Necesitaba seguir contando con el pueblo a cualquier costa. Tenía que provocar el motín contra una autoridad en quien nadie creía. Y debía probarlo a grito limpio. La demagogia tendría que salvarme.

Los resortes que hube de tocar eran patentes: mis amigos, es decir, aquellos a quienes tendría que contar mis persecuciones, oficiales, labradores y gente del común; la Iglesia, con su influencia delicada y esencial en España: sacerdotes y frailes que me defendieran desde el púlpito, monjitas que rezasen y movieran a piedad a sus beatas; y mi gracia y mi índice para señalar los fallos de la Corte, de las autoridades, del señorío heredado y cruel tantas veces. Para esto último inventé unos papeles o pasquines que se pegaban por acá y por allá, con versos subversivos o con frases acusando a la gentecilla de la Corte y también, cosa insólita, contra la Inquisición. La gente, candorosa y hastiada, se encargó luego de hacer mi propaganda. Se trataba de arengas, de sátiras simpáticas, de versos insultantes y fáciles, que yo componía en mi prisión. Y que mucha gente también inventaba y aplaudía, incluido alguien que me traicionó luego, como Basanta, un gramático que iba a mi celda a conversar conmigo para agilizar mi latín y mi griego. Ya me previno contra él Mayorín, porque era hijo de

447

comunero y posible que me diera un veneno en la sopa; pero su traición no vino de ese lado. Qué duro es tener que desconfiar de todos: de quien te sonríe, de quien te toma del brazo y te estrecha la mano, de quien te mira a los ojos y sonríe diciendo que defiende tu causa... Qué solo he estado a veces. Pero me quejo mal, porque siempre estuvo conmigo quien me oye ahora mismo y escribe estas palabras de acusación, Gil de Mesa, mi amigo.

Basanta declaró primero a favor mío. Cuando me hube fugado, sin embargo, hizo las más graves acusaciones contra mí, entre ellas la de sodomía. Lo hizo para defenderse, pero no le sirvió. Lo acusaron de haber colaborado en mis papeles públicos, en los pasquines que en la cárcel escribíamos. Fue desterrado del Reino para toda la vida, y los primeros cinco años, condenado a galeras: de gentilhombre, o sea, sin sueldo. Todos estos juzgados y condenados después de mi fuga, lo fueron por la ira de no haberme tenido a mí en sus manos, ni haberme ahorcado, ni haberme despreciado. De alguna forma pagaron en mi nombre y debo perdonarlos. Pero no me es posible.

Yo comprendo que mi combate anti-inquisitorial tuvo diversos frentes. Los pasquines que divertían y exaltaban, las amenazas y agresiones que sembraban el terror; pero también se ofrecían razones comprensibles en contra: que la Inquisición sólo podía reclamar a reos formalmente acusados de herejía, sólo a ellos; que la *manifestación* y su cárcel existían desde mucho antes que la Inquisición; y que la vigencia de ésta en Aragón se fundó por un tiempo limitado, que había expirado ya. Mi caso puso de manifiesto debilidades de la época, ya antiguas: la falta de la autoridad de los ministros, el atrevimiento de los sediciosos y el pánico de la población, que se ofrecía a quien más seguridad le ofreciera y que se transformaba en osadía. El partido que se formó con mi pretexto y en torno a mi nombre trataba de separar el Reino aragonés de la Monarquía española, convirtiéndolo en República, al

448

estilo de las ciudades italianas, como Venecia o Génova, y bajo —quizá— la protección del príncipe de Bearn, la misma que yo busqué a continuación. Y esta especie de fervor separatista no era sólo un disparate del pueblo, sino que estaba amparado por la nobleza y por la Iglesia. Baste observar sobre quiénes recayó enseguida la venganza del Rey.

Yo sé que quien mantenía este alzamiento era, en definitiva, yo, y por mi propia conveniencia. Pero no estaba solo. Es cierto que los nobles de gran categoría se habían retirado a partir de la separación del Rey o del motín de mayo, aunque algunos seguían actuando en la sombra. Pero mis partidarios eran más los señores e hidalgos, o los barones como Diego de Heredia, Martín de Lanuza, don Pedro de Bolea, don Juan de Luna y Manuel Donlope. Aquí quiero dejar sus nombres luminosos. Ya entonces el pueblo los llamaba «los caballeros de la libertad». En torno a ellos actuaban otros no tan conocidos, por su menor categoría o porque tuvieron menos ocasiones de manifestarse. Entre ellos, cuyos nombres bendigo, estaban Gil de Mesa, Pedro Gil González, Juan Rubio, Jerónimo Martínez... Venía detrás una muchedumbre de monjas, de clérigos y frailes que eran míos por ser fueristas. Después, el pueblo de Zaragoza entero, gran parte de él capitaneado por el glorioso peraile, Pedro Fuerte, ejemplo de entrega y de autenticidad. Y también los de fuera: lacayos capaces de todo, forajidos huidos de cualquier parte, franceses, gascones más que otros, que cruzaban una y otra vez la frontera y servían de mensajeros. Y lo mismo puede decirse de los moriscos y los judíos conversos, que se amotinaron por los mismos motivos que los cristianos viejos.

¿Cómo no agradecer la compañía y el valor de este insensato ejército? Insensato porque el único que podía sacar algo de tal estado de sublevación y de inquietud era yo: sólo una revolución me podía salvar, y de un modo egoísta, como el náufrago que se agarra donde puede, la provoqué pidiendo sus ayudas. Que una política de fuerza iba, antes o después, a llegar de Madrid, era una evidencia; yo quería que llegase cuando ya no estuviera. Porque quien se encontrara delante de ella, incluidos los Fueros, iba a ser aplastado. Mientras en Zaragoza se gritaba, el ejército real mandado por Alonso de Vargas, con el falso pretexto de una posible ayuda a los católicos de Francia frente a los hugonotes, se concentraba en Ágreda, al pie del Moncayo. Eran los más oscuros días del oscuro reinado de Felipe. Sólo habían pasado tres años desde la Invencible arrasada; la supremacía naval era ya inglesa; Portugal, al que aún aspiraba el prior de Crato, el emigrado que, por torpeza de quien gobierna, perturba y es un recordatorio de la independencia; los turcos, con los restos de Lepanto, tocaban sin cesar las costas mediterráneas; Flandes no se solucionaba, y había que darlo por imposible; la intendencia española en las guerras civiles de Francia se agravaba por la rápida ascensión del nuevo Rey, Enrique IV, el de Bearn, después de afirmar, para tener la fiesta en paz, que París bien valía misas... Es decir, España, una vez más, había apoyado al perdedor. Las circunstancias eran las peores para tener pleitos internos. Por eso el de Aragón hubo de resolverse con prisa, con injusticias y con mano de hierro. A Felipe le costaba reaccionar; pero, cuando lo hacía, se asalvajaba y se metía en sí mismo lleno de odio, porque tenía la astucia del tímido, y tomaba las precauciones del cobarde, y una y otras se revisten siempre con el aspecto de prudencia.

¿Qué fue lo que hizo? Primero, consultó los datos sobre el motín de mayo. Y dedujo que yo tenía que volver a la cárcel de la Inquisición para restaurar su autoridad; y que había que castigar a los responsables tanto del motín como de la muerte de Almenara. Pero había que hacerlo todo con suavidad y lentitud: que el pueblo se convenciese de la legalidad y que diera tiempo a pensar las medidas del castigo. Después, que se leyese un *Motu proprio* de Pío V condenando a los que no se sometiesen a la Inquisición. Así se hizo. Fue contraproducente. Unos se acongojaron; otros, se sublevaron. La gente se agolpó en la plaza de La Seo. Los diputados y jurados escribieron al Rey quejándose de la imprudencia de los inquisidores que amagaban otra vez la paz pública. Fue gente de sangre y voluntad limpias la que hizo esta primera manifestación de impopularidad del Tribunal: un Tribunal que en España nunca se pudo ver y que en Aragón alcanzó un notable aborrecimiento. Tal reacción contra el Santo Oficio, al que se había considerado eje de la vida española, asustó a bastantes notables y caballeros, que se pasaron al bando del Rey. Se reunieron en el monasterio de Predicadores y les pidieron a los diputados que manifestasen su adhesión a través del Virrey, pero, eso sí, que no se tocasen los Fueros, muy en especial en cuanto a su referencia a la devolución de presos a las cárceles de la Inquisición. Por esta causa se formó la Junta de Trece, para que informara si había contrafuero. La Junta dictaminó que la *manifestación* no se anula nunca, pero sí puede suspenderse, y que la entrega de los presos no iba contra los Fueros. En consecuencia, la Inquisición se dispuso a solicitar de nuevo y formalmente mi traslado y el de Mayorín.

Caminaban las cosas hacia días de paz, que a mí me eran contrarios. Los caballeros, los diputados en las casas de la Diputación, los desagravios a la religión y al soberano... Era necesario levantar más que nunca la voz de la calle, la de los hidalgos segundones e inquietos, la de los perailes, labradores y criados seguidores de Fuerte. Muy poco después hubo una junta en casa del Virrey para preparar los ánimos en vista de la inmediata vuelta nuestra a la Aljafería. Acudieron los duques y condes y muchos caballeros. Deliberando estaban, cuando llegó la noticia de que las mujeres del mercado, los labradores y los menestrales andaban alteradísimos, vitoreando a la libertad y protestando contra las juntas en casa del Virrey. La tensión aumentaba ante la puerta de ella. Y también se cedió: se invitaron a la junta a los representantes del pueblo, que se mostraron razonables, menos los labradores (que, según Argensola, son más cultos y valientes que en otras partes de España y muy celosos de sus leyes): ellos se mantuvieron en su postura y dijeron mil desvergüenzas de los diputados y de los abogados, y que además estaban dispuestos a darles garrote. Los amé. En la Diputación, en otra junta, irrumpió Diego de Heredia, y se recrudeció la campaña de pasquines y amenazas. Sástago, Morata y Villahermosa recibieron anónimos sabrosos, a los que yo no fui del todo ajeno... Todo en fin se agitó. Lo suficiente para que el traslado, que iba a hacerse el 20 de agosto, se pospusiera. Fracasaron los medios pacíficos, incluso el que me proponía que yo, espontáneamente, pasito a paso, me mudara de cárcel. En Madrid puedo imaginar lo que se pensaba: que las autoridades de Zaragoza eran débiles; el pueblo, hostil; y los nobles, aun los más obligados, con muy poquito ímpetu para servir al Rey. Mucho se habló de enviar al soberano una embajada. En eso todos se acordaron; pero no en el contenido de la misma ni en los embajadores. Furiosos todos, sí; pero, ¿hasta qué punto? ¿Hasta el de plantarle cara al Rey? ¿Hasta proponerle sólo agravios y soluciones? Al fin no hubo embajada: en ese sentido opiné yo. Y sólo se mandaron unas cuantas peticiones y palabras, palabras, por escrito, como a él le hacían falta. No fueron bien recibidas. Y apresuraron los preparativos militares.

Por descontado el Rey siguió escribiendo cartas afectuosas a las autoridades; pero ya no se fiaba. Se había formado en Madrid una Junta nueva presidida por el cardenal inquisidor, mi amigo Quiroga (si lo era todavía), pero formada por una gente atroz, como Rodrigo Vázquez de Arce y Diego Chaves, más dos inquisidores, dos consejeros de Estado y tres consejeros de Aragón. Supe la existencia de ese alto enemigo en contra mía. Y supe que la solución era tomar de nuevo las de Villadiego, porque no habría piedad. La Junta, a finales de agosto, propuso al Rey un plan de represión. Planteaba éste dos problemas: si mi traslado era o no contrafuero (los letrados aragoneses habían dicho que no) y si un ejército extranjero (castellano en este caso) podía entrar en Aragón.

Los Fueros precisaban que sólo en caso de necesidad grave, y aun así como ayuda de las tropas regionales mandadas por un capitán aragonés, y dependiendo éste de los jefes forales. Felipe prefería cargarse todo con todo miramiento.

Sobre el primer punto todos estuvieron conformes: yo tendría que volver a la Aljafería. Es decir, en la Inquisición o muerto. O las dos cosas. Sólo el cardenal Quiroga, en recuerdo de tiempos mejores, no aludió a la propuesta de matar a los presos en la cárcel, cosa a la que el propio Rey era muy aficionado. Aunque era más aficionado aún a que se lo aconsejaran previamente. Sobre el segundo punto, había discordancias. Unos opinaban que un ejército extranjero era imprudencia; otros, que el Rey fuera a Zaragoza para, como una tisana milagrosa, apaciguar los ánimos. Los consejeros castellanos votaron, aprovechando que el Virrey y el gobernador confesaban no tener fuerza para administrar justicia, que entrara allí, por las buenas o por las malas, el ejército real. Quiero dejar constancia, porque conocí al pormenor esta reunión y sus opiniones, que la del duque de Alba a quien jamás quise ni respeté fue la siguiente: que la insurrección de Aragón ante las tropas reales sería total; que los catalanes se alzarían en su ayuda; y que Enrique de Bearn invadiría el Reino. Una opinión tan optimista como profética: un churro en ambos casos. Felipe II, al final de la reunión, nadó y guardó la ropa:

—Mi intención es guardarles sus Fueros, y no consentir que los quebranten los que, con voz de guardarlos, son los que más los contravienen.

Todo este ir y venir, decir y desdecirse, lo que buscaba era tiempo para dejárselo a la formación del ejército que se preparaba. Entre otras cosas, porque Alonso de Vargas, su comandante, estaba enfermo, y le apetecía más, como escribió, «tratar de componerse con Dios que tratar con la soldadesca».

No por otra razón que la de dar tiempo se demoró la invención de los argumentos de mi herejía. Ya he dicho que el punto de partida era la intención de huir a reinos heréticos, con las ampliaciones del falso y bellaco Molina de Medrano. A continuación se abrió un expediente sobre el motín del 24 de mayo. Para ello se creó un tribunal en Madrid, auxiliar del de Zaragoza (la de órganos que se habrán creado en contra mía), y se acumularon testimonios de gente que pasaban a la primera ciudad desde la segunda con afirmaciones adversas, acusándome libremente, sin que el miedo a mis muchos amigos les coartara el testimonio ni la lengua. Allí salieron, por supuesto, el texto de gran número de los pasquines. Y todos los que se desdijeron en Zaragoza como componedores de falsos testimonios, en Madrid volvieron a acusarme: el tribunal de allí estaba bien dispuesto a aceptar todos los «donde dije digo digo Diego». La Inquisición pagaba.

Yo, en mi cárcel entretanto, meditaba. Después del mediodía del motín de mayo se preparaba un duro atardecer. Lo veía venir. Mis demandas al Justicia no se resolvían; la nobleza vacilaba o negaba; el 4 de septiembre escribí a los diputados una petición angustiosa ante su desentendimiento. Y todas esas peticiones tenía que presentarlas yo porque me faltaba quien se atreviera a defenderme o a firmarme un memorial. Se me cerraban tantas puertas que la única que me pareció algo entreabierta fue la de la cárcel. Pero las autoridades sospecharon. Ya antes se había corrido el rumor de mi amistad con Arantegui, mi carcelero. Y alguien se lo comunicó a la maldita Junta de Madrid. Se extremaron y doblaron las precauciones: no era mi fuga sólo, era que me llevaba los papeles y eso significaba un atentado fatal contra el Estado. El 9 de septiembre, el Virrey supo por una confidencia que iba a escaparme y que ya se habían limado buena parte de las rejas. El buen obispo quiso avisar al Justicia, pero estaba en Plasencia. Regresó lo antes que pudo. Se presentó en la cárcel. Comprobó que la reja que daba a la Puerta de Toledo estaba con los barrotes casi comidos, aunque restaurada su apariencia. Y se halló la cuerda de seda y cáñamo con que iba a descolgarme. Me trasladaron al aposento más seguro; me pusieron cuatro arcabuceros, y otros más, hasta treinta, repartidos por sitios estratégicos. Cuando el Justicia salía de la cárcel, después de estas medidas, el pueblo y las gentes del mercado le vocearon, maldiciéndolo. Eso le impresionó de tal manera que tuvo que acostarse en llegando a su casa y nunca más se levantó vivo de la cama. Murió, según se dijo, soñando haber sido citado por el preso, ante Dios, dados los rigores de agravios recibidos. Un servidor de vuesas mercedes habría sido incapaz de maldad semejante. Entre otras cosas, por falta de ocasión.

Mis amigos trataron de probar que los barrotes estaban limados, desde hace tiempo, por un preso anterior en doce años. Pero Basanta los desmintió: él, que me había ayudado en el trabajo que desarrollaba yo de noche, mientras Arantegui procuraba no despertarse. También este traidor dio la clave de las cifras de las cartas que me comunicaban con el exterior. Parece que, inquieto por su proceder, se confesó con el padre Escribá, un jesuita que, sin respetar el secreto de confesión, lo trasladó al Virrey y éste al Justicia. Mayorín me había hecho un horóscopo. Afirmaba que en la luna de septiembre se terminaban mis trabajos. Pero yo confiaba, en verdad, más en algunos hombres que en los astros: en Gil de Mesa sobre todo. Y él me había jurado que no me abandonaría. De noche, sus gritos y silbidos me acompañaban, y a mis oídos se confirmaba su promesa: matarme antes de verme en manos de la Inquisición. Ésa era entonces mi mejor esperanza. Pero otra cosa estaba en la mente de Dios. Si es que Él me tiene en cuenta.

Seguros de sí mismos, el Rey y sus ministros y la Junta de Madrid y las autoridades de Zaragoza, con el apoyo de la nobleza, de las ciudades y de las universidades del reino, habían resuelto nuestro traslado a la Inquisición el día 24 de septiembre. Alguien envió anónimos, al Virrey y a otras instancias, advirtiendo que se aplazase todo porque se tramaba una gran revuelta de fueristas. Pero el Regente de la Chancillería se negó. Esto sucedía el 23, y ningún pormenor se omitió para que no se frustrara de nuevo el traslado. Había unos dos mil hombres colocados en los puntos de mayor riesgo. Se tomó la plaza del Mercado. Se cerraron las puertas de la ciudad, dejando dentro a los labradores. Se cubrieron con carros las bocacalles. La gente estaba tensa...

Ya era el día 24. De repente, un muchachillo, sobrino de un jurado de la ciudad, gritó con voz chillona «¡Viva la libertad!». Un tiro lo mató. La noticia corrió de boca en boca... Entre las diez y las once de la mañana se repitió el ceremonial de hacía cuatro meses. Sólo el Justicia era distinto; pero hasta su nombre, Juan de Lanuza, era idéntico. Compareció con su lugarteniente, y a ellos el secretario del Santo Oficio les presentó las Letras, reclamando a los presos. Micer Gerardo Clavería leyó, en audiencia pública, la sentencia que se conformaba con la entrega. Hubo una aquiescencia sin excepción ninguna. Luego comparecieron en casa del Virrey, donde estaban reunidos el Consejo Civil y el Criminal, el Regente de la Audiencia y los cuatro cabezas de la nobleza: Villahermosa, Aranda, Morata y Sástago, los cuatro armados de pies a cabeza. Juntos todos, se dirigieron a la Cárcel de los Manifestados, bajo las miradas de antipatía de la multitud. A retaguardia sonaron unos vanos arcabuzazos. Yo miraba, tratando de ver a Gil de Mesa, bien dispuesto a morir a manos de mi amigo. Ya en la plaza los caballeros se situaron en los balcones de las casas frontera a la prisión, para presenciar y autorizar la ceremonia. Entraron en la cárcel, bajo mazas, un lugarteniente, un diputado y un jurado. Nos hicieron comparecer a Mayorín y a mí. Nos colocaron grillos en los pies. Nos acercaron a los coches que habían de llevarnos a las cárceles del Santo Oficio... Y fue en ese momento cuando estalló el mundo entero. Sólo recuerdo la sonrisa de Mayorín, que me miró, seguro de su horóscopo. Yo no lo estaba tanto. Pero el motín había vuelto a inundar la plaza como una enorme tempestad.

Mis secuaces habían trabajado en silencio. Ahora tenían mayores y más cuantiosos enemigos. Pero también eran mayores su entusiasmo y su fe. La causa era la de los Fueros, que estaban por encima de todas las obediencias y cualquier escasez de recursos. Si no me sostenían a mí, caería todo su afán por tierra. Todo era mantenido por la lucha común. Ante esta turba ardiente, cundió una secreta complacencia de casi todas las autoridades. Mis amigos más cercanos no se habían dejado tentar por la desilusión y menos aún por el temor al fracaso. Y, a fuerza de buscar ayudas, consiguieron la de un desentendido, don Juan de Torrellas, yerno de Sástago, a quien el conde de Luna creo que acabó llamando «caballero de la brigada y compañía bandoleresca». La noche anterior, en su casa, se concertó aquel plan. Gracias le sean dadas desde aquí.

El coche que había de llevarme a mí tardó en encontrarse, porque nadie se prestaba a alquilarlo. Luego supe que el que, por fin, se consiguió, que era de cuatro mulas, tenía la orden, si la gente ofrecía resistencia, de continuar hasta la raya de Navarra, desde donde me llevaría hasta Castilla. Gil de Mesa, el día anterior, había instalado un mosquete en el cabo alto de la plaza del Mercado, bajo unos cobertizos. Disparó apenas el gentío detuvo el coche. Cayó una mula muerta y otra herida; las otras dos las remató la gente. Las cuatro fueron descuartizadas e incendiado el carruaje: con razón todos se negaban a prestarlo. Don Martín de Lanuza y don Diego de Heredia irrumpieron entonces gritando «¡Libertad!», y atacando a la tropa. Con las primeras heridas se enardeció la sangre de los amotinados. El Gobernador, que reconocía las calles vecinas, llegó entonces con sus guardias a caballo. Ellos y sus monturas fueron despedazados. Hasta el Gobernador recibió arcabuzazos que se estrellaron contra su armadura. Entre los monárquicos y las autoridades se produjo la desbandada. Unos soldados huyeron y otros se unieron a los revoltosos, por llamarlos de una suave manera. Los que miraban, en la casa frontera, desde los balcones, quisieron huir a través de boquetes en las paredes confinantes, camino de la casa de Villahermosa, la más próxima y segura. Toda la cobardía encopetada se vio allí aquella mañana. Yo vi, y me fijé mientras todo se alborotaba a mi alrededor, cómo un hombre de pueblo, a pescozones, desarmó a un caballero lleno de galas, bien armado y con dos pistoletes que parecían de oro. Le arrebató las sortijas que llevaba y luego, de una buena patada, lo mandó a dar paseos.

—Qué español es todo esto —recuerdo que pensé.

Condes que se acogían a la bondad y protección de sus lacayos; labradores que mataban en nombre de una idea y robaban después; gentes honradas que expusieron su vida por salvar la de sus enemigos... Y, terminado todo poco tiempo después, recibieron la cárcel y el cadalso sin que nadie diera ni un paso por ellos.

Apenas concluida la batalla, empezó el gentío a pedir mi libertad. A mí me habían devuelto a la Cárcel de los Manifestados, y los ministros que tenía en torno mío me rogaban que me asomase a una ventana para tranquilizar al pueblo desbocado. Yo estaba entre el temor de que cualquiera de ellos me matara dentro, y el de que, si me asomaba, me disparasen desde fuera. Porque terminar conmigo y acabarme era acabar, de momento, la discordia. Me quitaron los grillos. Comparecí ante una reja, cinco, diez veces. La gente no se cansaba de aclamarme. Y así exigió mi entrega, cosa a la que mis guardianes se prestaron. Pero yo necesitaba pruebas: no me iría sin un documento firmado que me permitiera hacerlo. No sé yo si pensaba en que, tal vez cuando el tiempo pasara, se reanudarían mis relaciones con la Corte. No sé yo si pensaba en ese disparate, pero exigí aquel auto y me lo dieron. Apoyado en Arantegui y en un clérigo turbulento, mosén Jiménez, preso también entonces, salí a la plaza. Con bastante recelo. Miré al cielo. Y vi a los inquisidores, la Diputación toda y los

Jurados huyendo por los tejados de casa en casa, mientras yo era llevado en triunfo por las calles con las espaldas cubiertas por mis amigos más próximos. Me encontraba pálido y flaco, como un saco de huesos, pero saludaba sin cesar a mis salvadores, que más gritaban cuanto más me compadecían. Y lo hacían llorando de gozo y de poder con mis palabras y con el acompañamiento de mis manos. Les decía:

—Llorad, porque vuestras lágrimas son la fuente de la libertad... Llora, pueblo mío, porque has reconquistado el triunfo de tus Fueros... Yo he padecido y padezco tan sólo por vosotros. Soy vuestro. Aquí estoy para vosotros sólo... Gritad, con esas voces no tenéis que temer: todo se os hará llano. —Agitaba un pañuelo y les alentaba—: ¡Viva la libertad! Con este nombre sacaréis de su silla y de su reino al Rey.

Me llevaron a la casa de Diego de Heredia, próxima. Y volví a salir a saludar. Y alguien me recordó que, con el entusiasmo, habíamos olvidado al del horóscopo, y fueron a traerlo al lado mío. Cuando mis miradas se cruzaron con la de Mayorín, los dos sonreímos.

Trajeron, aquella tarde misma, los caballos. Y salimos de Zaragoza rompiendo las cadenas de la Puerta de Santa Engracia. Me acompañaban Gil de Mesa y un par de lacayos. Enseguida cayó una granizada cerrada sobre la ciudad. Mayorín me había dicho que el granizo significa amenaza para quienes están en las alturas. En ellas yo no estaba... Supongo que, una vez en calma, comenzarían a enterrar a los muertos.

Una nube de pueblo me saludaba y me despidió hasta un cuarto de legua. En Alagón dejé los caballos, y en un carro fui a Tauste. Llegué al amanecer. Pretendía pasar por Roncesvalles a Francia; pero estaba enfermo y agotado. Me tuve que acostar. Sin embargo, en poblado, no me hallaba seguro: mi cabeza, pregonada, sería muy valiosa para cualquier cobarde. Me refugiaron en una cueva en el monte, y allí estuve tres días. Conté que a pan y vino, pero no es cierto. Me aprovisionó bien Frontín, un secuaz mío, que lo fue hasta el final,

quiero decir hasta hoy. Desde el primer momento di noticias mías a gente de Madrid. Pero tuvimos que huir: el comisario del Santo Oficio nos perseguía: nuestros confidentes nos advirtieron. Nos fuimos hacia Bárboles, el señorío de Diego de Heredia. Gil de Mesa me sostenía en un caballo: yo estaba exhausto. Y supimos que el gobernador nos cortaba el paso a Francia. Pero yo no me encontraba en disposición de huir campo a través ni por difíciles veredas. Estábamos perdidos...
Y, de pronto, llegó un parte de Martín de Lanuza:

—Volved a Zaragoza: os salvaré mejor en medio de la ciudad que en las montañas.

El portador era mosén Jiménez, ese cura loco, que llegaba con mulas, en las que nos montamos disfrazados de arrieros. Don Martín nos escondió en su casa de Zaragoza, tras un descanso imprescindible en la de Manuel Donlope, el otro amigo pertinaz hasta hoy, en las afueras. Tenían razón: en el campo todo era enemigos; en la ciudad me protegía el pueblo.

Me llegaban noticias a esta casa de lo que sucedía en la ciudad. Desaparecida la autoridad legal, don Diego de Heredia se convirtió en el dueño. El Virrey accedía a cualquier petición. Molina de Medrano se había ido a la Corte. El conde de Morata se fue al campo... El 15 de octubre el Rey anunció, a quien debía, que el ejército acampado en Ágreda para invadir Francia —qué ironía tan falsa— entraría en Aragón «para restaurar el respeto debido a la Inquisición y lograr que el uso y ejercicio de las leyes y Fueros estuviese expedito y libre». Los «caballeros inquietos de Zaragoza», como se les llamaba en el proceso, decidieron organizarse. Los dirigía mi huésped Diego de Heredia, que continuamente pedía mi opinión. En su torno, demasiada gente demasiado apasionada, aunque de buena voluntad. Su acción consistió en presentar una serie de proposiciones vagas y distraedoras, que hacían perder un tiempo imprescindible. Los Diputados, ante esas proposiciones, decidieron pedir un informe a once grandes letrados de la ciudad, los cuales no dieron su parecer hasta el 15 de octubre. Yo, enfermo, me consumía aún más sabiendo lo que sucedía —y lo que no sucedía— fuera. Por fin se organizó, más mal que bien, la resistencia armada al ejército de Vargas, lo cual equivalía a declarar la guerra a Felipe II. Llamaron, ante todo, a las ciudades, a las Universidades y señores de vasallos para que enviasen las ayudas que pudieran, con la ilusa certeza de que acudirían millares de soldados. Y mientras espe-

461

raban a los soldados que no llegaron nunca, cometieron tres errores capitales.

El primero, la sublevación general de España a partir de Aragón. Los Diputados se dirigieron a Valencia y a Cataluña en petición oficial de ayuda. Y se rogó que los Jurados hicieran otro tanto. Pero éstos, no tan afectos al movimiento fuerista y gente conservadora, trajeron población armada de las aldeas vecinas para mantener el orden. Diego de Heredia y el Virrey despidieron a esos hombres; pero los Jurados ni dieron las armas ni aceptaron implicar a Cataluña, que, seguramente, no se habría implicado. Por fin, fueron convencidos los Jurados. Yo, que conocía la interioridad de la política nacional, suponía que la sublevación de Aragón, extendiéndose al resto de los reinos peninsulares, sería un golpe de gracia porque la unidad era un poco ficticia. Pero también era ficticia la solidaridad. Aunque existía el peligro de la escisión de Portugal, de Flandes por supuesto, de Italia... y las intervenciones de Francia e Inglaterra. Yo lo sabía, pero el Rey lo sabía aún mejor que yo. Y se emplearía la fuerza entera. Sobre todo, ante la intentona de que se alzasen en armas los moriscos de Aragón, cosa que yo traté de conseguir, pero desde fuera y más tarde.

El segundo error fueron las embajadas de amenazas a Vargas, que era el mejor general que quedaba en España. Tan perspicaz y honrado a la vez que dio origen al dicho de «Averígüelo Vargas», por el que seguramente lo envió a Aragón el Rey. Así como porque habría de enfrentarse con la grandeza, y a pesar de que estaba alicaído por el desastre de la Invencible y muy acabado por antiguas dolencias. Antes que nada, los Diputados intentaron convencerle de que no entrara en el reino, enviándole a un tal Miravete de Blancas, que le advirtió, como si Andrés Vargas fuese tonto, de que las leyes aragonesas prohibían, etc., etc., etc. El general consultó a su amigo el conde de Luna si debía maniatarlo y mandarlo a Madrid; pero luego lo dejó volver a su casa por insignificante.

Sin embargo no terminó ahí el asunto. Le enviaron también unos representantes acreditados, y Vargas, que calculó el mal efecto que surtiría en la Corte, les daba largas sin recibirlos. Los citó en Veruela y luego en Magallón y en Ainzón. Los vegueros se quejaron de que podían, si no lo veían, ser castigados por el Justicia o atropellados por la multitud. El general les otorgó que diesen su mensaje por escrito. Y ellos, contentos, fijaron su embajada en la puerta del monasterio de Veruela. Decía la embajada, que si se proponía entrar en paz en Aragón, se le serviría y se le regalaría y proveería; pero que, si era otro su designio, no podían dejar de resistirle con mano armada. En fin... Una tercera embajada fue más ridícula aún. La llevó la duquesa de Villahermosa, acompañada por Lupercio de Argensola, que iba a Madrid y que pasó por Ágreda. Su encargo era verse con don Alonso de Vargas, y persuadirlo de que suspendiese su entrada en el reino. La duquesa era antigua azafata de la Emperatriz María, y mujer bastante terrible. Con el general estuvo tan innecesaria como impertinente. Contempló unas maniobras del ejército y dijo ella y dijeron sus criados y dijo Argensola que aquello no era bastante para resistir a los labradores de Zaragoza. Vargas, un señor, los dejó seguir viaje a Madrid.

El tercer error, la falta de habilidad de los fueristas con el Rey, al que parecían no conocer. Le mandaron un mensaje con el deán de Teruel, que fue con instrucciones verbales a la Corte, y luego dos cartas cuyo argumento era que la entrada de un ejército violaba etc., etc., etc. El Rey se dignó contestar con otra carta en la que explicaba que, ese ejército, destinado a Francia, lo enviaba para «sostener a las autoridades locales y a las de la Inquisición, malparadas en los últimos motines; pero respetando los Fueros...». Que el castigo de los culpables iba a ser benigno y, para concertarlo, enviaba a don Francisco de Borja, hijo del duque de Gandía y ya marqués de Lombay, persona respetada por la luminosidad de su abuelo san Francisco. La respuesta de los Diputados fue la antidiplomacia:

—No podemos dejar de usar el remedio del Fuero y convocar a todo el reino para impedir la entrada del ejército.

Era ya el 6 de noviembre. Y el Rey rompió todo contacto con las autoridades, hizo cesar cualquier negociación, detuvo la partida de Lombay, despachó al deán de Teruel y preparó el avance del ejército. Tranquilizaron al Rey las cartas recibidas de las ciudades y Universidades de Aragón que contestaron a los «caballeros inquietos de Zaragoza» con evasivas, y al Justicia, condenando y rechazando la invitación a la resistencia. Fuera de Zaragoza no se movió nadie para impedir la temida invasión. Fuera de Zaragoza no me habían tenido a mí, quizá por fortuna. De Cataluña, por supuesto, no llegó auxilio alguno, aunque se adhirieron a que el ejército no entrara en Aragón: tan sólo de palabra. La respuesta de Valencia fue, sencillamente, negativa. Y la verdad es que, incluso en Zaragoza, se enfriaba el entusiasmo por momentos. El joven e imberbe Justicia y don Juan de Luna seguían en su línea fuerista. Sástago y Fuentes estaban por Madrid, y menos enraizados en Aragón. Morata vaciló, pero cayó al fin del lado de ellos. Villahermosa y Aranda tardaron más, y fue esto lo que los perdió.

Durante las semanas que pasaron entre el motín de septiembre y los días en que Vargas se acercaba y entraba en Zaragoza no me moví de la casa de Martín de Lanuza. Él actuó con una perfección incomparable. Sólo nos veíamos por las noches. Naturalmente el inquisidor Morejón hizo gestiones para enterarse de mi paradero. Presumía que el que estaba enterado era don Martín, y estuvo en tratos con él. Yo le insinué que lo hiciera por si aún cabía una posibilidad de permanecer en España, donde estaba en rehenes mi familia y gran parte de mi corazón. Morejón visitó una vez la casa y yo escuché su voz. Y don Martín fue a la Aljafería a encontrarse con él. Hasta que los dos nos dimos cuenta de que ese vaivén era sólo para hacer tiempo de que llegara Alonso de Vargas y sus gentes. Por eso, cuando su aparición era inminente, me decidí a huir. Ya era experto en evasiones y en huidas. Ésta fue el día 10 de noviembre. Don Martín me acompañó atravesando la ciudad, y mandó abrir las puertas sin que nos conocieran, y me dejó en el camino a Francia y volvió a Zaragoza para cumplir lo suyo. Me acompañaron esta vez Gil de Mesa y otro amigo: habían estado en un monasterio refugiados. Y Mayorín, escondido en la huerta de Juan Bautista de Negro, cerca de Santa Engracia, para no comprometerme con su habla extranjera, salió por otra parte y se reunió con nosotros. (Juan Bautista de Negro era uno de mis fieles amigos, genoveses de Barcelona, a los que aludió en sus declaraciones mi paje Staes. El otro era Alberto Grimaldo. Ambos lo protegieron. El primero, con Juan Bautista Espínola, había fundado en Amberes el monopolio del alumbre, uno de cuyos propietarios era el marqués de Villena, pariente de la Éboli. Ambos habían puesto en Barcelona ese negocio.) Y nos entretuvimos entre montes y cuevas, pasando frío, mientras sucedía en la ciudad lo que estaba de Dios que sucediera, y no podía dejar de suceder.

Entre los fueristas, mandados por Diego de Heredia, empezaron a hacerse sospechosos incluso el Justicia y don Juan de Luna. El ambiente se hacía insoportable. Hasta tal punto, que los caudillos decidieron reunirse en campo abierto, con sus gentes todas para calibrar así su poder. Y designaron el Campo del Toro, dentro de los muros de la ciudad, con las puertas cerradas y la llave en el bolsillo de don Diego. Aranda, Villahermosa y el Justicia aparecieron tan bien montados y trajeados que no iban como para salir extramuros. Don Juan de Luna, como buen gordo, llegó en coche. La multitud los agredió y gritó. A la noche siguiente, Aranda y Villahermosa se descolgaron por la muralla al campo, y un morisco los llevó en su carro bajo la lluvia, a Épila, villa murada del conde.

Entretanto el ejército de Vargas pasaba la raya de Aragón dividido en dos grupos: uno, que entró por Mallén y Malagón, con la artillería dirigida por el futuro conde de Puñoenrostro, y otro, faldeando el Moncayo, mandado por Vargas, hasta Frescano, donde se reunió con los soldados de Bobadilla. Era un ejército de bisoños, pero el mejor mandado de este mundo. Por eso, ese día 8, los fueristas obligaron al Justicia a reunir el escaso ejército aragonés y salir al campo a hacer frente al del Rey. Lanuza salió, con el pendón de san Jorge, por el Portillo. Fue lo último que yo vi tras los cristales de la casa de don Martín. Y fue eso lo que me hizo perder la última ilusión y me empujó a la huida. Bien lo pensé. El ejército de Vargas avanzaba sin disparar un tiro; el zaragozano, sin jefes buenos, sin disciplina y sin moral, no estaba para resistirlo. Así, diciendo que iban hacia Mozalbarba, tales jefes tornaron grupa y galoparon a Épila, donde estaban el duque y el conde. La tropa, abandonada, huyó como pudo. El primero de noviembre, don Alonso de Vargas, con el Gobernador y el Virrey de Aragón a un lado y otro, entró en Zaragoza. Todo debió terminar ahí. Pero el Rey no fue de esa opinión. El epílogo que él puso a la hazaña de Vargas fue cruel. Y, lo que es peor, innecesario. Más tarde lo diré.

En mi huida yo llegué a Sallent, un puesto fronterizo, mientras se movilizaba todo el personal del Santo Oficio por el camino de Huesca, por donde se pensaba que yo iría, ya que Navarra estaba ocupada por gente de Castilla. Los inquisidores oyeron, como Vargas, opiniones de que iba a Jaca, alojándome acaso en las casas sucesivas de Manuel Donlope y Martín de Lanuza, mis amigos. Mas yo ya había pasado. En Sallent me sentí seguro e inseguro al mismo tiempo. Todo yo estaba desdoblado. Veía con los ojos cercana mi salvación, pero los volvía hacia mi patria. No quería pasar. Necesitaba un soplo de esperanza, pero ¿quién me la daba? Era como un perro fiel (más o menos) que, maltratado y apaleado por su dueño, no consigue apartarse de su puerta. A los dos días llegó don Martín con cartas del deán de Zaragoza, al que yo le había escrito. Me proponía un último arreglo: si retornaba, me ofrecía un juez a mi satisfacción y la atenuación del trato a mi mujer e hijos... Pero la hora de los tratos ya no era aquélla. Hícele caso a don Martín, y mandé a Gil de Mesa a explorar el terreno con una carta para Catalina, la hermana de Enrique IV, ya Rey de Francia. Ella era gobernadora del Bearn. Tenía su Corte en Pau. Le pedía refugio. Y, por lo visto, se lo pedía tan bien que fueron mis gracias y no mis desgracias las que la convencieron. Yo era ya para el mundo un animal raro y un monstruo de la fortuna. Y me quedé esperando su respuesta.

El 23 de noviembre a las diez de la noche, don Martín tuvo aviso de que Concas y Pinilla, uno un barón y el otro un señor, se acercaban al frente de trescientos hombres. Ellos habían enviado a un grupo, en el motín de septiembre, a defender mi causa, y en ellos sí confiaba. Mal hecho. Por lo visto, con eso contaban cuando, para hacer méritos, se brindaron a llevarme, como trofeo, a Vargas: eran de los que están siempre del lado del que gana. Y supe que tenían, o habían tenido, que ver algo con la Inquisición. Corría pues un enorme peligro. Disfrazado de pastor sin otra alternativa, sin Gil de Mesa, con dos lacayos, me encaminé hacia Pau. Era una noche muy oscura. El suelo estaba en pendiente, y la nieve, helada. Los acompañantes tiraban sus capas por el suelo para que yo no resbalase, y los pasos difíciles me los pasaban en volandas. No quiero recordar. Estaba viéndole los cuernos al toro; no me quedó otro recurso que saltar la barrera. A las doce de la noche entraba en Francia.

En ella no tardé en enterarme de qué dejaba atrás. Los cuatro refugiados en Épila: Villahermosa, Aranda, el Justicia y don Juan de Luna, se pasarían al bando del Rey. Eso creímos todos. No fue así. Se transformaron en un foco de resistencia anticastellana. Vargas les escribió para que se entregaran a los estandartes. Ante el imposible, salieron disfrazados, respectivamente, de franciscano, de mercedario, de clérigo y de molinero. Los demás, cada cual como pudo. El único que actuó con gallardía fue don Martín de Lanuza. Habló previamente en los Consistorios. Dijo que si se acordaba resistir a Vargas, él lucharía a muerte; si no, que se abrieran las puertas a todo el que quisiera, y él entonces se retiraría a su casa de fuera. Eso fue lo que hizo. El día 24, sorprendentemente, Villahermosa y Aranda entraron en la ciudad, y figuraron a la cabeza en las ceremonias sociales. Todo parecía normal: la sensatez de Vargas y la compasión del marqués de Lombay habían triunfado. Dieron al Rey admirables consejos: la consagración de los Fueros, un virrey aragonés, quizá el conde de Aranda; la Inquisición ceñida a sus jurisdicciones... Desde Madrid se censuró a los dos, porque no se quería pasar ni perdonar absolutamente nada. Se nombró Virrey al conde de Morata y se ordenó degollar, sin proceso, inmediatamente, al imberbe Justicia (no se mataba al Justicia, sino al cargo) y se mandó llevar a Castilla a Villahermosa y Aranda: al primero se le encerró en la fortaleza de Burgos; al segundo, en la de La Mata, en Medina del Campo. Los dos murieron envenenados con un intervalo de tres meses. Pero el segundo, en el castillo de Coca, porque el Rey pasaba por Medina y el protocolo le impedía convivir con un Grande preso. Por la misma razón, el primero murió en Miranda de Ebro.

Se nombró juez sancionador a Lanz, cuya reputación era terrible. Una vez, para hacer hablar a un preso en Italia, le metió los pies en un brasero y le dejó impedido para siempre. Fomentó el horror de la delación y de las acusaciones al prójimo, con el mismo procedimiento o falta de él que la Inquisición. Su forma de actuar fue aterradora. Se promulgó el perdón con una infinita serie de exceptuados de él: los numerosos cabecillas por sus nombres; los que estaban en las cárceles reales; los huidos y presos en Castilla y Cataluña; un grupo de gentes de oficio, de los que ya se habían ajusticiado a muchos; los presos de la Inquisición; los ausentados, hubiera o no culpa contra ellos; los presos del arzobispado; y los capitanes y alféreces que salieron de Zaragoza con el Justicia.

A los pocos días de este *generoso perdón*, se difundió un edicto que ponía precio a la cabeza de los principales ausentes: la mía estaba la primera en la lista, y por ella se ofrecían seis mil ducados. No esperaba menos. Cuantas venían después eran las cabezas de todos mis amigos. Lanz, después de atormentar, sin objeto, a los presos, condenó al suplicio y a la muerte a la flor y nata de los fueristas. Los inquisidores conocidos por mí fueron destituidos. El nuevo Fiscal acusó como sospechosos en la fe a todos los que tachaba de mis cómplices. A los que se interrogaba sobre mí, sólo se les cuestionaba mi ascendencia judía. Se hizo habitual una fórmula de cierre:

—No se incluyen en la declaración final, porque no contienen nada contra la honra de Antonio Pérez.

Se tachaba de herética una exclamación que yo usé, en un opúsculo, ya en Francia, sobre qué hice para escapar de la cárcel:

—Pues todo viene a ser milagro —decía.

—Blasfema herética —acotó el inquisidor.

A mi huida al Bearn, país de hugonotes, se añadía ahora ser descendiente de judíos y ser un sodomita. Ninguna de las dos acusaciones tenía nada que ver, por sí misma, con la herejía. Por supuesto fui condenado *en ausencia y rebeldía*, como convicto de herejía, y en defecto de mi persona, a ser quemado en efigie con confiscación de bienes y con inhabilitación de mis hijos y nietos para cualquier cargo y dignidad. Sólo esa deshonra pudo lograrse. Yo había huido, y los bienes de mi familia, por desgracia, también. La justicia se incautó de los restos del naufragio: su inventario fue una demostración del extremo de miseria a la que había llegado una familia todopoderosa. O casi.

¿Qué voy a decir respecto a las acusaciones inquisitoriales? Podía negarlas todas; pero he dicho que, en estos papeles, voy a manifestarme tan desnudo como mi madre, a la que nunca conocí, me parió. Ni por parte de mi padre, Gonzalo Pérez, ni por parte de mi padre el Príncipe de Éboli. Las vidas, todas, son siempre más sencillas que como pueden ser contadas. En cuanto a lo de hereje, queda dicho por todos: no lo fui. Tampoco era un católico devoto, pero jamás pertenecí a ninguna rama o recua herética, que tendría, más o menos, los defectos de nuestra religión; si bien, por ser más jóvenes, no llegarían al extremo de degradación y de villanía a que habían llegado los representantes de la nuestra. No estaban las cosas como para mirar al cielo si se miraba previamente, por poco que se hiciese, a la Tierra. Si es esto ser hereje, quizá lo fui y lo soy. Y temo que, en este caso, también lo sea Dios.

En lo que se refiere a ser o no sodomita, podría negarlo en redondo, pero no voy a hacerlo. Entre otras cosas, porque creo que, si Dios nos puso esa vía placentera, no la ceñiría a tener hijos y abstenerse en los demás casos. Eso es como si, dándonos la posibilidad de saborear y paladear los alimentos, la Iglesia nos obligara a no tomar más que pan duro y agua por la simple razón de que eso nos bastaría para sobrevivir. La acusación que se hizo de tal afición mía a la Inquisición vino de varias fuentes. Entre otras, la de algunos inquisidores, sodomitas ellos también y conocedores de esa compañía. Una

470

compañía que el Renacimiento, de artes y costumbres, había resucitado claramente en Italia, donde tuvo abundantes y señalados miembros en todos los sentidos, y que había llegado, entre aplausos y loores, a las tierras de España. En ella, se afanaban muchos Grandes por formar grupos entre los que se intercambiaban la mercancía, y abundaban extraordinariamente los mozos de buen talle y anca espléndida.

Mi casa en Madrid he dicho ya que era una Corte, donde no sólo se jugaba a los naipes, sino donde se conversaba, se leía, se paseaba, se contemplaban hermosas obras de arte, no todas esculpidas o pintadas: algunas eran vivas y bien vivas, candentes, libres, tentadoras y tentadas. A mi servicio, aparte de figuras de mayor entidad, de las cuales, si dijera el nombre causaría no ya asombros sino hasta muertes repentinas, tenía una turbamulta de mozos de servicio o de cuadra, rufianes para mi guarda personal o para casos especiales, como el del *Verdinegro*, que requería contratos distintos y secretos. No hay que insistir en que casi siempre se elegían pajes jóvenes, de buena facha y de disposición lucida. Si esto daba lugar a murmuraciones, sería porque los murmuradores me envidiaban; siempre se ha dicho que a nadie amarga un dulce. De estos pajes, bastantes eran extranjeros: mis negocios personales o los que tenía en común con la Princesa, fuesen o no a espaldas del Estado, se desarrollaban fueran de nuestras fronteras, a través de los Virreyes, de los embajadores, de los banqueros de Alemania o de Génova, de espías, dobles o no, y de confidentes que preferían, por tener mayor libertad, vivir en otras partes. De tales muchachos, algunos eran ya casi familiares míos; nuestros primeros contactos habían sido quizá algo carnales, pero después, por fidelidad, habían permanecido junto a mí.

Nadie puede decir, y menos ella, que no fui cumplidor, en cualquier aspecto, con mi esposa, doña Juana de Coello, a la que hice ocho hijos. Pero quiero recoger aquí las confidencias que le hice a aquel ejercitador de latín y griego, Juan de

Basante, que acortaba mis días trabajando en la Cárcel de los Manifestados de Zaragoza. Si me hubiese apetecido —es lo primero que quiero decir—, lo habría tenido quizá más veces de las que me apeteciera. No fue así. Yo vi el terreno apropiado, y me gustó escandalizarlo por ver cómo fingía escandalizarse, mientras el deseo de probar esos bocados, no los del veneno, se le salían por los ojos. Todo comenzó porque un muchachillo, Antón de Añón, el que me traía la comida que me guisaba su padre para mayor seguridad de que siguiera vivo, se había ido a Madrid en busca de fortuna. Lo hizo ante mis relatos de la vida allí y de la mayor libertad de costumbres y de la facilidad para hacerse de dineros un jovencito así como él, tan lascivo, tan dado a la carne y destilador de amores como él era. Se lo conté a Basante, en latín, que era la lengua que de común hablábamos: para eso estaba él. Y no tardé en saber que había sido tomado el jovencillo por el inquisidor Pacheco, muy enemigo mío. Dos cosas podrían suceder: que le apretaran las cuerdas para que cantara contra mí, o que le apretaran otras partes del cuerpo para gozo del inquisidor. Sucedió una tercera, que consistía en la unión de las otras dos. Pero eso tardó algo. De momento, lo que sucedió fue que Basante me preguntó si hubo vías carnales entre Antoñico y yo:

—Eso se sobreentiende —respondí, y me divirtió que sus ojos se pusieran como platos que deseasen ser llenados—. El muchachito es dado a la molicie y muy aparejado para todo.

Basante se hacía el bobo o quizá es que lo era.

—¿Qué queréis decir? —preguntó con un hilo de voz.

Y como escandalizar es siempre una manera de ejercer magisterio, ejercí el mío frente al suyo de griego y de latín.

—Mira cómo se hace el ignorante... ¿No ha sido su merced teatino? ¿Y por allí no se usaban esas cosas? Tan mala presencia no le veo como para no suscitar ardientes pensamientos. —Él sonrió apenas bajando los párpados, ufanado sin duda y bien dispuesto—. No me venda ahora hipocresías.

472

—Puedo decirle que no sé una palabra de lo que me habla su merced. Soy ignorantísimo en eso.

—Pues es una moneda que en la Corte corre que se las pela. La estrella que amaneció en Italia alumbra Madrid con fulgores titilantes y crecientes. Ya no hay casa en que no brille alguna. En Italia me eduqué, pero aquí hay cosas que nunca eché de menos. Y ya sabe el apocado que los españoles, si se apasionan, no tienen rival en cosa alguna. Todo el señorío de Madrid y la Grandeza de España que conozco han probado a calmar la soledad con esta bebida, más fuerte que el vinillo aguado que los matrimonios proporcionan. Mis pajes son celados y celosos, y se me arrebatan con frecuencia con mejores ofertas, y hasta hay quienes se han apretado a cuchilladas por ellos, dados la competencia y el calor que despiertan. Por eso me preocupa qué será de Antoñico en Madrid; si no se hará una buena subasta con su cuerpo, dado que se niega a volver con sus padres... Ay, si fuese su merced de verdad sacerdote, si hubiese concluido su vía crucis de teatino, ya le confesaría cosas que lo enloquecerían.

—Él, yo creo que se habría hecho sacerdote allí mismo con tal de oír lo que le prometía, que le ponía ya orejas de soplillo.

—Pero su merced... —comenzó.

—Ni puto ni bujarrón he sido. Un poco como las putas sí debo de ser. Porque ellas, cuando no son de provecho para sí, se hacen alcahuetas de otros como último entretenimiento, que es lo que cumplo ahora —agregué con malicia—: Pero sí soy pecador. Eso gracias a Dios. Y amigo de mis gustos.

—Pero ¿qué es lo que llama sus gustos su merced? Que no logro entenderlo. —Yo me eché a reír.

—No finja, señor maestro, que ni los griegos ni los latinos fueron tan estrechos de alma. El ver una hermosa mano joven y un delicado rostro de color sano; el ver una piel suave y luminosa, unos ojos calientes, y todo sin afeites ni alcohol, es de tanta satisfacción a todos los sentidos, que allá se van, unos detrás de otros, a conseguir su amorosa cacería. Y van sin la aprensión del engaño, como de ordinario sucede con las hembras, que piensa uno tocar una mano o una mejilla y toca una pomada o un afeite; piensa uno besar unos párpados o una frente, y roza con los labios una máscara de tocados y grasa.

Algo así, y algo más, fue lo que testimonió el insatisfecho al tribunal de la Inquisición, menos insatisfecho que él. Y no tardamos en enterarnos, por desgracia, de qué fue de Antoñico de Añón, al que acusaron de los mismos delitos, infeliz criatura. Vivía, como dije, en casa del inquisidor Pacheco: la peor posada que encontrarse pueda, con el que sin duda tenía, creo que a su pesar, tratos carnales. Cinco declaraciones hizo sobre mí. En ninguna habló de delitos del sexo, entre otras cosas porque supongo que él no los consideraba de tal fuste. Tampoco le preguntaron nada. Es natural que el inquisidor le hubiera puesto a los interrogantes su mordaza, no fuese a volver la pregunta contra sí...

Contaba quince años. Sonreía sin pausa cuando ponía sobre mi mesa la comida en la cárcel. Su madre y su padre, familiar éste, ay, de la Inquisición, la guisaban y la disponían. Días hubo en que Antoñico me acompañó en comer, y lo hacía sin cesar de sonreír. Se quedaba en la cárcel conmigo, y dormía, mientras estuvo allí, en mi aposento. Y hasta me ayudaba en las tareas de escritura, porque era bien dispuesto el mancebito. Yo, procurando su bien, le di unos dineros y lo hice mirar a Madrid, a que volara; pero algún pajarraco se interpuso. Dijeron después que se había presentado en el Tribunal de Pacheco, como si fuera tonto para meterse solo en la boca del lobo. O quizá lo hizo en nombre de su padre, sepan Dios y la Virgen. Y para decir lo que dijeron: que, sin que su padre lo supiera, se había ido a la Corte por no servirme más a mí. Y que, de parte de su madre, habían ido a buscarle para que volviese, pero que le pareció que iban de mi parte fingiendo y no quiso volver... Ángel de Dios. Lo torturaron tanto, que acabó diciendo que yo tenía cómplices, y que el inquisidor Morejón era uno de ellos. Qué más hubiera deseado yo. Todo mentira... Y aseguraron que, en la última o penúltima declaración, había caído enfermo gravísimo. Y que *in articulo mortis*, ya con la extremaunción administrada, le hicieron declarar de nuevo, y se ratificó en todo lo dicho. Cuánta crueldad. Tenía quince años, o quizá dieciséis ya. Luego he sabido la verdad. No fui yo quien lo convenció para que, en Madrid, buscase vuelos propios. Fue el imbécil marqués de Almenara quien buscó otros mozuelos para que lo empujasen con tentaciones de fortuna. Y luego lo prendieron los alguaciles con el fin de que me acusara de lo que ellos querían. Y Pacheco, en la cama, seguro que lo persuadió a lo mismo... Y el chiquillo, tan lleno de gusto por la vida, viéndose en una trampa, callaba, y se metía dentro de sí una vez y otra. Y, como si se tratase de mí, lo descoyuntaron con tormentos, y así murió de ellos. Y se supo en Zaragoza y en su casa. Y lo supe yo en la cárcel, y lloré. Y no perdió con este feo relato nada mi causa. Perdió la del Rey y la de los infames sayones de la Corte y la del Santo Oficio que, por ser sólo aragonés y conocerme, asesinó a una flor llena de vida y de ansias de gozar. Una inocente criatura que yo puedo jurar que era oro puro.

Pero la acusación más grave que con estos motivos de la carne se hizo contra mí, la hizo alguien que yo no conocía y no llegué a conocer. Un hombre honrado y bien nacido, según aseguraba, administrador de las Salinas de Galicia, llamado Luis Arias Becerra. Un hijo de perra, delator por dinero, de los muchos que vivían a costa del Santo Oficio, que se necesitan agallas para seguir llamándolo así. Alejado de la gracia real, quería recuperarla y encontró esa manera. Declaró aquel vil pájaro que conocía a un hombre, algo pariente

475

mío y criado en mi casa, que le había contado relaciones carnales ocurridas entre su señor y él, y otros criados y pajes. Aludía, por lo visto, a Juan Tobar. Ése estaba en la cárcel, acusado como testigo falso mío, y lo era, en el proceso de Madrid por el envenenamiento de Pedro de La Hera. Y había sido además condenado a galeras. Fue llamado, y al principio me defendió, porque sabía que así se defendía; pero, cuando le propusieron liberarlo del remo si cantaba, cantó y vaya si su voz llegó muy alto. Como, al principio de todo, dijo que él fue violentado, cuanto sucediera después cayó sobre mi espalda. Y no ahorró detalles, que él conocía mejor que yo la mayor parte de las veces, porque era más joven y más deseoso y deseado. Salió toda una lista de nombres compañeros, unos tan sólo de la carne; otros de carne y de pescado. Y ya, lanzados, otros de pescado tan sólo: espías, negociantes, recaderos, de profesión valientes y enterados.

Un italiano, llamado Luis de Busatto, milanés, que cuando le venía el cosquilleo y el trallazo invocaba a alaridos a toda la corte celestial, y a mí me daba risa. Otro, llamado Pedro de Cárdenas, que estaba, en el momento de la declaración, sirviendo al Almirante de Castilla, amigo mío y duque de Medina de Rioseco: los almirantes de Castilla no han visto nunca el mar, ni siquiera en los cuadros, pero han visto otras cosas. Unos cuantos flamencos, como Guillermo Staes, a quien quise y me acompañó cuando no se vio obligado a irse porque me detenían: nuestra historia fue un largo *coitus interruptus*. Cuando tenía trece años vino a mi casa; me sirvió ocho meses hasta que me prendieron; luego me acompañó en Turégano, hasta mi salida de allí, cuando él se fue con el embajador de Florencia. Al tiempo que me aliviaron de las cadenas y me permitieron un criado, Guillermo retornó, hasta que le dieron en Malinas, fue Granvela, una canonjía, de la que acabó hartándose y cediéndola a un hermano suyo, y tornó en busca mía: traía recuerdos y recados y ofrecimientos de Flandes, y quedóse conmigo, ya preso, en las casas de Cisneros. Cuando huí, se colocó con el embajador de Venecia; pero Hans Bloch, que saldrá ahora enseguida y estaba conmigo aún en Zaragoza, le dijo que ese oficio de repostero allí era peligroso, que volviese conmigo, y con él por descontado: yo le había pedido a Hans que así lo hiciera: me alegraba tener a esos dos pajes a mi lado, como si todo siguiera igual que antes y yo no hubiera envejecido; y vino, pero a los ocho meses me prohibieron tener más de dos criados, y Guillermo, con cartas mías, se largó a Barcelona con aquellos amigos genoveses a quienes antes aludí: el dueño de una huerta cerca de Zaragoza... Todo estaba relacionado, como siempre, en mi vida: dar puntada sin hilo no me gusta... Yo deseaba que Guillermo pasase luego a Italia para ir después a Flandes con recados políticos y financieros míos. En Madrid sospechaban que Guillermo, sin saber con certeza que era protestante, podría dar argumentos que avalasen mi herejía. De ahí que lo detuviesen en Igualada, cerca de Barcelona, sin dejarlo llegar a ella. Registraron sus papeles y no encontraron nada. Vázquez de Arce, aquel malvado juez, pidió que se lo enviasen por Valencia a Madrid, en manos ya del Santo Oficio. Guillermo declaró ante él. Nada dijo en mi contra. Se le dio tormento: se le apretó como ellos dicen. Resistió heroicamente. Veintiocho meses se le tuvo preso. No dijo nada, en ningún sentido, perjudicial a mí. No actuó como tantos españoles miedicas. En Cataluña, enterados del arresto secreto, se produjo un movimiento popular de rebeldía por ir contra los Fueros del Reino, creyendo que en Madrid habían matado al preso. Los inquisidores, asustados por servir a fines políticos del Rey, escogieron la devolución de Guillermo; hubo el Rey de acceder y lo mostraron vivo y salvo. Salió de España y no supe más de él. Supongo que se curó de su afán de aventuras y de tener amigos tan peligrosos como yo. Y acaso se volvió a Malinas en busca de aquella canonjía, que no sé por qué razones le daría Granvela.

De su otro amigo fiel, Hans Bloch, poco que decir tengo.

Llegó de Amberes estando yo preso ya en Madrid; me acompañó en Turégano y luego en Zaragoza. Llevaba mis billetes a Mayorín, que, supongo, si le fue posible, gozaría con él. Hans, en aquella época, era blanco y muy rubio. De firme cintura, espigado, y ya hombre con espada. Lo quería mucho yo, y peleaba con él frecuentemente por fuerza del cariño. Su declaración ante el Santo Oficio demostró que era simple o se lo hacía. Nada obtuvieron de él en mi disfavor.

Las otras acusaciones de sodomía fueron con Requesens, de muy buena familia, que murió luego con la Armada Invencible: en ella se perdió casi todo, hasta mucha hermosura. Con Juan de Arritia, hijo de Gaspar de Arritia, un buen criado de Su Majestad. Con un muchachito apodado Varguitas, hijo de un huésped de la casa donde vivió y murió el pánfilo de Pedro de La Hera, un chico guapo que me miraba y sonreía. Con Gabriel Ángel, sobrino de un buen tratante de sedas de Toledo; a mí no me importaba nada el tío, sino la hermosura del sobrino. Con Antonio González, criado de un González Espinosa, que tenía a su madre en la portería de San Felipe, pero sobre todo un cuerpo esbelto, de hombros altos y cadera escurrida, y un rostro de tierna picardía. Con un hijo, Pedro, de María Mirabel, lavandera de la señora infanta, que merecía el título más que ella... A todos interrogó la Inquisición: algunos aguantaron, por no descubrirse ellos mismos, el tormento; otros dijeron lo menos que podían. Ellos, cariñosos mozuelos, se quedaron cortos, y mi medio pariente, Juan Tobar, también se quedó corto, porque la lista era mucho más larga. Fue en lo único en que se quedó corto mi pariente, porque era bien dotado.

Había en Pau un médico navarro, que hacía méritos, para volver al sitio del que estaba desterrado, contando cuanto creía de interés al Virrey de su tierra, un majadero marqués llamado don Martín de Córdoba. Ése decía que Mayorín y yo teníamos allí opinión de sodomitas, y contaba lo que asegura que se contaba en Pau: que buscábamos muchachos de buen parecer y que no nos gustaban los barbados; que les dábamos mucho dinero y los vestíamos bien; que los muchachos hablaban de nosotros entre dientes, y sus padres aseguraban que debían quemarnos... Y añadía alguna que otra mentira más. Pongo por caso, que una mujer que lavaba en su casa había contado, en presencia de gente, que tuvimos en cierta ocasión un muchacho aguador echado en una cama, y que, como dio voces, lo dejamos ir y tapamos su boca con dinero. Y también que de esto se había hablado en el palacio de Catalina de Bearn... Cuánta calumnia, y qué poco conocimiento del poder de la plata y de lo fácil que es convencer a un chiquillo aguador de que se desnude pensando en otra cosa. Salvo que él prefiera dejarse desnudar. Y pensar en lo que hace.

De esta dulce epidemia inofensiva se convencieron todos cuando, muerto Felipe II, el marqués de Denia, amigo mío antes de transformarse en duque de Lerma, mandó hacer una relación de los papeles más delicados del reinado anterior al secretario Antonio Navarro de Arrategui. Y más vale que no lo hiciese nunca. Se descubrieron círculos secretos, focos que se extendían, complicidades *sotto voce* expresadas, asociaciones de gente que pensaba que ni la belleza ni el amor tiene aquel o este sexo... Y a algunos que formaban estos grupos hubo que condenarlos. Entre ellos, al Príncipe de Áscoli, hijo de doña Eufrasia de Guzmán, dama de doña Juana, la hermana de Felipe II. Cuando se supo de aquel embarazo, el Rey la casó con don Antonio de Leiva, hijo del héroe de Pavía. Así, el tercer príncipe de Áscoli era hijo de Felipe II. Pero no tenía en común ni el numeral. El muchacho era atrevido, valiente como su abuelo paterno y con un rostro hermoso, sacado —no hay que decirlo— de su madre.

El Rey supongo que algún día perdió el habla y alguna noche el sueño. Sabía, por alto que él estuviese, que yo era ya definitivamente libre de sus rehalas, y que tenía conmigo los secretos de Estado que podía vender o pregonar. Los secretos escritos en los papeles que Antoñico de Añón, al que violaron y mataron, les había contado que estaban en un arca, escondidos por el fundidor Molinos. Su casa la allanaron sin encontrar ni rastro. Ni que yo fuera idiota. Lo único que ya me contendría era la vida de mi mujer y de mis hijos. Y, además, el Rey sabía que mis secretos lo eran de verdad absoluta, no los que sabía él por los espías dobles y los contraespías que llenaban Europa. Mis pruebas eran las que formaban la gran policía interior y la vida misma del Rey: aun los que él había ya olvidado o querido olvidar. Los que le dolían no tanto porque desacreditaran a su persona, sino porque ella representaba a Dios.

Yo tenía cincuenta y dos años cuando llegué a Pau, todavía disfrazado con un traje grosero y pastoril: reconozco que ahí estuve teatral en exceso. A la entrada de la villa, un capitán de la guardia me detuvo. No podía imaginar que yo era aquel a quien representaba mi embajador Gil de Mesa, y el portador del beneplácito de Catalina de Borbón. Ella, Madama, había mandado prevenir caballos para mí. Y a caballo entré yo en la Corte bearnesa; pero vestido de pastor. No estoy seguro de haber acertado con una actitud tan lastimosa. De ahí que, enseguida, le regalara a la señora un caballo espléndido, bayo y con cola y cabos negros, casi engatado, que me trajeron de Sallent. Al principio se nos alojó a Gil de Mesa, a Cristóbal Frontín, a Mayorín y a mí en la casa del capitán Violet, soldado y diplomático de confianza, encargado de llevar las noticias a Enrique IV, el hermano de Madama Catalina. Su Corte no era muy rica; pero su población era llana y pacífica, con una aristocracia bastante refinada y caballeresca, y sin el rigor de la española. Yo me sentí a mis anchas. Al menos, al principio. Creo que, si no hubiese sido por los atentados de los que hablaré, me habría quedado allí. Sus calvinistas no eran intransigentes: como Sully, proclamaban que Dios era igual de honrado con la religión romana que con la protestante. Y que el Rey se dejaba llevar, hasta el final, por esa convicción, lo sabe toda Europa. También, en justa reciprocidad, los católicos allí eran más comprensivos que otros europeos. De los españoles, ni hablo.

Pero, por encima de todo, en Pau, estaba la Regente, Madama, a la que desde el primer día veneré. Tenía todo lo mejor de su abuela Margarita de Valois y de su madre Juana de Albret. Gozaba, como su hermano, de una enorme atracción personal, que te envolvía desde el primer momento. Calculo que emanaba de su generosidad. Una generosidad que se ganaba, de forma misteriosa, la inmediata simpatía de quienes los tratasen y que los llevaba a ellos mismos a ser algo enamoradizos. Por sentimentales, por poéticos y también por dadivosos de sí, por entregados. Entonces Catalina amaba a Carlos de Borbón, su primo, conde de Soissons, voluble en religión, en política y, pobre Madama, también en el amor. Ella sufría por él. Pero sufría de una manera tan auténtica como literaria, tan sincera como artificiosa, y que la hizo volcarse en mi confianza, puesto que yo iba precedido de la fama de haber luchado con Felipe II por el amor de la Princesa de Éboli, cosa que no era cierta, pero que no me convenía desmentir. Por Catalina sentí un respeto, una gratitud y una fascinación humana que jamás había sentido antes. Ésa fue la razón de que cuando, disgustada de Bearn por cuanto había sufrido su corazón en él, viajó a Saumur, la acompañara yo. Y de que siempre que le escribí, floreciesen como una primavera los extremos de mi pluma sin el menor esfuerzo.

Pero volvamos al principio. Lo cierto es que yo no me encontraba seguro en sitio alguno, porque los brazos del Rey Felipe eran muy largos. Pero en la casa del capitán Violet, menos aún: me veía rodeado de sombras enemigas. De ahí que, en diciembre, se me trasladara a la Torre de la Moneda, adosada al Castillo, con muy buen aposento, buen fuego y buen lecho con sábanas de seda. Fue en medio de aquella comodidad donde planeé, como por agradecimiento más que por venganza, la infortunada conquista de Aragón.

Por la situación de aquel territorio, casi a caballo entre España y Francia, y por ser tan propicio a todas las maquinaciones y favorecedor de todos los proyectos, así como por su gobierno liberal, al que me habría gustado tanto complacer, tuve esa idea de la invasión de las tierras que yo acababa de dejar. Hablé primero con el presidente del Consejo, señor de Robinneau, tan en contacto con espías como sus ministros y funcionarios. Y luego con un franciscano español apóstata, fray Alonso de Coello, que entonces se llamaba Fugier. Ambos me animaban y confiaban en mí, y no hacían oídos sordos a una leyenda que corría en torno mío: el atentado que planeaba contra Felipe II. Yo hablaba con naturalidad de la real familia, quizá alardeando demasiado de mi confianza, para que así su traición resultase más cruel. Y me manifestaba muy partidario de la Princesa Isabel Clara, mucho más que del heredero, producto de un matrimonio de veras ilegítimo por casi incestuoso. Me ofrecí, ante Madama Catalina, a gestionar el matrimonio de Isabel Clara, quejosa porque no la casaban, con Enrique IV. Y, movidos por impulsos acaso exagerados (no, decididamente sin acaso), prometía media España a la posesión del Rey francés, y un gran número de señores y Grandes de Castilla a su disposición. Quizá la libertad, ganada con tanto esfuerzo, me hacía desmesurarlo todo. Y el afecto y cariño que sentía por la familia del Bearn, que fue al principio como una borrachera. Y, desde luego, confundir lo que era un movimiento local zaragozano, en pro de la libertad, con lo que se pensaba en el resto de Aragón y en otras muchas partes de su entorno.

Yo creía contar, y mis acompañantes, con los montañeses y con la gente del llano: olvidábamos que la mayoría deseaba hacer méritos, después de la revuelta a que asistimos, con los poseedores de la fuerza. Y asimismo confiábamos, como ingenuos, en el alzamiento de los moriscos, tan vejados y asediados por la Inquisición, sin percibir que los de Valencia eran bastante más rebeldes que los de Aragón. Y que el alzamiento de Cataluña, con el que soñábamos, era una entelequia. Y ya una loca quimera que se uniera a tal propuesta Castilla... Cuando me quedaba a solas, recordaba aquella, todavía no lejana, profecía del duque de Alba y en su fracaso. El corazón, cuando se calienta, olvida cuanto desea olvidar. Y yo fui testigo, en las revueltas de Zaragoza, de que no se había contado con ayuda ninguna: yo mismo lo preví. Así fue, recordando el propósito de Escobedo *el Verdinegro*, de invadir desde la Montaña la Península, como acabé planeando invadirla desde Bearn. Aunque en él ya se tenía idea, porque la publicación de dos opúsculos por mí escritos, en casa de mi amigo Martín de Lanuza: *Un pedazo de Historia de lo sucedido en Zaragoza*, y *Un sumario del Discurso de las aventuras de Antonio Pérez*, había sido realizada allí después de impresos ambos, y acababan de salir a la luz. Fue mi querida amiga la Princesa quien pagó la impresión.

El doctor Arbizu, aquel navarro ya citado, se oponía a todo movimiento que precediese a la muerte del Rey Felipe. Pero Enrique IV, desde Chartres, dio su consentimiento a mi plan, que en todo caso le favorecería, porque Felipe habría de detraer parte de su ejército para atender el ataque a Aragón, con lo que desatendería su ayuda a la Liga, contra la que Enrique luchaba. Él, hugonote todavía, tenía como enemiga acérrima a la Liga católica: Francia se encontraba en guerra civil. De modo que el organizador de todo mi plan, entre los míos, fue Martín de Lanuza. El resto estaba indeciso por tener que aliarse con herejes. De ahí que, aleccionado por mí, don Martín argüía:

—Cuando se trata de defender la patria es lícito incluso contar con herejes. Además, la mayoría de los bearneses que nos acompañarán son católicos, y los que no, se abstendrán de cometer cualquier desmán u ofensa contra las cosas sagradas, cosa que los aragoneses no tolerarían.

Hubo, de todas formas, quienes se abstuvieron. Hablo de entre los nuestros. Y el propio don Diego de Heredia intervino, sin mando y con tibieza. Quiero decir que el entusiasmo no era indescriptible. Tanto es así, que la Princesa tuvo que mandar a Gil de Mesa con órdenes precisas de que obedeciesen a Lanuza. Por si fuera poco, Arbizu, espía del Virrey de Navarra, para hacer méritos ya había contado toda la trama. Incluso exagerando: se trataría, primero, de asesinar al Rey, y de aprovechar luego el desconcierto para entrar por los tres reinos de Navarra, Aragón y Cataluña, donde Enrique sería recibido como Señor. El general Vandôme había ordenado que ningún francés figurase como capitán, para mayor soltura de los españoles.

El día 5 de febrero de 1592 llegó la orden de partida enviada por Enrique IV. El mariscal Mantignon también se puso en marcha, muy a regañadientes, porque él habría preferido un ejército, por lo menos de treinta mil hombres y cuatro mil caballos. Se hizo, pues, la expedición al camino el día en que yo recibí la noticia de la muerte de la Princesa de Éboli, la persona más viva que jamás pudo haber. No hay, sin embargo, mal que por bien no venga: tanto había sufrido desde que la vi por última vez, que más de cien veces parecía que, ella tanto como yo, habíamos muerto ya. Y su recuerdo era aliado mío.

Miguel Donlope, el hermano de mi amigo Manuel, arropó el puente de Taradel, por donde a los dos días irrumpió Martín de Lanuza. A pesar de estar allí su casa y sus vasallos, fue recibido con muy poca adhesión y bastante frialdad. Y en Sallent se descubrió un celo felipista que llevó, cuando los invasores fuimos derrotados (hablo como si yo hubiese ido con ellos), a cruzar la frontera perseguidos, y a apresar a don Diego de Heredia, tan poco partidario de esa briega. Los nuestros, no obstante, ocuparon el valle de Tena, con salida por el paso de Santa Elena, al sur, conducidos por Gil de Mesa y Manuel Donlope, que capturaron a los capitanes enemigos. Unos días después, Gil se apoderó de Biescas, en el camino de Huesca y Jaca. Pero los aragoneses reaccionaron: primero, porque eran extranjeros los invasores; segundo, porque eran luteranos, y cometieron, contra lo prometido, más por codicia que por odio, tropelías, robos y sacrilegios. En las ciudades sin duda mandarían más los Fueros; pero en el campo lo que predominaba era la rebeldía contra los señores, que ahora venían mandando. Jaca y Huesca se alzaron con ímpetu. Y todo vino abajo. Madrid recompensó a los vencedores. Bearn se consternó y reaccionó contra los emigrados y los huidos que los habían llevado, con engaño, al degolladero.

Madama ordenó que yo no saliese de la Torre. Convencido estoy de que no como prisionero, sino para precaverme de cualquier ataque mientras se sosegaba el ánimo de sus súbditos. El espía Pascual de Santisteban, que volveré a mencionar, nos comunicó que un cuñado suyo, criado de la Princesa, me acusaba de mal hombre, traidor a mi Rey natural, que había causado todas las rebeldías y muertes ocasionadas, con falsas promesas y planes equivocados, que salieron al revés de como se prometieran. Y, por si fuese poco, lo que más se lamentaba era el acabamiento del comercio entre Bearn y Aragón, del que se mantenía la mitad de la zona, es decir, que preferían matarme a mí, tan malo y bellaco, a comer faisanes. Si eso fuese posible, porque de ahora en adelante iba a morir de hambre mucha gente. Con lo cual se exacerbó la manía de acusarnos a Mayorín y a mí, que no asistimos a la invasión, de sodomitas.

No fue del todo este desastre el que me hizo abandonar Pau, sino una larga serie de amenazas unidas al traslado, con encierro, a la Torre ordenada por la Princesa Catalina y a mi deseo de conocer al Rey Enrique.

Respecto al primer punto, ya había tenido algunas experiencias en la cárcel de Zaragoza, aunque la voluntad del Rey no pareciese muy decidida, porque de ser así hubiese conseguido asesinarme. Pero, ¿cómo encontrar entonces, asesinado ya, y dónde y en qué situación, mi principal defensa: los papeles?

Por el contrario, al refugiarme en el extranjero, se multiplicaron los atentados, alguno de los cuales me hirió hondo en el alma. No tanto el de Miguel Donlope, que, cuando se produjo el desastre, se separó de nosotros y volvió a Zaragoza, donde fue preso, y donde se comprometió a volver a Francia y regresar con Lanuza y conmigo. No hablo de ése, sino de una traición del mismo Lanuza, que conocí a través de mis propios espías en la Corte. Un doctor Cortés, a través de una carta, ofrecía al Consejo de Madrid la entrega de mi persona por Martín de Lanuza. El Rey contestó aceptando con ciertas condiciones no muy fáciles. Tal respuesta enfrió la intención de ser perdonado, a costa mía, de mi íntimo amigo, y ya permaneció siempre a mi lado. Quizá el empestillamiento de ese echacuervos de la Inquisición fue lo que me salvó.

Otro caso fue el del señor de Pinilla, que, después de presentárseme con trescientos soldados en mi huida, compareció ante el Santo Oficio de Toledo, donde estaba su amigo Morejón; pero fue encarcelado, hasta que propuso cambiar su libertad a costa de mi muerte. Tan meticuloso se había vuelto el Rey, que le obligó a dejar en rehenes a un cuñado del caballero, por llamarlo de una manera exagerada. Ignoro lo que sucedería con esa familia tan unida.

Mucho antes, recién llegado yo al Bearn, colaboró conmigo y fue hecho prisionero en la invasión aragonesa un tal Tomás de Rueda. Conducido a la cárcel de la Inquisición, para hacer mérito a sus ojos, me escribió una larga y falsa epístola, tratando, por mi bien por supuesto, de que me reintegrase a las manos del Santo Oficio. Mi contestación fue tal que a Rueda, sin más protocolos, se le entregó al brazo secular para su ejecución. Donde las dan las toman.

Sin embargo, éste resultó sólo el comienzo. Fue llegar yo a Pau, y empezar a sembrarse por doquiera dineros, dones, dádivas, caballos, ámbares y propinas para comprar voluntades en mi contra. Qué curioso que haya algún canon por el que, para matar a un cristiano perseguido, se pueda tratar con luteranos, y no haya ninguno que, para salvarse, lo permita. Un tal Bustamante, mercader de guantes y olores, debía apoderarse de mí para entregarme en Sallent a un caballero, si es que lo hubiera sido, que sospecho fuese el mismo Pinilla. Ofrecía, con muchas más promesas, tres mil ducados a quien le ayudase en mi captura. Yo conseguí que nadie me entregara. Pero por el momento.

Porque hasta el propio Mayorín estuvo complicado en una intriga infame contra mí. Tan novelero era, que verme convertido en un problema nacional le entusiasmaba, habiendo en lontananza sustanciosas prebendas. Él pasó, de animarme hablando de astros protectores o pedriscos, y de jugar al naipe con presos de la cárcel zaragozana y dejarlos sin blanca, hasta hacerlos creer que era nigromante, al extremo de que, llegados a Pau, se distanció de mí y comenzó a sufrir las tentaciones que el doctor Arbizu tramó a mi costa. Mayorín había soñado con los tesoros del Rey de Francia. No se prestó la cosa. Y cuando el cochino navarro le habló de parte de Reyes y Virreyes para que, en contra mía, hiciese lo que Felipe ansiaba, a cambio de mercedes, de rentas, de perdón e indulgencias plenarias, vio el cielo de par en par abierto y se comprometió. No por mucho tiempo, ésa es la verdad. Porque pronto me envió una carta confesándome todo: se había propuesto envenenarme, pero al doctor navarro no le pareció castigo suficiente; entonces se puso a disposición del otro, llorando por mi comportamiento con mi Rey. (Es preciso aclarar que Mayorín, pese a su gran apariencia era muy blando de ojos; y pese a sus escarceos amorosos con mujeres, sobre todo con una, manejada por Arbizu, y que dio con sus huesos en la cárcel, era más sodomita que cualquiera.) Arbizu lo consoló y lo reconquistó sugiriéndole aquello en que él podía servir al Rey de España dejando de servirme a mí y entregándome a él. Y de esta forma se comprometió. Hasta que, llorando de nuevo otro día, nos lo contó todo a mí y a mis amigos, y fue en busca de su cómplice, que jugaba absorto al ajedrez, y le tiró dos veces de la capa, le preguntó qué noticias había, y, sin encomendarse a Dios ni al Diablo, le arreó un puñetazo que le tuvo mucho tiempo en el suelo sin conocimiento. Fueron los dos prendidos y juzgados. Se consultó con Madama que, algo escandalizada, nos mandó salir a todos de la Torre y que tuviésemos nuestras casas por cárceles, con fianza. Tras de mis explicaciones —esta vez me tocó llorar a mí para que no hubiese duda de mi sinceridad—, la Princesa desterró a Arbizu y a Mayorín. No volví a saber más de ninguno de los dos.

No sé si os acordaréis, lectores, del Burcesico de Zaragoza. Pues su padre, un zapatero que colaboró en el motín del pueblo con denuedo, cayó luego bajo la influencia y sugestión de Martín de Córdoba, el Virrey de Navarra, que me odiaba. Prometíale en sus cartas el oro y el moro, y le recomendaba prisa, mucha prisa. Y este emigrado, lejos de su casa, entre el hambre y la persecución, se dio ya por comprado. Gracias a Dios fue detenido, y se le encontraron los materiales que iba a utilizar para envenenarme. Burces fue condenado a muerte. Pero, por entonces, o aquel mismo día, regresó de Burdeos Catalina, y en un banquete de recepción le contaron la historia. Ella, alterada, se volvió hacia mí mientras a sus pies se arrodillaba Burces, a quien desde la cárcel habían traído. Yo le pedí el perdón para él y le fue concedido. La Princesa, magnánima, lo desterró, dándole, por si fuera poco, unos dineros.

Arbizu, antes de ser a su vez desterrado, intentó que me prendiese un flamenco medio loco, Juan Ronnius. Era humanista y alquimista, persona nada desdeñable. El plan previsto era doble. Uno primero consistía en que, como muchas tardes yo destilaba en las retortas de su laboratorio mis esencias, y después paseábamos hasta media legua de Pau, no muy lejos de España, hacia Juranson, famoso por sus vinos, podría haber allí siete u ocho soldados que se apoderasen de mí, cruzaran el río y diesen conmigo en Aragón. El segundo plan, por si las moscas, era que los soldados entrasen en la casa de Ronnius mientras comíamos y bebíamos, y me llevasen hacia Tarbes, donde algunos miembros de la Liga católica se harían cargo de mí para entregarme a los españoles.

Todo esto, una vez descubrieron, ya por confesiones, ya por fracasos, ya por arrepentimientos, me desanimaba y me tenía en vilo. Y no es que fuera fácil asaltarme: sólo salía de la Torre al Castillo, y la Torre era fuerte, con puente levadizo, seis soldados de guardia y la centinela de ronda. A veces iba hasta los jardines, donde había mucha gente, y aun así siempre andaba acompañado de mis aragoneses. A pesar de todo, hubo un señor de Garro, que se ofreció a matarme, ante el gobernador de Pamplona, don Pedro de Navarra. Para eso trató de utilizar al citado Santisteban, pariente del hombre que me tenía a su cargo en la Torre. Tal plan no tuvo éxito y me lo contaron a posteriori. Pero el Garro, tozudo, intervino otra vez: ésta, a través de un tal Peyrac, que, en unión del capitán Danguin, resolvió capturarme. El precio de este servicio era grande, tres mil ducados. Pero el camino hasta España quizá fuese más grande aún: la violencia del rapto y tres ríos que cruzar con un hombre viejo ya, cansado y probablemente muerto por tanto sobresalto.

Otro que fue detenido, por sospechoso de atentado, fue un tudelano llamado Artez, pariente del señor de Mora y de los caseríos de Sangüesa, prófugo en Aragón del ejército de Castilla, que aspiraba a redimirse con mi muerte. Yo creo que era gente alocada, sin otro sentido que el de la propia supervivencia. Como aquel Galeote aragonés, carretero de oficio, que había hecho una muerte en la Matilla, en Navarra, condenado a la horca, conmutada por galeras a perpetuidad. En La Rochela se fugó, y decidió usarme a mí para salvarse.

En realidad, para ser sincero, yo no tenía buen ambiente en el país, por otra parte demasiado próximo a España. Toda esta suma de hechos tiró mi ánimo a tierra. En el mes de julio caí en la cama. La Princesa se preocupaba por mí, y yo, bien educado, le decía que no me pesaba la muerte sino por la falta que podía caber al servicio de su alteza. Total: entre los atentados y la invasión absurda y fracasada, todo me daba prisa para organizar un viaje a Inglaterra, más lejana y segura. Y porque los proyectos de agresión a España serían desde allí más fáciles y más grandiosos, dado su potestad marina. Sin contar con los favores y la amistad que, de joven, había tenido mi padre con la futura Reina Isabel, a espaldas de su hermana María Tudor. Qué errado estuve confiando en la firmeza de la memoria humana.

Nada más llegar a Pau, el espía Marban me avisó de que un residente de Bayona, llamado Chateau Martin, negociante a favor de Isabel de Inglaterra y de Antonio de Crato (el cual me enviaba, en nombre de su hija, unos guantes de ámbar), quería hablar conmigo para convencerme de que hiciese una visita a Londres. En mi nombre mandé a alguien que acababa de conocer y que hablaba francés; se trataba del doctor Arbizu, que luego me daría tanta guerra. El hecho era que, si yo quería servir a la Reina inglesa, haría que me diesen buen entretenimiento y un navío seguro. Yo respondí, con cautela, que estaba en Bearn por la fuerza de las circunstancias y no por mi gusto, pues no esperé más de aquella tierra que lo que había visto y hallado. La verdad es que de agradecido no pequé, pero qué iba a hacer si, en aquel lugar, de siete personas que te tropezases por la calle, eran espías nueve. En la primavera de 1592 volvió a insistir Chateau Martin, y yo mandé a Inglaterra con él a mi rodamonte Gil de Mesa, con una misiva para la Reina, que me temo que me saliera algo conceptuosa: equivocación que suele acontecerme cuando escribo en latín y quiero quedar bien.

Pasaron los días y en junio todavía estaba en Pau. Me enteré, por un contraespía, de que un espía había escrito a Madrid «que la Princesa me tenía entretenido dándome muchas esperanzas de parte de su hermano, y comunicándome que, si el Rey de España me había quitado la hacienda, el de Francia me la retornaría». A mí me pareció una exageración, porque estaba convencido de que Enrique IV, aunque quisiera, no daba dinero a nadie: entre otras razones, porque no lo tenía... Eran ya los finales de noviembre, y ni Gil de Mesa había vuelto ni había cambiado mi angustioso panorama.

Pasado el invierno, y con la primavera del 93 llegó Gil de Mesa de Inglaterra con noticias muy gratas. Había yo ya considerado la posibilidad de irme a Holanda para imprimir allí mi *Apología contra Su Majestad.* Pero sucedió que entonces mi viaje hacia Isabel le interesaba más que nunca a Enrique IV, y también mis confidencias para organizar una acción conjunta franco-inglesa contra las costas españolas, dirigida por mí y por Antonio de Crato, al que yo entonces consideraba poderoso y no vacuo, como cuando luego lo conocí. Y sucedió entonces que el Rey francés escribió a su hermana, sumida en lacerantes crisis de amor, para que fuese a Tours a encontrarse con él y me llevase a mí. Y emprendimos el viaje.

Primero nos detuvimos en Burdeos, y de allí fuimos a Saumur, donde nos esperaba Enrique el Rey. Recuerdo que me miró de pies a cabeza, me sopesó, me sentí casi tocado por él, traspasado por él, y, al fin, se sonrió. En una de las primeras conversaciones que tuvimos, no sé cómo, llegamos al tema de los moriscos, que él quería manejar en su provecho, como también lo había intentado yo con resultados negativos. Recuerdo que, por entonces, habló el Rey, sin saber que era espía doble, con Gaspar del Castillo, y no fue prudente al rebelarle la cuestión que yo pintaba de rebelión dentro del Reino de España y del número aproximado de moriscos que en Aragón se alzarían, en Valencia y en Fraga, camino de Barcelona, con agentes previamente preparados y coadyuvantes en Sevilla y Madrid. Don Martín de Lanuza afirmaba en silencio, presente en la conversación. Y en el proyecto entraba, aunque ausente, Isabel de Inglaterra. Cuando tuvimos noticia, no mucho después, del desarme de los moriscos aragoneses, fue cuando caímos en la cuenta de que Gaspar del Castillo lo había contado todo, bien y deprisa, a Felipe II. Y nada pudo hacerse.

Pasado un poco, con una carta del Rey de Francia muy cariñosa, partí para Inglaterra. Decía la carta:

«Una de las alegrías que he tenido en mi viaje a Tours ha sido ver al señor Antonio Pérez... personaje no menos capaz del lugar que ha ocupado que indigno de las persecuciones que sufre. Tenía decidido retenerlo a mi servicio, pero estimando que Vuestra Majestad tendrá interés en verlo, lo dejo ir, seguro de que oiréis de él cosas que os serán útiles... Después os ruego que me lo devolváis no tarde, para emplearlo, tanto en lo que concierne a vuestro servicio como al mío, poniendo los dos en la misma consideración, y con vuestra satisfacción por encima de todas las cosas.»

He sabido después —estas cosas siempre se saben después— que nunca le caí bien a Enrique IV: quién lo diría. Por lo visto, mi deferencia y mis servicios los malinterpretó como una falsa cortesía de exiliado. Se dice de él que tenía un espíritu de muchacho fresco y jovial, y que en eso residía el secreto de su eficacia. Quizá yo no supe ver tanto esa eficacia, y cuando lo conocí tenía él ya cuarenta años y yo cincuenta y tres.

En mi viaje a Inglaterra me acompañó el Vidamo de Chartres, es decir, el señor encargado de defender y cuidar las tierras de esa Abadía, ahora encargado sólo de cuidar de mi vida y regalo. Yo disfrutaba con ilusión pensando en el efecto que mi viaje causaría en España, donde la personificación de la herejía era justamente Isabel. Y tanto efecto fue que, siempre en su propia guerra, el Rey arreció sus prisiones a Juana de Coello y a mis hijos.

Según tengo entendido alguien ha contado que Isabel me recibió mal y fríamente. No fue así. Tardó en recibirme porque tenía entre manos un problema político en el que yo sería decisivo; pero de ninguna manera por antipatía o repulsión. Al contrario, ella solía decir que no se maravillase nadie de que me tratara con tanta honra, porque se hallaba muy obligada a mi padre, en el tiempo de sus prisiones, cuando en aquel reino gobernaba su hermana María y mi «traicionado» Rey Felipe. Lo de mi traición lo subrayaba siempre, pero siempre sonriendo.

Al revés de lo que se piense, sobre todas las cosas tengo que agradecerle su tardanza en concederme audiencias. De ahí que mandara al conde de Essex, Robert Devereux, que me tuviese en su casa, con permiso de vivir en la religión de mis padres y abuelos, con mil favores personales, grandes siempre para una hormiga como era mi persona... Aquí se detiene mi voz ya que no mi pluma. Nunca creí que la vida me reservara para el fin su mayor dulzura.

Nunca creí que ningún muchacho de veinticinco años pudiera ser tan hermoso, tan grande, tan sublime, tan regio como el Conde. Caí rendido a sus pies nada más verlo. Perdí mi norte, yo que jamás había imaginado perderlo. Balbuceé, lloré, reí, parecía un tonto, cosa que nunca me ocurrió antes. Nunca... Él me acariciaba la espalda, sonreía, me animaba con sus ojos de color verde oscuro, rozaba con sus largas manos delgadas el temblor de las mías. No era yo consciente de lo que me sucedía, por el sencillo motivo de que nunca me había sucedido. Sólo después, cuando me quedé a solas, pude, azogado, ponerle un nombre a mi descabalado comportamiento. Era amor. Quien a sus cincuenta y tres años lo haya conocido por primera vez, quien hasta esa edad haya sido egoísta, carnal, superior —o así lo haya creído— a todo lo demás, quien se haya colocado sobre los otros seres y las cosas, y se mire caer de repente ante una leve risa apenas o un contacto o un simple roce o una casual mirada, sólo alguien así podrá comprenderme. Me cogió tan desprevenido que de nada me sirvieron mi experiencia y mi labia. Fue como alguien que se extravía en una selva oscura, igual que Dante pero con más edad. Y tendí mi cuello al dulce sufrimiento de ser martirizado por aquel ángel que se encarnó en un palacio de Londres, donde yo debía, por orden de la Reina, cohabitar con él. Él, que se dio cuenta de lo que por mí estaba pasando, porque, de una manera suntuosa y a un tiempo fraternal, se inclinó con toda la gracia de los cielos y rozó mi mejilla con la suya. Yo cerré los ojos y deseé que mi vida terminara en ese instante, mientras sentía cómo dos lágrimas, sin causa conocida, resbalaban por mis mejillas, y que una mano, desnuda de su guante, las deshacía con piedad.

Es fácil deducir que el mejor tiempo de mi emigración fue aquel en el que, sin esperar nada, habría dado no sólo todo lo que sabía, sino todo lo que esperaba (y no esperaba más que me dejasen adorarlo) y mi vida también. Nunca conocí a nadie tan viril y tan tierno, tan bello y complaciente, tan seguro de que a su alrededor giraba el mundo. Era tan deslumbrante como el Luzbel caído unos segundos antes de caer. Yo me sentía arrastrado por su oleaje imprevisible, su seriedad casi infantil y sus repentinas carcajadas. Me era difícil razonar ante sus largos cabellos y sus orejas enjoyadas, ante sus dedos llenos de sortijas que, en un instante, arrojaba sobre un cofre dejando sus manos limpias, netas, con la simple hermosura de su delicadeza y de su fuerza, con sus uñas cuidadas, de grandes lunas más claras que el resto.

Él fue quien, para cuando había de ausentarse de mi lado provocándome una sed irresistible, me presentó a los hermanos Bacon, unos gemelos llenos de encanto, que se dedicaban uno, Anthony, a la política, y otro, Francis, a la filosofía. Eran dulces y cálidos. Muy diferentes a su madre que siempre me tuvo entre ojos, como si yo los embrujara. Lady Bacon era una vieja erudita y puritana que sospechaba mala influencia de cualquiera para sus hijos. La alarmaba sobre todo mi entendimiento con Francis, cuya amistad con un paje de buen ver y de malas costumbres, llamado Percy, y que según se decía era su compañero de coche y de cama, la hacía tener la certeza de que la divina cólera se desencadenaría sobre toda su casa. La decrépita señora imaginó que yo había seducido a Robert «por lo que representaba, y para vivir a sus expensas»: ésa era su expresión. Cuando me di cuenta de lo que pensaba me eché a llorar: ojalá hubiese sido verdad ese disparate. Nada mejor habría podido desear en mi vida: ni la vuelta a la gracia del Rey de España... Seducido... Entonces, en aquel tiempo, me di cuenta de que había voces que yo no había vislumbrado siquiera, estados de ánimo de una tensión y al mismo tiempo de una placidez edénicas e insufribles; paradojas del alma que estiraban o encogían el corazón al antojo de algo que no estaba, ni puede ni podrá estar nunca en nuestro propio dominio.

Viví (¿viví? ¿soñé? ¿morí?) primero en el palacio de Essex, donde hice amistad con lord Cliford, con lord Riche, hermano de Robert, con lord Harris, con lord Burke, con lord Southampton (que tuvo una maravillosa relación con el dramaturgo Marlowe —los dos, heterodoxos en la religión y en el sexo— y también, a la muerte de ese escritor, con otro, Shakespeare —que le escribió sonetos admirables por los que me habría encantado saber el inglés—, con quien guardó un tiempo una relación matrimonial). También conocí a sir Unton, al que más tarde reencontraría, y a sir Robert Sidney. Y en todas estas grandes casas se me recibía y agasajaba, y se me requería en las sobremesas a que relatara mis amores, mis persecuciones y mis aventuras. Yo reconozco que, fuera de mí, quizá exageraba, pero sólo para no defraudar a mis interesados interlocutores, pendientes de mis labios que, como Lady Russell, ponderaba la facilidad y la gracia con que narraba mis penalidades y mis triunfos. No obstante, yo reconozco que sólo me excedía en verdad cuando los ojos verdes del conde Robert estaban fijos en mí, y su boca, en la que a mí me gustaría beber un instante y morirme después, se plegaba con ligereza apuntando una sonrisa.

De la Reina, ¿qué voy a decir? Que hablaba como una gallina. Se parecía bastante a Felipe; como se parecen, yo creo, unos reyes a otros. Era irresoluta y lenta. Y tenía dos influencias contrapuestas entonces: la del viejo William Cecil, secretario de Estado y Gran Tesorero, y la de mi dulce Robert Devereux, favorito de la vieja solterona. El barón Cecil era un ministro antiguo, apaciguado, sedentario, buen administrador y firme. Mi amado era un joven impetuoso, lanzadísimo, elegante y guapo, que hacía y recomendaba hacer una política parecida a él, que enamoraba a la vieja estantigua: ella ya había cumplido los sesenta y tenía determinadas malformaciones, según supe, que la impedían practicar el amor. Su madre, Ana Bolena, había tenido bocio y seis dedos en una mano: ella, los defectos los tenía dos o tres cuartas más abajo. Los dos Consejeros se oponían, sobre todo, en cuanto a la política exterior. Essex defendía una ayuda total, tanto diplomática cuanto bélica, a Francia contra España, para todo lo cual yo le venía de perlas y yacía como un podenco a sus pies. Cecil, sobre todo después de la conversión de Enrique IV al catolicismo, desconfiaba de Francia, y aconsejaba que Isabel actuase por sí sola contra Felipe, del que por cierto había estado un poco enamorada hacía treinta y cinco o cuarenta años, cuando se habló de bodas... Y ella, indecisa, tardaba en recibirme, porque quería saber cómo hablarme y qué pedirme de una forma más clara...

Yo traía cartas de Enrique en que se solicitaba aquello de que Cecil recomendaba abstenerse. Y este juego político, por primera vez en mi vida, me aburría porque no podía dejar de ver, en lo más hondo de mi alma, la efigie esbelta, erguida y todopoderosa de Essex aconsejando a la Reina y dejándose aconsejar por mí que, de cuando en cuando, perdía el hilo de la conversación y balbuceaba como un niño, y tardaba en recuperar el camino, mirando con ojos vidriosos a mi alrededor por ver si un mueble, una joya, un cuadro, una ventana, me ayudaban a salvarme de mi naufragio total bajo los ojos verde mar de Essex.

Cuando la Reina me concedió la audiencia, la interesé de un modo intuitivo. Le hablé de lo que a las viejas zorras estériles les gusta: anécdotas de carne y sexo en que quienes lo ejercen salen muy mal parados. Yo le contaba relatos verdes, sucedidos procaces que a veces había oído contar a mi padre o a algún cortesano, de la estancia de un año y pocos meses de Felipe en Inglaterra. De las dificultades de penetrar a su hermana, por la cerrazón de ella, y la escasez de entusiasmo del Rey, cuyas piernas y cuyos muslos de treinta y dos años, de demonio del mediodía, ella adoraba enmudecida, sin saber hacer otra cosa que ofrecerse con las manos entrelazadas y los ojos en blanco, quizá rezando pero no del todo... Le hablaba de sus embarazos sicológicos, que ella creía verdaderos como las perras sin macho. Le hablaba del estado actual de Felipe, achacoso, débil y cojeante, mientras ella, erguida a fuerza de sostenes y añadidos en los trajes, cubierta de pelucas y de alhajas, jadeaba al reírse como una demente escandalizada.

—Traidor —me llamaba como en broma—. Traidor, cuéntame otra vez cómo está el Rey Felipe.

El Rey, a quien sin duda antaño deseó, y de ello brotaba aún un rescoldo brusco si la empujaba yo a aquella lejanía sentimental, cuando ambos pensaron en casarse uno con otro... y la Historia, igual que un ancho río, ahogó en el mar toda huella, por mínima que fuese, de corazón y de verdad...

499

Con el pretexto de que me sirviera de intérprete, me pusieron al lado a un judío, que había vivido por destierro en Indias y, de regreso, lo apresaron los ingleses y lo trajeron a Londres, donde se hizo amigo del doctor López, médico de la Reina, que lo relacionó con Cecil y su hijo. Saltaba a la vista que su misión no era traducirme sino espiarme. Y no sólo en servicio de la Reina, también del conde de Fuentes, entonces en los Países Bajos. Fue por aquellos días cuando yo conseguí la copia de una carta, que ojalá no hubiera leído nunca. Procedía de la casa de Essex; yo casi había olvidado que un día fui político, que había traicionado a mi Rey, que había salvado la vida con el destierro, que quizá se sospechaba de mí como espía francés... Sólo sabía que amaba, o algo así; que todo dependía del hilo de una mirada; que la felicidad era una brisa que iba y que venía, que estaba lejos o cerca, o ahí, al alcance de la mano si yo conseguía dominar su temblor... Una brizna de aroma pasajera... La nota, digo, venía de la casa de Essex. La había ordenado Robert. Era de junio de 1593, y decía textualmente:

«El informador debe tener mucho cuidado en obtener todas las noticias que pueda de Antonio Pérez: cuál es el fin de su venida aquí, y con quién ha tratado. Podrá advertir que Pérez no vino a ver a la Reina ni la primera ni la segunda vez en que el Vidamo de Chartres tuvo audiencias; y que, cuando la tuvo, él vino privadamente y besó la mano a la Reina, pero no habló mucho con ella; y que ha tenido después dos conferencias privadas con Su Majestad. No viene nunca públicamente a la Corte cuando está el embajador inglés, excepto en la fiesta de San Jorge, y quiere hablar aquí con muchos, y la Reina no quiere oírle. Y ha hablado al Lord Tesorero en una sola ocasión, privadamente, y en una o dos veces con el conde de Essex; pero ha sido muy honrado por éste, que aprecia mucho su saber. Se ignora si se quedará aún o volverá a

Francia; nadie más tendrá ocasión, probablemente, de hablar con él. El Lord Tesorero sólo desea comparar sus opiniones con su propia experiencia, ya que el conde de Essex sólo busca utilizarlo para saber sobre cómo iniciar alguna empresa en el extranjero, porque sus designios son hacer la guerra ofensiva más bien que quedar a la defensiva. Es, pues, preciso utilizarle sin fiarse de él...»

Cuando terminé, entre sollozos, de leerla, supe, necesité saber, que Essex me quería. O me necesitaba. Pero todo era duelo y lejanía y sospechas de mí... Me propuse ayudarlo. Pero me trasladé de su casa a la de Mister Harrison, Maestrescuelas de San Pablo, porque no podía soportar ya más el fuego tan cerca sin quemarme, el agua tan cerca sin beber. No había nacido para Tántalo. Y, por si fuera poco, no podía correr el riesgo de traicionarme yo a mí mismo. Tenía que procurar transformar en amistad el amor. O sea, no era yo tan distinto del basilisco llamado Isabel como creía. Y, para alejarme más, volví a ejercer mi oficio, y me trasladé al Colegio de Eton, donde vivía ya el antiguo prior de Crato. A su lado comprendí que, poco más o menos, era como él. Y fue entonces cuando vertí mis más amargas lágrimas.

Desde que salí de España había deseado entrar en contacto con él. Me sorprendió agradablemente que él deseara lo mismo de mi persona. No sé dónde extravié sus guantes de ámbar; lo cierto y lo más grave es que me desilusionó. Yo lo había engrandecido en mi imaginación. A fuerza de ser manipulado por ingleses y franceses para sus propósitos contra el Rey de España, no pesaba ya nada en la política europea. Era un personaje gastado e inservible. Buscaba utilizarme a mí como yo había pensado hacer con él. Vivía desentendido y pobre. Y admiraba mi forma de vestir, de gesticular y de alternar con los Grandes de la Corte. Me enteré, para mi desgracia, de que Ronnius, que también era espía doble, había contado en España lo que yo le dije un poco a la ligera: que quería ir a Inglaterra, entre otras cosas, para pedirle algo de dinero a don Antonio de Crato. Una de las razones era que yo no podía aceptar pensión ninguna, a causa de los daños que señalan las leyes a los que mueren pensionados por Príncipes supremos, sin licencia del suyo natural... Y ahora me encontraba no sólo pobre sino lerdo e ignorante: el timador timado. Ganas me daban de gritar lo que Chateau Martin le gritó a Ronnius cuando le contó mi aspiración estúpida:

—*Me desnudum non potest cooperire*: desnudar a un desnudo es cosa muy difícil.

El presunto Rey de Portugal vivía de limosnas, ya inútil para las intrigas trascendentales. Ni siquiera mínimamente importantes. Los emigrados dejan el oropel en su frontera, y se quedan en lo que son. Me miré en su espejo y me avergoncé. Necesitaba olvidar cuanto antes la historia del hijo de *la Pelícana*, tan semejante a la mía: los nacionalistas necesitan inventarse a sus héroes como quien reviste a un muñeco. A mí me había sucedido en Zaragoza; a Crato, en Portugal o en la isla Terceira. Fuera de allí, se pone de relieve siempre la desnudez... Y así fue: el desgraciado no tardó en morir. Yo he durado un poco más, pero del mismo modo.

En Eton convivía con nosotros el misterioso doctor López. Portugués, de origen judío y convertido al protestantismo, debía de tener un revoltillo en su cabeza. En ciertas ocasiones nos habló a los emigrados, faltando a su secreto profesional, de algunas —dijo— vergonzosas anomalías del instinto que padecía el conde de Essex. «Anomalías benditas», pensé yo, porque mi cabeza y mi alma persistían fijas en ese instinto que lo acercaba a mí. De cualquier forma, creí conveniente que Robert supiera de quién debía desconfiar. Y se lo conté. Se encolerizó; me besó en la sien izquierda mientras yo cerraba los ojos, y juró que se vengaría. Así lo hizo. Y yo me arrepentí, porque el doctor era un hombre acaso descuidado pero muy bondadoso.

Poco a poco y con tales ejemplos, fui dándome cuenta de la desconfianza que me rodeaba, y que yo atribuía al ensañamiento de los españoles. Así se lo hacía saber a Essex, en una especie de lenguaje cifrado que habíamos concebido inventado, como dos niños chicos, para escribirnos. Y yo lo hacía sin cesar. Mi vida era estar ante él o pensando en él, porque cuando estaba ante él no era siquiera capaz de hablar ni de pensar: de contemplar tan sólo.

—Las maquinaciones de los Faraones de Egipto quieren hacerme sospechoso ante la Reina —le decía en un cuidado latín, que él contestaba con el más delicado del mundo.

Llamábamos Faraones a Felipe y su gente. Y era cierto. Habían hecho correr la voz de que Idiáquez llamó a un joven inglés proponiéndole, a fuerza de dinero, llevarme una carta del Rey en la que me proponía su perdón y el de mi familia si contaba cuanto viese y oyese en la corte inglesa. El joven, después, enseñaría mi respuesta, que se suponía aprobatoria, a la Reina Isabel. Con las consecuencias que también se suponían. Pero, para dejar bien a esa nación, se agregaba que el joven se negó, y que a mi cabeza se le había señalado un precio de veinte mil ducados. Una vez más, lo intentó el señor de Pinilla, aquel aragonés tan obcecado como cabezón, compañero de Concas, barón de Bardají.

Por entonces sucedió que el conde de Fuentes, que seguía de general en los Países Bajos, y Esteban de Ibarra, secretario del Consejo de Guerra de España en Francia, captaron al judío doctor Ruy López, mi amigo, para que envenenase a la Reina con una recompensa de cincuenta mil ducados. Y con un peculiar añadido: que el Rey de España se encargaría de casar a sus hijas (las de Ruy López por descontado, porque la Reina era árida como un páramo y el Rey, andropáusico). La trama fue descubierta. En el proceso se leyeron cartas de Fuentes e Ibarra animándole a apresurar el crimen. El doctor fue ejecutado con sus cómplices, Manuel Luis Tinaco y Esteban Ferreiro de Gama, que tenían el compromiso de llevárseme también a mí por delante. En relación con ellos estaban dos irlandeses, que eran quienes recibían órdenes respecto a mí. Al menos, eso comentaron en el tormento. La Reina, a partir de esa desgraciada conjunción, me miró con mejores ojos.

El oro español era, en Europa, un mito que excitaba toda clase de tentaciones y de concupiscencias. Yo, sin embargo, no estaba seguro sobre lo que había sucedido. Vi demasiado odio en los verdes ojos de Essex cuando le comenté la confidencia de López. Odio que me dio miedo porque, si no estaban airados, sabían mirar con tal ternura... Yo estoy cierto, porque lo sufrí, de que, sometido al tormento, cualquier hombre puede confesar cualquier cosa.

Sea como fuese, aproveché mi momento de gloria desgraciada y amenazada para hacerme compadecido y célebre entre las damas de la Corte. Recuerdo que a una hermana de mi amado le recordaba en una carta cómo ella acudió en mi auxilio y consuelo cuando quisieron matarme, y concluía, se da por sabido que para que se lo dijera a su hermano:

«Si el Oriente y el Occidente llevan piedras bezoares, Inglaterra lleva damas, cuyos favores son más poderosos.»

Sea o no verdadero el crimen probable, lo cierto es que a Felipe II no se le iba mi nombre de la memoria. Estuviera unido o separado del nombre del basilisco Isabel.

Se cundió por Londres, una ciudad llena de comentarios sin interés, que yo había gozado de dos pensiones de la Reina a falta de una: la primera, de cien libras, y la segunda, de treinta. Tanto me irritó que yo, que había renunciado a la de Enrique IV de Francia, le escribí a él cerciorándolo de que, desde que salí de España, no había gozado ni del socorro de un franco de Rey ni de Reina ni de Príncipe supremo, sino del pan que había comido de él y de su hermana y, en Londres, de la liberalidad de mi lord de Essex. La cosa no era del todo así, pero no podía cerrar la hipotética fuente de Enrique de Borbón, más liberal —eso es por desgracia cierto— de palabra que de obra. También es cierto que la Reina tuvo conmigo algunas atenciones en recuerdo de tiempos pasados. Y el mecenas que pagó la impresión de mis *Relaciones*, no fue Su Graciosa Majestad, sino la persona que despertó mi corazón y llenó de una desconocida luz mi vida. Y no sólo me emocionó su generosidad, sino el tempestuoso efecto que el libro produjo en el Rey Felipe, sobre todo un poco después, cuando su indignación se multiplicó con la traducción al flamenco, que se repartía profusa y exitosamente por los Países Bajos. No hay nada que cunda tanto y guste más que la literatura denigratoria. Siempre que se tenga razón, por descontado; bueno y, si no se tiene, quizá guste todavía más... La versión inglesa ya me encargué yo de promocionarla con cartas agregadas. Reconozco que la del mecenas Essex era una verdadera carta de amor. Y recuerdo también la primorosa que le escribí a Southampton, tan acostumbrado a primores literarios, aun por vías carnales. Todas estuvieron bien y oportunamente repartidas.

Casi desde mi llegada a Londres, Enrique IV me reclamaba. Yo me excusé al principio notificándole imaginarias enfermedades. Martín de Lanuza me llevó una carta en que se me daba permiso de permanecer allí hasta mi curación. No había mentira en mis afirmaciones, porque mi corazón estaba atravesado. (Debo añadir aquí que a mi amigo Lanuza no volví a verlo más, cosa que siempre me extrañó; aunque menos entonces, pues vivía un momento de intensidad sin igual.) Lo de la enfermedad no era, pues, del todo falso: ¿no es el amor sin duda una indisposición y una dolencia? Me calificaba a mí mismo de «navío viejo, inútil y sin jarcia alguna»; sin embargo, bajo el viento de Essex navegaba como un velero bergantín, lleno de intensidades...

Pero nada hay eterno. En junio del 94 comencé a dejar de ver a Robert, ocupado fuera de Inglaterra, o de Londres al menos, y comencé también a echar de menos Francia. Pero pedía permiso a la Reina y las órdenes no acababan de llegar, porque si los Reyes se asemejan unos a otros, más aún se asemejan los ministros: egoístas, caprichosos y malandrines. Gil de Mesa, que tanto se alegró de mis alegrías, visitaba a los personajes de la Corte francesa y les transmitía mis quejas, jugando yo así con una doble ventaja. Pero el Rey se enfadaba seriamente en Francia por mi retraso, y me reclamó de una manera drástica. Obedecí. Enrique había declarado la guerra a España el 17 de enero de 1595, y precisaba de forma perentoria mis consejos contra mi natural señor. Estaba en su derecho. Obedecí, repito.

La última carta de Enrique fue una gloria. Yo mismo no la habría escrito, para complacerme, de otro modo mejor. Hasta para mis amigos de Inglaterra supuso la ejecutoria de mi importancia política. Por eso la transcribo en su idioma, que es más afectuoso que el nuestro:

«Je désire infinement de vous voir et parler pour affaires qui touchent et importent a mon service; et écris préséntement á la Reine d'Anglaterre, Madame ma bonne soeur et cousine, por prier de vous permettre de faire ce voyage; et á mon cousin le comte d'Essex d'y tenir la main.»

Pero la despedida que me hicieron en Inglaterra no le fue a la zaga a este texto admirable: colmó, que ya es decir, mi vanidad. Me recibió la Reina, más afectuosa que nunca; las malas lenguas dijeron que porque ya me iba. Yo, en cambio, le puse unas letras, que me tradujo Francis Bacon, muerto de risa, ofreciéndome a su servicio, puesto que iba a ser huésped del secretario Villeroy, y procurando aprovechar cualquier circunstancia que pudiera ser útil a Su Graciosa Majestad. Me festejaron los grandes señores que había tratado, a quienes tanto divertí y con quienes tanto me había divertido. Sir Nicolas Clyford estuvo un poco impertinente, aunque en broma, cuando dijo —yo no me di por enterado desde luego—:

—Antonio Pérez no se irá nunca de veras de Inglaterra,

porque Essex ha conseguido para su persona el mismo oficio que tienen los eunucos en Turquía.

Cuando se me dio en voz baja la traducción, no conseguí saber quién era mamporrero de quién. Me daba igual en todo caso, porque yo lo amaba y seguiría amándolo, creo, sin la menor compensación. Precisamente eso era lo que le decía a Essex en mi carta de despedida:

«Dejarte es morir porque vivo a tu lado. En nombre de Dios te pido que no me olvides, Robert. Y también que no demores la expedición contra Cádiz, de la que tanto hemos hablado y preparado como una luna de miel.» Miel sobre hojuelas, claro.

Él me dio a mí cartas llenas de halagos y ternezas, pero para el duque de Bouillon y para Monsieur de Beauvoir de Noille, y me puso un secretario intérprete de francés y de inglés, que era de su confianza, el joven Godfrey Aleyn. Intérprete y espía, desde luego. Pero, en aquel clima, era difícil resistir el peso de alguna noticia, fuera de quien fuera, si merecía la pena; mi espía sucumbió mandando notas cifradas al Rey de Escocia. Se conoce que era espía doble, o triple. Y entonces se le ordenó volver a Londres y se le encarceló. Aunque más tarde debió de librarse, porque apareció como Mister Alín, enviando informes a Felipe II desde Suiza. Essex lo sustituyó a mi lado por Edward Yates, en el que confiaba muchísimo. Y con toda razón, porque, cosa algo extraña, sólo me espiaba a mí. Y yo a él, claro. Yo encontraba natural, por oficio y costumbre, que se desconfiase de mí y que se pensara que trataría de comprar, con secretos franceses e ingleses, mi perdón en España. Pero me equivocaba y lo sabía. Incluso algún espía comentó al conde de Fuentes que Lanuza, a quien ya dije que no vi más, y mi fiel Gil de Mesa tramaban hacer la paz con el Rey de Castilla, cansados de su vida en Francia, y no la conseguirían sin prestar un gran servicio a esa Corona, referido a mi humilde persona, por supuesto. Los espías también inventaban. O mejor, inventábamos.

Mi desembarco en Dieppe fue glorioso. Me recibió el Gobernador, que urdía una gran expedición contra las Indias y lampaba por mis opiniones. Luego fui a Ruán, con cincuenta caballos, como los príncipes, y me alojé en casa del duque de Montpensier. Desde ahí escribí cartas de adhesión total al Rey Enrique IV y a Villeroy, el secretario de Estado. Se hallaban en el Franco Condado. El Rey me respondió dándome a elegir entre quedarme donde estaba o ir a París, con tratamiento de gran embajador. No lo dudé: París. Sólo una nube me ensombreció: enterarme de la muerte de Lanuza. Tendría que vivir también en su nombre y por él, envuelto en su amistad más que nunca, y escuchando sus consejos, ahora ya infalibles. Sin embargo, por Antonio de Crato, también fallecido, no sentí nada.

Antes de salir de Ruán cuentan de mí algo injusto e inexacto. El Almirante de Francia me ofreció una fiesta; y en ella me habló de un prisionero español, el sargento Juan Montoya. Yo se lo pedí, por verme acompañado de mi propia lengua. Me lo envió y me lo llevé a París en un carro cargado de grillos y cadenas. Pero lo que cuentan falso es que clavé una argolla en el sótano de mi casa, y atormentaba al infeliz, que era gitano y expresivo, divirtiéndome cuando maldecía al Rey Felipe con variedad interminable de insultos. El gitano consiguió escaparse y se puso en contacto con un espía de España, el Godfrey Aleyn de marras, el cual lo repatrió después de darle dinero para el viaje, que es la primera petición de todos los espías. Y éste concretamente no dejó de aludir a mi sangre judía, pese a haber comido a mi costa, o a la de mis costeadores, no poco tiempo.

En París me alojaron, por seguridad, quiero que quede claro, en la Bastilla. Pero era un lugar demasiado siniestro, y me trasladaron a una buena casa que fue del duque de Moncoeur, que sostenía aún en Bretaña la causa católica frente a

Europa: los hay inmarchitablemente tenaces. El edificio estaba entre el palacio de Borgoña y el Hotel de Mendoza, que construyó un hijo del cardenal así llamado, comunero y emigrante, pariente por tanto de la Princesa de Éboli. Allí tenía mi oficina para despachar con Godfrey largas cartas a mi amigo Bacon, hasta que ese secretario fue sustituido por Yates, que no me duró mucho tampoco. Tenía además mis criados, dos suizos de calidad, y mis dos apoyos más queridos y duraderos: Gil de Mesa y Manuel Donlope. Pasé en París una época brillante, desde agosto del 95, cuando regresé de Inglaterra, hasta la paz de Vervins con España, en marzo del 98. Después de las Guerras religiosas, París acabó harto de ellas y convencido de que sin la menor duda valía una misa y acaso un cielo entero. Y renació luminoso y mundano, con ganas de divertirse bajo un Rey, que es el mejor de cuantos ha tenido Francia. Y yo disfruté allí de la exultante, y por desgracia fugaz, ilusión de la moda, tanto de estarlo como de serlo. Yo escribía y hablaba, bromeaba y conversaba con un estilo que sorprendió y sedujo a aquella sociedad que se bebía la vida a grandes sorbos. Estaba como nunca rodeado de amigos y de admiradores. Baste decir que era traidor al Rey contra quien Francia entonces combatía: no hay gusto como ése.

Madama Catalina me llevaba a la *Comédie* en su carruaje; las damas se disputaban ser destinatarias de mis cartas; Essex había perdido la potestad abrumadora de su presencia; los amigos disputaban los regalos de mis guantes, de mis perfumes, de mis libros dedicados; y se editaban mis cartas, aun sin yo saberlo, por admiradores que las coleccionaban... ¿Tenía acaso yo la culpa de que, a los aforismos que había en ellas, les llamasen *Sentencias doradas*? No deseo ser presuntuoso, pero si enumerase los poseedores de mis escritos, aparecería una lista completa de la mayor aristocracia. Pero a quien no puedo dejar de mencionar, porque soportó quejas, peticiones y notas casi amorosas fue a Montmorency, al que llené literalmente de guantes, de cremas, de dentífricos y de botas para el vino a la española, cuyo cuero me encargaba yo mismo de adobar con ámbar. Ese Gran Condestable, del que se decía que nunca supo leer ni escribir (y no hablo de escribir literariamente, claro está), me adoraba porque su padre y él fueron vencidos y prisioneros en San Quintín, aquella victoria de Felipe II en la que Felipe II no estuvo. Y porque la duquesa, su segunda mujer, era muy aficionada, igual que yo, a la nigromancia. Si bien sin ningún éxito visible... Debo reconocer que, a pesar de todo, no pude resistir la tentación de comunicar al embajador de España los secretos que mi amistad con Montmorency me confería. Eso era algo superior a mí. No podía evitar contar cuanto yo había llegado a saber a quienes sorprendería saberlo.

Otra amistad muy beneficiosa de que gocé fue la de Sebastián Zamet, un toscano, hijo de un zapatero remendón, que llegó a Francia con Catalina de Médicis, y al que Enrique III, el más sodomita de todos los Reyes, exceptuando a Jacobo I, le tomó afición y fue su espía, su confidente, su tesorero y todo lo demás. Tenía un gran genio financiero y muy pocos escrúpulos. Yo creo que por eso, sobre todo, llegó a Tesorero real. Tal particularidad, unida a una usura rotunda, lo hizo poseedor de una envidiable fortuna. Con Enrique IV gozó de igual influencia: por ser un magnífico alcahuete, oficio tan necesario para un Rey, y por ser un gran prestamista, otro oficio muy regio. En la calle del Cerisaie, cerca del Arsenal, se construyó un gran hotel italianizante, cuyos jardines se prolongaban hasta la calle de Saint Antoine. Todo tenía lugar en ellas: desde la citas de Madama Catalina, con Soissons, su amante entonces, hasta los personajes de moda ya efímera ya duradera como la mía. Yo ponderaba su forma de recibir, sus cenas, sus regalos... Fue mi único amparador en realidad. Años después, en una visita que hizo a Madrid, llevó a mis hijos regalos preciosos, y un retrato que yo, caduco pero retocado, me hice pintar para ellos.

Yo reconozco que soy frágil y mudadizo. El éxito de lo superficial de aquella época acabó por cansarme; sin embargo, tenía que mantener mi imagen ante los eternos curiosos de lo llamativo. Desmesuraba ante ellos, grandes señores o acaso menos grandes, mis penas y mis glorias. Dejaba volar mi fantasía: contaba que Felipe II y yo nos habíamos disputado el amor de la Éboli y batido por él: en París las venganzas de amor son las que mejor se entienden. Mis amigos ricos me enviaban sus carrozas para pasar días de campo... Hasta que una noche, como en un sobresalto, resolví no hablar más en las sobremesas, porque el vino desata demasiado las lenguas, la libertad y la confianza. Naturalmente no tardé en incumplir mi resolución en absoluto: ¿qué habría sido de mis fervorosos admiradores? Y más que nada, ¿qué habría sido de mí?

Casi recién vuelto de Inglaterra fui avisado por Villeroy, muy buen amigo mío a pesar de nuestras rencillas y de nuestras pequeñas o grandes confrontaciones, de que acababa de llegar a París don Rodrigo de Mur, señor de Pinilla, el tipo que llevaba años y años intentando matarme. Acababa de salir de la cárcel de la Inquisición de Toledo para cumplir otra vez el encargo: ésta, acompañado yo en mi muerte por Enrique IV. ¡Hay que tener constancia! Compinchado con él, fray Mateo de Aguirre, un vizcaíno hechura de Idiáquez. El fraile había estado en Francia como agente y confidente del Rey Felipe durante la guerra de la Liga; entraba y salía en sitios de responsabilidad, y se enteraba de todo, no sé cómo. Fue el que, durante aquella guerra, condujo el movimiento de la Sorbona a favor de Felipe II. Ignoro por qué acompañaba en esta ocasión a Pinilla, que era un mastuerzo. En una sola noche, dando tres nombres falsos, trató de hablar conmigo tres veces. Mis suizos lo impidieron. Y ante su homicida insistencia, lo detuvieron y le encontraron dos pistoletes cargados con dos balas cada uno y con cera encajada en ellas. Confesó la traición y, como complemento, confesó también que la cera servía para que la bala, aunque no diese en parte principal, hiriera mortalmente. ¡Qué obsesión con matarme! Y con ponerme, por si fuese poco, la cera al mismo tiempo.

Con el cuidado de mis amigos, se espaciaron las agresiones de España. Un embajador de ella escribió al Rey Felipe una carta cifrada comunicándole que un francés estaría encantado y dispuesto a asesinarme. Felipe, por primera vez, supongo que harto, no contestó. Don Mendo de Ledesma, el embajador, siempre repetía de ahí en adelante que, de no ser por esto, yo estaría ya hecho tierra en la tierra. Claro que no se satisfizo con esa frasecita. Poco después, un tal Cosme de Abreu le comisionó para que le escribiese, como lo hizo, al Rey que dos soldados franceses, por ocho mil escudos, me prenderían, y, en caso de no ser posible, me matarían por la mitad de precio. Comprobé así que disminuía el de mi cabeza, aunque también que seguía valiendo vivo más que muerto. Las cartas de aprobación se retrasaron tanto que se pasó la fecha del Antruejo, en la que el par de soldados pensaban cumplir sus promesas. Yo creo que en algo intervino también el espíritu ahorrativo de don Mendo de Ledesma, que debía de desanimar a los atentadores.

De todas maneras, no todo eran malas noticias. Yo aguardaba al Rey Enrique en París, y él me envió por adelantado el despacho de la pensión de mil escudos que había vacado por la muerte de Crato, sin yo solicitarla. Eso fue hermoso. Me rogó algo más tarde que me alargara a Picardía, y que me hiciese enteramente francés, dándome a entender que me tenía reservado un gran puesto. Eso me enardeció.

La verdad es que a mí me gustó siempre exagerar ante los embajadores italianos. Aunque tenía motivos. Porque Essex me confirmaba la salida de Drake, con sesenta buques hacia el cabo de San Vicente, donde podía caer sobre la Armada de Indias. Y porque los Países Bajos habían cometido el error de no ayudar a Francia contra España, a pesar de mis admoniciones; y es que el poder español era tal que, aunque Enrique los conquistase y los mantuviese veinte años en paz, aun así no podría superar Su Majestad Cristianísima a Su Majestad Católica. Y también me llegaban antes que a nadie noticias de coyunturas peligrosas, y de la derrota de los austriacos por los turcos, que son los únicos capaces de equipararse con España... «En ese sentido —decía— me acaba de hablar la Reina de Inglaterra...» «Oh, el Rey Enrique me confiaba anoche...» No conseguía impedirlo: me encantaba subyugar a los embajadores con estas altas habladurías internacionales. Por eso dije que eran terribles para mí las sobremesas.

El caso es que me fui a Chauny, donde se encontraba Enrique, que pedía con insistencia la ayuda de Inglaterra, y la Reina, entre Cecil y Essex, se debatía sin decidirse. Al final, siempre alegaba que tenía que preparar el ejército contra Irlanda o para las expediciones de Ultramar, que eran además tan productivas a costa de la Armada española. Sólo admitía defender con soldados algunas plazas: Calais, Dieppe o Boulogne, a lo que el Rey francés no se prestaba. Essex, de acuerdo con los Bacon, me escribió ordenándome, entre piropos, que convenciese a Enrique IV de que se dirigiera a Isabel diciéndole, taxativamente, que si no lo ayudaba, firmaría la paz con España. Enrique, a mis instancias, accedió. Contó a la Reina que las propuestas de paz llegaban a París vía Roma. Isabel se encogió de hombros; pero mandó, por si acaso, para tratar con el francés, a un antiguo compañero de armas suyo, sir Henry Unton, al que yo había conocido en mi visita a Londres. Este señor repartía su sumisión entre el gobierno de Isabel y Essex: un doble observador, un doble informador para la Reina y también para su favorito (y el mío). Tenía el encargo de enterarse de si el proyecto de paces con España era serio (la Reina) y, en su caso, animar a Enrique a aliarse con Inglaterra contra España (Essex). Yo escribí a mi amigo, a petición suya, unas cartas, que *podrían y deberían* enseñarse a la Reina Isabel, declarando que las cosas, después de los oficios de ese buey mudo que era el embajador, estaban peor que antes. Nunca hasta entonces había fingido tan bien la sinceridad. Mi carta era como si le hablara a Robert al oído, que en el fondo era mi mayor deseo. Contaba cómo el Rey me confesó la inutilidad del embajador, salvo que le hubiesen encomendado una misión secreta. Para nada servía. Ni siquiera, si no hubiese sido amigo de armas, le habría dirigido la palabra. Y yo, por si era poco, agregaba:

«Tal vez maquinéis algo, querido Essex, y, presionado por el español con algún beneficio, queráis presionar a éste (me refería a Enrique IV) para que haga antes la paz con él. Vuestro comportamiento no me hace pensar otra cosa. Ni lo comprendo ni veo otra salida. En España estarán frotándose las manos comprobando que Francia e Isabel no se entienden. Claro que, a lo mejor es el espíritu de ahorro de la Reina lo que os hace imposible pactar con Enrique... Si anteponéis la codicia a vuestra propia salvación, daos prisa...»

La Reina leía las cartas y le impresionaban, pero no daba el paso. Tuve que escribir otra más contando los esfuerzos del Papa para llegar a la paz de España y Francia, y la ganancia infinita con los galeones de Indias que, si hubiesen seguido mis instrucciones y consejos, ahora serían suyos. Y concluía:

«Qué harto estoy del letargo de Francia y de la indiferencia inglesa.»

La Reina leyó esta carta también. Y no dijo ni mu, a pesar de su natural alboroto gallináceo.

A Madrid llegaban noticias de mis manejos: los intentos ingleses de ataques contra Indias; el interés mío de lanzar a Inglaterra contra España, un reino desarmado y lleno de soldadesca descontenta... Llegaron a pensar y a pregonar que yo tenía poderes mágicos. Fue cuando don Mendo de Ledesma, el embajador economizante, desplegaba sus malas artes. Y es que primero se desprecia mucho a los desterrados, pero luego se les atribuyen facultades fantásticas para servir de tapadera a las culpas de los torpes y rudos gobernantes. En España se me divinizó y se me satanizó. Se dijo que era yo el que mandaba la Escuadra inglesa, la de Essex, que atacó Cádiz, y también que había ido a Constantinopla para preparar la invasión de España... Pero lo cierto es que lo que empujó de verdad a Isabel fue que los españoles, al mando del archiduque Alberto (el que era cardenal antes de que Felipe lo casara con su hija Isabel Clara), atacaron Calais y lo tomaron en abril del 96.

Siempre se había dicho que Calais era una pistola apuntando contra el corazón de Inglaterra: así que la Reina escuchó por fin a Enrique IV. Éste mandó a Londres a su ministro Harley de Sancy, famoso por dos cosas: un fantástico diamante que llevaba su nombre, y la infinita facilidad con que cambiaba del protestantismo al catolicismo y viceversa. Y más tarde, en mayo, nos envió al duque de Bouillon y a mí para negociar una alianza. Yo, al embarcar, aseguré en público que quería ser el sacerdote que bendijera ese matrimonio anglofrancés, y que luego me retiraría a un lugar sin envidias ni peligros (¿por dónde andará ese lugar, señor?). Pero lo cierto es que en Londres encontramos un frío glacial. Essex no estaba. Estaba en Plymouth, preparando la expedición contra Cádiz y cumpliendo todos mis consejos... Anthony Bacon se encerró en no sé qué granja para no escuchar mis lamentos. Con Francis Bacon sólo podía escribirme. Los Cecil, padre e hijo, me esquivaban. Y el Tratado se firmó sin que yo interviniese apenas. Bueno, para ser más exactos, sin que yo interviniese. A pesar, eso es cierto, de que se hizo lo que yo quería.

¿Qué es lo que quería? Primero, una alianza que amenazara a España. Segundo, un ataque naval inglés contra España, que la hiriera directamente, que impidiera la expedición de Felipe a favor de la Irlanda católica, y que, por tanto, favoreciera a la vez, por distracción de fuerzas, a Enrique IV. En realidad Francis Bacon me escribió que le parecía que nadie se fiaba de mis consejos militares; que sacaban a relucir el fracaso del Bearn y el de la expedición a Puerto Rico y Tierra Firme, también asesorado por mí, y que había costado la vida a Drake. Los memos de los Cecil achacaron a mis sugestiones la responsabilidad de sus derrotas. No hay nada como dar un consejo para que todo lo que suceda caiga sobre él y de todo se le responsabilice: de todo lo mal hecho, quiero decir. Lo que agregaba Francis era más probable: suspicacias en mi contra de orden personal, sospechas de que cabía un doble juego con Francia e Inglaterra, dudas incluso de que estuviese vinculado con Felipe II todavía; y —agregaba— «los evidentes celos que tiene de ti la Reina con motivo de Essex, dado el tono de las cartas que le escribiste a él y que ella había leído...». Pero, Dios mío, estaban precisamente escritas para ella y para eso. Quiere decirse que todo había sido un éxito. Para mí, como escritor, al menos.

La realidad es que yo habría preferido pasar de largo sobre un asunto que ya estaba resuelto. Le escribí a Esssex una carta (que no tenía que leer Isabel) con la mayor compenetración en todos los sentidos, en la que preparaba la invasión de Cádiz.

«Estoy lleno de amor por vos —le decía—. Y lleno de temores por volver a Francia, donde está Enrique IV, que me aleja de vos, el único amor mío.»

Lo cierto es que tenía el ánimo caído, una gran acidia que me proporcionaba la desesperación de no ver nunca liberados a mi mujer y a mis hijos, los continuos atentados contra mí y la irresolución de mi vida material... En Inglaterra creían y pregonaban que tenía una pensión de cuatro mil escudos. Una mentira: era sólo de mil, y no siempre pagada con puntualidad y con exactitud; pero nadie debía saber que vivía con tal modestia, salvo que me arriesgase a vivir con más modestia aún. Essex me escribía diciendo que, a través del espía suyo, estaba al tanto de mis malos humores y mis irritaciones. Y era cierto. Sospechaba de todo, además de sospechar de ese secretario, claro: de ministros, de cortesanos, de un antiguo embajador en España, Nicolás de Neuville —me estoy refiriendo a Villeroy, claro—, que propugnaba una unión con ella —lo único que me faltaba— y que era partidario de los Guisa, a los que yo no había podido ver ni un minuto en mi vida: una gente católica, presumiendo siempre de lealtad y de catolicismo y de tener una palabra sólo: como si eso fuese para presumir. Bueno, no digo más que sospeché de quien esto manuscribe, de mi querido Gil de Mesa, que me parecía hasta que me espiaba para Enrique IV... Ah, con cuánto gusto pensaba retirarme a Inglaterra, con Essex, o a Italia o a Holanda, o con los turcos...

Lo cierto, no debo ocultarlo, es que Enrique IV me sostuvo, como un gran amigo, con generosidad contra lo que haya dicho antes o diga después. Al lado de Felipe II y de Isabel de Inglaterra era el Rey Midas: un hombre jocundo que se atrevió a decirme un día que, si simpatizaba conmigo, era por cuanto yo tenía de pícaro:

—Antonio, en ninguna parte estaréis tan seguro como a mi lado. No quiero que os separéis de mí.

Y me prometió hacerme Consejero. Y lo cumplió, con la opinión en contra de Villeroy y de Nancy. Y me otorgó la Orden del Espíritu Santo. Y, lo que más me enorgulleció, accedió al nombramiento de Gil de Mesa como gentilhombre. Total, que me tranquilicé.

Pero volví a exaltarme, bien que en sentido contrario, cuando llegaron las noticias de Essex. Un triunfo completo en Cádiz. Un éxito de mis consejos y mis vaticinios, que acabó de una vez con el fracaso y olvido —espero— de la operación de Bearn. Robert me escribió una carta radiante, que me perfumó las manos. Mi conde podía haber conquistado, si no dirigiera gente tan timorata, a toda Andalucía, incluido el cretino de Medinasidonia. Mi influencia en Francia llegó al cielo. En el fondo, yo creo que más allá. O quizá lo creí, porque le planteé a Enrique un ultimátum que, aún hoy, me atormenta. Y a los otros también les propuse los suyos.

Veamos. A Essex le pedía que acelerase la ayuda de su país a Francia, que era lenta y precaria a pesar de estar firmada;

después de Calais, España había tomado Ardres, y amenazaba todo el norte francés, junto a Bassadone, el veneciano, y con el genovés Marengo y algún otro embajador italiano, tramé un plan para apoderarnos del reino de Nápoles, con la ayuda de Inglaterra, para cedérselo después. La expedición, ¿qué pasa?, la dirigiría el conde de Essex, Robert Devereux. Esa base en el Mediterráneo le permitiría a mi conde pactar con el Turco, y alejar a Felipe, de ese modo, de las Islas británicas. A cambio, le pedía a Isabel que se ocupara de mi familia y la instalara en Florencia. Ni que decir tiene que a los ingleses les pareció un plan descabellado. Sospecho que sólo por venir de quien venía. Porque yo lo encontraba irreprochable y, desde luego, muy perspicaz y con visión de futuro.

A Enrique IV lo animé, con todas mis fuerzas, a rechazar las propuestas de paz con España que comenzaban, en serio esta vez, a llegarle a través del General de los franciscanos. Eso o era una trampa o era una locura de los diplomáticos, que jamás se enteran de nada. No se podía dar un consejo más favorable a España. Sólo quien no tuviera juicio podía darlo o quien fuera un notorio enemigo de Francia. A cambio, al Rey francés le planteé el ultimátum que decía: un empréstito de dos millones, de los que destinaría yo cuarenta mil libras a invadir Aragón con más probabilidades que la otra vez. A esta maquinación se refería Mendo de Ledesma en sus comunicaciones con Madrid. Y yo tenía que espiar a amigos y a enemigos; tenía que intermediar entre Enrique y gente de calidad en España... Y las noticias que recibía como consejero se las trasladaba al embajador inglés, o a Essex a través de un criado, aunque tales cartas se quemaban nada más recibidas.

Por desgracia, las cosas después no fueron bien para mí.

En marzo del 97 los españoles, con riesgo para París, tomaron Amiens. Enrique reclamó a gritos el auxilio de Inglaterra. Isabel respondió con sus habituales demoras y exigencias. De ahí que el francés, con su solo ejército, se decidiese a terminar de un golpe. Y, con extraordinarios valor y suerte, reconquistó Amiens, y, en el siguiente septiembre, Felipe, anciano y harto enfermo, con el país entero deseando la paz, comenzó a tratar de ella en Vervins. A pesar de mis intrigas y manejos para impedir la paz, en marzo se firmó.

Cuando me di cuenta de que era inevitable, quise aprovecharla por lo menos para obtener mi perdón. Me pareció prudente que me ayudara la amante de Enrique, Gabriela d'Estreés, duquesa de Beaufort.

«En las grandes ocasiones —le escribí— se recurre a los grandes santos.»

Exageraba un poco. Pero yo sabía que Felipe iba a pedir el perdón del duque de Aumale, defensor de la Liga, que se había negado a reconocer la conversión de Enrique IV al catolicismo y, por lo tanto, también su ascenso al trono, en vista de lo cual vivía desterrado en Bruselas. Yo pretendía un intercambio de perdones: el de Aumale por el mío. Los plenipotenciarios españoles se negaron. El odio de Felipe II hacia mí era implacable. Por lo cual ni Aumale ni yo quedamos amnistiados. Enrique, algo después, intercedió por mi mujer y mis hijos, muerto ya el tirano; pero su sucesor, algo idiota aunque más bondadoso, los había puesto ya en libertad. Contra mí estaba la espada aún en alto. Lo estuvo hasta el final. Hasta este final mío, quiero decir. Se pidió mi extradición. El Rey francés se negó a ella, según supe más tarde.

Meses después de la paz de Vervins, la nueva expedición inglesa, mandada por Essex, contra las Azores y contra los galeones de España, fracasó, y estos últimos lograron escapar de los barcos británicos. La oposición inglesa, cómo no, me acusó a mí y a mis informes del descalabro. Mi influencia política descendió hasta darme vértigo. Ni Francia ni Inglaterra ya me necesitaban. Más aún, mi presencia oficial en Francia, firmada la paz con España, era un estorbo; y mis contactos ingleses para impedir la paz de Vervins habían sido descubiertos por Enrique IV, lo cual era muy peligroso para mí. Perdí la gracia real —a lo que debería estar ya acostumbrado—; se me alejó del Consejo; y Enrique IV se negó a recibirme por lo menos temporalmente. Me defendí dirigiéndole una carta en que negaba que yo hubiese escrito ni una sola letra a Inglaterra, y exigiéndole que, si se probaba que la acusación era falsa, se me diesen justas satisfacciones, y licencia para retirarme de reinos y de cortes de príncipes, tan llenos de riesgos mortales y de juicios falsos. Reconozco que también le escribí a Essex contándole mi situación y proponiéndole, para el futuro, mayores garantías con el secreto de nuestra correspondencia si es que había de continuar ésta entre nosotros.

Fue un gesto de dignidad inútil. Todo tomó un sesgo inesperado y trágico. Essex, mi Essex, había sido destinado por Isabel a remediar la subversión de Irlanda, donde, tras fracasar, llegó, intrépido, a pactar con los rebeldes. Eso le hizo perder el favor real. Pero para vengarse, lo que a su soberbia le era imprescindible, conspiró con Jacobo VI de Escocia, llamado luego al trono inglés, pero no todavía. Tal pacto fue descubierto. Y Robert, ejecutado. Mi corazón sufrió como no creí nunca que pudiera sufrirse sin morir. ¿O morí acaso?

Estaba rodeado de grandes congojas. La Inquisición seguía ensangrentándome la vida. Yo había sido condenado por traición, y había huido al extranjero; en el extranjero, por lo visto, seguí traicionando; usaba sin cesar indebidamente los papeles que me negaba a devolver; los españoles de paso por París me miraban con hostilidad... No le era beneficioso a nadie. Mis consejos eran ya no más que garipíos de pájaros. Y la mitad de mi vida, mi íntimo amigo inglés, había muerto decapitado. ¿Qué hacía yo vivo en el mundo? Ni siquiera la muerte del tirano Felipe, que sucedió en 1598, había significado bendición ninguna para mí, aunque sí para mi familia, según tuve noticias, que enseguida fueron reconocidas como falsas y por fin como verdaderas. Fue su hijo, también Felipe, el que tomó tal decisión, a la vez que eliminaba de la Corte al terrible juez Rodrigo Vázquez de Arce, el negro ángel de mi mal. Osé escribirle al padre Renjifo con un soplo de ánimo: confiaba en la natural bondad del joven Rey; confiaba en mi amistad con Francisco de Sandoval y Rojas, su privado, marqués de Denia y futuro duque de Lerma; confiaba en mi propia confianza en que la vida no puede ser eternamente adversa... Pero lo fue. El perdón no dependía, por lo visto, de la voluntad de un Rey nuevo, sino de la calidad de mis viejos pecados. No fui absuelto. El indulto no me llegó jamás.

Tenía cincuenta y ocho años. Mis prisiones, mis idas y venidas, la tensión continua a que estuve sometido, las subidas y bajadas en mis peripecias, me habían convertido en un viejo cadáver. Para sentirme aún con un soplo de vida, y para reconquistar el favor del francés, me vi obligado a informar de asuntos militares españoles. Era una inercia; era una forma de respirar. Revelé el estado de defensa de las Islas Canarias —el saqueo de la Gran Canaria lo estimé en trescientos mil escudos— y también revelé el movimiento de las tropas en Flandes. Pero se supo. Juan de Tassis, conde de Villamediana, que tenía, además de un hijo casi adolescente sodomita, contactos con Inglaterra, se lo confirmó al Rey. Dios mío, es que ya no daba un paso en la buena dirección.

Cada día me encontraba más aislado y más lejos de España. Creía que muerto el perro se acabaría la rabia. Pero no fue así. Uno de mis compañeros emigrados a París murió. En su entierro yo sentí que era el mío. Iban en su ataúd no sólo mis ilusiones, sino también mis desilusiones; no sólo mis esperanzas, sino mi desesperación. Yo estaba con las manos vacías. No gozaba de patria. Porque la patria es el mundo entero si el amor nos rodea. Y todo el mundo es destierro si no hay casa ninguna donde se nos espere ni ojos algunos que se alegren de vernos. Sólo los que mueren en el vientre de su madre pueden decir que mueren en su patria. Y yo ni siquiera supe nunca quién fue mi madre. Me encontré infinitamente solo, con verdín de soledad en las manos, en un París ajeno, que volvía la cara ya para no verme. De ahí que hubiese llamado a las puertas de España con todo lo que me quedaba, lo único: mi deseo de volver. Pero nadie me oyó.

Y de ahí que iniciase mi tercer viaje a Inglaterra cuando, en 1603, se iniciaron las negociaciones de paz con España, a la muerte de Isabel, sucedida por Jacobo I, el hijo de María Estuardo, al que había procurado acercarse mi dulce amigo Essex (cómo tiembla mi voz al pronunciar su nombre), encontrado, por su precipitación, la muerte. El embajador inglés en París, Parry, me animó y me entregó una carta para Cecil *junior*, huérfano ya de William Cecil, y gran señor en la Gran Bretaña. Yo vi que el cielo se me entreabría de nuevo: mis amistades inglesas podrían facilitarme el camino de regreso a España... No lo sé, quizá era ya demasiado sospechoso.

Para paliarlo y aclarar mi situación, rogué a Enrique IV que me relevase de mis servicios y renuncié a la pensión que me había otorgado: en España se veían con malos ojos mis relaciones con el Rey Cristianísimo. Por entonces llegó, de paso hacia Londres, a París, el Condestable de Castilla, Juan de Velasco, para concluir las paces comenzadas por Juan de Tassis, y el conde d'Aremberg. En cierta forma, ya me desvinculaba de Francia, y salí, con los españoles, hacia Inglaterra. Don Baltasar de Zúñiga, otro embajador que encontré en París, un hombre benévolo y caritativo, me acogió con amor y me llenó de consuelo. O puede que yo ya no pudiese oír ni entender y lo tergiversase todo en favor mío. Me enteré luego de que, en Madrid, en el Consejo, todos los que me habían alentado en París, afirmaron que yo fui a Londres por mi cuenta y riesgo sin que nadie me alentara. El caso es que, en carta al cardenal Aldebrandini, pasándome de misticismo quizá un poco, le pedí un breve secreto de Su Santidad, de dispensación de un religioso que me acompañase, porque no quería moverme sin llevar cerca el viático de mi alma y los santos sacramentos, ya que deseaba vivir y morir en la religión en que siempre había morado, y también deseaba oír misa cada día y llevar a mi lado un sacerdote, que pudiese andar con hábitos clericales. Ahora sí creo que exageré, y no un poco.

Y por si eran escasos mis pasos torpes, precavidos y mal encaminados, me aplastó la noticia de la muerte de Madama Catalina, que era entonces duquesa de Bearn, y había sido testigo de mis primeros pasos luminosos en un exilio que entonces yo pensaba muy corto. Esto debió anticiparme cómo iba a ser mi viaje: un dolor que me traspasó el alma. Los tres países a los que, entre sí, había decidido, con toda mi entrega, ayudar, una vez que hicieron las paces, me despreciaron desconfiando de mí. Los franceses advirtieron a los ingleses y a los españoles de que se protegiesen de mí y de mi influencia, si es que aún me quedaba alguna, que no pienso. Tassis me odiaba. Yo adiviné que con él corría el albur de ser secuestrado y remitido a España.

De momento, temiendo la captación que yo podía hacer de damas y caballeros que aún me admiraban, despachó a lord Montjoy con la orden de que yo no entrase en Inglaterra. Y el Rey Jacobo, advertido en mi contra por Beaumount y el propio Tassis, prohibió que yo desembarcara, por ningún concepto, en su reino. Sin embargo, todavía yo confiaba en la carta del embajador Parry, que me aseguraba una cordial acogida y estaba ilusionado con mi súplica de que me dejaran retirarme a cualquier rincón de Inglaterra, donde había sido tan feliz. Bajo la protección naturalmente del nuevo soberano. Un soberano que, desde niño, había amado a los varones, comenzando por su primo Esmé Stuart, señor de Aubigny, para pasar luego de mano en mano y de cama en cama, hasta llegar a las de James Hay, un joven de ascendencia escocesa y de exquisita educación francesa, a quien, después de un ascenso vertiginoso, nombró vizconde de Doncaster, paso previo al condado de Carlisle. Era, por lo visto, muy agraciado, y no distinto, ni en vocación ni en presencias, a Juan de Villamediana, el poeta hijo de Tassis. En todas partes se cuecen habas: me alegré por él, pero sobre todo por su padre.

Yo no pedía más que lo que a cualquier proscrito o asilado se le otorga. Supongo que el Rey, histérico con su pequeño novio, y amante de Essex en Escocia, me odió mortalmente, hasta tal punto que, al llegar yo, gritaba a quien quisiera oírlo y a quien no, que antes prefería irse él de Inglaterra a que yo permaneciese en ella. Así que, forzado y expulsado, no me quedó otro remedio que volverme a Francia, donde había renunciado a todo. La paz se firmó en agosto de 1604. De estas bodas hispanoinglesas tampoco fui yo el ministro sacramental. No fui ni siquiera un monaguillo, peor, ni un invitado anónimo.

Culpables fueron todos: el embajador español, lord Cecil que me tenía odio por mi amistad con Essex, y Tassis, que ya adivinaba las flaquezas de su hijo. Sólo el Rey francés me abrazó, ya de vuelta, y me restauró la pensión a que tan estúpidamente renunciara, y me devolvió a mis dos suizos como guardaespaldas. Pero, sobre todo, me llenó de palabras amables y se retractó de sus sospechas anteriores. No necesito decir que la actitud del Rey se tomó en España como una trama francesa, dirigida por mí, el desgraciado Pérez, para estropear la paz con Inglaterra.

De todas formas yo no levantaba cabeza ni cedía en mis aspiraciones. Amaba a mi familia: era lo único que me quedaba y que quizá, también para mi muerte, me había olvidado. Me resignaría, tenía que resignarme, con que me enviaran como agente a Briançon o a Constanza: sus climas venían bien a mis achaques, y allí podría reunirme con mi mujer y con mis hijos. El Condestable de Castilla y Baltasar de Zúñiga enviaron mi petición el Rey Felipe III.

—Subrayamos la prudente conveniencia de sacarlo de Francia por quitar que portugueses, aragoneses y otros forajidos acudiesen a él pidiendo ayuda —añadieron por su parte.

La petición fue rotundamente denegada por el Consejo de Castilla. De otra forma, la opinión de quienes mandaban en España, al margen de la Inquisición, seguía siendo inflexible contra mí. El Comendador Mayor de León expresó su opinión más cruel:

—Antonio Pérez ha sido y es el que se sabe, de ninguna prudencia y consideración. Muchas veces me he maravillado de que, tras tantos trabajos y a su edad, no se haya retirado a pudrirse en un rincón. Y que ahora, que se halla desvalido y desfavorecido y desautorizado en Francia, mueva nuevos planes, y por ventura fingidos, para engañar y poder deservir mejor como lo ha hecho siempre... Es muy dudoso lo que de él se puede esperar aún, aunque se pudiera tener certeza de su fidelidad; pero la que se debe tener ya está bien entendida.

Y el conde de Miranda, en quien yo confiaba, que había intervenido a favor de mi familia, también dijo lo suyo:

—Por ese hombre no se puede interceder siendo el que ha sido y es. Si estuviera en un calabozo, entonces por ventura me dolería de él. Lo que conviene para el ejemplo público y para todo es que, si puede ser habido, se le castigue como obligan las leyes divinas y humanas, pues ha sido infiel a Dios y a su Rey y señor natural. Porque, aunque en los Reyes no ha de haber rencor, han de ser constantes y firmes a favor de la justicia; y así en lo que se ha de poner la mira es en procurar echarle las manos encima porque la misericordia de los Reyes no ha de ser ni para los malos ni para los perversos.

Enrique IV acompañó, con una suya, la petición del Condestable y de Zúñiga. Y parece que el Rey Felipe III estuvo propicio y afecto a hacerle la merced de aquellos nombramientos como agente. Pero, apoyado en el informe del Consejo, no pudo al fin sino negarse. A través suyo me llegaron tan acibarados informes.

Sin embargo, yo no di por extinguidos mis anhelos. Sabía que Zúñiga había nombrado al nuevo embajador español en París, Pedro de Toledo. Y en él me refugié como un perrillo perdido sin collar que busca un amo. A su llegada, él no me dio señales de vida. Pero, al aparecer mi hijo Gonzalo, el mayor, de paso para Roma, donde iba a gestionar una prebenda obtenida, se transformó en puente entre el embajador y yo. De su madre me traía un regalo muy duro:

—Desencántate de tantas esperanzas y promesas, que más son sogas para arrastrarte a la sepultura que camino de acabar y dar fin a tal engaño. La verdad es don Pedro de Toledo el que te la dirá.

Pedí permiso al Rey francés para visitar al embajador. Y me lo trajo, firmado por Villeroy, el sobrino de Ana de San Bartolomé, una compañera de Teresa de Jesús que andaba en Francia. Yo mandé por delante a Gonzalo, a quien el embajador dijo que mis libros y mis publicaciones eran pecado mortal por lo que decían y por lo que dejaban entrever, y porque se fundaban en papeles que aún seguían indebidamente en mi poder. Así es lo que pensaban en la Corte española, pero que él estaba convencido de que yo trataba con respeto a Felipe II.

Sólo acaso don Pedro de Toledo tuvo conmigo alguna palabrita afectuosa. Se la susurró a mi hijo:

—Es justo que personas graves, como el padre de vuestra merced, mueran en su patria y que mi señora doña Juana, madre de su merced, le cierre los ojos, señalándole ocho mil ducados de renta, que los podrá comer en un lugar como Torrelaguna o Talavera, con su mujer e hijos.

Afectuoso, relativamente, porque eso de la muerte no venía a cuento. Y le aconsejó que yo le escribiese al duque de Lerma, y personalmente él se puso a mi disposición si quería verle.

Fui en efecto, y lo primero que hice fue protestar de que desease enviarme a Talavera o Torrelaguna, y me propusiese una limosna, cuando yo tenía hacienda y rentas en Nápoles de diez mil escudos, inconfiscables por la Inquisición, porque en aquel reino no la hay. No sé ni cómo acabé... Había empezado desaforadamente mal. Total, escribí la carta a Lerma, y la corrigió el embajador Toledo. O eso me dijo. Me había aconsejado que fuese desgarradora. Y yo me desgarré:

«Apiádese Vuestra Excelencia... Yo le suplico, de mí y de los míos; que si idolatré, no lo hice sino necesitado e importunado grandemente por este Rey Enrique IV, engañado él de mi propio valor y yo de su mucha piedad... Deseo morir vasallo de quien nací. Que a este cuerpo que está ya hecho tierra, como sin alma, le recoja su naturaleza al acabar sus días. Vuestra Excelencia ha permitido que mis hijos puedan haber visto el estado miserable en el que estoy; yo le suplico que permita también que la que los parió me cierre los ojos, pues los años que ha que lloran merecen, a lo menos, que vean esto.»

No llegó respuesta de Lerma, y yo sospeché que el embajador no le había enviado la carta, a pesar de haberme conquistado con la ilusión de que volveríamos juntos a España, y que ahora la Inquisición era distinta, y que había oído hermosas palabras, al despedirse de Lerma, sobre mí. Sentí en aquel momento, escuchándolo, una llamarada en el pecho que me hizo temblar y me convencí de que había dado con mi mejor amigo... No me duró mucho tal quimera. Enseguida me pidió informes sobre las cosas de Francia, y como tardara en contestarle, porque me he ido haciendo cauteloso, me apostrofó:

—Veo que se recata como perro viejo, temiendo que yo quiera el informe para entregarlo a este Rey. Pues no se recate, que yo le daré un descargo para su seguridad.

Yo me había llamado perro a mí mismo muchas veces, pero aquélla me di cuenta de hacia dónde debía girar mi hocico, porque un criado de otro señor me volvía a apalear. Sus violencias verbales no cedieron. Y yo lo visitaba casi todos los días, hasta que me gritó:

—Váyase en buena hora vuestra merced, y no se tome el trabajo de venir, que, si algo me llegase de sus cosas, yo le avisaré.

A pesar de todo, transcurridos unos días, le escribí un billete que le llevó mi hijo. Era un texto pedigüeño en que le recordaba sus promesas y mis pretensiones y mi falta de salud y mi temor a la muerte y mi ansiedad por volver a la patria. A mi hijo Gonzalo le dijo que no tenía respuesta de España y que esperase. Qué fácil es aconsejar la espera para aquel al que nadie hace esperar. Después de un mes, volví a la carga, recordándole sus caritativas palabras, su acogida del principio, sus promesas, y también los medios y documentos que tenía para justificarme a mí mismo y para exigir. Recibió a mi hijo con desabrimiento y le voceó:

—No me traiga más papeles, y dígame lo que contienen.

Y como mi hijo dijera que no lo había leído y que con su licencia lo haría, le volvió la cara gritando que no lo quería oír y que yo tuviese paciencia, que era lo que más falta me hacía... Ésa es una palabra terrible, formada por pan y por ciencia. No había vuelta de hoja: hice almoneda de mi coche, de mi cama, de cuanto tenía, me retiré a la celda de mi confesor, y por medio del Condestable de Francia, pedí otra vez socorro para no morir de hambre a la inagotable bondad de Enrique IV. Estábamos, pues, como estábamos.

Es necesario decir que ese embajador iracundo me había pedido que lo relacionara con banqueros que pudieran ayudarle a aumentar sus dineros. No hay que olvidar que el banquero Teregli era intendente del millonario Zamet, al que también tuve que recomendar los asuntos del embajador maleducado. Por fortuna se le cambió en 1609, ya al final por desgracia. Vino don Íñigo de Cárdenas, con la misión de concluir las negociaciones de las bodas de los dos infantes de España, el heredero Felipe y doña Ana de Austria con los hijos del Rey de Francia, doña Isabel de Borbón y el Delfín Luis, que llegará a ser el XIII. Los tratos no eran fáciles, pero Cárdenas los llevaba con tacto y mucho acierto. Yo me propuse ayudarle por si me venía bien. Porque la princesa, de niña, había sido prometida al Príncipe de Piamonte, hijo del duque de Saboya, y los interesados en estropear la alianza española recordaron esa promesa. Yo me apresuré a comunicárselo a Cárdenas. El Consejo de Estado reaccionó contra mí en un acta previa, pero luego tuvo a bien, un informe más completo, darme la razón. Esto lo supe, y también de una comunicación de Saboya en la que se comprometía a no hacer el matrimonio sin dar cuenta al Rey de España. Tales leves ecos de benevolencia volvieron a esperanzarme y creí que las pruebas las traería el duque de Feria, nombrado embajador extraordinario para ofrecer el pésame por el asesinato de mi protector Enrique IV: el único protector que en realidad había tenido. Pero ni Feria trajo noticias, ni resucitó mi protector.

Y yo seguía acogiéndome a cuantos españoles pasaban por París. Y les regalaba ejemplares de mis libros, inconsciente de que ellos eran mis peores enemigos: mi vanidad me lo impedía y mis afanes de presumir de hombre culto, viajado y entendido y con opiniones propias ante los que creía poderosos... No olvidaré jamás —en verdad poco tiempo me queda de olvidar— la reacción de los marqueses de Cerralbo y de Tábara. Le habían pedido mis libros a mi hijo Gonzalo, y yo se los envié con una afectuosa dedicatoria, ignorante de la opinión que iban a merecer de dos aristócratas españoles. Después de todo les decía:

«Señores míos, no quiero respuesta, que me conozco como apestado y, como tal, corto el comercio.»

Así rezaba el final. Pero nunca creí que, tras acusarme recibo con palabras halagüeñas, me devolvieron el envío veinte días después, con unos intolerantes comentarios desagradables escritos en el margen del texto de las *Relaciones*.

Llegó el momento en que ya sólo pensé en levantar de mis hijos la sentencia infamante de la Inquisición por gracia de la Iglesia española: no de la universal, que nunca me falló. Porque la tacha de hereje significaba una muerte civil. Si mi vida ya no tenía remedio, había de eximir de responsabilidades a quienes no eran culpables de lo mío y eran, sin embargo, lo más mío de todo. De ahí que la pesadumbre más que nunca se fuese haciendo dueña de mis días, y que la emigración fuese un duro traje diario que, como un tormento, me amargara noche y día, y me empujase hacia una sepultura de tristeza. Todos los poquísimos que me trataban se lamentaban de mis cambios de humor, de mis entristecimientos y mis melancolías.

—¿Quién más muerto que el olvidado? ¿Quién más muerto que aquel que en tantos años no se ha visto? —les preguntaba yo.

La causa era evidente: a medida que, en las tierras extrañas, aumentaba la resonancia de mi nombre, más difícil se hacía mi retorno a España. A quien procuró mi ausencia, los ecos de mi persona imposibilitaban que pudiera volver a recibirme. Y a todo esto se agregaba un cierto remordimiento, muerta la persona en que se concretaba mi odio, de que fuese verdad que hubiese hecho y estuviese haciendo mal a mi patria, de lo que hasta ahora no había tenido una noción tan evidente. Porque, muerto Essex, degollado por la Reina Isabel que tanto lo deseaba, yo comprendí que mis pecados habían sido con mi Rey mucho mayores que los del conde. Y también que Enrique IV me exprimió como un limón y me tuvo a su servicio muchas horas durante tantos años...

—Todos los Reyes se parecen, pero no todos son iguales —me repetía a lo largo del día y de la noche.

Y quizá Felipe II no había sido el peor de todos... ¿Por qué entonces haber cambiado de señor? Se había hecho ya demasiado tarde para todo. O para casi todo, menos para morir.

Mi situación pecuniaria era ruinosa desde hacía mucho tiempo. El Rey de Francia prometía lo que no podía cumplir, siempre con buena voluntad. De continuo tenía una lágrima a punto y una bolsa en la mano; pero la lágrima sólo para su conveniencia y la bolsa siempre vacía. Mi secretario Godfrey transcribía a Francis Bacon mis estados de ánimo y de suerte, toda adversa está claro. El Rey, compadecido ante mi mal estado y un poco acorralado y sofocado por mis súplicas, en las que había perdido toda la vergüenza, me prometió las rentas de la primera abadía que vacase, las insignias de la Orden del Espíritu Santo y un puesto en su Consejo privado. Pero nada de eso llegaba, hasta el punto de que, llamado una vez por él, me negué a ir a la Fère, donde se encontraba, pretextando una caída en el hielo. Por circunstancias, algún representante de Inglaterra me echaba una mano; pero después de cartas tempestuosas en que yo amenazaba con ofrecer mis servicios y mis conocimientos a Bélgica o a Holanda por ejemplo.

Enrique IV, también camino de su muerte, me concedió al fin una pensión mísera. Mis cartas a Montmorency fueron más apremiantes aún. Y él apremió al Rey, quizá en recuerdo de favores pasados. En 1597 se firmó entre el Rey y yo un asiento, aquello que yo llamé mi ultimátum, que me libraría de la miseria. Quizá yo fui cínico en pedir, pero también lo fue el Rey en conceder, porque bien sabía él que no iba a cumplir nada. Un obispado o abadía, transmisible a mis hijos, con doce mil escudos de renta; hasta entonces, cuatro mil al año más dos mil de ayuda de costas y otros dos mil para empezar; algún soldado suizo para guardar mi vida de atentados; y un capelo cardenalicio —la gente de mi casa siempre había aspirado a él— en caso de fallecimiento de mi esposa, y si no, para mi hijo Gonzalo. Yo era muy ducho en cuestiones de Iglesia, y hasta me consultaba Roma de cuando en cuando. Y quería verme envejecer bajo el capelo... Siempre le dije a Enrique que ser gran Rey dependía de tres pes: Papa, Prudencia y Piélago. En otras palabras, entenderse con Roma, que a la larga gana siempre; ser cauto (él lo era, la prueba es que no soltaba los ducados); y el dominio del mar, que lo tenía Inglaterra y España había perdido.

Fue por entonces cuando circuló la noticia de la muerte de Juana de Coello, mi esposa, lo cual despertó decididamente mi ansia por el capelo. Nada de lo prometido llegó. Nada, ni siquiera la defunción de la heroica mujer que me había dado Dios. Desde la paz de Vervins no levanté cabeza. Era ya un trasto viejo al que nadie necesitaba. Tengo que ser sincero en esta ocasión: ya no estaba de moda, ya nadie me invitaba, ya a nadie le caía en gracia, siempre quejándome, siempre rezongando, siempre mirando atrás con la barbilla sobre el hombro. Sin Essex yo me hundí... Pensaba que en Augusta o en otra parte de Alemania podía pasar mejor el escaso resto de mi vida.

Más tarde resultó que no fue tan escaso.

La Corte francesa me decepcionaba. Yo era un espía descubierto e indefenso. Mis huesos necesitaban un clima menos adusto. Me aburría París. Me tentaban las nuevas intrigas de Alemania, que constituían para mí un campo nuevo... Zúñiga me alcanzaba alguna limosnita a cambio de informaciones sobre los ministros franceses, que a su vez me daban alguna limosnita a cambio de informaciones sobre España. Ya no tenía ni los bienes más imprescindibles. Sólo de vez en cuando, una queja afilada mía obtenía un resultado. Un día rogué a Zamet y al gobernador de Borgoña que intercediesen ante el Rey Enrique una vez más, y una vez más el pobre me sacó del apuro con tres mil seiscientas libras. Fue su última dádiva. Luego entregó la vida. Su muerte no me fue útil.

Ya he dicho, y quizá repetido, que mis cartas estaban todas fechadas en una pobre celda, con el confesor al lado por si la muerte me tomaba por hambre. Y era casi verdad. El puñal que cortó la vida del Rey de Francia, cortó también mi último recurso. Desde entonces sólo he vivido de préstamos impagables, de amigos impagables, en la casa que me cedió Zamet, y de la caridad discreta de Teregli, su intendente de oro.

Esta historia de decadencias que sabe de memoria mi gentilhombre Gil de Mesa, el que ahora la escribe, quizá resulte mejor contada por la escalera descendente de mis cambios de domicilio. En la primera caída que tuve, abandoné el hotel próximo al palacio de Borgoña, que ya me era insostenible. Me fui a vivir a Saint Denis, más barato, pretextando consejos de los médicos. Quise que el Rey, aún vivo, escribiera al abad para que me recogiera allí, con la tumba al lado y mi amigo el abad también. Se negó el santo hombre. Procuré acomodarme en los Bernardos, a cuyo provisor conocía, con la recomendación de Maridat, secretario del Condestable. A veces mi mujer, de ninguna manera fenecida, me mandaba una joya salvada de la cruel derrota... Yo ya estaba en la orilla izquierda, lejos de cualquier trabajo. Pero ni aun humillándome conseguí que me admitiesen los Bernardos: se conoce que los monjes no me miraban con los mejores ojos. Fue entonces cuando hube de vender todos mis bienes, e irme a vivir, de santo en santo, a Saint Lazare, cerca de Saint Martin, donde estaba la embajada de España. Pero no resistí tanta proximidad con los recuerdos, y me mudé a la calle del Temple, y de allí, decayendo, a la orilla izquierda, en el Faubourg-Saint-Victor. Y después, lentamente, a la casa que me ofreció Zamet, en la calle de Cerisaie, en la que no existía cerezal alguno. Se trataba de unas habitaciones dependientes del palacio ajardinado de ese hombre de costumbres tan parecidas a las mías. Yo creo que por eso tuvo el buen gusto de dejármelo gratis.

Y continuó el descenso. Ni siquiera deprisa, porque estaba ya casi impedido. Meditaciones religiosas, recuerdos amontonados, muy pocos amigos porque los viejos pobres a nadie le apetecen... No más de tres, con los que no tenía que excusarme y a los que no tenía nada que explicar: mi Gil de Mesa infalible, mi buen Manuel Donlope y Cristóbal Frontín. Mi trinidad eterna, los auxiliares de mi soledad, los buenos bastones de mis malos pasos.

En ocasiones, de tarde en tarde, Teregli, con alguna ayuda menor, o Zamet, entre presa y presa, ya de negocios ya de carne. Ay, cuánto lo he envidiado... La vida, que no me quiso místico, me hizo al final asceta por pura obligación. Tengo cerca el convento de los Celestinos cuyos monjes de san Benito guardan conmigo relación muy cordial: no, quizá *muy*, no. El claustro de su convento es el mentidero de París. Pero no he sido yo nunca buen público, sino mejor protagonista. Y ya no se me da una higa de los chismorreos de la política ni de la sociedad: no formo parte de ellas. Sólo paso, a veces, al jardín donde tienen entrada algunos diplomáticos y algunos extranjeros de calidad. Ellos aún me conocen, y quien tuvo retuvo y guardó para su vejez. Pero no yo...

Sin embargo, no todo es pesimismo. Por la tarde, vienen mis tres amigos a casa y escribo o dicto nuevas cartas, máximas refritas y tratados políticos que no leerá nadie. Y padezco, ay de mí, de insomnio. Velaría noches enteras, pero he de irme a la cama para que los criados puedan irse a la suya: ellos no son insomnes. Bueno, no tengo más que dos; y aun así, siempre les debo sueldo... Leo en la cama lo más largamente que es posible, procurando no gastar demasiado las velas ni los libros, que no abundan tampoco. Hay noches en que me paraliza el frío, se me hiela la mano y no sostiene el libro, que cae al suelo, imposible ya de recoger. Y entra la pobre mano sin hallar acogida para su frío ni en la otra mano ni en parte alguna de mi pobre persona. Y me dedico entonces a pensar en la tumba. Porque bastante tienen mis manos con hacerme de ojos ya que mis ojos no me sirven para lo que sirvieron...

Y así me preparo no sé ya para qué, entre el prior de San Víctor y fray Andrés de Garin, el dominico. Porque le he cogido cierto miedo a Dios. A pesar de que Ana de San Bartolomé pide, en su convento de Tours, santamente cada día por mí, mas no me hago ilusiones. Quiero decir que lo que pide es que tenga una buena muerte, lo cual es ya quizá lo único a que aspiro. A que sea buena, digo, porque lo de la muerte es ya seguro. Por eso durante los días de septiembre y octubre he querido dictar a Gil de Mesa, que es un santo, estas largas páginas incompletas. No siento el amor de Dios; quizá no hay que sentirlo sino serlo. Si él está en algún sitio, ya me recibirá. O eso creo yo al menos... Como creo y creí que este libro debía ser escrito. Si lo dejo ahora mismo de dictar, es porque no quiero decir, y me resisto, lo que de verdad es indecible. Al fin y al cabo, artificial o no, todo debe aparentar un orden. De ahí que haya llegado mi hora de la mudez. Cada caballo tiene su propio freno. Sobre todo aquellos que están encima del pedestal de las estatuas.

Que cada cual saque de estas páginas las consecuencias que pueda sacar, o le convengan. En el fondo, no es otra cosa lo que siempre hacemos.

ÍNDICE

—

Planeta

España
Av. Diagonal, 662-664
08034 Barcelona (España)
Tel. (34) 93 492 80 36
Fax (34) 93 496 70 58
Mail: info@planetaint.com
www.planeta.es

P.º Recoletos, 4, 3.ª planta
28001 Madrid (España)
Tel. (34) 91 423 03 00
Fax (34) 91 423 03 25
Mail: info@planetaint.com
www.planeta.es

Argentina
Av. Independencia, 1668
C1100 ABQ Buenos Aires
(Argentina)
Tel. (5411) 4382 40 43/45
Fax (5411) 4383 37 93
Mail: info@eplaneta.com.ar
www.editorialplaneta.com.ar

Brasil
Av. Francisco Matarazzo,
1500, 3.º andar, Conj. 32
Edificio New York
05001-100 São Paulo (Brasil)
Tel. (5511) 3087 88 88
Fax (5511) 3898 20 39
Mail: psoto@editoraplaneta.com.br

Chile
Av. 11 de Septiembre, 2353, piso 16
Torre San Ramón, Providencia
Santiago (Chile)
Tel. Gerencia (562) 431 05 20
Fax (562) 431 05 14
Mail: info@planeta.cl
www.editorialplaneta.cl

Colombia
Calle 73, 7-60, pisos 7 al 11
Bogotá, D.C. (Colombia)
Tel. (571) 607 99 97
Fax (571) 607 99 76
Mail: info@planeta.com.co
www.editorialplaneta.com.co

Ecuador
Whymper, N27-166, y A. Orellana,
Quito (Ecuador)
Tel. (5932) 290 89 99
Fax (5932) 250 72 34
Mail: planeta@access.net.ec
www.editorialplaneta.com.ec

Estados Unidos y Centroamérica
2057 NW 87th Avenue
33172 Miami, Florida (USA)
Tel. (1305) 470 0016
Fax (1305) 470 62 67
Mail: infosales@planetapublishing.com
www.planeta.es

México
Av. Insurgentes Sur, 1898, piso 11
Torre Siglum, Colonia Florida, CP-01030
Delegación Álvaro Obregón
México, D.F. (México)
Tel. (52) 55 53 22 36 10
Fax (52) 55 53 22 36 36
Mail: info@planeta.com.mx
www.editorialplaneta.com.mx
www.planeta.com.mx

Perú
Av. Santa Cruz, 244
San Isidro, Lima (Perú)
Tel. (511) 440 98 98
Fax (511) 422 46 50
Mail: rrosales@eplaneta.com.pe

Portugal
Publicações Dom Quixote
Rua Ivone Silva, 6, 2.º
1050-124 Lisboa (Portugal)
Tel. (351) 21 120 90 00
Fax (351) 21 120 90 39
Mail: editorial@dquixote.pt
www.dquixote.pt

Uruguay
Cuareim, 1647
11100 Montevideo (Uruguay)
Tel. (5982) 901 40 26
Fax (5982) 902 25 50
Mail: info@planeta.com.uy
www.editorialplaneta.com.uy

Venezuela
Calle Madrid, entre New York y Trinidad
Quinta Toscanella
Las Mercedes, Caracas (Venezuela)
Tel. (58212) 991 33 38
Fax (58212) 991 37 92
Mail: info@planeta.com.ve
www.editorialplaneta.com.ve

Grupo ⊜ Planeta   Planeta es un sello editorial del Grupo Planeta   www.planeta.es

2175 CORTE CONDESA - LINK.

1. $ 419.000 .-

2. 429 000 .- PLAZA KORPU ✓

3. 3L3 CORTE Link

420 000 .-

_____

SABADO   9 - 10 An.

_____

Claro